Best Time

白马时光

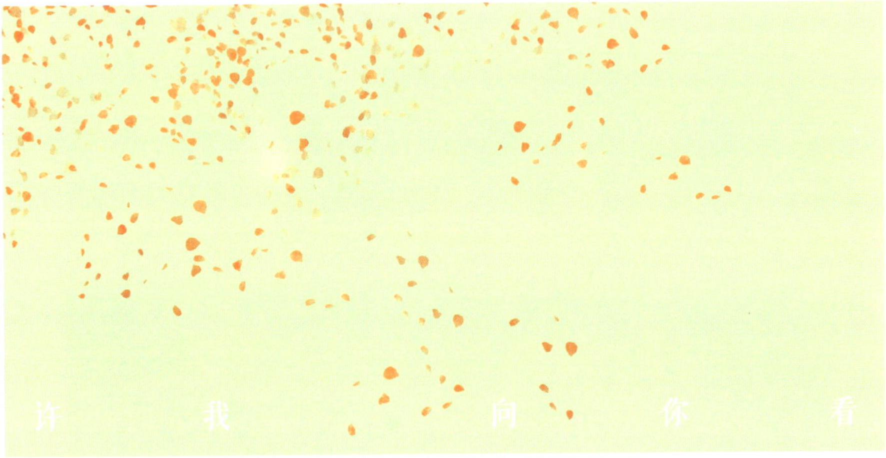
许 我 向 你 看

从那个角度，正好可以看到烈士陵园上的一抹红，那是盛开的石榴花，还有花下的一个白色的点，那是巫雨。

桔年可以想象巫雨在花下微笑的样子。

她相信巫雨会一直看着她走，一直看着，所以她不孤单，也不害怕。

HS
&
JN

她是如此的怯懦而小心，
害怕这隐蔽的心事被人知晓，
刻意绕到了背光的角落，
那熟悉的名字也不敢直白地诉之于手。

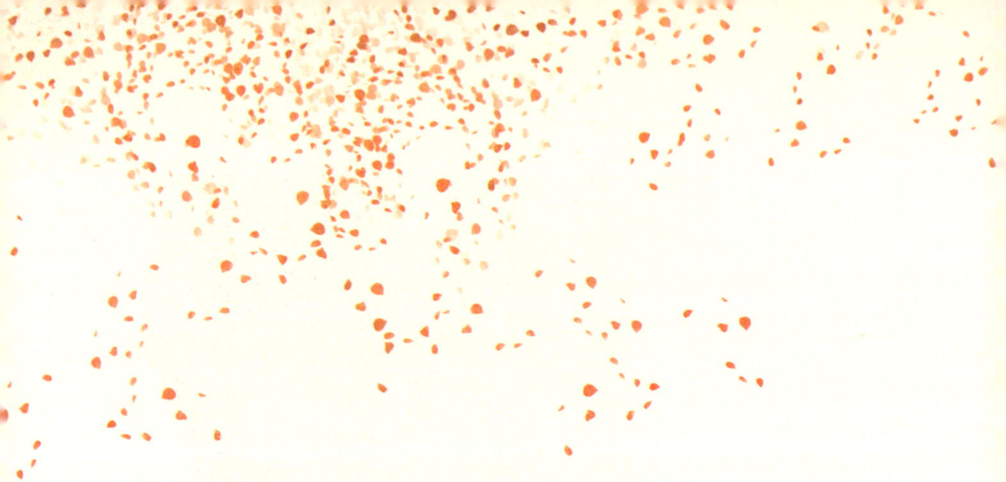

没有一丝风，树上一朵殷红的石榴花却从枝头掉落，打在了桔年的脸颊上，轻轻的一声，花开的声音是否也如此？

桔年侧了侧脸，巫雨给她拿了下来。
“巫雨，要是你的石榴花结了果，我躺在这儿，熟透的果实正好掉进我嘴里，这该多好。”
巫雨说：“真傻，石榴花分雌雄，这里只有它一棵树。我的石榴花是不会结果的。”

那个被全世界遗忘的破败院落，总归是个可以收纳她们身体乃至灵魂的所在。

韩述没有出现之前，那些过去是安眠的，像叠好压在箱底的被单，如今被他一把掀起，它依然还是那么新，虽然带着霉味和折痕，但上面的斑驳历历在目。

许我向你看

插图纪念版

上

辛夷坞 著

百花洲文艺出版社
BAIHUAZHOU LITERATURE AND ART PRESS

图书在版编目（CIP）数据

许我向你看：插图纪念版 / 辛夷坞著 . — 南昌：百花洲文艺出版社，2018.1
ISBN 978-7-5500-2480-9

Ⅰ . ①许… Ⅱ . ①辛… Ⅲ . ①长篇小说—中国—当代 Ⅳ . ① I247.5

中国版本图书馆 CIP 数据核字（2017）第 254983 号

许我向你看：插图纪念版

XU WO XIANG NI KAN CHATU JINIAN BAN

辛夷坞 著

出 版 人	姚雪雪
出 品 人	李国靖
特约监制	何亚娟 燕 兮
责任编辑	杨 旭 陈 蓉
特约策划	何亚娟
特约编辑	黄紫橙 沐 枳
封面设计	小茜设计
版式设计	王雨晨
绘 图	三 乖
出版发行	百花洲文艺出版社
社 址	南昌市红谷滩世贸路 898 号博能中心 1 期 A 座 20 楼
邮 编	330038
经 销	全国新华书店
印 刷	三河市金元印装有限公司
开 本	880mm × 1230mm 1/32
印 张	25.625
字 数	680 千字
版 次	2018 年 1 月第 1 版第 1 次印刷
书 号	ISBN 978-7-5500-2480-9
定 价	79.80 元（全三册）

赣版权登字 05-2017-422

发行电话 0791-86895108
网 址 http://www.bhzwy.com
图书若有印装错误，影响阅读，可向承印厂联系调换。

序

对不起，我爱你

很多时候，爱情就像个顽疾。

它在你最嚣张的年纪潜伏，然后一旦你哪天活得突然对这世界放松警惕的时候，它就原形毕露地来了。你完全不知道这个不速之客是从哪一天开始造访你的人生的，但是当它一旦入驻你的身体，你就发现它早已反客为主。渐渐地，你在一堆药膏败下阵来的气急败坏中彻底地没了脾气，慢慢地开始习惯它给你带来的瘙痒、疼痛或者丑陋，慢慢地学会了与它和平共处，直至你终于享受这一切，承认它原本就是你身体或生命里的一部分。

而这一切，你必须得活到一定的年纪，才会懂。

年轻的巫雨不懂。所以他才会对感情里一直步步紧逼的桔年说："可是我有的记忆你也有，你就像是我自己。"爱情里，他最不想找"自己"，连影子都不行。"杀人犯的儿子"是他一辈子都摘不下的紧箍儿。他不想连累桔年，但这种逃避更像是一种厌恶，因为只有桔年看见过，他戴上紧箍儿后的痛苦和狰狞。但在别人眼里，那也许是另一种帅气。所以巫雨在最后像个亡命之徒一样紧紧抱住了富家女陈洁洁，好像他睡了她，自己也就出身豪门了。

年轻的桔年不懂。所以她才会对亦步亦趋甚至卑贱到"让我做什么都可以的"韩述一再地冷漠，"请你离我远一点"。她早已原谅了那一夜的错误，所谓墓园里的秘密、每一次石榴花下的倾诉、刻在树上的 xhs&jn，甚至那一夜春潮的悸动，这些不过都是爱情里的布景、道具，它们总归会陈旧、腐烂，也永远不会喧宾夺主。她不会为它们的失去而哀伤，但她永远地失去了巫雨。

所以，她可以原谅“强奸犯”韩述，却永远不能原谅自己。她从不认为自己的幸福要靠别人的补偿来成全，或者更残忍地，在巫雨彻底地消失在她的生命之后，她并不希望自己过得幸福。她在过往的爱情里苦修，宁愿往事的荆棘把自己扎得鲜血淋漓，却不掉一滴眼泪地甘之如饴。

年轻的韩述也不懂。他软硬兼施地爱着桔年，但每一个手段都铩羽而归。这个检察院长的公子自信、智慧、礼貌、渊博、真诚、克制，却在桔年这面哈哈镜面前，映射出了所有的浅薄、虚伪、愚蠢、粗鲁、不安和冲动。就像电竞高手遇到一台年久失修的台式机，比赛在即，空有一身武艺却无从下手，他唯有砸了它才能泄恨，可是发泄完了，理智和修养又督促他赶紧把电脑修好，不惜花比原机贵几百倍的代价。他撞见了桔年不堪一击的骄傲和她深不见底的脆弱，一直以为自己是个高高在上的救世主，却不知道，他从来都救不了桔年，他要救的只能是自己。

显然，掀开爱情小说的靓丽外衣，“内疚”才是藏在里面的真相。就像青春期的自慰行为，很多人惴惴不安于“一滴精，十滴血”的一时生理伤害，却不知道内疚和自责才是杀伤力最强的伴随一生的副作用。而借由这种副作用的阵痛或上瘾，作者辛夷坞不露声色地把原本安放风花雪月的浪漫场景偷梁换柱成了一个个“心理罪”现场，并煞有介事地向我们探讨了全书“救赎”的深刻主题。

就像个冷静的外科高手，辛夷坞用一把冰冷的手术刀剖开了所有的病体，又一针一线严丝合缝地一一缝合到位，而我们就像手术室门外焦急等待的病人家属一样，如此安慰于那一个个被推出来的看似毫发无损的身体。却不知道那只是自欺欺人的假象，连回光返照都算不上。等病人们重新发作的时候，你一定会在加倍的心力交瘁中咒骂那个大夫。然而当你重新找到那个医院，却发现，操刀的那个大夫根本查无此人。

但完全不必恼羞成怒。一个好的作家绝不会蠢笨地炫技，像个江湖杂耍一样。她确实需要编织一张网络，设立重重假象，诱惑读者身陷其中，让大家恐惧到忘记了挣扎，可最终会有灯亮的时候，你会发现那只是场魔术，稍微一动你就完全可以逃离现场，实现自救。

所以，虽然这本小说——《许我向你看》已经是被读者念念不忘了十年的“辛夷坞最具人气的小说之一”，但它依然是一部被严重低估的作品。不管是它重峦叠嶂却又泾渭分明的结构，还是一波三折千回百转的剧情，还是个个面目清晰让人无法释怀的人物，还是句句精准犀利又不失幽默的对白，都堪称完美。

即便只是爱情这个掩体，辛夷坞也在小说里缔造了桔年从“仰望的爱”到“遥远的爱”再到“绝望的爱”最后回归到“世俗的爱”这样的一个焚心似火的层次。

而让我们抓心挠肝的远不是主人公们的谈情说爱。譬如不甘心的下等人——妓女平凤和她同样出身卑微的司机男友，他们最后一次为了梦想的财富飞蛾扑火、铤而走险，竟是怀了那样一个可笑的信念：“人不可能一辈子不走运”。那种无力感，就像美国电影《赴汤蹈火》里克里斯・派恩成功脱险却一脸忧伤地对着警察说出那句台词“贫穷是会遗传的”。而上等人——韩述的中年老爸在官场上常年的权欲膨胀，自然容忍不了其生活中的“不举”，在另一具肉体上的恣意妄为，也无不传递着韩国电影《金钱之味》一般的糜烂气息；又或者性取向不明的唐业，在跑路那晚向桔年递出的那张宛如《2046》的船票。但谁都知道，那张票指向的不只是一个爱情的选择题。

但即便是爱情——倒在血泊中的巫雨对不能陪她一起远走高飞的陈洁洁的内疚，一夜风流又不小心害她入狱的韩述对桔年的内疚，一直没有把爱说出口的桔年对意外丧命的巫雨的内疚，敢拉着巫雨私奔却不敢认领自己孩子的富家女陈洁洁对非明的内疚，优柔寡断的唐业对决绝又一往情深的滕云的内疚……辛夷坞用所有人的内疚驾轻就熟地编织了爱情的“面子”，以及那些盘桓在爱情里的凉薄、嘲笑、背叛、侮辱甚至损害，但我们跟着揪心和疼痛，却不是因为这些，而是因为爱这个捉摸不透的东西，常常给人的无力感。这才是辛夷坞想要展示的爱情的“里子”，联想到她之前的作品《致我们终将逝去的青春》里郑微和林静那次猝不及防的离别，《原来你还在这里》中苏韵锦和程铮那次怅然若失的错过，《山月不知心底事》里向远对叶骞泽那次挂断电话流着泪的决绝，乃至《蚀心者》里方灯在傅镜殊面前的纵身一跃，你就不得不承认辛夷坞对营造这种无力感的痴迷，就像钻进一场挣脱不去的宿命，让你一次次迷路，失魂落魄。

谁此刻没有房屋，就不必建造

谁此刻孤独，就永远孤独

里尔克的《秋日》被作者极其珍爱地引用在小说里，像是谶语，更是预言。辛夷坞的野心和慈悲也正在这里。

她不会让桔年哭到最后。事实上，桔年在出狱后就已经没有了眼泪。就像她最终下了船，告别了唐业；就像她最终打开了门，迎进了韩述；就像她终于原谅又或者是报复，她再一次让韩述拥有了她。

枇杷树虽已“亭亭如盖”，终抵不过心里那朵耀眼的石榴花。然而，不满归不满，遗憾归遗憾，我们终究还是要心安理得地在树下乘凉过日子，说着无边的风月和牢骚。

套用文里的一句话：“不管好的记忆，坏的记忆，忘不掉的话就干脆记得吧，就像你一直按着自己的伤口，然后再松开，忽然就觉得没有那么痛了。”

爱是什么?

爱就是你舍不得丢弃的痛苦。

而带着这种痛，我们才最终会咀嚼出生命的甜，原谅自己的所有无能，学着和过去握手言和。

李国靖

白马时光创始人

目录

Contents

目录

Contents

第一章

韩述的镜子

01

韩述的理想境界是：一个清闲的早上，在自己家的大床上睡到自然醒，起来活动一下筋骨，咖啡最好是手冲的曼巴拼配，搭配楼下街道拐角处老牌西饼店里的蜂巢蛋糕，就是再完美不过的早餐。一边吃，一边看看新闻。音乐可有可无，但播放器里必然有一支他最喜欢的曲子在等待着。出门的时候，换一身自己喜欢的半旧休闲衫裤，去赴一场有点期待又不至于太过激动的约会。打开门，发现天气不晴也不雨，不冷也不热，天高云淡，空气清新，不时还有一缕风拂过。工作上生活上的各种问题通通圆满地告一段落，晚上回来还可以做自己想做的事情，明天也不用着急去上班……

此刻，韩述正站在中心广场的花坛旁，一切很完美，虽然不一定完全达到他的理想境界，但是也相去不远。实在有太多的理由让他心情大好。

上周，韩述负责的案子有了重大突破，一向奸猾的嫌疑人在突击提审时终于被攻破了心理防线，该交代的问题基本上都交代了。这是他们检察院近期的重案要案，上级领导非常重视，检察长也夸他干得漂亮。至此，他在城南区的工作经历可谓是画上了一个圆满的句号。据可靠消息，他的调令已经到了市院，事业更上一层楼已是板上钉钉的事情。

昨晚，几个交好的同事朋友提前为韩述庆祝。四个人喝了四瓶伏特加，早上醒来他居然没有感觉到头痛。天气也如他希望般的好，咖啡香浓，早餐可口，就连把车开到以拥堵著称的中心广场地下停车场时，也正好赶上了一个绝佳的车位。所以，虽然女朋友已经迟到了二十五分钟，也并没有让韩述的好心情打折扣。

身边走过四五个大学生模样的年轻女孩，叽叽喳喳地笑闹着，视线有意无意地在韩述身上流连。韩述抬起头，回应了她们一个笑脸，结果那几个小女生反倒不好意思地红了脸，你推我搡地跑开了。他耸了耸肩，轻轻哼着只有自己听得到的歌，漫不经心地去摘花坛里开败了的杜鹃花。这花谢了之后不容易自然脱落，枯萎成一团还留在枝头上，既占用了植株的养分，也有碍观瞻。

摘到第十七朵的时候，肩膀上忽然一阵剧痛传来，韩述的好心情就像一面镜子，在这重重一击之下出现了第一道裂痕。

他叹了口气，回过头，身后果然是他的现任女友朱小北。

“是谁在电话里说的，晚到的人要请吃饭。”

朱小北踮起脚，单手钩在韩述的肩膀说道：“请吃饭算什么，咱哥儿俩谁跟谁啊？不好意思，出门换衣服的时候耽误了一点时间……”

韩述仍然没能习惯朱小北“豪气干云”的打招呼方式，轻轻动了动肩膀，从她的魔掌里挣脱出来，如她所愿地说了句：“也没等多久。”

朱小北等的就是这句话。她一向不喜欢没有时间观念的人，自己今天迟到了一回，心里觉得相当理亏。听到韩述这句话，她成功地卸下了自己的歉疚感，说："那就好，我就知道你这家伙不会来得太早。"

"你刚才说为了什么事耽误了出门来着？"韩述随口转移了话题，视线也顺着话头不经意地往朱小北身上打量，表情忽然变得有些微妙。他仿佛听见了自己心中的明镜第二次碎裂的声响。"你……朱小北，你今天怎么了？"

也怪不得韩述吃惊，偏爱中性休闲打扮的朱小北今天一反常态地穿起了裙子。这也罢了，裙子就裙子吧，裙子可以体现一个女人的柔美，但是，她板正的白衬衣、黑色条纹小西装和同色窄裙，还有黑色的细高跟鞋让韩述费了一些力气来管理自己的表情。

"有问题吗？"朱小北不自在地扯了扯裙子，看来她对自己非常规的打扮也不怎么自信。

韩述和朱小北认识半年，确定男女朋友关系两个月。两个人相处的大多数时候，韩述总是衣冠楚楚，朱小北穿着上却随意得很。他们俩的大媒人，也就是朱小北的好朋友郑微私下里不止一次提醒小北："韩述是个相当讲究，也很注重细节的人，你就不能好好打扮打扮？别走在别人身边像个装修工人似的。"

朱小北原本并没有觉得自己的打扮有什么不妥，可几次约会之后，她确实察觉到自己跟韩述相比，在个人的形象管理方面有些过于随意了。既然决定了要好好交往下去，她觉得自己有必要顾及一下对方的感受。于是在这个周六的早上，朱小北从善如流地穿上了自己唯一的一套裙子来赴韩述的约会。因为很多年没有穿过高跟鞋，她从宿舍走到公共汽车站用了比往常多两倍的时间，这才是她迟到的真正原因。

朱小北认为自己着装的正式程度已经足以表示她的诚意，可是今天站在她面前的韩述反而穿着T恤牛仔裤和帆布鞋，连腕表也换了运动款，一身轻松。他皮囊不错，快三十岁的人了，扮起嫩来还有模有样的，只是……他们俩看起来依然有些不搭。

“靠，你今天干吗不穿西装打领带了？”朱小北的挫败感油然而生。

“因为以前见面我不是刚下班就是刚下庭，今天我们是来逛街的。还有，别在我面前说‘靠’字行吗？”

“真是出力不讨好，我发誓回去就把这套破行头给扔了。”

韩述安慰自己，她也算是有心，于是笑着拍拍她的肩膀说：“行了，你妈妈的这套衣服还挺合身的。”

“靠，这是我面试的时候……我看上去真的很奇怪？”

“还好，只不过是你一张嘴我就疑心你要向我推荐二手商铺。”

“你也好不到哪儿去，我听说一个男人生活上过于讲究，有同性恋的嫌疑！”

“我跟你在一起和同性恋也没什么区别了吧。”

两人你一句我一句地往商场里边走，韩述说他家的床上用品都该换新的了，朱小北自告奋勇地以自己“绝佳”的眼光帮助他挑选，这也是他们这对情侣头一回周末单独约会。

韩述认识朱小北，是在他旧同事兼好友林静的婚礼上。他是伴郎，朱小北是伴娘。据说这是最容易擦出火花的一种关系。不过那天韩述心中非但没有冒出一点火花，反而头上冒出不少冷汗。他从来没有见过如伴娘那般剽悍的女博士，活脱脱就是一个女流氓，指挥着若干女将，把迎亲团折腾得死去活来。那时他尚有婚约在身，唯一的期盼就是轮到自己结婚那时能够免遭这一轮罪。没想到结婚前三个月，他和未婚妻分道扬镳，林静的新娘子郑微非要安抚他受伤的心，于是就隆重地推出了她自己的闺密朱小北。

朱小北当时刚从新疆回来。至于她为什么跑到那么远的地方去读博士，又为什么还没拿到博士学位就回来了，韩述并不知情。他之所以没有拒绝郑微的"拉郎配"，只不过是不想拂了林静夫妇的好意，于是本着"闲着也是闲着"的心态，大家就出去玩了几次。没想到几番接触下来，他竟然跟朱小北相当投契，恨不能立刻烧黄纸结拜。

朱小北这个人看上去痞了一点，容易给人大大咧咧的印象，实际上算是个性情中人。她比很多女孩子心胸宽广，内心也不失细腻，长得尚可，再加上两人家庭出身、教育背景、工作条件相当，又都有找个人结婚的打算，所以互相都觉得对方不失为一个长期交往的好对象。

两个月前的某天，韩述和朱小北约好一起去打羽毛球。中场休息时，两人都是满身大汗，韩述边给朱小北递水边抱怨："你不知道，我今天在家里不小心说漏了嘴，被我爸妈知道我约了一'女性朋友'出来打球，他们差点没把你们家五代以内直系亲属的社会关系打听个遍。再被老头老太太这么念下去我宁可去做和尚。"

朱小北嗤之以鼻，"这算什么，能跟我家那头母老虎比？我都二十七岁了，还能让我老娘当着认识的、不认识的人的面拧着耳朵骂我没出息，身边连一只公蚊子都没有，我才是想死的心都有了。要不是我骗她说南方的男人比较喜欢我这种类型的，她非得要我立刻卷铺盖回家不可……"

韩述发现，跟朱小北倾诉不幸完全是个错误，她是典型的你对她说"我头痛"，她能回你一句"头痛算什么，我脑子里还长了一个瘤"的那种人。不过朱小北这番惨痛陈述除了让韩述心有戚戚然，还激起了他的某种灵感。所以他当时摸着下巴，笑着说了句："朱小北，要不……我将就一下？"

朱小北愣了 0.1 秒，然后用力地拍了拍韩述的肩膀，爽快道："那就便宜你了。"

两人就这样开始了他们的“情侣生涯”。韩述前段时间一直在忙一个棘手的案子，朱小北又刚在G大机械系混了个助教的职位，整天忙得屁颠颠的，所谓的几次约会也不过是彼此下班后一块吃顿饭罢了。仅有的一次去看电影，开场没五分钟，韩述就被一通电话叫去紧急提审，剩下朱小北昏昏欲睡地在电影院熬过了剩下的八十五分钟。两人都不是腻歪的性子，电话述衷情的机会也聊聊。像今天这样郑重其事地拍拖，他们都尚处在适应的阶段。

刚走到商场门口，就听到一阵争吵声。韩述和朱小北循声看去，原来是一对夫妇模样的中年人在那吵开了，男的要走，女的拽着对方的衣袖，一把鼻涕一把眼泪地控诉不休，两人推搡之间，矛盾升级，竟然在大庭广众之下厮打了起来。男人天生体力占上风，女的好几次都险些被他推倒在地，路人纷纷侧目。

朱小北有副暴脾气，见不得大老爷们欺负女人，当下就有些看不下去。转头瞄了一眼韩述，却见韩述面容平静，手却紧紧拽住她，显然是在有意识地制止她多管闲事的冲动。

对于韩述来说，在检察院工作数年，他见惯了这样闹起来如有杀父之仇的冤家夫妻。心知对于这种事情，最好的解决方式就是让人民自行解决他们的内部矛盾，实在解决不了，还可以报警，不明真相的路人实在不宜蹚这浑水。

朱小北多少也明白一些韩述的心思，摇了摇头，跟着他往前走，可就在她一只脚已经踏进商场门口的时候，啪——清脆的一声响起，那个男人竟然狠狠地在他老婆脸上甩了个大嘴巴子，那女人顿时摔倒在地。

“靠！太不像话了。”

这一次韩述来不及反应，朱小北就像点了火一般朝是非中心冲去，扶起了女人，挡在她身前，柳眉倒竖地与那男人理论。原本就长得高挑，又穿上了高跟鞋，朱小北无论是身形还是气势都压了那精瘦的中年男人一头。她身后的女人一时间也好似被这突然的变化惊呆了。

男人退了几步，终于反应了过来，朱小北的介入虽然突然而有力，可是她毕竟是个女人，一身束手束脚的打扮，能够强悍到哪里去？他抹不开面子，吼了句："我打我女人关你屁事？"说完挥开朱小北，朝她身后瑟瑟发抖的女人踹了一脚。

要是平时，朱小北断不会让对方轻易得逞，可是她就吃亏在穿着一双她并不习惯的高跟鞋，趔趄了一下，没来得及阻止。身后的女人闷哼了一声，朱小北肺都气炸了，脱了高跟鞋操在手中，朝那男人的肩膀就是重重的一下，那男人痛得咧嘴，恶狠狠地朝她扑了过来。

仍寄望于文明解决争端的韩述惊见战况的转变，顾不上正在通话中的报警电话，不得不加入战局，强行将朱小北和那个男人分开。朱小北和那个男人都是动了真格的，要不是韩述还算勤于锻炼，还真当不了这拉架的人。他心中那一面象征着好心情的镜子今天看来注定是要千疮百孔了。

"够了，谁都别动了！"韩述厉声道。他虽然平日里看上去就是个热爱生活的五好青年，可毕竟在司法系统从业多年，义正词严之下自有一番凛然气势。

那男人手脚停住了，嘴上却不放过："疯女人，别以为找来了姘头我就怕你。"

"说什么你？"朱小北还想扑上去，被韩述一把扯到身后，他指着那男人的鼻子，"再说一次，够了啊。嘴巴放干净一点，要不然拘留所四十八小时也不是那么好过的。"

商场附近就有治安岗，韩述那通电话的作用发挥得相当之快，两个身穿制服的年轻人匆匆朝这边赶过来。那个被打的女人抽噎着上来拉住了她老公的胳膊，"走吧，我们走吧，别惹事了。"

“还不是你这扫把星害的？”男人骂着老婆借坡下驴，“老子不跟你们计较。”说完，恨恨地和女人一起转身离去。

朱小北看着那女人小心翼翼地搀住她丈夫离去的背影，露出了一个叹为观止的神情。韩述跟赶过来的几个协警打招呼致谢，费了一番口舌才把情况说清楚。等人都散了，他这才把朱小北上下打量了一遍。她的头发乱了，裙子上有鞋印，手背上似有瘀痕。假如韩述没有记错的话，那个男人的情况只会比她更惨。他掏出纸巾，一言不发地递给朱小北。

朱小北自知有些过激，讪讪地接过了纸巾，就有一下没一下地擦拭着狼狈的自己。

“我也不想的……可那个臭男人太可恨了，要是再让我遇到他，我非……”朱小北试图辩白道。

韩述冷笑一声。

朱小北所认识的韩述总是嘴角带笑的模样，今天这个样子，倒是前所未见。不知为什么她竟觉得自己有几分理亏，干咳了两声，岔开话题，“看不出你还挺有办法的，一个电话那些警察就麻溜地过来了。”

“他们领导卖的是我家老头的面子。”韩述淡淡的，显然不怎么吃她这一套，“朱小北，我有些怀疑你是不是做了变性手术的男人。你是不是觉得自己特别英勇正义，整个地球都需要你来拯救？”

朱小北闻言心想，这下完了，好不容易找到一个“人模狗样”的结婚对象，没准就这么黄了。她没事管人家两口子打架干什么啊，到时候她老娘杀过来打得她屁滚尿流，谁来管她？想到这里，她心里油然升起了一阵难以名状的愁绪，不由自主地低下头去，与其让别人否决了自己，还不如有自知之明一些。她用难得萎靡的声线低声说了句：“韩述，这是我的事。”

就是这么平淡无奇的一句话，让韩述心中的那面镜子轰然而碎，所有的碎片，每一片都那么亮，亮得他无处躲藏。这一句话，这一低头的样子，两个不相干的人，两个遥远的时空扭曲着交叠重合，仿佛是前世的记忆，似远还近。许多渴望想起的、害怕想起的片段在无数棱镜碎片里闪回。韩述咬了咬牙，才没有让那两个字脱口而出，原本开始质疑自己和朱小北是否适合的一颗心，就这么毫无原则地软了下来。他弯腰拾起了她掉落在一旁的高跟鞋，本想为她穿上，没想到鞋跟都断了。

韩述终于忍俊不禁，“我服你了，女战神。”

朱小北琢磨他的态度，暗暗庆幸危机解除，朗然一笑，随随便便套上了那断跟的鞋子，对韩述说道：“走，先陪我去买双运动鞋。”她抬头的时候，没发觉韩述瞬间有些怔忡的神情，说不清是失落还是释然。

第二章

十一年后的重逢

02

在商场门口打架把鞋跟弄坏了，最大的好处就是不需要走多远，便可以重新买到一双新鞋，这种幸运基本上等同于在医院里晕倒，直接被抬进急救室。韩述这样想的时候，忽然觉得这种语态和思维逻辑似曾相识。他记得曾经有那么一个人说过，人最幸运的事情其实就是做噩梦，醒来后发现原来梦里的一切都不是真的，那种庆幸的满足感简直难以言喻。

韩述不知道今天的自己为什么这么容易想起以前的人和事，一个小小的细节都足以让他联想，莫非他三十岁生日还没到来，就提前进入了衰老期？人步入老年的重要心理特征不就是愈发念旧吗？

朱小北是打算直接朝运动鞋品牌专柜奔去的，韩述制止了她，说：“朱小北，你穿着这身衣服，再套双运动鞋，还不如直接从我尸体上踩过去得了。”还在为之前的事感到理亏的朱小北听他这么说，只得老老实实从命。

出乎朱小北意料的是，韩述不但自己在着装方面颇有心得，就连挑女鞋都有独特的眼光。他为朱小北一眼相中的那双平跟单鞋，让一向对淑女风格不以为然的朱小北也觉得可以接受。

“我说，你是不是经常送女人鞋子？”朱小北故意瞪着眼问道。

韩述说：“哪能啊，挑鞋这种事情只需要眼光，不需要熟能生巧。这是我第一次陪女孩子买鞋。”

“哈哈，说实话，我不怎么信，不过这也不重要啦。”朱小北相当老实。

韩述笑笑，没有再解释，反正清者自清。然而他看着弯腰试鞋的朱小北，莫名地又有些不确定。那一次究竟算不算呢……时间太过久远，不提也罢。

鞋子还没上脚，朱小北忽然说道：“现在我有点相信你是第一次了。韩述，这根本就不是我的码数嘛。”

“怎么，我明明让店员替你拿了6码的鞋。”韩述有些奇怪。

朱小北拎着鞋子在眼前晃了晃，“谁告诉你我穿6码？姑奶奶我穿9码……你这是什么表情，没见过大脚女人，还是你以为全世界的女人都应该穿6码？”

韩述被她夸张的表情弄得有些尴尬，搓了搓自己的脸，自我解嘲地发笑，世界上没有两片相同的树叶，自然也不会有两只相同的脚。他今天真像是中了邪。

等到朱小北换上了新鞋，两人一块在楼上的家纺区逛了一轮，朱小北觉得都挺好，却偏偏没有韩述看得上的。朱小北抱怨：“没见过你这么挑剔的男人，比女人还麻烦。不过是床上的几块布，至于费这么大的心思吗？”

韩述并不认同她的观点，“一个人一生之中大约有超过三分之一的时间是在睡眠中度过的，合适的床品可以让人休息质量更好，这很重要。”

“有机会我真要去你家见识见识。”

这句话朱小北也不过是信口说说而已，韩述想了想，停下脚步，说：“也是，择日不如撞日，要不逛完之后一起回我住的地方，我做的意大利面还可以下咽，你赏脸尝尝？”

朱小北不是白痴，她知道韩述的这一次邀请意味着什么。虽说确定了男女朋友关系，但是他们认识以来最大的亲密程度也仅限于并肩而行时手牵着手，就连一个拥抱都还没有。朱小北认为自己是一个纯洁的人，正好遇上了另一个纯洁的人，这没有什么好奇怪的，但是她的朋友郑微却断言他们两个中间必然有一个有毛病，而且，从郑微的语气中，似乎已经判定有毛病的那个人绝对是朱小北，这让自尊自爱的好青年朱小北未免有些气馁。韩述的这个提议，说不定是他们之间进一步发展的某个契机。饮食男女，不就是那么回事？

想到这里，朱小北郑重其事地点了点头。反倒是韩述被她突如其来的严肃和决绝态度弄得有些莫名奇妙。

“没看上合适的？我有一个朋友，在一家布艺店里上班，那家店好像离这里不远。听说店里的家纺品很不错，除了贵没别的毛病，很适合你这种小布尔乔亚情调的腐败分子。要不，我带你去看看？”

韩述想想，今天有的是时间，看看也无妨，便可有可无地点了点头。

朱小北所谓“不远”的概念跟韩述的理解相差甚远，他们上了韩述的车，过了五六个路口，左拐右拐，才到目的地。韩述停好了车，发现那其实是一家小有名气的精品布艺店，貌似在刚才的商场隔壁就有一家分店。当然，朱小北为朋友招揽生意，肥水不流外人田的心态他可以理解，所以他也没说什么，跟着朱小北走进店内。

不知道是不是因为这家店相对比较偏僻的缘故，虽然是周末，偌大的店面内，客人并不是很多，好几个穿着工作制服的女店员都在角落里低声闲聊。

既然来了，最好不要再次空手而归。本着这个念头，韩述挑选得相当仔细。朱小北似乎已经找到了她的朋友，在另一边的角落里热烈地寒暄着，直到韩述已经把床品的图册翻了个遍，才听到她和她的店员朋友走过来的脚步声。

“怎么样？挑剔大王，看到入您贵眼的宝贝没有？”朱小北站在韩述身后笑着问。

韩述回头，朱小北指着她身边的人对韩述介绍道：“这就是我说的那个朋友。”

韩述朝那女子礼貌地一笑，继续专注于挑选床品。他的手边有不少的样布，白的、蓝的、紫的，格纹的、碎花的、刺绣的……太多了，太乱了，足足过了几秒钟，那些五颜六色才在他反应有些滞后的心里轰然炸开，绚烂的中央是一片炫目的白光，让他下意识地闭上了眼睛。

“需要我向您推荐几款吗？”

韩述转身很慢，他听人说，做梦的时候，动作要轻一点，否则就会醒了。虽然他到目前为止还搞不清，这究竟是好梦还是噩梦。

是她？不是她？韩述背在身后的手揪着一片样布，布上的刺绣纹路微硌的触感，像掌心里一道年月久远的疤。他愣愣地直视眼前这张面容，悲哀地发现自己竟然一时之间难以断定。十一年了，那一天之后，他们再也没有见过。韩述很少让自己想起过去那些事，但是他知道，有些印记可以被覆盖，可以被淡化，可直到死去那天都依然会是他身上的一部分。只是想不到，他有一天竟然会连站在面前的一个人都没有办法确认，甚至她的声音，他也在时间的长河里遗忘了。

那一头长发不见了，眼前这个人不笑，韩述也不知道那个酒窝到底存不存在，她穿着和其他店员完全一样的橙色制服，看上去跟一个普通的布艺店员工没有什么不同。许多年前的那一天，韩述的目光也是这样直勾勾地系在那个人身上，但她始终没有看韩述一眼，假如当时他们目光相遇，那个人的眼里想必是有恨意的，可是眼前这个女子的一双眼睛平静无澜。

“韩述……韩述，你发什么呆？”

当韩述意识到自己有可能失态的时候，他不知道朱小北已经叫了他多少声。

“没事，我没事。”他说给朱小北听，也是说给自己听。

那个女子朝朱小北微微一笑，“那两位就自己慢慢看吧，我们店里的款式还是很多的。”

“行，你忙你的。”朱小北点头，目送她朋友转身离开。韩述已经转过身去背对着她，继续翻着那一摞样布。

“韩述。”

“嗯？”

“这一摞你刚才已经看过了。”

“哦，我想再看看，刚才有一款不错。你看，就是这蓝色宽条纹的，怎么样，不错吧？”

“床单还行，问题是你看上去不太好。喂，你额头都是汗。”

“……小北，我问你个事。你那个朋友……她叫什么名字？”

“啊？哦……她姓谢，你们认识？”

朱小北话还没有说完，韩述就绕过她朝那女子离开的方向追了过去。那边的角落里有几个店员，他跑到跟前，不对，这个不是她，那个……那个也不是她。

韩述抓着一个和她穿着相同的橙色制服的店员，就像抓到了一根救命稻草，“她呢？她在哪……谢桔年在哪儿？”

被韩述抓着胳膊的店员显然相当吃惊，连带着也口吃了起来，“桔年啊……我，我们店长刚刚交班，走了……从后门走的。”

“后门在什么地方？”

“沙发区的走道后面就是了。”

韩述说“谢谢”的时候，人已经朝后门的方位跑了过去。推开沙发区走道后面的那扇门，出现在他眼前的是一条小巷子。她没走多久，也绝对走不了多远，这条巷子只有一个出口，只要他追出去，现在就追，一定能赶得上。可是，韩述站在门边，却忽然挪不动自己的脚了。

要是他追上了她，该说什么，一句“对不起”？她肯要吗？说完了“对不起”，接下来他该怎么办才好？十一年了，韩述还是没有想好，他能在谢桔年面前说什么，做什么？这些年里，只要他肯花费半天工夫，也许是更少的时间，不愁找不到她的下落。可是他不敢，他知道自己会在她面前无地自容，光是想象，已经足够让他感到卑怯。

他们就生活在一个城市里，很多次，也许他的车在她身边呼啸而过，也许他们在超市里相邻的两个货架擦肩而过，也许他们在同一个十字路口一个朝南走，一个朝北走，也许在一间不知名的小餐厅里，他坐过的位置，她才刚刚离开……可是四千多个日日夜夜，他们没有遇见过，韩述该为此庆幸还是失望呢？

有人在这个时候拍了他的肩膀，不用回头，这是朱小北的招牌动作，可是这一次她的力道很轻。

“她欠了你的钱？”朱小北笑着问，“要是真欠了你的钱，尽管追，不要给我面子。”

韩述退了一步，关上了通向小巷的那扇门，再搓了搓自己的脸，有些赧然地笑，“还以为是一个旧朋友，好像是认错了，真丢脸。”

朱小北习以为常地勾着他的肩膀，“有啥丢脸的，认错了人，她又跟你的那个朋友同名同姓，这事不多见。对了，你喜欢的那款床上用品我让人开单了，再挑下去我会翻脸。”

韩述把她的手从自己肩膀上拿了下来，笑道：“等我一会儿，我去付钱。”

两人回到车上，韩述发动车子，“我送你回去？”

朱小北揉了揉自己的腿，“好，累死了，我要回去补个觉。”

韩述一直把她送到G大的教工单身宿舍楼下，道别之后，他忽然对着已经一只脚踏出车门的朱小北说了一句：“不好意思啊，小北。”

朱小北下车关上车门，“知道不好意思，下次打球让我一局。”

离开了G大，韩述并没有回家，而是沿着江边绕了一圈，然后给院档案室的档案员打了个电话。

半个小时后，他回到自己上班的地方，因为是周末，整个办公楼空荡荡的，但是尽职尽责的小档案员已经在那里等他了。

“小汪，今天裙子的颜色很漂亮。真抱歉，没有打扰你跟小男朋友约会吧？”

上至八十岁老太，下至八个月女婴，韩述夸赞女性的口吻一如既往的诚恳，这也是他在单位上上下下里里外外都吃得开的原因之一。

档案员小汪眉开眼笑，“我最多也是跟周公约会。韩科长，周末还不忘记工作？”

“有点小问题需要找出以前的卷宗来查证一下，我要找的档案年代有些久远，可能要麻烦你一下。”

小姑娘打开档案室的门，韩述并不怎么拿架子，院里的大姐小妹都跟他说得上话，但是他要求办的事有个原则，那就是“快”。没有重要的事情，他是不会周末来查档案的，小汪也不敢耽搁，“这有什么辛苦的，有多久远？”

韩述说：“十一年。”

第三章

爱意会消磨，但愧意不会

03

周一的早上，韩述边跟同事打招呼边朝自己办公室的方向走，他即将调离城南院的风声已经传了出去，同事们大多都已经知道他升迁在即。调往市院，当然意味着这是事业上的一个新转折，对于他的一帆风顺，羡慕者有之，嫉妒者有之，心服口服者有之，内幕论者有之，然而打招呼时无外乎以下几句。

"韩述，高升了别忘了咱们啊。"

"什么时候过去？走的时候别忘了请吃饭，也算大家为你饯行。"

"怎么，我们都以为你直接到市院报到去了。"

韩述一概笑着应道："没影儿的事呢，你们的消息倒比我灵通。既然你们那么舍不得我，我怎么忍心一声不吭地走了？"

就这么一路走到办公室，韩述脸上的笑意才得以卸了下来。他是省高级人民法院院长韩设文的儿子，这是一个很少人提起但是基本上谁都知道的“秘密”。虽然审判机关和法律监督机关分属不同的系统，但高层交叉任命却是近年来的惯例，韩述的父亲韩设文五年前仍是省高级人民检察院的副检察长，在政法界的人脉自然无须多说。作为韩设文的儿子，韩述的少年得志在所有人的眼里都是理所当然，至于他实际能力如何，努力与否，反倒变得不重要了。

和所有内心骄傲的年轻人一样，韩述曾经下意识地排斥“韩设文的儿子”这个称谓排在“韩述”这个名字前。年少的时候，他甚至发誓绝不依靠父辈的关系，闯出自己的一番事业。当然，如今的他也并不认为自己需要父亲的护荫，但是至少他明白了一个事实——除非他彻底地远离政法界，否则他不可能不受到父亲的影响。很多东西，他不想要，他父亲也没要求别人给，可世间“眼明心亮”的人太多。那些优待无处不在，让他避无可避，有时候在他察觉以前便已根深蒂固。

中学时候的韩述曾经想过，自己将来的职业最好不要跟政法行业沾边。他可以是个科学家、建筑师、医生，甚至是商人，就是不要走老头子的旧路，可是天分和爱好这种东西也许伴随着他的血统与生俱来，尽管他很不愿意承认，但当他第一次走进政法大学的校门时，浑身的血液真的有一种沸腾的感觉。后来他说服自己，他也许注定要干这一行。

好在韩述并不是一个钻牛角尖的人，踏入社会一段时间之后，他算是彻底地想通了，别说这辈子他是否能做得比老头子更好，就算他终有一天青出于蓝，别人还是会记得他是站在“巨人的肩膀上”。既然他注定脱不了“韩设文的儿子”这顶帽了，那还不如争气点，直起脖子，把帽子戴得比谁都漂亮。

韩述聪明、好强，懂事了之后更学会了勤奋，还戴着那顶“好帽子”，从小到大，挫折遇着他都要绕着走，虽然老头子一直嚷着说要给他点苦头吃吃，可实际上哪里舍得。活了快三十年，他自己也承认自己没栽过什么跟头，只除了一次——仅仅那一次，就足以让这个蜜水里泡大的孩子永世难忘。

往事浮现心头，坐在办公桌后面的韩述心里涌起一种说不出的滋味。其实男女之间的纠缠最烂俗不过，无非一个情字。那天朱小北虽然嘴上什么都没说，但是韩述知道她看出来了一点端倪，并且也是这么想的。

可是朱小北一定猜不到，谢桔年从来都不是韩述的恋人。十一年了，就算是爱，都早在时间里消磨殆尽，可有一样东西不会，那就是“愧”。

那愧意的种子深深埋藏在韩述的青春里，他苦苦催眠自己想要忘却，也一度以为自己已经成功。人的记忆会自我保护，那一天的很多细节，韩述都已经成功地忘记了。他已经不记得谢桔年当时穿的是什么颜色的衣裳，不记得自己到底是怎么去到法庭，又是怎么回去的，甚至不记得那一天究竟是天晴还是下雨。好像有块黑板擦，悄无声息地抹去了他记忆中害怕回想的片段，只留下满地粉尘。然而直到他重遇谢桔年，这才知道，当年那颗种子，虽然没有明目张胆地开枝布叶，实则根须虬结，与他血肉同存。

在这十一年里，韩述睡得最深沉的时候常常会梦见一个画面，面目模糊的谢桔年站在被告席上，而他在台下。然后，在众目睽睽之下，他站了起来，用克制而平静的语调，说出真正的事实……假如时光可以倒流，韩述相信自己一定会这么做，不管后果，不计代价。然而时光永不可逆转，所以，那个“然后”之后的所有内容，永远都只能是他在无数个深夜里仓皇可笑的臆想。

前天从档案室翻出的旧卷宗还在抽屉里，韩述连看第二遍的勇气都没有。上面记载着：“谢桔年，女，因胁从抢劫和包庇罪入狱五年，于 S 市昌平女子监狱服刑三年后因表现特别良好提前释放。”隔着抽屉的木板，韩述都觉得那有些发黄的纸张在灼烤着自己。可他怎么也想不起来，前天的意外重逢，她开口说话时，看的是他还是朱小北。那双平静的眼睛是否也是他自己的错觉？从很久以前开始，他就不敢看她的眼睛，却总期盼着她能看向他一眼。

正打算喝点醒神的东西让自己缓过来，内线电话响了，院办的美女姐姐说：“韩科长，检察长有请。”

城南分院的检察长是本市唯一的女检察长，姓蔡，名一林，原本也是个正儿八经的名字，但是自从台湾流行天后 Jolin 蔡大红大紫之后，认识的人想到这个名字，再联系到蔡检察长这个人，不知怎么的，总有一种想笑又不敢笑的感觉。蔡一林年轻的时候号称横扫政法系统的一枝花，出了名的文艺尖兵，为检察事业奉献了三十年青春，而今早已发福，容颜不再。况且，走上了领导岗位的女人为了确保威严，工作态度多半比男同志更雷厉风行，蔡检察长如今在业内也是以“铁娘子”著称。

韩述敲着检察长室的门时，心知绝对没什么好事。一秒钟后，听到一声威严而冷静的“请进”，只得硬着头皮走了进去。

蔡检察长正端坐在自己的位置上，看到韩述，用眼睛示意他坐到自己对面。韩述正襟危坐，做好了聆听的准备。可是今天的蔡检察长意外地没有长篇大论，而是把自己面前的文件夹单手推给韩述。

“你的任职文件已经到市院了，你也知道了吧。不过市院那边说，你的前任手头还有一个案子，需要一段时间交接，所以你可能还得在城南院多待一阵了。不过最长也不过半个月，你可以放心。”

韩述笑着给对面的人倒茶，“多待一阵就多待一阵，我正觉得有些舍不得您呢！”

蔡检圆润脸庞上满满的严厉顿时破功，她用文件夹在韩述握着茶壶的手臂上一敲，佯怒道："你这死孩子，连我的便宜都占。"

韩述有些浮夸地甩手呼痛，"一林妹妹，你也太狠了。"

蔡一林与韩家的关系可谓"源远流长"。年轻的时候她跟韩院长是大学同学，又曾经一起被送到外地进修，回来后在同一个部室工作了两年，在共同学习和工作的过程中结下了深刻的革命友情。虽然两个小青年当时声称心无旁骛，但是在别人眼里，他们是很般配的一对。一心向学的韩设文当时也在接受领导谈话的时候矜持而委婉地表示过："如果小蔡同志没有意见，我也没有意见。"然而就在大家乐观其成的时候，"小蔡同志"却被外单位的一个文艺小青年的热情攻势攻陷了。最后，反倒是她从小到大的手帕交通过她的介绍结识并嫁给了韩设文。因为这层关系，蔡一林和韩设文一家长期保持着密切的关系，两家人常来常往的，直到当初的韩设文变成了她的上级领导，私交还是依然保持着。

蔡检察长和她的手帕交，也就是韩述的母亲，从小姐妹到老姐妹，几十年来是雷打不动的闺密，但是和所有的女人一样，再好的朋友也免不了相互比较，在心里较着劲。论才情容貌，两人当年不相上下，论归宿，韩述的母亲暗笑蔡一林当年有眼不识真金，白白把院长夫人的位置给了自己，蔡一林却始终在心里觉得自己的如意郎君多才多艺，浪漫英俊，不知胜过韩设文这工作狂多少倍。在事业上，蔡一林稳扎稳打，一步一个脚印，现在已经是省内检察系统首屈一指的巾帼英雄，而韩述的母亲从事医疗工作，如今也是三甲医院的主任医生。这两个女人的人生际遇长期以来都是难分伯仲，可叹后来蔡一林偏偏输在了一个"命"字上。

十八年前，蔡一林的丈夫因肝癌过世，恩爱夫妻不得不走到尽头。早年她因为太过好强，专注于事业，身体没调理好，以至于到丈夫过世的时候，膝下并无一男半女，这在往后的岁月中也成了她的一大憾事，也可以说是她唯一比不上家庭圆满的韩母之处。七年前，经人介绍，蔡一林跟一个在学术界颇有成就的大学教授结为夫妇。一对丧偶的男女相互依靠，虽然没有第一次婚姻的浓情蜜意，但也算相敬如宾。无奈命运再次弄人，婚后两年，大学教授外出讲学出了车祸，撒手归西，蔡一林再度成了未亡人。

经历了两次生离死别，蔡一林断了再嫁的念头。大学教授跟前妻有一个儿子，也算得上是蔡一林的继子，但是蔡一林和教授结婚时，这个儿子已经长大成人，没有血缘也没有养育之恩的继母和继子又能亲到哪里去？这几年，虽然蔡一林有意和继子拉近关系，可继子对她总是客客气气，始终有一段距离，反倒不如韩述亲近。

也许在蔡一林检察长的心里，好朋友的儿子韩述是她羡慕又嫉妒的根源，也是她无处倾注的母爱最好的投放处。从小到大韩述闯了祸，韩母包庇不了他，蔡一林就为他出头，什么都护着他。在吃穿用度上，孤身一人又经济宽裕的蔡一林对待韩述更是大方。从韩述上中学开始，他大多数的奢侈品都出自这个干妈之手，就连毕业几年后打算买车，极力主张年轻人要低调朴实的韩院长捂紧了口袋，还是蔡检察长毫不犹豫地慷慨解囊，借出了十万块。韩院长夫妇经常说她这样会宠坏孩子，可蔡检察长却说，孩子不就是拿来宠的吗？

正因为如此，要说蔡检察长是韩述的第二个妈也毫不为过，韩述也打定了主意在干妈年迈之后要尽一个儿子的本分好好孝顺。私底下，他和干妈没大没小的已经习以为常，蔡检察长口头上有时会骂他几句，可韩述知道，随着年纪的增长，越来越孤单的干妈需要他这个干儿子的无赖和亲昵。这些年，他在蔡检察长手下做事受益良多，当然，他的表现也从没有让爱面子的的蔡检察长失望过。

蔡检察长显然又被韩述这句“一林妹妹”雷了一下，她笑骂道：“你再乱叫，下次在外面乱交女朋友，可别怪我不在老头子面前为你掩饰。”

韩述“嘿嘿”一笑，“实话说了吧，现在只要不是乱交男朋友，老头子都不会生气。对了，大清早召唤我有何吩咐？”

“上班时间，当然是有正经事，你先看看这个。”

韩述在蔡检察长的示意下翻开刚才用来敲他手的那个文件夹，开始脸上还带着笑意，慢慢地，眉头就皱了起来。

“你不会想让我接这个案子吧？有没有搞错，我在城南分院还能待多久，就剩下这点时间你都不放过我？”

“我保证，这个案子不会花费你多少时间，别人我不敢说，对于你的能力而言，半个月绰绰有余了。”

韩述拒绝接受这顶高帽子。“求求你别夸我。你知道，我一向是做刑事这一块的，经济类案件不是我的专长。”

“真的不接？”

“不接。不是不给你面子，院里的人那么多，不一定非要给我吧。”

“韩述，你这小子该不会是信不过自己，怕这个时候打输了官司晚节不保，没办法拿着漂亮的业绩到市院报到吧？”蔡检察长似笑非笑地说。

韩述习惯性地用手搓了搓脸颊，笑出声来，“你看看，你看看，官威用过了，现在激将法也使出来了，真那么想让我接这个案子？”

这个干妈还是了解他的。韩述虽明知对方是用言语来激他，可少年得志心高气傲的他却也不会轻易让人质疑自己的能力。

“你确定这个案子可以在十五天之内搞定？好吧，就算我接下，你也要给我一个理由。别跟我说院里的其他人都不能用了。”

面对韩述的询问，蔡检察长低头沉吟了一会儿。韩述是个聪明人，随便编一个理由糊弄不了他，反而会让他心生芥蒂，再说，他也不是外人。想到这里，蔡检察长叹了口气，“你仔细看看上面的内容，没看出什么来吗？”

听她这么说，韩述不由得又多看了两眼手中的材料。这个案子其实并不复杂，不过是建设局的一个小科长涉嫌贪污受贿，从材料上来看，证据基本确凿，要定罪并不困难，韩述不明白蔡检察长为什么要如此郑重其事。

然而，当他再一次重复温习了主要的几个关键词，一种似曾相识的感觉顿时涌了上来。“建设局发展计划科……发展计划科……干妈，你，你的那个谁……不就是在……啊，我明白了。”

“你明白就好。”蔡检察长有些黯然，“你也知道唐业就在这个部门，被调查的这个王国华是科长，阿业是副的。我这个继母虽然做得不算称职，但是他的父亲毕竟曾是我的丈夫。这个案子目前虽然跟他没有关系，可是唇亡齿寒……我必须避嫌，所以不能自己出面。至于我为什么不肯把案子交给别的检察官，韩述，你应该知道的。”

是的，韩述现在知道了。蔡检察长是个称职的检察官，她不会允许自己有徇私情的机会，但是心里对唐业这个继子也存有眷顾之意。她害怕深查下去难免有所牵连，所以希望韩述接手这个案子，希望他在法律允许的范围内，尽可能地多方面兼顾。

“我知道你这个时候心都不在了。韩述，就当帮干妈一个忙。”蔡检察长说。

韩述合上文件夹，“你都说了这么多，我再摇头，岂不是很没有良心。我怎么会让你抓住这个把柄日后天天念叨我？”

说到这个份儿上，蔡检察长才算是松了一口气，既然韩述已经点头，那么她基本上可以放心，没有人可以把事情做得比他更漂亮。在韩述玩着文件夹走出办公室之前，她忽然想起什么似的在他身后补了一句话：“对了，我听你妈说，你再不回家吃饭，老头子就要发飙了。”

院办的美女主任从检察长办公室门口经过时，正好看到垂头丧气的韩述。

“怎么了，帅哥，挨批了？”美女主任关切地问。

韩述挥挥手，“别提了。”

“来，姐姐请你吃巧克力，吃完就心情大好了。”

一向好这口的韩述这时也没了胃口，摇着头说：“留给你宝贝女儿吧。”

“奇了怪了。了无生趣了你？”美女姐姐大韩述一岁，韩述刚毕业的时候跟她谈过半个月的恋爱，是韩述的第二任正式女朋友，现在觅得好夫婿，已为人母，但是跟韩述关系还是相当之铁。

韩述走了好几步才回头坏笑道：“小心吃多了发胖。”

第四章

谁此刻孤独就永远孤独

04

周五下午，朱小北为某教授批改完堆积如山的试卷，还没把气喘匀了，就接到韩述打来的电话，约她到家里共进晚餐。

朱小北和韩述已经一周没见了，上周六本来已经说好去他家尝尝他的厨艺，最后匆匆作罢，朱小北看得出韩述当时严重的心神恍惚，而所有的异样，似乎就是从他看到谢桔年第一眼开始的。朱小北毫不怀疑这对男女之间存在着某种不为人知的牵连。

她坐在韩述车上时，本来是打算像个正常女孩子那样理直气壮地尖声逼问的——“韩述，你跟她什么关系？你说啊，你为什么不说？你说你说我要你说……”这样的话在她心里盘旋，还没有来得及出口，自己就已经想笑了。结果直到韩述把车停在她住的楼下，彬彬有礼地说出“再见”，她身为一个女朋友的质问还是没有来得及说出口。朱小北后来有些沮丧，但是她很惊恐地发觉，她的沮丧很大一部分竟然来自于自己的好奇心没有得到满足。

朱小北的朋友郑微在得知她结束了浪漫约会一日游，灰溜溜地回到自己的宿舍吃泡面之后，鄙夷程度之严重，让朱小北深感在姐妹面前抬不起头来。接下来几天韩述都没有主动联系过她，她几乎以为两人的关系要这样不了了之。直到再次接到韩述的邀请，朱小北这才兴高采烈地向已婚人士郑微请教赴宴对策。

“微微，你觉得他做的东西会不会很难吃？”

“吃？你怎么能想着吃？”郑微在电话那头用高八调的声音说，“重要的不是吃什么，朱小北，你又不是猪。气氛！关键吃的是气氛！烛光、音乐，再多一点点暧昧，然后……”

“然后怎么样？”

“然后迅速地占有他。”

“你知道玩情调不是我的强项。”

“这个用不着你操心，韩述是个中高手。你只要别提要吃炸酱面加生蒜，一切都没有问题。”

在等待韩述来接自己的间隙，朱小北努力地回想着郑微为她安排好的各个步骤，没来由地觉得有些坐不住。她翻开自己从学生时代开始积累的手抄本，试图寻找一两首意境优美的诗歌来平复一下自己浮躁的心。

里尔克在《秋日》里描述：

谁此刻没有房屋，
就不必建造。
谁此刻孤独，

就永远孤独

……

看到如此动人的诗句，朱小北脑海里率先浮现的，竟然是郑微斩钉截铁的一句结语："谁今晚处女，就永远处女。"想到这里，她不禁嘴里念念有词："罪过啊罪过……"

韩述到得很准时，他从来不喜欢让女人等。其实他上班的地方离G大并不远，住的地方也很近，朱小北先前提出自己可以坐公共汽车过去，韩述笑她傻，没有身为女朋友的自觉。

看到朱小北一身休闲打扮，虽然韩述的审美一向偏向于更女性化的气质，但是他必须承认，他宁愿朱小北这个样子。

"韩述，你打算今晚做什么好吃的？"虽然郑微一再强调，让朱小北不要那么看重那个"吃"字，可是朱小北还是忍不住问了一句。

韩述的样子看上去有些惊讶，"我做？之前不是说好了今晚要到我爸妈家吃饭吗？"

"什么？"朱小北平白地惊出一身冷汗，"不是吧？"她想，大概是她接电话的时候还没有从那铺天盖地的《电机原理》考试试卷中摆脱出来，关键词都漏听了。

"你不用担心，我爸妈不算非常可怕。"韩述安慰朱小北，他们家老头子的"暴虐"和老妈的唠叨只是针对他一个人而已。

朱小北干笑两声。她从郑微口里已经听说过韩述的家庭背景，其实对于韩院长她倒没有什么可畏惧的，她朱小北走南闯北，什么人没有见过，又没有作奸犯科，怕法院院长干什么？她只是对韩述"父母"这个名词本身感到不适应。

韩述很快也心领神会，笑着说："不是迟早要过这一关吗？我觉得我有必要把你介绍给他们呀。”

他虽然是笑着，但表情很认真。朱小北有些意外，像韩述这样的男人，极度重视自我空间和自我感受，很容易给女人一种抓不牢的感觉。可是他现在愿意郑重地把她带到父母面前，带进自己的生活里，这绝对不是儿戏，甚至可以说是一种明确的表态。无论韩述是在什么心境下仓促作出这样的决定，她都难免动容。

“你的表情很复杂，我可以理解为你正在进行激烈的内心挣扎吗？”韩述微笑着看了朱小北一眼。

“这有什么，去就去！”朱小北豪气干云地说。

韩述家在高院的第一生活区，一看就知道那栋小楼是相当于G大校长楼之类的特权建筑。韩述刚熄火，一路强作镇定的朱小北忽然表情极度痛苦地弯下了腰，“哎哟”之声不绝于口。

“你没事吧？”韩述显然被吓了一跳。

“我肚子疼。”朱小北呻吟着说。

韩述伸手去扶她，“那赶快下车，我妈是医生，让她给你瞧瞧。”

“我拉肚子。韩述，不好意思，我想我还是下次再去见伯父伯母比较好。我吃坏东西了。”

“就算是拉肚子，难道你不觉得最近的卫生间就在我们家吗？”

朱小北表情痛苦地摇头，然后凑过去附在韩述耳边轻声嘀咕了几句。她说得太过隐讳，韩述起初一头雾水，配合着她暧昧的神情，总算是明白了过来。

“那个……哦……啊？”

朱小北继续说道：“你也知道的，第一次上门，我不能一开口就问你妈借‘那个’对不对？”

韩述有些无语，耸了耸肩，说：“我也不确定我妈还有没有‘那个’

借给你。好吧，朱小北，你的意思是说你现在要立刻撤退？”

朱小北的笑容十分讨好，“假如你没有意见的话。”

韩述用手敲了敲方向盘，最后还是笑了，“我送你回去。”

“不不不，你都到家门口了，千万别送。”朱小北连声拒绝，“你赶紧进去吧，我自己走，没有问题的。”

“真的？”

“真的真的！我先走了，最好不要说我来过。拜拜，回头电话联系。”

韩述目送朱小北以闪电般的速度离开，也有些无奈，朱小北可以临阵脱逃，他却不可以。

听到韩述开门的声音，韩母已经在门后等待，一见到儿子，就心疼地上去摸着他的胳膊，嘴里连声说着：“宝贝啊，都快两个星期没回家了，看把你瘦成什么样了。我开给你的保健品没有按时服用是不是？越忙就越要注意身体，我早让你搬回来住你偏不听……”

韩述听到母亲的那总也改不了的“宝贝”，忽然有些庆幸朱小北不在现场。他搂着母亲的肩膀，没有让她继续念叨下去。

“我每天吃你给的保健品都撑死了，哪里还吃得下饭？再说，你身材那么苗条，我这个做儿子的又能胖到哪里去？”

他拐着弯的恭维很快让做母亲的心花怒放，韩母笑骂道：“就知道贫嘴，待会儿多喝点汤，我自己下厨煲了一下午。”

母子俩边说边往客厅走，坐在沙发上佯装看报纸的韩院长从鼻子里哼了一句：“儿子都快三十岁了，还这么宠着，难怪他到现在心性都不成熟。慈母多败儿！”

韩述听了，跟母亲对望一眼，心照不宣地相视而笑，这是韩院长见到儿子时习惯性的开场白，他们听得多了，早已经麻木。

韩述是在一个典型的严父慈母的家庭里长大的孩子。韩院长夫妇膝下有一儿一女，韩述是小儿子，上头还有个比他年长四岁的姐姐韩琳。韩琳似乎比韩述更好地继承了父亲严谨和端方的性格，从来不需要父母过多的操心。过去韩院长一直以她为荣，可是韩琳从国内顶尖政法大学毕业之后出国深造，遇上了异国的真命天子，还没毕业就不顾父母的反对嫁到比利时做了全职家庭主妇，现在已经是三个孩子的母亲了。为此，韩院长曾经有很长时间都不愿意接女儿打回来的电话，他不理解优秀的女儿为什么情愿放弃大好的前途为一个“鬼佬”生孩子做家务。可是近一两年来，也许时间让他终于习惯并接受了这一事实，加上那三个混血儿外孙长得又着实可爱，这才渐渐地松了口。于是，他对子女的期望却不得不寄托在过去并不看好的儿子身上。

在韩述的记忆中，他小时候没少吃父亲的“竹笋炒肉”。韩院长是“棍棒底下出孝子”的坚定信奉者，他给予儿女的都是最最正统的教育，以期孩子们长大后能成为栋梁之才。韩述想，要是尊敬的韩院长看过《蜡笔小新》，一定会深有体会，因为他把儿子当作风间同学来培养，但是儿子小时候却像野原新之助。当然，在韩述自己看来，他已经比别的孩子更为上进，但是很显然，他离韩院长的要求总隔着那么一段距离。直到上大学以前，他的成长模式一直是父亲狠狠地训，母亲狠狠地宠，经常是在韩院长那里劈头盖脸地挨了一顿批，一转身，却被母亲抱在怀里心肝宝贝地叫。韩述认为，自己在这样的家庭环境下还能茁壮成长为今天的韩检察官，而没有成为贾宝玉或者西门庆，实在是很值得骄傲的事情。

父子俩寒暄了几句，就被韩母叫上了餐桌。韩母跟阿姨在厨房里打点，韩院长就问了韩述一些工作上的事情。

“听说你们分院把你作为市里的优秀青年检察官候选人往上面报了。”

“是有这么回事，不过只是候选人而已。”韩述回答这类问题相当小心。他要是表现出得意，父亲势必批评他太过张狂，可要是他太过低调，又会被归结为过于消极。

果然，饶是他如此回答，韩院长还是边喝茶边说：“我跟你们蔡检说过很多次了，私底下惯着你也就罢了，公事上不应该这样。”

“我倒觉得她是个公私分明的人。”韩述不软不硬地说，顺便帮父亲续了续茶。

“你啊，今后还是要注意戒骄戒躁，别以为这些年有了些微不足道的小成绩尾巴就翘上天去了，你有今天的好口碑，很大部分是因为难办的、棘手的案子都没有落到你的头上。”

“您不也跟我说过接案子要认真谨慎？我总不能砸了韩院长的金字招牌。”韩述笑道。

千穿万穿，马屁不穿，这是千古不变的定律，对于韩院长也同样适用。果然，韩院长摇了摇头，嘴上没说什么，脸色却缓和了不少。韩述心里偷笑，他当然不会在父亲面前点破，已经不止一个人偷偷向他提起，谁要是在韩院长面前恭维他的儿子，绝对要比恭维他本人更为奏效。看似在家里从不嘴软的韩院长，当着外人的面说到自己的儿子，唯一的评价就是，“我儿子还是像我。”

但韩述心里倒不觉得自己有多像父亲，首先，在容貌上他更像母亲，所以他认为自己比韩院长帅很多。其次，不管他在事业上取得多大的成就，都不会像父亲一样把工作当成自己的全部信仰。对于韩述而言，即使再热爱工作，享受生活才是第一位的，所以他会努力，但不会牺牲自己的快乐去搏。

第五章

爱是你舍不得丢弃的痛苦

05

说话间，韩母已经把煲好的白果炖水鸭端到父子俩的面前。

“不放胡椒粉，少盐少油这是你的，老韩……放胡椒粉，只要汤不要肉，宝贝，这是你的。”

要说父子俩最相似的地方，莫过于对生活细节的注重。很多人惊叹韩述作为一个男人生活得如此精致讲究，但是，如果他们看过几十年来身边永远带着一块一尘不染的丝质手绢的韩院长，就会深刻地明白何谓遗传。年轻的时候，在那个时代里，韩院长也是出了名的浊世佳公子，要不是性格过于刻板，韩述认为父亲会比他更有女人缘。除了习惯性地把“韩院长”当作父亲的“昵称”，跟母亲私下对话时，韩述经常笑着把韩院长叫成“我们家的韩公子”。

“餐桌上不许谈公事。”韩母落座之后再一次对父子俩重申这条餐桌公约。既然不谈公事，那总要说点别的。

韩院长喝了几口汤，忽然想起什么似的问道：“对了，我记得你提过要带一个朋友回家里吃饭的，你的朋友呢？”

韩述埋首喝汤，心里暗暗叫苦。老头子过去一直是不太理会这种家常琐事的，今天怎么记性就这么好？

“对啊，儿子，我以为你这次会带女朋友回来给我们看看的。听说你又认识了一个女孩子，她怎么没来？”

“哦，她原本是要来的，临时有急事来不了。”韩述含糊地说。他总不能对父母解释，他女朋友到了家门口忽然拉肚子兼来大姨妈，因此临阵脱逃了。

韩院长叹了口气，“我说过多少次了，让你在男女问题上要慎重再慎重，你总当儿戏，将近而立之年的人了，还这么吊儿郎当的。私生活很容易反映出一个年轻人的道德品质，你要继续这么道德败坏下去？”

“爸，我没有把感情当儿戏，一直都很认真。”韩述拒不接受这顶“思想腐朽、道德败坏”的帽子，他觉得再没有比自己更“五讲四美”的男人了。

韩院长一听，放下了筷子，“很认真？你前几次也说很认真，结果怎么样？以前你跟你们院办的那个女孩子，叫小王是吧。我刚听说你们谈恋爱，你就告诉我分手了，这不是儿戏是什么？”

“是您消息滞后了一点。”韩述干笑。

“那你妈后来给你介绍的那个女医生，好端端的为什么分手？”

“您不知道，我不喜欢胖的女人，我妈非让我试试看。可那女孩子虽然是医生，饮食一点节制都没有，一起吃饭的时候，她总是埋头‘吧唧吧唧’的，换您也受不了啊。”韩述心里忏悔着，分手后历数前女友的缺点这种事情有违他的原则，虽然这的确是事实。

韩院长有片刻说不出话来，憋着一口气继续问道："这就是你所谓的理由？有本事你再说说，小赵又怎么样了，那个女孩子论容貌论职位论成就哪样配不上你？都说好要去登记了，怎么又散了？"

"我就是忽然发现我和她在生活上的理念存在严重偏差，过不到一块。白骨精就白骨精吧，但精英也不能不吃饭呀。她瘦得跟排骨似的，好像活着除了减肥就没有别的乐趣。我看着她不苟言笑地边吃水果边跟我讨论卡路里，我就吃不下饭。"韩述觉得自己是时候对这件事情作出解释了。

韩院长听了这番解释差点脑溢血发作，"胡闹！胖的你嫌胖，瘦的你嫌瘦，你挑猪肉还是挑终身伴侣？"他骂了儿子还不解气，转而对妻子说，"你看看你的好儿子，去，明天给他请个心理医生，看他脑子里到底哪儿有毛病！"

"您这样说就不对了，分手可不是我提出来的啊。是她主动跟我说'韩述，你认为我们在结婚前是不是有必要暂时分开一段时间，给对方留一个寻找自我的空间'。那我当然得尊重女士的意见。"韩述想着身为某时尚杂志总编的前未婚妻用优雅矜持的语调说着这番话的样子，不禁想笑又委屈。

一直偏帮儿子的韩母这个时候也听不下去了，轻声责备了一句："那别人问你觉得这段时间是多久比较合适的时候，你怎么也不应该说'一万年'呐。你爸说得对，在自己的终身大事上，你确实太胡闹了，让我们怎么放得下心哪？"

"放什么心？我看心理医生也不用找了，直接在精神病院给他联系个病房，送进去，免得危害社会。"大概很少有人能够想象修养颇佳的韩院长暴怒时口不择言的样子。

韩述用碗去接母亲给他夹的菜，嘴里应付着，"吃完饭就去。"

想是已经拿他这副油盐不进的样子没办法，韩院长生了一会儿闷气，又问道："她是做什么的？"

"嗯？"韩述愣了愣，才弄明白老头子的意思是询问他现任女朋友的情况，"哦，她是东北人，父母还在沈阳，都是公务员。她本人在G大机械系做助教，博士生在读。人很开朗，性格很好，你们会喜欢她的。"他明智地选择了老人比较看重的几个要点简单地介绍了一下。

朱小北的清白家世和高级知识分子面貌果然让韩述父母觉得还算可以接受。韩院长又"哼"了一声，只说了句："有时间还是带回来吃顿饭，让你妈给你看看。"此后就再不出声。

韩母也怕一不留神再说错什么，让餐桌上徒生口角，只顾着给父子俩夹菜，也不出声。

快吃好的时候，韩述忽然问了句："对了，爸，你还有没有老谢他们一家人的消息？就是很久以前给你开过车的老谢叔叔。我小时候，你还在市检察院时跟我们住在同一栋家属楼的那家人。"

韩院长似乎艰难地回忆了一阵，才从记忆的旧阁楼里翻找出这么一号人，"他啊，早就不在检察院开车了吧。你问这个干什么？"

韩述回答得轻描淡写，"哦，前几天在路上见到，觉得有些面熟，就随口问问。他们不住原来的地方了吗？"

"你记性倒还不错。我离开市院那么多年了，哪里还知道这些。"

父亲的反应让韩述有些失望，但也是意料之中的事。倒是韩母微抬着下巴回忆了起来，"你说的是那个有一个女儿跟你差不多大，后来又超生了一个儿子，违反计划生育的规定，被单位开除的谢司机吧。"女人对这种事情大概天生就印象深刻，"他被市院开除了以后，肯定不会住原来的地方。再说，那些老房子不是都拆了吗？"

"现在到处都在拆迁搞建设，我看啊，大多是没有规划的乱拆乱建，浪费纳税人的钱，没有多少是有意义的。”韩院长接口，话题也转开了去，“最近还听说市郊的烈士陵园也要搬迁了，这个倒还有些道理。那里也荒废了太久，是该换个更清净的地方让烈士们安息了。”

“什么？烈士陵园也要搬迁了？那么说，陵园里的树和台阶什么的通通要挖掉？”韩述终于吃不下了。

“你对这件事有看法？我怎么不知道你对那些革命先烈有那么深刻的感情。”韩院长对儿子突如其来的异样感到有些奇怪。

韩述勉强一笑，对母亲说：“妈，您看，我爸也不像您说的那么没有幽默感嘛。”

吃完饭，一家人坐在沙发上看了好一会儿的电视。韩述从父亲那里打听到，烈士陵园搬迁的事也只是刚制订出方案，等到真正实施估计还要一年半载。时钟指向十点，韩述向父母告辞。韩母依依不舍，抱怨他为什么不能干脆搬回来住，老头子貌似毫不挂心地继续悠然自得地喝茶，儿子走到了玄关处，才叮嘱了一句：“我说的话你不要当成耳边风，年轻人，做什么事都要踏实，工作如此，生活也是如此。好好成个家，端正生活作风，别再胡闹给我脸上抹黑。”

“这话您都说了多少遍了，我也一再重申我对这件事很认真，一定会把您儿媳妇带回来遛遛。”韩述笑着换鞋。

韩院长看向儿子，“别光嘴上说得好听。也是，时代不同了，你们这些年轻人，女朋友一个一个地换，根本就不知道爱是个什么东西。”

韩述向母亲做了个抖鸡皮疙瘩的小动作，被母亲在脑门上敲了一记。他正式道过了别，也说好了下次回来吃饭的时间，便独自驱车回自己住的地方。

一路上，他吹着夜风，忽然想起老头子最后那句莫名肉麻的问话。韩院长这几年颇有九斤老太的遗风，总爱抱怨一代不如一代，韩述虽不服，但是他居然发现自己对于这个问题真的没有答案。他并不是个感情白痴，从大学时代开始，也正儿八经地跟好几个女孩子共谱恋情，赞赏喜欢的对象也不是从来没有。可是，“爱”是多么深奥复杂的词汇。

回到家，韩述想起自己应该给抱病的朱小北打一个电话。接通之后，她的声音丝毫没有病人的虚弱。

“好点了吗？”韩述没有拆穿。

朱小北也不答是或者否，只是哈哈一笑，末了，又认真地补充了一句：“今天不好意思啊，韩述。”

韩述哪里生她的气，反正也没事，就瘫在沙发上有一句没一句地跟她聊。说到晚上跟老头子吃饭的有趣之处，韩述忽然问了一句：“哎，朱小北，我问你啊，你说……什么是爱？”

“用不着聊这么高深的问题吧？”朱小北打了个哈哈。

韩述说：“你不是博士吗？快，给我个理性一点的答案。”

其实他也没指望从学机械的朱小北那里得到什么答案，只不过是想从朱小北一句“不知道”的回答里，证明并不是只有他一个人搞不懂这个问题。

谁知道朱小北在电话那头有模有样地沉默了一会儿，冷不丁道：“韩述，我能不能也问你一个问题。为什么忽然急着带我去见家长？”

韩述一怔，回道：“迟早的事。”

他看不到电话另一端朱小北脸上泛起的一丝苦笑。他们都是一样的人，心中越是不确定，越跟自己较劲，耻于直面自己的心虚，才急于用最安全的方式躲避。他们都是胆小鬼！

“我觉得吧，爱就是你舍不得丢弃的痛苦。”朱小北幽幽地说。

爱是你舍不得丢弃的痛苦……韩述怔怔地复述了一遍这句话。还没体会出什么，朱小北已经大笑了起来，“被唬住了吧，别以为我们理科生脑子里就没有一两句格言，手抄本里类似的句子多着呢，下次再给你找两条。”

韩述跟她嘻嘻哈哈地瞎扯了半个小时才收线。

他想，他真的被朱小北莫名其妙的一鸣惊人唬住了。洗澡的时候，他居然又想起了她的这句话。

痛感是人类自我保护的最后一道屏障，趋利避害是天生的本能，真的有让人舍不得丢弃的痛苦吗？

他也有丢不掉的痛苦，那是他独一无二的污点，是最深的夜里内心难以获得宁静的根源。可那与爱有关吗？

韩述并不知道，朱小北这个大放厥词的家伙一样没有入睡，关了大灯，电脑屏幕的光映在她的脸上有些幽蓝。打开的邮箱里显示着最近的一封 E-mail。上面只有一句话：小北，找个好人嫁了吧。

第六章

生命在于静止

06

朱小北为那天临阵脱逃的事感到深深的愧疚，特意打电话请韩述吃饭赔罪，谁知电话那头韩述说话的声音带着重重的疲惫和鼻音。他患上了重感冒。

那时韩述已经请了一天病假在家休息，朱小北见他没有要出来的意思，便良心大发现地提出要冒着被传染的风险前去探望他。韩述住的地方离他工作的地方很近，朱小北虽然没有上去过，但她听说过那个颇受精英追捧的楼盘。小北认为这个地方倒是很符合韩述这个人的审美趣味，头发丝里都恨不得雕一枝水仙。换作是她，才不会用这个价格去买一个黄金地段鸽子笼似的地方，有这个钱，还不如在农村买块地，养恶狗，蓄刁奴。

坐电梯上了顶楼，不需按门牌寻找，朱小北已经从虚掩的一扇门里听到了韩述的轻咳声。她心里嘀咕着：“这家伙门都不关。”嘴上大声叫了句，“韩述，我可要进去啦。”

她推开门，韩述已经走到了门边，家常打扮，还是整齐得过分，只不过鼻尖微红，平日里带笑的一双眼睛里有不少血丝，眼眶微陷，看来果然是病得不轻。

“来了。不好意思，家里有人，所以没下去接你。”韩述笑着把朱小北往屋子里请。

朱小北一边往里走，一边好奇地四下打量着这个她早打算来看看的地方。

“小样儿，你一个单身汉住得这么讲究，过分了点吧。”她伸手去摸了摸玄关柜上的一个看不懂是什么东西的摆件。

“你还别说，这里每一件装饰品都是我亲自挑的，自己看得顺眼最重要。早就想请你上来坐坐了，一直没机会，你今天主动来看我，算你还有良心。”韩述哑着声音开玩笑。

朱小北听到房间里有人走动，好奇地探头看了看，原来是有人在安装窗帘。她好奇地问：“咦，那天光听你说要换床品，可没说连窗帘也换啊。这些东西用得着换那么勤吗？非洲还有很多人没衣服穿呢。”

韩述给她拿喝的，“别说这些没用的，你不是来探望病人的？两手空空就上来啦？养病的靓汤不指望你了，鲜花总该有一束吧？”

朱小北摆手，“我这不是怕探望你的小妹妹太多了，鲜花都堆到厕所里，所以也不锦上添花了。我就带一颗心，火热火热地上来了。”

韩述做出一副鄙夷的表情，不过还是被朱小北逗笑了，“你还别说，想送花的人摞成一堆都可以搭成人梯从顶楼垂到负一楼，别人我可不会随便让她到家里来。”

“荣幸荣幸。”朱小北坐不住，又站起来四处打量，嘴里“啧啧”有声，“窗外的景观还真不错……哎呀，这套忍者神龟你也有啊，那次我在和平路看到了，太贵，没舍得下手……我的妈啊，这个高达我也喜欢……”

韩述家里的小东西多而不乱，都是些孩子气的小玩意儿，朱小北没想到他还童心未泯地热衷于收集这些，兴高采烈地逐一去看。不过说实在的，韩述容易给人一种特别招女孩子喜欢的感觉，可他住的地方虽考究，但确实没有女性生活过的痕迹。

韩述显然为找到志趣相投的人而感到精神一振，先前不知道是因病还是其他原因而显得有些消沉的情绪散去了不少，不由分说就扯着朱小北去看他的其他“宝贝”。

“你看这个，就是你手边这个，可口可乐去年推出的 Qoo（酷儿）玩偶，我只有两个，网上淘到的，不值钱，就是觉得好玩……旁边那个魔兽世界的铜制角色小人，据说国内只发行了 64 个，也是好不容易淘到手的。这辆 007 的玩具轿车，现在行情可涨了不少……”

他见朱小北爱不释手地拿起了一个泰迪熊摆弄着它的四肢，又说道：“这个还是我刚工作那一年，单位派我到香港考察，同行的人都疯抢手表香水去了，我就带回了这个。他们才是不识货，你看到没有，这个泰迪熊衣服上的扣子是黑色的，只有比较早期的版本才会是这个样子，它耳朵上的标签注明了这是牛津郡制作，全球大概五万只，花了我当时大半个月的薪水。”

“有意思！韩述，你小子心理肯定还没长大，你该不会连芭比娃娃都喜欢吧？”朱小北挥舞着那只熊说道。

韩述大笑，“说什么啊，我就觉得这些好玩，别把我当心理变态。这个泰迪熊我也觉得挺女性化的，既然你喜欢，我就送给你好了。我收藏了好些年，你可得好好对它。”

“我哪里好意思夺人所爱，哈哈，不过，我要是跟你客气好像也不对是吧，谢谢啊。”朱小北把那只熊抱在怀里，又眼尖地瞄见了熊后面的橱柜里还有一个狭长的盒子，便好奇地追根究底，“韩述，你还藏着什么宝贝？赶紧拿出来现现，要不这些宝贝多寂寞啊。”

韩述看见那个盒子，也明显地愣了一下。

“算了算了，我说说而已，你别当真。那盒子多久没人动过了，别蹭了一手的灰。”朱小北很知足地拿着她新到手的泰迪熊说。

韩述却看着盒子说道：“我都不记得里面装的是什么了。搬家时打包过来好些盒子，有些不常用的东西，到现在还没拆过。”

“你说这话特别像有钱的财主，连家里藏着多少箱金子都记不清了。说不定盒子里面有好东西，要不要我为你揭开它‘神秘的面纱’？当然，我是说——假如你不反对的话。”朱小北说到这里，眼睛是看着韩述，手却已跃跃欲试。

韩述吓唬道：“说不定里面有我梦游杀人的证据。”

朱小北不以为然，“姑奶奶我就爱重口味的。”

说话间，用封口胶带简单缠住的纸盒已经被朱小北三下五除二地拆开。打开盒子时，朱小北特意去看韩述的表情，他的惊讶和意外实在不似假装。

盒子里是一个旧款的羽毛球拍，拍弦依然保存得很完好，手柄处缠着厚厚的一圈白色胶布，上面布满了用各色墨迹的签名，胶布边缘已经微微卷了起来，颜色也有些发黄，看上去似乎有些年头了。

朱小北跟韩述一样对羽毛球相当热衷，所以也是识货的人。她抓起那把球拍左右端详，“哇，老肯尼士的球拍，不下十年历史了吧。想当年，咱们国字号球员人手一拍。我初中的时候刚开始学羽毛球，老幻想自己也拿着这个，在球场上多威风啊。不过，我老娘那么吝啬，我知道她是绝对绝对不会给我买的。我就说你童年幸福吧。”

韩述也跟着朱小北的话怔怔地说："是啊，这是我爸当年送我的礼物里我最喜欢的东西。现在肯尼士不行了，市场上基本找不到了。"他似乎也想跟朱小北一样轻轻地抚摸拍子上的弦，不知道为什么，指尖已经快要触到，又缩了回去。

朱小北认真研究着手柄上的签名，上面还零星点缀着他当年同学的一些寄语。

"看来当年你还蛮酷的嘛。"

"去你的，我现在也很酷。"韩述牵动嘴角笑了笑，"放回去吧，不过就是一个旧球拍，没什么可看的。也就是藏在角落里没人记得，否则早就处理掉了。"

"别啊，这可是我学生时代的梦想，很有意义的。韩述，要不这样，熊还你，这个球拍你送给我算了，反正你也不当回事，这个宝贝在外边可买不到了。"

朱小北不由分说地把泰迪熊往桌上一放，眉飞色舞地将球拍拿在手里比画着。

"韩述，这个造型怎么样？"

"不，不行！"

韩述的激烈反应让朱小北呆了几秒。他很快意识到自己的失态，补救性地笑了起来，哑着声音说："对不起啊，小北。我想了想，球拍上有我一些旧同学的签名，我大概应该留着它……我有个朋友，他手上还有好几个肯尼士的球拍，回头我一定给你弄一个，绝对比这个好……刚才那套高达模型，你喜欢的话也跟熊一起带回去。我好像还没送过你什么东西呢。"

朱小北反应过来，深明大义地用手肘顶了顶韩述，"开玩笑呢，真当我要抢你的宝贝，说那些干吗？喏，放回去吧，好好保存着。"

韩述歉意地笑着，接过球拍，将它重新放回原来的纸盒里。纸盒原有的封口胶带已经被朱小北撕开，他手心有许多的汗，一不留神，拍子从没有封好的盒子底端掉了出来，擦过陈列柜边缘，掉落在深蓝色的地毯上。

朱小北眼疾手快地伸手去捞，差了一点点没够着，她蹲下去捡，嘴里嘟囔着："我的妈呀，还好不是磕在硬的地板上，摔坏了多可惜。"

她嘴上心疼，可心知由于地毯柔软的缓冲，球拍是决计不会损坏的，所以，当她把球拍重新握在手里，留意到拍弦边缘、手柄上一道道细细的擦伤划痕时，不由得吃了一惊，当下再三检查，才发现那些擦伤和划痕似乎也有一些年月了，不可能是刚才掉落在地导致的，这才松了一口气。

朱小北心想，刚才倒没注意到这些划痕。这球拍其他地方保存得那么完好，韩述明显是个很惜物的人，不知道好端端的球拍怎么会弄得伤痕累累。

"给，韩述……韩述？我捡起来了，你不要了？球拍上面有刮痕，该不会你小时候是个古惑仔，球拍是用来敲人的吧？"

韩述笑了，人却有些失神，感冒药吃多了也不好，他耳边仿佛出现了一些不应该存在的声音。

"去啊，去给我捡起来。"

"好，只要你愿意，捡多少次都可以。"

……

"韩述？"

"哦，谢谢。"

球拍重新尘封归位，房间里安装窗帘的年轻男孩也走了出来。朱小北注意到，这个安装工人身上穿着熟悉的橙色制服，看来才短短一个多星期，韩述再一次光顾了那间布艺店。

那个小工看上去是个入职没多久的新手，他收拾好自己的工具，走到韩述面前，搓了搓手，期期艾艾地对韩述说："先生，是这样的。窗帘我已经给您安、安装好了，这确实是昨天您到店里挑选的那一款，我们不会弄错的。真的，我们不会欺骗您的。还有，我们店长不负责安装，所以她一般不会到顾客家里面进行服务，她也不一定每天都在店里。您之前提的意见，我回去转告给她听，有什么问题店里会跟您联系的，我只负责安装，不、不好意思啊。”

朱小北看了韩述一眼。韩述似乎被一口气呛到了因感冒而变得敏感的喉咙，侧着身剧烈地咳嗽，连耳根都涨得通红。好不容易缓过来，他才对那个小工说：“我知道了，你回去吧，谢谢了。”

小工如释重负地离开了，朱小北在卧室门口探头去看了看新安装的窗帘，浅灰色的光泽质感面料跟房间的整体风格搭配得恰到好处。朱小北有些不解，“窗帘有什么问题吗？”

韩述有些不自在地说：“我只是觉得跟我昨天在店里看到的实物相比有色差，随口问了那孩子一句。”

朱小北表情夸张，“你可真够行的，我不是听说你昨天就去医院吊点滴了吗？居然还不忘记去挑窗帘。”

韩述把她拉回沙发边上，“别说这个了，你特地来看我，水都还没喝一口。我今天做不了大餐了，要不待会儿我们到楼下去吃饭，我知道有个地方东北菜做得特别讲究。”

朱小北笑着说：“我倒是想蹭你一顿大餐，但是今晚学校实验室还有活，系里要把我榨成人皮才罢休。这顿饭先记着，下次再请我去吃顿好的。我得走了。”

韩述露出一个失望的表情，把朱小北送到门口。

“你回去也注意点，别像我一样感冒了。”

“我感冒？我十年都没看过医生了，壮得跟牛似的。反倒是你，我就不明白了，你也是经常运动的人，怎么就那么不经事？一个小感冒把你弄成这个样子。”

“你难道没听说，越是经常运动的人，就越容易生病。你看，狮子老虎总运动着吧，它们最多能活几十年，可乌龟老缩着，它能活一万年。这场病算是让我顿悟了，生命在于……”

“生命在于静止，生命在于龟缩。”

朱小北几乎是异口同声地跟韩述一起说出最后那句话。

韩述困惑地用指节摩挲着脸，“咱们都这么心灵相通了？”

“算了吧。我是从一个朋友那里听到这个观点的，因为太‘独树一帜’了，所以一直记得。你听谁说的，看来这么有个性的人还不止一个。”

韩述停顿了片刻，耸了耸肩，“忘了。”

第七章

hs&jn

07

夜深了，韩述站在卧室的落地窗前，这里可以俯视大半个城市的点点星火。住在繁华市区最大的不足就是太过喧闹，直到深夜，仿佛还可以听到车水马龙的声音。但正如一个人眼里的缺陷，在另一个人眼里有可能是最大的亮点，韩述就爱这城市的热闹。

喧嚣意味着人的气息，有人的气息才有温暖。太过冷清安静的地方韩述反倒不能适应，每次出行游玩或公干，住在郊区山庄或偏僻的风景名胜地，韩述总是在那种寂然中辗转难眠。闭上了眼睛，会觉得莫名地孤独。风吹动窗帘，外面如果没有路灯流泻进来的光线，太黑了，就容易把一点点的不安、焦灼、难过无限放大。这种时候，这位热爱生活的大好青年就会被看不见的负面消极情绪全面占据。他就像站在孤岛上的一个人，四周都是静寂的海水。他不能动，不能逃，就这么看着抑郁的浪潮一点点漫延至足下……后来他有了一些经验，在那种时候，把床头的夜灯点亮，手机里弄出点声响，次日天亮了，整个人就像又活了过来。但是只有重新回到热闹繁华的地方，那种安全感才会彻底地将他包裹起来。

所以，韩述爱人群，爱热闹，爱很多很多有趣又世俗的东西。韩院长经常批评他耐不得寂寞，太过浮躁。韩述想，浮躁就浮躁吧，浮躁总好过半夜醒过来在静悄悄的地方莫名地心悸。他大概天生就没有做陶渊明的命，可这也没什么不好。

韩述曾和林静探讨过这个问题，林静是韩院长在政法界最为看重的后辈，也是韩述的旧同事兼友人。韩述问他："热闹的地方除了让你睡不着觉，还有什么不好？"

林静随口说："热闹的地方也不是不好，但安静的时候更容易让人想清楚自己想要干什么。"

这也许是对的，因为林静就是一个很清楚自己想要干什么的人。他做每一件事都有相当清醒明确的目的，然后一步步朝那个目的迈进，所以，他只比韩述年长几岁，却已经是城北分院的一把手，跟临近退休的一林妹妹平起平坐，韩述却总在漂着。

当然，韩述的这种所谓的"漂"更多是精神意义上的。他现在准备调往市院，还有一个好老爸，从长远来看仕途上大概是不会输给林静的。每当事业取得进步的时候，韩述都会高兴自豪，并为之努力，但是他努力是为了取得成绩，取得成绩之后事业会步步高升，可高升之后又能怎么样，他要拿高官厚禄来干什么呢？他很少想过。

难道爬到像他爸那样高度，就是他这辈子的目标？如果是这样的话，这个目标对于他而言也没有多少诱惑力。老头子现在每日忙于工作和应酬，落下一身的富贵毛病，连沙发坐久了都累，还不如韩述逍遥快活。要论做一个正直的人民检察官，为民除害，伸张正义，韩述也不是不想，可是这个追求又过于伟大，伟大到他觉得渺茫和遥远，还不如淘到自己喜欢的小摆设的喜悦更真实。

他现在衣冠楚楚，俨然一副社会精英的模样，他为此所做的一切是因为他觉得自己“应该”这样做，而不是因为他“想要”这样做。没有人逼过他怎么做，但他别无选择，因为他确实从来没有想通过自己心里最终要什么——他什么都不缺，又好像什么都没有。

别人都说他是个明白人，但韩述知道自己有太多的事没有想通，就像他不知道自己为什么好端端的会发一场高烧；不知道自己为什么从父母那吃饭回来后，忽然觉得自己家里的窗帘无比丑陋招人嫌恶；不知道自己为什么要发着高烧去挑窗帘；不知道为什么找了很多家布艺店都没有喜欢的，偏偏在谢桔年工作的地方找到了；不知道为什么进店之前他祈祷她不在，可进去之后她真的不在，自己心里却空落落的；更不知道今天小工来装窗帘，他为什么会觉得这窗帘怎么看都不对劲，莫名其妙地发了顿脾气；还有，他是如此惊讶于那个羽毛球拍的存在，一点也不想看到它，可是朱小北说要把它带走时，他竟然会异乎寻常地愤怒。

最后，他多吞了一粒感冒药，昏昏沉沉地躺在床上时，似乎为自己最近的不对劲找到了一丝灵感，可那灵感如电光般惊魂一现，来不及抓住什么，就掉入了深不见底的黑甜乡。

“499，500，501……520，521……234，235，236……”

韩述数着阶梯，一步一步往上爬，刚开始速度很快，几步并作一步，很久之后他开始喘息，觉得疲惫，步子变得越来越沉。阶梯在眼前延伸，仿佛永无终点，韩述汗流浃背，尤甚于车轮大战般连打四个小时的球。他尚且搞不清楚自己为什么要往上爬，更不知道等待在阶梯尽头的将是什么。明明是521级，眼看就要到了，莫名地又要从头开始。这阶梯真的只有 521 级吗？他怎能如此确定？就算是过去，他也并没有一步一声地去细数。所谓的 521，不过是她随口说的一个数字，他凭什么牢记于心，深信不疑？

不知道过了多久，也许就在快要放弃的时候，韩述听到了前面的争吵声。还有几步就要登顶了，一个女孩背对着他，看不清脸孔。她是谢桔年，韩述知道。

韩述艰涩地开口，可喉咙里如堵着棉花。她也并没有意识到他的存在。

……

“快走啊，马上走，你想坐一辈子牢吗？”

“桔年，你别傻了……”

“快滚啊！”

“你们干什么？谢桔年，他……他怎么会在这里？”

“放过他，放过他！”

“别拉着我。”

“不行，他不能走。”

“快——”

“桔年，替我告诉她……”

“啊……”

乱纷纷的声音在韩述耳边盘旋，他头痛欲裂，眼前越来越模糊，他分不清说话的人是谁，哪句话又出自于谁的口，只听见谢桔年最后那一声凄厉的惨叫，然后他脚下一空，顿时沿着阶梯滚落下来。她后来喊什么，哭什么，通通像从另一个世界传来，听不清，什么都听不清。最后一切安静下来，他没有感觉到一丝疼痛，只是不能动了，黑红色的血静静地弥漫开来，覆盖了整个天空。

他面朝上以一个诡异的姿势仰倒，视线尽头最后一抹亮色，他知道，是那一年开得特别旺盛的石榴花。桔年说，也许这一次它会结出果实的，可是他再也看不到了。

谢桔年在那棵树旁与另一个人拉扯纠缠着，他看得见她张合的唇，看得见她腮边的眼泪，可是再也听不见声音。终于，制止桔年疯狂扑过来的那个人在朦胧中隐约露出了半张脸……多么熟悉，熟悉得好像每天清晨照镜子。啊，是韩述，拉住桔年的那个人是韩述，他穿着当年自己最喜欢的那件白色的T恤，一脸的不敢置信和惊慌。

如果那个人才是韩述，那他是谁，躺倒在血泊里的人又是谁？卧倒在阶梯上的韩述无限惊恐。终于，桔年扑到了他的身边，他从桔年的泪光中看到了自己的影子，那是一张不属于他的脸庞！

他把自己丢了！不不不……

韩述大汗淋漓地醒来，昨晚睡得太仓促，窗帘都没有完全拉上，阳光已经铺满了床角。韩述第一个动作就是喘息着用双手去摸索自己的面庞，还好，原来的轮廓都在，什么都没有多，什么也没有少。他还不相信，起身冲进浴室，终于在镜子里看到了属于自己的那张脸，他还是他。

用冷水洗了把脸，韩述才想起了自己先前的傻气，一个人怎么可能变成了另一个人，何况是变成那个人。他究竟在想什么？然而即使清醒过来，这样的一个梦毕竟让人脊背生凉，他坐回床边，才知道身上的T恤汗湿了一大片。

蔡检察长给韩述打电话，对他的病情甚是关心，还说下班后要煲汤来探望。韩述直说自己没事，因为一林妹妹虽然芳龄已经五十，但煲的汤着实恐怖，她会出于“科学”和“营养”的考虑凭空造出许多让人冒冷汗的搭配。

蔡检察长大概已经习惯了韩述对自己肠胃的保护，没再坚持，听他提起昨晚出了身汗，就说出汗对感冒的人来说是好事。末了，还不忘提醒他身体恢复之后尽快与他新接的建设局贪污案的当事人进行一次正式的谈话。

生病让韩述的工作热情空前低落，他垂死挣扎地再问了一次："案子有没有可能转给其他检察官？"收到蔡检察长断然的否定回复后，才恹恹地答应了。

梦里的阶梯还在韩述脑海里不断闪现，再想起韩院长之前透露烈士陵园即将搬迁的消息，韩述心里忽然有种说不出的滋味。这种体会让他连早上的药都来不及吃，换了衣服，抓起钥匙就出了门。

市里的烈士陵园原本是在郊区，这几年城市发展得快，一不留神就变成了一个新城区。现在那里即将被几个大的社区楼盘包围，一则那么多市民住在陵园附近，心里总有不安，其次附近太过喧闹了，烈士也不得安生，陵园搬迁也在情理之中。

韩述把车停在下面，自己徒步而上，就像他昨夜的梦一样。然而阶梯远没有他梦中那么漫长无止境。他还年轻，爬上去并没有消耗太多的体力，只不过这里比他记忆中要颓败了许多，水泥砌就的阶梯缝隙里，满是落叶、青苔和叫不出名字的阴生植物。台阶尽头那株石榴花居然还在，花朵一如既往地血红绚烂，在满目的苍松翠柏里格格不入，那万绿丛中一点红，太过触目惊心。韩述想不通这么多年了，怎么就没人想起要砍了它。

他站在石榴树的边上往下看，空荡荡的阶梯在他脚下如此寂寥，虽然这里没有远离市区，脚下不远处就是人群聚居处，但是爬上来之后，总觉得特别的安静和清凉，阳光也好似躲在了角落里。高处的风声总要急一些，不知道为什么，风带来了松枝和落叶特有的味道，他站得如此之近，那一树繁花竟然半点气味也无，这花和人一样，盛时太盛，就少了余香。

四周一个人都没有，到烈士陵园来怀旧的人大概不多，这里如果真有魂魄，恐怕也是寂寞的吧。他踩着脚下的青草，绕着烈士碑徐徐走了一圈。

记得小的时候，差不多每一年的清明节，他都会在学校的带领下到这里来缅怀革命先烈，好几回他都是在石碑的台阶下带领同学们慷慨激扬宣誓的学生代表。那时他们总说："我们胸前飘扬的红领巾，是烈士的鲜血染红的。"那时他回去之后，总是把红领巾嗅了又嗅，生怕闻出了血腥味，直到后来，他也是在这里才知道了，真正的血迹干涸了之后，哪里还会如此鲜艳，不过是一摊褐色的污痕罢了。

停留了一会儿，韩述忽然感觉自己来这一趟是没有什么意义的，假如真有什么值得记起，那也不一定要靠眼睛。拆了就拆了吧，有多少东西可以恒久？他用当初那把老肯尼士球拍打赢中学时代最后一场比赛时，曾发誓要把它珍藏一辈子，可是现在，如果没有朱小北的东翻西找，大概下一次搬家前，他都不会想起它。

想到这里，韩述苦笑一声准备打道回府。他从烈士碑的另一面绕出来，才发现石榴树的旁边，已经多了一个人。

他匆促地退了一步，鞋底踩在滚动的小石块上，险险站稳，好在草地丰厚，没有发出什么声音，背对着他的那个人也未曾被惊动。昨天还想尽了理由去靠近，现在她就站在那里，韩述却发现自己害怕了。害怕她怪他，也害怕她不怪他。

她没了梦中的长发，韩述觉得有些不习惯，可他知道那就是她。他在此处所有的记忆都与她相关。韩述开始相信冥冥之中有一双手牵引他至此。

他看着她弯下腰，用手摩挲过石榴树的树干，良久垂首，然后在树边的台阶上坐了下来。

这么多年了，她果然还忘不了。假如真如梦里所示，从高处滚落的人是他，那么她还会不会每年来此？

韩述藏身在石碑后凝望她许久，她也在石榴树边的台阶上坐了许久。太阳开始悄悄地偏移，他们谁都没有动，好像天地间本该如此静止。

韩述是个好动的人，闲不住，可是这一次，他竟完全没有感觉到时间的流逝，等到她拍了拍身上的灰尘站起来，慢慢消失在阶梯下，他挪了挪脚，好像有一万只蚂蚁游走一般的麻，这才皱着眉头抱脚“哎哟”了一声。

他不敢跟得太紧，估量着人已经走得很远，才小心地迈了出去。果然，陡长的阶梯再一次空无一人。他往下走了一步，又回头去查看那棵石榴树，她刚才在做什么，可是树下明明什么都没有。

韩述试着像她一样，以同样的角度弯下腰察看。凝视这棵树的时候，她脑海里会有什么样的影像，韩述完全猜不出来，最后，只得伸出手，摩挲了一下粗糙的树干，自嘲地苦笑了一声。

然而就在这一触之下，韩述的指尖感觉到了不一样的触感，他凑近了一些，原来手腕粗细的石榴树主干的侧面，有人用小刀或是别的利器刻下了些许印迹。也许当年这痕迹相当之深，可是年月已久，树的自愈能力让它越来越浅，如今只剩下淡淡的一圈。

韩述吃力地辨认那几个字母样的笔画，“h……j……n”。他不记得有这样的一个单词，苦苦思索着，直到又认出了中间的那个“&”符号。

h……s……&……j……n

hs&jn，hs&jn……

韩述在嘴里反复默念，如同一个魔咒。

忽然，他懂了。这棵不知道长了多少年的石榴树上，剜刻着两个人的名字。

韩述 & 桔年！

真的是这样吗？韩述大惊之下，如当头棒喝，过于激烈的情绪令他竟有一瞬间的眩晕。

也就是这个时候，他猛地记起，这一天正好是 8 月 14 日。已经整整十一个年头了。

第八章

十一年都过去了，一辈子还过不去

08

销假上班的第一天总是痛苦的，提醒韩述未处理事项的小便签贴得整个电脑显示器面目全非。他一边在心里发誓，四十岁必定要退休终日去晒太阳，一边嘀咕着试图在便条堆里翻找出最重要的工作事项。

韩述身体向来很好，鲜少像这次一样，感冒严重到必须请假休息。然而昨天晚上他退了烧，居然睡得很好，早晨出现在办公楼时，不少同事说他看上去气色不错。为了证明自己没有因为离职在即而故意懈怠，韩述不得不频频向大家展示依然沙哑的嗓音，在到达办公室之前，他至少收获了五个治疗咳嗽的偏方。

除了向继任者移交工作，韩述手头上最重要的一件事情就是提审建设局贪污案的当事人王国华。距离下班还有一个半小时，他终于在审讯室见到了那个涉嫌贪污三百四十万的建设局小科长。

人都说相由心生，韩述深以为然。他一直都相信自己的眼睛，那些坐在审讯桌对面的人，无论怎么强作镇定，他总是可以一眼窥破对方心里的虚浮和不安，然而今天坐在他对面的王国华，却让韩述有些头痛。

那是个长相憨厚老实的中年男人，相貌平实，打扮朴素，戴一副款式很老的眼镜，看上去更像是一个乡镇中学的物理老师，而不是国家机关巨额贪污案的当事人。这也就罢了，希特勒还是清教徒式的人物，没什么好奇怪的，让韩述受不了的是这个男人的哭泣。从被干警带进来开始，他汹涌的眼泪就没有断过，韩述发现自己根本没有办法在他痛苦的哽咽声中插上话，当他尝试着表明自己的身份并开始提问时，这个王国华更是难以抑制地掩面痛哭起来。

任何一个人面临可能到来的牢狱之灾，心绪起伏都是在所难免的，可是作为一个在官场浸淫了多年的人来说，王国华的表现实在是有些失控。韩述试图等待对方激动的情绪过去，以尽快展开手头上的工作，可是整整十五分钟过去了，这个男人的哭泣不但没有克制，反而愈演愈烈，脸上涕泪交融，惨不忍睹，更是几度有哭至昏厥的趋势。

“对不起，快下班了，如果不介意的话我打断一下……王科长，我知道你心里不好受，有没有可能等到我问完几个问题之后再哭？”韩述觉得自己不能再这么坐等下去，对方绝对会哭到地老天荒的。可是他一句话说完，王国华的哭泣声更大了。

韩述叹口气，给了一旁的干警一个眼神示意。他附在干警的耳边低语道：“兄弟，有没有办法让他停一下。我下班后有急事，实在熬不起……要不，你能让他不哭，我请你吃饭！”

那个相熟的干警显然也很无奈，憋着笑，拍了一下韩述的肩膀，然后走到王国华身边，厉声警告了几句。

王国华这才稍稍收敛一些，可是眼泪依旧如雨，整个人抖得如筛糠一般。韩述开始怀疑，假如那个干警再警告两句，王国华极有可能因恐惧而失禁，更别提交代问题了。想到这个，他觉得自己也要哭了。于是，他制止了提高音量的干警，很显然，对付王国华，这一招只会适得其反。难以置信，就这么一个窝囊的中年人，去哪儿借的胆子贪污一笔巨款？作案的时候，他就不会吓得尿裤子？根据韩述的初步判断，这个案子只有两种可能：第一，其中必有隐情：第二，这个王国华是一个善于伪装、城府极深的老狐狸。

韩述用手支着脸颊，每隔一段时间就抽出一张面纸，递给对面那个一脸泪水和纸屑的男人。在这个过程中，他甚至偷偷地拧了一下自己的大腿，居然还是疼的。从昨天下午到现在，他有些迷迷瞪瞪，整个人云里雾里，分不清现实和虚幻。难不成真的印证了韩院长说的气话，他的精神状态不太正常，否则该怎么解释这几天来，他遇到的人和事都是那么匪夷所思？

小半盒纸巾终于抽完了最后一张，韩述的耐心也耗尽了。他再也管不了什么敌不动我不动、静观其变之类的策略，抱着空了的纸巾盒，咳了一声，“我说老兄，需不需要我给你颗糖你才能把眼泪收一下？我觉得吧，是男人就应该先把问题解决了，然后该干吗干吗去。我今天来没有结果，最多无功而返，但是耗得久对你来说，一点好处都没有。”

王国华低头抽噎，不作声。韩述有些沮丧，翻了翻手边的卷宗，“如果你觉得自己是无辜的，那就向我证明，据实回答我的提问，否则目前的证据对于你来说非常不利。听说你有个儿子在加拿大读书，是个高才生对吧，他肯定不希望看到自己的父亲像现在这样。”

韩述也没有想到这一番话居然让王国华有了反应，他颤抖着，慢慢抬起头来，嘴里喃喃地：“儿子，我儿子……是啊，我儿子很优秀。”说到这里的时候，他居然咧嘴笑了一下，哭中带笑的扭曲表情令韩述心里一阵不适。

“对，想想你的儿子，哪个儿子不希望以自己的父亲为荣，以父亲为楷模？他知道你在参与 1032 国道、中州高速公路还有新华路拓宽改造等十一个工程过程中涉嫌贪污受贿三百四十万元吗？钱的用途不就是让你的生活过得更好？如果你的儿子知道了，他会怎么想？你的生活还能像以前那样吗？”韩述意识到自己很有可能抓到了对方心理的一个突破口，声声追问。

王国华显然内心也在痛苦挣扎，在韩述的追问中抱住了自己的头，痛哭声中语无伦次，“不……不是……我没有……我有罪……”

韩述心里哀鸣，又是肯定又是否定，究竟搞什么。

“现在所有的证据都指向这三百四十万经你的手之后，下落不明，如果你不给出一个合理的解释，根据《刑法》第三百八十三条，等着你的有可能是十年以上的有期徒刑或者无期徒刑。你知道我说的意思，如果是这样，你的生活，你家人的生活都会被摧毁。所以王科长，我希望你冷静一下，尽量配合我们的调查工作，提供有价值的线索，那么对你来说绝对是有好处的。”

“我没有拿……我什么都不知道！我是无辜的……”

王国华不停地摇头，几近崩溃。韩述坐在一旁心里苦笑。他说他是无辜的，但是什么也不肯交代，就算他是个替罪羊，那也注定逃不过这个罩下来的黑锅。蔡检是对的，这个案子的确很快就会结案，这个看上去窝囊老实像一摊烂泥的男人这一辈子将会这么完了，他的工作也会顺利结束。不知道为什么，韩述在收拾东西离开的时候，心情没有他料想中的轻松。

干警已经将王国华提了起来，重新押送往拘留处，韩述低头收拾卷宗，听见王国华用沙哑的声音说了一句：“韩检察官，我的事，别告诉我的儿子，让他在那边好好学习——”

这是会面以来王国华说得最完整的一句话，韩述莫名有些唏嘘，可怜天下父母心，虽然站在他面前的，很有可能是一个国家的蛀虫。

回单位的途中，韩述始终没有办法从王国华的哭泣中摆脱出来。他想证明自己是对的，这个男人是个可怜的替罪羊，但是反复研究了手里的资料，也没有办法找到更合理的证据支持他的直觉。他的感冒还没有完全痊愈，忙了一整天，脑子又开始如灌了铅一般沉。韩述知道，正如韩院长所说，他很多时候太过感情用事。他向往光明美好的事物，而自己干这一行，注定要面对许多的黑暗和丑陋。

刚毕业的时候，他满怀热情地投入工作中，希望能够证明世间还是有公道和正义的。事实上他的工作完成得很好，然而心中的无力感却日益加深。每结一个案子，除去一个"害"，并不会让他感到好受，只会给他带来更多的困惑和疲惫。

下班铃声响起，韩述逃也似的冲出办公大楼，在电梯附近差点把迎面而来的蔡检察长撞飞。韩述笑嘻嘻地搀了一把胖乎乎的蔡检察长。站定之后，蔡检察长压低声音骂道："兔崽子，你丢了魂？不是病了吗，逃荒似的要去哪里？"

韩述松开了手，半真半假地说："我就是去追我的魂。"

"胡说八道。"蔡检察长没好气地说着，手里却塞给韩述一瓶东西，"止咳的，这个牌子好。我听不得你咳个没完。现在都找不到枇杷树了，要不摘几片叶子煎水喝最好了。"

"一林妹妹，你对我最好了。"电梯门开了，韩述飞快地闪身进了电梯。去取车的路上，他脚步带风，看到他的人都说："韩述，赶着约会啊？"他一概笑眯眯的，当他坐到车上，才开始困惑，去哪儿呢？他这么匆忙是要赶去哪里？连下午那场重要的提审都险些沉不住气。朱小北今晚在学校实验室里有事，他们才见过面没几天。回家的话，他又不愿意接受父母关切得过分的唠叨。到处逛逛吧，韩述自言自语地说。傍晚的天气不错，吹吹风，心里会开阔很多，然后再到他喜欢的那个茶餐厅简单地吃个晚饭，一天就可以结束了。

这么想着，韩述发动了车，很快驶入了车河。这个时间段城市的道路车辆密集得连苍蝇都飞不进去。他左绕右绕，自己也不知道为什么，就到了他近期两度光顾过的那家布艺店。

他把车停在布艺店对面的路边，摇下车窗，隔着窄窄的一条马路，透过布艺店巨大的落地窗，他看到了那个陌生而熟悉的身影，原来她在的。

店里似乎有几个客人，大概是到了晚饭时间，店员少了许多，只有她和另外一个女孩子。她先是在柜台前低着头不知道看着什么，短发有几缕垂了下来，遮住了面容，可是韩述不需要用眼睛就可以窥探到她的样子——微微侧着头，嘴角的弧度透着严肃，看上去极度认真，其实很可能正在神游太虚。他为什么这么肯定？他了解她吗？他想象的是真实的她，还是只存在于他幻想中的那个谢桔年？

过了一会儿，大概是听到另一个店员的呼唤，她放下手头的东西，走到顾客的身边，然后便是长时间的介绍和解说。在这个过程中，她一直微笑着，脸颊上那个小而深的酒窝终于显现了出来。

她笑的时候，十足像一只白色的兔子，看似无害又有几分狡黠。韩述想象着她的头顶长出一对长长的耳朵，嘴角也不由自主地上扬。

那一天，她被朱小北领到他身边，清淡地询问："没有合适的吗？需不需要我向您推荐几款？"那表情是不是一如她面对任何一个陌生的顾客？

天很快就黑了下来，布艺店里的灯都亮了起来，暖黄色的，韩述的车所在的区域反而成了暗处。韩述不喜欢黑暗，可是现在他一点也没感觉到黑暗。终于，买到了心仪物件的顾客满意而去，她和同事闲聊了几句，又过了半个小时，她消失了一会儿，再出现的时候拎着自己大大的包，换下了橙色的工作服。

下班了，她要走过来了。

当韩述意识到这一点的时候，他想过往座位下面缩一缩，他完全没有心理准备在这里跟谢桔年打照面，可是该死的安全带，他为什么现在还系着安全带？还没等他成功地隐藏自己，谢桔年已经走到他的车附近，他甚至没有来得及摇上车窗。

韩述紧张到无以复加，要不就说他正在等人？等谁呢？等一个他也不知道是谁的人？她会嘲笑他吗？还是会冷冷地凝视他？

然而，谢桔年就这么从他的车旁走了过去。她走得并不快，经过他时，就像经过一根陈旧的灯柱，又或者路边一个毫不起眼的垃圾桶。

她根本就没有注意到他。

韩述紧张过后，竟然失望了，就好像慷慨赴死的烈士，已经喊完了气壮山河的口号，敌人却说："不好意思，抓错人了。"可是这十一年了，一块石头都有可能变了形，何况是人，她认不出他来了……

就这样，韩述在桔年走开一百米之后，徐徐发动车子尾随而上，离得远了，就会跟丢了，离得近了，有可能弄巧成拙。

谢桔年在等公共汽车，她在她那个体积不小的包包里长久地翻找公交车卡。韩述都着急了，她才终于没入人挤人的公共汽车里。过了十三个站，她在刚被划入市区范围的一个城乡结合部附近下了车，走到路边的小商店跟老板打了声招呼，出来时手上拿着一瓶牛奶，步行了五分钟，消失在一个旧院子的铁门内。

这个地方韩述曾经是来过的。许多年前，他也是尾随着这个背影，不知不觉就走到了城市的边缘。

韩述发了一阵呆，也不知道心底是什么滋味。离开时，他的车轮差点轧到了不知哪个居民放养的芦花鸡，路边玩耍的孩子好奇地看着他，他在浓浓的人间烟火气息中透过后视镜再度回望那个有着破败小院的红砖房。没有想到，事隔那么多年，她居然还是回到了这里生活。那个人……那个已经消失了的人在她心中就有那么重要吗?

从这天起，韩述似乎着了魔，下班之后，甚至是单独外出办事的间隙，鬼使神差地他就绕到了桔年的身后，鬼祟地尾随着她的行踪。他也觉得自己形迹可疑且猥琐，然而就是戒不掉这莫名其妙的心瘾。不到半个月，韩述竟然把谢桔年每天的行踪摸了个八九不离十。

她一三五是白班，二四六是晚班，周日大概可以休息一天。几乎每天，她都会乘坐 85 路公共汽车穿越城市，往返在上班地点和住处。白班的时候，她回来时会在住处附近的小商店拿一瓶牛奶，晚班的时候再把空瓶归还店主。她走路的时候一如既往的慢，明明快要迟到了，还晃晃悠悠，不紧不慢的。上班的时候倒是很认真，跟员工们关系相当好，顾客对她的服务态度也总是满意的。虽然韩述总觉得她不管看上去多认真，其实总有些心不在焉。晚上回到住处之后，她关上了铁门，通常就不会再出现在院子的外边。

他就宛如一个变态者，在暗处偷窥着一个女人平淡如水的生活，没有惊喜，也没有波澜，她就这么日复一日地重复着前一日的轨迹，他也亦步亦趋地跟着。韩述从不认为自己是个有耐心的人，但是在这个过程中，他竟然没有过厌倦，包括远远地等待她下晚班的漫长时间里，他静静地坐在车上，听着 CD 从第一首歌唱到最后一首……

王国华的案子离结案不远了，韩述留在城南分院的时间也越来越短。同事们都奇怪，以往最喜欢玩的韩述怎么下班后变得无影无踪了，蔡检也说他是失了魂的小鬼。韩述耍无赖，说都是蔡检察长给的止咳药水让他喝出了问题，蔡检直骂他无厘头。担心自己的车子频繁地出入谢桔年周围会惹人侧目，败露行径，韩述开了几天自己的车，又强行征借了蔡检察长的座驾，又过了一阵，再跟好朋友林静交换车子，韩院长的专车也被他充分利用了两次。

韩述活到这么大，还没有做过如此见不得光的事。他觉得自己在隐蔽行踪方面兴许有些天赋，至少谢桔年从来没有注意到他的存在。但是半个月后的一天，他再次停在她住处附近那个小商店，等待她下班后经过。实在无事可干，他就摇下车窗，对小商店的店主说了句："麻烦给我一瓶牛奶。"

递到韩述手里的牛奶和谢桔年每天喝的如出一辙。他喝了几口，味道很一般，这也值得她每天定时定点地来取？她的喜好和品位韩述向来不敢恭维，心里鄙夷着，鬼使神差地又尝了几口。

小商店的老板还停留在韩述的车旁，韩述有种后知后觉的心虚，自己喝牛奶的时候应该没有流露出什么奇怪的表情吧。想到这里，他对车窗外的老板报以一个无懈可击地微笑，礼节性地说了句："牛奶还不错。"

老板是个五十来岁中年男人，他木讷地接过韩述递回来的空奶瓶，回以一句："我没喝过。不过味道应该坏不到哪儿去，要不然怎么有人隔几天就换辆车停在这里就为了买瓶奶喝？"

韩述差点没被口水呛死，他以前怎么不知道人民群众的警惕性已经变得如此之高。他搓了搓脸颊，好让自己笑起来没那么尴尬。"是啊，奶香不怕巷子深。"

他摇上车窗后，弥漫开来的窘意中夹杂着心慌。连小商店的老板都识破了他，谢桔年真的从头到尾毫无知觉？他自以为的隐秘难道只是皇帝的新衣？究竟基于什么心理，她才能视而不见地每天跟他擦肩而过，连眼眸的余光都没有扫向他一眼。他总是努力记起她的一些小细节，但是差点忘记了最重要的一点，他从来没有真正了解过谢桔年，即使十一年前也没有。

商店老板无心的一句话，打碎了韩述这一段时间以来掩耳盗铃的小小快乐，被他塞到汽车座椅底下的理智终于冒出来问他：韩述，你想干什么？

没错，他究竟想干什么？就这样日复一日地跟着她有何意义，他始终没有办法鼓起勇气上前说一句："原谅我。"但是说了又能如何？时间看不见摸不着，但绝对不是虚无的存在，十一年是一道天堑，没有人能够若无其事地跨过去。不管他怀着什么心理，不管这一次的重逢唤醒了过去多少的恩怨，他和谢桔年，生活在不同的人生轨道上，他没有办法改变什么，谁也不能拯救谁的生活，他比任何人都清楚自己的无能为力。事实上，他和他等待着的人，只不过是陌生人。

韩述对自己说，我就是看看，随便看看。看她过得怎么样，现在已经看到了，满意了，就该走了。十一年都过去了，一辈子还过不去吗？梦里的就留在梦里，现实中，就相忘于这城市的浮云中吧。

再看一眼，我就离开。

这一天恰是周末，谢桔年回来的时间比平时要晚一些，她依旧背着大大的包，不疾不徐地踩着蚂蚁。好了，到此为止，该走了，待会给朱小北打个电话，一起去喝点东西。

韩述发动了引擎，这一次，他忽然希望谢桔年这个女人变得像小商店老板一样双眼雪亮。但是她没有，她手里拎着的一个满满的超市购物袋里不留心掉落了一包东西，走在她身边的一个小女孩捡了起来，抱怨道："你就不能小心点？"

桔年漫不经心地把东西塞回购物袋，顺手揽住了那个女孩："回家想吃点什么？"

女孩十来岁的模样，身穿蓝白色校服，扎起的马尾长及腰，面容清丽。

韩述额头的青筋猛然跳了一下，那是一个极度可怕的念头……

第九章

韩述，这是我的事

09

傍晚时分，华灯初上，空气中有种洒水车过去后湿漉漉的味道，风若有若无的，这些跟韩述的理想境界相去不远，别致的茶餐厅里，柠檬茶的味道一如既往的好，餐厅小妹的笑容清甜，可是今天的韩述却不解风情。他身上冷一阵热一阵的，腿抵在有些狭窄的桌底下，不可抑制地轻颤。

韩述竭力不去想刚才那对于他而言犹如原子弹爆发的一幕，没有什么孩子，没有什么可怕的事情发生……他不停地用手里的吸管戳着杯里的柠檬切片，嫩黄的新鲜果肉里还带着好几颗籽，可怕的是，就这么一个“籽”字，又让他联想到了“孩子”这个词组，想象力真是个恐怖的东西。孩子孩子孩子……好像有人在他耳边不停地念着这个紧箍咒。那个女孩——韩述之前盼望着她只不过是邻居家的小妹，或许就是小商店老板的小女儿。可是，他亲眼看见她跟谢桔年一前一后走进了那道破铁门，整整一个小时，都没有再出现。

在等待的过程中，韩述可耻地利用职务之便打电话给谢桔年所在社区的居委会，以协助调查为由查询她的所有情况。居委会值班的阿姨配合程度之高超乎了他的想象，甚至都没有细问韩述是哪个检察院的，为什么案子而来，就竹筒倒豆子似地把她所知道的关于谢桔年的一切娓娓道来，还自行添加了不少办案需要之外的内容。

正是由于这个阿姨的热心，韩述现在至少掌握了以下内容：谢桔年现在婚姻状态一栏显示单身，差不多八年前回到这里租房子，换过好几次工作，最长久的就是在目前这个布艺店上班，差不多已经干了四年，从小店员做到了店长，也算不容易。她的日常作息时间跟韩述摸查到的相差无几，没有什么交往特别密切的朋友，没有亲戚往来，也没有关系特别亲密的男人出现在她住处附近。她带着一个女孩生活，女孩今年十岁，在附近的小学读四年级，孩子跟她姓谢，叫她姑姑，户籍却不跟她在一起。

据谢桔年自己透露，这是她一个堂兄的小孩，堂兄常年居无定所，所以孩子暂时由她代为照顾。这个“暂时”到目前为止时间已经不短，附近的老住户都知道，她刚搬过来没多久，身边就出现了这个当时才学走路的小娃娃，而且她口里的堂兄基本上没有人见过。居委会阿姨略带神秘地告诉电话另一头的韩述：“要不是她年纪轻，很多人都会以为那女孩是她自己生的。哪有从来不关心自己孩子的父母，那个堂兄谁知道存不存在。”

发现韩述这边良久沉默之后，热心公益的老阿姨关切地询问：“检察官同志，谢桔年是不是又犯了什么事？我们知道她是有过案底的，对她也一直比较关注。不过她在附近住了那么久，看起来一直都安分守己，虽说不太爱跟人往来，但是和邻居什么的都处得很好，很多人都说看不出她是坐过牢的人。不过啊，知人知面不知心。对了，听说最近有一个年轻男人，老是开着车在她住的地方转悠，非常可疑，我们会注意的。要是需要协助，我们一定会把她的行动及时汇报。”

居委会阿姨把谢桔年当成一个潜在罪犯的口吻，犹如在韩述脸上狠狠地掴了一掌，让他心里极度不是滋味，几乎都忘了分明是他自己打着让居委会协助调查的名义，不光彩地窥探她的隐私。他高度赞扬了老阿姨的“法制观念”，挂了电话，越发心乱如麻，他了解的情况每多一些，离她越近，就越觉得那个答案呼之欲出。

韩述用带着凉意的手指触了一下自己的手臂，感觉那里的皮肤，还有皮肤下的血肉，血肉里流淌的热的液体。那女孩血液也应该是这样温热的，一如他血肉的复制……哭，哭不出来，笑，又觉得牵强，惊恐无处诉说，他今年二十九岁，距离而立之年还有几个月，爱疯爱玩爱热闹爱自由爱享受，尽管也想过该找人结婚，但是家的概念和责任两个字对于他来说还很淡薄，也许潜意识里，他还把自己当成一个大男孩。可是，一个十来岁的女孩犹如哪吒一样踩着风火轮横空出世，怎能不惊得他三魂六魄离位。

谢桔年是不是孩子的亲妈？如果是，孩子的爸爸是谁，是他的可能性有多大？就算是万分之一的概率都足以让韩述坐立不安，何况，这个概率绝对不止万分之一，他自己心里有数。

“你看什么，杯里有怪兽？”朱小北带着笑意的声音让韩述吓了一跳。她拉开凳子坐了下来，不知道是不是出门的时候太匆忙，发梢有一点点凌乱，可是韩述没有心情嘲笑她，就像一个得了绝症的人没有心思嘲笑一个面瘫患者。

“我以为你会说一两句诸如‘怪兽已经坐在我的对面’之类的话。”朱小北说完，发现韩述依旧不语，他今天看起来确实有些怪。

“韩述，你受什么打击了，说来听听？”一个好女朋友就应该这么善解人意。

韩述低下了头，看起来很是困扰，然而当他终于注视着朱小北，双手紧紧交握着，脸色苍白，眼底却泛红。朱小北意识到，可能真是出了什么事。

“小北，我这边可能出了点状况。”

“哈哈，韩述，你不会是想要告诉我，你的前任女友怀孕了，孩子已经三个月了吧。”朱小北试图化解一下有些凝重的氛围。她和韩述的相处始终是轻松而愉悦的，眼前这个样子让她很不习惯，然而这句玩笑话说出了口，韩述的表情就像石化了一样。

“呃，看起来你今天不太认同我的幽默感。”朱小北干笑了两声，“我收回刚才的话，说吧，韩述，我做好了心理准备。”

韩述深深吸了口气，勾了勾手指，暗示朱小北凑过来一些，朱小北配合地侧耳倾听。只见韩述压低了声音，艰难地说道：“小北，我想我真的有孩子了，不……不过，不是三个月，是十岁……”

朱小北听完，呆了三秒，缓缓地靠在椅背上，“你的孩子……十岁？”她半眯着一只眼睛，双唇保持着微张的弧度，用一种怀疑而恐怖的眼神再次看了看自己对面的人。但是她的惊恐并非源于“孩子”这个事实，而是由于韩述，她的男朋友说了一句匪夷所思的话。

“对不起，我知道这让人很难置信。相信我，我也懵了。但我不是开玩笑。小北，我是认真的，我可能有了一个十岁左右的孩子，女孩！”

朱小北的反应在韩述意料之中，他想，既然事情已经到了这个地步，遮遮掩掩反会更显龌龊，如果是他种下的因，他势必要尝这个果。

朱小北终于回过了神，“韩述，你太牛了吧，十岁的孩子，那你做孩子的时候多大？十八？十九？我有没有说过我崇拜你？你今天才知道孩子的存在？”

“我想是的。”韩述觉得自己快要被这个疯狂的事件震死了，没有人倾诉，他会精神分裂的，“那孩子上小学的样子，很漂亮。就跟你说的一样，我当年才十八岁多一点，这些年我一直都不知道，所以……”

“孩子的妈妈是你以前的小女朋友？十多年了才带着孩子找上门来认祖归宗？我靠，这情节怎么这么熟？她要求你负责了？你们去验DNA了？像电视里演的，孩子长得就是你的翻版？孩子扑上来叫你爸爸？”

在朱小北连珠炮一样的问句下，每一个答案韩述都是否定的。

“都不是？那你怎么知道是你的孩子，你就不怕被人栽赃？用我老娘的话说，年轻人，这社会远比你想象的复杂。你一个法律工作者，这点警惕性都没有？”

“不是。唉，我不知道该怎么跟你说……她根本就没有找上我，是我偷偷去看她时发现的。对不起小北，我没有告诉你这些，我没有别的意思，就想看看她过得好不好，结果，我看到了她身边的那个孩子。我甚至不敢走上去问。”韩述自己也觉得有些荒唐，都不知道该怎么说好。

“打住打住！韩述，你的意思不会是说，你看到你‘偷偷去看’的那个女人身边走着一个女孩，那女孩也没有跟你长得一模一样，你就认定那是你的种？”在韩述点头之后，朱小北单手一拍桌子，“亏我刚才问了你那么多专业的问题，敢情这些都是你一厢情愿瞎猜的？韩述，平时看你一副聪明样，你现在没毛病吧，大街上乱认亲呐！”

朱小北的话话糙理不糙，这些道理韩述心里也是明白的，可是他没有办法把那种感觉说给朱小北听，她没有经历过他的那一段从前，任何人都没有办法理解。

“我真的很抱歉，小北。”这是他唯一的回答。

“做一个十岁孩子的后妈，或者现在把你给蹬了，任何一种可能被我老娘知道了，她都会打死我的！”朱小北哀号一声。

韩述撑住头，“你不会比我惨，老头子绝对会把我的骨头拆下来喂狗。”

跟朱小北的谈话没有任何结果，到了最后，朱小北主动叫上来两瓶二锅头，两人一边喝一边互相安慰。二两酒下肚，朱小北红光满面，精神振奋，韩述却不适应这物美价廉的烈酒，酒入愁肠人更愁，摇摇晃晃地被朱小北拖进车子，倒在驾驶座上昏昏沉沉睡了好几个小时才醒了过来。

此时已是明月高悬，韩述揉了揉眼睛，朱小北在一旁聚精会神地听歌，腮帮一动一动地嚼着口香糖。

“几点了？我睡了多久？你怎么不叫醒我？”他揉了揉自己的脖子，试图让自己精神一点。

朱小北笑道：“放心吧，你的酒品不错，睡觉的品相也不错。”

“给我一颗。”韩述伸手去接朱小北倒出来的口香糖。在浓郁的薄荷味道的刺激之下，他觉得自己的魂魄至少找回了一半，“居然这么晚了，我送你回去。”

朱小北二话没说下了车，“别，千万别，我如花似玉的大好前程，不能毁在酒后驾车上，我自己走。”

“去你的。”韩述看着她笑，“都说我没事了，真的不要我送？”

“你先问问你自己还能不能开车，不行就打个车，别让一个十岁的小女孩没了爸爸。”

韩述知道朱小北还是在笑话他，也不说什么，嘱咐她路上小心，目送她打车离开后自己也发动了车子。

他把车开到那个熟悉的小商店门口，商店已经关门了，这种地方的深夜总比市中心来得更快，十二点没到，基本上家家户户都熄了灯，也包括她家。四周人声悄然，偶尔有几只狗警惕地叫几声，和着远远近近的虫鸣。韩述很累，他原本只是想歇一歇，结果却在这深夜的合奏中昏昏睡去。

叫醒韩述的依然是小商店的老板，他敲着韩述的车窗，看着韩述睡眼蒙眬地睁开眼睛，咧开嘴嘿嘿地笑，“早啊，又来喝我们的牛奶了吧，等一晚上，也怪不容易的。”

韩述尴尬久了也就习惯了，索性还真的买了一瓶，边喝边夸：“全市就你们这儿的牛奶最正，等多久都值。”

天刚刚亮，韩述还想着，一定得回家换套衣服洗漱一下才能去上班，转念一想才记起今天是周末。按规律，谢桔年今天应该轮休。他把奶瓶还给店主，看到店主拿着早报埋头研究股市，反正闲着也是闲着，便跟店主信口聊起了股票。

那店主原本还是有一句没一句地搭话，过了一会儿，神情开始专注了起来，稍后干脆搬了张小凳子，坐到韩述车边的树下，听得津津有味。韩述想，这店主也不知道坐在对面的是谁，堂堂城南区人民检察院的股神，平时多少人追在屁股后面等着他指点迷津啊。他今天空腹喝了一瓶牛奶，在这城乡结合部的小卖部门口就这么把自己的第一手资料和心得无条件地出卖了，没有任何理由。

就这么兴致盎然地聊了许久，身边旁听的人坐成了一小圈，流浪狗也纷纷在他车边转悠。快十点的时候，韩述听见有人跟店主打招呼。

“财叔，你这里真热闹。以后你经营俱乐部了，还卖牛奶吗？”

“老婆子，去给桔年拿牛奶，一瓶纯牛奶一瓶高钙。”老板吆喝了一声，注意力依旧没有转移。

韩述嘴也没停，可渐渐地就不知道自己在说什么了。他只顾着传道授业解惑，竟然没有留意谢桔年什么时候出现在了小商店门口。也怪不得他，热衷炒股的闲人们把他的视线完全阻挡了。

她身上套着简单的T恤、运动裤，脚上趿着双拖鞋，脸上睡意还在，头发不是很服帖，衬得一张脸小小的，看来是从床上爬起来就直接过来拿牛奶，而且回去之后大有继续睡回笼觉的可能。

她怎么就能十几年如一日地惫懒！韩述腹诽不已，当年上学的时候谢桔年一星期至少迟到两天，作为好学生的他不止一次鄙视过这样的行径，想不到现在一点长进都没有。眼下谢桔年似乎也没有加入股市讨论小组的意思，拿了牛奶，转身就走。

韩述忽然有些恨她。越是这样不声不响的人，心里就越是藏着怨毒。谢桔年记恨着过去的事情，韩述知道。他是怯懦的，他宁愿选择遗忘，也不敢主动走到她面前请求原谅，可是只要她肯开口，他愿意接受任何条件，愿意付出任何代价，给出任何补偿——任何形式都可以。然而她不，她自己一个人生下孩子，然后静静地生活，这是最深层次的报复。她让他活得像个笑话。

韩述想也不想，打开车门追了出去，财叔在后面大声问："那中粮股票的我到底是抛还是不抛，说清楚再走啊！"

桔年，谢桔年……韩述想叫住她，名字到了嘴边，怎么也喊不出口。他选择了沉默地追上去，可是不知道她是否意识到了什么，他越追，她走得就越快，到了最后索性一路小跑。

韩述被她的态度激怒了，他当然比她更快。在桔年的手快要触到铁门的时候，韩述揪住了她的衣服。

桔年惊叫一声，猛然回头，明显缩了一下。

"你要干什么？我身上只有两瓶奶。"她惊恐地看着财叔他们的方向，眼里带着求救的信号，显然不敢相信大白天的会出现这种事。

"什么乱七八糟的，我才不要你的奶，难喝死了！你跑什么？"

"是你！"

她终于认出了他，韩述长舒了口气，因为财叔他们已经纷纷伸长脖子看了过来，作为肥皂剧的男主角，他很不自在。

"你跟着我到底想干什么？哦……"她的眼睛瞄到了他昨天来不及换下的制服上的徽章，恍然大悟，"你就是昨天打电话来调查我的人……我什么都没干！”

韩述困惑了，他完全被这个女人跳跃性的思维弄得一塌糊涂。他忽然发现了一个更可怕的事实——她居然不认识他了。

不知道为什么，这个认知让韩述的眼睛有些湿润了，这么多年来，他煎熬地等待她或者命运的惩罚，结果呢？她忘记了……

“你要怎样才肯放过我？”没有理由的，这句话从他嘴里脱口而出。

她脸上写满困惑，定定地看了他一会儿，看他的眉毛，看他的眼睛……然后，她往后退了一步，“韩……韩述，你是韩述？”

韩述长叹一声，老天有眼。

从最初的意外中恢复过来的谢桔年表情复杂，可是当她说“好久没见，你长高了”的时候，一如不太熟悉的故人在浪费时间寒暄。

“你先放过我的衣服，拜托，再扯都变形了。”她打了个手势，示意他放开。

韩述头昏脑涨地松手，又问了一次：“你跑什么，有什么见不得人的？”

桔年说：“我家里烧着水没熄火……你刚才可以喊我一声，我听得见。”

韩述不想跟她继续废话下去，直奔主题：“你还不肯说孩子的事。我的孩子！”

她的惊愕慢慢放大，说话都不连贯了，“孩子？呃……我没看见你的孩子，你结婚了？”

“别跟我来这一套，要不要我进屋对质？你到底是什么意思！”韩述面对她时抓狂的感觉正在一点点地被唤醒，他只记得自己的愧疚，几乎忘记了她的讨厌。

桔年好像又轻轻地颤了一下，“我侄女在屋里睡觉，除了她，没有别的孩子。”

“你就装吧，你侄女今年十岁，如果我没有猜错，她的生日应该在六月份左右，她名义上的父母从来就没有出现过。”他知道自己说得正中要害，至少这个狡猾的女人没有再反驳。

“韩述，我不知道你为什么来，但她不是你的孩子，你搞错了。她甚至也不是我生的。别人不知道，你应该知道，假如我怀着她，哪来后面三年的牢狱生活？我怎么生下她？”

“你从来不肯对我说实话。”

“随便你怎么说，这是很明显的事实。”

“那孩子是谁的？”

“韩述，这是我的事。”

又来了，他们所有的对话，绕来绕去都终结于这一句，你是你，我是我。韩述的挫败感如山洪倾泻。

透过老朽的铁门，红砖的小屋子里，窗帘被掀起了一角，一张小小的脸蛋一闪而过，帘子又飞快地落下。

“好了吧，想不到会再遇见你。很高兴什么的我就不说了，免得你说我虚伪。我的水要烧干了。”

她推开铁门。韩述不相信她，但是他似乎没有权利阻止。他的视线尾随她进入残旧的院子，茂密的枇杷树依傍着院墙生长着。

“等等。”韩述叫住她，“给我几片枇杷叶子吧，我最近老咳嗽。”

第十章

许我向你看——1997 年

⑩

桔年回屋子里搬出了一把旧梯子，将它靠在枇杷树旁。韩述想说："我来吧。"她已经摇摇晃晃地蹬了上去。作为一个绅士，韩述想当然地伸手去扶梯子脚，谁知桔年并不领情，她颤颤巍巍地踩在第四级阶梯上，好像内心挣扎了一会儿，才说道："能不能拜托你把手松开，你手抖得厉害，我还不想死。"

韩述当下有些恼羞成怒，本以为她成心跟自己作对，可是她紧紧攀住梯子时的恐惧是如此认真，让他不得不相信自己好像是帮了倒忙，只得讪讪地松手。当他收回他的好心后，桔年还非常不识时务地说了句谢谢。韩述听着她由衷的感谢，差点没把这些年积攒起来对她的歉疚抛到九霄云外，心里恨恨地想，最好摔死你。可是事与愿违，谢桔年在梯子上虽然摇摇欲坠，但是奇迹般地屹立不倒。她给韩述摘了满满的一捧枇杷叶，别说用来煎水治疗咳嗽，就是用来熬水洗澡也足够了。

韩述从不惮以最坏的恶意来揣测她的行径，她不想留给他下一次再来讨树叶的机会。可是他心里说，如果这件事情得不到解决，就算她把树根给刨了，也一样没完。

韩述离开的时候，桔年说了再见。他再一次深深鄙视她的口不对心，因为他走到停车的地方再回头，明明看到她偷偷摸摸地在铁门上加了一把锁。什么再见，她肯定希望永远不见。

这一边，桔年关上了门，正好听见有人迅速跳回床上的声音。她顺手推开一道虚掩着的房门，只见床上的小人儿摆出了一个极度标准的熟睡姿势。

桔年不以为然地对床上的人说了一句："别装了。"

过了一会儿，女孩果然下了床，跟着桔年走进厨房。

"我看到了，他是谁？"现在的孩子都早熟，十岁出头，已经到了对一切表示怀疑的年纪，而且开始对男女之间的事情异常好奇。桔年想，跟他们相比，自己真是落后了许多，她上小学的时候，还坚信自己是妈妈上厕所的时候拉出来的。

"嗯？"桔年回头看了女孩一眼，"哦，他是一个人。"

她的回答大致上就是一句废话，显然无法满足一个即将进入青春期孩子的好奇心。

"我知道他是个人！你们拉拉扯扯的，很奇怪。姑，我们没惹什么麻烦吧。"

"哪有那么多麻烦可以让我们惹上。"桔年笑笑，这孩子究竟遗传了谁，当她说到"麻烦"两个字的时候，语气里并无害怕，反倒有几分兴奋。她其实根本就不懂，真正的麻烦不是生活的调味料。

女孩显然对姑姑敷衍的态度相当不满意，“姑姑，你别骗我，我不是八岁小孩，我十岁了。”

虽然桔年并不知道八岁的小孩跟十岁的小孩有什么本质上的区别，但是她决定回答完问题让这个女孩重新上床去睡觉，“一个以前认识的人而已，他看到我们家的枇杷叶，有些激动。要知道，他已经咳嗽很久了。”

“可是我觉得你怪怪的。”

“为什么这么说？”

女孩撇了撇嘴，“你笑得很假。”

“如果你写作文的时候观察力这么强，我猜你的语文成绩会提高得更快。”

“你恨他？”

桔年终于忍不住笑了，她最怕小孩子装大人样。

“你懂什么是恨？”

“张丽在班里其他同学那里说我坏话我就恨她，想把她揉成一团。要不，你就是恨你的抹布。”

桔年下意识地低头，炉灶上空空如也，她根本没有烧水，原本打算用来擦桌子的抹布几乎被她揉烂了。她把抹布扔回案板上，洗了洗手，“不错，这个想法很有意思。喏，你的牛奶。”

“姑姑，他是你以前的男朋友吧！”女孩接过牛奶坐在了厨房的小板凳上，小孩子的八卦精神也是很强大的。

“你为什么对一个陌生人兴趣那么大？”桔年坐到她的身边。

“因为他很帅。”

问题的关键词终于浮出水面，这孩子不依不饶，不是因为什么怕惹麻烦、爱啊恨啊、真还是假，其实就是因为她觉得别人很帅。

“呵呵。”桔年干笑两声，看着对面那双几乎幻成了心形的眼睛说，

“大人和小孩的审美观真的差很多。”

“要是我以前认识他，我肯定不会忘记。姑，他还会不会来？你有没有跟他说，我们家的枇杷树还会结果。”

“这个啊，大概不会了吧。”——但愿不会。

孩子有些失望地单手支着下巴，不知怎么，就走了神。过了一会儿，才忽然冒出一句：“姑姑，你说我爸爸会不会比他还帅？”

桔年已经习惯了不管讨论什么事，最终话题都跟她爸爸联系起来。

“你爸爸当然比他更有魅力。这话说得好像你没见过爸爸一样。”

“不是！”孩子把奶瓶一放，激动之下，嘴角还带着白色的牛奶沫子。“我不是说斯年爸爸，我是说我的亲爸爸，生我的人！”

这个时候，桔年宁可她继续纠缠在“恨不恨”的问题里，至少那样的问题对于孩子而言足够抽象，她的回答也可以很抽象。她做得最错的一件事就是不该在去年试图带着这个孩子到父母面前让她见见“公公和婆婆”。她觉得这么多年了，父母应该可以谅解她，孩子也需要一个更正常的家庭氛围。结果，自己和父母多年的僵局不但没有改变，年老话多没有分寸的母亲甚至当着孩子的面，说出堂兄谢斯年也不过是孩子的养父这个事实。

孩子当时已经九岁了，因为从小父母不在身边，对于自己的身世有种特殊的敏感。她当时还在看着动画片，居然也听懂了大人争吵中夹杂着的一句话的含义。

让桔年更意外的是，孩子当时没有哭，反而有种暗暗而诡异的兴奋。也许在这女孩的心里，她一直盼望着自己的生活出现转机——她的父亲不是神秘而从不在身边的斯年爸爸，母亲也不是一个已经死了的人，她没有必要再跟着一个平凡的姑姑一起孤寂地生活。总有一天，她年轻鲜活恩爱无比的父母会踩着七彩祥云来到身边，把她接走，让她从此过上幸福快乐的生活。桔年母亲的话恰好证实了她这个朦胧的幻想，让她觉得这一切是有可能的，她的生活或许会出现转机。

从那时开始，这孩子就没有中止过对于寻亲的高度热情，她不断地向桔年打听询问自己亲生父母的下落和情况。在桔年一再地告诉她自己也不知情的时候，又开始反复幻想自己父母的样子。任何一个她喜欢的人，她喜欢的明星，甚至是卡通片的主角，都有可能跟她的身世联系起来。回答她的这些层出不穷、花样百变的提问让桔年焦头烂额，要不是孩子上的是寄宿小学，她迟早要在这些问题面前白了头发。

最可怕的是，不知是电视剧还是少女漫画惹的祸，有一天，孩子甚至一本正经地质问她："姑姑，你跟我说实话，我是不是你生的？你小的时候生下了我，不敢承认，所以说我是斯年爸爸领养的。你就是我的妈妈是吗？"

桔年当时目瞪口呆，手忙脚乱地用了许多照片、许多言辞才好不容易地说服这个孩子，自己从来就没有生育过，虽然她很渴望自己有一个这么大的宝贝。

孩子当时多么失望啊，泪眼婆娑了许久许久，桔年装作不知道她缩在被窝里哭泣，因为面对这种失望她完全无能为力。在很多种坏的答案面前，桔年宁愿给她一个坏得没有那么严重的。谁没有幻想，小的时候，桔年不也幻想自己的真实身份是一个公主。她把一颗豌豆放在自己的床垫底下，拼命地去感觉它，结果一夜好梦。她根本就不知道那颗豌豆滚去了哪里，一个真正的公主怎么可能这样神经粗线条？

幻想不就是拿来破灭的吗？

幸运的是从那以后，关于亲生父母这个问题出现的频率明显降低了很多。桔年刚舒了口气，没想到今天韩述的出现又扰乱了这种平静，使得她最头疼的一个问号再度出现在面前。

"你长得那么可爱，你亲生父母当然丑不到哪儿去。你在心里想着他们，他们也在心里想着你，说不定有一天你们真的可以团圆。”桔年现在已经不再试图说服孩子，她就是自己的堂兄谢斯年生的。也许让孩子在心中编造一个永远不会出现的完美父母，要比让她接受自己的斯年爸爸三年都没有出现这个事实要好。

女孩看来对这个恭维很受用，她的注意力终于成功地转移，“可是张丽说我没有她漂亮！”

“张丽那是嫉妒。”桔年用很公平公正的语气说道。这种时候，当然要委屈张丽了。

“我也觉得张丽不漂亮，她妈妈也很胖。对了，姑姑，有件事我差点忘记了，明天中午我可以把李小萌她们几个邀请到家里来玩吗？”

“当然。”桔年捏了捏她的小脸蛋，“哇，李小萌是你的新朋友？”

“是啊，以前她们都不跟我玩的，很多人想跟她们玩，她们都看不上。现在她们同意让我加入到四姐妹里。李小萌说从来没有来过我们家，很想来看看。”

“太好了，明天我该准备什么？”桔年真心地高兴，这孩子一直没有什么朋友，孤独并不是她的本意。

“你给我们买薯片吧，记住不要番茄味的，李小萌不喜欢番茄味。我还想要巧克力和苹果……不要在财叔的店里买，财叔店里没有什么好东西。还有，姑姑，你能不告诉李小萌她们我不知道自己的爸爸妈妈是谁这件事吗？”

桔年笑道：“什么都听你的，公主。哎呀，我应该写一个清单，下午给你采购去。明天我会早点回来做饭的。”

“你给我买比萨饼吧，你做的她们肯定不喜欢。”

“比萨呀，没问题没问题。对了，家里我得收拾收拾。”桔年摆开了要大忙一场的架势。

“姑姑，我……我还有一个问题。”

“问吧。”

“我到底是不是你跟刚才那个叔叔生的孩子？”孩子仍旧抓着有一个帅爸爸的希望垂死挣扎。

桔年的笑容顿时在脸上凝固。她重新抓起抹布，飞快地擦着灶台，大概是意识到孩子还伫立在原地等待她的答复，转过身指着表情怯怯的孩子，斩钉截铁地说：“谢非明，我再告诉你一次，他跟你一点关系都没有。”

周日的黄昏，女孩握着她的羽毛球拍，欲哭无泪地走在回家的路上。这一天天气很好，连夕阳都是红艳艳的，但对于她来说，显然并不是个美丽的日子。

早上非明就应该有所预感，她怎么都梳不好自己的头发，桔年姑姑新买的一个发卡夹住了几根发丝，扯得她很疼。旧衣柜里的裙子翻来拣去，没有一件可以让她看上去好看一些。她虽没有李小萌那么多的漂亮衣服，但是同学到她家里做客，她不想让自己看上去像一只灰老鼠。

李小萌她们三个比约好的时间晚到了一会儿，非明伸长脖子在财叔的小商店门口等了很久，才盼来了她的“贵客”。正打算有模有样地像个主人似的把小同学往家里领，不幸的事情发生了。她还来不及出言提醒，李小萌就一脚踩在了财叔门口的一堆流浪狗的排泄物上，漂亮的粉红色娃娃鞋上沾满了褐色的秽物。尽管财叔一脸歉意，并且深表同情，但这并不能让李小萌同学的心里好受一些。李小萌接过非明急急忙忙递上的纸巾，忍着作呕的欲望仓促地将鞋子擦拭干净，用叹为观止的语气对她的同学说：“谢非明，你住的是什么鬼地方？”同行的两个小伙伴想笑又不敢笑，非明一脸化不去的尴尬。

接下来，不愉快的事情一再发生，同学们很快就对非明家空无一物的小院子失去了兴趣，不管非明怎么强调，她们也不觉得那棵其貌不扬的枇杷树有什么意思。然后，她们几个挤在非明小小的房间里，没有电脑，没有新奇的玩具，一切都那么淡然乏味。非明努力地想说一些笑话逗她的朋友们高兴，结果她发现自己束手无策的样子本身就已经很好笑。

说好了要在她家吃午饭的，几个小女孩数着时间等待中午的到来。因为非明说了，很快，她的姑姑就会给她们带回很多很多好吃的东西。尽管如此，在班上女生中最有影响力的李小萌还是不经意地流露出了克制的不耐烦，她虽然没说什么，但是那百无聊赖的神情让非明深刻感觉到自己做了件蠢事，她的家的确没有什么好玩的，反而浪费了同学们宝贵的一个周末上午。为了让大家看起来没有那么无聊，她翻箱倒柜地找出了家里的相册，几个女孩传阅着，非明打起精神给她们解说着每一张照片的来历。

相册里的照片大多是非明自己的，她从小就爱照相，在镜头面前可以摆出许多美美的姿势。每一张照片桔年姑姑都按时间顺序认真地收集了起来，但是，厚厚几本单人照相册让同学们审美疲劳的同时，也让她们提出了疑问。

“谢非明，你家里为什么没有别人的照片，都是你自己的单人照。多没意思，难道你没有跟你爸爸妈妈合影过吗？”

“是啊，老听你说你姑姑，为什么都没有听你提起过你爸妈？”

“你家里除了一个姑姑就没有其他人了吗？”

“我当然有爸爸妈妈，我爸爸是一个画家，很有名的画家！他一年到头都很忙，经常到全国，不，全世界去采风，所以很少会在家。”这套说辞从小到大非明已经说过无数遍，纯熟到无以复加。

“是吗？那为什么你家里都没有你爸爸画的画。”一个同学看来并不怎么相信。

“因为……”

非明还没有找到好的理由，李小萌就笑着抢白了一句："谢非明，你爸爸那么有名，为什么还让你跟你姑姑住在这种地方？你爸爸真的爱你吗？"

"当然！"非明合上了相册，大声说道。同学们的质疑刺伤了她的自尊，"我爸爸当然爱我，比爱所有的人还要多一百倍！这里是我姑姑的家，不是我爸爸家，我只是暂时住在这里，不用过多久，我爸爸就会回来把我接走的。"

"是不是真的呀，谢非明，该不会是家里的大人骗你吧？大人们都喜欢对那些孤儿说，他们的爸爸妈妈去了很远的地方，电视里都是这么演的哦。"

"你才是孤儿，我不是！我说过我有爸爸，比你们的爸爸都要年轻，而且很帅很帅。"非明愤怒地反驳，她已经顾不上要跟同学搞好关系了。

"既然你爸爸那么帅，为什么不找一张相片给我们看看？"

"找就找！"

非明忍着泪冲进桔年姑姑的房间，拉开抽屉，打开箱子，愤怒地寻找。她祈祷着，让她找到点什么吧，一定要找到点什么，她不能让同学们看了笑话。

不知道是不是天上的某个神仙听到了非明的呼唤，在桔年姑姑抽屉最底层的盒子里，非明找到了一张有点变了颜色的旧相片。照片上四个年轻的少男少女一身运动打扮，拿着羽毛球拍站在校园里简陋的领奖台旁，手里还各捧着一本红色的荣誉证书，似乎是某场校园羽毛球比赛结束后获奖者的合影。

站在最左边看着镜头露齿而笑的那个是桔年姑姑，虽然姑姑那时看起来比现在更年轻，但是除了头发，并没有多大的改变。姑姑右边是一个头发短得出奇的男孩子，脸上的笑容让人看起来很舒服，眼睛却凝视着自己手里的球拍，好像那才是他最大的骄傲。最中间的女孩跟姑姑年轻时一样，也有一头黑油油的长发，像个洋娃娃一样面容精致，乍一看上去，比姑姑更漂亮醒目，她双手背在身后，嘴角微微上扬，眼睛直视前方，那种神态，十岁的非明还找不到恰当的形容词汇。最最重要的是站在最右边的男孩子，他微微向左倾着身子，眼睛不知道看向左边的什么人或是什么东西，他是照片里唯一没有露出笑容的人，抿着嘴，鼻子挺挺的，眼睛很好看。是他！非明觉得就是他了。

非明抓着那张照片，旋风似的冲回自己的房间，把它献宝似的展示在另外三个女孩面前，指着最右边的男孩子说："看见了吗？这个就是我爸爸年轻时候的照片。"她心里有些害怕自己的鼻子会像说谎的匹诺曹一样变长。

"真的吗？谢非明，这是你爸爸呀？哇，他年轻的时候看起来很酷哦。"

"本来啊，非明长得也很好看啊。"

非明的脸红了，自豪的感觉冲淡了她说谎的罪恶感。

李小萌也不由得捧起了那张照片细看，"谢非明，你爸爸学生时候羽毛球就得过奖，难怪你的球打得不错。"

"还好啦。"

"咦，不对哦。"李小萌转过照片的背面，看着上面的一行小小的字，慢慢地念道，"许——我——向——你——看。1997 年……谢非明，1997 年的时候，你爸爸还是个中学生，难道他十几岁的时候就和你妈妈生下了你？这也太扯了吧，说谎也不打草稿！"

"我看看我看看。"另外两个女同学都凑了上来，"是啊，谢非明，你也太好笑了，随便找一个人都可以做你的爸爸？我看你是没有爸爸吧。大话王！"

非明用力拨开她们，一言不发地抢回照片，却怎么也找不到语言为自己开解。

就在这时，院子里传来了桔年姑姑打开铁门的声音。

“我回来了，比萨也回来了。”桔年一手提着购物袋，一手捧着比萨走进来，就看到了这混乱的一幕，个子比另外三个女孩都小的非明似乎下一秒就要掉下泪来，手里紧紧捏着一张旧照片。

桔年愣了一下，很快就笑着对小朋友们说：“真对不起啊，公共汽车比往常晚了一些，大家过来吃东西吧。”

“阿姨，谢非明说谎，她说照片上的人是她爸爸。”追求真理的李小萌不依不饶地说道。

“有吗？我看看。”桔年伸手去拿非明手里的照片。非明不知道赌的是什么气，死死不肯松手，桔年笑着用了几分力气，才把已经变得皱巴巴的照片拿了过来。她用很认真的样子看了一会儿，“哎呀，是有点像，不过非明啊，你爸爸比照片上的人要帅一点点吧……比萨闻起来不错啊，过一会儿就凉了。”

这一场风波就这么稀里糊涂地掩盖过去，但是比萨大餐也不如想象中那么好。桔年匆忙之下，只记得薯片不要买番茄味的，却忘记了比萨馅里还藏着许多番茄。大家看起来好像都没有什么胃口，草草吃了几口，同学们就提出告辞了，桔年挽留了几句，倒是非明紧紧抿着嘴一言不发。

桔年把小朋友们送走，回到家里，还没进门，已经听到非明的哭声。她趴在桌子上，伤心得好像失去了整个世界。

“你骂我吧，你为什么不骂我？”非明冲着收拾桌子的桔年喊道。

“你帮我收拾收拾，我就不骂你。”桔年笑着说。

“我是个大话王，没有爸爸妈妈的大话王，你为什么不说出来？”

面对小女孩发泄式的哭闹，桔年试着去摸了摸她的头发，被她哭着避开。

“每个人都有爸爸妈妈，不管他们在不在身边。非明，就像你希望的那样，说不定他们在某个地方想着你，只是他们有不得已的理由。”

“他们不要我了。我恨你们！”

桔年咬了一口剩下的比萨，苦笑了一声。

非明在桔年回房换衣服的时候，抓着她的球拍出了门。她知道自己的脾气发得毫无道理，走到姑姑的房间门口，举起手想敲门，可那句道歉怎么都不好意思说出口。她并不知道，隔着一块薄薄的门板，她的桔年姑姑沉默地抚平了照片上的褶皱，嘴里低至无声地喃喃。

“你说，我该怎么办？跟我说句话吧，一句就好。”

从家里出来，非明一直是沮丧的。她跟财叔的一对儿女打了一下午的羽毛球，把别人打得铩羽而归也不能让她心里好过一些。最让人气恼的是，某次接球的时候，她的拍子扫到了一旁居民晾衣服的铁杆，那个桔年姑姑买给她的三十五块钱的羽毛球拍拍杆居然折弯了。

就这样，她呆呆地握着变形的球拍在财叔商店门口坐了好一阵，直到财叔提醒她天快黑了，才慢腾腾地往家走。短短的一段路，她觉得自己走得无比孤单，仿佛全世界都抛弃了她，比卖火柴的小女孩更可悲。

就在这时，她听到有人对她说：“喂，你的反手杀球姿势还不错。”

第十一章

谁没有做过那样的梦

11

非明看过《不要和陌生人说话》，她深知一个小女孩在路上跟不认识的人搭讪是不对的，而且这个时候，跟任何一个人她都没有谈话的兴趣。

桔年姑姑说过，如果你不打算搭理一个人，那么最好的办法就是当地球上没有这个人存在，当他是隐形人，当他是水蒸气。非明也打算这样做，但是她的段数远不如桔年姑姑那么高。当那个“隐形人”在她身后轻轻笑了起来，她终于忍不住扭头好奇地看了一眼。

看清来人的那一瞬间，非明揉了揉眼睛，在她确认并不是她看花了眼之后，一种说完谎就被人捉包的羞愧感涌上心头，就好像她刚刚振振有词地说张丽被妈妈打得上不了学了，张丽就神采飞扬地出现在教室门口。她微窘地把双手置于身后，看着这个昨天被她指鹿为马地说成是爸爸的人慢慢靠近她，不知道怎么办才好。

当然，非明根本不会知道，韩述也在心里想过一千回，面对这个有可能跟自己血脉相承的陌生女孩，第一句话应该说什么呢。

“我打赌你昨天早上在你家门口见过我，你躲在窗帘后面是吗？”韩述半蹲了下来，试图让视线与这个女孩子平行，他其实不是很清楚十岁左右的孩子应该是什么模样，但是下意识地觉得这个小女孩稍显瘦弱了一些，假如她长在一个父母双全的健康家庭，也许应该比现在更茁壮。

他果然发现了我在偷看，那么肯定也知道我拿他来欺骗别的同学！非明的脸慢慢红了，双手紧紧捏着身后的羽毛球拍，嘴里却还弱弱地反驳了一句：“我不是偷看，就……就看了一眼，姑姑也知道的。”

“你妈，不，我是说你姑姑有没有对你说起我是谁？”韩述其实想知道的是，桔年会怎么跟这个孩子解释昨天早上的事情，但是他又觉得自己在意这个问题好像有些可笑，幸亏对方只是个小孩子。

非明回想了一会儿说：“姑姑说你就是一个人。”

韩述的笑容有些僵，对谢桔年腹诽一万次。她就会糊弄小孩子，他当然是个人——难道，在她看来，他就只是个会直立行走的人类，仅此而已？

“你姑姑还说了我什么？”他继续笑眯眯地问。

非明摇头，打死她也不会主动说出来，姑姑还说了，“他不是你爸爸。”

“真的没有？”韩述心里不是滋味，不过谢桔年至少也没有在孩子面前说他是坏人。于是他厚着脸皮打蛇随棍上，“其实是这样的，我是你姑姑以前的朋友。”

但是韩述没有想到现在的小朋友警惕性这么高。

“你是我姑姑的朋友？为什么我从来没有见过你？那我问你，我姑姑是什么血型什么星座的，她最喜欢的颜色是什么，最爱吃什么水果，最喜欢看什么电视剧？”

韩述当然不肯承认自己对这些问题一无所知，说服一个小孩子，他自信还是可以的。

“我跟你姑姑很多年没有见面了，所以你没有见过我。我们以前认识的时候，也不兴星座血型这一套。”

“骗人，姑姑说她从小就很会看星座——”

“我知道她的名字啊，你姑姑叫谢桔年。”他搜肠刮肚，对于桔年，他又知道些什么呢，“你姑姑是市七中毕业的，我跟她一个学校同年级。你的羽毛球是她教的对吧，以前我们在一起打过球。”

“我姑姑从来不打羽毛球。”

“噢，你外公原来是市检察院的司机这总没错吧。”

“我没有外公。”

“我是说你姑姑的爸爸。”

“哦，你说我公公啊，我就见过一次，姑姑说，公公是在家门口下象棋的。”

韩述觉得自己有必要使出杀手锏了，虽然他从没有想过自己会需要在一个十岁小孩面前使出这一招。他掏出自己的检徽，“你看，叔叔是个检察官，人民检察官是不会骗人的。”

非明狐疑地把天安门和五角星图案的徽章拿在手里，“检察官是干什么的？”

“检察官……检察官是监督和审查坏人的。”韩述不知道孩子能不能理解。

没想到那检徽在非明手里忽然变得烫手一般，她飞快地把它塞还给韩述，眼里流露出些许惊恐，“我姑姑不是坏人，她已经改过自新了，她不会再干坏事的。”

韩述感到了重重的挫败感，孩子对桔年的过往也有所知觉并且为之不安的事实让他心里一酸，他垂下了头，用双手使劲搓了搓自己的脸颊。

他以为这个根本就不相信他的孩子会马上跑开，但是当他放下自己的手，小女孩仍站在离他一步之遥的地方，有些迷惑地看着他，那眼神很专注，甚至带着点莫名的祈盼。

不知道谢桔年这些年带着一个孩子是怎么生活的。韩述想着都觉得苦，她怎么会浑然不觉？

“能告诉我你的名字吗？”韩述放弃了证明自己身份的努力，他现在只想知道她们过得好不好。

孩子眨了眨眼睛，警惕感似乎在逐渐流失，“非明，我叫谢非明。”

韩述笑了，说：“我叫韩述。你的名字很特别，是你姑姑给你取的吗？”

“我不知道，但是我想应该是我爸爸给我取的。”

“你姑姑有没有跟你提过你爸爸？”

“她总提斯年爸爸，但是我知道斯年爸爸不是我真正的爸爸，总有一天我会找到我真正的爸爸。”

韩述听懂了这绕口令一样的对白，“你有没有想过你真正的爸爸是什么样子的？”

非明羞涩地摇头。韩述忍住了用手去抚摸她脸蛋的举动，也忍住了没把“我就是你爸爸”这句话宣之于口。他是个成年人，更是个理性的人，做事不可以太冲动，也不能不想后果，虽然他刚刚调查到一件非常奇怪的事情。

通过熟人，韩述从桔年服刑的监狱里了解到，入狱的前几个月她一直被一场大病困扰，但是监狱里对她患病的原因写得含糊不明。虽然那几个月并不足以让她生下一个孩子，但其中必然有隐情——监狱本来就是个复杂的小社会，什么都有可能发生。大病几个月都可以写成病因不明，那么假如她怀着孩子通过了入狱体检，最后生下了孩子也不一定是匪夷所思。

也许当年发生的事情根本就不是他所能料想的，如果是那样，他真不知道自己要做什么才能填补心里的惶惑和负罪感。

他不想让孩子察觉到这些灰色的情绪，打起精神，用轻快的语调岔开话题，“我刚才看你打球，你杀球的样子真的很像我小的时候。”

“你也喜欢打球？”共同的兴趣爱好瞬间缩短了非明对韩述的心理距离。

“我打得可不差，也许我们哪天可以‘切磋’一下。”

“好啊，哦……不行。”非明的小脸蛋垮了下来，“我的球拍都坏了，不知道桔年姑姑还会不会给我买。下周五下午最后两节是课外兴趣课，我在羽毛球小组，现在都不知道怎么办才好。”

“会好的。”韩述安慰她，“我猜你是在建秀路小学四年级一班？”

“错了！我在台园路小学四年级二班。”非明好笑地纠正这个叔叔如此明显的错误。

“哦……台园路小学四年级二班。”韩述恍然大悟地复述了一遍。

“很烂的一所学校对不对？”小女孩为自己就读的学校感到沮丧，按照居住路段，她被划分到台园路小学这所教学设备简陋、学生大多由城市边缘打工者子弟构成的学校。

“你在七中念的中学，七中是全市最好的中学，我猜你上的小学也差不到哪儿去。”

“呃，我的母校是七中附小。”

“我就知道！”

韩述笑道：“你肯定不知道我的小学时期过得有多乏味。六年级的时候，班上一半的同学都是小眼镜，一点意思都没有。那时我多希望课外兴趣课可以像你一样去打羽毛球，还有，台园路小学是寄宿的吧。多酷啊，我从小就盼着在学校里过集体生活，真羡慕你。”

“真的？”孩子的沮丧来得快去得也快，“叔叔，你真的会跟我打球吗？”

“当然，我会教你我最厉害的绝技，你是我的……你现在就已经打得很好，比我当年还要有天分。但是过去你姑姑从不承认我的球技比她更好，所以，我教你打球，包括我们今天说的话，能不能当成我们之间的小秘密……你该不会还没有长大到什么秘密都藏不住吧？”

“怎么可能，这就是我们的秘密！”

非明这天晚上做了一个梦，她像桔年姑姑那张照片里的人一样，挥舞着自己的球拍站在领奖台上。台下掌声雷动，她的亲生父母骄傲地站在最前排为她鼓掌，脸上满是喜悦和骄傲的笑容。一觉醒来，她怎么都记不起梦里父母的容颜，只记得他们是那么年轻好看，服饰精致，胜过了任何一个同学的父母——对了，她的爸爸胸前佩戴着闪闪发光的徽章。

要是那个叔叔真的是她爸爸该有多好啊。可是，就算他不是她爸爸，她也喜欢这个叔叔。也许斯年爸爸是爱她的，但是斯年爸爸总有很多很多事情要忙，也许桔年姑姑也是爱她的，但是姑姑从来没有认真凝视过她。只有这个韩述叔叔，他眼里的喜爱热烈而直接，就算是个孩子，也可以那么轻易地感受到。

想到和自己喜欢的叔叔有了一个共同的小秘密，非明回到了寄宿小学，一连好几天，心情都很不错。虽然李小萌她们几个总在背后看着她说悄悄话，并且故意大声地笑。非明咬着唇，像姑姑说的，假装她们不存在，倒也可以挺过去。

但是，黑色的星期五还是来了，以往每到兴趣课时，都是非明一周里最开心的时候，只有在球场上，她才是众人注意的焦点。可是，这一次她都没有勇气告诉桔年姑姑，自己的球拍不小心磕坏了。

同学们都往教室外走，李小萌她们也笑着招呼她：“谢非明，你还坐在那里干什么？你不是说今天要在球场上把张丽打得心服口服吗？我们看见张丽已经朝球场去了。你该不会说的每句话都是假话吧？”

非明不敢大声跟她们争执。她那天的确说了谎，就犹如小辫子被她们抓在了手里，吵得越大声，就会有越多人知道她是个虚荣的大话王。

“走啊，谢非明。”说话的是班上最受女孩子欢迎的男生李特。别人都说张丽好喜欢好喜欢李特，可是李特对张丽好，对非明好，对李小萌也好。

他这个时候跟非明说话，而且用的是非常友善的态度，一方面为非明解了围，一方面又让非明感到了几分期待，李特也看她打球吗？

她心里一热，有些不好意思地说：“我，我的球拍坏了。”

“我看看。”

李特从非明手里接过她原本藏在课桌里的球拍，说：“啊，怎么搞成这样了！”

李小萌她们哄笑了起来：“谢非明，你的球拍怎么变成歪脖子了？”

“我不小心扫到铁柱子上了。”非明低声说。

“要不，我借你？”小男生的眼睛像星星一样亮，像露水一样澄澈。

非明笑了。她还小，不知道大家喜爱的男生那点善意的关怀会激起别的女孩可怕的妒忌。只听见李小萌大声说了一句：“李特，你要把你的球拍借给一个谎话精吗？”

男孩子一愣。

非明涨红了脸反击，“你胡说，胡说！”

“我跟刘倩她们两个亲耳听到的，你还不承认？”李小萌再次发挥她超乎寻常的正义感，大声说，“谢非明就是个谎话精！她明明是被收养的，还说她爸爸是个大画家。更好笑的是，她随便拿了一张照片，就说里边的人是她爸爸，一下子就被我们戳穿了还不肯承认！”

“我爸爸就是个大画家。我，我真正的爸爸也是一个很好很好的人，他很年轻，还很帅，他很爱我……不信，不信的话你们就去问我姑姑。”非明竭力为自己证明一些东西，可是汹涌的眼泪让她看起来更语无伦次。

“你还说你姑姑。”李小萌身边的刘倩用压低了但大家都能听到的声音说，“谢非明说她姑姑是个店长，管很多人，可是我听我住在他们家附近的一个亲戚说，她姑姑就是个卖窗帘的，以前还坐过牢！”

细碎的惊叹声四起，连李特都睁大了眼睛。在十岁的孩子看来，但凡坐过牢的都是恐怖至极的人物。

“嘘，刘倩，你不要说出来，她姑姑那么恐怖你不害怕？还有，说不定坏基因也会遗传，坐牢的人养大的小孩也会吃牢饭！”

李小萌还没说完，非明尖叫一声朝她扑过去，没想到冲出去的势头过急，反被自己的椅子绊了一下，幸而双手撑地，才没有摔得很惨。饶是如此，李小萌几个还是被她眼里的恨意吓了一跳，惊叫着退了几步。非明趴在地上，她再也不敢看李特的脸，脚摔痛了，但是心摔得更痛。她一个人失声痛哭。

“谢非明，你家里……你们在搞什么？”女班主任的声音从教室门口传来，包括最理直气壮的李小萌在内，大家顿时噤若寒蝉，谁也没有想到这么快就把老师给招来了，只有伤心不已的谢非明还在俯身大哭，此时她什么都不管了。

“非明，非明……别哭了，听话，看着我，别哭了。”

非明透过蒙眬的泪眼，看到了一脸担忧的韩述叔叔。她不去想叔叔为什么会出现在这里，甚至不去想这是不是自己的幻觉，就算是幻觉，眼前也是她唯一可以依靠的人。她直起身子，下一秒就狠狠地将身子投到韩述的怀里，紧紧搂着韩述号啕大哭，仿佛世界上的欢愉都被抽走了。

韩述没有防备，就被一个小女孩的重量撞得晃了一下，他还没有试过拥抱这样一个小小的身躯，无措地张开手，继而紧紧回抱住因剧烈哭泣而颤抖的女孩。有什么能让她如此伤心，莫非天塌下来了？这时，韩述忽然觉得，就算是天塌下来，他也愿意躬身为她挡着，为了她——还有另一个曾经的小女孩。

“没事了，别哭，告诉我怎么了？”韩述将非明的身子推开了一点点，双手捧着她满是泪水的脸。

“她们……说我说谎，说我没有爸爸妈妈，还说我姑姑是坏人。”非明哽咽的样子好像下一口气就要上不来了。

“是谁胡闹？”班主任永远会偏向哭泣的孩子那一边，况且谢非明还有亲戚在场。她威严地环视了一眼，好几个学生都低下了头。

“是李……”非明愤而检举，韩述轻轻拍了拍她的肩膀，打断了她的话，笑着对班主任说：“王老师，孩子们相互开玩笑而已，我们家非明当了真，哪有什么大不了的事？非明，是吧。”

非明只顾着把头埋在韩述怀里哭，别的都不理会了。

谢非明在这个班念到四年级，虽然很多人都听她说过她有个画家爸爸，但作为班主任的王老师还从来没有见过她姑姑以外的亲戚出现。老师也是人，难免以貌取人，她之前见这个来找谢非明的年轻男人仪表非凡，谈吐不俗，竟然没有想到追问他究竟是谢非明的哪门子亲戚。

“谢非明，这是你叔叔还是舅舅？”老师采取了迂回政策向孩子询问。

非明从韩述身上抬起头来，抽咽着，却什么话也说不出来。

半蹲在地上的韩述抬起头来，向老师粲然一笑，说道：“非明这孩子跟同学撒了一个小小的谎，我其实不是个画家……”

因为布艺店这一天搞促销活动，桔年必须上班到很晚。她之前就跟非明打过招呼，让周末回家住宿的非明自己在家随便吃点东西。孩子已经习惯了她工作忙时疏于照顾，这一两年长大了不少，也不再那么依赖大人了。

好不容易盘点结束，桔年回到家已经将近十二点，这个时候电视里的儿童节目早已结束，喜欢看电视的非明通常已经在床上做梦了。桔年害怕吵醒非明，经过她房间的时候刻意放轻了脚步，却惊讶地发现非明房门的缝隙里竟然还有灯光泻出来，这孩子这么晚还没睡？

非明怎么睡得着，她不舍得睡。

从韩述叔叔不期然出现在她教室里的那一刻开始，她就像落到泥塘里的丑小鸭，忽然被一阵风刮到云端，飘飘然地，在别人讶然的眼神里，才发现自己的一身泥泞变成了白天鹅的羽毛。

韩述叔叔当着大家的面说出那句话之后，非明和李小萌她们一样，都没有在第一时间对他话里的意思反应过来，倒是王老师很是吓了一跳的样子。

“你是说，你是谢非明的爸爸？你怎么会……你看上去真年轻。”王老师吃惊道。

这句话说完，大多数在场的小同学都不约而同地把嘴张成了O字形，非明也呆住了，傻傻地盯着韩述看，眼睛也不敢眨一下。

韩述当时笑着摸了摸非明长长的马尾，说：“不是说羽毛球拍坏了吗？差点赶不及给你送过来。去吧，别误了你的比赛。”

他也不等非明解除石化状态，站起来看了看表，对老师笑道：“我还有点事先走了，这孩子就拜托您了。”说完他再次俯身，把新球拍放到非明的手中，做了个胜利的姿势，又捏了捏她的脸蛋，这才挥手离开。

非明当时就觉得自己进入了一个童话梦境，韩述一离开，同学们纷纷好奇地向她打听。

“非明，他真的是你爸爸？”

“不可能吧，你爸爸怎么会那么年轻？”

“谢非明没有说错，他爸爸真的很帅耶。”

"怎么以前没有听说，他是你的继父吗？"

这些叽叽喳喳的声音在非明耳边徘徊，但是一丝也没有钻进她的脑海里，当时她整个人都是浮在空中的，只有手里的崭新球拍是那么真实。她轻轻拉开球拍罩的拉链，拿出她十年的人生里最不可思议的礼物，只听见李特"哇"了一声，"YONEX 的限量款！"然后李小萌、刘倩她们都凑了过来。

"给我看看。"

"我也看看……"

他们七手八脚地摸着非明的新球拍，再也没有人记得起这球拍的主人十五分钟前还是大家纷纷鄙视的大话王，再也没有人嘲笑她是个寒酸的孤女，再也没有人怀疑她自我编织的梦境里那个年轻帅气的爸爸。她第一次成了众人眼里羡慕的对象。

非明在他们的好奇心得到满足之后，才缓缓地伸出了手，小心翼翼地触了触网拍，一下，又一下，最后才放心地紧紧把它握在手里，这是属于她的东西！她有了完美得超乎想象的新球拍，更有了完美得超乎想象的新爸爸，也许还有新的人生。她想大声地喊，想大声地笑，想奔跑，但她只是掉了一滴眼泪，还没滑落下来，就被喜悦蒸发掉了。

桔年推门进来，看到的就是这一幕：这孩子躺在床上，怀抱着一个球拍，睁大眼睛一点睡意也没有，看样子像是在发呆，当她意识到桔年的出现，紧张得弹了起来，手忙脚乱地把球拍往被子里收。

"姑姑，你回来了。"

"嗯。"桔年轻轻掀开了非明的被子，在非明欲言又止的表情里拿出了那个球拍。她是行家，把拍子在手里掂了掂，就认定这是个好东西，超刚性碳素纤维的材质，吸震手柄，重量 5U，拍柄 5G，软拍杆，亮黄色，像是特意为小孩子准备的款型。

从桔年把球拍拿在手里开始，非明的眼睛就没有离开过她的手，似乎渴望着夺过来，却没有那个勇气，只能哀哀地看着。怎么会让姑姑发现了，这下子完蛋了。

“球拍真不错。”桔年坐在非明床边，看非明悄悄伸手想要摸回她刚才抱在怀里的东西，桔年也不动声色地把拍子挪了挪，正好放在她够不到的位置，“能告诉我怎么来的吗？”

她的语气里不无担忧，这绝对不是一个孩子，甚至不是她们这样的家庭能够承担的东西，不管出于什么原因被非明爱若至宝地捧着，都是不合常理的事情。非明这孩子，敏感、爱面子、爱幻想，当然这是孩子的天性，但是桔年太害怕她走错一步。她自知不是一个好家长，但这些年，她真的尽力了。

“不是我偷的，是别人送的！”非明尖着声音说。

“我还是好奇，是谁送你这么贵重的礼物？”

非明这时候变成了一只紧闭的蚌，死死守住心里裹着秘密的珍珠，她不能说也不想说，这是她和韩述叔叔的秘密。

桔年没有等到回答，怔怔地坐了一会儿，答案其实并没有那么难猜。还会有谁呢，十一年了，除了堂哥偶尔的一点馈赠，她和非明没有收到过任何礼物。

“是那天你看到的那个叔叔？”

沉默其实就代表了事实。

“非明，我记得我告诉过你，小孩子不能随便接受陌生人的礼物……”

“他不是陌生人，他是韩述叔叔！”

“他送了你一个球拍，就不是陌生人了？你连他从哪里来，为什么来都不知道，我还一直觉得你是个聪明的小孩。”

“我喜欢他！”非明郑重无比地说，仿佛这是高于所有原则和法律的理由，“我就是喜欢他，他送不送我球拍我都喜欢。谁对我好，我知道。”

桔年苦笑一声，她听着非明绘声绘色地讲述着下午的奇遇，讲着她的惊喜，讲着同学们的羡慕，越讲越神采飞扬，好像忘记了姑姑可能的责问。

桔年懂了。韩述这个人，只要他肯，他总是知道该怎样讨一个女孩子欢心，有几个人能够拒绝他？何况非明这样一个小屁孩。他略施小计，就轻易成为十岁女童心中的天使化身。

是啊，谁没有虚荣，就像郭襄生日之夜恰逢武林大会，父母无心顾及她，姐姐郭芙嘲笑她，终于杨过率领着各路英豪及时出现，用尽心思使出光怪陆离的招数，为她点燃满天焰火，一世聪慧的小东邪从此就做了半生瑰丽而凄清的梦；就像父母双亡的哈利·波特，在习惯了孤寂后忽然在同学们羡慕的眼光里打开了小天狼星用猫头鹰送来的火弩箭，寂寞的孩子以为自己从此找到了家。谁没有做过这样的梦，谁没有渴盼过这样情节里的主人翁就是自己，她小的时候何尝例外，虽然她和非明梦到的是完全不一样的东西。

桔年就这么收起了苛责非明的念头，这个可怜的孩子，她有资格做一个梦，但是桔年又怕非明的这个梦做得无边无际，醒来时太痛。所以她叹了口气，“他不该在小孩子面前说谎话！”

非明就这么可怜兮兮地抓住了桔年的衣袖说：“姑姑，我希望这是真的，我希望他是我爸爸！”

第十二章

说啊，说你对不起我

12

布艺店的促销活动还在继续，店内外所有显眼的地方都贴满了全场四折起的红色标识。尽管店址相对偏僻，由于是周末，还是吸引了不少的顾客。桔年是白班的负责人，整整一个早上，忙得连喝水的空闲都快没有了。

韩述推门进来的时候正值客源的高峰期，他显然有些心不在焉，偌大的打折海报都没有看见，冷不防被店里的人头攒动吓了一跳，差点以为自己走错了地方，退出去再确认了一遍，才有些了然。

这个店他进来过三次，除了第一次和朱小北一起见到了谢桔年，其余两次，都不怎么凑巧。桔年不是刚交接班离开，就是换休。没见着人，他又拉不下面子挑挑拣拣半天空手而归，所以家里倒是添置了不少东西。

昨天晚上，韩述在卧室窗前抽了两支烟——他高中的时候学会的这个，那时他会在紧张的学习之余，躲在学校或者家里的厕所里吞云吐雾，为此没少被闻着烟味的韩院长痛批。后来上大学了，终于可以自由自在干自己喜欢的事，可是不知怎么的，烟瘾却没了。现在他怀里揣着一包烟，常常一个月都抽不完，除非是遇上情绪波动较大或者彻夜加班的时候，才会抽上一口，很多时候反倒是用来“孝敬”他调查的嫌犯了。他也搞不懂，为什么昨夜忽然有抽两口的欲望，究竟是出于特别的兴奋还是特别的烦躁？不过早上起来的时候，他惊讶地发现，刚换的新窗帘竟然被烟灰烧出了一个手指头大的洞，所以，他不得不一大早又来到了这里。

谢桔年看起来真的很忙，她先是笑容满面地陪着一个秃头的肥胖中年男人挑选到了一床颜色恐怖至极的床单。韩述敢打赌，胖男人怀抱着买到的新床单，眼睛直勾勾地看着谢桔年，心里多半在想象她躺在床单上的样子，真让韩述恶心了一回。送走了胖男人，桔年又被一对夫妇叫了去，那对夫妇看起来什么都想买，但是似乎又什么都不满意。韩述都在店里转悠了半个小时，那个妻子一直都没有找到她称心的窗帘，那挑拣的手势和挑剔的表情，很容易让人觉得她面对的不是布料，而是垃圾。既然如此，韩述万般不解她为什么还要把时间耗费在这里。

韩述装作也在看窗帘的样子，慢慢地靠近了一些，女人果然还在抱怨，艳丽的太轻佻，素淡的太晦气，卡通的太幼稚，蕾丝的太繁复，光听她滔滔不绝，韩述想死的心都有了，谢桔年的笑容居然还是一如既往的热情。

“这个怎么样，老婆？”

“哎呀，太透明了，对面楼的人都可以看过来，一点隐私都没有了。”

韩述听到这番对话，很不厚道地想，对面楼的人要是真的无意中看到这家女主人裸露的样子，相信很快会自觉地拉紧自家窗帘，从此再也不想打开。他想着，就自娱自乐地笑了起来。轻轻的笑声引得那对夫妇和谢桔年都朝他的方向看了一眼。

韩述单手握拳置于唇边，佯装咳了一声，恰好掩饰住了笑容，然后，他看向那块被女人嫌弃太过透明的布料，露出一个惊喜的表情，自言自语道："这个不错，小姐，这个多少钱一米？"

桔年有些意外，但还是相当地配合。她答道："打完折 95 元一米，很优惠的，先生。不过店里的存货估计只够一扇窗户了。"

"没事，一扇窗户就够了。"韩述对那窗帘的热爱看起来很真诚。

"明明是我们先来的！"那个女人果然不干了，紧紧揪住了那块窗帘，仿佛一松手它就会飞走，"我决定就要这个了。"

"呃……没有问题，我带两位去收银台。"桔年看起来也有几分无奈，那个女人终于抢回了她的窗帘，去付账的过程中，还不忘示威地朝韩述看了一眼。

韩述忍住笑意，用沮丧的声音对谢桔年说："小姐，你总得给我推荐一款跟那个差不多的吧。"

桔年闻言，也没有表现出太大的抗拒，真心来找茬的人，怎么都是躲不过的。她招来另一个小妹，领了那对夫妇去付账，自己回到韩述身旁，站在一米开外。

"不感谢我为你打发了那个难缠的老巫婆？有句话怎么说来着：瘦田无人耕，耕了有人争。有道理极了。"韩述想让自己看起来轻松一点。

"挑剔一点也没什么，顾客就是上帝。"桔年的回答中规中矩。

韩述好像不太喜欢跟人隔得太远对话，他向前挪了半步，笑道："那你不为我这个上帝推荐一款？"

桔年恰好又退了半步，她紧张了，韩述知道。

"我以为上帝家是不用窗帘的。"桔年小声地说。

"咳，我卧室的新窗帘不小心被烟灰烧出了一个小洞。"为了证明话里的真实性，韩述还用手比画了一下那个洞的大小，“我比较喜欢完美的东西，所以……”

“其实窗帘上真有那么一个小洞也不坏，借着外面路灯从洞里漏进来的光，你晚上起来上厕所，不开灯也可以找到拖鞋。”桔年小心翼翼地建议。

韩述敲了敲自己的下巴，不错嘛，还有点幽默感，难得的是看上去还很诚恳。她用戒备的姿态拐着弯地损他，这种感觉让他感到熟悉……且亲切。谢桔年这厮以前就是这个样子，你第一眼觉得她默默无闻，第二眼觉得她更默默无闻，第三眼如果你还留意着她，没准她会让你大吃一惊。她不喜欢跟人起争执，凡事不爱出头，惹她第一次她求你，惹她第二次她躲你，可是第三次她会一脸为难地扇你个大嘴巴子。韩述总觉得她看上去像只兔子，白白的，怯怯的，可是说出来的话却贱贱的——还很狡猾，跑得也贼快。

韩述现在不想跟她讨论窗帘上的洞跟半夜内急找拖鞋之间的联系，他打了一个投降的手势，正色道：“那个……我们不说别的，好好地、认真地谈一谈好吗？”

“在这里谈？”桔年环视了一眼人越来越多的卖场，由衷地感到怀疑。

“假如在别的时间、地点，你可以赏脸的话更好。”

桔年犹豫了一下才说道：“说实在的，你那天来找我，我也想了挺久的……”

“结果呢？”韩述很不满意她这个时候的停顿。

“结果……我不知道你想要干什么。如果你要问孩子的事，我可以很负责任地跟你说，非明跟你没有关系。在不伤害她的情况下，我愿意用任何方式证明，真的……”说话间有个管理层模样的人走了过来，桔年叫了一声“经理”，然后很让韩述鄙视地迅速切换了话题，“真的，先生，这个价格已经很优惠了，我们店的活动一年只有这么一次，这个面料跟您的气质也很相称的。”

韩述在经理的背影离开了一定距离后，恨恨地甩开桔年递过来的那块迪斯尼图案的面料，见鬼了才会跟他的气质相称。

“她不是你的孩子，你不要让她有不切实际的幻想好吗？”仿佛是担心自己的话韩述没有听懂，她又压低声音重复了一遍。

“那你给我个解释，孩子是谁的？别跟我说是你堂哥的，你堂哥收养的孩子怎么会丢给你养，你看上去像个好保姆吗？你倒是拿个可以说服我的理由出来。”韩述开始耍无赖了，轻易就将自己认同的“谁主张，谁举证”“疑罪从无”的立法理念抛到了火星，至于什么“公民隐私神圣不可侵犯”更是无稽之谈。

“孩子是我从福利院收养的，但我的底子不干净，条件也够不上，所以我堂哥帮了忙。至于为什么，这是我的事。”

又来了，为什么就不能换一句，每到这个时候，韩述才觉得自己充满了无力感。他气焰顿消，心乱如麻。孩子不是他的？这些日子里，他不是没有想过这个结果，毕竟现实不能等同于肥皂剧，而且，就在半个月前，还没与她重遇的时候，他还想过，假如以后结婚了，也永远不要孩子，做一辈子的丁克族。更重要的是，跟一个莫名其妙的女人共有一个血脉相连的结晶也并不是什么值得期待的事情。可是他听到这个答案，忽然觉得难受了，不是失望，也不是疼痛，就是难受，好像有什么东西断了，但是又没有痛感，怅然无边。

韩述心里慢慢攒了一把无名火，咬着牙想质问谢桔年，凭什么这么对他？仅存的那点理智讨厌地冒出来提醒他的荒唐。他究竟站在什么立场指责她，好像任何一个立场都站不住脚。一直以来都是这样，明明她始终都在忍气吞声地退让，而气咻咻，眼泛红的那个人却总是韩述，好像他才是被挑衅，被伤害的那一个。多么可笑！他心知肚明，从当年到现在，谢桔年虽然都让他受不了，但是她从来没有做错过什么——错的人是他自己。她的隐忍助长了他的嚣张。

“这么说吧……我知道这些年你过得并不好……”

“呃，其实我过得还可以。”

“别打断我行不行……我也不知道该怎么说，那时候我年纪太轻，也不懂事。我，我知道你看不起我……我没去找你，因为我怕见到你，很怕……见到你我会想，原来，原来韩述是这样一个人……我的意思你懂吗？我好像欠了你钱，但我不知道拿什么还，我就得躲一躲，所以我宁愿不知道你在哪里，我想假装世界上没有这笔债，这样的日子我能过一天是一天。我就是这么没用，你应该看不起我……”从来没有一场辩论或者陈述让韩述觉得是这么艰难，世间的语言好像都成了虚无，万万千千的词汇，他就是找不到一个合适的。

“这么说是很无耻，我知道。”他自我解嘲地笑了一声，继续说，“这些年，我快要说服我忘掉那些事情了。不能想，否则关了灯就睡不着，很困的时候会胡乱地做梦……好像差不多成功了，我就见到你了……我，我其实不可能忘掉，我很难受……”他说出了这句话，那些拙于表达的情绪忽然就有了个出口，无论说什么，其实都归结于这一句，于是他重复着，“谢桔年，我真的很难受。”

桔年看了一眼四周，客流量爆满的卖场里，同事们都忙得团团转，本应起到带头作用的她前面却站着一个如丧考妣的男人，而且这个男人还十余年如一日地没有长进，动不动就眼圈发红。这绝对不是她想要在这种时候，这个地方看到的画面。

别人也许觉得韩述一番话说得颠三倒四，但是桔年能领会韩述想要表达的意思。

“你觉得对不起我，希望忏悔是吗？”

韩述怔怔的看着她，没有点头也没有摇头。

“好，如果你心里有愧，就直说吧。韩述，说啊，跟我说对不起……你为什么不说呢？说你错了，说你向我忏悔，说你对不起我！”

韩述有些茫然，但是在他脑子正常运作之前，那句不知道潜伏了多少年的话已经脱口而出。

“对不起……桔年，对不起！”

桔年看着他，一字一顿地说：“好，我原谅你了，韩述。”

第十三章

来不及开始就已结束

13

韩述回到住处，在楼下的保安亭看见背着羽毛球拍跟门卫聊天的朱小北，才想起他和小北约好的一周一会。他懊恼地看了看时间，幸而离说好的时间还有三分钟，朱小北来早了，但是他拎着他刚采购回来的新窗帘，忽然觉得有些惭愧。

朱小北跟年过半百的门卫大叔聊得正兴起，经别人提醒才注意到经过的韩述。她钩着球拍三步并作两步跳到韩述身边，拿起他的手腕也看了看时间，笑道：“我靠，你的时间掐得真准。”

他们说好了今天要一起去打球的，场地已经提前预订了。韩述是个精力充沛的爱动之人，一段时间没有舒展筋骨，就会觉得闷得慌，这一次他看到了朱小北一身的运动装备，却只感到疲惫，从脑子到四肢，哪儿都不想动。但他不想扫了朱小北的兴，毕竟是有言在先，便还是说道：“给我五分钟，我上去换衣服。你上去坐一会儿，或者继续聊？”

朱小北不置可否地在他后面跟了几步，见四下无人，便打趣道：“看你眉毛都在头上打了一个结，一周不见，该不会又从爸爸荣升成外公了吧？”

韩述夸张地假笑两声，“很好笑。”

“说真的，看惯了你神气活现的样子，现在总是没精打采地，我很不习惯。”

韩述双手揉了揉面庞，做了一个换脸的表情，用标准的六颗牙笑容面对她，“这样您老满意吗？”

他说完继续往电梯间走，朱小北跟了上去，“这才差不多。对了，韩述……”

说这句话的时候，不知怎么的，前行着的韩述忽然停了下来，刹不住脚步的朱小北差点前胸贴后背地跟他撞上。

——“我有话要跟你说。”

——“小北，我有句话想要跟你说。”

几乎相同的一句话，两人差不多同时脱口而出，说完了之后都愣了一下。

“你先说。”韩述抑制住自己临时起意要跟朱小北把话说开的迫切念头，遵循着女士优先的原则。

朱小北叉着腰扑哧一笑，“这种时候我们倒是很有默契。真的让我先说？好吧。”她装作很认真地挺直了腰，“韩述啊，我过两天可能会离开这里，有些事需要我回新疆处理一下。”

即使在这个时候，韩述职业性的敏感还是让他注意到朱小北话语里独特的用词。关于新疆，她用的是“回”，而不是“去”，仿佛那边是她的家乡，可她明明是沈阳土生土长的姑娘，新疆不过是她短暂求学的地方。

韩述选择了忽略这一细枝末节，他耸了耸肩问：“什么时候出发？很重要的事？”

“一点私事，对我来说也算是重要吧。”

“没关系啊，需要我给你订机票吗？什么时候走，我送你去机场。”

“送什么，我又不缺胳膊少腿的。”朱小北没心没肺地说。

“去几天？要不回来的时候我去接你？”

“不用，我也不确定什么时候回来，学校那边请了长假。”

“哦。”韩述顿了一下，确实有几分疑惑，“是不是出了什么事，我帮得上忙吗？”

“大概不行。”朱小北笑着说，她挠了挠头，“韩述，我们认识也有挺长一段时间了吧？”

“嗯。”

“你这家伙，虽然穷讲究又臭美一些，不过还是挺可爱的。”

“求求你别夸我，我难受。”

“别打岔啊，夸你是过门罢了。我想说，有些人、有些地方，没那么可爱，但对于我们而言意义是不一样的。”

朱小北说得含糊，但她相信韩述能明白她的意思。

果然，韩述静静地站在原地没有出声。原本他打算要说的那些话，一瞬间也仿佛失去了必要性。

“轮到你了，韩述。”朱小北学他做了一个“洗耳恭听”的手势。他还是那副样子，腰杆笔直，头却微微低垂着，沉默。

“我还以为你会跟我说你家的新窗帘。”

朱小北人是豪爽，心却不粗，韩述是知道的。他提起手里的东西看了一眼，所谓的隐秘，大概只有当事人自己觉得是隐蔽的。

他索性直接问："小北，你跟她……你们是怎么认识的？"他决定了，要是朱小北问"她"是谁，他就会当自己什么都没有说过，直接跳过这一话题。

朱小北侧着头，韩述起初以为她是为这句没头没脑的问话费解，原来她是在回忆。

"你现在才问我这个问题，你们南边的男人，就是差了这点爽快。你是问我跟谢桔年吗？我跟桔年是去年在火车上认识的，她从你们这到兰州去，当时正好我也要从兰州站转车回乌鲁木齐，36 个小时，差不多两天两夜，她就坐在我对面的位置上，想不认识都难。说来你都不信，更巧的在后头，那次我回到新疆屁股还没坐热，办好了手续又得屁颠颠地往回赶，没想到在兰州站候车的时候又让我遇上了她返程。她跟我的车票不是同一个车厢，结果我跟别人换了个位子，又跟她面对面地坐在了一起。你还别说，她这人有意思。"

"兰州？"韩述费力思索着自己关于谢桔年的贫乏记忆，没有一项与这个地点相关，而且根据他从卷宗里了解到的情况，谢桔年父母双方均没有北方人。他不知道她一个女孩子为什么要孤身千里迢迢地奔赴塞北。

朱小北好像猜到他有此疑惑，说道："人家是去旅行的。怎么，一个人就不能旅行？看你这想法俗的……别以为就你们这四季如春，西北大漠就是光秃秃的一片，其实那边值得一去的地方多了去了。"

既然说到了这里，韩述放开了追问道："她在火车上有没有跟你聊起过什么？"

"其实你想问的是她有没有提起过你吧？"朱小北说话一点弯都不拐，让韩述颇有些狼狈，虽然那确实是他的本意。

韩述这才意识到他们两人此刻正站在绿化带的一个垃圾桶旁边，一个大煞风景的场所，这场突如其来的对话本来就是唐突的。他和朱小北是一对名正言顺的恋人，可他们聊起对方的隐私，却犹如隔岸观火，这种感觉稍微往深处想一想，都是非常怪异的，以往他们似乎都没有感觉到，是不约而同的粗心，还是大家都刻意地忽略？也许朱小北第一次在布艺店里就看出了端倪，有些东西是那么明显，可是她没有问。同样的，韩述不也没有追问，身为自己女朋友的朱小北为什么草草交代两句就赶赴新疆，连一个归期都没有吗？

朱小北看了一眼韩述手里拎着的东西道："新窗帘看上去不错。商店里最喜欢的就是你这样的顾客了。韩述，有些事情你想知道的话，为什么不自己问她？我发誓如果当初我知道我跟她的关系会这么狗血，我会八卦得更加彻底一些。"

韩述试着去探究朱小北话里的意思，可是她眼里的坦荡一览无余，"你认为非明是你的孩子？我跟这女孩打过两场球，小小年纪球打得不错，过几年我都赢不了她。"

原来她连谢非明都认识。韩述摇头："我不知道，大概不是……可我又觉得，好像不是孩子的问题。我今天去找了谢桔年，为过去做的混账事向她道歉。一句话，她说她原谅我了，所有的一切一笔勾销。我刚刚做好了准备，她就按了停止键。"他继而自嘲地笑，"可是我压根不知道怎么停下来。不久前，我还在孩子的老师面前撒了个谎，他们都以为我真的是孩子的爸爸。"

"我说你这人平时看上去挺正常的啊，关键时候彪乎乎的……好了，我明白了。你说，还是我说？"朱小北用她习惯性的咱哥俩谁跟谁的姿态拍着韩述的肩膀。

"说？说什么？"

"别跟我装傻。我们俩之间……你和我都努力了，可是这种事情，一努力，从根源上就错了。"

韩述沉吟片刻，抓着朱小北停留在自己肩膀上的手说道：“等到你从那边回来再说吧。如果你在那边……在那边……总之，小北，不管到最后怎么决定，在这件事上错的那个人都是我。”

朱小北不以为然，“谁对谁错，我都免不了我老娘一顿胖揍。在她看来，甩男人可耻，被男人甩更可耻……你快给我上去换衣服，说好要陪我打够三个小时，趁你状态不好，姑奶奶就不信赢不了你！”

朱小北和韩述的这场球其实只打了四十分钟，其间韩述的电话响了好几次，放在背包里，谁都没有听见。直到中场休息，他才回了个电话，之后走向朱小北，脸色说不出的怪异。

“咋……咋了，你玄孙降生了？”

韩述摇头，用毛巾擦拭脸上的汗水，“单位打来的，公事。”

“今天不是周末吗？”

“刚刚接到通知，我负责的那个建设局的案子……当事人上厕所的时候，撬开卫生间的气窗，从六楼跳了下去，当场死亡。就在半个小时前。”

“不会吧？就是你说马上就要结案的那个？”朱小北也吓了一跳，虽然她跟那个贪污的小科长素昧平生，但是一条人命就这么生生地没了，还是让人发蒙。

事关职业机密，韩述也没有说太多，匆匆跟朱小北交代了几句，衣服也顾不上换就飞也似的赶往单位。他一度认为，他在城南区最后一个案子确如蔡检察长所说，简单得如切白菜一样，不用费多少工夫就可以结案，然后他顺利走人，到市院赴他的新任。这一次韩述错了，无论是事业还是感情，他认为简单的事情，其实都远比他想象中的要错综复杂。

第十四章

我原谅，并不代表我忘记

14

韩述临时离场，朱小北在球馆里独自坐了会儿，一个中年大叔见她落单，邀请她打了两局，朱小北在大叔身上收获了大获全胜的快感。末了，大叔邀请她共进晚餐，她以自己要回家带孩子为由拒绝了。收拾好东西走出球馆，太阳西沉，在天边只余一抹红晕。

这个球馆朱小北来得少，附近一带也不是很熟，今天韩述跟她提起了桔年，她才记起桔年以前跟她说过，离这儿不远有个小牛肉面馆味道相当不错，朱小北却一直无缘得试，现在不正是去品尝牛肉面的好机会吗？朱小北也是行动派，决定了，就二话不说按桔年说的方向寻找。

朱小北从小生活在北方，脚踩着的是一马平川的土地，她家乡给人指路习惯指东西南北，东西走向的是街，南北走向的是道，一说就明白。可是到了南方，这些概念完全失去了意义，这个城市大大小小的马路、巷子如蛛网，完全不按牌理出牌，这里上个坡，那里拐个弯，朱小北自认方向感极好，初来之时也犯了晕。这边的人指路也有意思，不说方向，只喜欢讲左右，往左，往左，再往右，往右，拐个弯，一不小心就走成了个中国联通的标志。

好在桔年不这样，她指路别有一番意思，她说你在 ×× 路，看见一栋高楼，金灿灿的，就朝那走，然后走过那个有点歪的红绿灯，往前数第五盏路灯对面的地方就是巷口，巷子里有不少小吃店。那家牛肉面馆没有招牌，只有一棵很像“亢龙有悔”的樟树，树旁边就是了。

桔年说起那些特征物的时候那么言之凿凿，好像比起左右东西，那才是永恒不变的。朱小北当时听着觉得好玩，现在一路走过去，金色的大楼，有点歪的红绿灯，第五盏路灯对面的巷口，巷子里的小吃店……竟然一样不差，而且那棵奇形怪状的樟树，除了黄日华版《射雕英雄传》里郭靖经常比画的降龙十八掌第十八式“亢龙有悔”，朱小北发现自己再也找不出更合适的词来形容它。

站在树下，红烧牛肉面热腾腾的香味扑面而来，其实比起跟韩述吃饭时，他对场所、餐具、气氛的讲究，朱小北更喜欢这样人间烟火的味道。小小的店面，简陋得可以，不过正赶上饭点，食客那叫一个多。朱小北吆喝了很久，店老板才给了她一张招牌牛肉面的塑料小牌，然后她又继续为在拥挤的店面里找位子而发愁。

店里的空间也就十来平方米，不规则地摆着几张低矮的小方桌，朱小北放眼望去，挥汗如雨毫无形象吃面的人里，年轻的俊男靓女还不在少数，她看着看着，眼前忽然一亮。奇了怪了，难道真的白天不能说人，晚上不能说鬼？

“桔年？”

朱小北可管不了那么多，隔着好几个人呼唤着那张熟悉的面孔。

桔年真的是在那里。她忙了一天，现在才下班，布艺店离这儿就两个路口。非明去上羽毛球训练课的日子，她通常很少开伙，随便找个地方解决肚子问题。

牛肉面很烫，桔年吃得很慢。她的那种慢不是培养出来的优雅和矜持，而是不赶时间的散漫，没有人在等着她，她也不等待任何人，仿佛这样一碗面条，可以慢悠悠地吃到地老天荒。

桔年听到有人在唤自己，停住了筷子，“小北！”她笑了起来，招呼朱小北到自己身边坐。

“我第一次来，就逮着你了，你说巧不巧？”朱小北说。

“一直说要跟你一起吃牛肉面的，择日不如撞日。”

说话间，朱小北才发现桔年并不是一个人，她的对面坐着个年轻女孩——又或者说是女人。之所以这样不肯定，是因为那女子浓妆覆盖下，几乎看不出本来面目，更无从分辨年龄，朱小北只能从她黑色蕾丝低胸露脐T恤包裹下的妖娆身躯判断出她年纪不会太大。这个时候天还没有全黑下来，朱小北还从没有在自然光线下见识过如此艳俗的打扮，颇有些惊讶。

那女子看到桔年遇到了熟人，拍拍膝盖站了起来，腾出自己的位置，然后对桔年抬了抬下巴，“我先去开工了，你们聊。”她没有跟朱小北正面打招呼，说完就走，擦过朱小北身边时，一股浓烈的廉价香水味灌入朱小北的鼻子，朱小北强忍住了打喷嚏的欲望。桔年倒也不留，只低声说了句：“小心点。”

那女子笑笑，也不回答，走出了几步，从紧身牛仔裤后面的口袋里掏出皱巴巴的烟盒，佝偻着背点着了一根，渐渐走远。

朱小北自称走南闯北，什么都见识过。其实她的家庭根正苗红，老娘管得紧，从小到大受的教育又中规中矩，虽喜爱四处闯荡，可遇见的结识的多是斯文人。她不习惯韩述的精致生活，真正的社会底层却也难得接触。之前坐在桔年对面的女子，一身的风尘疲惫之色难掩，很容易对其从事的行业有不纯洁的联想。对于这类人，朱小北过去只从各类媒体的社会纪实栏目中得见，这么近距离打照面，倒是头一遭，很难不多看两眼。

“你的面条来了，还不肯坐下？”桔年笑着唤回她的注意力。

朱小北收回目光，自觉有些唐突，坐下来之后“嘿嘿”地笑了两声，好奇地问道：“你朋友？挺有个性的啊。”

桔年对她的疑惑毫无惊讶之意，拿着邻桌的小调料罐子递到她面前，“这个你要不要……呃，是啊，以前的一个舍友。”

也许桔年是明白的，这样简单的一句回答满足不了朱小北的好奇，她笑笑，又补充了一句：“在‘里面’时的舍友，早我一年出来。”

相识以来，桔年并没有刻意在小北面前掩盖她过去人生中的那段“污点”，当然，也没有刻意渲染其中的曲折离奇。关于那段岁月，她最常用的语态是“进去了……时间一到就出来了”，就此一笔带过。不留心听的话，会以为她进出的不过是世间最平凡的一个场所。

若不是桔年身边方才出现的那个旧时“舍友”身上边缘的气味如此浓烈，朱小北一直很难把自己认识的桔年和真实的罪恶联系起来。她眼里的桔年就是眼前这个样子，小小的一张脸，恰到好处的五官，没有什么特别让人惊艳的地方，不张扬也不魅惑，但是组合在一起，就是再合适不过，说不出的耐看。她不算是特别美丽的，但也并非不美丽；给人的感觉并不凌厉，但也不是温婉；她话不多，却并不沉闷木讷；她看上去并不算太精明，可该知道的东西她全都知道……她什么都像，又什么都不像，宛如一个模糊而矛盾的混合体，偏偏又跟别人是完全不能混淆的，她就是她，一个叫谢桔年的二十九岁的女人。

小北想起初识的火车上，她们相对而坐，漫长的枯燥旅程，谁可解乏？朱小北一向是健谈的，跟谁她都能聊得热火朝天，当然不会放过自己对面的同龄之人。桔年好说话，但并不容易混熟，朱小北说十句，她往往才适时地回应一两句，可这一两句就让朱小北觉得整节车厢跟她讲话最有意思，她最能听懂自己讲的隐讳笑话里的意味，总在最恰当的时候问一句“然后呢”，让朱小北得以滔滔不绝地继续往下侃；你以为她听得漫不经心，她说出来的却正是自己要表达的意思。

路途过了大半，开往兰州的火车上的最后一个夜晚，车厢里的乘客已经寥寥无几，朱小北几乎一夜没睡，她就这么跟一个萍水相逢的陌生女孩说着自己的前二十几年生活。她说起她的幸事，说起她的遗憾，说起她的朋友，说起她爱过的人和错失的人。

桔年倚在车厢的玻璃窗旁静静聆听，几乎没有任何打断。她的平静如水让朱小北觉得自己的过往变成了一条河流，就这么慢慢地，慢慢地在两个人的车厢里流淌，甜蜜、辛酸、热烈、惆怅……如水波跃动，历历在目，可是没有声息地，就过去了。

那是朱小北有生以来最酣畅淋漓的一次倾诉，她并不是没有朋友，但是她的倾诉不需要安慰，不需要劝解，也不需要同情，她只需要倾听，一种不可介入但足够理解的倾听。她还记得，那个晚上赶上了坏天气，车窗玻璃外的荒野，大雨倾盆，闪电的光划过谢桔年无风无雨的眼睛，是一种极为参差的对照。

次日清晨，七点刚过，火车抵达兰州站，是桔年叫醒了有些犯困的朱小北下车。朱小北在月台的人潮中短暂地整理了一下自己的行囊，她的同路人已经不知道去向。那一次，她甚至不知道桔年的名字，关于自己，桔年绝口未提。

返程时，在候车室的再次偶遇两个人都是意外的，对此，朱小北归结为“缘分啊缘分”。所以她不由分说，半强迫地让原本坐在桔年对面的小伙子和自己换了座位和车厢。为了避免两人再次失之交臂，她主动提出跟桔年交换了姓名和联系电话，这才算是两人友情的正式揭幕。

朱小北的一切在去兰州的路上已经讲完，但她对桔年相当好奇。回来的途中桔年没有太多地提到自己，她说自己平淡乏陈，但是为了缓解旅途寂寞，她愿意给朱小北讲一个故事，一个年少时的故事。

“如果我知道故事里的人有可能跟我相关，我发誓我会把每一个字听得更仔细。”傍晚的牛肉面馆里，朱小北坦白地说。其实那个故事朱小北并没有听完，桔年的讲述太过缓慢，缓慢到小北会觉得这个故事只有开头，没有结局。

朱小北的这句话让桔年愣了一下，她没有作声。

小北自顾往下说：“其实，我第一次把他带到你的店里，你已经认出他来了吧。”

桔年正好吃完了最后一口，说：“你那时刚告诉我你行了大运，找到了结婚的好对象。我不想让一些细枝末节的东西影响你。”

“细枝末节？你就是这么形容我们的韩大检察官？”朱小北朗声大笑，“他绝对会伤心的，这个‘细枝末节’甚至假想他是你孩子的爸爸。”

“非明不是我生的，韩述更不是她爸爸，小北，你大可以放心。我和韩述的事情已经过去太久了，不足以影响到你和他现在的生活。”

“也不足以影响你自己的生活？桔年，韩述心里根本放不下。你真的肯原谅他？”

桔年再度沉默了，面馆黑黄难辨的墙壁上嵌着两台壁扇，沾满了油污的扇页转啊转，那尘垢就成了模糊的一团。电风扇带起的风吹动了矮桌上一次性卫生筷的筷套，不安分地就要飞走，桔年伸手按住了它，轻轻地将它揉作一团。

“说对不起是很容易的，说原谅也不难。小北，人活着往往就是吊着一口气，快乐是一口气，伤心是一口气，愤怒是一口气，不甘是一口气，歉疚也是一口气……韩述就是憋着这一口气，所以他不肯放过自己，既然他需要一种象征性的救赎，那么我就给他一个原谅，又有什么不可以的呢。”

“他都这么耿耿于怀，你就从来没有怨恨过？”朱小北问。

桔年答道：“恨？说没有恨过的那就不是人。最初的时候我连自己都恨，我活在这个世界上，就为了在高墙铁栏里，晚上透过小铁窗看外面的灯熄灭，白天在监狱车间里踩着缝纫机，领那一个月的一块几毛钱？可是恨着恨着，就淡了。时间太久，原不原谅又有什么所谓？对于我来说，他的歉疚并不珍贵，谁的歉疚都不珍贵。”

桔年停顿了片刻才继续说道：“刚才那个女孩子你看到了吧，她叫平凤，我的牢友。你猜得没错，她是干那一行的，反反复复进去蹲也无非因为这个。刚出来卖的时候是因为家里穷，供几个弟弟读书，觉得自己的牺牲很伟大。后来在里面过了几年，出来也想清清白白地过日子，弟弟们都成家了，也不富裕，大概也是感激的，有时塞给她百十来块，有时给点小东西，可又怕她提起那些不光彩的事，自然而然地来往也就少了。她也不是说恨谁，不过是想活着，可是没文化，没特长，苦力干不了，好人不会娶她，总得吃饭吧，弟弟们隔三岔五塞的那点钱还不如她出去干一个晚上赚得多，她也不愿看他们躲躲闪闪的样子，不重操旧业又能怎么样？我说阿凤的事，其实就一个意思，歉疚也好，什么都好，那都是别人的事情，跟我们没关系。他说他忏悔，说他心里难受，这跟我有什么关系。如果一句原谅可以让韩述回到他的生活，大家互不打扰，那我就原谅他。其实说真的，也早就不恨了。”

小北问：“如果他愿意给你一个有价值的补偿呢，比如说，未来？他敢当着别人的面承认非明是他女儿，你敢说这仅仅是歉疚？就算你不愿意被他打扰，他能罢手？”

“你们不是……”换成桔年面露疑惑。

小北笑道：“韩述是一个结婚的好对象，但世界上还有很多结婚的好对象，好女子何患无夫？”她说着，有些痞气地揽着桔年的胳膊，“对韩述，我还算中意的，不过我更中意你啊。”

“那我们就结婚吧。”桔年随口说。

朱小北不顾别人的侧目，笑够了，才低声对桔年继续说道：“桔年，我要回新疆去了，我得找江南讨个说法。‘找个好人嫁了吧’，他说得轻松，他是我的谁？至于韩述，我和他已经说开了。别的我不敢保证，对你他是有心的。假如你肯给他机会，他至少能给你一个稳定的生活，不但是你，还有非明。既然可以说原谅，何不……”

桔年抿嘴浅浅一笑，打断了朱小北，“那些事情，我原谅，并不代表我忘记。”

天全都黑了下来，牛肉面馆里的人也越来越少，桔年和朱小北相对而坐。

那是一个没有讲完的故事。

第十五章

从蝴蝶到蛹

⑮

很多年华将逝的人回头看时，都喜欢说一句话：青春务必惨烈一些才好。年少时的记忆血肉横飞，老来诸事皆忘，舔舔唇，还可以隐约感受到当年热血的腥甜。这么说起来，桔年的青春是及格的，她的青春之惨烈，让她这样一个甘于平淡的人事后回想都觉得怔然，真真如戏剧里最触目惊心的戏码，虽然那并不是她的本意。

张大才女如是说："普通人的一生，再好些也不过是桃花扇，撞破了头，血溅到扇子。聪明之人，就在扇子上面略加点染成为一枝桃花；愚拙之人，就守着看一辈子的污血扇子。"青春也是如此，谁当年没有张狂冲动过，谁没有无知可笑过，可别人的青春是用来过渡的，用来回望的，大多数人都是聪明人，成熟了之后，隔着半透纱帘欣赏自己的桃花扇。可桔年不同，她撞得太用力，血溅五步，哪里还有什么桃花扇，生生染就了一块红领巾。

悲惨吗？好像是有一点。换作其他人，恐怕早就痛改前非，往事不堪回首月明中。桔年不这样，如某人评价的，她身上有一种消极的乐观主义精神。桔年怕痛，她属于痛感神经特别强的那种人。据说三岁的时候家里人带她到医院打针，大人把她脸朝下放在大腿上，胳膊紧紧夹住她的身子，没想到医生朝屁股一针扎下去，她身子不能动弹，两条腿硬是把一旁的木质注射梳理台蹬翻在一米开外，不是因为天生神力，而是不能自已。可是自从上了学前班以后，每次防疫站的医生到教室里给学生注射疫苗，她总是第一个撸起袖子视死如归地走到医生面前。老师问："谢桔年小朋友，你为什么特别勇敢啊？"她回答说："我想把害怕的时间变短一些，打完了针，我就不害怕了，还可以在一旁看着别人害怕。"因为这个回答，尽管她"勇敢"，可是她一次也没有得到过表扬。

桔年还喜欢做噩梦，因为她知道梦是假的，既然是假的，有什么要紧，醒来了，怪兽不见了，才知道清晨是那么阳光明媚。人活在世界上，最幸运的事不是中大奖，而是身陷囹圄的时候，忽然铁窗外传来一个声音说："抓错人了，你走吧。"在任何时候，她的心里都不忘给自己留一条救命的绳索，假如这条绳索救不了她的命，至少她还可以拿来上吊。不管好的回忆，坏的回忆，忘不掉的话就干脆记得吧，就像你一直按着自己的伤口，然后再松开，忽然就觉得没有那么痛了。

桔年十八岁那年，那改变了她一生的一年——她从一个平凡得不能再平凡的女孩，沦为了一个女囚。可是关于那一天的记忆，十一年来她反复地回想，到了最后，她记得的不过是那一阵凉，留了很多年的长发被一剪刀铰断，忽然裸露在空气中的后颈，真凉啊……一如高墙内的第一晚，洒在她脚边的一小片撒了盐似的月光，凉。

其实严格说起来，三岁以前的谢桔年是一个特别活泼的小姑娘。那时她爸爸妈妈工作忙，基本上她是跟在爷爷身边生活，只在周末的时候才和回到爷爷住所吃饭的爸爸妈妈团聚。

爷爷是个从旧社会走过来的老知识分子，退休了之后，还是老干部群体里的活跃成员。他的手很巧，不但写得一手好书法，还能用缝纫机做漂亮的衣裳。桔年从爷爷那里得到的，除了总比别的小朋友别致鲜艳的花裙子，还有更早的启蒙。她画水墨画猴子献桃，好几次在幼儿书画赛上获奖，别人还在念着“秋天到了，树叶黄了”，她就顺口溜似的欢快地背诵：“下马饮君酒，问君何所之。君言不得意，归卧南山陲……”

桔年并不知道诗里的意思，可这一点也不妨碍她牵着爷爷的手，在大人们面前脆声朗诵，那些拗口的字眼，对她来说一点障碍都没有，她背诗的时候镇定而严肃。叔叔阿姨大伯大婶们让她表演个节目，她二话没说就转个圈又唱又跳，半点怯场也没有。桔年后来翻看自己儿时的照片，还没有长开的时候，她的脸真圆，红扑扑的，苹果似的，够得上可爱的标准，再加上胆子大，表现欲强，大人们都喜欢她，她是众人的小开心果。这么算起来，她的童年是愉悦的，至少在三岁以前是的。

桔年刚满三岁不久，某天夜里爷爷出去打桥牌，回来的时候脸庞像喝醉了一样红，他说自己头晕，洗了把脸就回床上躺着，一躺就再也没有醒过来。爷爷死了，桔年的文艺天分似乎永远就定格在这个时刻。直至现在，她会画的也仍旧只有那个猴子献桃，技巧水平跟三岁的时候没有任何区别，那再也不是什么天分，只不过是稚拙的童年记忆。

爷爷的丧事办完，桔年就得回到父母身边生活。收拾东西时，妈妈觉得她太磨蹭，催促了很多次，使她不得不在经历了一场死亡后变得乱糟糟的屋子里放弃了寻找画具的打算，抱起自己最喜爱的几件衣服就回到了自己真正的家。

才上幼儿园不久的桔年虽然和父母之间的相处比不上和爷爷亲近，但是她爱自己的父母，就像所有的孩子爱爸爸妈妈一样，一直以来的聚少离多更加深了她对于和父母一起生活的向往。

桔年的父亲谢茂华当时在市检察院汽车班做专职司机。谢茂华的性格和桔年的爷爷完全不一样，他没赶上好的时代，读书少，开车是他最大的专长，也是他唯一的专长，幸而所在的单位还不错，算得上是当时的铁饭碗。他是个极度内向和拘谨的男人，不管是语言和行动，都很少表达什么，或者说是没有什么可表达的，即使在家人面前也一样。相对应的，他娶的妻子也是个非常传统和保守的女人。

桔年的母亲原本没有工作，后来因为丈夫的关系，在市院的职工食堂里做临时工。她虽说受的教育也不多，可道德感非常之强烈，自己平时当然是端端正正，衣着打扮清汤寡水一般的素净，见到稍微外向热情的女性，或者太过耀眼的打扮，必定背地里愤愤不平地表达她对于这种“轻佻”的厌恶。

从被领回家的第一天起，桔年带回来的花裙子、小发卡没有一样能够入妈妈的眼。妈妈说：“女孩子，穿得那么花哨，别人不知道的，还以为是不正经人家生的。”说这些话时，爸爸则表现出一种赞成的沉默。桔年对“不正经”这三个字的认识不深，但从妈妈的神态来看，也猜到不是什么好的字眼。她第一次感到惶惑了，她在爷爷身边很快乐，这些漂亮的衣服她也很喜欢，怎么就忽然之间变成了不好的东西呢。

她乖乖地穿回了妈妈给她挑的“素净”衣裳，从爷爷老房子附近的幼儿园转到了检察院家属幼儿园，正式开始了一段崭新的生活。她还有很多不对的地方，还有很多是要改正的。爸爸妈妈不喜欢她话太多，每天没心没肺的笑，不喜欢她钟情于一些稀奇古怪的东西，不喜欢她做别人的开心果，那样显得疯疯癫癫的。他们希望她安静一些，再安静一些。

虽然桔年不知道再安静下去她和木偶剧里的假人有什么区别，可孩子的韧性是无限大的，适应这种变化对于她来说倒也不难。她像大院里所有双职工家庭的孩子一样白天在幼儿园做游戏，晚上回到家听爸爸妈妈批判电视剧里的漂亮姐姐妖里妖气的，又或者单位里的某个阿姨轻浮得不得了，还有谁谁谁简直就是 ××……这些词汇对于她来说新鲜又陌生。

有一次，爸爸妈妈带她上街买东西（桔年的父母在一同出行的时候从来不会并肩一起走，他们觉得难为情），正好前面有一对相互搂抱在一起的小情侣，那种的公然亲昵在当时的年代并不多见。于是妈妈低声骂了句："真是丢人现眼！要是我的女儿以后也跟他们一样，我二话不说就打断她的手脚！"

桔年当时专心致志地观察身边人走路的不同样子，听见妈妈突如其来的一句话，吓了一跳，她不知道自己又有哪里不对了。她跟爸爸妈妈在一起生活了两年，好像从来就没有讨得他们的欢心，虽然大院里的其他叔叔阿姨都说她是个漂亮宝贝。

五岁那年，桔年刚上学前班，赶上了幼儿园里大型的文艺演出。老师们都喜欢挑选桔年来表演节目，她胆大，表现力强，学什么像什么。那一年班上的舞蹈照例是她领舞，化完了妆，桔年才想起舞蹈时用的铃铛手镯还丢在家里。

老师说，让家长赶紧给你送过来吧。可是桔年不敢，虽然爸妈那天都休息。好在幼儿园离她家不是太远，桔年顶着一脸的大浓妆，旋风似的冲回她家住的那栋筒子楼。当时正是午休时间，她害怕吵醒了父母，轻手轻脚地用脖子上红毛线系着的钥匙开了门，顺利地在客厅斗柜上找到了她的手镯。刚想跑回幼儿园，爸爸妈妈紧闭着的房门里传出了一些动静。

桔年以为是自己弄出的响动太大，让爸妈生气了，不由得迟疑了一会儿。可是她站在原地等待了好几秒，爸妈的愤怒并没有降临，他们的声音也不似察觉到了她的存在。孩子天性的好奇让桔年蹑着脚走到门边，偷偷地把耳朵附在薄薄的木板上，只听了一会儿，她就吓了一大跳。

沉重的喘息声在夏日的午后让人一阵胸闷，桔年听出了爸爸的声音，也听出了妈妈的声音，他们像是打架，又像是生病了。她有些害怕，脚像粘了胶水似的一步也挪动不得，就这么呆呆地听着那声音逐渐消退。

谢天谢地，没过多久，门的另一面终于传来了妈妈正常的声音，前面有一些桔年听得不是太清，“……再生一个，我是没有什么不愿意的，但是院里计生抓得严，会被处分的吧。”

“处分就处分，要是没个儿子，这辈子也没有什么意义了。”

“生下来容易，可怎么上户口啊？”

“总有办法的，多托几个人打听打听。”

“当初第一胎要是生个男孩就省心了，现在也不用烦心这事。”

“要不，我们把桔年给送走？”

“呸，好歹是你亲生的，你也不怕别人戳你脊梁骨。再说，往哪送？又不是个宝贝，谁肯要她？”

“你还别说，我有个主意，要不把她户口转到我姐那儿去，给点钱，让她跟我姐他们两口子一块过，我们这边事情就好办了。再不成，塞点钱，托人开个残疾证明什么的……”

桔年听着，听着，像是懂了，也像是不懂。漂亮的轻纱舞衣被脊背上的汗浸湿了，黏在背上，又痒又热。他们在讨论她，还有她未知的敌人。爷爷死了，连爸爸妈妈都不要她了，她该怎么办？

就在这时候，桔年居然一个激灵想起来，还有一场演出在等着她呢。她猫着腰，做了坏事似的逃离她的家，憋着一口气冲到幼儿园临时搭建的舞台后台。小朋友们已经在候场了，负责他们这个舞蹈的老师一见到她被汗水冲刷得小花猫一样的脸，又是生气，又是松了口气。

舞台上，白雪公主和七个小矮人在翩翩起舞。扮演公主的桔年踮起脚尖，纱裙白云一样飘扬，她是全场注意力的焦点。

爸爸妈妈起床了吗？他们会不会来看她表演？她忽然想起，最好他们不要出现，爸爸妈妈喜欢她安安静静的样子，她不该这么闹腾，否则，他们不知道要把她送到哪儿去。

就这样，一个孩子想着她缈不可知的未来，不觉间竟然在舞台上忘记了她的舞步。桔年越跳越慢，越跳越慢，到了最后，竟然呆呆地站在原地，不知如何是好。舞台下一片哗然，她看见了，也听见了。指导老师急得跺脚，不停地朝她打着手势。

哦，她该旋转了，拉着扮演王子的小朋友快乐地旋转。桔年拉起了身边的男孩，一圈，两圈，三圈……转动的时候她什么都忘记了，只记得旋转。就在这个时候，所有的人都笑了起来，大家如此高兴，前仰后合。桔年忽然发现，扮演王子的小朋友正呆若木鸡地站在舞台一角，那她手里拉着的是谁?

直到看见身边的小男孩脸上那涂得相当敷衍的油彩，桔年才如梦初醒。被她强拉着转圈的，是父母刚从外地调到本院的一个孩子，他被临时叫来顶替一个星期前发高烧的小矮人。桔年甚至不知道他的名字。

她转啊转，牵错了一个王子。

不，她根本不是公主。

白雪公主的故事在哄笑声中落幕，从此，桔年排斥所有在众人注视下的表演。她慢慢地从蝴蝶收敛成了蛹。

第十六章

一个人的完美世界

16

小学二年级时，桔年看上去已经是一个文静的小姑娘了。幼儿时期表现出来的外向、精灵和表现欲逐渐褪去，她最常见的模样是埋头在书堆里，合上书页就一个人发呆，别人叫她时，会羞涩地微笑。

这时谢茂华夫妇对于桔年的挑剔也少了一些，除了她把太多的时间用于五花八门的课外书上，让他们颇有不满之外，这个女儿基本上达到了他们的要求——安静、省心、端正。当然，他们对桔年的不挑剔，更多的原因是这对夫妇的注意力基本上都放在为一个儿子所做的“努力”上了。他们夫妇生桔年的时候已经响应了国家晚婚晚育的号召，现在年纪也已不小，屡次希望，屡次失望，但是要个男孩的强烈欲望让他们如爱迪生发明灯泡一样锲而不舍，百折不挠。

计划生育的风刮得紧，谢氏夫妇的生子计划暗地里进行了好几年，只有桔年看在眼里。大量生冷不忌的阅读和独处的时间让桔年比同龄的孩子更早慧。爸爸妈妈的同事朋友，还有自家的亲戚见到她时，总喜欢感叹一句："这孩子真是文静又秀气啊，乖巧得不得了。"这种时候，谢氏夫妇才会用略带得意的眼神看一眼这个女儿，而桔年从不多话，连笑容都是浅浅的。

不知道从什么时候开始，桔年已经不再因为爸爸妈妈的忽视而感到失落和寂寞，也不再为生活的沉闷而苦恼。她为了不做"流浪的小孩"，给了爸爸妈妈一个文静的女儿，但是她心里面住着另一个无比精彩绚烂的世界，这个世界很宽广，光怪陆离，只有她一个人在里面畅游，无拘无束。

当别人夸赞桔年文静乖巧时，或许她正在默默研究那个人的鞋子。鞋子可以看出一个人身上的很多细节，八字脚的人鞋子有特殊的磨损，走路没有规则的人鞋头坏得特别快；这个阿姨基本上每天都穿高跟鞋，她有一个高个子的男朋友，那个叔叔的鞋头有水湿的痕迹，可是市区里已经很多很多天没有下雨了……当然，她的好奇不仅限于鞋子，他们的手，他们衣服上的小褶皱，还有他们说话时特有的表情都非常有意思，观察这些细节让桔年感到其乐无穷。

桔年的想象力也比同龄的孩子更为丰富一些，漫无边际的幻想是她每天最爱的游戏。一前一后的两只蚂蚁在沙发背后的墙上爬，她想象它们刚刚吵架，一个在前面走，一个不好意思地在后面慢腾腾地追。橡皮擦越来越小了，她把它当成一个觉得自己太胖的女人，每天晚上，大家都睡着了，橡皮擦小姐就在不停地运动、瘦身，终于如愿以偿变得苗条。

发呆的时候，她脑子里全都是这些古怪的东西，别人叫她时，她又是一个再正常不过的文静小女孩，听话，懂事，还有一点怯怯的。她心里这个世界的大门紧闭着，爸妈也没有进去过，虽然桔年曾经想过，如果他们喜欢，她很乐意为他们把门打开。可是他们从来看不到那扇门，只知道这个省心的女儿偶尔会有一些稀奇古怪的举措，比如说，苹果她喜欢横着切，吃面条的时候总爱用筷子把面条缠成奇怪的形状，然后一个人偷偷地抿着嘴笑。

随着年龄的增长，桔年心里的世界就越没有边际，门却越来越小，小得只容得下一人通行，可是从来没有人经过，门上落了灰，只有朝里的那一面还是一尘不染。

桔年更不爱说话了，可是她在自己的世界里恣意地笑，生活一点也没有感觉到枯燥乏味。

如果别人给不了她快乐，那她就自己成全自己。

每次偷偷看见妈妈在厕所里面，手里拿着奇怪的纸条，桔年就知道，她的弟弟又一次泡汤了。这让她感觉到有趣，甚至庆幸，只要弟弟一天不出现，她的生活现状就可以维持得更久。虽然这种想法有些自私，老师说，自私的孩子不是好孩子。呵呵，上帝也会偶尔原谅一个文静的乖孩子吧。

大概是在桔年上小学二年级的时候，谢茂华开始专职给副检察长做司机。桔年相信新走马上任的副检察长工作一定很勤奋，因为他老是出差，爸爸也得跟着他到处跑，三天两头不在家。

孩子是怎么产生的呢？桔年这时还没有从书里找到明确的答案，虽然只要是能够接触到的书，只要书里的字她认识，她什么都爱看，广播电视报也看得津津有味，但是里面不能解释她的小弟弟是怎么出现的，也许有了解释，她还不能完全理解。不过，至少有一点桔年是知道的，必须要两个人才能把孩子做出来（像两个人一起做面包一样，你和面，我发酵），既然有一个人没空，那肯定是不会出成果的。桔年因此放心了一小段时间。

说起来，市院副检察长的孩子跟桔年同龄，两人还在学前班做过半年同学。桔年对那个男孩最深的记忆来自于一支失败的舞蹈，他被自己拉着手，不知道转了多少圈，最后停下来时，不知是因为转晕了，还是被吓呆，他张着嘴合不拢的模样。

想起那时，虽然家属幼儿园里的小朋友都是市检查院的职工子女，但是孩子和孩子之间也有不同，像桔年这样的，是司机和食堂工人的小孩，或者是水电工、门卫的小孩，另外一些，则是检察官的小孩，领导的小孩。

那个年纪的孩子，等级观念还不强烈，也不怎么懂得区分这些，可是家长懂得。就像副检察长的那个儿子，学前班开学一个月才转学过来，人长得矮矮小小的，又有先天性近视，戴一副在孩子看来丑丑的眼镜。由于从小在父亲工作的外地城市长大，他根本听不懂本地方言，说一口饶舌的普通话。起初好些孩子都在背地里笑话他，不喜欢跟他玩，老师也说不上待见他，要不是原本七个小矮人中的一个临时生病，是断然不会让他上台顶替的。学前班一整年，这个孩子都默默无闻，放学后也鲜少在楼下玩耍。幼儿园毕业后，他没有像大院里的其他孩子那样，就近在按学区划分的翠湖小学念书，而是被父母送到了七中附小。要不是偶尔在放学的时候看到他回家，大家都快忘记了这个人的存在。

可是，当这个男孩的父亲在短短两年内，由一个科室负责人一跃成为副检察长之后，所有的事情都不一样了。放学后找他玩的小男孩莫名地多了起来，大家都说他家里有好多特别有意思的玩具。副检察长出入有专职司机接送，顺带也会捎上儿子一程，谢茂华就是这个司机。过去茶余饭后，桔年明明听爸爸对妈妈说过，韩家的这个儿子没有遗传到父母的优点，各方面太不起眼，还不如他的那个姐姐。可现在爸爸却总感叹，经常坐他车的副院长公子很聪明——当然，桔年是不能比的。

桔年不关心这些，直到上小学，她还老是记不清这个男孩的名字，只知道他是副检察长家的“韩某某”。

也许学前班时在舞台上牵错了手出的洋相让“韩某某”留下了心理阴

影，虽然他和桔年两人的父辈在工作上接触良多，但大院里迎面遇上，“韩某某”从未与桔年有过视线交流。

有一个周末的黄昏，桔年得了父母的许可，吃过了晚饭后在大院里玩耍。她独自哼着只有自己听得懂的儿歌在宿舍区一隅的林荫道上踢石子，忽然听到有人在身后远远地叫了一声“喂，谢桔年”。她讶然回头，长长的小道上并没有别人，除了那个拿着羽毛球拍的副检察长家的“韩某某”。

“是你叫我吗？”年幼的桔年不确定地询问。妈妈说，当有人叫唤你时，一声不吭是很没有家教的体现。

然而“韩某某”没有说话，不一会儿，另一个同住大院的孩子正巧经过，跟“韩某某”打了个招呼，他便仿若没有听见桔年的问话般一溜烟地跑远了，以至于桔年事后一段时间内对自己的听觉产生了怀疑。

“韩某某”后来与桔年的生活再无交集，桔年也找到了新的乐趣。她认识的字越来越多，偶然的一次从爸爸床底下翻出一本残缺的武侠小说，她就不由自主地沉溺在那个江湖的天地里，兴许是，她心里的世界被装点成了一个快意的江湖。对武侠小说的迷恋从此一发不可收拾，桔年从小学开始啃那些厚厚的大部头，遇到不懂的字还必须借助于《新华字典》，里面的情节一知半解，但是不减其趣味。

后来，桔年看过成千上万部武侠小说，但是最爱的还是最初惊艳了她的那个残本。上初三以后她才弄明白，那是温瑞安《神州奇侠》系列小说中的一本。里面的男主角“大侠萧秋水”便寄托了小姑娘桔年情窦初开之前对于异性的全部向往。

“凉风起天末，君子意如何？鸿雁几时到，江湖秋水多。”

温瑞安就是用这寥寥几句话引出了桔年钦慕不已的一个完美的男人。他气度不凡、重情重义、快意恩仇，堪称侠之大者。然而，比起那些正义战胜邪恶的故事，更吸引桔年的是萧秋水和唐方的一段痴恋。

唐方是四川唐门的小公主，她祖母唐老太太非常不喜欢萧秋水，但是阴差阳错，唐方和萧秋水江湖偶遇，在一场不相识的打斗里一眼定终身。其实纵观全书，唐方和萧秋水只相聚过很短的一段时间，然后便是漫长的分离，一生都在相互寻找，总是错过再错过。然而，萧秋水孤身一人独闯唐门，惊天动地的一场大战杀出一条血路，只为了见唐方一面。

在不知情为何物之前，桔年就已经设定了她爱情的样子，一如她在心里为萧秋水和唐方设定了一个她想要的结局——

凉风秋叶里，萧秋水拉着唐方的手。

唐方说："带我走。"

他点头微笑，然后两人一起携手飞奔，飞出唐门，飞出江湖，飞出一切的桎梏，飞到一个只有他们的世界。

念兹在兹，一日不忘，第一眼是他（她），永远都是他（她）。这是桔年想象中的萧秋水，也是她想象中的，她爱的人。至于旁人，好也罢，不好也罢，都是无关紧要的存在。

为了看武侠小说，桔年学会了从早餐钱里省出一元几角的到学校附近的租书店借书，她的同学们也来，看的多半是漫画卡通。她还会给她的小说换成跟课本一样的书皮，骗过老师，也骗过爸妈的眼睛。

也许注意力被分散了，桔年小学时候的成绩算不上好。数学题她都会做，可是步骤全对了，往往却是结果错误；语文本来是她的强项，但是作文却是软肋。大概她属于圆肚细口的瓶子，里面装着很多很多，可倒出来却不容易。

老师们不太能够"欣赏"桔年的作文，不是太荒唐，就是太奇怪。比如说，老师让写《我最快乐的事》，诚实的桔年就这么写：我最快乐的事就是一个人坐在有风的窗口，一直坐着，一直坐着，很快乐，很快乐……

不管她打多少个省略号，重复多少次她的快乐，都很难凑够要求的字数。而且老师似乎一点也不觉得一个人傻坐在窗口有什么可快乐的。她让桔年描绘得仔细些，再仔细些。

快乐就是快乐，怎么用文字表述呢？尽管桔年的填空题全部是满分，但是因为作文这一项拖累，她从来没有在考试中拿过好名次。在上高中之前，全班四十个同学，她总是第二十名，要是全班五十个同学，她就是第二十五名左右。不是特别优秀，也算不上差生，在学校里除了偶尔迟到、上课喜欢发呆，她不惹事，不早退，不爱讲小话，与同学没有矛盾。爸妈也没有苛责她的理由，他们对她没有什么期待——他们的期待都给了姗姗来迟的儿子。

桔年小学三年级，就在她以为弟弟永远不会再出现的时候，爸爸妈妈脸上露出了欣喜若狂的笑容，从那时起，妈妈也不在检察院的食堂干活了，整天待在家里，一天比一天胖。

桔年的恐惧也一天比一天深。她注意到爸妈背对着她时的窃窃私语，爸爸经常给桔年姑妈打电话。桔年知道，他们在安排着把她送走，给未来的弟弟腾出一个位置。那时，她有过一个孩子最恶毒的念头，希望妈妈洗碗的时候，拖地的时候，看电视的时候，唱歌的时候，弟弟就从肚子里掉出来，没了，永远地没了……那么，她就可以一直在这里待下去。

可惜她的意念不能左右事实。妈妈的肚子像个小丘陵时偷偷搬到了市郊的姑妈家，很少在大院里露面了，桔年每个星期都按爸爸的吩咐到姑妈家给妈妈送东西。妈妈的肚子像一座山峦时，就转战到某个乡镇的亲戚处。

终于有一天，桔年背着她的小包包，一步一回头地被爸爸送去了姑妈家。

姑妈安顿好了桔年，爸爸临走前，第一次蹲下来抚摸了桔年的小脸庞。他咳嗽了几声，才说：“你先在这住着，以后我们再来接你。”

桔年紧紧地拽着她的小包包，好像那是她的所有。

她让爸爸失望了，这一次，她没有乖乖地点头，而是定定地看着眼前的大人，问了一句：“以后是什么时候？有了弟弟，你们还会要我吗？”

这句话让爸爸听了之后有些狼狈，变了脸色就离开了。也许是因为桔年的这句话，后来除了送生活费过来，爸爸很少来探望她。

姑妈那时哄着桔年：“你爸爸妈妈也很舍不得你，他们心里也愧疚的。”

姑妈其实是怕桔年会哭，可是桔年木着脸问姑妈：“愧疚是什么东西？”

第十七章

巫雨，巫雨

17

姑妈和姑丈生活在市郊，他们做的是贩水果的小生意，生活尚可维持，但每天必须起早贪黑。

桔年有过一个表哥，比她大四岁。但是表哥三岁那年，独自在家门口的空地上玩耍，一辆农用车经过，表哥被碾在了轮子下边，成了血肉模糊的一团，救护车也不必来了。当姑妈和姑丈飞奔回来号啕大哭时，面对的也只能是儿子冰冷的尸体。

不知是出于什么原因，表哥不在后，姑妈和姑丈想要一个孩子一直没有成功，大概不是所有的人都像桔年爸妈这样幸运吧。没有新生儿的诞生来冲淡那阵化不去的哀伤，一对经历了丧子之痛的夫妇婚姻一度面临崩溃，他们哭泣，他们后悔，他们相互怨怼。

姑丈骂姑妈，那天要不是她在里屋做饭没有注意照看儿子，怎会发生这种惨事，是她害死了儿子。

姑妈哭着说，要怪只能怪姑丈，把家里的所有事情都推给她一个人，自己整天在外面忙，他才是间接的凶手。

那时桔年的爷爷还在世，不想让女儿女婿就这么在悲痛中两败俱伤，于是，在表哥去世的次年，就做主给他们抱养了一个刚出生的男孩。男孩的家其实就在姑妈家附近，他爸爸因为酒后杀人吃了枪子，妈妈一走了之，剩下一个年迈的老奶奶难以抚养这个遗孤。

姑妈和姑丈抱养了这个孩子，日子并没有如桔年爷爷期待的那样有所转机。因为对养子原家庭的知根知底本身就是一个天大的错误，不管孩子多么天真无邪，他们每日想着，这个孩子的父亲是杀人犯，龙生龙，凤生凤，老杀人犯的小孩就是小杀人犯。这个想法让懵懂的孩子变得无比狰狞，反倒成了这对夫妇的一块心病。再加上桔年的姑丈对儿子思念太深，感觉人都无法替代自己早夭的骨肉，对那个抱来的男孩竟然越来越厌恶，以至于孩子一哭就口出恶言，甚至下重手去打。

为了这个，有孩子的生活还不如两个人背对背哭泣清静。孩子在这个家没待够三个月，姑妈就把这小男孩送回了他奶奶手里。这件事被邻里传开后，他们收养新的孩子益发地难了，就这样日复一日，直到桔年被送到了他们身边。

这么多年过去，姑丈对再养一个孩子已经并不感冒。姑妈以前还是挺喜欢桔年的，她说这孩子听话、文静，养在身边有个伴，又能帮着干点活，再说也是帮了弟弟一个忙，弟弟要个男孩是应该的。他们老谢家从桔年爷爷这一支下来，不能断了香火。

就这样，桔年又从市检察院附近的翠湖小学转到了市郊的台园路小学。那时的市郊还有农田，路也不像市区里那么好辨认，第一天去上学，姑妈抽时间带她走了一遭，权当认路。

“记得路了吗？”姑妈问。

桔年点头。

她当时是记得的，但是放学回家时，当她第一次独自走在拐来拐去的小路上，轻易就迷失了方向。走啊走啊，就不知道姑妈家到底在哪一边了。

学校同时一窝蜂拥出来的小学生逐渐从桔年身边消失，原本一起走在同一个方向的孩子经过了几个路口也都不见了踪影，桔年越走，就觉得身处的小路越发冷清。太阳在她的左前方一点点地坠下去了，桔年终于停下了脚步，茫然地在原地转了个圈。郊外的日落是陌生的，风吹过远处的稻田那起伏的波浪是陌生的，脚边不起眼的小白花是陌生的，空气中泥土的腥气是陌生的，东南西北每个方向都是陌生的……感官能捕捉到的一切都让桔年不知所措。

她知道不能再盲目地往前走了，按照姑妈陪她上学时的脚程，她现在早该到家了。姑妈和姑丈也许在等她吃饭，她刚住到别人家，不能一开始就给人家增添那么多的担心和烦恼。

桔年很后悔，一开始觉得方向模糊的时候，她前面后面都还有几个同校的孩子，虽说都不认识，还是可以问一问的，她脸皮不该这么薄。现在好了，大家都回家了，如黄昏时飞鸟返巢，只剩下她。

正不知如何是好，风把前方草丛吹低了一些，露出了一个人的脊背，穿着白色的衣服，静静地蹲在那里，不出声，也不动，不知道在干什么。

桔年环顾四周，再没有别的人影了，她不想一直迷路到天黑，于是壮着胆子上前两步。

“你……你好。”

那个人没有回应，依旧埋伏在草丛里一动不动。

书里看到过的恐怖情节忽然在桔年脑海里生根发芽，小孩子涉猎太多杂书，果然就不是件好事。这人蹲在那应该不是一小会儿了，他该不会死了吧，或者那根本不是一个“人”，而是山魈之类的存在？桔年心里偷偷想。

至今桔年也不知道，当时十岁的自己面对一个疑似“非人类”的背影，怎么就没有选择撒腿狂奔，而是慢吞吞挪腾到那人身后，怯怯地、抖抖地伸出一根手指，在他的背上戳了一下。

手指第一次触到那人的背时，他动了动肩膀。活的，还热着。桔年放心了不少，可是当她第二次加大力道戳过去的时候，那人像被火烧着屁股的猴子，猛地从草丛里一跃而起。

这个动作太过突然，桔年吓了一跳，连惊叫都哑在喉咙里。那人受的惊看上去不比她小，退后一步，用力拍着胸口。

“你想吓死我？”

“我以为你死了。对、对不起啊。”话出了口，桔年才意识到自己大概失言了，别人好端端的，怎么就咒他死了呢。

她等着那人回她一句“你才死了呢”。谁知道那人愣了一下，垂下拍着胸口的手，就这么笑了起来。

现在桔年看清楚了，这个被她误以为是草丛中的“非人类”不过是一个跟她差不多大的小毛孩，那身白色的衣服不是台园小学的校服又是什么。奇怪的是，男孩瘦瘦的，却顶着一个大光头，整个脑勺光可鉴人，衬着宽大的校服，活脱脱像个从寺庙里跑出来化缘的小和尚。

不知怎么的，桔年也觉得有几分滑稽，傻傻地就跟着男孩一起笑了起来。

“我死了你还戳我？”

男孩并不比桔年高多少，疯长的野草都漫过了他的头顶，有两根狭长的草叶还横在他的脸颊边，尾部翠绿，叶梢带一点枯黄。大概是草扫在脸上痒，他伸手拨开那几片恼人的叶子露齿一笑。他不像桔年以往见过的任何一种人，他是佛前青灯一样干净清明的“小和尚”。

“我想向你问路，叫了你一声，你没反应。”桔年止住了笑，略带不好意思地说。她三年级了，这个年纪的孩子已经知道男孩和女孩是有分别的，更何况是个陌生人。

“你说话就跟蚊子哼哼似的，谁听得见啊。冷不丁戳我一下，差点没把我的魂吓出来。问路，你想去哪儿？看你面生，家不住这附近吧？”

看他的模样，俨然地头蛇。

桔年没有说太多，只是问：“同学，你知道谢茂娟家往哪走吗？”

“谢茂娟？”男孩重复了一遍，好像在消化这个名字。

“对，她是我姑妈，我姑丈姓刘。你知道他们家住哪儿吗？”桔年开始有些失望了。这些年她去姑妈家的次数不多，也不知道怎么描绘那房子的特征。这一片郊区的面积并不小，看他皱眉的样子，未必知道。

“哦，水果刘啊，我知道。”男孩忽然笑得很灿烂，转身给她指了个方向，“喏，你往那片甘蔗地的方向走，穿过它，这样走会近一些。然后你会看到一棵特别高的水杉树，知道什么是水杉吧，它们长得像座宝塔。在树的左边拐个弯，一直走，很快就到水果刘的家了。”

桔年朝他手指的方位看过去，只见一片看不到头的甘蔗地。

“怎么，你要从大路走？你现在都走偏了，再走大路的话回到家天都黑了，水果刘的脾气可不怎么样。你不相信我？”

“小和尚”歪着脑袋，一脸的认真。

“啊？我信！”

为了证明自己的信任，桔年果然朝甘蔗林的方向走去了。走了五步，她犹豫了五次，最后还是决定回头问一句。

“你刚才蹲着干什么呢？”

“地上有个蚂蚁窝。快走吧，要不你姑妈该着急了，记得啊，树的左边拐个弯，一直走，一直走……”

桔年用了很长的时间才穿过那片甘蔗地，甘蔗的叶子扫得她裸露在衣服外的皮肤又红又痒，左手手背上甚至被锋利的叶缘划出了一道口子。不过桔年顾不上这些，她一门心思地想，再快些，再快些就可以回到姑妈家了。

甘蔗地终于走到尽头，那边是一片竹林，竹林的正前方倒是有条小路，可哪里有什么水杉？桔年焦虑地回头望，只看到成熟的甘蔗那米黄的叶子，想找那男孩对质也是不行了。

前方的路只有一条，桔年没有选择。她想，这里也许曾经是有过水杉的，小路就正好在水杉的左边，不知是什么原因，树被人砍掉了，树根都被掘了去，男孩并不知道。

她就这么沿着那条小路走啊走啊，天空变成了灰色，深灰色……月亮已经从另一边探出了头。“小和尚”不是说这条路更近一些吗？为什么好像延伸到无穷无尽。姑妈的家没有出现，谁的家也没有出现，周遭是一坡接一坡的竹林，没有人声，只有虫鸣。

当四周终于被黑暗笼罩，桔年才肯相信，那个笑起来干干净净的男孩也许欺骗了她。他为什么要捉弄一个陌生的人？答案已经不重要了。桔年甚至不知道怎么停下来，她就这么一直走，一直走，地球是圆的，哥伦布不是已经证明了这一点吗？

小路上的可见度已经非常低，可以凭借的，不过是天边朦胧的一点月光。荒郊野外，月黑风高，一个孤身小女孩，一切恐怖的事情都有可能发生。桔年发着抖，她害怕竹林里忽然飘出一个白衣红唇的女鬼，只能拼命地从脑子里摒弃这些东西……月光下除了鬼，还有精灵，可爱的精灵。

桔年飞快钻进自己的那个小世界里，紧闭的门为她阻挡了外界的恐怖，让她得以跌跌撞撞地，一路不停地走。外面不管怎么黑暗，她的小世界里月光澄净霏然，花儿馥郁芬芳。

她不知道走了多久，漫无目的地走。走着走着，路途的尽头似乎不重要了，姑妈的家在不在另一头也不重要了，甚至爸爸妈妈为什么不要她也变得不重要了。

有什么可伤悲的呢，从爸爸妈妈的家到姑妈的家，不过是从一个地方到另一个地方，他们是否喜爱她，是否在乎她，都没有关系。她的心一直都住在自己的世界里，好好地，很安全。

小学三年级的桔年，在一次迷路的过程中忽然觉得自己顿悟了。莫非那个貌似小和尚的男孩子适时地出现，错误指了一条路只为给她禅机？就像她长大了之后所听到的佛经故事，世尊在灵山会上拈花微笑，是时众皆默然，唯迦叶尊者顿悟。一个错误再加上一个错误就是正确，犹如负负得正。

谁也不会想到，迷路的孩子脸上带着一丝笑意，不知不觉走到了小路的穷尽处。那里是蜿蜒而上的，长长的水泥阶梯，不知道延伸到天堂还是地狱。

桔年累了，记忆中自己还没有独自走过那么长的路，刘海都湿湿地黏在了额头上。她坐在第一级台阶上，把书包解了下来，会有人来找她吗？假如她静悄悄地饿死在了这个荒无人烟的地方，样子会不会变得很难看。

她伏在膝盖的书包上，竟然打了一个盹，醒来的时候，听到了夜色中远远近近的呼唤。

“桔年……谢桔年……”

伴随着呼喊声的，还有许多道手电的光束。

桔年心里一紧，被拽回现实。她闯祸了，让大人们四处寻找。

“我在这里，我在这里！”

她的声音足够大吗？寻找的人能听见吗？

“我就知道你在这里！”

“小和尚”的脸最先出现在一道强光的后头，桔年遮了遮眼睛，察觉他走近，俯身打量坐在台阶上的自己。

“你傻啊？我骗你玩呢，在甘蔗地的另一头等你回头，太阳落山了也不见你的人影。你干吗不知道回头？”“小和尚”问道。

桔年用说服自己的理由来说服他：“地球是圆的，我为什么要回头？”“小和尚”半张着嘴，一屁股坐到桔年的身边。

“傻了，傻了！”

桔年才不傻，她说：“你才傻，既然骗我，又绕着弯来找我。对了，那棵水杉树什么时候被砍掉的？”

“你怎么知道那里有棵水杉树被砍掉了啊？”

“你说的啊！”

“小和尚”将手电从下往上把光打在自己的脸上，笑得阴森恐怖。

“你这人真奇怪，你都不问我为什么捉弄你。你知道这是哪吗？”

桔年茫然摇头，她是真不知道。

“这里是烈士陵园，从台阶走上去，就是烈士墓碑了，里面埋着很多很多的死人。还好你没傻到晚上爬上去。”

“烈士的鬼都是好鬼！”桔年肯定地说。

“错！那里除了烈士的鬼魂，还有别的很多很多厉鬼。这里偏僻，不是纪念烈士的时候，很少有人会来。”“小和尚”说着压低了声音，做出害怕的表情，“听说有很多杀人案发生在上边。冤死的鬼出现时会发出什么声音你知道吗……又像哭，又像笑，又像野猫叫，这些鬼还会变身，从一个变成两个……”

“呵呵。”桔年冷不丁地笑了起来，全身心投入地说着鬼故事的“小和尚”反过来吓了一跳。

“你，你怪笑什么？”他惊骇地问。

桔年诚恳地夸奖道：“你真有趣。”

说话间，大人的脚步声渐近。

“桔年，是你在那里吗？”

桔年赶紧收敛了笑容，抓着书包站了起来，严阵以待。

来的是姑妈、姑丈，还有一两个不认识的大人。

姑妈一见桔年就扑了上来，又气又急又宽心。

“作孽啊，你一个小孩子放学了不回家，跑到这阴森的鬼地方来干什么？你要气死我啊，当心我告诉你爸爸妈妈。”姑妈把桔年滴溜溜地转了个圈，发现她身上没多没少才松了口气。姑丈也板着脸，一言不发。

“快说，你跑到这来干什么？”姑妈问着桔年，眼睛却瞥了一眼侄女身边坐着的人。

桔年也忍不住扭头看了那“小和尚”一眼，他正低头玩着手电筒。

“我迷路了，到处乱走，就走到了这。是这个同学找到我的。”

“迷路？你这孩子怎么这么笨！”姑妈没好气地拉起桔年的手，“走，我们回去。光顾着找你，晚饭都没顾上吃，第一天就把你弄丢了，我拿什么脸见你父母去？”

桔年被几个大人簇拥着往前，走着走着，忍不住回头。“小和尚”还是坐在原地，仿佛周围来来去去的人都与他无关。

“姑妈，他……”桔年怯怯地问了一句。

姑妈的步子迈得飞快，桔年要小跑着才能跟上。

“那是个杀人犯的儿子，不是什么好东西。你离他远着点，不许你跟他玩！”直到看不见那男孩，姑妈才压低声音警告。

“姑妈，那……他叫什么名字？”

“巫雨。”

现在想起来，桔年居然是从姑妈嫌恶的嘴里第一次听说“巫雨”这个名字。

他是巫雨。一个比桔年大一岁的男孩，一个小时候特立独行剃着光头的“小和尚”，一个杀人犯的儿子，一个被姑妈和姑丈短暂收养又抛弃的婴儿，一个……谢桔年回忆里最珍贵的伤痕。

第十八章

掌心的缘分

18

姑妈的家其实就在烈士陵园另一面的山脚下。桔年初遇巫雨，他故意让她绕了老大一个圈子，走到了相反的一边。有了这一次迷路的教训，桔年牢牢记住了回姑妈家的路。

别人问她：“你住在哪里啊？”

桔年说：“我住在烈士墓的下面。”

姑妈听见了，连声“呸”个不停：“童言无忌，童言无忌！你这孩子乱说话，死鬼才住在烈士墓下面。”

平心而论，姑妈和姑丈待桔年不差，他们收留了这个不招人待见的孩子，生活上该给她的，一样也没有少。

姑妈是个胖胖的女人，都说侄女像姑母，可桔年长得跟她一点儿也不像。桔年一张脸上除了眼睛，什么都是小小的，姑妈五官却比她大上不止一号。桔年觉得，当自己老去了，也许有一天会变成姑妈的样子。

姑丈却是一个极瘦的男人，他站在姑妈身边，无论是高度还是体积，都不及他的妻子。胖的人看起来和蔼，瘦的人则相反。姑丈给人的感觉极是阴沉，脸上的法令纹深而严厉，他几乎不会笑。桔年跟姑丈的关系隔着一层，以往就不亲近，生活在一起之后，也很是畏惧他。不过，姑丈虽不可亲，但也不至于刁难一个小女孩，更多的时候，他眼睛里看不见桔年，不责难，也不关心，必须说话时，口气也是冷冷的。

桔年刚到姑妈家时，姑妈把她带到她的房间。房间收拾得很干净，桔年原本也没有期待会拥有一个温馨的乐园，然而当她打开衣柜，准备把自己的衣服往里面放的时候，才发现衣柜里塞满了小男孩的衣物。

她起先糊涂，猛然想起，这些难道都是死去的小表哥穿过的?

桔年没有见过那个可怜的表哥，她出生前一年，表哥出事了，可她从大人嘴里听说过当年的惨状，车轮碾过小小的身躯，血、肉、骨骼糅在一起，分不清了。塞满了孩童衣服的老柜子散发着陈旧而幽怨的气味，盛夏的季节，小桔年愣是打了个冷战。她留心看这房间，桌子上摆着表哥从一岁到三岁的照片，斗柜里放着表哥的玩具，床头的矮凳上是旧的小人书。这里本是表哥的房间，俨然还维持着他生前的模样，他使用过的物件都被完好地保存了下来。

桔年赶紧去闻床上的被单，还好，虽不是新的，但有洗衣粉的味道和阳光特有的干燥气息。这小床小被子，也是表哥过去睡过的？也许是她多疑，她翻过被子的另一面，看见一小块模糊的污渍，让她不由自主地联想到了血。

这个时候，姑丈推门走了进来，面无表情地说：“你在这里住着。房间里的东西都不要乱动。记住了吗？”

桔年惊慌地坐在床沿。

“我知道。”她小声地回答。

这样的家庭里，姑妈是桔年唯一可依赖的对象，毕竟她们血脉相承，又同为女性。最初的日子，姑妈对桔年是热络而关切的，那一次她迷路，姑妈差点急出了眼泪，也是发自真心。姑妈的嘘寒问暖让桔年一度非常受宠若惊，都不知道怎么消受好。

不过，就像主人家待客，客人刚来时，总是热情的，可是客人住久了，就成了一块心病。共同生活了一个月左右，姑妈已经习惯了桔年的存在，一如习惯了家里新添的一把椅子，一个月都过去了，跟别的椅子也没有什么区别。

姑妈跟姑丈一样，为了生计，有很多很多的事情要忙。他们是最普通的小百姓，生活不易，勤劳俭朴也是被逼出来的“美德”。桔年从姑妈那学会了做饭，每天一放学先把晚饭准备好，否则姑妈姑丈回来看到冷灶台，是要不高兴的。这些桔年都应付得来，她做的东西算不上可口，总可以下咽，两个大人也不是对饮食讲究的人，饱肚即可，不需要精细。

日子跟窗台上的日历似的，一个个昨天被撕下。听说，弟弟终于在某个乡下出生了，爸爸妈妈如愿以偿。桔年还没机会去看一看，不知道妈妈现在怎么样了。爸爸来过几次，塞给姑妈一些生活费，每回还留下几斤苹果，说不了几句话就走。大人们都是忙碌的，姑妈也顾不上理会桔年。也是，桔年太安静太安分，不会捣蛋，也不会撒娇，是个存在感很低的孩子。姑妈姑丈很少过问她的学习，也辅导不了，至于孩子在想什么，这并不重要。每日所说的几句话无非关于生活起居。

“吃了吗？”

“饭做好了吗？”

“睡觉吧。”

这样也好。姑妈姑丈不在家，桔年会更轻松一些。姑妈唠叨，姑丈的脸色永远难看，他们凑在一起总是吵架，第二天又一前一后推着水果车出门，好像之前的争吵并不存在。

唯一让桔年困扰的是姑妈的大嗓门。姑妈喜欢在邻居街坊面前，领着桔年，一遍一遍重复着这孩子的父母怎么顾不上她，自己又怎么帮了弟弟一个大忙，养一个孩子是多么不容易，言下之意，他们两口子是多么的厚道。非得街坊们都说："老刘他家的，你们真是好人，这孩子遇到你们是积了大德。"姑妈才肯满意地结束。

住在附近的大婶们总喜欢问："桔年，长大了会不会报答姑妈？"

迫于"民意"，桔年得一次次地回答："会的，我长大后要报答姑妈和姑丈。"

她感激姑妈一家，但是重复这样的对话让她难为情。

爸爸给的生活费都在姑妈那，桔年是一分钱都没有的。她在长身体的时候，衣服很快就不合身了，每当她拽着短短的衣角，窘迫地告诉姑妈，姑妈也会给她买新衣裳。但衣裳买回来之后，姑妈又会周而复始地在大家面前说："这孩子不知道花了我多少钱。可我也不能苦了她，总不能让她光着身子，谁叫我只有一个弟弟呢？"

姑妈的嘴就是一个天然的扩音器。音量巨大，内容丰富。什么都可以成为她的谈资。

"我们家桔年啊，小时候营养跟不上，小学快毕业了，身板跟七八岁似的。别人家的女孩子这个年纪'那个'都来了，我们家这个……喃，还没发育。"

"小小年纪，就已经知道花钱了。这孩子，不愁吃不愁穿，那天还问我要零花钱来着，好像她爸爸给了我多少好处似的。"

"看书看书，就知道看书，别的都不会。女孩子家家，看那些乱七八糟的杂书，早晚学得不正经。”

姑妈也并不是真的厌烦桔年，她做了好事，所以需要向大家倾诉，孩子一些无关痛痒的小毛病，会让街坊的交谈内容变得更为丰富。当然，这些都无损于她抚养了桔年这个事实。

桔年念着姑妈的好，但是同时她又讨厌着姑妈，在这点上，她不是个好孩子。她想，等自己长大了，就报答姑妈，给姑妈很多很多的钱，但一定要离姑妈远远的。

巫雨，桔年心里更愿意叫他“小和尚”。可她一次也没有叫出口。姑妈和姑丈都不喜欢巫雨，桔年只能跟他保持着距离。

巫雨上学晚，虽说比桔年大一岁，但在学校里居然是同班。每天在同一个教室里活动，桔年和巫雨可以说是班上最沉默的孩子。只不过桔年的沉默带着女孩子的文秀，可巫雨的沉默却是我行我素，特立独行。他的与众不同并不是张狂的，暴虐的，一如人们想象中的杀人犯的儿子，而是静静地做着自己想做的事。

比如他奇怪的光头，比如他非要坐在教室最后一排角落的位置，比如他会一个人对着蚂蚁窝看上很久很久，比如放学后他总是一个人绕小路回家。

桔年在学校里还有几个能说上话的同学，即使不热络，可总不至于像个异类。不过回家的路上她没有别的伴，整整三年，从小学三年级到小学毕业，总是她背着书包孤零零地往姑妈家走，巫雨在前头十几步或者后边十几步晃晃悠悠。

他们几乎不打招呼，也很少主动超越对方。有时桔年也走小路，看到巫雨坐在草堆里摆弄他的狗尾巴草，或者掏地下的老鼠窝，她就走过去看。两个怪小孩，也许站着看一个方向，也许蹲着凑在一起，为着他们同样感兴趣的东西，可他们不是什么亲密无间的好朋友，连交谈都不常有。

有过那么一两次，桔年拖着她没拉拉链的书包丢三落四地走路，里面的作业本掉出来也没察觉，巫雨顺手捡起来，经过她身边，往她怀里一塞；还有些时候，桔年出家门的时间晚了，上学的路上发现巫雨还不紧不慢地逗树上的小鸟，就会扯一把他的书包，叫一声，“迟到了，快跑！”

因为姑妈姑丈做生意，起床很早，桔年也连带着睡不了懒觉，天没亮就得爬起来。有一天她站在门口揉着还没彻底睁开的眼睛，无意中看到屋前的小路有人不紧不慢地跑过。天色微明，四下无人，他还朝她做了个鬼脸，被他掀起来擦汗的旧T恤湿成了深浅不同的两种颜色。没过几天，桔年向姑妈透露了早上想去跑跑步的念头，理由嘛，强身健体，她正是长身体的年纪，多运动运动总没错。姑妈对此并不在意，只要桔年别轻易跑坏了鞋子，其他的事都由着她去。

于是那时起桔年也养成了晨跑的习惯。晨曦中，沿着甘蔗地跑一圈，经过竹林小路，到达烈士墓的长阶下，再原路返回。巫雨的跑步路线大同小异，渐渐地，他们出发的时间也趋于一致。不过桔年总跑在巫雨前面一些。她不回头，可是熟悉的脚步声和落叶的沙沙声总是伴随着她。

不知道姑妈从哪里听来的小道消息，有一次，她问桔年：“我听别人说，你跟巫雨走得很近，早上还一起跑步？你可得小心点。”

桔年面不红心不跳地回答：“没有啊，附近可以晨跑的路就一条。我们都没怎么说过话。”

小学毕业了，桔年和巫雨一起升上了22中这所市郊的放羊初中。桔年的弟弟也长到了三岁，弟弟跟妈妈一起回到了爸爸身边，快乐地生活在一起。

桔年见过几次小弟弟，胖乎乎的，很可爱。爸爸给弟弟取名叫“望年”，他们排的是“年”字辈。据说弟弟名字的来由是“望”跟“旺”同音，取其兴旺之意，也暗含弟弟是爸妈唯一的指望之意。这名字也是费了番心思，哪像桔年，上户口的时候正赶上年末，爸爸就给她取名叫“过年”，谢过年。后来还是爷爷说不妥，太过草率，因着家里摆了一盆过年买来讨个好彩头的年桔，谢桔年这个名字就诞生了。

桔年对自己的名字没有什么感觉，不过她有一个堂哥，名字叫“斯年”。如斯年华，桔年喜欢这个名字。

堂哥年纪比桔年大十几岁，他的爷爷和桔年的爷爷是亲兄弟，他们那一脉才继承了祖爷爷书香世家的传承。斯年堂哥就是一个才华横溢的画家，少年成名。桔年小学二年级见过他一次，很是仰慕。跟谢茂娟谢茂华姐弟并不亲近的斯年堂哥竟然对桔年亲近有加，他说，桔年跟她父母不一样，她身上有他们谢家的灵气。

桔年爸妈才没感觉到什么灵气。在他们眼里，画家跟戏子一样算不上正经的行当，斯年堂哥再出色，他们也觉得不是正经人。至于谢斯年的私生活，桔年隐约听过大人的一些诟病，一知半解，无损堂哥在她心中的美好。

上初中前的那个暑假，桔年又收到了斯年堂哥从某个欧洲小国寄来的明信片。他说他爱上了一个年纪比自己大的女人，也不管这样的话题对于一个小学毕业生来说是不是太过生猛了。可是桔年还是很高兴。这一天，姑妈和姑丈没有去做生意，而是出门走亲戚了，只留桔年一人在家，这也是桔年心情大好的另一个原因。

姑妈和姑丈的自行车留在了家里。那时的自行车虽说绝不昂贵，可也不是桔年这样的孩子想要就有的东西。她快上中学了，还没有学会骑自行车。

确定姑妈姑丈走远了，也不大可能中途忘记东西再回来取，桔年偷偷摸摸地推着那辆老式自行车出了门。

桔年不会骑，也不敢骑，那大大的三角形横梁对于她来说是个不可逾越的障碍。起初她刚出门，还左顾右盼，担心姑妈的街坊好友看见了会“告发”她，拐进林荫小路后，就开始肆无忌惮地推着车奔跑。

一个傻孩子，连自行车都不会骑，推着车跑得兴高采烈，这画面多少有些可笑。桔年却自顾自地开心着。

车轮碾过石子路，碾过杂草地，碾过竹林边的羊肠小道。她越跑越快，觉得自己的两条腿跟轮子一道飞了起来。

竹叶特有的气息和风一道扑面而来，桔年幻想自己是坐在自行车后座的美丽少女，清瘦的白衫少年在她前面轻快地蹬着车，他们不说话，欢笑声洒在身后，和野花一样芬芳。

快乐让桔年格外忘我，跑着跑着，竟然感觉到不需要自己施力，自行车有股力量带着她往前，再往前……脚步声也变成双重，太神奇了，万物有灵，莫非自行车也成了精？

桔年终于忍不住回头，扎成马尾的发梢打在脖子上，也扫过了少年青涩的脸。视线相对，双手放在自行车后座上推着车跑的巫雨露出两排白白的牙齿向她笑了。

“上车，骑上去。骑呀！”巫雨在身后怂恿着她。

桔年好几次做出要翻身上车的姿势，临到起脚那一刻，又胆怯了。

“我不敢，车摔坏了怎么办。”

“怕什么，我撑住你。上去，快！。”

他的声音似有魔力，桔年咬牙跨过高高的三角形横梁，脚尖差点够不着踏板。车子左右摇晃了几下，她用力握着车把的方向。巫雨真的撑住了她。

“呵呵，快点，再快点，呵呵……”桔年笑出了声。自行车带动两个半大孩子在不平整的小道上颠颠地向前，仿佛这是人世间极致的快乐。

桔年越骑越顺，不一会儿，就到了烈士陵园的阶梯脚下。

“停，停，停。”桔年喊道。

没有人回答她。她回头一望，车后面哪里有扶着她的人。突如其来的惊慌让桔年乱了阵脚，扑通一声就从自行车上摔了下来。

巫雨从最近的一坡竹子后面钻出来。

“摔了？刚才不是骑得好好的？”

桔年赶紧爬起来，顾不上看自己，先扶起车留心看有没有摔坏。自行车完好无损，她松了口气。

“摔哪儿了？”

桔年揉了揉手：“落地时蹭着小石头了，没事。”

“没事就好，跟我来。”巫雨打了个手势，让桔年跟着自己往台阶上爬。

桔年犹豫着看了一眼被锁在粗竹竿上的自行车，犹豫了片刻，跟了上去。她来过这里许多次，但是因为巫雨说上面有许多鬼，她觉得，还是不要打扰那些鬼为好。

那么长的阶梯，从下面几乎看不到尽头。

“快点，谢桔年。”巫雨停下来等她。

“上面不是有鬼吗？”桔年仰着脸说。

“笨蛋，鬼魂白天要睡午觉。”

桔年擦了把汗，继续努力。261，262……519，520，521！

整整521级台阶，她不知道为什么要心中默数。就这一次，她永远记住了这个数字。

桔年以为，烈士陵园该有的样子就是苍松翠柏，但是当她爬上最后一级台阶时，跳入视线的竟是料想不到的炫红，犹如一簇火燃烧在肃穆而荒凉的绿海里。

“石……石榴花。”桔年上气不接下气，但是对这植物却是认识的。

“这棵是我的石榴花。”巫雨用陈述的语气介绍道。

“你的？你叫叫它，它能答应？”桔年不信了。

“石榴，石榴……它答应了，你又听不见。”

桔年看着巫雨笑，“你就会胡说。”

她爬得太急，脑门上全是汗。巫雨也好不到哪里去，他的脸红扑扑的，红得……红得有些诡异。

“哈哈，你的脸……”桔年一句话还没说完。巫雨晃了晃，就这么在她眼皮底下直直地摔倒在地。

“你又在吓唬我？起来，巫雨，这不好笑……巫雨！”

巫雨倒地的身躯以一种奇怪的角度扭曲着，好像听不见桔年的话，几秒钟后，他开始抽搐、痉挛，嘴角有带着血色的沫子。

快乐来得那么容易，走得也那么突然。恐惧刹那间征服了一切。桔年吓呆了，不知如何是好，蜷在地上的巫雨，如同癫狂而脆弱的羔羊。

她跌坐了下来，抱住巫雨僵硬的头颈，想叫人，可这空空荡荡的荒野高处，能有谁听见她求救的呼唤。

桔年急得掉泪，巫雨在她怀里颤抖，不省人事。她毫无办法，不知怎样才能把那个会捉弄她、也会默默走在她身后的人重新唤回来。

约莫一分钟，并不长的时间，桔年觉得自己已经在焦虑中苍老了。谢天谢地，巫雨的抽搐渐缓，整个身子由僵硬慢慢变得松弛，但是仍然动弹不得，昏昏然，气息浅淡悠长。

等到巫雨终于可以强撑着直起身来，桔年的手酸麻得仿佛不是自己身体的一部分。

“你好一点了吗？”桔年其实想说的是，他不必这么逞强非要站起来。

巫雨脸上红潮褪尽，只余铁青。先前的笑容和欢快荡然无存，站起来时，他摇晃了一下，桔年伸手去扶。

“要是你敢说出去我杀了你！”他脱口而出的一句和凶狠的神情让桔

年的手一抖。她呆呆地看着身边的男孩。

巫雨扭过头，过了一会儿，又慢慢地坐回桔年的身边。

“不要说出去，好吗？”

同样一个意思，他用了两种截然不同的表述方式。这一次，他是无奈的，哀恳的。

这才是他，真实的巫雨。

桔年忙不迭地点头，“我不会说出去的。”似乎怕巫雨还心存疑虑，她又补充了一句：“我发誓！”

巫雨摸着光光的脑袋笑了，干净柔和的五官舒展开来，牙齿好像会发光。

“好玩吗？”他问桔年。

“啊？”桔年没反应过来，她的脑海里全是一个从书上看来的词。

羊痫风。傅红雪得的就是这个病。学名应该叫癫痫。

“不好玩。”她没有办法撒谎，刚才那一刻的可怕历历在目。

“经常这样吗？”她问。

巫雨摇头，“这样大的发作不经常，从小到大也没有几次，所以知道的人不多。但是就像揣着一个定时炸弹，不知道什么时候，砰的一声就爆炸了。”

他还说，他这个病是从娘胎里带出来的，叫什么原发性癫痫，至今没找到病因，也没有办法根治，只能靠服药控制。大的发作虽然很少，但小的发作还是经常的，因为这个病，他不能过劳，不能激动，不能过度饮水，不能喝酒、饥饿、失眠……现在桔年有些明白了，他为什么总希望离人群远一些，再远一些，又是为什么，晨跑时他总是慢悠悠地跑在她的后面。

“别可怜我，我不喜欢这样。我恨不得世界上没有人知道。说不定哪一天，发作了，醒不来，就悄悄地死掉了。”

桔年说："把手给我。"

换了巫雨跟不上她的思路。

桔年抓起他的左手。

"我看过一本关于手相的书，还记得一些。环绕大拇指的这条是生命线，从大拇指和食指中间出发的是智慧线，小指下面朝食指方向走的是感情线。生命线长的人，就可以活得很长……"

她忽然止住了嘴里的话。

巫雨的掌纹深秀明晰，唯独一条生命线，只到手掌的三分之二处就骤然截断了。

"往下说啊，我听着呢。"巫雨笑着说。

桔年伸出了自己的左手，叠在巫雨的手边对比。她的掌纹浅而乱，可生命线竟然跟巫雨的一样长。

"瞧，我的生命线跟你一样长。你看我像短命的人吗？我活着，你就不会死。"桔年安慰他。

巫雨识破了她："男左女右，你该给我看右手！"

"错了，古时候讲究男左女右，都是男尊女卑的思想作怪。真正的手相，男女都应该看左手。"桔年并不是欺骗巫雨，姑妈家发黄的手相书上的确是这么说的。

很久很久之后，桔年才知道自己当时学艺不精。那本书她其实根本就没有读透。书上还说，左手是先天命根，右手是未来变数，左右手截然不同的人，注定一生起伏多变。她的左手和右手，就是完全不一样的。

巫雨的掌纹真漂亮，除了那根短短的生命线。他的感情线很长很长，从拇指和食指中间延伸出一根浅浅的早年贵人线。

早年贵人线，主青梅竹马。

桔年的左手也隐约有这么一条线。

他们的掌纹有一点缘分。只是，桔年当时忽略了，自己那条早年贵人线在金星丘附近出现的落网形断纹。

书上写着，金星丘断纹，主波折、死亡、离别，情伤难复……

第十九章

士别三日当刮目相看

⑲

从那一天起，巫雨这个名字贯穿了桔年的整个青春。

每天早上的晨跑，他们仍然有默契地一前一后。出门时，桔年会偷偷地在运动服口袋里塞一个苹果或是橘子，行经没有人的地方，她就转身朝巫雨一抛，“小和尚，接着。”

巫雨喜欢苹果，假如橘子很甜很甜，他要留着回去给他的奶奶。巫雨和奶奶相依为命，靠低保生活，奶奶年纪大了，过得更不容易，巫雨想对她更好一点。

上初中后，巫雨和桔年又被编到了同一个班。在教室里，他们从不像好朋友那么凑在一起叽叽咕咕，可是如果有人欺负桔年，巫雨会默默地走到那个人身边，他无须暴力，杀人犯的儿子这个名头就足以让人觉得他什么事都做得出来。

放学了，桔年也开始习惯走小路回家。巫雨用狗尾巴草和苇草编的小玩意儿很精致，桔年是唯一的欣赏者。他们还会合着伙去偷财叔家晒在门口的红薯干，那时财叔还没有开小商店。通常是桔年很严肃地跟财叔讨论今天的天气，巫雨就在簸箕里飞快地抓上一把，等到财叔回头，人影都不见了。财叔捶胸顿足地说，要是这一带的孩子都像桔年这么乖就好了。桔年"乖乖"地在小路上跟巫雨汇合，嘴里嚼着的红薯干是甜蜜而黏稠的味道。

桔年还是如痴如醉地迷恋武侠小说，附近书屋里的书基本上都让她借遍了。这时，姑妈和姑丈对她看闲书已经加以限制，不时地搜她的书包，发现了是要被骂的。她不敢把小说放在书包里，就让巫雨给藏着，反正巫雨天不管地不收的。到了晚上，巫雨像猴子一样翻上姑妈家后墙倚着的土坡，那里正对着桔年的房间窗户，他用树枝轻轻敲打窗户的玻璃，等到桔年探出头，巫雨把书递过去，桔年就顺便给他当天写好的数学作业。

巫雨不爱看小说，他笑桔年的沉迷。

"那里头有什么勾着你的魂？"他总是这样问。

桔年就跟他说她心中的大侠萧秋水，她看了这么多武侠，萧秋水只有一个，唐方也只有一个。

可是巫雨不以为然，他说萧秋水这名字跟女孩子似的，一点都不像个大侠。大侠要像萧峰一样，江湖称道，塞外纵横。他还说，他祖上就是西北人，总有一天，当他长大了，就离开这里，到塞外去生活。

桔年也是读过《天龙八部》的，她没忍心点破，萧峰英雄一世，尝尽人间冷暖，到头来死得悲壮却也凄凉。何况正所谓英雄气短，儿女情长，故事里，他和阿朱的塞外之约不也是镜花水月一场？

初二以后，学校要求学生德智体美劳全面发展，每人必须选择一项体育活动参与。男孩子大多选足球、篮球、排球，女孩子则钟情于健美操、踢毽子。巫雨选择了羽毛球，相对于别的球类来说，这项运动对体力的要求没有那么突出，他的病还没有在学校发作过，从老师到同学，没人知道他的身体状况。

桔年也选了羽毛球，她说她不喜欢健美操和踢毽子，其实她是害怕巫雨太“独”，没有人可以跟他对打练球。

掌握了要领，巫雨对羽毛球的热爱与日俱增，偷得空闲，两人就在烈士陵园上的那块空地练习。桔年纯属陪太子读书，一天天下来，技艺渐渐纯熟，反手杀球既准且狠，要是较真，巫雨竟不是她的对手。巫雨一次次从石榴树上取下卡在枝梢上的球，擦着汗笑道：“你哪里是来陪我练的，你是来挫伤我积极性的。”

练完球回家，有过那么一回，街坊家的其他男孩子也跑到烈士陵园附近玩耍，看到他们有说有笑，就怪声怪气地叫：“噢噢，头碰头，不要脸……谢桔年跟小杀人犯结婚了……”

巫雨脸上一丝表情也没有，这个帽子他已经戴习惯了，就像身体的一部分。桔年又慌又恼，她不明白为什么人人都不肯放过巫雨，他做错了什么？

看着那几个孩子跑开的背影，桔年偷偷地从地上抓起一把小石子就朝他们扔，巫雨拦住了她。他是个杀人犯的儿子，但他从来没有想过伤害任何人。

桔年和巫雨玩在一起的消息再次传到姑妈姑丈耳朵里，别人都说亲眼看到他们放学后在小路上结伴同行，而桔年回家做饭的时间越来越晚也是个事实。姑妈在家门口狠狠斥责桔年。她问：“你是不是跟那个小杀人犯混在一起？”

一直低头“伏法”的桔年怯怯地回一句：“他没有杀过人，连一只鸡也没有杀过。”

桔年很少顶嘴，姑妈被激怒了，整个人都亢奋了起来，扯着嗓子骂道：“哟，还护着他。你这就嫁给他，跟着他走啊，还赖在这里干什么？只要别说是我把你教成这样的，我由着你去。”

姑妈的声音把刚吃过晚饭的邻居都引了出来，大家好奇地张望着，这个话题也让旁观者格外感兴趣。桔年再也不说话了，她任姑妈使用各种词汇大骂不停，眼眶里含着泪，看着那一天的夕阳。

两片云彩遮住余晖，像一只微笑的小熊。巫雨说过，朝霞不出门，晚霞行千里。明天又是个好天气，怕什么呢？

可是桔年还看到，巫雨家的门也打开了一条缝，随后又紧紧关上了。

接下来的几天，放学后巫雨都没有在小路上等桔年。学校准备开展一次羽毛球比赛，这是巫雨主动报名的第一次集体活动。桔年在路上堵住巫雨，想要拉他去练球。巫雨的解释是，他的拍子坏了，也没钱再买一个，比赛就放弃吧，以后也不打了。

巫雨家里的境况桔年心里明白，就算这只是个借口，她也无从反驳。晚上关了房门，桔年翻出自己这些年一角一分从嘴边积攒下来的“救命钱”，点了三遍，还是十四块六角。那时最便宜的一款羽毛球拍要十九块钱，她的钱不够。爸爸给的所有钱都在姑妈手里牢牢地抓着，想要出一块几毛比登天还难。

桔年爸爸在检察院，是铁饭碗，他心里自觉愧对这个亲生女儿，平时给姑妈的费用并不少，伙食费、衣服日用的钱、零花钱都在里面，可是姑妈要求桔年早上起来把昨晚剩下来的饭菜热了吃掉，这样早餐钱也省下来了。桔年挣扎了一晚，想尽各种可以从姑妈那里索要五块钱的理由，可是任何一个理由都不够充分。

次日早晨，比兔子还乖的桔年抖着手，从姑妈做生意时用来放零钱的腰包里抽出了一张五块钱的纸钞，塞在袜筒和小腿的中间，完成了有生以来最大的一次犯罪行为。她汗湿重衫，心里已经做了最坏的打算，要是姑妈发现了，她就心甘情愿地去坐牢。

可是姑妈和姑丈都没有发现。一天以后，桔年偷偷摸摸地给巫雨买了一个新的球拍。巫雨拿着新拍子，愣愣地问："你哪来的钱？"她的生活状况，他再清楚不过。

桔年伸直腿平躺在石榴树下，面无表情地说："从我姑妈的袋子里偷的。"

巫雨吓了一跳，"你有毛病啊？"

桔年顺着他的话说："你是小杀人犯，我是小偷，咱们混在一起，谁也别嫌弃谁。"

巫雨说不出话来，过了好一会儿，桔年感觉到他也躺在了身边的草地上。跟她一样，直勾勾地看着天空。

没有一丝风，树上一朵殷红的石榴花却从枝头掉落，打在了桔年的脸颊上，轻轻的一声，花开的声音是否也如此？

桔年侧了侧脸，巫雨给她拿了下来。

"巫雨，要是你的石榴花结了果，我躺在这儿，熟透的果实正好掉进我嘴里，这该多好。"

巫雨说："真傻，石榴花分雌雄，这里只有它一棵树。我的石榴花是不会结果的。"

到了初三，课程开始紧张。成绩普通的桔年在关键时候发挥了她强劲的后劲，就像长跑时，她从来不是一开始冲在前头的，但是最后冲刺的关头，别人都累了，她还能匀速往前。

因为数学成绩突出，英语也不错，认真学习了一段时间，最后的几次模拟考试，她的名次一回比一回靠前。有时遇上改作文的老师大发慈悲，她的总分甚至可以冲进全班前五名，老师都说她的表现给人惊喜，开家长会时把她当作典型特意表扬了一回。难得来开会的姑妈乐了，直说自己那顿骂起了作用。

巫雨的成绩却一如既往地落后。他说自己不是读书的料。可桔年觉得，他比谁都聪明，只是心思没有放在学习上。她自己之所以努力，是想放手一搏，要是走运考上了全市最好的七中，她就可以到学校寄宿，远离姑妈和姑丈，自己生活。

离中考的时间越近，各类测验就越频繁。需要交的费用也零星不断。有一个星期，桔年已经问姑妈要了两次资料费，所以，当学校要求交考试费的时候，她想起姑妈上次掏钱时骂骂咧咧的样子，怎么都开不了那个口。到了交钱的最后一天，她也没处借，实在着急了，也不知怎么，突发奇想就冒出了回家问爸妈要钱的念头。

桔年上次见爸爸妈妈和弟弟是在两个多月前，爸妈一家人来姑妈这里串门，弟弟都会走路了，不怎么认得她这个姐姐。大概是距离让人亲近，见面时，爸爸妈妈对她还是表现出了关心。

她下了决心，中午一放学，就匆匆忙忙搭上了回市区的公交车。在市郊生活了五六年，桔年对检察院大院已经有点陌生了。

回家的路途需要在市中心转车，正赶上下班放学的高峰期，交通不是很顺畅，桔年在后排的座位上发呆。她前面的位置上并排坐着两个穿校服的同龄人，女孩叽叽喳喳说个没完，男孩耳朵里却戴着耳塞。

引起桔年注意的是那男孩的衣领，要知道，校服是隔天轮换着穿在身上的，新不到那里去，大多数人的校服近看都是黄黄的。巫雨算是个爱干净的男孩子，他自己洗衣服，从来不会显得邋遢，可是洗得多了，校服的衣料又不怎么样，就会变得薄而透。

现在桔年前排的男孩的校服，从衣领到全身，是不可思议的雪白，崭新的一般，领沿笔挺，熨烫的纹理都清晰可见。桔年开始还咋舌，市里中学的校服质量就是不一样。然而她又留心看了看一直锲而不舍跟男孩说话的女生，那女生的校服跟男孩明显是同一款，但色泽和干净的程度是正常的，跟男孩相比打了不止一个折扣。

什么人会连校服也这么讲究？在桔年看来，所谓校服，就是要彻底穿到残，穿到废为止。漫长的堵车间隙，桔年还注意到，男孩后脑勺的头发也修剪得短而清爽，耳朵的轮廓很完美，耳垂丰满。相书上说，长这样耳朵的人是有福的。桔年想着想着就沉浸在自己的思绪里，人的命运真的是天注定的吗？

前排的女生实在让人佩服，在没有人配合的情况下，她自己一路自说自话始终没有间断，这也是一种境界。饶是桔年这样发起呆来如老僧入定的人，都不能阻止偶尔的零星片语飘进耳朵。

“哎，我说，你真的不知道信是谁塞到你抽屉的，那字迹到底像谁？会不会是我们班的人，我们班的人谁那么大胆哪。对了，你看到刘艳红的表情没有，她可生气了，好像你是她的私有财产一样……也好，气死她……”

公共汽车终于靠站了，桔年背好书包站了起来，她本想经过前排男孩身边的时候装作不经意地回头看一眼——纯属好奇，长着那么有福气的耳朵的人，面相究竟会是怎样，会不会像如来佛？

谁料那男孩反倒先她一步起身，跟他身边的女生说了句：“我到了，再见啊。”

他们下车的地点是同一站。

检察院家属大院的前门就在公共汽车站往前直走二百米处，桔年低着头，边走边想，待会儿见到了爸妈，第一句应该说什么。

大院的保安不知道已经换了多少批，早就不认识桔年了，自然拦下了她。

"找谁呢，小姑娘。"

"找我爸……哦，找谢茂华。"

桔年老老实实地回答。这时，她居然看见那个"雪白校服"先她几步顺利地经过了门卫亭。听到门卫的问话，那男孩还回头看了一眼，不过转身太快，看不清模样。没想到他也住在这儿，说不定还是爸爸同事的小孩。她离开这个院子太久，新来的人肯定不少，旧时的同学也不知道成什么样了。

门卫放行了，桔年一路走过办公大楼，幼儿园，沿着林荫道一直走。谢茂华前年分得了新的住房，搬离原来的筒子楼，桔年只来过两次，希望不会走错。

午休时间，林荫道上的人并不多，绕来绕去，"雪白校服"还是走在桔年的正前方。桔年久未回家，又是为了要钱而来，近乡情怯，走得心事重重，脚步犹疑，也无心顾及别人的面相如何这种闲事了。甚至那男孩回头打量了她几次，她都没有注意。

新职工楼就在眼前，桔年穿过草地，右前方忽然蹿出一个人影，神游的桔年差点被吓得咬了舌尖。

"你是谁？你跟着我干什么？"不速之客用质问的口吻道。

桔年缩了一缩，偷偷环顾四周，没有别人。她才确认自己确实是对方质问的对象。

来人个子比桔年高一个头，校服白得欠揍。桔年终于看清楚了他的五官，不错，天庭饱满，主富而寿；鼻梁挺秀，意志力强而富活力；唇色丰泽，食禄丰裕，能言善辩；眼角微微上挑，命中桃花不断，略显轻狂；下巴稍尖，有小性子。总的来说眼前这张脸长得颇符合相书上"三庭五眼"的标准。巫雨也是好看的男孩，可眉目间总显得福薄。

桔年还注意到，这男孩左眉上有一颗小痣。书上怎么说来着，她努力想了想，对了，草里藏珠，主智慧，但他的那颗“珠”长得稍偏了一些，只要再过去一点点，就成了主“淫贱”之象。好险好险！她替“雪白校服”庆幸，差点因为一颗痣毁了一副好皮囊。

她并不知道，她盯着对方看的样子有多诡异。

“你从公共汽车上跟着我到这里干什么？我早就发现你一路上走得鬼鬼祟祟的。你看什么看！”

男孩又是一番抢白。

桔年语塞，她一向是个脑子比嘴巴快的人。况且，她总不能告诉对方，我在看你眉毛上那颗差点变成“淫贱”的痣。

“支支吾吾的……噢，我明白了！早上我抽屉里那封肉麻的信就是你写的？”男孩恍然大悟，又看了她两眼，充满狐疑和嘲弄，好像在说，你这人，怎么能做出这种事呢。可毕竟他还是个半大男孩，面对纠缠的爱慕者，理直气壮的同时又掩不住有些脸红。

“啊？”这是哪跟哪呀？桔年一头雾水。

“你不是我们学校的？大老远就为了这种事？你不觉得无聊吗？”

桔年总算是听懂了。“雪白校服”的推理能力和对号入座的本领一等一的强。她说不出什么话来，默默绕过了他往前“飘”。

“站住，你乱走什么？”

桔年不想跟无谓的人纠缠，只希望从爸爸那里拿到报名费就走。返程还需要四十分钟车程，她下午还要上课。对方在后面越嚷嚷她就跑得越快。

一层，两层，三层……到了，爸爸抽签抽中了一个好户型。她掏出了钥匙往锁孔里插，一次不行两次，然后忽然停住了手。看来她是被“雪白校服”吓傻了，自己哪里还有爸妈新家的钥匙，她还当这是以前的筒子楼吗？这旧钥匙早该扔了。

“雪白校服”阴魂不散地跟了上来，脸上的警惕性益盛，“你在别人家门口干什么？”

“我，我回家！”桔年也有些受不了他看贼一样的眼神。

男孩嗤笑出声来，“你回家？那钥匙怎么插不进去啊？”

“我爸爸就是住在里面。”桔年转身用力地敲门，爸爸妈妈快出来解围吧。

“你就装吧，使劲装！谢叔叔给我爸开了七年的车，住在我们楼下两年。你是他女儿？他女儿这有毛病，已经送去住院了！他现在只有一个领养的儿子。”男孩一边指着自己的脑袋一边说。

女儿？脑子有毛病？住院？

桔年把这几个词串联在一起，慢慢地咬紧了自己的下唇。

爸妈家的门终于慢腾腾地打开了，从午睡中醒来的爸爸半眯着眼睛站在门后。

“是谁在这吵吵闹闹……咦，桔年？你怎么来了？”

桔年在问自己这个问题，她今天回来是错误的吗？

“桔年！你……不会是谢桔年吧！”男孩惊讶得差点没跳起来。

“韩述，你们这是……”谢茂华看向男孩，表情明显缓和了过来，甚至带着一丝讨好，桔年想，假如可以，爸爸大概恨不得叫他“韩少爷”。

原来他叫韩述。对了，韩述，应该就是她老想不起名字的“韩某某”，桔年还跟他一起上过学前班。都说士别三日当刮目相看，现在岂止是刮目，皮都刮掉了几层。当年戴着眼镜又瘦又可笑的小矮人长成了让女孩钦慕的翩翩少年，而曾经的白雪公主沦落成一个跟踪白马王子的痴呆少女。

“爸，我能进去说吗？”桔年揪着她的书包背带。很多时候，她都对自己说，人要学会放过自己，但是，并非每次放开都那么容易。

“谢叔叔，你不是说谢桔年的脑子有毛病吗？”韩述直言不讳，他仿佛看不到谢茂华脸上的慌张，在这个大院里，他从来就不需要看谁的脸色。

桔年不等爸爸回答，直接从爸爸的身躯和门的缝隙里钻进了屋子，临进屋之前，她扭头看了韩述一眼。

那个眼神，让因为自作多情而无比尴尬的韩述觉得，许多年不见的谢桔年在面对他时，仍充满了智商上的优越感。

第二十章

带我走吧

20

那天，桔年从爸爸手里顺利地拿到了报名费，她接过，说了声："谢谢爸爸。"一贯木讷寡言的谢茂华莫名地百感交集，叹了口气，又从钱包里抽出了一张五十的，递给了女儿。

"拿去买点东西。"

桔年竟觉得泪意在往眼睛里冲，她想，自己一定是太久没有见到这么多零花钱给激动的……

"怎么，不用？"爸爸等了一会儿不见桔年伸手，眉头皱了起来。

桔年飞快地接过，怎么不要？五十块钱的"巨款"，可以给她和巫雨各买一个运动护腕，打球时，就再也不会被拍柄磨得手腕红肿了。听说巫雨家附近准备开一个小商店，余下来的钱还够两人买点小零食，拿到巫雨的石榴树下坐着慢慢享用。

妈妈也从卧室里走了出来，直说桔年长高了一些。桔年本想顺便看一眼弟弟的，不过弟弟睡着了，她又害怕下午的课迟到，于是匆匆告别。走到爸爸家的楼下，不小心抬头，五楼的阳台上，雪白的校服一闪而过。

大半个月后，中考结束，成绩还未放榜，正值暑假时分，某天，忽然传来惊人的消息，谢茂华丢了饭碗。原因是他作为公职人员，违反国家计划生育政策，经人举报查实，被予以开除公职的处分，同时还必须交纳为数不少的“社会抚养费”。

谢茂华是一家人的顶梁柱，这个消息对他们一家来说无异于晴天一声惊雷。桔年的弟弟已经出生好几年了，虽然对外说是领养的，但是熟悉的人大多心知肚明。中国人的香火观念一贯浓厚，而且这件事关乎饭碗，谢茂华夫妇忠厚老实，没得罪过谁，一般人也就装个糊涂，睁一只眼闭一只眼，三四年都这么过来了。谁也不知道怎么会忽然撞到了枪口上！

谢茂华是给副检察长开车的，消息一传来，也不是没有想过去找韩副检察长想个法子。韩副检察长当时已经接到了调往市法院的任命，而且为人一贯耿直，听了谢茂华的求情，他只是问了一句：“别人的举报是不是属实？”

谢茂华无奈地沉默。韩副检察长也表现出爱莫能助，说：“老谢，要怪只能怪你太糊涂。这件事没人吭声也就罢了，可现在举报信都贴到了书记办公室门口，你要我怎么给你收场？我也是快要卸任的人了，说话也未必管用。这件事你自己也要反省。这样吧，开除公职是免不了的，但是你孩子还小，我会建议人事部门以外聘人员的身份留你在院里开车……”

话已至此，谢茂华也知道难以挽回。他是个好面子的人，哪里还有面目以临时工的身份继续留下，一咬牙就离开了检察院，给人开货车跑长途去了。在外头风里来雨里去地谋一口饭吃，自然和他给领导开小车的生活不能相提并论。谢茂华一家都诅咒背地里举报的人不得好死，可想到他毕竟有了个儿子，思前想后，又觉得为了这个，什么都值了。

桔年是从姑妈嘴里听说这件事情的，她直观的反应是惊讶，无比惊讶。爸爸失业了，她会变成流浪的小孩吗？还好还好，她已经初中毕业，即使就此失学，谁都不要她，也不至于饿死。关上了自己的房门，她躺在小床上禁不住想，这件事是否与她那一天回去问爸爸要钱有关联。没有任何证据证明这个猜测，可是这个念头就是那么诡异地冒了出来。

她竟然没有特别伤心。这些年，爸妈因为弟弟无视她的存在，甚至可以把她说成智力有问题。她心里是怨怼的吗？桔年想了很久。不，不是的。她理解爸爸妈妈，她不可爱，爸妈总要找个人来爱。也许还是个孩子的时候，她在陌生的小路上迷失，看着天一点点黑下来，她就想通了。她在她的世界里关着门，门外震天霹雳，她听见了，只觉得惆怅。

正想着，窗户玻璃上传来了异样的响动。桔年赶紧推开窗，果然，巫雨在窗外偷偷朝她招手。姑妈出去了，桔年自由得很。她走出去，巫雨在阳光下站久了，脸被晒得通红。

桔年挥舞着手上的零钱，“巫雨，我们到小卖部喝汽水。”

巫雨摇头。

桔年想起来了，巫雨不喜欢那家小商店。

小商店的主人是姑丈的表弟，说起来跟桔年还有一点十万八千里的亲戚关系。姑丈的表弟叫林恒贵，开的小商店名为“恒贵商店”，桔年觉得这个名字有点好笑，似乎暗示里面的商品恒久的昂贵。

其实，昂不昂贵另说，林恒贵这人生于斯长于斯，不过他没他表哥安分，早些年出去闯荡了一轮，似乎没有什么起色，就回到了熟悉的地方，开个小商店定居了下来。城乡结合部的商店里，无非卖一些简单的日用品，这林恒贵喜欢贪点小便宜，遇见老人小孩或者糊涂的人，找钱的时候经常

“算错账”。要是别人气冲冲地找上门来，他就连连道歉骂自己脑筋不够用，要是别人脑筋比他更不够用，那自然就神不知鬼不觉了。

因为这个，桔年也不喜欢姑丈的这个表弟，可是附近再没有更近的商店了。巫雨对林恒贵发自骨子里的厌恶却很不一样。桔年追问了很多次，巫雨才告诉她。

原来，巫雨的爸爸也是在这个城中村长大的，跟林恒贵年龄相当。年轻的时候，林恒贵就是个二流子，经常拈花惹草。有一次，他跟附近的一个有夫之妇扯上了，那个妇人的丈夫一怒之下掏了刀子，带上朋友去跟林恒贵拼命，两边的朋友为此打成了一团。巫雨的爸爸是那个“戴绿帽子”的丈夫的朋友，正好当晚喝了点酒，“仗义”地给朋友出气，一刀捅死了林恒贵找来的一个帮手，就此沦为杀人犯，命丧黄泉。

这件事林恒贵在法律上责任不大，被叫去问问话就放了出来。巫雨的爸爸酒后冲动，怨不得人，但事情的肇因却是在林恒贵身上，他的不检点，间接地让巫雨成了孤儿，打小无依无靠。巫雨从小听奶奶提起过这些往事，难免对这个人心存恨意。桔年后悔自己失言，她竟没想到这一层。

她对巫雨说：“要不这样，你在竹林那边等我，我马上就来。”

桔年说完，一个人跑进了小卖部。时值午后，林恒贵躺在柜台后面的破躺椅上打盹，店里一个人都没有，只有他养的一条叫“招福”的狗朝桔年“汪汪汪”地叫了起来。

林恒贵听到了狗叫，懒洋洋地睁开眼睛，看见来人，翻身坐起。

“哎哟，我说是谁，桔年啊，不用上学？”

因为姑丈的关系，桔年对林恒贵还是不得不尊敬的。她乖乖地说：“我放暑假了。恒贵叔叔，给我两瓶汽水，连瓶子一起带走，待会我给你还回来。”她说着，就把钱递了过去。

林恒贵嘴里说：“一家人说什么两家话。”手却接过了钱。他一边从冰柜里拿汽水，一边回头打量桔年，“我们家招福精得很，看到一般人叫都不叫。桔年你很少到叔叔这来呀，快上高中了吧，都长成大姑娘了。”

桔年不知道该接什么话，只想快点拿到汽水，索性不回答，低头去逗招福。

两瓶汽水林恒贵拿了许久，桔年正感觉诧异，忽而听到他在店里说了句：“哎呀，桔年，你这钱可有些不对劲。”

桔年一听就蒙了。她递给林恒贵的是一张十元钱的纸钞，从爸爸上次给她那五十块里剩下来的，她从来没有想过自己会拿到假币。

“怎么会？恒贵叔叔，你看清楚一些。”她急着跟林恒贵说。

“要不，你自己进来看看。你这孩子也太粗心了，这么明显的假钞都认不出来。”

桔年不疑有他，几步跑到林恒贵身边，从他手里接过那张钱，她之前怎么就没发现这张钱薄得那么厉害？

十元钱对于桔年来说不是小数目，她一想到钱变成了废纸，嘴角都耷拉了下来了。

林恒贵看上去很是同情：“要不，我去跟你姑妈姑丈说，让他们另给你十块钱？”

“不，不用了。”桔年又是一惊，爸爸给她钱的事，她并没有告诉姑妈，虽然不是什么见不得人的钱，但是以姑妈的脾气，要是知道了这件事，非骂她“白眼狼，养不熟，还知道藏钱了”之类的话。

以林恒贵的奸猾，怎能看不出桔年的慌张，他紧跟着又压低声音问：“我说桔年啊，这钱该不会是你……”

“我没有偷！这钱是我爸爸给我的。”桔年毕竟还是个十三四岁的孩子，一心沉溺在自己的小天地里，不知世事险恶，还是太过天真。被林恒贵这么一说，又气恼又委屈，眼泪险些掉了下来。

林恒贵连声安慰她："傻姑娘，十块钱有什么好哭的？你进来，叔叔给你想个办法。"

泪眼蒙眬的桔年还没搭腔，就被林恒贵半拉半劝地拽进小商店的里间。那里摆着一张床，显然是林恒贵平时居住的地方。

桔年进去了之后，心里觉得不对。

"恒贵叔叔，我要回去了。"

她想走出去，林恒贵却堵在门口。

"急什么，叔叔给你想办法。桔年啊，叔叔一直挺心疼你的，这一带的孩子，就数你最乖巧最漂亮了。"

他的眼睛在桔年身上打转，手已经貌似不经意地朝桔年身上招呼。

"叔叔，我真的要回家了。"桔年慌了，只想夺路而逃，她试图从林恒贵的身体与小门的缝隙里挤出去，却被林恒贵用身体挤了回来。

陌生的身体接触让桔年觉得紧张，而且恶心。

"叔叔你干什么？！我要叫了，我要告诉姑妈了，啊——"桔年尖叫了起来。

林恒贵一把捂住她的嘴，另一只手从裤子口袋里摸出了厚厚的一沓散钞，"乖，听话，叔叔给你钱。"

"不……呜呜……"桔年的手挥开了钱，又被林恒贵制住，嘴里只能发出呜咽的声音。林恒贵的手在她青春萌芽的身躯上下游走，她挣扎再挣扎着……可男人和女孩，大人和孩子力量的差距是如此之大，当她听到一颗扣子掉落在地的轻微响动，开始生出绝望。

巫雨就是在这个时候撩开商店与里间的帘子冲了进来。他在外面等了很久，对林恒贵本能的不信任让他担心桔年的安危，这一次，他的怀疑救了桔年。

巫雨像只小豹子一样扑向林恒贵，两人翻滚在地，桔年得以脱身，双手环抱住自己，怔怔地看着眼前这一幕。

一开始，林恒贵没有防备，被巫雨按压在地上狠狠揍了几拳，嘴角有血丝渗了出来。巫雨恨透了他，手下毫不留情，嘴里喊道："你连她都不放过，你根本不是人！"

"我不是人，我不是人，我逗她玩呢。"林恒贵连连招架求饶，"别打了，别打了。"

巫雨发泄着自己的愤怒，手渐渐就缓了下来，林恒贵令人生厌的一张脸在他手底下面目全非，他恨不能杀了这个人渣。但是一想到这个"杀"字，巫雨身上的血液开始冰凉。他是杀人犯的儿子，难道注定要走这条路？不，他不愿意接受这个宿命，他不愿意像他的父亲一样糊涂。

仿佛是感应到了巫雨的犹疑，林恒贵在这一刻忽然反击，砰的一声，巫雨被他打翻在地，来不及爬起来，就被林恒贵掐住了脖子。巫雨奋力反抗，但他还没有成年，较起真来，不是那个人渣的对手。

桔年在一旁瑟瑟发抖，连哭叫都失了声，她试着去帮助巫雨，刚靠近就被林恒贵踹倒。

"你快走！"巫雨艰难地吐出这几个字，他的眼睛在催促着桔年，赶紧离开这个是非之地。

电视剧里的女主角都是不肯走的，非要留下来跟男主角同生共死，但是桔年不想死在这里。她和巫雨都不应该死在这个龌龊的地方。她没有用，救不了她最好的朋友，可她得找人来救他。

林恒贵想阻止，桔年堪堪躲过他伸过来拽她的手，掀开布帘，外面的光线很刺眼。里间，林恒贵还不肯放过巫雨。

"小兔崽子，你跟你老子一样都不是好东西，一副短命相，看我怎么收拾你！"

林恒贵骂骂咧咧，厮打的声音让桔年又是一颤。恨意在她心中如火种被点燃——人善就要永远被人欺吗？她，还有巫雨，他们与世无争，只想好好生活，但是除了自己，谁来成全他们？兔子被逼急了还会咬人！

冰柜旁被林恒贵取出来的两瓶汽水进入了桔年的视线，橘子口味，橙色的液体，透明玻璃的瓶子上挂满了水珠。桔年没有往门外逃，她抄起其中的一瓶汽水，转身冲回了里间，对准林恒贵的后脑勺，手起瓶落，中途没有一丝犹豫，一如她打羽毛球时反手杀球的必胜技，快、准、狠，干净利落。

钝物击打的声响过后，一切都静止了。然后，仿佛慢镜头般，林恒贵缓缓转身，眼睁睁地盯着桔年。桔年退后一步，她以为自己没有成功，然而，一条红色的蚯蚓极其缓慢地从林恒贵的脖子上蜿蜒而下，他张嘴，没有发出声音，随即砰然倒地。

巫雨也被眼前的变故吓呆了，从地上爬了起来，看向面无表情的桔年，再用脚尖踢了踢林恒贵软绵绵的身体。

“我杀了他？”桔年喃喃地问。

巫雨深深地吸了口气，拉起犹在梦中的桔年的手。

“快跑！”他说。

桔年被他拖着跑了出去。外面有人留意到这一切了吗？也许有，也许没有。渐渐地，桔年从一开始被动地跟随，变成了和巫雨一样奋力奔跑。许多年，晨跑的时候他们一前一后，今天才手指紧扣，朝一个未知的前方而去。

他们跑得很快，桔年觉得自己不是在跑，而是在飞。无奈、忧伤、恐惧、愤怒……通通赶不上他们的步伐，过去的一切如过眼云烟，未知的一切仍满目虚无，他们只有奔跑着的现在，就像，就像世界上仅有彼此的两个人，就像，就像凉风秋叶中的萧秋水和唐方。

“带我走吧。”桔年无声地说出了这句话。她是羞怯的，不敢让巫雨听见，可她的心却在这么说，哀哀地重复。

巫雨当然听不见，也没有留意桔年双唇的启合，可他忽然看了桔年一眼，绽开一个微笑。

桔年心中的那扇紧闭的门轰然开启。她终于听到了门外熟悉的脚步徘徊的声音，虽然她不知道他是否会前来叩门，但她愿意把自己的小世界与他分享，美丽的、奇妙的、荒诞的，还有悲伤的。这是有生以来的第一次——后来她才知道，也是唯一的一次。

第二十一章

药成碧海难奔

21

他们跑过甘蔗林，跑过城中村的泥巴路，跑过附近唯一的公共汽车站牌，在这途中，还差点撞翻了一辆疾驰中的自行车。骑车的男孩慌忙从自行车上跳下来，后座的女孩险些摔倒在地。

巫雨扭头对那女孩说声“对不起”，他们没有停留，可桔年仿佛听见身后有一个声音在喊：“喂，谢桔年……有鬼在追你？你跑去什么鬼地方……”

这个腔调和说话的口吻，让桔年想起刚才那个背着球拍、穿着整齐运动装备用自行车搭着漂亮女生的男孩是谁了。是了，这一带听说有个新的羽毛球馆刚刚开张。她回头望了一眼，他的人已经变小，看不清五官。

桔年忘记了，究竟是谁先停下来的，是巫雨，还是她。他们终于耗尽体力了，再也迈不动一步，在一个荒芜的河岸上，两人弯着腰张着嘴，像濒死的鱼一样呼吸。这个时候桔年才感觉到后怕，巫雨的身体怎么经得起这样的折腾，而他这一次竟然没有发病，不能不说是一个奇迹，也许长期以来适当的锻炼是有功效的。

巫雨缓了过来，用一根手指指着仍在大口喘气的桔年，学刚才那个他不认识的男孩断断续续地说了句："谢桔年，你疯了……"

桔年也有气无力地回了句同样的话。

"你也正常不到哪儿去！"

她这个时候才发现，自己的右手上竟然还死死地握着那瓶橘子汽水，上面没有血迹，什么都没有，虽然它曾经离罪恶那么近，可是依旧透彻、清澄，在阳光下那样好看。

桔年转动细长的玻璃瓶，上面除了饮料标志，在不显眼的位置居然还有一行小字——"此瓶只用于灌装 ×× 牌汽水"。她忽然觉得好笑，太好笑了，她以前怎么就不知道这瓶子还有别的用途。

"你口渴吗？"她举高瓶子。

巫雨愣了愣，接过瓶子，用牙齿咬开了瓶盖，喝了几口，又递回给桔年。

两人并肩站在满是鹅卵石的河岸，前方，是一望无垠的灰色的芦苇，河水就在芦苇的另一面静静流淌。他们就这样安静了下来，谁也不愿意开口说第一句话。林恒贵死了吗？那一下是否足以要他的命？接下来他们该怎么办？

"巫雨，你相信命吗？"桔年终于开口了。

巫雨勉强笑道："我奶奶说，信则灵不信则不灵，只要我不信，这东西就不存在。你别又拿从书上看到的那一套来糊弄我。"

桔年也笑，"我只是想问，这附近有一个观音庙，你有没有去过？"

“我知道。”巫雨说，“我奶奶去过，我没有。”

桔年碰碰他的手臂，她不好意思再牵巫雨的手，虽然有一霎，她唯愿他永不要放开。

“跟我来，我们到庙里去看看。”

观音庙在河的对岸，桔年和巫雨颤颤巍巍地走过浮桥。进到庙里，因为不是什么宗教节日，也不是什么大庙，香火冷清得很，只有一个看上去不像僧人的老头在正殿旁的一张桌子边打着瞌睡。正殿只有一尊观音像，除了神坛香案，最引人注目的就是侧边那块立着的、大大的木板，上面挂满了黄色的纸条。

“你知道那些是什么吗？”桔年轻声问身边的人。

巫雨摇头。

“那是观音灵签。我在图书馆看过我们本地的史志，这个观音庙的灵签过去是很有名的。求签的人按自己摇出的签号到木板上撕下对应的签文，那个人应该就是解签的。”

“要不要求上一签？”巫雨知道桔年喜欢这些稀奇古怪的东西。

桔年说：“你不知道，解签是要钱的。下签是两块，中签五块，上签十块，下下签不要钱，上上签至少三十六块，这些都是有讲究的。”

巫雨笑道：“原来签越好越贵。那我宁可抽中下下签，至少不用给钱。”

“胡说！”桔年不喜欢听到这样的论调，“我第一次听说有人为了省下解签的钱，宁愿一辈子倒霉的。”

“我才不信有谁能随意主宰我的命。”巫雨站在香案前，微微仰着下巴去看那面目模糊的泥塑观音。他笔挺的脊背还带着少年人特有的瘦削，像雨后刚抽条的翠竹，眼里有不忿，也有不屑。过了一会儿，他扭头去看垂首的桔年，又笑了，“我们去试试，反正好玩。”

“我们一分钱都没有了。”

“没事，这老头总要上厕所吧，反正也没人，我们就赶紧摇。用不着别人解签，你不就是现成的算命大师？”巫雨笑道。

没等多久，桌旁的老头还当真起身去上厕所了。庙里没有什么值钱的东西，不需要时刻监守，他更想不到会有两个小孩来“偷签”。这东西有什么可偷的，大多数人拿了也看不懂。

老头一走，巫雨就跟桔年一溜烟地跑到香案前，桔年扑通一声跪在蒲团上，见巫雨还愣着，就扯了扯他的衣袖，两人并肩跪了下来。

“快摇。”巫雨把签筒递给桔年。

桔年摇头，“你先来。”

巫雨的动作很快，没几秒钟，一根竹签应声落地。桔年代他捡起，上面写着：第五十四签。

“换你了，桔年。”

桔年双手捧着签筒，卖力地摇，可是那签似乎故意跟她过不去，怎么都掉不下来。

“赶紧啊，老头该回来了。”

巫雨越是催促，桔年就越是心急，老头的咳嗽声仿佛已经从正殿后面传来，她摇得手心都是汗，心里也在默念，快点，快点，如果真的有神灵，就给我个示意吧。

神灵似乎听见了，桔年的签艰难落地。

第十二签。

她飞快地跑到签文板前，寻找这两个签号对应的黄色纸条。

“五十四，五十四，十二，十二……”

巫雨在一旁紧张地给她把风。

桔年先找到自己的第十二签，是个中签，继而五十四签也进入她的视线——下下签。下下签和上上签一样，都是不容易出现的，大多数人都是普通人，普通人的一生不就是喜忧参半？

桔年倒吸一口凉气。巫雨这乌鸦嘴，为什么好的不灵坏的灵！

“桔年，好了没有？我们得走了。”巫雨不明就里，仍催促着。

桔年心念一动，她不想让巫雨知道这个。于是两张签文纸她都只撕下半截，标注着下下签的那部分被她留在了签文板上。

巫雨那张签的下半截只有一句话：“苦海回头无岸。”

桔年看了，心中难言的不安。她不要这个命运！有没有补救的办法？

她急中生智，趁巫雨不注意，胡乱地又扯了一张签文纸，把原本那张塞到了自己口袋里，在老头返回之前，跟巫雨沿来路溜了出去。

回到河滩上，巫雨果然问起了：“我的签文呢，给我看看。”

桔年掏出她后来随手撕下的那张假签文，递给了巫雨。

“痴人梦醒不知……这说的是我？整张签就这一句话，我怎么觉得没完啊。桔年，怎么回事？”

“你催得急，上半截又粘得牢，我没撕下来。”桔年信口胡扯，“上签，这是个上签。意思是说有好事，有好人在你身边，你还不知道呢，所以说你是痴人。不过等你睁开眼睛，就什么都看见了。”

“好人，好事？”巫雨费解地摇头，“我期望的好事就是这次中考不至于太惨；还有你，桔年，我希望你能顺利考上七中。”

桔年抿嘴笑，“你就这点出息。我看看我自己的……药成碧海难奔。”

“什么意思？”

别说是巫雨，连桔年自己也有些迷惘。她反复念叨着那句话。

典故里，嫦娥偷了后羿的不死灵药，因而得以奔月，在广寒宫中碧海青天夜夜心。那这句“药成碧海难奔”又寓意着什么？有什么能让嫦娥在得到了灵药后却“难奔”呢？莫非万事俱备，月宫里已经没有了她想要的东西？又莫非她守着月宫上无止境的凄清寂寥，终于怀念起了一个怀抱？

“算了，这东西只能当作好玩。我的是个中签，还不如你呢。”

“等一下，桔年，你口袋里是什么？好像还有一张。”

巫雨眼尖，桔年懊悔自己当时太急，那张五十四签没有来得及完全藏进口袋里，还露出了黄色的一角。

她还没说话，巫雨已经把那张签从她衣袋里抽了出来，念道：“苦海回头无岸……这个我好像懂，应该是很不好的意思。”他看着桔年，“这张签才是我的吧？”

那双眼睛黑白分明，澄澈无比。

桔年违心地在这双眼睛的注视下再次说了谎。

“什么呀……我，我想给我将来的那一位抽一张，随便撕的。”

“你将来的那位？”

桔年的脸红是真的。

巫雨总算不太傻，恍然：“这样啊……”

“是啊，一张是你的，一张是我的……我的……那个什么的。我都把另一张藏起来了，你还非要看。”

巫雨露出个好笑的表情，“你们女生就是这么奇怪。”

桔年长吁一口气。巫雨的快乐已经很少了，她不愿意这种虚无的游戏再给他阴霾，即使他说他不信命。

从庙里到河岸，就像从虚幻回到人间。他们身无分文，逃不到天涯海角，终归是要回去的。

“小和尚，我们该怎么办？”爬过林恒贵脸上的那道肮脏的血痕又浮现在眼前。

巫雨用力踢开脚边一块鹅卵石，瓮声道：“他那种人，死了才好。你别管，是我跟他打了一架，万一……整件事都我做的。你别怕，桔年。”

他嘴上安慰她，让她不要怕，自己的声音却也带着轻微的颤意。他们如同路边无人过问的野草，但毕竟还稚嫩得很。

桔年垂下眼帘，“不，我要把这件事告诉姑妈。是他不要脸……我，我不怕。”

她也一样，说不怕，可是人在发抖。

第二十二章

我一直看着你走

㉒

桔年回到姑妈家，姑妈和姑丈用来拉水果的三轮车已经停在了门口。姑妈听到了桔年的脚步声，边从厨房走出来边数落。

“暑假指望你在家帮个忙也不行。女孩子玩心怎么那么重？我警告你，你以后不要再跟巫雨混在一起了，我早就说过他不是什么好种子，这不，今天中午为了一瓶汽水把你恒贵叔叔给打得头破血流的。你姑丈已经去医院了，这次非把那小兔崽子送去劳教不可……你，你这一身是怎么回事？”

姑妈絮絮叨叨，但总算发现了站在门槛边上的桔年有些不对劲。桔年衣服上掉了颗扣子，袖口也破了，裤腿上都是灰，更别提头发乱成了一团。

作为一个女人，姑妈本能地感觉到了一丝不祥，桔年毕竟是她的亲侄女。她三两下走到一声不吭的桔年身边，拉着她的手臂就问：“怎么了桔年？你这一身是怎么弄的……是不是有人欺负你了……说啊，孩子，告诉姑妈谁欺负了你……是不是巫雨那坏坯？我非撕了他不可！”

“不关巫雨的事！”桔年反手拖住要往门外冲的姑妈，“是林恒贵干的，姑妈，跟巫雨没有关系。巫雨是看到林恒贵欺负我，才跟他打起来的。林恒贵后脑勺那一下，也是我打的！”

“你说什么？你是说……”

姑妈先是不信。可她嫁给姑丈多年，对姑丈那个表弟的品行也有所耳闻，林恒贵的确做得出那么下流的事。况且桔年还是个小女孩子，她编不出那样的弥天大谎。

“作孽啊，那没人性的畜生，想要气死我啊！”姑妈一屁股坐到门槛上，捶着大腿低声哀号。然而，过了一会儿，她从最初的震惊和愤怒中缓了过来，把桔年拉进了屋子里，关紧了大门，给侄女翻出了换洗的衣服。

“我出去找你姑丈，你留在家里，别出去，知道了吗？”姑妈叮嘱道。临出门前，她摸了摸桔年的头发，那眼神里有桔年久违的心疼。

大约过了三个小时，桔年呆呆地靠在床头，时间的流逝对于她而言没有多大的意义。这一天发生的事情太多，有人世间最丑陋的，也有最美好的。她愿意相信，一切的丑陋都只为引出美好。

差不多九点，姑妈总算把姑丈找回来了，同时到的，还有桔年的父母。四个大人把桔年围在中央，桔年印象中，自己很少受到这样的关注，她有些局促，什么也回答不上来。

后来妈妈又把她单独拉到房间里，一个劲地追问：“桔年，他碰你哪了，他有没有那个……到底有没有？”

桔年很久没有跟亲妈单独说话了，刚回来的时候，她很渴望姑妈就是妈妈，渴望有个手臂温暖的女人抱着自己，可她现在忽然不那么想了。也许她的休整期太长，在等待的过程中已经度过了最惶惑的时候，她现在更担心巫雨，不知道巫雨怎么样了。

“桔年，你倒是给句话啊，你别吓妈妈。”妈妈的手把桔年的胳膊掐疼了。

桔年明白妈妈为什么焦虑，她是想知道林恒贵究竟有没有得逞，女儿的贞操到底还在不在。

“他扯掉了我一颗扣子，在我身上乱摸，然后，巫雨就冲进来了。”桔年如是说。

妈妈明显地舒了口气，放下了心头的大石头。看来事情没有她想象中那么糟。

难道林恒贵没有做到最后那一步，之前的猥亵带给一个女孩的伤害就有了质的区别吗？桔年困惑。

接下来，妈妈出去跟爸爸耳语了几句。四个大人走进姑妈的卧室，关上了门，他们应该在商量大人才懂的事，桔年不需要参与。

这场讨论持续了十多分钟，桔年孤单地坐在大门边的板凳上等待他们的结果。要怎么收拾林恒贵那个坏蛋，怎么给巫雨洗干净泼在他身上的脏水，这是桔年最关心的，至于她给林恒贵后脑勺上的那一下该负什么责任，她都愿意。

爸妈、姑丈夫妇从卧室里鱼贯而出。

是爸爸先开的口：“桔年，我跟你妈还有你姑妈、姑丈合计了一下，这事不能张扬，我们都同意私了。”

“你们？私了？”

爸爸坐在桔年身边，点了根烟，烟味呛得桔年想流眼泪。

“私了的意思就是说一家人私下解决。家丑不可外扬。林恒贵他小子不是个东西，禽兽都不如，可他是你姑丈的亲表弟，你姑丈待你不差吧，这些年多亏了他跟你姑妈照顾你。这事要捅了出去，你姑丈一家都抬不起头做人。”

“爸爸，你是说那……那个人不用坐牢？”

姑妈闻言插了一句：“傻孩子，他坐牢你又能得到什么好处？该打的你也打了，他不也没来得及做出该点天灯的事情吗？你姑丈会去跟那个不要脸的说，医药费什么的都别想，他脑震荡也好，破了头也好，都是活该！”

“那畜生真该死！”妈妈也诅咒了一句。

一直沉默的姑丈说：“你们放心，该给的精神补偿，那畜生还得掏。”

桔年愣了，“我不要他的钱。”

“桔年。你还小，什么都不懂。这件事就让它过去了吧。”妈妈安慰她。

“不，我要他坐牢。”桔年的声音很小，但是态度坚决至极，“我要去告他！”想到中午那噩梦般的一刻，狭窄昏暗的小房间，林恒贵让人恶心的一双手……桔年眨了眨眼睛，泪水掉了下来。

“住口！”爸爸把烟头往地上狠狠一扔，“你有没有脑子？这件事传出去，你一个姑娘家怎么做人？”

“我不怕这个！”桔年怯怯地顶嘴。

“你不怕我怕。我们老谢家从来就没招过那些闲言碎语。我早就跟你说过，女孩子要自爱，你姑妈也说了，你整天跟着那些不正经的男孩子到处跑，谁会当你是个正经人？要不那畜生怎么没对别人下手？你别给老子添乱，最近事情已经够多了，我为了养活你们几个人，整天在外面跑，累得跟狗似的，你他妈的还给我惹事！这件事就这么定了，你敢说出去，我就没你这个女儿！还有，收拾东西，你也麻烦你姑妈姑丈太久了，从今往后，你搬回家里住。”

就这样，桔年刻骨铭心的一件事悄无声息地落幕，没有人再提起，好像从未发生过。她终于要回到父母身边了。人真奇怪，六年前她跟随姑妈生活，觉得天都灰了，六年后她重回父母身边，天上一颗喜悦的星星也没有。其实只不过是转了一个圈，又回到原点，可是什么都不一样了。生活就像万花筒，你以为只是轻轻扭动一下，里面已经变化万千，换了一个世界。

大人们已经再三重申不让桔年和巫雨再玩在一起，连说话也不行。爸爸说，如果桔年再不听话，他就让姑丈去打断巫雨的腿。收拾东西的那几日，姑妈也盯她盯得很紧，总怕临完成任务再出个差池，不好向她父母交代。

离别来得太快，让人完全没有防备。

就在这样的惆怅里，七中的录取通知书正式发放到桔年的手中。她上的是市郊的初中，教学质量跟市里的重点中学没有可比性。两百多应届初三学生参加中考，桔年是年级第三名，比她分数高的都去念了中专。那个时代，中专比高中更金贵，到头来整整一个学校，收到七中橄榄枝的也不过桔年一人。巫雨则被一所职高录取了。

离开那天，桔年醒得很早。大件的行李前一天爸爸已经拉回家里，然后他就跑长途运输去了外省，妈妈在家看弟弟，走不开，姑妈和姑丈也有自己的事，所以大人们让她整理好一些琐碎东西，自己搭公共汽车回家。桔年心里高兴，走是必须要走，可她得跟巫雨道个别。

想到这，桔年又犯愁了，她怎么找巫雨呢？他家里没有电话，要是去敲他家的门，别人看见了，传到姑妈耳朵里，又是一场风波。正举棋不定，小窗的玻璃被人敲响了，这是只有她和巫雨知道的暗号。

桔年为这灵犀一点而欣喜若狂，她推开窗，巫雨果然笑吟吟地站在外边。

桔年也笑了，之前她觉得有满肚子的话要对巫雨说。可是现在天赐良机，她好半天才挤出一句话来。

“巫雨，我要走了。”

她说话的时候比自己想象中要平静。

巫雨透过敞开的窗户，也看到了桔年清空了不少的房间。

他说：“七中比这里好，你家也比这里好。”

桔年想问：“你会去找我吗？你会忘记我吗？”可是她又想，纵使巫雨现在说不会，某一天他真的忘记了，那也是没有办法的事啊。

“我看到林恒贵的商店又开门了。”恐惧根植在她心底，她无处言说，唯求巫雨能懂。

“怕什么？我在烈士陵园上看着你走，一直看着你。他要是还敢怎么样，我绝对杀了他！”

这就是桔年和巫雨的道别。桔年以为他们至少会有一个人掉眼泪。毕竟这些年，他们的世界里实际上只有对方。她回到父母家，虽不是天各一方，但是见面的机会毕竟少了，也不可能再像过去那么亲密无间。

可事实并不像她预想中那么悲伤和煽情，他们始终微笑着，什么都是淡淡的。末了，巫雨告诉桔年，他在自家的院子里栽了一棵枇杷树，也不知道能不能成活。

桔年喜欢枇杷的果实，难怪巫雨问她要吐出来的枇杷核，原来是这个用途。她心里被窃窃的喜悦填满，好像已经看到枇杷成熟时黄灿灿的果实挂满枝头，从巫雨家长着青苔的院墙里探出来的样子。

愁什么呢？说不定到了那一天，她就可以和巫雨一起坐在树下，小心地捡着地上的果实。

巫雨的石榴，桔年的枇杷，虽不在一起，但也是个伴啊，况且，总该有一个是结果的吧。

巫雨不明白桔年的脸为什么忽然红了。桔年连忙掩饰自己的窘意。

“多种几棵，否则一个院子里长着一棵树，不就成了一个‘困’字？这样不好。”

巫雨笑得厉害：“谢大师，你越来越神神道道的了。按你这么说，家里面是不是应该多几个人，否则一个院子一个人，就成了个‘囚’字。”

没有人在家，他们的笑声可以自在回荡。

下午，桔年收拾好东西，告别了姑妈的家。

不管你曾经多不喜欢一个地方，时间长了，就长出了千丝万缕的血肉联系，走的时候总是有些伤感的。这是一件无奈的事。

把钥匙放在门槛的下面之后，桔年拎着一个大包独自在路上走，每走一小段路，她就朝烈士陵园的方向看一眼，那里地势高，往上面一站，下面的人啊车啊路啊什么的，尽收眼底。

快到公共汽车站了，从那个角度，正好可以看到烈士陵园上的一抹红，那是盛开的石榴花，还有花下的一个白色的点，那是巫雨。

桔年可以想象巫雨在花下微笑的样子，他的脑袋光溜溜的，白白的牙齿在阳光里熠熠生辉。

后来，巫雨告诉她，其实那一次，他在树下坐着坐着，一不留神就打了个盹，他闭上了眼睛，可是桔年并不知道。她只相信巫雨会一直看着她走，一直看着，所以她不孤单，也不害怕。

第二十三章

皇军与良民

23

桔年考上了七中，虽然那阵喜悦被跟巫雨的离别冲淡了，但仍然值得庆幸。七中是一所寄宿制的重点中学，桔年原以为这样，她至少可以获得小部分的自由。

谁知世事不尽如人意。开学后，妈妈说家里的境况不太好，弟弟正是花钱的时候，高中的学费开支也是一笔不小的数目，能省的地方要尽量节省。寄宿是要给学校交住宿费的，所以她让桔年给学校打了一个外宿申请报告，住在家里，也能顺便照看弟弟。

桔年是失望的，但也没有办法。如果你改变不了沙漠，那就只能想办法让自己变成仙人掌。天天都从七中回家，就意味着她需要往返的交通工具，相比每天的公共汽车费，她相信爸爸妈妈更愿意让她骑家里的自行车。桔年喜欢自行车，骑在上面，风擦过脸颊，四周的风景往后退去，比步行流畅，比机动车舒缓，是恰恰好的隽永。她兴高采烈地去报名，领回了七中出了名的修女似的校服，看着竟也觉得很顺眼。

七中校服是肃静的深蓝色，再配上醒目的白色领子，据说这是该校的传统特色，几千个深蓝色的身影往操场上一站，整个一乌云盖天，虽然屡遭诟病，但校方竟能坚持不改。因着学校的招牌，久而久之，穿着它的学生不满之余，竟也有了些身为七中人的自豪。

开学典礼是在立秋的前一天，书上说，二十四节气中的“四立”——立春、立夏、立秋、立冬都是难得的好日子，但是“四立”的前一天叫作“四绝”日。

“四绝”日，诸事不宜。

桔年告诉自己，她从姑妈家回到爸妈家，从市郊初中升到七中，什么都是崭新崭新的，思想也要一样崭新才对，那些封建迷信，通通都要抛弃。不过后来她发现，古人的智慧是有一定道理的，或者说，对极少数曾经相信它的可怜人来说，是有道理的。

那天，桔年起得很早。每当第二天有特殊的事情，前一晚她必定睡不好，在这个问题上，桔年对自己很失望。穿好了自己熨了两遍的校服，妈妈竟说她这么打扮很不错。虽然这让桔年怀疑自己天生长了一副修女的模样，但是她仍坚持妈妈这一次的审美是正确的。

小望年对这个从天而降的姐姐很是好奇，总喜欢趴在姐姐的膝盖上自说自话。桔年一手抱着他，一手拿着勺子喝粥，最后一勺下咽，忽然感觉到大腿上一阵来路不明的热意，她缓慢地低头——一大早，妈妈抱着望年“嘘嘘”了许久都毫无收获，可就在离出门还有两分钟之际，小家伙热情洋溢地在桔年的裤子上撒了一大泡尿。

桔年赶紧起身，把望年放在一旁的凳子上，看着自己湿漉漉的裤腿，在小孩子无辜的眼神里欲哭无泪。妈妈听到响动，从厨房里出来，看到这副模样，被逗笑了。

“换一条吧。”

“妈，我只有这一条校服裤子。”

“实在不行用布擦擦，天气那么热，等你骑车到了学校，裤子早就干透了。”

桔年结束了对话，回房间换上了另一条百褶裙。这是她高中生活的第一天，她不想让同学们认为她大小便失禁。然后她一路冲锋式地骑车往学校赶，不回头，好像有一双手还在后面一直推着她往前。

进入学校大门，放好自行车，距离学校要求的时间还有五分钟，一切并没有桔年预想中那么糟。操场的方向已经传来了《运动员进行曲》这千篇一律的集合音乐，桔年远远地看到了一大群深蓝色的“蚂蚁”在朝同一个方向拥去，那场面蔚为壮观。她加快步子，想要融进那蓝色的海洋去，差一点就要如愿了，却在操场入口附近十米处被人叫住。

“那个同学，等一下。”

桔年想，方圆一里之内都是“同学”，别人叫的未必是自己，于是她目不斜视，脚步不停。

谁知那个声音的主人不依不饶，不一会儿，她面前就多了一只拦路虎。桔年看到了跟自己同样的一身深蓝色，还有雪白得耀眼的衣领和运动鞋……那张脸怎么看怎么熟悉。

现在桔年记得了，他叫韩述。果然是人生何处不相逢。

“你叫我？有什么我可以帮助你的吗？”桔年小心翼翼地问。

韩述露出了一个很奇怪的表情，好像她说的是一句非常可笑的话，然后，他用手指了指自己胳膊上的一个袖章，上面有两个红色的字：执勤。

“我没有迟到。”桔年对任何有“官方身份”的人都真诚地心存敬畏，所以她先一步老老实实地撇清自己可能出现的错误。

“你为什么从校门口走进来？昨晚没有在宿舍住？”

“我申请了外宿，这是我的外宿证。”

韩述瞄了一眼桔年乖乖呈上的外宿证，又问道：“你好像没戴校徽哦！”

“这里这里，我放在口袋里了，正想戴上。”

他们两人看上去一个严肃认真，另一个恭顺配合，那场面很像电视剧里的“皇军”正在盘查“良民”。

韩述对桔年的“没脾气”看起来颇不以为然，又打量了她一眼，视线触及她白白的小腿，忽然像发现新大陆一样叫了起来。

“你穿的是裙子？入学通知书里明确写着：今天的典礼所有女生统一穿裤装。你没看见吗？看不出你还挺喜欢标新立异的。”

桔年听出了韩述的言外之意，仿佛她为了突出表现自己而特意不遵守规定。她有些难堪，脸变得通红通红的。

“在这里签个名字吧。”

一个小本子递到了桔年的面前。

桔年看了一眼，上面已经记录了好几个名字，不是没戴校徽，就是校服不符合要求。她一贯是个遵守纪律的人，不求表现优异，但也不能开学第一天就因表现不良而被记录在册啊。虽然不知道后果会有多严重，可这个名她怎么都不能签。

她试着求情，“我下次不会了，真的。”

韩述一言不发地递给她一支笔。

“韩述，我们……我们小时候还一起上过幼儿园呢。”桔年压低声音说。求情不行，她就改走人情路线，好歹他们也算是一个大院里的孩子吧，虽然现在她爸爸被开除，全家也搬离了市检察院家属楼，可爸爸过去给韩副检察长开了好些年的车，也楼上楼下做了几年邻居。

“嘿，你还会走后门？”韩述惊讶地笑了一声，“你现在记起我们一起上过幼儿园了，前几次你的记性可没这么好。别磨磨叽叽，赶紧在本子上写你的名字。告诉你，我最不喜欢托关系走后门的人了。”

桔年脸红益盛，心中叫苦不迭。今天果然诸事不宜，出门不利，怎么就给她遇上了这个灾星，不但难以脱身，一番对话下来，反显得自己心理阴暗，对方正义高大。

进行曲逐渐变得小声，主席台上有人在“喂喂喂”地试音响，大家差不多已经集合完毕，再不加入到队伍里就晚了。

桔年低头怯怯地说：“我知道你不是个徇私情的人，可不记名字不行吗？我下次会改正的。”

“谁，谁跟你私情？”韩述好像被吓了一跳，赶紧反驳。

“我不是这个意思，唉……”说到这里，桔年已经知道沟通无望了。她不想迟到，不想成为典型，实在逼得没有办法，唯有破釜沉舟。刚试着往前一步，韩述伸手拦住了。

“你还想耍赖。穿裙子就是违反了规定。”

“我没有，其实我穿的是裤子。”

“睁眼说瞎……”

说时迟，那时快，桔年飞快地在韩述面前把裙子一掀。

韩述惊叫一声，顿时石化。

桔年没有骗人，她不太习惯穿裙子，所以出门前特意在校服短裙里套了一条可外穿的运动短裤。她趁韩述还没恢复正常，一溜烟地跑进那一大片蓝色的阵营里，留下合不拢嘴的那个人呆立在原地。

仪式结束后，因为那条裙子，班主任老师也问了桔年为什么不跟大家一样，桔年说明原因，老师通情达理，并没有计较。

那条运动短裤从此也被桔年奉为“幸运短裤”。

第二十四章

谁会喜欢风间同学

24

桔年最喜欢高中生活的一点就是，每个人可以把所有的教科书、练习册通通堆积在课桌上，好像一道城墙，人藏在里面，仿佛有了壁垒的保护。因此，她的“城墙”总是垒得最高的，不管是上课还是下课，她低着头，乐在其中。

她最喜欢干的事情还是发呆，人在那里，思绪却在千里之外进行着匪夷所思的奇遇。不过桔年对发呆的时间还是有选择的，数学课和英语课她都规规矩矩，这已经是一种习惯，害怕一节课跟不上，下一节课就如听天书，她又腼腆，不太好意思去问同学或借其他人的作业大抄特抄，什么都得靠自己。可以允许偶尔发呆的是政治课、历史课，而语文课对于桔年来说简直就是白日梦的温床。语文这东西，讲究的就是一个语感，与其分析鲁迅、巴金、老舍文章里的深刻寓意和中心思想到精神分裂，还不如主动分裂。萧秋水的唐门一战，可比孔乙己和祥林嫂有趣多了。语文老师在台上滔滔不绝地讲，桔年目不转睛地看着黑板，魂魄在这个时候已经追着幻想中那个奔跑的人去了。

萧秋水有一张肃穆而沉静的脸孔，如果你熬过了他的淡漠，就会发现他笑起来有白白的牙齿，温润的双眼……唐方是什么模样，总看不清。

桔年想着这个的时候，不止一次吃到语文老师的粉笔头。真不幸，白日梦温床的任课老师正是桔年的班主任。

语文老师的弹指神功永远都是那么准，不管桔年的头埋得多深，总是恰恰中招。她不识趣，每次都“哎哟”一声，大大地满足了发功者的成就感。

“谢桔年同学，魂兮归来……好了，起来回答我一个问题吧。”语文老师的开场白也是大同小异。他有时还会感叹，与其看见桔年双眼发直，魂游太虚，不如她趴在桌上睡大觉。

这时，桔年就会在同学们的满堂哄笑中慢腾腾地站起来，面红耳赤地回答老师的提问。他们的班主任喜欢拖堂，经常别的班已经下课了，有些好事者就聚拢在他们教室的外面，看热闹似的跟着起哄。

桔年虽然窘得很，紧张起来还有点结结巴巴，但是回答问题鲜有出错。不是她爱温习，而是开学没多久她就喜欢拿语文课本当成小说集一样看。她爱看那些文章，却不喜欢深沉的中心思想。说起来，语文老师虽喜欢用粉笔头弹桔年的脑袋，但对于她的屡教不改也没有更多的为难。究其原因，大概也因为桔年上高中后成绩一直不错，一个爱发呆的优等生还是一个优等生，而且她看起来又乖，做错事的时候小白兔一样的无辜，作为班主任，总是对这样的学生狠不起心来。

其实成绩好也并没有什么好奇怪的。在七中上学以来，学习就是桔年发呆外唯一可以做的正经事。那些代数几何题、化学方程式、英语阅读题做多了竟然也能从中找出一些趣味，就好像跟它们说话，一来二往，总会讨论出个结果。这比那些男生在教室外追追打打、女生讨论谁喜欢谁有意思多了。

哦，对了，桔年还会给巫雨写信。虽然说起来是在一个城市里，写信有些奇怪，可桔年还是坚持不懈地写，每周一封，话多的时候两封。认认真真地在信封上贴上5角钱的邮票，她的心事就开始投递。

她也仅有巫雨这一个朋友。最出糗的事情要说给巫雨听才好一笑而过，最有趣的发现要与巫雨分享才算没有枉费。他在身边的时候，他就是一切；他不在身边的时候，一切都是他。

桔年已经是一个青春的少女了，她能在自己的思念中隐约感觉到那心事的端倪。可她想着，就抿嘴笑了。她和巫雨，有很多很多话说，但也有些话不必说。

巫雨的回信不如桔年频繁，他本来就是个话很少的男孩，更不擅长书面表达。他寄给桔年的信，除了说自己很好，空荡荡的信纸空白处，就画着两棵树，一棵大一些，一棵还在长。他的画功并不好，两棵树也就勉强可以辨认。桔年看信时，同桌的女孩子偶尔瞄到了几眼，就会说："谢桔年，你怎么每次都收到同一封信？"

她们都不懂，只有桔年看得出小的那一棵在渐渐变高，叶子从五片变成了二十三片，大的那一棵开过了花，又谢了。

两棵树，石榴和枇杷，巫雨和桔年。

为着这些少女的心事，有时桔年也会关注相邻座位女孩子的讨论。这个年纪的孩子课业最重，梦也最多。同年级的、高年级的男生，帅气的、优秀的、运动好的、长得高的，总也讨论不完。

有一次，同桌忽然问正低头看《浣花洗剑录》的桔年："哎，谢桔年，你觉得‘函数’怎么样？”

桔年是个内向的孩子，和同学们的交流并不多。平时总在各种小圈子之外的她，听到有人诚恳地问自己问题，不由得感到小小荣幸，当下精神为之一振，回答起来也很认真。

“函数吗？我挺喜欢函数的！”她合上书说。

女生们一听，眼睛都睁大了，好几个人现场就窃窃私语了起来。

桔年的同桌用手肘顶了顶她，“行啊，谢桔年。你还挺敢说，可都说韩述很难搞哟。”

桔年坐直身子，正色道：“不会啊，只要背熟了几个公式，它就很好‘搞’了。”她试着向同学们的语言风格靠拢。

“公式，什么公式？”同桌惊讶地尖声问道。

难道她们都选择在数学课发呆？

桔年拿过自己的小本本，做好了热心给同学解答的打算。这时她才想到问一问：“你们是说多元函数还是反函数？”

大家好像都愣住了，同桌翻着白眼说：“切，我还以为你说你喜欢韩述。”

桔年也迟疑了一会儿，老实交代道：“其实我更喜欢立体几何。”

她因此被奉上“书呆子”的美名。桔年睡前洗脚的时候，才惊觉原来此“韩述”非彼“函数”。她并不是真的那么糊涂，只不过并没有觉得那个“韩述”身上有什么值得讨论的价值。

韩述给桔年的感觉就像《蜡笔小新》里的风间同学，一看就知道出身不错，自我感觉更是良好。活跃，有礼貌，爱端着，重仪表，见识比一般同龄人广，受的是精英教育，喜欢做自认为有品位的事，把与蜡笔小新之流品位低劣、举止猥琐的同学为伍看成是一种莫大的羞耻。他现在背着个书包端端正正地来上学，若干年以后则会夹个公文包端端正正地去上班。

桔年觉得此等“精英”离自己很遥远，即使在《蜡笔小新》里，她也只喜欢阿呆。

谁会喜欢风间同学呢？

当然，风间同学也不会喜欢桔年这样的人。桔年是外宿生，她每天掐着时间上课，喜欢踩着铃声进教室。可常在河边走，哪能不湿鞋？一不留神，迟到就在所难免。

其他的执勤同学和老师偶尔还会看在桔年一脸悔意和认错态度良好的情况下睁一只眼闭一只眼，要是遇见了风间，不，是韩述同学，那就是出门没看皇历。韩述同学执勤比包拯还铁面无私，比雷锋还敬业，鼻子比狗还灵敏，行踪比影子还鬼魅。更奇怪的是他好像最喜欢在桔年出没的那条路上守株待兔，桔年迟到十有八九都是栽在他手里，不批评加讽刺一轮，是绝不能轻易放人的。

桔年尝试着摸清韩述执勤的规律，收获的答案是“没有规律”。她不明白，为什么有人会在没有任何报酬的情况下，牺牲那么多的精力和热情去做政教处的“爪牙”。

也是被韩述逼到没有办法，实在时间紧张的时候，桔年就抄小路爬围墙。只要她闭着眼睛从七中西北角那个一米多高的围墙往下一跳，直接就到了实验楼后边的草丛，那里的草很厚，不容易摔疼，也省了绕一个大圈子。

桔年也不知道这么隐蔽的角落是怎么被韩述发现的，总之在她安全度过大半个学期之后，某一天，正打算纵身往下跳时，忽然看到那个可怕的身影从另外一个角落跑过来，一边跑，还一边嚷嚷：“谢桔年，你就不怕摔死？”

桔年当然怕，但她更怕死在韩述手里。她慌张地落地，姿态不雅，手脚同时着陆，不过算是赶在“鹰犬”抵达之前成功溜走。从此，桔年自动把家里的闹钟往前调了十五分钟，她再也不要重复这种亡命生涯了。直到第一个学期接近尾声，桔年都没有再迟到。倒是有一天韩述检查校徽，破天荒地关心了一句："谢桔年，你怎么不跳墙了？"

桔年老老实实地回答："我怕摔死啊。"

她不知道韩述为什么会流露出失望的表情。期末考试考完了，也就是放假的前一天，全校师生集体大劳动，有人在实验楼角落的围墙底下拔草，拔着拔着就扒出了一个膝盖深的小坑，上面还用杂草掩盖得好好的。发现这个坑的同学都在猜测这是拿来干什么用的，有说是藏宝贝的，有说是抓老鼠的，只有桔年在一旁悄无声息地流下了一滴冷汗。她趁没人注意，特意观察了一下地形，那个坑的位置不就是她跳墙时的落脚点吗？

据桔年所知，韩述同学是很忙碌的，他下了课之后要参加英语兴趣班、奥林匹克数学培训班、音乐兴趣营还有羽毛球练习，总之他是一个分身乏术的好学生。那他究竟是在什么时间、利用什么工具、出于什么心态、为达到什么目的而挖了这么一个坑？桔年弄不明白，半夜醒来想到这件事就觉得心有余悸。

孔雀胆、鹤顶红、七星海棠、金蚕蛊毒……什么都毒不过少男的一颗心。

第二十五章

七伤拳，先伤己，后伤人

25

现在回想起高一上学期期末劳动的那一天，还真是喜忧参半。如果说某人的陷阱惊出了桔年一头的冷汗，那么，后来跟巫雨的重逢则让她的头和她的心都开了一朵“花”。

事情的开始是这样的：桔年的任务是倒垃圾。同学们把清理出来的杂草和废弃物扫成一堆，她就负责用个单轮的小斗车把这些东西运到垃圾池，周而复始地往返。对于桔年来说，这项工作是非常有意思的。

不记得是第几次从垃圾场折返，桔年听到陈洁洁远远地叫了她一声。

“谢桔年，有人找你。”

陈洁洁是桔年的同班同学。高年级的男生都说高一（3）班漂亮女孩子特别多，桔年只发现了一个。她是个不容易惊讶的人，但是在开学注册的那一天，当她在教室门口与陈洁洁迎上，她惊讶了，或者说，是惊艳。

陈洁洁有一张让人很难忽视的脸，黑山白水一般的眼睛，鼻子秀挺，乌发红唇，皮肤比大多数南方人要白皙，身段匀称姣好，合该是大多数男孩梦中人的模样。

桔年在此之前从来没有跟陈洁洁说过话。并不是因为对方有多高傲，相反，虽然陈洁洁家境很好，但据说家教非常严格，待老师、待同学都是礼貌而和气的，怎么看都是教养良好的大家闺秀模样。在真正的公主面前，桔年就像童话里充当背景的一只傻兔子。

洁洁，连名字都那么缠绵，启动双唇轻轻吐出这两个字，仿佛有些温柔的意味，哪里像"谢桔年"这三个字，生涩拗口，不知所云。

所以，当陈洁洁说话的时候，桔年是诧异的，不仅仅是因为漂亮的公主第一次跟自己打招呼，而且她也想不出有谁会来学校找自己。她愣愣地朝陈洁洁的方向看过去，先是看到了留着极短头发的脑袋，然后是一口耀眼的白牙。

桔年犹自不敢置信，当那个人从陈洁洁身后朝她走过来，她扶着小斗车，傻傻地，就知道笑了。

职高的期末考试和放假都比普通高中要早一些，巫雨站在桔年面前，手里拿着他的球拍。

"我跟同学在附近的球馆打球，顺便来看看。你们学校好大，很漂亮。"巫雨大概也没想到周围有那么多边劳动边朝他们看的人，不由得也有几分局促。

陈洁洁把人领到，识趣地走开了。

"有吗？还行吧，呵呵。"分开的时间里，桔年无时无刻不思念着巫雨，但是他忽然站在她面前，她竟然有些措手不及。太多的惊喜堆积起来，反倒让她一时不知道说什么才好，除了微笑，还是微笑。

“你看起来也挺好的。这就好。”巫雨拨了拨球拍上的弦，又笑着说，“好了，我该回去了，你继续做你的事吧。”

“回去了？哦……好吧。”桔年的失望油然而生，但自己也不知道还有什么可表达的，只得点头。

巫雨朝她挥挥手，转身离开了。桔年目送他的背影，怔怔地，手里仍没有放下运垃圾的小斗车，她想，自己刚才的样子肯定呆透了。

“谢桔年，这边有很多树叶！”班上的同学在催促她了。

桔年如梦初醒，赶紧推着车子小跑了过去。陈洁洁也在那边把落叶扫成一堆往车上倒。树叶不重，但占据空间，小斗车轻易就满了。桔年又推着它们朝垃圾池的方向走，陈洁洁放下扫帚，主动在一旁给她扶着小斗车。

“谢谢，我自己一个人就可以了。”桔年不好意思地说。

陈洁洁回以桔年一个友善的笑容，“没事，推车挺有意思的……谢桔年，刚才那个人是你以前的同学吗？”

桔年看了陈洁洁一眼，小声回答：“哦，那是，那是我的……朋友。”

她不愿意用“同学”这个词来形容她和巫雨的关系，太浅淡，也生分——即使是在一个不相干的人面前。可是当她说起“朋友”这个词时，脸有些发烫。她们这个年龄的女孩子，“朋友”还算是个敏感的词汇，尤其对方还是个同龄的男孩。桔年不知道陈洁洁会怎么想，唉，反正都不熟，也管不了那么多。

陈洁洁没有流露出任何惊奇，看上去反倒有几分羡慕，“是这样啊……真好。说起来，我好像在哪里见过他。”

“应该不会……垃圾池怎么那么远？”

“我们一边说话一边走，就不觉得远了。谢桔年，你朋友专程来看你？为什么没说两句话就走了？”

桔年的懊丧被陈洁洁无心的话点醒，她本该有很多话要对巫雨说的，可是当时怎么会只记得傻笑了呢？

“他手里拿着球拍，球一定打得很好。我最近也在学打羽毛球，有时间我们可以一起打球吗？”陈洁洁没有注意到身边人情绪的变化，继续往下说着。

桔年站住不动了。

“我随便说说，你别介意啊……”

陈洁洁话还没说完，小斗车的扶手忽然就被桔年转到了她的手中。

“不好意思，我有点急事，麻烦你先帮我推着它好吗？”桔年说话的时候人已在几步之外了，她想着想着，又转身匆匆弯腰对陈洁洁做了个赔不是的动作，“不好意思，我马上就回来。”

不该让巫雨就这么走了。桔年心急如焚地沿着巫雨离开的方向奋起直追，他离开好一会儿了，会不会已经出了校门？

跑出了实验楼的草地，桔年似乎在校道的尽头看到了熟悉的背影。外边过道上、操场边到处都是大扫除的同学，好些男生一边劳动，一边嘻嘻哈哈地玩闹着，扫帚四下飞舞。她犹豫着该不该放开嗓子叫住巫雨，一张嘴却吃了不少灰尘。

一个多学期了，她也就见了巫雨一次。平时要上学，周末家里又有做不完的事，再见他该是什么时候？她真没用，像一个破储蓄罐，平时一天一天地攒，攒得满满的，可是到了关键的时候，怎么都取不出来。劳动也是学校安排的任务，没结束不能离开学校，巫雨的背影消失在校门外，莫非是被吸进嘴里的灰尘给呛的，桔年的喉咙有些发涩。

走到操场边缘的时候，砰的一声，不知从哪里来的不明飞行物砸上了桔年的脑袋，钝钝的撞击感过去后，火辣辣的疼痛如炸弹爆发。身后的大呼小叫此起彼伏，男生的口哨声、怪叫声、偷笑声……乱成一团。

桔年被砸得毫无防备，捂着伤处，茫茫然地回头，她的脚边多了一把长柄的扫帚。

“哦哦，惨了惨了，真的有人中招了。”

“谁干的？是不是你？哈哈……”

“那是谁呀，你砸中谁了？”

“我叫你不要推我。”

“别笑了，那女生好像哭了，好像真闯祸了。”

“韩述，那扫帚好像是你的。”

“还是道个歉吧，待会儿老师来了就惨了。”

迷蒙的泪眼中，桔年看到有人走到她的身边说：“你怎么那么倒霉……你哭了，不会吧，真的很严重？”

其实桔年并不想哭，也许泪水只是出于痛感的本能反应。她只是着急，巫雨究竟已经走了多远。

“你别吓我，大不了我陪你去医务室。”

桔年摇头往前走，感觉有人抓住了她的胳膊。

“你搞什么？走，我们去医务室。”

情急之中，她甩开了那只手。

“对不起了，好吗？”手的主人说。

“你能不能别挡在我的前面？”

她绕过他，在心中默念：巫雨，等等我。

后脑勺火烧一般疼，周围的树啊，人啊，都有些模糊。桔年一直追到学校大门口，可她的“小和尚”已经不知道去了哪里。

桔年举起手，一时间竟想不出应该先抹一把眼泪，还是先揉揉后脑勺的痛处，索性什么都不做，呆呆地将手垂下。

别人都说，脑震荡会出现幻觉，果然是的，她无声地掉眼泪，已经远去不见的身影竟又渐渐放大，回到她的身边。

"你……哭了？"幻觉还有配音，而且是她熟悉的腔调，木讷又紧张。

"怎么又回来了？"桔年睁大眼睛看着他。

"我想起有一样东西忘了给你……可是你哭什么呀？"

她的"小和尚"从口袋里掏出了一片叶子，叶片肥厚，上面覆着一层细细的绒毛。这个桔年认识，是枇杷叶。

"我刚才忘了跟你说，你的那棵枇杷树长得很好。幸运的话，明年五月就该第一次结果了。这片叶子长得最好看，我还有些舍不得，不过你留着吧，做个书签什么的挺好。"

桔年把叶子拿在手里，含着眼泪笑了起来。

"有人欺负你了，是谁？"

桔年不停地摇头。

巫雨一副受不了的表情，"你看你这个样子，我都不知道该怎么形容才好。"

"你的脸上怎么会有伤……手上也有？你跟人打架了？"

桔年用衣袖蹭掉残余的眼泪，这才把巫雨看了个仔细。他并不是个好斗的人。

巫雨应声看了看自己手臂上的伤痕，轻描淡写地说："小伤而已。桔年，我不想再被人欺负了，也不想再一味地忍让。在我们学校，我认识了一些朋友，他们比我大一两岁，很照顾我，也很讲义气，我也不会让人欺负你的。"

"朋友？义气？"桔年重复这些话，没来由地觉得心里一紧。巫雨有了别的朋友，她早该有所预期，他以前是那么孤独，为了自己的私念而希望他继续孤独是残忍的。可是他那些都是什么朋友，竟然带着他一起打架？

"巫雨，他们……"桔年的眼睛里写着担忧。

巫雨似乎知道她要说什么，岔开了话题，尽挑她感兴趣的说。

“说不定哪一天我功夫好了，就再也不会受伤了。桔年，我记得你以前跟我说过什么拳来着，哦，有一个很厉害的速成功夫叫什么……我就是想不起来。”巫雨敲着脑袋说。

桔年果然被成功地转移了注意力。

“是七伤拳。”她吸了吸鼻子认真为巫雨解答，“崆峒派木灵子所创，金毛狮王谢逊就是用这个功夫打死了少林寺的空见大师。一拳之中有七种不同的劲力，金庸说，人体内有阴阳……”

巫雨笑着打断了桔年，“对，就是这个，等我捡到本秘籍，练成了这个就不会受伤了。”

桔年知道他在变着法子逗自己开心，扑哧一笑，牵动了后脑勺的痛处，咧了咧嘴，又赶紧忍住。

“我先回去了，下次再来找你，让你看看我的球技进步了没有。”

“巫……”桔年已经说过了再见，又想起了一些事情，她下次一定要郑重告诉巫雨，七伤拳不是什么好功夫。

书上写：七伤拳，速成。一练七伤，先伤己，后伤人。

第二十六章

妾在巫山之阳

(26)

巫雨走远了，桔年才想到了自己急忙之中硬塞到陈洁洁手里的小斗车。她不能让这样一个漂亮的小公主老替自己运垃圾，于是又匆匆沿来路返回，途经她中招的操场，没想到那里站着好些人，眼睛不约而同地看着一个目标，而那个目标好像正是逐渐走近的她。

桔年越走越踌躇，她不知道为什么同学们都不劳动了，难道她放下手头运垃圾的工作去追巫雨激起了那么大的公愤？正犹疑间，班主任走了过来。

“谢桔年，让我看看你的头。”

桔年有些口吃：“怎，怎么看？”

韩述多嘴，远远地抢白了一句：“当然是转过来给老师看，难道摘下来？”

桔年干笑两声，捂着头转了过去。

老师拨开了她的头发，用手碰了碰伤处，听到桔年轻轻地“嘶”了一声。

“还笑得出来，都肿了一块，好像还破皮了，幸好没有流血。你这孩子，伤了还瞎跑什么？走，跟我去医务室。”

桔年小时候打针踢倒医院梳理台的记忆立刻冒了出来，任何医疗场所都是她的噩梦，她赶紧摇头，“不用了，已经不怎么痛了。”

老师不由分说把她往医务室的方向推，“伤到头的后果可大可小，怎么不用？”

桔年只得硬着头皮跟着老师走，她听到老师又对旁边的人说了句：“你们几个也过来。说过多少次了，别在人多的地方打打闹闹的，现在真的把同学弄伤了，要是严重的话，看我不把你们家长都找来……还有你，韩述，好端端你跟着他们几个瞎闹什么？”

韩述他们几个虽然不跟桔年一个班，但桔年的班主任是他们的任课老师，所以一个两个的都认识。桔年没敢往人多的地方看，低着头一直走。医务室的医生给她清洁消毒了伤口，上了药，说暂时没什么事了，要是有什么不舒服，马上告诉老师。

坐在凳子上的桔年乖乖点头，疼确实是疼的，但是谁让她运气那么不好呢？再说，没准就是因为她倒霉地挨了那一下，某路神灵才让巫雨突发奇想地回头来找她了呢？这样想起来，也不冤了。

她偷偷问班主任：“老师，我可以走了吗？我还要回去运垃圾。”

老师叹了口气，说：“你什么也别干了，等伤口消肿了再说。真伤到脑子了，谁给我语文再考客观题满分？”

“张老师，那我得了多少分？”

韩述一听期末考试成绩都出来了，赶紧抓住机会问一问。

“你还顾得上这个？好好给谢桔年道个歉才是正经事，一把扫帚飞过来打在你头上，看你疼不疼！你们这些男生，都像猴子似的一刻也没个消停，是不是尽挑软柿子捏？”老师也护短，不管怎么样，总护着自己班的学生。

韩述马上为自己正名，“我已经道过歉了，不是故意的，谁也不知道她怎么忽然就蹿到我扫帚的前面，不信你问周亮，问方志和，他们都是看见的。”

“他们除了胡闹还知道什么？你赶紧给人家道歉，幸亏不是很严重，要不非让你赔医药费不可。”桔年的班主任并不买账。

“要多少钱，我赔就是！”韩述径直冲着桔年说。

桔年没脾气地双手连摆，“不用了，不用了。”

“真要赔医药费，也得找到你们家韩副检察长买单呀。”桔年的班主任还是个三十出头的年轻男教师，年轻气盛，韩述这副样子还真让他看不过去。

韩述一听到“韩副检察长”几个字，顿时有些气短，脸上却偏要摆出悉听尊便的硬气模样。

“真的不用了，老师。”桔年打着圆场。她很无奈，树欲静而风不止。她这个当事人都自认倒霉，不想在这件事上再纠缠下去，只想走出这矛盾中心，可旁边的人都比她较真。

“韩述，男孩子要有男孩子的样子，做错事就要勇于承担，这点风度你该有吧！”老师终归是老师，对风间同学这类人的软肋拿捏得很准。一个未来的精英什么都可以没有，唯独不能失了“风度”。

韩述咳了一声，慢腾腾地走到桔年面前。

“我，我原谅你了。”桔年坐在凳子里，不由得往后缩了一下。

“我还没开口呢，你着什么急？”韩述嗤笑。看他的样子，桔年有种错觉，自己仿佛变成了害他丢了“风度”的罪人。

“对不起了，谢桔年同学，是我不小心，请你原谅我！”韩述之前看起来虽不情愿，但道歉的时候还是一本正经的，甚至还弯腰鞠了个躬。

桔年的脸又红了，慌慌张张地都不知道自己说了什么。

“哦，平……平身。”

她说完之后，恨不能咬掉自己的舌头。什么跟什么啊，她中了武侠小说的毒。

韩述听了，表情古怪地瞄了脸通红的桔年一眼，又弯了弯腰，大声说了句：“谢主隆恩。”

周亮、方志和都喷笑出声，就连老师和值班医生也是一副忍俊不禁的样子。

桔年不想再久留了，从位子上站了起来，眼睛不敢看旁边的任何一个人，用低得跟蚊子哼哼似的声音说：“我先走了。”

“老师，我们也可以走了吧？”韩述和他的两个同班同学也问道。

桔年的班主任向他们摆了摆手，“走吧，别闹了啊。”

“走，韩述。”一胖一瘦的两个男生推着韩述往医务室门口走。

男孩子走路都不安分，一阵风似的，桔年在门边侧了侧身子让他们先行。

韩述经过桔年身边的时候，嘟囔着朝周亮他们抱怨：“都怪你们瞎比画，什么太极剑法……还武当绝学，简直是一塌糊涂。算了，懒得再说，我得去把我的扫帚捡回来，待会儿还得还给劳动委员。”

“嘿，我哪儿知道你的‘剑’长了眼睛，要不待会儿我们再练练？”

“省省吧，还嫌麻烦不够多。”

韩述几个人边说边走，过了一会儿，他感觉有些异样，回过头，桔年正走在他身后三米开外，看见他停了下来，她不由得也驻足不前，好像在玩一二三木头人。

“你跟着我们干吗，老佛爷？”韩述的语气不无挖苦，他好像忘记了这是离开医务室的唯一一条路。

桔年张了张嘴，欲言又止，她知道韩述肯定又会觉得她这个样子很好笑，可最后还是忍不住说了出来：“呃，那个，那个什么太极剑法，它……它不是武当派的。”

韩述直勾勾地看了她几秒，好像那是一个从月球上坠落的怪物。

“她说什么？”他转而向自己的同学求证。

方志和忍着笑回答韩述的问题：“她说你的太极剑法不是武当派的。”

韩述上前一步，桔年又悄悄退了一步。

“好，你继续说，一次说完。”风间同学露出了一个狰狞的表情。

“太极剑法就是太极门的。武当派有太乙玄门剑、八仙剑、九宫八卦剑，龙华剑……就是没有太极剑。”桔年看到韩述板着的一张脸。他小时候是个近视眼，不知道什么时候做的视力纠正手术，眼睛长得挺好，盯着人看的时候容易让人误认为含情脉脉的——假如不是放着凶光的话。

“对不起啊，我不是找你的碴儿，你那剑法也挺好……挺好！”桔年有些后悔，在这个人面前，还是少说一句为妙。

韩述拖长了声音：“那请问您，我那是什么剑法啊？”

桔年摸了摸还在疼的后脑勺。

“辟邪剑法！”她说完，贴着路边的四季青，加快步子一溜烟跑开了。

韩述摸着自己的下巴。

辟邪剑法……没听说过。

“辟邪剑法厉害吗？”他扭头问自己的死党。

方志和强忍着笑：“当然厉害，一般人练不了。”

韩述面色稍霁，谢桔年那呆瓜总算知道他不一般。他提了提手上的“辟邪剑”，又有些狐疑。她会轻易恭维他?

“真的很厉害?”他皱着眉求证。

周亮和方志和终于忍不住笑作一团。胖子周亮做了个简单粗暴的示意动作，方志和提示不常看闲书的韩述：“林平之……岳不群……想起来了吗?欲练神功，必先自宫!”

韩述恍然大悟，指着桔年迅速远离的背影跳脚叫道：“好啊你，还骂人了!”

桔年装作耳聋，成功逃回实验楼的草地附近，正赶上陈洁洁运完最后一车树叶返回。

“对不起啊，这本来是我该干的活。”桔年很过意不去，她没有想到陈洁洁真的替她把垃圾倒完了。

“这有什么。”陈洁洁放下推车，“他们说你被韩述的扫帚砸中了。那家伙，真是过分。”

陈洁洁和韩述同是七中初中部升上来的，过去是同班。桔年听说过他们关系不错，甚至有人在背后传他们其实是一对。虽然从来就没有得到证实，但是在他们这个年纪的少男少女看来，天造地设的两个人本来就是应该在一起的。所以桔年决定不在陈洁洁面前对扫帚事件做任何评价，她又摸了摸自己的伤处，“哦，没事。”

回家的路上，桔年还在担心，该怎么跟妈妈解释她头上的伤才好。以妈妈的习惯，估计只会说：“你肯定也有做得不对的地方，要不那扫帚怎么不砸上别人，偏偏砸上了你?”

还好，事实证明桔年的担心是多余的。到家之后，她发现爸爸出车回来了，一家人一起吃过了饭，桔年洗碗、洗澡、回房、睡觉，根本没有人发现藏在她后脑勺头发里的那个包。她暗笑自己的庸人自扰，就像前几个月的某一个周末，她偷偷跑去找巫雨，可巫雨不在家。她一个人在竹林那条小道上晃荡到差不多天黑，惴惴不安地回家，以为会挨爸妈好一阵责备，结果爸爸没回来，妈妈带着弟弟串门去了，全世界没有人知道桔年曾经消失了一个下午。

桔年躺在小床上，拿出白天收得好好的那片枇杷叶。她觉得自己很幸运，毕竟还有一个人是在乎她的。

其实她也不需要太多的关心，任何东西都一样，多了就拥挤。她的心是藏在深山密林里的小房子，本也不期待人来，只等着归客轻轻叩门。

夜深了，桔年重复回想着白天跟巫雨相处的每一个细节，他的一颦一笑……怎么都睡不着，当然，也许还因为后脑勺的伤在作祟。

她翻身起床，偷偷点亮台灯，像所有青春女孩一样，在抽屉的笔记本里一笔一画誊抄下让她喜爱到怦然心动的句子。

妾在巫山之阳，高丘之阻，旦为朝云，暮为行雨，朝朝暮暮，阳台之下。

这本是《高唐赋》中巫山神女在梦中对楚襄王许下的鸳盟，桔年无意中从书上看到了，就爱上了。她忽略了这个典故后面藏着的那个暧昧的成语，只记取字面上的美好，就像她一直以来读诗看书阅人的习惯，总选择用自己喜爱的方式来解读，至于后面真正的意义，有什么要紧。

第二十七章

甘之如饴的等待

27

期末考试成绩出来的那天，桔年去操场边上看荣誉榜，每个年级只公布前十名。挤在公告栏前的同学有很多，桔年等了好一会儿才填补了一个空位，七中高一共有八个班，四百多名学生，她竟然险险入围，不上不下正好第十名。

对于荣誉榜这类东西，桔年是陌生的。她习惯了悄无声息、默默无闻，就像一滴水安全地隐藏在海洋里，因此看到大红纸上偌大的“谢桔年”三个字还颇有些不适应。当然，毕竟是学生，考得好总是值得庆幸的，所以当认识的同学或羡慕或惊讶地对她说：“行啊，谢桔年，都上年级前十名了”的时候，她均报以羞涩而谦恭的笑。

韩述和他的几个同学也走了过来，桔年知道自己该撤退了。惹不起，还躲不起吗?

韩述的成绩据说也很好，但是这一次他并不在前十名之列，也许太多的兴趣爱好在某种程度上分散了他的注意力。

“哎呀，韩述，你跟第十名就差一分而已。”桔年听到某个女生惋惜地说了一句。

韩述对那女生笑笑，也没说什么，聚精会神地看榜单上的名字，大概是视线的余光不小心扫到了正打算离开的桔年。他瞥了她一眼，又装作什么都没看见。

周亮踮起脚尖揽着韩述的肩膀，“要是这榜再往下排一排，第十一名准是你。在我们班你也进了前三名，够厉害的了。”

韩述动动肩膀卸下周亮的手臂，不咸不淡地说：“厉害什么？我们家老头子说他从小到大没考过第三名，我姐估计也差不了多少。我算是韩家第一个跌出年级前十的‘不肖子孙’，回去就等着挨削吧。”

他说着，有意无意地又扫了桔年一眼，桔年心里冤，自己一不留神就促成了一场家庭暴力。她也从爸妈的闲聊中听说过，看起来温文儒雅的韩副检察长教子是极为严厉的，相对于检察长夫人对宝贝儿子的溺爱，他更信奉棍棒底下出孝子的理念，动起手来相当铁血。通常是他一边痛心疾首地“教育”儿子，夫人在一旁寻死觅活地阻挠，整栋楼都听得到动静，只不过明里谁也不好说。

韩述今天穿了一件红色运动外套，骚包至极的颜色。他就是这种人，必须穿校服的时候他是穿得最整齐的那一个，能不穿校服的时候则坚决不穿。桔年想象着这样珍惜羽毛的韩述被韩院长拿着鞭子收拾得屁滚尿流的样子，既同情，又期待。

“要我说啊，也是倒霉。喏，要是第十名这位填错了一道选择题，这名字就应该是你的。”方志和也看见了桔年，故意在旁煽风点火。

韩述不以为然，“说这些干什么。”

桔年已成功逃离。她想，这一次韩述居然还挺讲道理。政治课本说得对，要客观地、全面地、发展地去看问题，也许看人也一样。

没想到的是，韩述很快用行动颠覆了她的观点。

桔年骑自行车回家，她的车是爸妈结婚时买的“凤凰牌”，当年大概是个好东西，可现在就算忘了上锁也很安全。桔年个子中等，车的座位却很高，蹬的时候有点吃力，最要命的是轮子不知道哪个部位出了问题，一转动就哐啷哐啷地响，只是她每天都这么招摇过市，心里对这个声音已经相当麻木。

从学校出来好一段路，桔年听到哐啷哐啷有节奏的声音里冒出一个人的声音。

“喂，废纸多少钱一斤？”

骑着自行车赶上来的人红衣耀眼。

桔年听明白了，韩述是在讽刺她像收破烂的呢。

她不说话，埋头苦干地蹬着她的老爷车。她觉得自己的车速都快摆脱地心引力了，可韩述还是如影随形。

“我问你，除了读书你还会什么？就是有了你这类除了读书什么都不懂的书呆子，才有了排名这种无聊的事。高分低能说的就是你！”

敌情有人把她当成对教育制度不满的发泄对象和替罪羊了。桔年决定推翻什么“全面客观发展地看问题”的观点，书里又说了，现象千变万化，可事物的本质是不会改变的。他之前在人前宽宏大量，那是装的！肚子里恨着她呢。

“谢桔年，你说说，除了读书你还会什么？”

桔年蹬车的拼命程度已经让她在冬日里冒出了热汗，她想不通韩述怎么还有精力没完没了地说废话。

终于，她觉得自己受不了啦，再这么蹬下去迟早会断气。

“你家的路口已经过……过了。”桔年喘着气说。

“路是你家修的？”

“好了，别跟着我了。我都，都告诉你……”

“告诉我什么？”韩述干脆与桔年的车并头前行。他竟然有些好奇，不知道她究竟要告诉他什么。

“废纸……三毛钱一斤。”桔年说完，发现韩述终于从她身边消失了。

韩述用脚支地，把自行车停在了人行道旁。

“谢桔年，我没见过比你更无聊的人！”

寒假刚放了一个星期，就迎来了春节。春节自然是要走亲戚的，于是，搬回来跟爸妈生活了大半年之后，桔年第一次跟随大人到姑妈家拜年。

爸妈照例是要桔年对姑妈姑丈那几年的照顾表示“终身不忘”的感激，不过他们也没指望桔年说什么动听的话，大多数时候，桔年只需附和就好。终于等到姑妈说，难得过节，人手又齐，不如几个大人一起“摸两圈”，桔年坐在旁边看了一会儿电视，弟弟睡着了，被放进了小房间的床上，她见没有人注意到自己，赶紧偷偷溜了出去，熟门熟路地往巫雨家钻。

巫雨家没有什么特别近的亲戚，按巫雨的话说，就算是亲戚，对于他们家这种情况也会退避三舍。所以，尽管是大年初二，桔年也不担心他去走亲戚不在家。

敲了很久的门，巫雨的奶奶颤颤巍巍地来开门，她老了，身体和脑子都已经一塌糊涂，看见桔年，似乎认得出，又似乎认不出。桔年搀着她往屋子里走，费了好大工夫才问出来，原来巫雨一早就出去了。

桔年摸出了早上藏在衣服口袋里的一颗糖递给奶奶，七十多岁的老人，牙都快掉光了，含着糖高兴得跟个孩子似的。桔年跟老人说了一会儿话，反正也是各说各的，彼此都听不懂对方的意思，就瞎扯罢了，后来，老人的注意力转移到了家里那台小小的旧电视上。

桔年走出去，站在巫雨家的小院子里。如果有人不相信这个城市里还有被节日的氛围所遗忘的角落，那来这里看看就是了。可是她看着院子里长得歪歪斜斜的盆栽和只活了一棵的枇杷树，又暗暗希望永远没有人打扰这个角落。

隆冬时节，南方是没有雪的，只有缠人的阴雨。手脚钝钝的，用力吸一口气，咽喉和心肺里都有种冷冷的辛辣感，顿时无比清明，桔年喜欢这样的冬天。她等了一个多小时，巫雨还是没有回来，可她也不是很着急，与其回去看大人们搓麻将，她更喜欢搬个矮凳坐在门口看巫雨的院子，还有桔年的枇杷树。等待也分很多种，这一种让人甘之如饴。

外面应该很热闹，不时有笑声和爆竹声传过来，远远地，和着屋子里老人看电视的沙沙声，有种模糊而隽永的意味，好像旧唱机里的音乐声。枇杷树的叶子掉了一片，落在泥地上，发出细微的"啪"的一声。这时，桔年听到了巫雨的脚步声。

她笑着为他打开院门。

外面站着的不只是巫雨，还有几个穿得奇奇怪怪的男孩子，有些跟巫雨看上去同龄，有一两个显得更成熟，手上不是拿着那种巨大的雷管，就是夹着香烟。

桔年没有料到有别人，不知所措地站在那里，手还扶在门边的墙上。

"嘿，巫雨，你家里还藏着小姑娘。"有人反应了过来，推着巫雨嘻嘻哈哈地笑，好几双眼睛毫不掩饰地往桔年身上招呼。巫雨往前一步，转过身背对着桔年，正好挡住了她。

"说什么呢，这是我们家亲戚。"他笑着说。

"那我们也到你家走走亲戚，串串门？"

“改天吧。我家来人了，下回再去找你们。”巫雨当着几个人的面关上了小院门，等到那些说话的声音渐远，才和桔年一起走回了屋内。

进屋前，桔年才留意到巫雨右手上竟然也夹着一支烟，点燃的，有淡淡的烟气缕缕上浮。

桔年看了巫雨好一阵，又看着他手里的烟。巫雨没有动，她也不说什么，只是探过身去把烟从他手上摘了下来，坐在之前的小凳子上，默默地把那点火光在泥地里按熄。

巫雨好像笑了一声，随意坐在木头的门槛上。

“来了多久了？”

“没有多久。”

他们过去朝夕相处的时候，也并不是话说个没完，经常是两个人安静地坐着，各自做着或是想着自己的事。亲昵而默契的静默，其实是世界上最让人愉悦的东西，可是，这一次，桔年的沉默却是不安的。

过了一会儿，她对巫雨说：“以后每个周末我们都去打球吧，我知道有一个球馆，单场租金很便宜的。只要没有什么特殊的事，就不见不散好吗？”

巫雨答应了她。

桔年的初衷非常简单，她希望多看见巫雨，不愿他跟那些奇奇怪怪的人混在一起，巫雨是站在明与暗边缘的人，他本性善良，桔年害怕有人推他一把，他就会一脚陷进阴暗的旋涡。她想，只要自己多占据他一点时间，他就少了一些和那些人厮混的机会。

巫雨是守信用的人，每周都来赴约，有时是周六，有时是周日。每次他都会在这一周提前告知桔年下一次的时间，没钱租场地的时候，他们就去烈士陵园的空地上练球。

有那么几回，他们居然在那个全市最老旧的羽毛球馆遇见了陈洁洁，桔年不知道以陈洁洁的经济条件为什么会选择这样设备场地都糟糕的地方。陈洁洁说，她球技不好，在哪里练习都一样。

陈洁洁每次带来的搭档都不同，有时落了单，她就会客气地问桔年和巫雨是否可以跟她打一两场。既然是同学，又是同龄人，对方落落大方，桔年也不好意思太过小气，一来二往，巫雨和陈洁洁混了个面熟。

桔年隐隐有种直觉，陈洁洁对巫雨印象不坏。可陈洁洁也并未表现出任何热烈的举动，和大多数时候一样，她总是得体而大方的，她对巫雨很友善，但同样的，她对桔年也非常友善，无论在校内还是校外。桔年知道自己不该带了有色眼镜看人，也许像陈洁洁这样的孩子更容易被呵护得心性坦荡单纯。相形之下，桔年不由得为自己的小心眼而惭愧。陈洁洁就像童话里的公主，许许多多的王子在城堡外排着队，她又怎么会看上桔年的“小和尚”？

到底是女孩子心性，桔年有一回也试着别扭地问巫雨。

“小和尚，你觉得陈洁洁好看吗？”

“好看啊。”巫雨回答得很诚实。

“然后呢？”

“然后什么？”

“哦，没什么。”

当巫雨说起别人好看的时候，桔年心里是有一些小小沮丧的，但是她转念一想，陈洁洁就是好看啊，就像韩述长得人模人样的，这都是事实，巫雨只是据实以告。好看就是好看，但也只是好看而已，至于以后——不会有什么以后！

第二十八章

誓言是尘世中最无望的祈盼

28

高二以后，桔年的学习更为紧张了，虽然教育部已经明令禁止中小学校周末和节假日补课，但是像七中这样的重点中学，没有不阳奉阴违的。桔年每周六必须跟其他同学一样到学校正常上课，这么一来，她可以抽出来跟巫雨打球的时间就极为有限，为此，她不得不跟爸妈编了一个大大的谎，说自己每周都要跟同学一起写作业。谎言是很拙劣的，但是听的人并没有太留意。桔年的父母已经习惯这个女儿是省心的，他们觉得桔年这样的女孩无论放在哪里，都是个乖乖牌，闹不出大动静，哪里会当真去考证她周日究竟去了哪里。

饶是如此，桔年和巫雨每周一次的相聚也慢慢地成了问题。巫雨为了赚生活费，经“朋友”介绍，周末要去某网吧打工。那时的网吧在城市里方兴未艾，里面多是一些社会小青年。桔年为了找巫雨进去过好几次，被里面浑浊的空气和烟味熏得头昏脑涨。

巫雨打球的时间必须视网吧的工作时间而定，实在走不开，他会提前告诉桔年。桔年不喜欢那种地方，但她不能劝巫雨。巫雨跟她不一样，她至少还有父母，但巫雨有什么？难道靠家里风烛残年的奶奶？仅有政府给的补贴，生活捉襟见肘，他需要自己为自己打算。

网吧打工的时间常常是日夜不分，有时就算巫雨如约前来，桔年看着他眼皮底下青青的眼圈，也不忍心在球场上再折腾他。有一次刚打完一场，好些年都没有发病的巫雨竟然倒在了球场上，把桔年吓得魂魄出窍。幸好当时球场上没有认识的人，痉挛和抽搐过后，桔年费了很大工夫才把巫雨扶起来，从球场里围观的人群中挤了出去。所以，他们的见面逐渐从球场转移到过去的大本营。巫雨总是很累，一场球打不了多久就气喘吁吁，桔年便不会勉强他打下去。打球本来就不过是一个借口，她的初衷只是想找个地方静静跟他待一会儿。就这样，两人有一搭没一搭地说着话，巫雨经常就用手枕着头在石榴花下睡着了。桔年坐在一旁，看着远处变作小小一点的车和人，如此简单，可心里也是满满的。

高二下学期临近期考的那个周末，巫雨照例还在网吧打工。桔年在家复习到傍晚，忽然有些担心巫雨第二天的考试，他的成绩不怎么好，要是再不复习，估计又得挂好几门红灯。巫雨所在的职高也被并入到全市统一期末考试范围里，桔年想，虽然对于巫雨的水平来说，临时抱佛脚没有多大用处了，但自己至少可以给他画一些在考试中比较有用的重点内容。

桔年跟妈妈说，自己有道数学题不明白，要到一个叫陈洁洁的同学家里去请教请教。陈洁洁是她最近使用得比较频繁的一个借口，因为前段时间班上调整座位，陈洁洁主动要求跟桔年坐在了一起。桔年在班上也没有什么特别要好的同学，虽然她跟陈洁洁也并不是很热络，但一说谎的时候，这个名字就自然而然地脱口而出了。就连妈妈也记得她有个叫陈洁洁的女同学，至于这个同学住在哪里，妈妈不知道，桔年也不知道。

小网吧一如既往的光线昏暗，烟雾缭绕，那些专注而兴奋的脸孔在屏幕变幻的光线中显得有几分诡异。里面女孩子不多，桔年撩开厚重的布帘走进去，好几道目光聚集在她身上，让她如芒在背。

桔年不好意思站在那里长久地四处张望，低头走到收银台处，那里有一个顶着金黄色爆炸头的辣妹和两个陌生的男孩。

“请问，巫雨在不在？”桔年扶着桌子小心地问道。

“巫雨？”其中一个摇摇晃晃地听着音乐的男孩看了桔年一眼，桔年看见他手臂上斑斓的刺青，悄悄转移了视线，眼观鼻鼻观心。

“你是他什么人，找他有什么事？”男孩毫不掩饰自己打量桔年的赤裸裸的目光。

桔年没有想到找人还必须回答问题，结结巴巴地说：“我是他的好朋友。”

刺青男孩看着另外一个同伴，不无惊讶地笑，“你说巫雨这小子怎么回事，找他的‘朋友’还真不少，而且他妈的都是挺标致的小妞。”

“羡慕？要不然你问问巫雨，有用不完的就让你一个。”

男孩们肆无忌惮地笑了起来，桔年心中既羞愤又害怕。但她既然来了，就不能白跑一趟。于是她又问了一句，“巫雨他在吗？”

“他不在。不过我们在啊，不如我们也做个朋友？巫雨有的我都有，说不定比他还好。”男孩凑近桔年调笑道。

桔年慌忙退了一步，“他不在……那我走了。”

金色爆炸头的女孩瞪了那两个男孩一眼，“你说你们缺不缺德，看把小白兔吓成了什么样。”她转而看向桔年，漫不经心地说，“去KK，巫雨应该在那里。”

女孩说完了，低头在电脑上玩着自己的东西，过了几秒，却发现已经得到了答案的桔年还站在那里没有动。

“KK 是哪里？”桔年不好意思地问了句。

KK 是当时最吸引年轻人的迪厅，收费不高，音乐劲爆，里面龙蛇混杂，什么人都有。桔年按金色爆炸头女孩指引的方向顺利找到了那个地方。

站在 KK 门口五颜六色的广告灯前，桔年有些难过。巫雨对她说谎了。桔年其实根本不怪巫雨没能赶赴他们的每周一约，但是他不肯把失约的真正原因据实以告，却伤了桔年的心。她不愿意相信她的“小和尚”所谓的忙碌，就是泡在这种地方。

桔年以往的生活一直如清水般单纯，她推开了 KK 的那扇门，犹如走进了一个光怪陆离的陌生世界，乍一进入，里面震耳欲聋的音乐和炫目的灯光让她不知所措。她往里走了几步，到处都是人，每张脸都在黑暗和光影的交错中模糊难辨。

桔年孤单单地站在喧闹和疯狂的边缘，心都凉了半截。她知道，自己不可能在这乱纷纷的人群里辨认出她的“小和尚”。他们原本是在同一个小天地里相依相存的伙伴，如今，巫雨却一脚踏进了她完全陌生的世界。

拥挤的空间里，很多人从桔年身边来来去去，如同一个个暗色的阴影。石榴花下懒洋洋地闭着眼睛的巫雨，在浅淡清风中朝桔年露齿微笑、身边洒落着碎金一般阳光的那一个人，他也是这阴影中的一部分?

桔年没有抱着找到巫雨的希望，可是又不甘心离开，像个傻瓜一样呆呆地站着，直到有人在暗处扯住了她的手。

她心中一惊，扭头看到熟悉的面孔，这才惊喜地扬起嘴角。巫雨却冷着脸，他好像张嘴说了些什么，可是音乐的声音实在太大，谁也听不清对方嘴里吐出来的是什么内容。

巫雨不由分说拖着桔年的手往外走，出了大门，世界顿时为之一静。

“你跑到这里来干什么？谁让你来的！”大概是还没有适应外面的安静，巫雨的声音比以往任何一次都要大。

“来找你。网吧里的人告诉我的。”

桔年好像听到巫雨扭头咒骂了一句，但她没有听清。

“因为我来了，所以你不高兴？”她定定地看着巫雨问道。

“桔年，这不是你来的地方。回去吧，以后不要再来，我会去找你的。”

“难道这就是你该来的地方？巫雨，明天要考试了！”桔年觉得自己应该有千万个理由阻止巫雨出现在这里，可是她说出来的却是最苍白的一个。

巫雨低头笑了起来，“考成什么样有区别吗？桔年你听我说，你回去好好复习，以后一定能考上一个好的大学，成为有本事的人，过上好的日子。你的生活应该是这样。可是我跟你不同。”

“这还是你第一次说我们不同。”桔年的声音低沉而怅惘。然而她不想就这么放弃。

“巫雨，你也跟我离开这里好吗？我不喜欢这个地方，也不喜欢你身边的那些人。”

巫雨的沉默让她觉得她的要求是无理的。在此之前桔年从来没有想过，她的不喜欢又能左右巫雨什么呢？

果然，巫雨的笑容变得很无奈。

“傻瓜，假如我也说，我不喜欢你现在的生活，我不喜欢你身边的那些人，你能改变吗？你能做到生活里只有我一个人？”

巫雨的这句话其实是设问句，自己心中是有答案的。

可是桔年说：“我能！”

她的回答是那样斩钉截铁，她心中的那扇门只敞开过一次，如果巫雨走不进来，那她就只剩下自己和无穷无尽的风景。

“我能的，巫雨。我们永远像以前那样，永远不要改变……”

或许桔年的内心深处已经感觉到了不安，只有不安的人才会不顾一切地说到永远。因为害怕，所以需要强有力的词汇来证明。能不能实现那是以后的事，至少“永远”这两个字可以让我们相信还有以后。

巫雨仍是微笑。

“可是我不能……桔年，对不起，我不能。”

誓言本是尘世里最无望的祈盼——难道她竟不懂？

桔年喃喃地吐出几个字：“哦，这样啊。”

“那我回去了。”她沉默了一会儿，慢慢转身离开。

她已经走到红绿灯的路口，马路对面也是如此，看得见，过不去。

巫雨追了上来，气喘吁吁地。

“桔年，我……我不是那个意思。”他似乎想解释，可是词不达意，“那个地方，还有那些人，至少他们不会在乎我是个杀人犯的儿子。”

“我也不在乎啊。”桔年说。

“我知道。可是我有的记忆你也有，你就像是我自己。我们不能只有自己。”

绿灯亮起，桔年看了巫雨一眼，他的脸庞一如既往的清瘦，刚才跑得太急，没有泛红反而显得苍白。这个男孩，他在桔年心中是那么的好。

桔年忽然鬼使神差地伸出手轻轻地碰触巫雨的脸颊，手指触到他的肌肤那一刻却惊醒了过来，闪电般地收回了手，羞赧与抱憾一齐涌上心间。

巫雨的脸上也有了淡淡的困惑。

“呃……哦，我看到你脸上有一滴汗。”桔年仓皇解释，也不管是不是牵强。

巫雨一听，赶忙笑着用手背拭了拭自己的面庞。

“刚才跑得太急了。桔年，我们一辈子都是好朋友，最好最好的朋友。”

“好朋友？对啊，我们永远是好朋友。”桔年一个劲地点头，仿佛无比认同，然后她转过头去看着马路对面，不想让巫雨看到她的眼睛。

“下一个绿灯又要等很久，你不用陪我回去，对面就是公车站。”

这时，他们都听到马路上响起了催促的喇叭声。原来一侧有辆黑色小车，原本是在等红灯，可绿灯已经亮了，它还一动不动，挡住了后面欲前行的车辆。桔年看过去，正看到后座的车窗缓缓往上摇起。

巫雨说：“我送你上公共汽车。”

第二十九章

等你赢了居里夫人再说

29

距离早上第一门考试还有半个小时，教室已经作为考点被封闭，尚未允许进入。高二上午考的是物理，考场基本上安排在一楼，大多数同年级的同学都在教室门口等待着，三三两两，或坐或站，聊天的，讨论试题范围的，临时背诵的，什么人都有。

韩述倚在一棵棕榈树旁，最后一次清点他的考试用具，钢笔、铅笔、橡皮擦、学生证……事无巨细。他不允许自己在紧要关头有疏漏，常用的两支笔，他还特意在草稿纸上画了几道，确认墨迹流畅才放心。

几个班上的同学经过，有活跃的女孩子停下来满怀期待地问：“韩述，考完试去不去唱 K ？”

韩述抬了抬眉道：“这个问题恐怕要问我们家老头子，成绩没出来之前，让他签放行条比较难。”

女孩子难掩失望，又补了一句：“那成绩出来了之后呢？寒假我们大伙可以一起出来玩啊。”

“我也想，不过我妈非让我陪她去比利时跟我老姐过春节。找别人玩吧，至少找个有自由之身的人玩。”韩述带着几分自嘲，继续检查他的笔袋。

女同学走远后，周亮也往韩述身边的树干一靠，“我说，不就是一个期末考试吗？又不是高考，你绷那么紧干吗？人家女生好心邀你去玩，你非要给出一副日理万机的样子。”

韩述意兴阑珊地朝周亮摆摆手，“别跟我说这些，现在没心情。”

“就算这次让你考个年级第一，你能上得了天上去？你缺什么呀，非得搞得自己那么辛苦？”

“嘿，跟你说了你也不明白。佛争一炷香，人争一口气。”

方志和从远处跑过来，正好听到韩述这句话，便朝周亮挤了挤眼睛。“喏，他要争的一口气不就在那边？”

周亮朝损友挤眉弄眼的方向看过去，顿时会心一笑，胖乎乎的脸上眼睛挤成一条线。桔年正在厕所门口不远的花圃边上捧着书如饥似渴地读着，那张小小的脸几乎都要埋进书页里了。

自从高一上学期第一次期末考试，韩述被桔年以一分之差挤出了十名之后，虽然嘴上不说什么，可是心里似乎把这个隔壁班的女孩子当成了学习上的假想敌。期中期末考试不说了，只要是试卷相同的测验，他都会想着法子拐弯抹角地打听某人的分数。高二上学期那次全市数学竞赛，他原本已经不打算报名，但是自打听说桔年同意参赛后，他又临时改变主意，说什么也要参加。

不知道是邪门还是运气，不管韩述怎么打定主意要争回这虚无缥缈的一口气，结果总是不尽如人意。高一下学期期末考试，他的确杀回了前十名的荣誉榜，全班第二，年级第七，可谢桔年不上不下正正好是年级第六，气得韩述好几天吃什么都不香。

好不容易到了高二上学期，成绩公布，韩述挤进了前五，谢桔年却破天荒地考了个全年级第三。据说一向认为她的考试作文毫无逻辑、漫无边际的语文组组长抱病没有参加改卷，而新来的语文老师大赞这个女同学的文章充满想象力，慷慨地给了个高分。没有作文拉后腿的桔年语文成绩有了大幅度提高，名次不往前挪才是奇怪的事。就连韩述和桔年同时参加的那个数学竞赛，也是因为一分之差，桔年被吊车尾地划分到二等奖，而韩述则成了三等奖中分数最高的一个。如此几番下来，一向自视甚高的韩述怎么咽得下那口气？

“啧啧，你这回准能赢。你看她那个样子，都快进考场了，还恨不得钻进书里去，肯定是心里没底。再说，这一次你也下了苦功夫了吧？我跟方志和打赌你为这次复习都掉了几两肉，你们家老头子拿鞭子追着赶着你，也没这个动力。”周亮讲义气地安慰朋友，他自己成绩不好，还指望着坐韩述后边被他照应着一点。

韩述笑道：“胡说八道什么。这都能掉几两肉，你妈还用得着送你去减肥？”

他嘴上说得不屑，心里却想起昨晚上妈妈给国外的姐姐打电话，抱怨他最近瘦了不少。姐姐韩琳当时不怀好意地笑，说什么——这个年纪的男孩有心事了，没准是“衣带渐宽终不悔，为伊消得人憔悴”。韩琳调侃完毕，被老妈训斥说她没个正形儿。韩述也气愤得很，韩琳偷偷交了个外国男朋友，别以为他不知道，瞧她智商都降低了，胡乱用典故就是证明。

这时方志和凑上来说道：“就是啊韩述，你跟她较什么劲？她上厕所都能捧着本英语词典，你能吗？”

“她上厕所捧本英语词典……你偷看了？”韩述瞥方志和一眼。

“我这不是打个比喻吗？周围那么多人，谁的考前复习有她卖力？我一大早就看见她坐在那里啃书了。”

韩述本不想多事的，说什么废话都没用，考试成绩出来才见真章。可话是这么说，他飞快地朝厕所前花圃的方向扫了一眼。果然，那家伙还在埋头苦读呢。

他不无嘲讽地说道：“该复习的时间不知道跑去哪儿鬼混了，现在不恶补一下怎么行……算了，趁现在人不多，我去洗手间。”

“哎，等等，我们也去。”

韩述经过厕所门口的花圃，低头翻书的那个人完全没有注意到他的存在。等到他从厕所出来，低头用纸巾擦手，走得慢条斯理，确认手上的每一粒水珠都被擦干了以后，他把纸巾扔进垃圾桶，恰恰好停在了那个花圃旁边。

“是你啊，同学。以你的成绩用不着这么争分夺秒吧。看你这个样子，别人心理压力该有多大呀！”韩述挑眉道，脸上的惊讶恰如其分。

“啊？”桔年茫然地抬头，看到正站在自己面前的韩述，好像吓了一跳。她把膝盖上的书往身上收了收，“我有些地方没复习好。”

“对于你这样的好学生来说，有什么事比复习更重要吗？为什么没复习好，是不是让什么好玩的事耽搁了？说出来听听。”

桔年曾听班上女生说起过，喜欢看隔壁班韩述笑起来的样子，她们说这叫“阳光”。桔年想，阳光长这样，那许多晒太阳的东西该发霉了。他莫名其妙地笑眯眯跟她聊天，好像两人很熟的样子。她心里一阵发毛。

“没有什么好玩的事。”桔年的回答乖巧而无趣，她又把自己的书收了收。

“看什么呢，老师开小灶点的题？别小气，借我看看。”

“不……”桔年的拒绝完全没有分量，韩述不由分说地从她手里抽出了那本书，拿到手上，还有模有样地说了句“谢谢”。

“练习？数学练习……‘年轻的时候，如果你爱上了一个人……请你一定要温柔地对待她’……这是什么东西？”韩述先是迫不及待地看，脸色却变得越来越古怪，他急急地往下翻了几页，又看下裱好的封面——旧日历背面做的书皮，上面写着大大的“高二代数一百题”几个字，应该是出自她的手笔。韩述不敢置信地揿开这层伪装，真实的封面终于裸露了出来。

“《席慕容诗选》。谢桔年，你考试前看的就是这个？”他把书朝桔年挥了挥，简直不相信自己的眼睛。这究竟是什么世道，他头悬梁锥刺股地学习，就是输给了这个临考前看朦胧诗的二百五？太荒谬了，韩述宁可她真的在研究数学老师开小灶画的必考题。

桔年绞着自己的手指，低着头，一副认命的表情，等韩述说完，才低声恳求了一句：“把书还给我。”

然而，韩述在挥动书的时候，一张原本夹在书里的小纸条轻飘飘地掉了下来。桔年脸色一变，顿时紧张地俯身去扑那张纸条。韩述动作不比她慢，两个人同时弯腰低头，砰的一声额头相撞。

“噢！”韩述捂着头叫了起来。他已经抢先一步把纸条抓在了手中，迅速地直起腰来，看了看四周。他不希望自己的丢脸举动引起太多人的注意，好在看过来的同学有好几个，但没有什么熟人。

韩述装出一脸平静，低头去看那张纸条，怕桔年上来抢，还特意退了一步，侧着身子。

纸条上的字迹跟那个伪书皮上的差不多，流畅的行书。

“妾在巫山之阳，高丘之阻……”

“韩述，还给我！”她没有扑身上来抢，说话依旧压着嗓门，可语气里的哀求已经非常明显。韩述从来没有那么清晰地从她的嘴里听到自己的名字，那种感觉很奇怪，他眯了眯眼睛，露出了困惑的表情。

周亮他们正好从厕所里走了出来，看到这情景，不甘落后地凑上来看热闹。

“给我看看。”周亮趁韩述发呆之际，夺过那张纸条。

“妾在巫山……什么之阻……”

“靠，给我。”方志和见状又伸手拿了过去，“字都不认识，脑子都长肚子里去了。‘妾在巫山之阳，高丘之阻，旦为朝云，暮为行雨，朝朝暮暮，阳台之下’……”

桔年脸上已有几分绝望，她知道跟这几个长得比自己高两个头的男生抢也没用，只会引来更多的人注意，让更多的人笑话她。

“哦哦，我知道……这说的就是‘巫山云雨’。巫山神女在邀请楚襄王跟她睡觉呢！”方志和的妈妈是另一个高中的语文老师，耳濡目染，这点文学素养还是有的，可他的解读让桔年欲哭无泪，恨不得一头撞死。

方志和也没有注意到，他的话说完之后脸上变色的并不止桔年一个人。

“让他还给我……韩述，拜托你了！”

周围等待进考场的学生本来就不少，已经有越来越多人对这边的一出好戏表现出浓厚的兴趣。方志和的纸条重回周亮手里之后，又被他们同班另一个男生拿走了。桔年不认识他们，她唯有轻轻扯住韩述的衣袖低声哀求，犹如抓住最后一块浮板。

韩述原本不过是存着恶作剧的心态逗逗她玩，也不想闹大，可是他听了方志和那一番话，心里竟然像吃苹果发现半条虫，抑制不住地恶心，他把这归结为自己的道德洁癖。

“谢桔年，你心里就这么春情荡漾？”

桔年脸一白，顾不上他口出恶言，唯一希望的就是这张纸条不要一传再传，好好回到自己的手里。

“韩述，我从来没有跟你过不去啊。”她嘴唇都在轻轻颤抖。

韩述把自己的衣袖从她手里抽了回来，“不关我的事，纸条不在我手里，我有什么办法。”他说得冠冕堂皇，仿佛一切与己无关，桔年百思不得其解，他为什么好像恨她。

再这么传下去，保不准全年级的人都知道巫山女神要跟楚襄王睡觉了。桔年被逼得无路可走，她难道要像个疯子似的四处去追，或是痛哭求得怜悯。情急之中，她一把抢过了韩述手里的笔袋。

“让他们把东西还给我，我就把这个给你。”

韩述没料到她有这一招，愣了愣，笑道：“你拿我东西干什么？不过几支笔而以，你喜欢，就给你好了。”

桔年打开笔袋，翻出了他的学生证，哆哆嗦嗦地说：“你不让他们拿回来，我就撕了它！”

学生证对于一个高中生来说还是非常重要的，尤其是一个即将进入考场的高中生。韩述脸色一变，探身去夺，桔年把手背在身后，往后一缩，他的姿势差点把她抱了个满怀。桔年在那一刹紧紧地闭上眼睛，感受到他贴近时身上散发的热气。这让她忽然想起了几年前林恒贵的龌龊的举止，反感如潮水般翻涌。她毫不迟疑地抬起脚，像所有感到致命威胁的女孩子那样朝自己身前那个人的某个部位奋力踢去。

亏得韩述身手矫捷，脑子也活泛，在桔年抬脚之际大致猜到她的意图，然而闪避已为时过晚，侧身堪堪躲过关键部位的要命一脚，大腿根部却不可避免地重重挨了一下。

他顿时痛得弯腰退了两步，想去揉揉痛处，当着她和众人的面实在不好意思，五官都皱成一团。想到要是躲闪得迟了一秒，她那一脚的着落点就大大不同了，而且力度如此之重，不是存心让他练“辟邪剑法”吗？

“你……你太狠了吧！”韩述涨红了脸。

桔年也呆住了，韩述跟她没有那么大的仇，可是方才那一霎，她只想让他去死！她激动过后身心俱疲，算了，让他们闹去吧，不过就是被人捉弄，他们笑话她，她就当耳聋，别人怎么想她，跟她有什么关系？

另一边，那张不知被多少人传阅过的纸条终于让陈洁洁截了下来。她和韩述关系一直很好，走近他俩，认真看了看纸条上的内容，然后对疼得龇牙咧嘴的那个人说：“为什么要让他们拿着我的东西四处乱传？”

“你的东西？”韩述疑惑。

“不可以吗？我喜欢的句子，但是记不全，让桔年回家抄给我。你也学会欺负女生了，真过分！”

“我怎么知道是你的？她踢我一脚更过分。”韩述嘴硬地说。

“你活该。”陈洁洁当着众人的面把纸条收进了自己的背包，拉起愣愣地坐在花圃边上的桔年，“没事吧。桔年，谢谢你替我抄下来，我很喜欢。”

桔年张了张嘴，终究什么都没说，勉强挤出一丝笑意，起身往女厕所走去，在考试之前她想要好好洗把脸。

韩述甩开搀扶着他的方志和，跳脚追了上去。

“男厕所在那边。”桔年回过头来给他指了一个方向。

“学生证还给我！”

桔年将学生证连同整个笔袋抛还给他，好像刚发现自己拿着什么脏得不得了的东西。

韩述接过，扭头又看了看，周亮、方志和他们都在十米开外呢。他直起腰，迟疑了片刻，用低得不能再低的声音说：“算了，刚才是我不对，我没想到他们闹得那么凶。对不起。”

“没关系。”桔年也细声细气地回答。

——对不起！

——没关系！

大家都是文明礼貌的好孩子。一切又恢复到正常状态，太正常了，好像刚才乱纷纷的一幕并不存在，没有责怪，也没有记恨，只是安分的漠然。

韩述有些无所适从。

“昨天晚上我在十字路口看到你哭了。”

“你看错了。”

“不可能，你身边还有……”

“好吧，我哭了。韩述，这是我的事。”

韩述的自尊心又一次重重受挫。他不是一个多管闲事的人，他们家老头子要求他自信、智慧、礼貌、渊博、真诚、克制，他觉得自己已经尽力去做了，可谢桔年就像一面哈哈镜，折射出他所有的缺点，在她面前，他浅薄、虚伪、愚蠢、粗鲁、不安、冲动。

“你以为我关心你的事？我告诉你，你这个样子，我考试赢了你也不会觉得光彩。”他冷着脸说道。

“我没有跟你比。”她又回到了低着头、小媳妇似的样子。

“我不习惯比一个女的还差劲。”

过了一会儿，韩述听到女厕所里传来桔年慢条斯理的声音，“等你赢了居里夫人再说。”

第三十章

没有谁不可替代

30

桔年知道，她应该感激陈洁洁的，对于这个新同桌，她从未推心置腹，可陈洁洁一次两次地为她解围，这一回，更是当着许多人的面替她化解了一个大大的窘境。然而，当陈洁洁说着“谢谢你，我很喜欢”，然后把那张桔年夹在书里的纸条放进自己背包的时候，桔年心里空落落的，虽然她知道陈洁洁是为了她好。

妾在巫山之阳，高丘之阻，旦为朝云，暮为行雨，朝朝暮暮，阳台之下。

方志和说，这是巫山神女在邀请楚襄王“睡觉”，他的解释也许没有错。可是，在桔年看来，这段镶嵌了一个男孩名字的千年前的情语，不过是一个普通女孩对自己所爱之人朝朝暮暮的祈盼。

桔年要的不仅仅是一辈子的好朋友，可是她不知该怎么说出口，即使写了这张纸条，夹在书页里整整一个星期也没有勇气放在巫雨的手心。经过韩述他们这一闹，更让她觉得自己放不下的这件事是个笑话。巫雨能理解她的心意吗？假如不能，她还能否退到“一辈子的好朋友”这个位置？

考试结束，回教室收拾东西准备放假，桔年悄悄地对陈洁洁说了句“谢谢”。陈洁洁一时间竟想不起她的感谢所为何事，愣了一下，才笑了起来。

“谢什么，我是真的很喜欢。桔年，明天我们一起去打球吧，我订了场地。”

普通同学相互称呼，通常是连名带姓一块叫，陈洁洁张口叫她“桔年”，亲昵无比，反倒让桔年有些意外。巫雨最近总是忙，连带她也无心打球，正打算婉拒，却听见陈洁洁补了一句：“前几天我遇见巫雨，他说应该没有问题，让我叫上你。桔年，你不会没有时间吧。”

桔年哑口无言，似有一团棉花堵在心口，并没有马上疼痛，闷闷地，好像吸了口气，郁积在心里，怎么也吐不出来，缓不过来。从什么时候开始，她和巫雨的会面竟然需要通过别人来转达，他们都已经约好了，才想起告诉她。是她太过愚钝吗？对于这些暗处的悄然转变，竟完全没有预期。

“啊，好。”她低头继续收拾东西，能想到的也只有这句话。

次日，桔年依约去了陈洁洁订好的球馆。刚下过一场雨，天是淡青色的，桔年在门口正好遇到巫雨，她走得心不在焉，是巫雨先叫了她一声。

桔年回头，巫雨笑着埋怨她：“你这样走路，就算脚边有宝贝也捡不到。”

他还是以前那个样子，一笑起来，云开雾散。

桔年玩笑似的用球拍轻敲他的手臂，“路边的宝贝可不能乱捡。”

“这是你掐指算出来的？”

桔年抿嘴一乐，“我只算到你很忙，没算到你约了陈洁洁一块打球。”

巫雨说：“前段时间真的忙。那天在网吧值了通宵的班，出来正好遇到你的同学，她说你们今天考完试，要不要一起找个场地打球。我跟你也确实很久没摸拍子，手都生了。你们不是同桌吗，我让她记得告诉你时间和地点。看你没什么精神，这一次未必赢得了我……你笑什么？”

“我笑了吗？”桔年心中堵着的那团棉花原来是糖做的，她吸了一口，甜丝丝地融化在心底。

进了球馆，找到预订的场地，没有想到那里除了陈洁洁，还有另外一个人。那人背对着他们，有着十七八岁男孩子特有的清瘦颀长背影，跟巫雨差不多高，但是比巫雨要稍稍结实一些，白色的球衣穿在身上很是整洁合体。那人正和陈洁洁聊得起劲，陈洁洁热情地朝桔年和巫雨挥手，他才回头看了一眼，不是韩述又是谁？

“怎么把他也叫来了！”桔年在巫雨身边小声地嘀咕了一句。

“谁？你不喜欢他？”巫雨问。

桔年脸一红，摇着头说道：“算了，也上升不到喜不喜欢的高度。”

说话间陈洁洁已经笑着迎了上来，她身上是一套粉色的运动短裙，更显得肌肤胜雪，身姿姣好。韩述慢腾腾地跟在后面，瞥了一眼桔年，又看着天花板上的大灯，好像上面长出了特别有意思的东西。桔年也偷偷看了一眼，什么都没有。

“韩述，这是巫雨。”陈洁洁简单地介绍。

韩述对巫雨笑了笑，转而问陈洁洁：“可以开始了吗？”

“哦，等一下，我去一趟洗手间。”桔年有些赧然地插了一句。她正赶上女孩子不方便的那几天，但是陈洁洁约了巫雨，她非来不可，这是对自己所珍视的东西的一种天生保护感。

“很快的，不好意思。”

这个球场她第一次来，陈洁洁给她指了洗手间的方位，她道过谢，一溜烟地往那个方向跑。

“哎，等等，你走错了！”韩述叫住她。

桔年莫名其妙地停住脚步。陈洁洁也茫然地说：“没错啊，就是那个方向。”

韩述没好气地说道：“你多久没来了？那洗手间早拆了，新的还在装修。4 号馆后门那条巷子左转直走到尽头，再穿过一个小门，那里才有他们临时借用隔壁饭店的洗手间。我忘了跟你说，这球场现在就是不方便。”

“4 号馆？后门……左还是右？”桔年试着重复一遍韩述说的话。

“我们这是 3 号馆，3 号馆往前十五米右边就是 4 号馆！读多了朦胧诗连方向感都没了？”韩述的样子，像一个好脾气的人忍耐住了一件大家都应该不耐烦的事。

“韩述，你就不能说清楚一些？”陈洁洁皱着眉头说。

“我已经用了最科学的描述方式。”

巫雨放下手里的球拍，“没事，桔年我跟你一起去。”

“你知道我说的地点在哪里吗？”韩述问巫雨。

“按你说的方位去找，估计能找到吧。实在不行就问问别人。”巫雨平静地回答道。

韩述笑着弯腰去调整自己的鞋带，“等你们两个环游世界回来，这场地的租用时间恐怕都去了一半。”

“你这家伙就知道说！我陪桔年去好了。”陈洁洁也有些受不了韩述的态度。

桔年焦头烂额，她只不过想去一下洗手间，仅此而已，实在不明白为什么会引发他们一长串的讨论。

“不用，真的不用，我自己去就好。”她选择了息事宁人。

这时韩述已经给自己的球鞋各打了一个完美的结，直起身，拍了拍手，叹了口气道：“得了得了，我领你去吧，正好我也要去洗个手。走吧，别磨蹭，等你考虑好，我胡子都长出来了。”

他说完一马当先地走了出去，桔年只得无语地跟在他后头。出了3号馆的后门，附近其实只有4号馆这一栋建筑，并没有韩述描述得那般曲径通幽。

韩述起初并不跟桔年交谈，目标明确地赶路，4号馆的后门在望，他凭空冒出一句：“真麻烦。”

桔年走在他后面一点，沉默。

“都好几个月了，这球馆周边都还没建设好，什么破工程。我都跟陈洁洁说了还有更好的地方，她偏不听。”

桔年还是沉默。

“别说我不告诉你啊，前面也在装修，坑坑洼洼的，刚下过雨，你别太空漫步似的。”

沉默。

“嗯……你穿运动服还不算难看。”

沉默。

“不过我觉得粉红色更适合你。”

沉默是金！

韩述终于忍不住回头看了桔年一眼。

“你憋得说不出话了吗？”

桔年脑子里顿时勾勒出一个长得很像自己的人，一脸铁青，被尿意憋得瑟瑟发抖。她其实很想说，正常的尿意一般不是憋在口腔里的，但是面对韩述这种角色，她很明智地只吐出了两个字：“还好。”

“还在为那天的事情生气，你不会那么小气吧？”

桔年摇头，然后才意识到韩述走在自己前面，看不见自己的肢体动作，补充道：“没有。”

她话音刚落，韩述忽然回头。他穿着运动短裤，面朝着桔年，伸手把自己的裤脚往上卷了卷，露出一片大腿的肌肤。

“你干什么？”桔年被他突如其来的暴露欲吓了一跳，呆呆地站在那里，眼睛也不知道移开。

“看见了吗，你那天踢我，到现在瘀伤还没散！晚上回家疼死了，我问我妈要了一瓶跌打酒，她问我哪儿受伤了，我都没好意思说。”韩述投入地向施暴者展示他的伤情，光顾着痛陈桔年那一脚的凶狠，都没意识到自己的裤脚卷啊卷地都快到大腿根了。

“这里，这里！看到没有！我都没有生气……你那是什么表情？”桔年看了一眼又飞快转移视线的尴尬模样终于引起了韩述的注意。他大概从小到大也没在女生面前干过这种事，先前是真的一心只想让她看看自己受伤有多严重，绝对没有耍流氓的意思，当下也感觉到了难堪，赶紧把裤脚抚平，脸火辣辣的，嘴上却还轻描淡写。

“不让你看看你还以为是踢在沙包上。我也不是跟女生计较的人，医药费什么的也不找你麻烦，那件事就过了吧，你怎么看？”

桔年锯口葫芦的表现让韩述极度不满，“你觉得有问题，还可以上诉啊，总得给句话吧！”

“啊，什么话？”

“感想、体会、心得！想到什么就说什么。”每一个字都像是从韩述的牙缝里狠狠地挤出来的。

桔年迟疑了一下，小声说：“其实，其实你的大腿挺白的。”特别是裤子撩起来露出平时阳光照射不到的地方，一眼看过去白得耀眼，桔年虽然是女孩子也自叹不如。不过小时候韩述好像就挺白的，这一点他像他妈妈，过去大院里的人都说韩副检察长的夫人年轻时候皮肤特别水灵。韩述估计是这几年长大了，又好动，脸上晒黑了一些，一亮大腿就原形毕露。

“谢桔年！”

桔年听到韩述大叫一声，第一反应就是明哲保身地往边上一缩，没想到就是这一缩，不偏不倚踏进了施工造成的积水洼，黑色的水浆顿时没过了她的鞋子——她上周刚刷得干干净净的，唯一一双运动鞋。

桔年从积水坑里把脚抽了出来，水已经从鞋帮处灌了进去，袜子都湿透了，濡湿得让人难受，原本白色的鞋子像掉入了酱缸，面目全非。

“请问您叫我有什么事？”桔年无语凝噎地看着自己的鞋子。

“其实我就是想叫住你，注意你脚边那个水坑。怎么办，鞋子都湿透了……我真的是出于好意！”

“那真是谢谢您了。”

等到两人一前一后地回到3号馆，巫雨和陈洁洁已经在一起相互练发球。桔年脚上的狼狈很快引起了他们的注意，巫雨赶紧停下拍跑过来。

“怎么回事，掉哪去了？”他问的是桔年，眼睛却不经意地看了韩述一眼。

“这可不关我的事！”韩述岂能连这点察言观色的能力都没有，当即撇清关系。

“怪我自己没看路。还好只是掉进路边的水坑，不是厕所。”桔年笑着对巫雨说，她消极的乐观主义精神无处不在。

“我家在附近，桔年，你穿多少号的鞋，6号是吧，要不我们赶紧回我家换一双，湿鞋穿在脚上很难受的。”陈洁洁也放下球拍走到桔年身边说。

桔年把自己的东西捡了起来，“不用了，我还是回去算了，不好意思，你们可能要另找一个人打球。”

她把拍子背在身上，低着头说再见。心中忽然无比地渴望巫雨在这个时候开口说一句话。说什么呢？嗯，就说：“桔年，我跟你一块走。”又或者他对陈洁洁说：“对不起，我们先走了。”

桔年也知道自己有这样的想法是自私的，可是她没有办法让自己不期待。

“等一下，干脆我也回去了，反正三个人也打不成。”

桔年总算等到了这句话。然而，说话的人却不是她期待的那个。

“不用，你不用跟我一起。”桔年想也不想地对韩述说道。

韩述夸张地假笑一声，“我说了是跟你一起吗？我本来就想在家里睡觉，陈洁洁非拉我来凑数，现在正好脱身。”

既然这样，桔年还能说什么。她抬头看着巫雨和陈洁洁，“那我先走了，你们好好玩。”

她说话的语速很慢，在这个过程里，没有一秒不在等待。

巫雨，你为什么还不说？你不是因为想跟我一起打球才到这里来的吗？

一个人把自己想得太重要是不对的，大多数时候只会换来失望。桔年很小的时候就明白这个道理，可是她真的希望自己在巫雨心中有那么重要，一如他在自己心中。她长到那么大，就贪心一回，也不可以吗？

巫雨并没有立刻回答，陈洁洁的眼睛在看着他。

“谢桔年，你走还是不走？”韩述的耐心已经耗尽。

“你自己回去没问题吗？”巫雨这才问道。

桔年轻轻摇头。

“干吗生离死别似的，我陪她走到公共汽车站行了吧？”韩述脱下手上的护腕，不冷不热地插了一句。

巫雨说：“那你赶紧回去，把鞋子脱下来。你知道我休息的时间的，到时你去找我。”

“是啊，桔年，我妈说穿湿的鞋子久了是要生病的。韩述，你不许欺负她！”

“你们是她的亲爹亲妈还是怎么？我就是专门拐卖妇女的恶人……还是她看起来像没有完全行为能力？”韩述并不买账，“走了，再见。”他走了两步，又拽了桔年的拍子一把，“你鞋子里都是水，再慢腾腾的，当心弄脏别人的场地。”

桔年回头朝巫雨和陈洁洁摆了摆手。她并没有如韩述所愿加快步伐，韩述始终都在她前面两三步的距离。

出了 3 号馆的正门，桔年回头，巫雨和陈洁洁已经开始打球了，陈洁洁发球过界，巫雨笑着去捡……隔了那么远，他真的是笑着的吗？

原来没有谁是不可替代的，她可以给“小和尚”的快乐，别人也可以给，比如说，陈洁洁。

韩述果真尽职尽责地陪着桔年走到公交车站。虽然桔年不明白，她出问题的是鞋子，又不是双脚，为什么需要人陪。

“哎，我知道有个地方可以淘到很多有意思的小玩意儿。我现在过去，你要不要一起？”他看起来很仁慈。

桔年指指自己的鞋。

韩述赶紧去翻自己的背包，“我妈他们医院发了好多商场的购物卡，反正我也没什么可买的。我们去换双新鞋？”

“啊，不用不用。”桔年受宠若惊，拨浪鼓似的摇头。公交车站就在眼前了。

“那个什么巫雨是你以前的同学？”

“嗯。”

“你跟他关系挺好的嘛。”韩述语带试探，发现桔年不接茬，又说道，

“看不出你还会跟男同学在一起玩。陈洁洁也是，平时圣母似的，男生约她出去玩，她都说‘哦，不了，谢谢’。”他捏着嗓子学陈洁洁说话的神情很可笑。“你不知道，她爸妈管得那叫一个宽。打个电话过去保姆都要盘问你十分钟……当然，我除外。不过我也不会约她。过去什么运动她不讨厌？别看她长得挺正常的，其实她心里想的、喜欢的东西哪样不是稀奇古怪的？”

桔年看了韩述一眼，韩述眼睛却在看别处。

“去不去？我上次有个绝版的变形金刚模型就是在那儿淘到的。”

这时，桔年等的公交车已经到站，她欣然朝车子的方向跑去。“我走了，你快去淘宝吧。”她见韩述站在那里没反应，于是模仿着宇宙天后孙悦的经典歌曲动作唱了句：“别让快乐走了，噢吧吧吧……”

韩述说：“让我死了算了。”

Best Time

白马时光

许我向你看

桔年孤零零地站在被告席上，给人唯一的感觉就是“淡”，淡的眉目、淡的神情、淡的身躯。

你看着她，明明在整个法庭的最焦点处，却更像灰色而模糊的影子，好像一阵风，就要化成了烟。
那里面的爱恨、得失、不舍和绝望在大大的世界里多么微不足道。

许多东西都可以重来，树叶枯了还会再绿，忘记的东西可以重新记起，可是人死了不会复活，青春走了也永远不会再来一遍。

包括桔年自己，其实都很少去回忆那一段光阴，她只知道一件事——世界上唯有两样东西是永远不可逆转的，一个是生命，另外一个是青春。

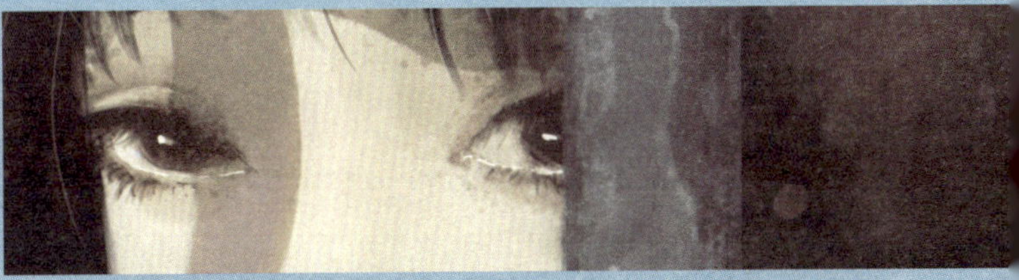

桔年牵着孩子的手，站在落满枇杷叶的院落里，前尘旧事，恍若电光幻影，南柯一梦。
惊石击碎的水面恢复得安宁如古境，仿佛什么都从未发生过，她从来就是在这里，一直都在。
只有那棵当年巫雨亲手种下的枇杷树已今非昔比，这让桔年很容易想到归有光的句子——

“庭有枇杷树，吾妻死之年所手植也，今已亭亭如盖矣。”

“庭有枇杷树，吾妻死之年所手植也，今已亭亭如盖矣。”

许我向你看

插图纪念版

中

辛夷坞 著

百花洲文艺出版社
BAIHUAZHOU LITERATURE AND ART PRESS

目录

Contents

目录

Contents

第三十一章

巫山上的一滴雨

31

不管你喜不喜欢，期不期待，对于一个高中生来说，高三迟早要来。高三是什么，是黎明前最黑的一段夜路，是大雨降临前最让人窒息的沉闷，是你期待一跃而过但是又不得不小心翼翼的一道坎。

分班后，原本不同班级的学生重新组合，桔年和陈洁洁居然又在新的文科二班里遇见，理科成绩相对较好的韩述居然也选择了文科，不过他被分在文一班。

陈洁洁依然是桔年的同桌，她跟班主任说，自己成绩不太好，跟桔年同桌，可以在学习上得到帮助。桔年对这个决定没有发表任何的看法，她不像别的优等生那样极度捍卫自己的劳动成果，写好的作业、练习从来都是放在课桌上，每天有数不清的同学拿去“借鉴”，熟悉的，不熟悉的，谁都可以，只要借完之后记得归还，或者最后一个借的人顺手帮她把作业交上，这已经成为他们班上一个约定俗成的惯例。其他的好学生写完作业后，也习惯在下课或者自习的时候翻一翻桔年的本子，看看答案跟自己的是否一样。这种时候，桔年通常是不闻不问地低着头看她的武侠小说，每天几个章节，是她平淡生活里唯一的天马行空。

陈洁洁在学习上求助于桔年的时间并不多，也许她这样漂亮而家境优越的女生，并不需要在成绩上费太多的心思。她喜欢有一句没一句地跟桔年漫无边际地闲聊，聊她喜爱的电影，还有当下的心情。桔年大多数时候是听众，为了不扫兴，偶尔笑一笑。桔年学习或者沉迷于武侠小说时，陈洁洁就静静地看着她的张爱玲，她是个看上去端庄而具闺秀气质的女孩，喜欢的却总是一些冷清而决绝的东西，无论是她钟情的文字还是电影，均是如此。

陈洁洁还有一个特殊的喜好，那就是指甲油。对于朴素而戒条严格的高中生来说，指上蔻丹还是一个小众的行为。陈洁洁就埋首在书本垒起的城墙下给自己涂，先是左手，然后是右手，经常每一个手指的色彩都不一样，她偷偷藏在书包里的那些瓶瓶罐罐，多是艳丽而诡异的颜色。涂好了之后，自己细细端详一遍，又拿出洗甲水逐一清除掉指甲油的痕迹，周而复始，乐此不疲。

指甲油的气味刺鼻，不管是在自习课还是课余时间涂，整个教室都可以嗅到那股气息。这时，男孩子就情不自禁地朝那个方位张望，女生大多露出厌恶的不以为然的表情。只有桔年，她视而不见照看她的书，虽然那股气味就在身边，她的嗅觉也许比别人迟钝一些。

陈洁洁涂完之后，桔年通常是唯一的观赏对象，她偷偷地在课桌下摊开手指给桔年看，“桔年，你喜欢哪一个？”桔年总是说“都挺好的”。其实陈洁洁涂上大红的指甲油最是好看，细白纤长如水葱一般的手指，尖端血一般的殷红，触目惊心的凄艳。陈洁洁总在她长得最完美的右手中指涂上这个颜色，十指连心，那就像心尖的一滴血。

有一次她说：“巫雨也喜欢。”

这时桔年已经知道，巫雨对于陈洁洁来说，不再是同学的朋友。很多次，她是从陈洁洁嘴里才得知巫雨一些不为她所知的细节，巫雨喜欢最艳丽的指甲油，巫雨喜欢乌黑而长直的头发，巫雨听不好笑的笑话笑得最开心……仿佛陈洁洁认识的巫雨和桔年的“小和尚”是完全不同的两个存在；而陈洁洁和巫雨的世界，还有桔年和“小和尚”的世界，也归属于不同的空间。桔年小心翼翼地不去碰触，不想窥探，不想越界，可她知道，另一个巫雨和另一个空间一样，是真实存在的，这个认知让她无奈而悲哀。

渐渐地，桔年不再参与陈洁洁他们周末的打球。韩述挑衅地问：“你怕输给我？”她充耳不闻。她也很少再独自去找巫雨。如果等待的那个人只是在门外徘徊，那桔年宁愿闭着门思念，相对于一个无法确认的背影，至少思念是完整无缺的。

那天，桔年从数学老师办公室抱着高高的一摞练习试卷走回自己的教室，这本是班上学习委员的职责，可学习委员偷懒，正好桔年到老师那有点事，就索性让她代劳。桔年没有什么意见，不过举手之劳罢了，只是归途中不幸遇上同去老师那领试卷的韩述。韩述是文一班的学习委员。

韩述多管闲事地问：“你们班学委换届了？”

“我帮忙而已。”

“人家在走廊上聊天，你跑来当苦力。既然你这么好心，干吗不帮帮我的忙？”他不由分说把自己手上的试卷也叠放到桔年怀里。桔年不欲跟他纠缠，于是抱着与自己头顶齐平的试卷颤颤巍巍地走，好不容易走到文一班教室的门口，看不见台阶险些踏空。韩述扯了她一把，拿回自己的东西，还不领情，嘲弄道：“烂好人，活该！”

桔年不理他，走回与文一班相邻的教室，身后被人冷不防一撞，整个人差点向前摔倒，趔趄几步勉强站稳，怀里的试卷却有一半掉落在地。她回过头，一个女生一脸无辜地站在身后说："对不起，是她们推我的！"

撞人的女生和推人的女生，桔年叫不出名字却很面熟，都是韩述班上的同学，桔年知道她们看不惯自己"变着法子拍韩述的马屁"，只得认命，弯着腰一份一份地捡着地上散落的东西。不一会儿，另一双手也加入到捡试卷的行列之中来，桔年认得那双手，还带着刚清洗掉的指甲油的气味。

重新把试卷码整齐之后，桔年站起来，紧紧抱住怀里的东西。

"谢谢你。"

她的口吻是那么客气，陈洁洁在这种礼貌的疏远之下沉默了。

回到位置上，陈洁洁玩了一会儿自己的指甲，忽然问："桔年，你讨厌我是吗？"

桔年看着陈洁洁，片刻，摇了摇头。

她多么希望自己讨厌陈洁洁，甚至希望陈洁洁有更多让人讨厌的理由，就像小说里心肠恶毒的富家千金一样。可是，桔年和陈洁洁做了那么长时间的同桌，竟然找不到一个足够让自己讨厌这个女孩的理由。陈洁洁漂亮、明朗，即使有一些小小的怪脾气，仍然不掩她的有趣和善良，她的心思那么率真而坦荡。桔年想，巫雨对这样一个女孩有好感一点也不奇怪。

是的，桔年并不讨厌陈洁洁，她只是没有办法和陈洁洁做朋友，并且坚持自己心底的这一点阴暗。也许她是嫉妒陈洁洁的，她也有一头黑而直的长发，可是巫雨从来没有说过他喜欢。

假如一定要迁怒，一定要将心中的难过归咎于人，桔年更多的是悄悄地埋怨着"小和尚"。如果"小和尚"真的属于她，那么不管别人多么美好，都只是别人的事情。可是谁说过巫雨是属于她的？除了她自己。

陈洁洁过了一会儿又问："那么，你喜欢巫雨吗？"

桔年并不习惯在旁人面前表露心迹，她对巫雨的依恋，是藏在心里最深的秘密，只有自己知道，她没有做好准备和人分享。

"桔年，你为什么不回答？"

"巫雨是我一个很重要的朋友。"重要，而且唯一。

陈洁洁说："我好像松了口气，我刚才很怕听到你说'是'。因为我喜欢巫雨，如果你也一样喜欢他，我不知道是不是能够赢了你。"

其实，陈洁洁喜欢巫雨，桔年并不意外，可是陈洁洁那么直截了当地挑破，还是让她心中一震。对方越是光明磊落，就越显出了桔年的犹疑和怯懦。她从没有理直气壮地拥有过一样东西，所以远比不上陈洁洁勇敢。

"你觉得你和巫雨之间最大的障碍是我？恐怕你错了。"桔年低声说，刚发到手的数学练习试卷在她手上翻来翻去，但是一道题也看不懂。

陈洁洁双手托腮，"我不知道。你没有在我家里那种环境中长大，不会知道那是多么令人发疯。到现在我爸妈都要派人接送我上学放学，他们说女孩子一个人回家让人不放心；我不能关着房门睡觉；没有上锁的抽屉；电话经过他们过滤；去任何一个地方都必须得到他们的准许；打球也必须在指定的场地。我经常想，有一天，我要从他们眼皮底下消失，彻底消失，让他们再也找不着了。我天天这么想，天天想，可是我不知道一个人要去哪里……第一次见到巫雨的时候，他拉着你在马路上跑，那么不顾一切，他撞倒了我。那个时候我就羡慕你，我希望我才是他手里拉着的那个人。"

"他带不了你去任何地方。"

"你怎么知道不能？只要他愿意，哪里我都跟他去。我知道我等的那个人是他，他会带我走。"

桔年无声地垂下了眼帘，多熟悉的告白，她连心事都不是独有的。巫雨只有一双手，他带不走两个人，更何况他没有翅膀，能飞到哪里？

“我知道这些听起来是傻话，我也不怕你笑。喜欢就是喜欢，你让我给理由，一个也没有。我不在乎巫雨是什么人的儿子，只知道跟他在一起我觉得快乐。我为了他才学会打羽毛球，路边摊也是他第一个带我去的……我为什么不能吃那个？他不说话，在我身边，我会觉得很安静，全世界一点声音都没有。桔年，我还从来没有把这些事情告诉过任何人，除了你。别人都不懂，可是你应该清楚，他是一个多好的人。”

桔年笑笑，她希望自己从来不懂。

老师走进了教室，陈洁洁放下托腮的手，“不说这个了，下个周末是我十八岁的生日，这一天对我来说很重要，我邀请了一些朋友到家里。桔年，我真心希望你也能来。”

陈洁洁一定也邀请了韩述，因为她说过，韩述的爸爸是陈家敬重的朋友，韩述也成了少数能跟她来往的男孩。

周四，桔年骑自行车回家的路上又与韩述不期而遇。

韩述问：“你想好要送什么礼物了吗？”

桔年确实没有认真考虑过这个问题。

“我也没想好，要不干脆节约时间，我和你凑个份子，随便送个什么东西就好。”

“啊？我和你？这样不好吧？”

“大不了我出大头，你爱出多少出多少。”

“不，不是这个问题。”

“你哪来那么多问题。不说话就这么定了啊！”

“呃……”桔年接下来的话根本没有机会说出口，韩述的车子已经溜进了另一条岔道。

经他这么一提醒，桔年才意识到，自己既然答应了要去参加生日会，当然不能空着手去啊。她的零花钱少得可怜，但是陈洁洁又能缺什么呢？

桔年被这个问题困扰着，到了家门口，巫雨在巷子口的电线杆后面叫了几声她才听见。这还是巫雨头一回上这儿来找她，桔年又惊又喜，正想发问，巫雨顺手接过她的车骑了上去，回头暗示她也上车。

“走，我们别在这说话。”

桔年会意，爸妈不会喜欢这样的一个访客。她想也不想跳上破自行车尾座，让巫雨载着她离开，也不问去哪里。

他们离开桔年家所处的小巷，驶进人少的道路，巫雨扭头问她：“为什么最近你都没来找我？”

桔年说：“我以为你没时间。”

“我总会休息啊。”

“你休息的时候陈洁洁不去找你？”

巫雨静静地骑着单车，就在桔年后悔提起陈洁洁的时候，他说：“她也不是经常可以出来的，再说，她和你是两码事。”

“是一码事。”

她的声音太轻了，巫雨没有听清，“你刚才说什么？”

“没有说什么……我们去哪里？”

“不知道。”

“那你让我上车干什么？”

“说话呗，让谢大师给我算算卦，总不能在你家门口说吧。你又不能回家太晚，难道把你带去我平时去的那些地方？”

“有什么不可以？”

“那些地方太乱了，我不能让你去。”

自行车驶进了一条老旧的街道，四周的店铺尽是一些香烛供品，也许是心理作用，大白天也觉得阴森森的，桔年想，他们怎么就逛到这来了。

一只老而瘦的黑猫鬼鬼祟祟地从角落里蹿出来，差点撞上了巫雨的车，巫雨扭了扭车把，还摇响了自行车的铃铛。桔年骑这车有两年多了，居然从来不知道那破铃铛还能发声，何况一只老猫能听懂铃声？她扑哧一笑。

“你要谢大师帮你算什么？”桔年问。

“嗯，不知道……”巫雨也在前面没头没脑地笑。“要不算算我的名字有没有什么特别的含义？”

“巫雨巫雨，不就是巫山上的一滴雨吗？”桔年信口胡诌。

巫雨笑着回头道：“你也这么说？”

桔年一愣，“还有谁这么说？”

巫雨没有回答。

桔年心中疑惑，这才发现他裤子口袋里，一张叠好的纸条露出一角。她伸手去抽取，巫雨没有拒绝。

那是张精致的紫色便笺，上面有浅浅的蝴蝶状暗纹，还没展开，桔年已经嗅到上面淡淡的清芬。

纸上只有一行娟秀的小字。

妾在巫山之阳，高丘之阻，旦为朝云，暮为行雨，朝朝暮暮，阳台之下。

美丽的信纸在桔年的指尖上有了微微的皱痕，它像一块烧红的铁，让你痛了，却扔不掉，焦伤了，粘在皮肤上，留下丑陋的痕迹。

这个字迹桔年是认得的。

“她给你的？”车子前行，划破空气，微微的风声掩盖了桔年声音里不易察觉的异样。

好久，桔年才等到巫雨的一句话。

“是啊，我很喜欢，连带着觉得我的名字也有意义了。桔年，你觉得呢？”

桔年，你觉得呢？

桔年垂下头，有一滴眼泪打在了交叠的手背上。

他没有回头，所以看不见。

第三十二章

为他人作嫁衣裳

32

陈洁洁生日那天，桔年倒了两次公共汽车，总算是到了这个城市的富人区景春路一带。景春路其实是一条盘山公路，沿途有数个主打别墅产品的高端楼盘，盘踞了本市景致最佳、地势最高的地段。

别人都说，景春路的地价寸土寸金，但黄昏时分，桔年只觉得这条被树木和植被夹在中间的公路无比寂寥。人迹罕至不说，路灯也是远远地呼应着，在这种地方走多了夜路，碰到鬼也不奇怪。不过，想来这一带的建造者也没有过多地考虑过步行者的感受。

住在这种地方，空气清新应该是最大的享受，桔年坐的公共汽车只到山脚下。她不紧不慢地沿着盘山公路往上走，风中有泥土和青草湿润的味道，这让她想起了姑妈家附近的那条竹林小路和烈士陵园里松枝安静的气味。可谁会拿那种乡野偏僻之处跟这里比啊。很多东西，闭上眼睛是相同的，睁开眼看时，才知道大不一样。

正是春寒时分，桔年穿得不少，可这里露水重，手是冰凉的，前方灯火在望，就是不知道走过去还有多久的脚程。身后传来了脚步声，桔年想不到还有人会傻到跟自己一样徒步上山，带了点期待地回头，却是韩述正抬起手想要出其不意地吓她一下，被她发现，脸不红心不跳地换了一个挥手打招呼的姿势。

“那么巧，你也走路上山？”韩述呼了一口气，白色的，他的外套很薄。

桔年踮起脚尖往山下看，依稀看到一辆深色的小车下行的影子和灯光，她在这条路上走了快十分钟，并没有看到跟自己迎面而过的车辆。

“是啊，真巧，送你来的车也正好半路扔下你自己去玩了。”

韩述也不解释，走在桔年前面一点点，漫不经心地摆弄他围巾上的流苏。

桔年这才发现他脖子上系了一条深红色的羊毛围巾，看起来很抢眼。

“怎么样？”他回头面对她，倒着行走。

“什么怎么样？”

“啧，我的围巾啊！”他不耐烦地说。

桔年低下头笑，一句话也不说。

韩述没趣，扯着路边的不知名的阔叶植物，没想到沾了一手的绿色汁液，赶紧举着双手。

“哎，给我一张纸巾。”

“纸巾？我没有啊。”

“手帕！”

“也没有！”

“出门连这两样东西都没有，你还是不是女人？”

“呃，我是女孩。”

“废话！帮我从包里把纸巾找出来。”他见桔年不动，催促道，“快啊，我手上要是干净用得着你吗？”

桔年慢腾腾地打开他背包的拉链，里面的东西归类明确，整整齐齐。有笔袋、钱包、包装得漂漂亮亮的礼物盒子、手机、钥匙、三包面巾纸和一包湿纸巾……还有一双和他的围巾同色的手套，居然还有一支护手霜。桔年惊叹于他装备之齐全。

韩述说：“同学，你的头都要塞进我的包里了。”

桔年赶紧给他拿出一包纸巾。他抽出纸，仔细地清理手上的污渍。

“咦，陈洁洁应该也邀请了那个……叫什么了，我一下子忘记了……对，巫雨。你们怎么不一块来？”

桔年也去扯路边的叶子。韩述叫了起来：“你是傻子啊？没看到刚才我的手成什么样子了？”

桔年不理会他，谁叫他哪壶不开提哪壶。没错，陈洁洁当然也邀请了巫雨。那天在杂乱无章的巷子里，巫雨把自行车停在了路边，手里拿着那张出自陈洁洁之手的美丽便笺，困惑地说：“她告诉我，这张纸条里还有一个谜语，假如我猜出来了，生日那一天就去某个地方找她，她有一样东西给我。她都邀请了别人在家里庆祝，这某个地方还能是哪里？桔年，你是我见过猜谜语最行的人，能不能帮我看看？上面只有一行字，难道她在巫山？”

桔年想笑他迟钝，可尝试了一下，那挤出来的笑容应该很难看。她没有去接巫雨递过来的东西，不想再把那东西拿在手里，里面的哪一个字她不记得？

谜语？陈洁洁真有意思。可是她应该想不到，巫雨并不擅长解谜，而这个暗示最后会抛回到桔年这里。

“朝朝暮暮，阳台之下。”

自古山为阴水为阳，北为阴南为阳，下为阴上为阳，右为阴左为阳……陈洁洁究竟想告诉巫雨什么？

不管答案是什么，桔年胡诌了一个说法来敷衍巫雨：“我也不是很清楚。阳台之下……难道就是在家里的阳台下面？”

“啊？”巫雨的困惑益深。

桔年在心里默默地祈求：神啊，如果可以，请原谅我吧。我希望这个谜语永远也解不开。

巫雨最终也没有决定要不要赴约，他觉得这个“阳台”之下的约会是非常奇怪的，所以桔年独自前往。

有了韩述在旁，桔年连门牌都不用留意，反正有人是认识路的。陈洁洁家灯火通明，精心装扮过的小主人已经等在了门口。

看到桔年和韩述一前一后到达，陈洁洁好像松了口气，“桔年，你到了就好，我正想让家里人开车下去兜一圈。是我没考虑没有公交车直达，这里步行不太安全。还好有韩述陪着。”

“瞎说什么，我散步遇见她罢了。喏，送给你的，你上次说喜欢的香水。不用谢我，我妈去买的。”

看见韩述送礼物，桔年才想起自己也该有所表示了，她送给陈洁洁的是一小瓶指甲油，火红的。陈洁洁接过，笑靥如花，趁家里人没注意，赶紧塞到口袋里，压低声音对桔年说：“是我最喜欢的颜色。”

客厅里已经有好些个年纪相仿的男孩女孩聚在那里，有桔年认识的，也有不认识的。韩述倒是如鱼得水，甫一进来，就忙着打招呼。大家都说：“你怎么才来？”

桔年老老实实地坐在角落里，巫雨没来。十来分钟后，陈洁洁从大门外进来招呼大家。她没有忽略与大家不熟被冷落的桔年，过去递了一瓶饮料，轻轻地坐在了桔年身边。

十八岁是一个女孩人生中最美丽的日子，今天的主人翁看上去虽快乐而得体，可当她坐在桔年的身边时，桔年感觉到了她的不安。

“桔年，他有没有跟你说起过什么，来或是不来？”陈洁洁笑容灿烂地回应了一个远处跟她打招呼的朋友，问这句话的时候，手指却无意识地绞着自己的衣服。

桔年摇头，“他没有确切地跟我说。你在等他？”这是明知故问吧。她们都是在等，只不过一个等待他来，一个等待他不来。

“你比我了解他，你猜他会来吗？”陈洁洁笑笑，也许她只是需要找个人倾诉心中的焦虑罢了，答案并不重要。

“我最害怕没有期限的等待。”陈洁洁说。

“那如果他真的不来呢？”桔年轻声问。

陈洁洁咬了咬嘴唇，“如果他没有答应过我，等待是我愿意的，结果与他无关。可是，如果他承诺了要来，却最终失约，那我就永远不会原谅他，不管是为了什么理由，我都不会再等！永远不！”

大概是意识到自己话里的决绝让桔年惊讶了，陈洁洁转而又嫣然一笑，“这一次，他没有说过一定要来，是我想要等的。可是我希望他能来。”

见桔年低头小口小口地抿着饮料，陈洁洁笑着指向人多聚集的方向，“你看，韩述又在臭美了。”

韩述身边围了五六个人，除了方志和，还有他们班上的另一个女生，其余的桔年都不认识。

“韩述，这围巾不错，很衬你这身打扮，我也很喜欢。”

“衬不衬也要视人而定啊，这围巾颜色也挑人，韩述戴着好看，方志和你就不一定适合啊。”

“我觉得看上去很暖和，摸着也舒服。”

韩述笑着说：“嘿，其实是我姐瞎买的，大老远寄过来，非得让我戴上，拍了照给她寄过去，否则以后都不给我买东西了……幸好还挺暖和，差点把我给捂出汗来。”

桔年想起来时路上他问自己“围巾好不好看”，那表情好像在说：求求你夸奖我！她喝着东西，不由得笑出声来，嘴里也嘀咕了一声。

她是偷着逗自己开心，没想到隔着好一段距离，侧对着她们这个方向的韩述仿佛太阳穴上长了一只眼睛，慢条斯理地转身，直指她所在的角落。

“谢桔年你说什么？”

他当着那么多人的面，指名道姓堂而皇之地问，桔年差点招架不住。

“我没说什么啊。”那么多人在看着她，她说话都提不起音量。

“你肯定说了。”

……

“你在议论我吧？背后说人有什么意思，有胆子就大声说出来！”

……

“韩述，我坐在她旁边都没听见，你怎么知道人家是在说你？”陈洁洁看不下去，站出来打圆场。

韩述也笑：“我只是想听听她说什么。谢桔年，你缩什么，你是不是在说我坏话？”

……

“快说！”韩述注意到桔年已经张了张嘴，还是下不定决心的样子。

桔年无奈，只得硬起头皮直说：“我是说，围巾都把你捂出汗了你还不肯摘下来，要不索性把衣服脱了，只系一条围巾应该刚刚好。”

韩述拒绝相信自己的耳朵，可方志和他们已经小声地笑了起来。他想象自己站在这里，全身赤裸裸的，就脖子上系了一条围巾，那幅画面让他面红耳赤。

韩述走过去，指着看上去无辜而逆来顺受的那个人说：“谢桔年，你这个女流氓！”

在大家的笑闹声中，陈洁洁提出要上楼换件衣服。女孩子都爱美丽，大家正玩得起劲，一时也不在意女主角的离场。可是过了大半个小时，陈洁洁始终没有下来，一个跟她关系比较好的女生便自告奋勇跑上二楼的房间去催。没过多久，这个女生和陈家的保姆，还有父母一起慌慌张张地从楼上冲了下来。

楼下的人都感觉到出了事，一问才知道，陈洁洁关上门换衣服，谁也不知道从什么时候开始，房间里面已经空无一人。卧室看不出任何异样的痕迹，只是她阳台的落地窗大开着。为此，陈家的家长还惊慌失措地去查看了女儿阳台下的绿茵地，除了草，什么都没有。一个聪明懂事的女孩子，一个大活人就这么在一大群人的眼皮底下凭空消失了。

接下来的场面变得无比混乱，陈洁洁的母亲着急、痛哭，父亲把家里翻了个遍，责骂家里的保姆，保姆委屈辩解，接着又来了社区保安，原本兴高采烈的聚会变成一个被捅破的马蜂窝，没有人再顾得上这些孩子，他们也无心玩闹，除了愿意留下来帮忙寻找的，另有一些已三三两两结伴离去。

桔年如坠梦里，她隐约猜到了什么，却拒绝相信，也无法诉之于口，心乱如麻之间顾不上跟谁打招呼，急匆匆出了陈家，她只想证实自己的判断是错误的。

刚走到陈家门口的花园围栏处，韩述追了出来，“你一个人走？天都黑了，等我一下。”

韩述回到陈洁洁哭泣的母亲身边，说了几句话，然后拿起外套跑了出来，桔年并没有等他，独自一个人已经走出了好一段路。韩述跟在她后面，

“你知道走下去有多远吗？我已经打电话叫了出租车。”

桔年恍若未闻，仿佛身后有看不见的鬼魅在追赶着她。韩述一边抱怨一边跟着，她走得很快，一句话都没有说。

好在出租车来得及时，韩述不由分说拉着桔年钻进车子里，“大半夜的在这儿开 11 路，你不怕鬼我还怕呢。”

桔年一个激灵，在车子里扭身对韩述说：“送我去我姑妈家。她住在市郊台园村附近，车费下次我给你。韩述，求你了。”

车厢空间不大，桔年这么不期然地侧过身子，韩述才觉出她近在咫尺，两人呼吸相闻，而那张脸苍白得可怕。他一时间也没顾得上问出了什么事，倾身对前座的司机说：“师傅，麻烦去台园村。”

夜晚的城市交通远比白天顺畅，何况他们走的并非是人流车辆密集的路段，车开得很快，桔年摇下自己那一侧的车窗，冷风嗖地灌了进来。韩述本想抗议，看着身边的人抿着唇木着脸，全身紧绷，心急如焚的样子，他终于把话咽了回去。明明冷得很，他脖子上的围巾却摘了下来，犹豫了一下，还是把它搁在了腿上。

三十多分钟后，台园村到了，车子在桔年的示意下停了下来。

车还没停稳，桔年已经把车门推开了一半，韩述揪住她，“你找死啊？”

桔年仓促回头，一言不发，韩述迷惑了，她究竟是个什么样的人，她究竟想要干什么?

他突然问了一句不相干的话：“你不在家的那几年，就住在这儿？”

桔年挣脱他下车，“我姑妈住在这儿，我今晚在她家过夜。韩述，谢谢你，你先回去吧。”

桔年走进这城中村的静寂里，即使在夜晚，这里的每一个角落她都了如指掌。经过姑妈家紧闭的门口，她甚至没有停下来看一眼，一路小跑着到了巫雨家。

屋子里没有亮灯，院门紧闭，桔年只是伸手一拨，那防君子不防小人的栅栏门应声而开。

手轻轻拍打在木门上的声音低而沉重，“巫雨，巫雨，你出来！”今天晚上他不用在网吧值班，这个桔年很清楚。

过了好长时间，在一阵苍老的咳嗽声里，门开了一条缝。桔年惊扰了已入睡的老人，而巫雨并不在家。

奶奶说，他是太阳快落山的时候出门的。

桔年不知道自己是怎么走到烈士陵园阶梯底下的，夜很黑，路崎岖，她途中摔了一跤，也不觉得疼。

521级台阶，人站在底下，看不到尽头不知道是通往天堂还是地狱。巫雨在上面吗？那棵属于他的石榴树，他是否会领着另外一个女孩含笑相看？

桔年从来没有在夜晚登上过烈士陵园，她不敢来，因为初遇巫雨的那一天，他说，晚上那里有鬼。

她不该来的。

最后一级台阶踩在脚下，桔年试着平复自己有些急促的喘息，冷不防朝烈士碑的方向看了一眼，整个人像生生被钉在杂草地上，再也迈不开腿。

巫雨说的句句是真，这里有鬼！

这一晚天上是满月。桔年很久以前读过一首童谣：

月光光，月是冰过的砒霜。

月如砒，月如霜，

落在谁的伤口上

……

是了，月亮还能凝聚鬼的精魄，让他们得以现形，肆无忌惮地张狂。

这鬼还会变身，明明像是两个人，又恍若一体，蜷在墓碑下，纠缠着。它发出的声音摄人心魄，像哭，又像是笑！

桔年对这泛着冷白肉色的月光生出了恨，它让整个过程无所遁形。

她的血像在烧，全身滚烫，心却在雪水里浸着，脑子偏偏清明一片。纵使闭上了眼睛，眼前挥之不去那陌生的颠簸动荡……终于，她无法再忍受，退后一步，再一步，鞋子落在软绵绵的草地上，悄无声息，就这么退到了台阶边缘，软软地靠在石榴树后。石榴的花季已过，可树还记得她，默默地承接她颓然的身躯。

朝朝暮暮，阳台之下！

她真傻，世间武功千千万，她只挑一种来练，练来练去，原来是“嫁衣神功”。多年一口真气如火，在心中百般煎熬，却不能为己所用，唯有度给他人。

她为自己的自私去祈求过神，神没有原谅她。

到头来，还是为他人作嫁衣裳。

第三十三章

别对我那么好

33

罗密欧带着公主跳下了阳台，伟大如莎士比亚，再妙笔生花，也不可能写到，罗密欧“最重要的朋友”面对此情此景情何以堪。

她怎么会那么傻，竟然以为两个人牵手走过来时的岁月，带着一身同样的尘埃，就该理所当然地共同走过余生。她可以怪陈洁洁什么？给桔年一千万个假如的机会，把那张纸条亲手交给巫雨，难道这冷冽的冬夜，静穆荒凉的烈士陵园下，“小和尚”双手如珍如宝一般捧在手心的就会是她的面庞？云一般覆盖在他胸口的，就会是她的长发？

“你也看见了？”她轻声对身畔那棵石榴树喃喃自语，它也是因为孤独，每一朵花都谢去，结不出一个果实。

她和他曾经多少次静静地平躺在树下，火红的落花打落在她的脸上，也一样栖息过他的面孔。

人没有根，长着脚，自然就会越走越远，好在树不一样。

桔年取下头上的发卡，将铁制的尖锐一端拿在手中，一笔一画在树干上铭刻，他心中装了另一个人，但愿这棵树永远只记得当初的“小和尚”和桔年。

她是如此的怯懦而小心，害怕这隐蔽的心事被人知晓，刻意绕到了背光的角落，那熟悉的名字也不敢直白地诉之于手。

xhs&jn

没有人会看得到这痕迹，除非用一双手温柔地摩挲。可又有谁会爱怜垂怜这棵被遗忘的石榴树那苍老而丑陋的树干？谁会记得这角落里安静的存在？除非他放在了心中。

第一个字母“x”下手的时候尚不熟练，刻痕浅淡。桔年完成了之后又回头去补，手下一个不着力，发卡划出一道长线撇了开去，正好扎在她握在下方的左手虎口。尖锐的东西重重扎下，手在冷风中放得太久，开始只是钝钝地疼，她并没有反应过来，眨了眨眼睛，血缓缓地从创口蔓延而出。

桔年庆幸自己没有叫出声，捏着伤处，想起之前从韩述背包里拿出来的一包纸巾——他只抽了一张，余下的并没有要回去。她赶紧抽出纸巾，压在伤口上。处理完这些，一抬头，却看到了正拾级而上的韩述，还剩十多级台阶他就要登顶。

韩述也看见了悄然倚在树下的桔年，表情惊异，张了张嘴，眼看一个“你”字就要说出口。

桔年一惊，不遑多想，忙将食指置于唇边，示意他噤声。

巫雨和陈洁洁太过投入，竟然完全没有察觉，也没有设想过此处大半夜还有别的人存在。过后他们该如何收拾残局，桔年不知道，可越多的人知情只会让整件事更加混乱，尤其韩述跟陈家还颇有渊源。桔年不想惊动碑下那一对，也不愿让韩述看到那一幕。

韩述的话到了嘴边，居然也这么吞了回去。桔年仍怕有变，赶紧起身，往下走到韩述身边。

“谢……”

“嘘，别说话。上面有鬼！”桔年轻声道。她其实心如擂鼓，巫雨曾经吓唬了她许多年的一个谎言，是否能阻挡住韩述的好奇心。

韩述果然用一种“原来你有病，真可怜”的眼神看着她，但声音不由自主地跟着桔年压在了喉间。

“神经，半夜三更的搞什么鬼。”他说着，偏不信邪地要上去看个究竟。

桔年慌了，不及细想就拖住了他的手，十指相触紧紧缠住。假如他挣脱，她就抱住他的脚。上面正在发生的事情不能让他知道。

然而，桔年也没有想到自己的手真的留住了一向固执而叛逆的韩述。韩述的手象征性地在她手心里挣扎了一下，便随同他整个人一道变得无比安静驯服。

冬天的风从松枝间穿过，逃逸于无穷的虚空，声如悲吟。桔年的手是冷的，伤口处还缠着纸巾，韩述的手却暖而潮湿，她已僵掉的知觉在他的指尖下渐渐恢复，感受到了流血处的痛楚。

桔年沉默地牵着韩述的手一步一步地朝下走。以陈洁洁父母的财力和愤怒，韩述离得越远，巫雨才越有可能获得暂时的周全。

台阶很快消失于两个少年人的脚下。桔年的脚落在阶梯尽头的泥地，悬着的一颗心也落回冷冷的胸腔。她几乎要忘了韩述出人意料的沉默和乖顺才是自己眼前要面对的一个麻烦问题。

韩述站在桔年的对面，却看着侧边不知名的一丛暗色的低矮植物，手还在桔年掌中，没有扣紧，也没有挣脱，整个人扭成一种奇怪的姿势。

他忍不住轻咳了一声，抓住他的那只手闪电般松开。

缩回手的那一瞬间，韩述开始后悔。

他总得说点什么，化去这杀死人的静默。

“你姑妈就住在那上面？”韩述虚指了一下上面的烈士碑，脸上是桔年熟悉的讥诮，“你是不是要告诉我，其实你姑妈是黑山老妖，而你是聂小倩？”

桔年含糊地笑了一下，“我散步，这里空气好。”

韩述环顾四周，懒得驳斥她荒谬至极的言语，夜色深稠，月黑风高，山如鬼峙……他都不愿意回想一路尾随她而来时，自己心中潜伏的恐惧。假如不是确定谢桔年的背影，假如这里的路不是仅此一条，从小生活在都市霓虹下的韩述会以为自己做了个关于灵异事件的噩梦。

“上面有什么？”他把手收在衣服口袋里，板着脸问。他几乎可以确定，她心中有鬼。

果然，桔年说：“我说了有鬼，不是骗你的。男生的阳气重，你一上去就会被发现。那都是不到十八岁就夭折的女孩，不能正常葬在公墓里，也不能去扫墓，否则她的魂魄就会记得家里的人和回家的路。这种鬼是最凶厉的，心中有怨气，因为许多好的东西她们都来不及体会。被这种不干净的东西跟上了，全家都不会再有安宁。过去人们把她们叫作‘闹家姑’，她们出现的时候脚边会有一簇火，像烛光，又暗一些，叫的时候像婴儿号哭，没有脚，飘得很笨拙但是移动很快，一眨眼就到了眼前……你千万千万不能看她的眼睛！”

“怎么样？”韩述虽然知道她满口胡诌，但是一股酥麻的凉意却如蚂蚁般沿着他的脊柱慢慢往上爬。风又起了，当真有如婴儿的哭泣，那远处在动的，不是伏倒的灌木丛，是带着腥风的影子。

桔年冷不丁凑过来，睁大了眼睛，幽幽地说："因为，她根本没有眼珠！"

韩述跳了起来，把桔年猛地往后推，"你好变态！"

桔年抿着嘴笑。韩述大概是恼了，扭头就走。桔年为他终于肯离开而嘘了口气，跟在他的后面问："你怕鬼？"

"我怕？"韩述冷笑一声，"你去打听打听，我们韩家从上到下流的都是唯物主义的血。我那叫害怕吗？我是觉得你可笑！"

"哦。"

桔年默默走了几步，韩述又觉得这样的安静让人发毛。月亮半隐进云层里，他正准备回头看她一眼，桔年却忽然在他背后叫。

"啊，闹家姑！"

"哪里？！"韩述一个激灵，随即反应过来，咬牙道，"闹家姑就是你！"

"脸都白了，唯物主义的血就是褪得快。"桔年崇敬地说。

"晚上跑到这种地方说鬼故事，你真无聊。"

"你跟着我岂不是更无聊？"

"我要看看你搞什么鬼，不能做些正常事吗？"

"比如说？"

韩述好像想了想，"听说市里准备举办中学生羽毛球比赛了吗？"

"嗯。"报纸上都写着呢，学校里也传开了。

"说起来我还没认真跟你打过一场，不知道你的水平怎么样。不过凑个数而已，我也不嫌弃，要不你就跟我一块报混双吧。"韩述漫不经心地踢着泥巴路上的碎石子。

"啊？"跟他打混双？那场景桔年都没法想。

韩述见她不怎么认同的样子，嗤笑一声，"哦……该不会是听说这次比赛双打可以跨校，等着那个谁……跟你搭档吧。"

他好像永远记不清某个名字，那是一种充满优越感的健忘。

桔年垂首道："他叫巫雨。"他有名字，不是"那个谁"。

然而提起这两个字，她的心如千百根针在扎。

"巫雨就巫雨吧，职高的那个，我看出来了，你对他……"

韩述没有往下说，这一段的留白，仿佛在给桔年反驳的机会。

桔年却吞吞吐吐地说："我，我大概没有时间打比赛。我要看书，家里的事情也多，我妈忙的时候，我还得看着弟弟。"

"我不喜欢你家里人。"韩述忽然冒出这一句。

"为什么？"桔年甚为不解。抛开她父亲谢茂华被检察院开除一事不说，给韩院长开车那几年，她父亲说得上尽心尽力，对韩述也颇为周到。韩述可以讨厌她，但是没有理由讨厌她的家人。

韩述说："他们对你不好。我没有办法想象一对父母为了儿子，竟然可以把自己的亲生女儿说成智商有问题，而且还送到别人家里寄养！"

桔年沉默，忽然一个念头闪过。

"是你？"

韩述的左手与右手反复交握，见她看过来，又把手背到身后。

"你是说把举报信贴到书记室门口的事？没错，是我。我说的都是事实。怎么，你觉得我做得不对，难道你一点也不恨他们？"

桔年不知该说什么，心中徒有一声叹息。他做了一件"正义之举"，自然当大快人心，却完全没有想过，谢茂华是桔年一家的支柱。不管怎么样，桔年是他所生所养，一个普通的家庭失去了主要的经济来源，这些年生活会是怎样的艰难，又岂是简单的爱和恨可以一言以蔽之？

桔年没有打算跟韩述痛陈利弊，她从未奢望他能懂。一个人不理解另一个人的世界，是再正常不过的一件事情。

"前面一点有个小商店，我去买瓶水，你要不要？"韩述问。

这一带只有一个小商店——林恒贵，桔年的梦魇。光是经韩述嘴里提起，那个夏日午后的闷热、龌龊和丑陋仿佛还在昨天。

桔年一个劲地摇头。

“那个小商店也是妖怪变出来的？”韩述有些狐疑。

“别去。那个商店的老板……人不好。”

“拜托，我只是去买瓶水……难道，他欺负过你？”韩述并不笨。能让谢桔年在背后非议的人，坏到什么程度可想而知。

桔年不愿提起，只想离林恒贵和他的小商店远一些，连听都不要听到。

韩述说：“算了，不喝了，来的时候经过那小商店，有只讨厌的狗就叫个不停。”

“那是招福。说不定也不叫招福，早换了日本名字了。”林恒贵过去总说他那条日本名种狗血统高贵，要取个日本名字才好。

“日本名字倒是有个现成的，叫玛勒歌芭子，平时就叫芭子。”

桔年虽然心事重重，也忍不住笑了起来。他们已经走到了甘蔗地旁的田埂小路，之前的阴森总算散去了不少。路很窄，只能容一人通行，韩述让女孩子先走，自己跟在桔年后面一步。他第一次看到没有扎起头发的桔年，长发流泻在身后，发梢随着她的脚步，有着旖旎的轻摆。

韩述偷偷地伸出手去触碰她的发梢，她没有发觉，他继而大着胆子把它抓在手间，凉而滑，这触感竟然让韩述觉得脖子上系着的围巾再度让自己冒汗了。

他无法控制地去想，假如换了这头发如水草般缠在他颈间，会不会是他此时渴望的沁凉。

头发没有触觉，可是桔年走路没有留意脚下，磕绊了一下，身子一倾，被韩述抓在手间的那缕头发顿时揪痛了她。

“哎哟！”桔年一头雾水地转身。

韩述没有撒手，那发丝如同盘丝洞的妖孽缠进心间。

“呃……这是我的头发。”桔年小声而尴尬地提醒他，韩述毫不理会，她只得小心翼翼地将发丝从他指尖一寸寸抽出，但他的手却仿佛被那缕头发牵引着，随着她的力度渐渐靠近，几乎要触到她的脸庞。

桔年一慌，打了个喷嚏。

韩述总算松了手，从自己背包里翻出那双跟围巾同色的手套，递了过去，“拿去，省得冻死了你，变了闹家姑天天来吓我。”

“哦，谢谢。”桔年套到手上，居然大小合适，“待会儿再脱下来给你。”

韩述笑道：“谁跟你似的小气，手套也是我姐寄过来的，反正我用不着。”

“你姐给你买的手套好像是小了一点。”桔年戴着手套在他眼前挥了挥，质感上佳的羊毛毛线，有着柔软而温暖的触感。

“她也不是给我买的……嘿，反正她爱干无聊的事。”韩述说这话的时候，眼睛始终没有看桔年，可是即使那么昏暗的晚上，桔年仍然有种直觉，他的脸一定红了。

桔年开始明白了一些事。也许她一直以来都是知道的，他看过来的眼神那么熟悉，这份熟悉竟然让她感到难过。

“桔……”

“韩述，你别对我那么好。”

桔年缓缓摘下了手套，重新塞给了他。

心门外徘徊的那脚步尚且渐行渐远，何况是完全不同路的人。

韩述看着低下头的桔年，终于明白了她话背后的意思。

他是如此骄傲的一个人，从小到大，他已习惯了别人对他的好，当他第一次试着将这份“好”加之于人，还没端出心口，就尝到了拒绝的滋味。

巨大的羞辱感令韩述一张俊朗的面容微微扭曲，他冷笑道：“我什么时候对你好了，见你可怜，逗你玩罢了，你真当我那个什么你……谢桔年，你真会自作多情。”

桔年在他赤裸裸的嘲讽之下也红了脸，仍然坚持让他拿回那双手套。

“你拿着。”

韩述接过，顺手朝甘蔗地里一扔，“你戴过了，我还会要吗？”

说完，他从桔年身边硬挤了过去，几步就把她远远地抛在了身后。

桔年爱惜东西，跳下甘蔗地去找那手套，无奈夜太黑，摸索了好一阵，只找到一只，另外一只遍寻无踪，只得放弃。等到她重新回到小径上，早已不见了韩述的踪影。

她就拿着那只手套沿来路走，姑妈家她是不想去的，出来的时候是跟妈妈说到同学家过生日，这个时候回去虽晚了，顶多一顿臭骂。

经过恒贵商店，卷闸门已经落了下来，灯也熄了，桔年刚松了口气，却看到商店对面暗处的一点火光，接着，林恒贵那张令桔年反胃而恐惧的脸连同他点着的一支烟从黑暗里冒了出来。

“桔年，两三年没见，越长越标致了。”

恐惧挟住了桔年，她可以跑的，而且她跑得不慢。但是她因这一句话而发抖，竟然挪不动脚。

“巫雨那小兔崽子没陪着你？他不是恨不得要我死吗，我早晚得整死他。桔年，你不认识恒贵叔叔了？别忘了，你给我的那个疤还在呢，要不要过来摸一摸。”

桔年退了一步，她的手悄然握住了那个变了形的发卡，林恒贵笑着逼近，只要他再往前一步，她就，她就……

她已经蓄劲，手抬起来的那一刻，她听到去而复返的韩述在前边不耐烦地喊：“谢桔年，你给我快点滚过来。”

第三十四章

记得说再见

34

韩述极其不耐烦的一句催促，令林恒贵踩熄了手上的烟头。

目光短暂地在这一对少年男女身上巡回之后，这个小商店的老板低哼着不知名的小调回到了他的小店里。

他是个再奸猾不过的人，落单的桔年他当然不舍得放过，可是多了一个陌生的男孩又另当别论。十七八岁血气方刚的矫健少年就像一头刚刚长大的狮子，而林恒贵这几年吃喝嫖赌，身体如江河日下，不过是只渐老的豺狼，再鲜美动人的食物也不得不放弃。这点判断他还是有的。况且韩述在他眼里跟巫雨不同，巫雨是个生于斯长于斯的苍白少年，什么都没有，可韩述看起来高傲而尖锐，无论衣着和神态无不暗示着他来自另一个阶层，即使林恒贵今天尝到了甜头，日后只怕也后患无穷。

长大后更加楚楚动人的桔年让他蠢蠢欲动，但此情此景，还是不值得。

韩述见桔年跟了上来，便再也没有跟她说话。他冷下来的脸写着“近我者死”，桔年哪里敢去捋他的虎须。

末班的公共汽车已经开走了，桔年身上只有五块钱，幸而韩述拦了辆计程车，并没有阻止她硬着头皮上去蹭了个位子。

计程车停在桔年家的巷口，桔年内心挣扎了一万遍，还是决定跟他说声谢谢。那两个字怯怯地说出口，他的不屑充盈了整个车厢。

“要不是怕我爸知道我把一个女的扔在野外会扒了我的皮，你以为我会理你？”

“你爸怎么会知道？”

“废话，你还不下车！”

桔年慢了一拍，来不及回神，便被韩述从打开的车门推了出去，她连滚带爬地好不容易站稳，那样子相当狼狈，就连淡定的出租车司机叔叔也忍不住回头看了看。

韩述关上车门，彬彬有礼地对司机说道：“麻烦送我到市检察院家属区。”车子启动，他还不忘对桔年点了点头说：“再见。”仿佛前一秒他们才依依惜别。

从那一天起，韩述就再也没有搭理过桔年，在学校里看到她，不管周亮、方志和他们怎么挤眉弄眼，他都视而不见。

桔年其实相当享受这种清静，真正让她感到孤独的是，她发现自己不知道该怎么面对“小和尚”。每当她入梦的前一秒，夜幕下烈士陵园里的那一幕就会缠得她无法呼吸。然而在梦境中，那黑发后有时是陈洁洁的脸，有时是自己的。醒来之后，感觉心中糊了一张调着猪油和蜂蜜的油纸，那感觉浑浊、甜腻、暧昧、密不透风。

桔年想撕开这层油纸，重新看看她和“小和尚”并肩躺在石榴树下时那片安静而空明的天空。她撕扯着，油纸连着肉，锥心地痛。

她想，也许自己不该再去找巫雨了。可这个时候，却发生了一件全校震惊的大事件——陈洁洁生日那晚消失在自家的阳台上之后，就没有再回家。换言之，这个漂亮的小公主凭空消失在许多个为她庆生的人面前，一周之后，仍然杳无音信。

据说，陈洁洁的家长已经报了警，他们担心宝贝女儿被坏人掳走，但是经警方勘测，现场没有任何暴力的痕迹，没有打斗，门锁并非撬开，无人听到呼救，更重要的是，陈洁洁本人显然对这次失踪做好了准备。她最喜欢的几件衣服和一个包从衣柜里消失了，同时带走的，还有她十八年来的所有积蓄，那绝对是一个让普通人家咋舌的数字。

还有人说，那晚陈家的一个邻居驾车晚归，似乎在盘山道上看到了陈洁洁跟一个男孩子一道朝山下跑，那个男孩戴着一顶棒球帽，看不清五官，看身形瘦瘦高高的。但他们去了哪里，没人知道。陈洁洁的父母想尽了一切办法却毫无头绪，几近陷入绝望和疯狂。

陈洁洁为了一个不知名的男孩冒险离家出走的事，成了七中近年来最劲爆而离经叛道的新闻，尽管学校有心把这件事捂下来，可是当天的生日会上有那么多双眼睛，有什么能够捂住少男少女好奇的心？原本就笼罩着不光彩色调的一次出走，再加上当事人的知名程度，让这桩无头公案在七中学生茶余饭后的窃窃私语中演变出许多荒诞不经又言之凿凿的版本。

有人说，早在许久以前就发现陈洁洁和某个黑社会成员混在一起，那个男人超过了三十岁，脸上有一道狰狞的疤，陈洁洁就是跟他一块私奔了。

有人说，陈洁洁一直都不是个自重且安分的人，看她平时的指甲油，就知道她有多爱慕虚荣，说不定只要男生在楼下勾勾手指，她就跟着跑了。

有人说，难保陈家不是出现了经济危机，卖了女儿还假装失踪。

还有人拍着脑袋担保，某某某一天在这城市的某个角落发现了一个非常像陈洁洁的女孩，刚想叫她，她就一阵烟似的不见了……

桃色的传言让人兴奋，让人肾上腺素猛增，让人遗忘了平淡生活的枯燥，也让七中高三的学生在升学压力中找到了一点新鲜和刺激。只有桔年，她看着自己身边空了的位子，想起了那两张被激情冲得忘乎所以的面孔，难以抑制地焦灼。

她害怕自己的担心成真，是巫雨带着她走了。

他怎么能那么傻，即使走同样一条路，陈洁洁可以有回头的机会，但他没有。以陈家的权势，不发现则已，一旦被知晓，后果不堪设想。

桔年在令人崩溃的忧虑中等待了一个星期，她渴盼着巫雨能给自己一个音讯。虽然她已经下定决心不再过问他的事，但是这是最后一回，只要让她知道他平安就好，从此以后，他们两个爱怎么样，她再也不管了。

可是巫雨始终没有出现。他工作的网吧说他有事请了假，至于职高那边，缺勤已经习以为常。桔年试着不断说服自己，陈洁洁是有所准备的，她有钱，两人相互照应，至少日子暂时不会太苦。然而，巫雨作为“诱拐”陈家一直品行良好的女儿的元凶，被发现后的种种可怕下场日日在桔年脑子里上演。

不要管他们，不要管他们。

你管不了他们!

他走的时候都没有留给你只言片语，你又何苦替他们烦恼。

桔年在没有人的地方喃喃自语，可是每天梳头的时候，梳齿里都有大把大把的落发。

一周后，她再也忍受不了这煎熬，周日的下午找了个借口去了巫雨的家。他人不在，或许总有一两句话会留给奶奶，桔年心存一丝侥幸。

巫雨家的院墙外，可以看到枇杷树已经探出了头。桔年记得自己曾经对他说过，院子里的树要多种几棵，否则就成了一个“困”字，巫雨依言撒了许多种子，可是只活了这棵独苗。

假如他再也不回来，这棵唯一的枇杷树会不会也死于孤独?

就在这个时候，院门吱呀一声打开了，走出来的人不是巫雨又能是谁?

桔年愣住了，她掐了掐自己，不是白日做梦。难道他把陈洁洁带到了自己家?

巫雨看起来心事重重，掩了门，走了几步，才想起回头。

“桔年？”他看起来惊喜而意外，“你怎么来了？”

桔年却做不到心无芥蒂。

“我来看我姑妈，顺路经过这里。”狗尾巴草的叶子，被她扯碎扔了一地。

巫雨可以察觉到她的异样，走过来，笑了一下，“我知道你不是来看你姑妈的。桔年，出了什么事？进屋里说。”

“不用了。”桔年还没有做好在巫雨家看到陈洁洁的心理准备。

“进来吧。”

“她也在里面？”

巫雨沉默地看着桔年。认识这么多年，桔年第一次发现，“小和尚”的瞳孔是很浅的褐色，乍一看，会觉得里面说不出的空茫，也许正是这样的一双眼睛，让他整个人有一种寂寥而虚无之感。

他拉着桔年进了屋。一目了然的房子，除了卧床的奶奶，再没有别的人。

桔年想不通，“陈洁洁呢？你知不知道陈洁洁离家出走了？大家都在传，她跟一个男的私奔了，巫雨，你要跟我装糊涂吗？”

巫雨坐在了奶奶的床沿，老人看起来身体有点不舒服，旧房子里弥漫着一股草药的气息。

“我知道她走了，但是不清楚她去了哪里。”

尽管桔年心中对巫雨难消怨怼，可是她依然毫不怀疑他说的话。

“她……她不是跟你一起走的？”桔年低下头说。

老人在床上咳了起来，巫雨顾不上回答，忙了好一阵，才让奶奶平复下来。

“是，她让我跟她一起走。可是桔年你知道，我走不了的。”巫雨淡淡地说。

桔年心中一阵酸涩，“因为你奶奶的病？”

“这是一个原因。我担心自己并不是她期待的那个样子，也没有她想要的力量。我能去哪里，我甚至不知道能给她什么……可她太固执了。”当他提起陈洁洁时，那浅褐色的眼里是什么？爱怜？悲悯？或是对冲动的悔悟？

“所以她一个人走了？”桔年的声音是难以察觉的轻颤。

巫雨点头，嘴角有浅淡而苦涩的自嘲。

“也许她对我很失望。”

是啊，当然失望。可期望不就是自己给自己的吗，所以失望也是的。

桔年想象不出，陈洁洁需要怎样的决心，才能离开她的温室，得不到巫雨的承诺，独自一人远走。她自问没有这份勇气。

老人又开始了新一轮的咳嗽，桔年帮着又是抚胸又是顺气。

人老了，只凭一双手就可以感觉到躯体的破败。

“奶奶病了多久了？看医生了没有？”

巫雨用毛巾去擦奶奶唇边的痰渍。

“附近卫生所的人说他们是没有办法了，让送到市里好一点的医院去。”他回头对桔年一笑，“其实，他们还说，让我放弃。”

这是巫雨唯一的亲人，也是养大他的人。

那种无力感也钻进了桔年的心中。“怎么办？”这句话本身就是苍白的。

巫雨手里仍握着毛巾，“我打算卖房子。”他这么说，就好像说“今天天气不错”一样淡然。

他身无长物，有的也只是这栋破房子。房子能卖多少钱？谁会来买？换来的钱能不能救回风烛残年的老人？即使侥幸渡劫，以后该往哪里安身？

这些都是问题，每一个问题都是一座山，桔年爬不过去。可是换作是她，也会做出这唯一的选择。

“还算幸运，有人肯出价了。”巫雨用轻快的声音告诉桔年这个“好消息”。

“谁？”

“林恒贵。”

……

桔年竟然笑了一声，涩在了喉咙里，有腥气。

“他是唯一一个肯出现钱买房子的人。而且给得不少，一万七千块。”

“你信他？”

“不信能怎么样。明天就要往医院里送，字据都拟好了，他先付我八千块，作为住院费，其余的过后再结。”

桔年不再说话了，奶奶的咳嗽一直都没有停过，病人怕风吹，屋里关得很严实，她觉得喘不过气来。

“我走了。待会还要去幼儿园接望年——我弟弟。”

“好，我不送你去搭车了，你小心一点。”

“嗯。”

“桔年！”

桔年立在那里，稍后，从口袋里掏出一样东西，放在巫雨掌心，再合上他的手指。

那是她刚从爸爸那里拿到的一个月的早餐费和零用钱，整整一百块，全部给了他。

巫雨垂下眼睛，他的睫毛细而长，如丝雨，覆盖在荒芜的原野上。

“桔年，假如我奶奶的病好了，我们一块报名去打市中学生羽毛球比赛的混双。”他像是在说一个遥不可及的誓言，怅惘。

“好。”桔年点头，她的手扶在门框上，几十年的老木头，都长了白蚁，一掐下去，千疮百孔。

“巫雨，我，我有一个请求。”

桔年回头，和巫雨四目相对，她有一种错觉，他也在聆听等待。

“假如你真的当我是最重要的朋友，不管你以后要去哪里，跟谁一起，去得多远，回不回来……离开之前，记得和我说句‘再见’，好吗？”

巫雨只需说“好”或者“不好”，点头或是摇头。

可是，他说：“我发誓！”

他也不安了吗？都忘记了誓言是他最不相信的软弱。

陈洁洁出走后的第十六天，一个再普通不过的早读时间，当同学们已经习惯了桔年身边座位的空缺时，她背着书包，在五十双惊讶的眼睛的注视下走进了教室，踩碎一地的沉默。

平静的早读被窃窃私语充满，她神态自若地跟桔年打了个招呼，看了一会儿英语，又开始埋头描绘她的指甲，久违的油漆味让旁观者的好奇心燃至沸点，她却好像昨天放学时刚跟大家说“拜拜”一样。

陈洁洁回来了，一如她出人意料地出走，现在又让人跌破眼镜地归位。看来学校和老师都提前被打了招呼，没有人对这件事发表评论，也没有人表示意外。

当天下午，一份对陈洁洁旷课的通报批评被悄无声息地贴在校园宣传栏的角落，没过几天，又被人撕毁，这件轰轰烈烈的事件便以完全不相称的沉默画上句点。

陈洁洁跟往常没有任何不同，她轻盈地行走，与相熟的同学微笑着打招呼，即使忽然转身，也仿佛看不见那些各种意味的眼神。她这个样子，反倒没有任何一个同学敢去问她，究竟发生了什么，为什么走，又为什么回来。包括桔年。

然而，一堂沉闷的晚自习上，桔年正背着经济学原理，陈洁洁却把脸埋在书堆里，漫不经心地说："你是对的。那句话他也说了一遍。"

"嗯？什么？"桔年愣了一会儿，才把注意力转了过来。

"他说：'我带不了你走的。'那口吻跟你一模一样。你们不愧是一起长大的好朋友。"陈洁洁嘴角一直保持着笑意，她瘦了不少。

"为什么回来了？"桔年局促地问。

"我以为我自由了，结果在三亚遇上了小偷，除了几件衣服，什么值钱的东西都没剩下。"陈洁洁像在说一个与己无关的笑话，"那时我才知道我寸步难行。我没有谋生技能，吃不了苦，也看不了别人的脸色，好像是用饲料养的鸟，有翅膀也飞不高。所以我游荡了一天，借了个电话打给我妈妈，当天晚上他们就赶过来了。我爸妈都不敢对我说一句重话，他们怕我精神受刺激，怕我再跑，都哄着我。家里的窗户、阳台都封得死死的……呵呵。"

"你这是何苦。"桔年漫无目的地拨着自己的铅笔，"一开始你就应该知道，巫雨跟你不一样。"

陈洁洁说："他说他给不了我什么……可是我不要什么，我只希望他拉着我的手。"说到这里，她婉转一笑，"不过也是，对我这样的人，还是不要轻易许诺为好。"

"你怪他吗？"

"怪他什么？他没有答应过带我一起走。至少他没有骗我。"

桔年是想恨陈洁洁的，把心中的失望和伤感归咎于他人，自己会好受一些。可她恨不起来，一直都这样。陈洁洁不过是和她做了同一个梦，她安然入睡，拒绝醒来，陈洁洁却在梦游中一步踏空。她们不约而同地把梦寄托在巫雨的身上，却忘了去想，他如何能够承载？

“为什么是三亚？”桔年不解。

“你听说过吗，当你走到‘天涯海角’的尽头，许一个愿，必定能实现。”

“你相信？”

陈洁洁说：“我不管。愿已经许了，我就做完了我该做的事，剩下的，是老天爷的工作。”她扑哧一笑，伏在课桌上，“说不定真的很灵验，只不过像我跟巫雨这样的人，破了例也没有什么好奇怪的。”

正如陈洁洁所说，她回家后，父母软言温语地哄着她，唯恐她再有个差池。不管大人们怎么变着法子盘问，她打死也不肯透露自己出走是为了谁。他们再追问，她不饮不食，把他们吓得半死，只得将这件事就此带过，再不提起。可她的卧室里，美丽的蕾丝窗帘背后多了许多铁条，她手上的钱也受到了严格的控制，手机被委婉地收回，电脑只能用于学习。只要她出现在有电话的地方，身边必定有关注的人。上学、放学、游玩，一概都在自家车子的护送之下，成了名副其实的笼中之鸟。

除了桔年，再没有第三个人知道风马牛不相及的巫雨曾经介入了陈洁洁的生活。陈洁洁像过去那样肆无忌惮地去找巫雨已经是一种奢望，桔年竟然成了他们之间唯一的联系。她沉默地将一封又一封的信交到巫雨手里，再带回巫雨少得可怜的几句话。

巫雨说：“你让她别傻了。”

巫雨说：“告诉她，要好好的。”

巫雨说：“对不起。”

陈洁洁听了，总是甜甜一笑，信却没有断过。

桔年在他们两人面前话越来越少，只是木然地做着信使。

有一天，很少跟她说话的方志和主动捧着一本金庸小说跟她打招呼。

他说："谢桔年，你觉得化骨绵掌厉不厉害？"

化骨绵掌，内家功夫，外柔内刚，连绵不断。中掌时有若飞羽棉絮扑身，浑然未觉，可是不知什么时候开始，体内看不见的地方，寸寸俱断。

没过多久，巫雨的奶奶在用尽最后一分医药费后，死在了医院的病床上。

人死了，就得到了解脱，什么病痛都没了，这也好。

桔年和巫雨赶上末班车，报名参加了市中学生羽毛球比赛的男女混双。

第三十五章

谁是谁的搭档

35

五月初，中学生羽毛球比赛拉开帷幕，这在有着深厚羽毛球土壤的当地来说是个值得关注和期待的赛事。此时距离黑色的七月不到百日，按说高三的学生光阴如金，已不适合再参加此类活动了。不过正值本市荣升为国家素质教育重点示范城市，学校也希望神经紧绷的高三学生能够做到劳逸结合，因此便默许了他们参赛。

跨校双打组合是那年比赛的一个创举，旨在促进校与校之间的交流。事实上真正跨校搭档参赛的并不多，跨校混双更是少之又少。

桔年有一次为陈洁洁送信，这么问巫雨："你为什么不跟她搭档？如果是那样，她一定会很高兴。"

巫雨那时在仔细地给自己的球拍拍头磨损处贴透明胶布，这还是桔年几年前送给他的那一个，做工并不精细，能用到现在，可以说是个奇迹。

“我跟你搭档，你不愿意吗？”他的疑惑如山中薄雾。

桔年用巫雨曾经说过的一句话回了过去，“你也说了，那是两码事。”

巫雨笑道：“我还能找到比你更有默契的人吗？”

桔年没有作声。

默契？曾经是的。但现在还一样吗？

关于桔年的日趋沉默，巫雨不止一次追问。

“桔年，我是不是做了让你不开心的事？”

“我做错了什么你一定要告诉我！”

……

如果他们真的有默契，怎么竟连这个也看不透？

赛程安排表在正式开赛前一周发到了每个参赛者的手中。第一阶段分组循环，第二阶段采取淘汰制。桔年留意看了一下混双的安排，她和巫雨被分在B组，对手里熟悉的名字不多，倒是韩述说到做到地报了混双，不过他的搭档竟然是陈洁洁。

韩述和陈洁洁在D组，至少小组赛结束之前，他们不会碰上。

陈洁洁虽然报了名，但是对比赛并不热衷。她告诉桔年，要不是希望借着这场比赛来挣得片刻摆脱家人监管的机会，她是断然不会参赛的。

“早早被淘汰也不要紧，到时我就可以做你和巫雨的观众。”陈洁洁说。

桔年却并不认为他们会被早早淘汰，就算陈洁洁是这么想的，她的搭档未必做此打算。桔年拒绝过韩述一块报名的建议，不知道他如今看到她名列参赛者中，是否会腹诽不已。

当着别人的面，韩述并没有表现出任何的异样，有人建议他可以考虑一个更有优势的搭档，他笑着说：“比赛嘛，就是玩玩罢了，调节调节心情，输赢都无所谓。”

比赛的前一天，晚饭前，桔年在家接到了一个电话。

“喂，哪位？”

“我。”

桔年一听这声音，吓得头皮发麻。眼看爸爸出去买烟了，妈妈在厨房煮饭，客厅里只有她和聚精会神看动画片的望年，便把心一横。

“呃，你……你好，欢迎致电那个，那个声讯台，该电话……为电子语音服务，请在挂电话……不，忙音之后留言……”

说完短短的一段话，她几乎要急得拔光自己的头发。

对方沉默了几秒，用力地挂上了电话。桔年不知道他是否真的会留言。

顺利地吃完了晚饭，洗碗一直都是桔年的工作。水龙头里还淌着水，望年却精力旺盛地闹着她，一会儿用虚拟的冲锋枪做扫射状，要求姐姐痛苦地中枪倒地，一会儿踮着脚尖去玩洗好了的碗碟，桔年疲于应付。

这时，爸爸在客厅叫了她一声，好像是说有她的电话。

桔年正竭力把自己的头发从望年的手里抢救回来，在厨房里应了一声：“哦，就来。”

她还没有来得及擦干净手上的水，妈妈也走了进来，催促道：“做什么都慢慢腾腾，别人等着呢。”

桔年不敢顶嘴，走到电话边，正好听见爸爸对妈妈说：“这孩子跟他老子一样，特别讲礼数。”

桔年心中咯噔一下，那家伙阴魂不散还有完没完。

妈妈见她犹犹豫豫的，忍不住数落：“丢魂了？韩院长的儿子打电话问你羽毛球比赛的事。同样年龄的孩子，你怎么就差人家那么多。”

桔年不吭气，拿起小茶几上的听筒。

对方说：“您好，声讯台。”

桔年含糊地应了一声。

韩述立刻就开始发飙。

“你蠢就算了，可觉得自己代表了正常人的智商水平就过分了一点。有你那么哼哼唧唧的声讯台吗，我真没见过你这种人，除了说谎你还会做什么？”

虽然爸爸在看报纸，妈妈低头织毛衣，可桔年知道，他们的耳朵都竖着呢，她当然不能在一个讲礼貌到太过客气的同学面前失了礼数。

她说：“哦，谢谢。”

“你不想跟我搭档完全可以明说，我也就是随便问问。可你为什么要拿‘没时间’来搪塞我？直截了当地说你跟那个职校的约好了不就行了。”

桔年担心话筒漏声，赶忙用手去掩。

“那你说呢？”

“我说什么？我最恨你骗我！把我当白痴了吧，从头到尾你说过一句真话吗？”

……

桔年不知道事情会上升到这种高度。

“这样也好，你爱跟谁搭档是你的自由。你要输，要自取其辱我也没有办法……”

“哦，那我不耽误你了，谢谢啊。”

“……你敢挂电话！”

桔年细声细气地说：“没事，你忙吧，再见啊。”

电话归位，桔年有些担心他再度打来。

“你跟韩述在同一个班？”爸爸从晚报中抬起头来问。

“呃，隔壁班。”

“我还以为你们都不认识了。”

桔年不知道爸爸的眼神是否带着审视的意味。她父母在男女方面的事情上尤其谨慎和保守，稍有不慎，只怕又被训斥为“没个正经”，因此在他们面前提到异性的问题，桔年尤其小心，唯恐说错一句话。

“认识是认识，不怎么熟，平时也不太说话。正好他这次也报名参加了羽毛球比赛，学校负责这件事的体育老师让他告诉我一些赛程上没写的注意事项。”桔年面不红心不跳地说。韩述没冤枉她，她的确是个谎话精。

爸爸又看了她一眼，继续埋首报纸里，“韩述也就罢了，其他乱七八糟的男孩子你离远一些。”

桔年乖乖点头，她父亲对韩家印象始终很好，这是不争的事实。

好在这一晚的电话没有再次响起。

为了不影响学习，羽毛球比赛尽可能地压缩了比赛周期。每天下午三点，参赛的学生在各自学校的组织下前往指定的比赛地点。虽然赛程安排紧凑，但参赛的都是生龙活虎的年轻人，不用上课更是感觉天宽地广，所以也没有多少人觉得累。

混双的小组循环赛，巫雨和桔年打得相当顺利。相对于许多临时凑对的男女选手来说，他们从握球拍的第一天开始就在一块练习，多年下来，默契是天然优势。轻松闯入决赛圈之后，又以 6 胜 1 负的成绩进入十六强淘汰赛。

桔年对这次比赛没有太高的期许，这样的结果她已经相当满足了。可是巫雨说，假如他们有机会进入前三名，因为是市级的大型比赛，有可能给桔年高考升学带来优势。

他的体质本来就特殊，平时看不出什么，但是在如此紧锣密鼓的比赛安排中，未免觉得吃紧。

十六进八的淘汰赛，桔年已发现巫雨状态不佳，跑动过于激烈之后脸色开始变得苍白。休息时，桔年便一再地跟他说，胜负真的不重要，不需要那么拼，能够一路过关斩将进入淘汰赛，即使马上输了，也没有什么可遗憾的。巫雨听的时候点头，可重回赛场上仍是铆足了劲。

能够进入前十六的选手本就不弱，桔年两人是以B组第二出线，遇上的又是A组第一的选手。那两个六中的高三学生体力充沛，在身高上也占据了优势，这场比赛打得非常吃力，第三局凭借对方的失误，他们以极小的领先优势，侥幸拿下比赛。

进入前八那天，桔年跟巫雨好好地庆祝了一回。这一场他们赢得太过辛苦，尤其是巫雨，她几乎担心他的身体承受不住。然而好在是赢了，桔年也成为七中学生参与的混双比赛中第二对进入八强的选手。

八进四那天，是个特殊的日子，因为这一场，他们的对手是韩述和陈洁洁。

韩述除了混双之外，还报名参加了男单，并在先行结束的男单中拿到了第三名。他的真实水平桔年没有切身了解，但是男单历年都是比赛中报名人数最多、竞争最激烈的单项，他能够取得这个名次，再依他平日里苛求完美的个性，两把刷子还是有的。虽然他选择了陈洁洁作为搭档让人颇为意外，可即使陈洁洁球技稍弱，他们这一对也不容小觑。

那一场比赛场地定在G大羽毛球馆，裁判员已经在广播中要求临赛队员签到，桔年在韩述后面签下了自己的名字，她无意间看向观众席，竟然发现韩副检察长夫妇也亲自来看儿子的比赛。他们坐在第一排，韩述在靠近他们的赛场边做热身，韩母心疼地给宝贝儿子擦汗，韩副检察长则一贯语重心长地不知在嘱咐着什么。

桔年是直接从学校过来的，她和巫雨约好提前半个小时在赛场上见，可要求参赛者签到的广播已经响到第二遍，他还不见踪影。巫雨并不是个不守时的人，更让桔年心中不安的是，陈洁洁竟然也未现身。

照例，如果广播第三次响起后，尚未签到的参赛者就视为自动放弃。

距离比赛正式开始还有不到十分钟，桔年主动向裁判席要求多宽限几分钟，自己好去找一找搭档，看是不是路上耽误了。鉴于混双两边各有一人缺席的情况非常少见，裁判席破例多给了十分钟，届时人仍未到，比赛取消。

桔年过去从没逛过G大校区，偌大的高校对于一个中学生来说太容易迷失方向，她说服了裁判，可实际上并不知道怎样才能找到巫雨。

然而，她的寻找并没有花费很多的心机，出了羽毛球馆，左边就是某个院系的小园林，那里草木繁茂，鸟鸣声幽。园林的正中是个高高的人形塑像，桔年走近了一些，才看到塑像底座镂刻着“茅以升先生”几个字。塑像的背后，熟悉的背影一闪而过。

桔年心下疑惑，绕过一排休闲石凳，从这个方向，正好远远地看见塑像背后的两个人。他们各自背着球拍，白衣少年背影单薄，头发短得像刚长出来一样，女孩的乌发在阳光下反射出柔润的光泽，紧紧拥住男孩的一双手蔻丹如血。两人静静地相拥，过了好一会儿，男孩始终垂于身侧的手缓缓抬起，抚了抚女孩的发丝。

这个园子里有一种长在树上的奇怪的小黄花，开得繁盛，却一点香气也没有。桔年就站在花下，风吹落细碎的花瓣，她觉得自己仿佛就附在了那黄色的星星点点上，无声荡起，又坠下，近了，又远了，完全由不得自己。

她好像解开了心中的某个疑惑，所以更难过到无以复加。

“小和尚”那么拼力地进入到决赛，真的是为了证明他们“默契”的友情，真的是为了桔年并不在乎的升学优势？也许，他的千辛万苦不过是为了这天，为了跟他喜爱的女孩见上一面罢了。陈洁洁家里管得固若金汤，他们明知道两人搭档是不可能被允许的，等到彼此进入了决赛，还有谁能阻挡他们近在咫尺地四目相对？

“哟，原来在这儿忙着呢。马上开赛了，记得要保存体力。”韩述讥诮的声音从桔年身后传来。

相拥的两人被惊动，巫雨回头。

“桔年？”

陈洁洁却显得更镇定，“比赛快开始了吧，真不好意思，我没注意。”

韩述嗤笑道：“急什么，比赛哪能跟你们俩演的这一出戏相提并论。”他继而转向一言不发的桔年，“看见了吧，那是你的搭档吗？你怎么不上去认领呀？看人家多有本事，在这好着呢，我都分不清这场比赛是谁对阵谁了……就你傻不拉叽的被人拿来充当幌子。”

“别说了！”桔年压低声音道。

巫雨已经朝他们走了过来。

“桔年，你是来找我的？走，过后我再跟你说。我们先去比赛的地方。”

他轻轻拉了桔年一把。

韩述却用手上的球拍顶着巫雨的胸口往后推了推。

“还比什么赛？你逗她玩也就罢了，要我也陪你一起玩，想都别想！我早就看你这种人不顺眼了，朝三暮四，欺骗女……”

“行了，韩述。”桔年抓住韩述的球拍往回撤。

韩述的表情越发不屑，“心疼了，轮得到你心疼吗！”

“我们的事跟你没有关系。”巫雨不轻不重地推开抵在自己身上的球拍。面对韩述的挑衅，他的反应漠然而冷淡，可愤怒并非唯一有震慑力的东西。

“我们？”韩述仿佛被逗笑了，“你说的‘我们’是你跟谁？跟你的搭档，还是陈洁洁？”

一直以来都是好脾气的桔年终于忍无可忍，“到底有没有人跟我一样是来比赛的？如果有，我提醒一句，只剩三分钟，比赛就要开始了。”她用最直白的语调提醒着剩余的人，在没有得到任何回复之前，自己第一个离开了。

“桔年……”巫雨垂首，好像叹了口气，追了上去。

“桔年，等等。”他从后面拉住了桔年拍套的带子，桔年缩了缩肩，无声摆脱。

四人回到赛场，各就各位，一声哨响后，比赛开始。除韩述对巫雨知之不深外，其余的人都颇有渊源，这一场球打得各自心中别有一番况味。

巫雨的特点是球风轻灵，角度刁钻，桔年的打法却很朴实，没有什么花哨的招数，但是落点极准，关键时候杀球狠而干脆。身手最矫健、速度最快的是韩述，他跑动积极、步法灵活、技术全面，发球非常有优势。陈洁洁是他们当中接触羽毛球时间最短的，她聪明，善用巧劲，弥补了力量上的不足，按说真正打起来，双方至少在两局之内可平分秋色。

桔年过去喜欢在心里把自己和巫雨练球比作“冲灵剑法”，那虽是小孩的游戏，偌大的江湖，比它厉害的武功数不胜数，可轮到心有灵犀，再无人可出其右。她可以在巫雨一抬手间知道他所有的意图，巫雨也总能最及时地补防在她需要的地方。然而，青梅竹马的令狐冲和岳灵珊不也在长大之后，一个爱上了眉间阴郁的小林子，至死嘴边都呢喃着忘不掉的闽南小调，而大师兄多年以后也拉着另一个美好女子的手，琴箫和鸣，山野终老。

草木青青的华山思过崖，一如桔年心中松柏如海的烈士陵园。迷途初见，花下乍逢，苍松迎客，青梅如豆……一招一式如今使来都沾满了回忆之伤。第一局最关键一刻，桔年和巫雨同时救球，两个拍子竟然击打在一起，震得两人的手俱是一麻，球却无声落地。

这就是所谓的“默契”？隔着网，韩述在另一头讥诮地笑，他赢了这一局。

桔年喝了口水，双方交换场地，在这个过程中，她知道巫雨似乎有话要说，可她仿佛只专注于比赛，其余的事情，一概不予理会。

不知是不是一心求胜，巫雨在下半场的击球和跑动明显变得激烈，桔年也尽可能地心无旁骛，这让他们的比分一度领先于韩述和陈洁洁。11分过后，双方休息一分钟，这一次，巫雨显得很安静。桔年试过不去理会他，可是末了，又忍不住偷偷看了一眼。他倚在一侧，嘴唇上好似没有着色，一张瘦削的脸上最浓重的一笔竟然是淡若远山的眉眼。

这通常是他身体不适的前兆，桔年心中一紧，恢复比赛的哨声已响，四人重回赛场。

韩述是个万般要强的男孩子，无论做什么事，他从不甘于人后，何况今天的对手是巫雨和桔年。再说，韩副检察长一向公务繁忙，今天竟然拨冗前来看儿子比赛，一直想要在父亲面前证明自己的韩述更要争这一口气。眼看比分落后，他打起十二分精神奋起直追，大力扣杀，攻势凌厉。

桔年确实疲于应对，尽管她竭力让自己专注，可巫雨越来越沉重的呼吸仿佛就在她耳边，她只要略一分神，甚至可以看到他额头上的汗水滴溅下来。她的心跳不由自主地跟随巫雨呼吸的频率，越来越快，越来越急。

在韩述一次发球得分后，桔年向裁判示意，要求暂停。巫雨必须喘口气，不能再硬撑下去了。

裁判过来询问情况，韩述用不大但周围的人都听得到的声音笑着说了句：“才刚休息了多少秒钟？这种体力，何必逞强参加比赛呢？”

他好像看见单手扶住巫雨的桔年冷冷投过来一眼，心中更是不平，“不如养好身体再来打？我不想戴个胜之不武的帽子。”

陈洁洁也从网下钻过来，担忧地询问巫雨的情况。看她的样子，桔年这才明白，她竟然对巫雨的旧疾毫不知情。

巫雨淡淡地拒绝了裁判暂停的决定，他甚至不愿意让任何人来搀扶他，把手心的汗湿在球衣上随意一擦，深深呼吸了几下，说：“抱歉，可以重新开始了。”

陈洁洁摇头，仍不肯走。巫雨勉强笑了笑，“谢谢你，你过去吧。”

韩述发球越来越刁钻，似乎吃定了巫雨难以快速而大范围地跑动，有心让他更为吃力。

比赛就是要争胜负，自己有了弱点，怨不得被人抓住。桔年也深谙韩述的脾气，可是心中也渐渐被激起了恼意，她从未有心招惹过他，他却一再步步紧逼，欺人太甚！

她是个不轻易动怒的人，可一旦咬了牙，手下都是狠劲，13比13的时候，她一记跳杀，羽毛球挟着风声迎面朝韩述的方向而去，正中他的右侧脸颊。

这一下力度不轻，打在任何人裸露在外的身体上都是疼痛的，更何况是脸。在球“吻”上他的瞬间，桔年听到一贯矜持的韩述重重咒骂了一声，场边迅速有人围了过来，除了校医、同学，还有他妈妈。韩述接过别人递过来的纸巾，捂在嘴上一阵，估计吐出来的唾液里夹杂着血丝，有女同学一声惊呼。那边乱纷纷闹成一团，最后是韩述不耐烦地把他妈妈劝回了座位上，用球拍撩起地上的球，咬牙指着桔年和巫雨的方向，要求继续比赛。

接下来的比赛毫无章法可言，韩述心中有火，几次发球都出了界，陈洁洁更是打得失魂落魄，巫雨体力不济，桔年应付韩述的同时不得不分神留意巫雨的状况，双方竞技都大失水准，但浓浓的火药味弥散开来，观众席上已有不少人在交头接耳。

24比21，韩述的发球送了对手几分，眼看桔年一方就要拿下此局，桔年心中一喜。不管决胜局成败如何，她都要挫挫韩述的锐气，就算是为了巫雨。她知道巫雨心中也有一口气，虽然他什么都不肯表现出来。

她希望和巫雨一起感受曙光在望的喜悦，然而一眼看过去，心却凉了半截，巫雨的脸色已不再苍白，嘴唇是乌紫色。桔年心知大事不好，他已经许久没有大发作过了，撑不了多久了。

巫雨的骄傲是一块薄薄的玻璃，看不见，却薄而脆。

他不能当着那么多人的面发病，尤其是在完全不知情的陈洁洁面前，否则桔年不知道那块玻璃碎后会扎伤几个人。

她没有片刻的犹豫，举起手上的拍子，用所有人都听得到的声音说：“我们弃权！”

一片哗然中，巫雨眼里仍有震惊，桔年不由分说地拖住他的手，“走！”

第三十六章

一个叫作化蝶的故事

36

桔年不是一个热衷于引人注目的人，最大的乐趣莫过于静静地生活。然而，今天却当着无数人的面，中途弃赛，与巫雨携手离开如逃出生天。那个时候，她管不了别的人，管不了以后，只在乎仍在身边的“小和尚”，还有仍能握住的现在。

巫雨没能跑得太远，桔年猜对了。他的发作来得快且凶猛，当他倒在G大一条陌生的小道上，桔年走投无路之中竟然硬生生地用自己的双手将已经毫无知觉的人拖到了一大片遮挡视线的灌木丛后。

这场痉挛持续了将近半个小时。在那段时间里，桔年身上的汗水湿了又干，干了又湿。她把巫雨的头部放在自己的膝盖上，必须用手用力地捏着他的嘴，才能避免紧合的牙关咬断他自己的舌头。他的手、脚和整个躯体怪异可怕地扭曲着，绷得像上满了弦的弓，面部呈现出一种诡异的紫色，身下的草皮被身体控制不了的抽动蹭得露出了黄色的泥土。一分，一秒，度日如年，这种煎熬的等待仿佛看不见曙光。很多个瞬间，桔年都错以为他可能熬不过这次，下一秒就会死去。

发病的时候，这副躯干属于魔鬼，不属于巫雨。当人对自己的身体无能为力时，那种可怖无法用言语形容。“小和尚”本如明镜一般清净无尘，在这一刻，却坠身于无边的污浊。桔年知道自己是对的，但凡巫雨还有一息尚存，他不会希望有更多的眼睛看到这一幕，尤其是陈洁洁。

当怀里那个人在漫长的煎熬后终于渐渐趋于平静，桔年抱着他，好像忽然就想通了，一如被父母送走的那个傍晚，她迷失在陌生的郊野，走着走着，那种了悟如醍醐灌顶，不期而至。她总是在最绝望的时候为自己找到出口。

就让他爱着陈洁洁吧，这又有什么不好呢？他的快乐是多么有限，他的每一天是多么珍贵。桔年有属于自己的世界，即使他永远都不会走进来，可是隔着一扇门，听到他的脚步声也是欢喜的，这还有什么可遗憾。真的，只要他快乐，桔年愿意在门后悄悄地看着他，这不是伟大，于她而言，这种程度的“拥有”已然足够。

如同初生的婴儿经历产道的痛楚，巫雨慢慢睁开眼睛，阳光是足以灼伤人的光环……他认得为他遮住光线的那双手。她给了他有如新生一般的宁静。

“对不起，我让你输了比赛。”这是他撑着身体坐起来后说的第一句话。

桔年略显疲惫地靠在灌木丛边上，笑道：“有句话是这么说的：‘好察非明，能察能不察之谓明；必胜非勇，能胜能不胜之谓勇’。”她怕巫雨不明白，又按自己的理解解释了一遍，“即使有机会赢，必要的时候敢于舍弃，给自己留条后路，那才是真勇敢；同样，凡事看得太透不是真明白，能糊涂的时候就糊涂一点也未必不是好事。”

“你这是阿Q的逻辑。”巫雨脸上的紫气散了，说话还是有气无力的。

“这是谢大师的生活哲学。”桔年自我打趣。

巫雨吃力地笑了。他们俩东倒西歪毫无形象地席地而坐。陌生的地方，好像又不是很陌生，天空的颜色和云朵的形状，跟石榴花下抬头仰望时一模一样。

一时间，竟没有人说话，仿佛也没有人记得，不远处有一场原本属于他们的比赛。

桔年差一秒就要坠入黑甜乡，她听到巫雨在身边没头没脑地说了句：“桔年，我有没有说过，你是我见过的世界上最好的女孩子？”

桔年闭着眼睛笑了起来。巫雨是腼腆的，认识那么多年，他也没有说过任何一句直白的称赞。

桔年，你真漂亮。

桔年，你很聪明。

这些话在懵懂的岁月里，桔年不止一次渴望从巫雨嘴里听到。可他从没有说过。

浮云蔽住了烈日，风是温柔的。

“真的吗？比陈洁洁还好？”桔年的心在说，骗我吧，说我比她还好，就这一次！

过了一小会儿，巫雨才说：“比任何人都好！”

他的口吻是那么认真而郑重。桔年相信了，对于她来说，什么都够了。

她看向巫雨，灿烂地笑。

“巫雨，你也是我所见过的，世界上最最好的男孩子！”

“真的吗？”

巫雨也学她的样子傻乎乎地追问。

桔年小鸡啄米似的不住点头。

他们像孩子一样满足而喜悦，虽然他们都隐约知道，“最好”和“最好”，本来就是不该在一起的。

“桔年，我给你说个故事吧。”

“你？呵呵。”怪不得桔年觉得好笑。巫雨从小不爱看书，不管桔年觉得多有意思的文字，他没看多久就会昏昏欲睡。因为桔年老戏谑地叫他“小和尚”，他最爱讲的故事也不外乎，“从前有座山，山里有座庙……”

“别笑。”

“我听着呢，在听着……”

“这个故事叫‘化蝶’。”

桔年没憋住，笑出了声来。她是想让自己做一个好听众的，然而他郑重其事地说出故事的主题，有一种怪异的喜剧感。

“我还没开始说呢，你笑什么？”巫雨不满地嘟囔了一句。

“呃，我的意思是说，这个故事我很喜欢。梁山伯跟祝英台是吧？”

“嗯？”换成巫雨疑惑了。他用手肘警告性地碰了桔年一下，“讲故事的人是我，你好好听行吗？”

“我听，我听！”

“有两条毛毛虫，共同生活在地底下，那里很安静，与世隔绝，它们从来没有见过外面的世界，外面的世界也从来不知道它们。不过，它们所在的洞穴上面有一个很小很小的洞，风和雨水就从那个洞里渗进来，当然，还有阳光。”

“那两条毛毛虫之间是什么关系？”

“……就是毛毛虫和毛毛虫的关系。”

“哦。”

“这两条毛毛虫都一样，最喜欢从小洞透进来的阳光。可是这点阳光对它们来说太奢侈了，只有天气晴朗的日子，某一个特定的时刻，才会有一线很微弱的光短暂地透进来，并且只能照在一条毛毛虫的身上。”

“它们为此决斗吗？”

“当然不，桔年，你得少看一些武侠小说了。这两条毛毛虫是非常友爱的，它们经常相互谦让，宁愿自己在黑暗里，也要让对方享受短暂的阳光照射。”

“这样很好。”

巫雨说了那么多话，声音听起来很疲惫，而且越来越低，越来越低，“有一天，一只蝴蝶飞过，无意间从上面看到了这两条为了谦让而斗气的毛毛虫，它很不理解，就在上面的洞口问：‘你们在干什么？’毛毛虫甲回答这只蝴蝶，‘我们在互让晒太阳的机会’。”

“蝴蝶怎么说？”

“蝴蝶就一个劲地笑，‘你们真可笑，阳光有什么宝贵的，你看我，整天都在阳光下，我都嫌它晒伤了我的翅膀。’毛毛虫听了，非常非常羡慕。它们觉得最奢侈最珍贵的东西，在别人看来，居然唾手可得，甚至可能是累赘。”

“是毛毛虫甲羡慕，还是毛毛虫乙羡慕？”

“谢桔年，你能不能不要提奇怪的问题？”巫雨无奈地说。

“好吧，你继续。”

“这只蝴蝶也非常友好，它大可以嘲笑一番就飞走了，可是它收起翅膀停了下来，给毛毛虫出主意：‘你们在地底下让来让去有什么意思，还不如直接从洞里出来，用得着把那点可怜兮兮的阳光当宝贝吗？’毛毛虫说：‘洞口很高，我们爬不上去。’蝴蝶又笑了，说：‘蝴蝶就是毛毛虫变的呀，只要你化茧成蝶，不就有翅膀飞出来了？快出来吧，出来以后我们一起去玩，在太阳下跳舞。’”

“后来呢？”

“后来，毛毛虫才知道自己居然是可以变成蝴蝶的，它很高兴……”

“它变了没有？”

“它千辛万苦，终于化成了……化成了茧……”

“然后怎么样了？巫雨，你快说啊，说完再睡！”

巫雨发作过后的倦意如潮水袭来，撑不住重重的眼皮。

“然后它又从茧化成了蝴蝶……桔年，我躺一会儿，以后，以后再往下说……”

他沉沉睡去，徒留下桔年一人气结。还有什么比一个没有结局的故事更让人郁闷？这个故事留给她太多的疑问。化蝶的是毛毛虫甲还是乙，长了翅膀真的就能飞出去吗？假如只飞走了一只，那另一只是多么寂寞。是否会有另一只好心的蝴蝶前来呼唤？

可惜，这个故事巫雨一直都没有机会讲完。

桔年回到学校，被学生辅导员叫去狠狠地训了一顿，她临场弃赛，并且没有给出一个合理的解释，是非常没有体育精神的表现，并且，当着那么多人的面，实在有辱七中的形象。为此，桔年认真做了书面检讨。

没有了他们的比赛仍在继续，韩述和陈洁洁由于他们的弃权轻松闯进四强，又侥幸在半决赛中获胜，最后拿下了全市混双亚军，为七中争得了荣誉。

颁奖典礼不日在市体育馆举行，凡是进入前八的选手均可获荣誉证书。桔年和巫雨虽然走得不光彩，但毕竟还是把一个红本子拿在了手里，同时，每人均获五十元奖励。桔年说，这真是意外的惊喜。

韩述作为两项比赛都闯进了前三名的选手，在那天获得了无尽的荣光，颁奖的时候桔年只看到韩母，不见韩副检察长，但是想来一向望子成龙的韩副检察长在这一次定会对儿子多一些认可。

颁奖过后，大家各自散去。脖子上挂着相机的方志和叫住了桔年。

“哎，谢桔年，别走啊，还有你的搭档。好歹你们跟韩述那一组曾经是对手，合个影怎么样？”

“这个……不用了吧。”桔年勉为其难地说。

“留个纪念嘛。大家同学一场，反正以后毕业了，也未必凑得齐……韩述，过来吧，你的搭档陈洁洁都答应合影了。”

韩述一脸无所谓，“拍就拍，有什么？我也不是那么小气的人。”

桔年偷偷瞄了巫雨一眼，他也没有反对的意思。何必让别人笑话小气呢，桔年想了想，就点了头。

于是方志和便俨然一个组织者似的招呼着四人站拢到一块。桔年的左边是巫雨，韩述被方志和推到了她的右边。

韩述的脸上还有那天被羽毛球打到的淡青色瘀伤，不过已经变得很浅。也许是这个让他不自在，他手臂撞到桔年，整个人一脸的别扭。

桔年看了他一眼，他没好气地说：“谢桔年，站过去一点，你挤到我了。”

明明是她先站在那里的。

桔年也不跟他争，沉默地从他身边走开，绕到了巫雨的左手边。韩述寒着脸，并没有填补她走后的空隙，方志和便催促着陈洁洁站到了巫雨和韩述的中间。

桔年、巫雨、陈洁洁、韩述，从左到右，四人一字排开。方志和在对面摆动着镜头，嘴里啧啧有声：“画面相当赏心悦目。韩述，你应该拿着你那把肯尼士球拍，手胶上有大家的签名，那才有纪念意义！”

韩述不耐烦地说：“我说你拍就拍吧，话怎么那么多？”

方志和干笑两声，“我是为了艺术，洁洁，你往左边靠一些……对了。”

桔年安安静静站在那里，察觉到巫雨动了动，她微微侧身，余光正好看到中间两人背在身后的手紧紧相握。

“看镜头，我数一、二、三，笑！”

桔年朝镜头露齿一笑，画面从此定格。

后来她拿到了照片，才发现自己竟然是四个人里笑得最灿烂的一个。

拍完照片，巫雨说跟桔年一块走，桔年推托自己肚子不舒服，让他先走。她有眼睛，看得见陈洁洁欲走还留的期待，也许这期待也是巫雨的，她很知趣。

在女厕所磨蹭了半天，桔年才走了出来，她担心又碰上巫雨他们，故意选择了走体育馆的侧门。

无奈躲过了星星，躲不过月亮。下了那十几级台阶就是侧门，在那里，桔年遇上了灾星。

她本打算装作没有发觉，自己走自己的，但显然韩述不习惯装糊涂。他玩着自己的球拍，跟在她背后说：“谢桔年，你不觉得遇见熟人不打招呼很尴尬吗？”

桔年回头，“哦……嘿，韩述，原来你也在这里！”

韩述说：“别以为只有你一个人的心是亮堂的。陈洁洁她爸妈叫我看着她，我才不做电灯泡……对了，我想采访一下当事人，请问你现在心里作何感想？”

他用球拍的拍柄模拟话筒递到桔年面前，“难受？嫉妒？想哭？还是你一贯都这么伟大？”

“不好笑。”桔年伸手推开他的球拍。

“憋得很辛苦吧？我今天心情好，倒是不介意听你哭一场的。”

桔年本不想理他，看到他右脸的青痕，心里忽然一软。

那天她气极了，下手确实很重，不管怎么样，出手伤人都是不对的。以韩述的脾气竟然也没有找她算账，还真让人有些意外。

“你的脸还好吧……对不起了。”她闷声说。

韩述摸着自己的脸，“你还好意思说！我爸够残酷的了，下手都从来不打我的脸……”

被打屁股的韩述顿时让桔年忍俊不禁。

韩述见她笑了，口气也软了下来，再不像先前那般尖酸刻薄。

“这里都肿了一块，说话吃东西都疼……不信，你摸摸看……喷，你摸摸！”

“不，不用吧。”桔年吓了一跳，笑着回避。

韩述不管这一套，抓着桔年的手就往自己的伤处贴，“躲什么，我让你验验伤，否则你还当我是碰瓷。”

桔年想要抽回自己的手，让别人看见了不好，无奈拗不过韩述，手指终于触到了他的脸颊，滚烫的，发了高烧一般。

“嘶……”韩述引着她的手指在自己脸颊上按了按，“摸到了没有……你真下得了手。”

这是桔年第一次听到韩述低声细语，宛在耳边。

他的手，他的伤，他亲昵的埋怨，无一不充满了暧昧，那种感觉让桔年强烈地不自在。她一边不动声色地将手往回撤，眼睛难堪地看着别处。

当她的手终于如愿地摆脱，韩述好像也轻轻地咳了一声，“你也不是第一次打我了，上回还踢我来着……”

“那里我可不摸！”桔年情急，说话也不经细想。

韩述哑口无言，“你还真是个女流氓。”

他的脸红晕未散，偏装得道貌岸然，唯有一双眼睛出奇的亮。桔年想，他也不是什么坏人，很多时候，他更像一个胡搅蛮缠的孩子。

“我要回去了。”她加快脚步。

“等等，我话还没说完。让你跟我搭档你不肯，现在后悔了吧。要是我们联手，说不定冠军就是我们的。”

“现在说这个也没意义了。”

“喏，这个给你。”

韩述把自己那个肯尼士的球拍递到她手里。

桔年愣愣地接过，“给我，为什么？”

“这把球拍是我初三第一次在市级比赛中拿了名次之后我爸送给我的。他从来没舍得给我买什么好东西，这还是第一次正儿八经送我礼物。每回打得好成绩，我都带着它。给你，那是提醒你，让你天天后悔没跟我搭档……回头我再让我妈给我买把好的去。”

桔年看着那球拍，手胶上遍布他同学、朋友的签名。韩述的人缘是不错的，可怎么看，这也不该是个轻描淡写就送出的东西。桔年拿在手里，觉得它重逾千斤。

“这我可不能要。”她忙不迭地把球拍塞回给韩述。

“给你就给你了，叽叽歪歪什么？”

“这球拍挺有纪念意义的，你应该留着。”

“有没有意义我说了算。你觉得过意不去，那就把你的拍子给我，这样我们就扯平了。”

“平白无故的，为什么要互送东西？”

“那你送给那个巫雨的球拍又是出于什么了不起的原因？”

“……谁告诉你的？”

“这你别管！”

“他是他，你是你。”

韩述忽然就变了脸，“我有什么不如那个羊痫风？”

桔年的脸顷刻煞白。她和巫雨小心翼翼护着的隐痛，被韩述如此粗暴地撕开。

“你怎么会知道……”

韩述撇嘴，“之前还不确定，看你的样子，应该是真的了。你别忘了，我妈是脑外科的大夫，那天巫雨的反应，她一眼就看出来了。难怪你们火烧屁股地要弃权，是怕人知道他得了那个病吧？”

“别说了好吗？”桔年央求道。

“他发作起来是什么样子，一定很丑吧。我妈说，这种病可是没办法根治的……”

他的话没有说完，只听哐啷一声，那个球拍被桔年用力地摔在脚下。她冷冷地看了他一眼，擦过他的肩膀往台阶下跑。

“站住！”

那个球拍是韩述的心爱之物，即使在平时，自己也是珍而重之，不轻易让人碰的，如今却被她如此轻贱地扔了出去，还是为了那个人，让他心里如何能够不恨。

“谢桔年，把它捡起来。”

桔年背对着他，似乎冷笑了一声。

这更激怒了心高气傲的男孩。

“陈洁洁不知道他有那种病吧？”

桔年难以置信地回头，那眼神像刀子似的剜在韩述身上。

“去啊，给我捡起来。”

他说完，又是后悔又是解气。在谢桔年面前的那个韩述，他都快不认识了。

过了一会儿，谢桔年细声细气地说：“好，只要你高兴，怎么样都行。”

后来的后来，韩述忘记了很多东西，可这球拍的伤痕他还记得。

第三十七章

唯一的自由

37

结束了毕业会考，巫雨也结束了他的学生生涯。他早已无心学业，升学于他而言是个不切实际的幻想。桔年知道劝也无济于事，只能沉默。大概每个人都有属于自己的生活轨迹，这些轨迹彼此相交，终点却不尽相同。书本和老师都告诉我们，人生而平等。但是单说韩述和巫雨，从呱呱坠地的那一刻起，他们何曾站在同一条起跑线上？

奶奶去世两个月后，巫雨按照事先与林恒贵的约定，清空死者遗物，搬出了他生活了十八年的房子，凭着林恒贵第二次支付的一千块钱，在城市最角落的地方租了个破落的小单间。彼时林恒贵总共支付了房款九千块，尚余八千，他说自己的小商店需要资金周转，五个月之内才能付清。

对于林恒贵的品行，桔年本能地质疑，她不止一次担忧地对巫雨说：

"我信不过那个小人，你跟他打交道，凡事都得留着心眼。当初卖房是走投无路，没有办法，一万七千块已经便宜了他。现在他才付了一半的钱，你就把房子腾出来，单凭他打的一张欠条，要是他耍赖，这可怎么办？"

桔年的道理巫雨岂能不明白，然而收到首付款三个月之内交出房子，是奶奶病危之时他不得不答应林恒贵的条件。奶奶没有熬下去，作为孙子，他尽了所有的努力，至于最后的结局，那是命运的安排。

林恒贵的卑鄙巫雨比任何人都清楚，但是他对桔年说："当时我一心只想拿到钱，救不了我奶奶，也得让她少受点折磨。按时把房子腾出来，是我亲口答应林恒贵的。如果我言而无信，那跟林恒贵这种卑鄙小人又有什么不同。桔年，我不想跟他一样。"

说到最后，仿佛是安慰桔年，也是安慰自己，巫雨笑道："林恒贵答应过我绝对不会砍掉那棵枇杷树的，你放心。"

桔年没有说话，如果那棵枇杷树不再属于他，即使终有一天果实累累，又跟她有什么关系？

除了继续在网吧打工，巫雨还凭借着他那帮"朋友"的关系，在"KK"酒吧做侍应生。身兼两份工作，勉强养活自己是没有问题的，但是晨昏颠倒，昼夜不分地上班，让他整个人更加消瘦，又为着少见日光的缘故，那种苍白仿佛透明的一般，太阳一照，似乎就要化为乌有。

桔年知他终日忙碌，疏于自我照顾，紧张备考的间隙，每每抽出时间去他的住处照看。那个再寒酸不过的住处最抢眼的橘色格子窗帘是桔年亲手挑选了挂上去的，简单的碗筷、床头的小灯都是两人在夜市里淘的便宜货，桔年甚至从烈士陵园的石榴树上截了些枝条带回来，插在土陶的罐里做了个盆栽，巫雨每天出门前都会记得给它浇水，放在太阳可以惠及的角落，不消多久，竟然冒出了新芽。

巫雨住处的钥匙也给了桔年一把，桔年常常从学校和家里的两点一线中途溜出来。他在的时候，两人一块下个面条，他不在，她就给他收拾收拾房间，有时还会洗掉他的脏衣服。

巫雨过意不去，总是不好意思地说："桔年，你不用为我做这些。"

桔年知道，巫雨给她一把钥匙，只不过需要证明自己不是孤独的，在这个城市里，他还有一个可以安放的寄处。可她做这一切也并非为了他，而是为了自己，做这些时，她是快乐的。

巫雨不爱给桔年家打电话，他有一个老旧而充满个性的 BB 机，按桔年的话说，她呼唤它五次，老爷机最多搭理她一回。他们之间的联系更多靠的是给彼此留言的小纸条，总是叠好压在石榴盆栽的土陶罐下面。

"我这几天中班，从下午三点到晚上十一点……"

"知道了，最近老是考试……"

"上次你留的那个笑话很好笑。"

"真的好笑吗？其实，它根本不是一个笑话……"

他们以这种方式无声地交流，乐此不疲。除了两人，再没有谁会知道丑陋笨拙的陶罐下压着这样的秘密。

有时，桔年把钥匙插进巫雨住处的那个锁孔，会忍不住犹豫。同样的钥匙，陈洁洁会不会也有一把？她不愿意推门进去时，看到那一张美丽的容颜。巫雨很少在桔年面前提起陈洁洁，但桔年隐约知道，他们俩的关系一直没有真正断过，只不过那属于另一个时空的故事，桔年并不想知晓。好在，桔年担心的事情从未发生。巫雨生活的地方，并没有另一个女孩存在过的痕迹，只是桔年有一次给他叠衣服，看到 T 恤的背部，有一小块干涸了的指甲油的痕迹。

盛夏，桔年的高考很平静地如期而至。早晨，她像往常那样背着书包，啃着早餐出门，走向那个可以改变很多人一生的转折点。第二天下午从考场出来，她甚至还去给巫雨的盆栽挪了个更向阳的位置。巫雨傻乎乎地在盆底的纸条上写了“必胜”两个大字，桔年看见了，一个劲地在心里笑他的字丑。

谢茂华夫妇的关注来得后知后觉，某个晚上，谢茂华对女儿说：“快高考了吧，这也算是件大事，最近有没有什么爱吃的东西，让你妈给你做，补补脑。”

桔年手忙脚乱地教好动的望年读拼音，只应了一句：“呃，不用了，爸。”

“怎么不用？说出去别人还以为我们不关心你，其实我们对你和望年什么时候没有一碗水端平？”妈妈在一旁说。

桔年有些为难，“我知道。可是前天已经考完了最后一门，今天学校组织估了分，我最近都暂时用不着补脑了。”

她估分的成绩相当理想，没有什么意外，可以说是在一贯的水准线上。语文老师尤其担心她作文再出差池，特意命她在纸上重新默写了一份，老师看过之后，笑容持续了很久。

别人都说，韩述这一次也考得不错，他理所当然是要进最好的政法院校，看起来应该是十拿九稳的事情。七中这一年的文科高考尖子出乎意料的多。

七月下旬，巫雨的房东提出房租上涨30%，为此巫雨多次与之交涉未果，但也毫无办法。因为即使以涨后的租金水平，要想再租到比这更好的房子，也几乎是不可能的事。小屋虽陋，至少是一个遮风避雨的独立空间，不只是他，还有他的盆栽都适应了这个地方。

多出来的房租对巫雨来说无疑是个沉重的压力，原本勉为维持的生计顿时出现了困难。此时林恒贵约定付清尾款的时间已过，但他仍然装聋作哑。

巫雨说：“我要去找他，让他把钱付了。”

“他可不像是个守信用的人。”桔年忧心忡忡。

“我不信他能无耻到那种地步，白纸黑字按了手印的欠条还在我手上呢。他敢耍无赖，我就跟他拼了！”

桔年一把拉住巫雨，手几乎陷进肉里，“巫雨，你不能跟他来硬的。他是烂到了极致的一个人，你跟他拼不值得。”

“总不能白白让他欺负了去，房子给他，我无话可说，但该属于我的钱，一分也不能少。”

桔年担心巫雨蓄积已久的恨意在遭遇林恒贵一贯的卑鄙后爆发至难以收拾，然而正如七伤拳，欲伤人，先伤了自己。于是她要求，“我跟你一块去。”

巫雨毫不犹豫地拒绝了，林恒贵对于桔年的觊觎昭然若揭，他怎么可能再让桔年出现在那个王八蛋面前，怎么会让她再去冒险?

“如果你不让我去，我要你答应我，不管怎么样，别跟他动手！”桔年追随巫雨回避的眼神，“巫雨，答应我，别让他把你拖进泥潭里！”

巫雨答应了，孤身一人去找了林恒贵。然而当他两手空空，带着嘴角的伤痕重新回到桔年面前时，桔年开始怀疑起自己的判断和一向的道德准则。

“我不知道那王八蛋从哪里找出一张陈年的破纸条，上面竟然有我爸爸当年的画押，说是要做点生意，借了林恒贵一万块钱……”

“你爸爸……不是早就……这怎么可能！”

巫雨颓然坐到小木床的边缘，“是啊，怎么可能，我怎么可能那么傻！他早就设好了圈套，眼巴巴地等着我往里跳。”

“无凭无据，有什么能证明那破借条是你爸爸写的？人都死了那么多年，他爱怎么编造就怎么编造。”桔年也气得发了蒙，她和巫雨一样，毕竟还是刚刚成年的孩子，虽然跟同龄人相比，他们看过了更多的阴暗和世态炎凉，但是面对如此赤裸裸的丑陋、贪婪和陷阱，依然感到无所适从。

巫雨捂着眼睛笑了一声，“他当然能证明，不是还有证人吗？你姑丈还有另一个街坊，都指着天说亲眼看到我爸爸在上面签了字。只不过这十几年来，他看我和奶奶孤儿寡老的，没好意思提，这一次买房子也是为了救我的急，他只差我八千块尾款，我反欠他一万块，见我可怜，那两千就算了。桔年，你信吗？他还是个大慈大悲的人。”

“太不要脸了。”桔年后悔自己没有更多恶毒的词汇，然而任何的咒骂加之于林恒贵身上她都不觉得过分。

“难道，难道就没有别的办法了？即使他找了人证明，法律也没有规定父债子偿啊。我们……告他去！”

她抖着声音说完这些，却觉得连自己都不能够说服。

告他，拿什么告？他们有的只是一条命，和在污浊中苦守着洁净的灵魂，除此之外，一无所有。但那些他们拥有着的东西是多么不堪一击，如同白玉在顽石前的薄脆，白练在染缸前的无能为力。他们想不出办法，没有人会相信一个杀人犯的儿子。关于这一点，他们自己知道，林恒贵也知道。

桔年已经想不出自己还能再说什么，扳开巫雨覆在脸上的手，轻轻触了触他嘴角的伤，“痛吗？”

巫雨侧过脸去说：“这一巴掌是我说那张欠条是假的时，你姑丈打的。我没有跟他来硬的，你放心。”

桔年闭上了眼睛，一滴眼泪无声淌过面颊。她放心，她很放心。然而悲伤是一把看不见的软刀子，杀人于无形。

和林恒贵关于房子的纠纷就这么搁置了下来，桔年一度非常担心巫雨，但是他每日照常上班休息，再也不肯提起这件事，只是工作越发卖力，人也越来越沉默。

进入八月之后，随着高考成绩的揭晓，第一批的大学录取通知书如雪片般纷纷到来。桔年的等待并不焦虑，她是七中文科考生最高分的获得者，全市第二名，任何一所大学的门都乐意为她敞开。

八月十三日，邮递员摇着自行车铃铛把中国人民大学的录取通知书送到了谢家。那天早上，小小的巷子都沸腾了，大家都听说谢家默默无闻的女儿是七中的文科状元，考上了北京的重点大学法学院。

“老谢，法学院出来的高才生将来是要做律师做法官的，养了个出息的女儿比什么都强。过几年，好日子等着你们哪。”街坊们如是说。

谢茂华夫妇客套着：“小丫头片子，今后还不知成什么样呢。考不上发愁，考上了也发愁，这到北京上大学的费用也够我们头疼的。”

话是如此，谢茂华还是特意到街道买了两大挂鞭炮在自家门前燃放。桔年倚在自己房间的小窗口，隔着玻璃看那些鞭炮粉身碎骨后洒落一地的红。直到十一年以后，她都记得那一刻的喜气和闹腾，那是唯一一次属于谢桔年的欢庆。

下午，妈妈还在忙着给所有的亲戚打电话报喜，爸爸被朋友拉去喝酒交流教女心得。桔年借口去看同学，从家里出来，又往巫雨那跑。她想跟他分享这喜悦。

巫雨不在家，床上乱成一团，桔年嘀咕了一声，一扭头就看到了石榴盆栽下露出的白色一角。

桔年笑了，看来巫雨留言出门时相当的仓促，甚至来不及像往常那样把纸条放好。他也猜到了桔年会带来好消息，所以特意提前为她庆贺？

她兴冲冲地托起盆栽，抽出下面的纸条，迫不及待地展开。

巫雨是个极懒写字、拙于表达的人，平时留言不过寥寥数语，意思到了就行，这一回，桔年看到了一小段他的笔迹，不由得流露出惊讶之色。

桔年，我要走了。我没有办法。洁洁有了孩子，我不可能再把她留下。你一定会劝我，我知道。但是我生来就是个不自由的人，这也许是老天给我唯一一次走出去的机会。桔年，别为我担心，一旦安顿好，我会第一个跟你联系。

巫雨的字迹潦草，然而，桔年看懂了每一个字，却看不懂上面的意思，抖了抖发皱的纸条，又重读了一回。

末了，纸条从她指间落下，轻飘飘地，许久，才覆盖在石榴盆栽上。

第三十八章

他在哪啊

38

桔年从巫雨的住处冲出来，找到大街上最近的一个电话亭开始疯狂地拨打巫雨的 BB 机，她不记得究竟呼叫了多少回。在等待复机的过程中，她生平第一次毫不讲理地把所有想用电话的人拦在了身后，唯恐就在那一秒，错过了巫雨的电话。

她守在电话前，保持同一个姿势，直到双脚酸麻。

电话如死去了一般沉默，很多次，桔年都怀疑它兴许只是一个没有用途的摆设。绝望的前一秒，铃声惊得她微微一颤，两只手并用地去抓电话，没抓牢，滑而凉的听筒几欲脱手。

“巫雨，是你吗？”说第一个字的时候，桔年几欲哽咽。

电话那头一片寂静，悠长的呼吸声或许出自她的幻觉。

“巫雨，是不是你？你在哪里，不要做傻事啊！巫雨，你可以不回答我，只要答应我别做傻事……”反反复复只是这一句。

在焦灼的等待中，桔年已经不得不接受一个“属于巫雨和陈洁洁的孩子”这一离经叛道的现实。他们爱怎么样，她管不了，作为“最好最好的朋友”，她甚至甘愿祝福他们，可是除了她，还有谁会祝福呢？陈洁洁父母的经济管制那么严格，天宽地广，两个身无长物的人能往哪里走？

对方挂上了电话，桔年才猛然想起，或许她还能想办法去找陈洁洁。只要找到了陈洁洁，就等于找到巫雨。

幸而她记得陈洁洁家那通顺吉利的好号码，电话通了，接听的人是陈家的保姆。

“请问，陈洁洁在家吗？”桔年的心悬到了一线，还要尽可能维持平静的声音。

“你是哪位？”

“我是她在七中的同学，想问一问她的考试情况。”

“她中午跟司机一块出去了，也说是去找同学打听上大学的事。”

“您知道是哪个同学吗？”桔年心存侥幸，也许是韩述，那么她还能有个大致的方向。

上了年纪的保姆说：“叫什么……她早上还说起来着……什么年？好像是她的同桌……”

“谢桔年？”

“对对，谢桔年，就是这名字。”

桔年好像笑了一声，后面半截话咽在了喉咙里。

放下电话，桔年先是去了巫雨打工的网吧，认识他的人都说他今天没来，可那些狐朋狗友没人说得出他去了哪里。

赶到“KK”时，夜幕已经降临。这是桔年第二次来到这个地方。门刚推开一半，她几乎就要被汹涌的声浪席卷、吞没。吧台的大多数服务生面对桔年的询问，都报以简单的“不知道”三个字，只有一个跟着音乐摇晃的男孩子给了桔年希望。

他说：“巫雨啊，他每天晚上都在啊……今天？我好像见过他……至于什么时候，我忘了。有可能一个小时之前，也可能没有那么久……什么？跟谁在一起？呵呵，你看这里，都是人，你拉着我，我拉着你，我怎么知道谁跟谁在一起……”

桔年还打算继续抓住这条救命线索追问下去，然而那个男孩子的状态让她没有办法确定，不知道是喝了酒还是嗑了什么乱七八糟的东西，他整个人显得兴奋而迷茫，渐渐地越说越混乱。

桔年再次失望了，黯然离开吧台，那男孩还叫住了她：“哎，别走啊，美女。再聊一会儿，你还想打听谁，我都可以告诉你。”

甩开了那个男孩，桔年在偌大的迪厅里穿梭，像一叶竹筏颠簸在巨浪中，身边舞动的每一个人，角落里的每一个背影她都不肯放过。也许巫雨没有真的来过，一切都是别人的胡话，但是假如那个男孩还有一线清醒呢？她要找到她的“小和尚”。

她并没有意识到自己在一片狂欢中茫然失措、左顾右盼是多么格格不入，也不知道，大厅的某一角，三个男孩子正尽情地享受着这偶然一次的放肆。

“真想不到陈洁洁还会有这种地方的优惠券。”胖一点的那个男孩说，“来都来了，再喝一点吧，韩述。没事，政法大学的录取通知书都到手了，分数还那么高，也顺了你家老头的意，他还能挑剔你什么？要是换了我爸，恐怕牙都要笑掉了。”

韩述接过同伴递过来的酒，抿了一口，没有说话，只是笑笑。

方志和也勾着他的肩膀说：“周亮说得没错。绷了那么久，再不放松放松，还让不让人活了。你爸能不知道你今天出来玩吗？睁一只眼闭一只眼罢了，他难道没有年轻过？喝多了，今晚就住我家，他不会不同意的。来，咱们哥儿仨干了这杯，以后南北东西各走各的，还不知道能不能像今天这样聚在一块了。”

韩述心情显然不差，跟周亮、方志和碰杯，懒洋洋地说：“看你说的是什么话？现在也就周亮还没个着落，以他爸的本事，能不给他一五一十地打点妥当？方志和你就在G大，哪来的南北东西？净胡说八道。”

“城南城北不也是南北东西嘛！像你这样的，上了大学，身边漂亮女孩一打接一打，还能有空想到我？”方志和开着玩笑。

周亮对着方志和挤眉弄眼，“这你就不懂了，韩述什么人你不知道？他招女孩子，那是没办法。人可纯情着呢，说不定连女孩子的小手都没摸过。”

方志和大笑。

韩述朝周亮飞了一脚，“看我不踢死你，拿我开涮呢！”

“只许谢桔年拿你开涮？”周亮闪躲，“那你脸红什么？”

“懒得跟你说废话。”韩述低头去喝酒，这酒真烈，喝进嘴像被割喉了似的。他拒绝承认脸红，只不过心有所思，也不愿意反驳。

“我家老头子说，考上了大学，就算是个成年人了。咱们应该做点成年人做的事，在这干喝酒有什么意思，你们看，那边那个小妞，身上的布就那么一小块，身材够惹火的……还有那个，脸长得不错，就是年纪大了点。”周亮几杯酒下肚，情绪高涨。

方志和戏谑道：“那是你喜欢的类型，韩述可不好这一口。他喜欢像……嗯，不对，不是这种……那个也太妖了……咦，周亮，你看那个像不像……”

“像什么……哦哦……”周亮会意地挤眉弄眼，定定地看了一会儿，忍不住叫了起来。“什么像不像，那就是她！”他一个劲地用手肘捅韩述，心不在焉的韩述受不了，朝他比画的方向看了一眼，不由得也愣住了。

桔年当时在他们不远处遇上了她见过的一个巫雨的“兄弟”，也在“KK”打工。那个“兄弟”竟然也还记得她，在桔年固执的追问下，他附在她耳边悄悄说了句：“巫雨在哪儿我不知道，不过今天早上他还问我借过钱，可我自己都穷得叮当响，拿什么借给他？”

桔年还不死心，这时，却感觉有人用力地拍了拍自己的肩膀，她心里一喜，猛然回头，只收获一阵失望。

对方很面熟，原来是一向跟韩述交好的方志和。

“是你呀。”桔年局促地打着招呼。

“谢桔年，看你平时文文静静的，想不到也喜欢来这种地方玩。”

“不……”桔年没有往下说。她又何必解释？

想起自己还应该问问巫雨的那个“兄弟”，也许巫雨还透露了别的什么，可是一回头，那个男孩已没入人潮中。

“人家早走了。韩述也在，要不过来一起聊聊？”

桔年偷偷朝方志和所指的方向看了一眼，果然，韩述正在那边和周亮聊得投机。

“不了，我是来找人的，你们慢慢玩。”

“找人？我们在这好一阵了，不如你说说，没准我们能帮上忙。”

桔年也是病急乱投医，“你们见过陈……不，见过我的一个朋友吗？他叫巫雨，这么高，头发很短，上次羽毛球比赛跟我搭档打混双的那个……”

“哦……你是问‘妾在巫山之阳’啊。”

“你见过他？”桔年渐渐成灰的心中燃起了一簇新的火苗，她竟然忘了，方志和看起来戴着眼镜，一副好学生的模样，其实是鬼主意再多不过的一个人。

“过来说，过来说。”

桔年没有得到她想要的答案，对方慢慢往前走，一直挥手示意她跟过来。她本不愿意太接近韩述，免得大家心里都不舒服，但是他们认识巫雨，说不定真的能够给她一点线索。

她跟随方志和走到他们的小桌前，周亮热情地朝她打招呼，一脸看好戏的笑容。韩述却始终冷淡，仿佛她完全不存在，玩着桌面已经空了的酒杯。

“现在可以告诉我了吗？你们什么时候在这里看到他的，他身边还有谁。”桔年知道，要是陈洁洁跟巫雨在一起，想必方志和他们不会忽略。

“急什么？谢桔年，大家也算同学一场，三年了，话都没说过几句。眼看就要毕业，这么巧遇上，喝杯酒是应该的吧。”

“对不起，我不会喝酒。”桔年有些窘迫。

“这也算不上酒，兑了好几瓶饮料。看你声音都哑了，喝了也好润润喉。来，就当敬大家三年的同学之谊。”方志和不由分说给桔年倒了一杯，递到她手里，“我可是先干为敬啊。”

他那么豪爽地一饮而尽，桔年反倒觉得不好意思。她有求于人，喝了这杯东西，他也就没有理由再拒绝透露了。

入口之前，桔年看了看杯里的液体，琥珀色，在冰块中流转着澄澈的光，她试探地抿了一口，甜的，完全不是自己意料中辛辣的味道。她仰着脖子一口咽下。

放下杯子的时候，韩述仿佛扫了她一眼，依旧什么都没说。

“该我了，该我了，要说交情，方志和也不能跟我比吧。桔年，我想说的是，你就是我喜欢的女生类型，真的！”周亮胖乎乎的脸看起来很诚恳。

“恶心死了。”韩述讥诮地笑，一副懒得看的样子。

“这……”桔年的脸泛着红。

“没事，喝了这一杯，我们帮你去找那个什么巫雨。”周亮也从方志和口中得知桔年的来意，很够朋友地保证道。

韩述当即把自己摘清了，“别说‘我们’，我才不会多管闲事！”

“你真的看见他了？”桔年顾不上理会韩述，他要是热络才不正常。

“不就是那个瘦瘦的，脸白白的家伙吗？”周亮含糊地说，“你们女生怎么尽喜欢那样中看不中用的！”

桔年再一次喝空了杯里的酒。对于她来说，那些不是酒也不是饮料，她喝的是自己给自己的一点希望。

“爽快爽快。”方志和鼓着掌，“我们两个的酒你都喝了，韩述跟你那么熟，没理由单漏了他这一杯吧。”

“我说了，你们玩你们的，别扯上我！”韩述没给好脸色。

桔年沉默了片刻，一言不发地给自己斟满，再喝干。手落下的时候，她的身体晃了晃，原本好端端平放的杯子竟然滚落在地。

“该喝的我都喝了。告诉我，你们究竟有没有见过他，告诉我，他在哪啊？”她有些难受地皱着眉心，呼吸和语调比之前急促了不少。

“他啊，可能往那边走了……”

“我刚才看到那边……”

方志和跟周亮同时开口，手却指向了完全相反的方向。

桔年定定地看着他们，定定地看着，再没有说一句话。

她以为抓到了幸运的仙女棒，其实不过是小丑的五彩棍。

她慢慢垂下了头。不怪别人骗她，怪自己。她只会懦弱地藏在自己的世界里，等她听着脚步声渐远，终于感到害怕，伸出手时，外面的人却不知道哪儿去了。

桔年在几个男生的面面相觑中默然离开，甚至没有给他们意想中的责难。

当她的背影消失在门口，周亮终于沉不住气了，“喂，她没事吧？刚才那个样子吓得我够呛。”

方志和也很意外。“别问我……我哪里知道她说喝就喝。三大杯烈酒，就算兑了饮料，也够呛的！”

“听说女生的酒量都比男生好。应该不会有事吧，我看她走得挺稳的。”周亮开始自我安慰。

“她在这儿一定有熟人，刚才那个跟她贴着脸说话的男的能不管她？放心吧，出不了什么事，说不定她常喝，酒量好着呢。”

“你们无不无聊，这有什么好玩的！”一直冷眼旁观的韩述终于发飙了，推开自己面前的杯子站了起来。“你们继续，我走了。”

“韩述，你该不会找她去吧？”

“我吃饱了撑的？反正老头子知道我今晚有可能不回家睡，我要找个网吧通宵玩游戏。我妈要是给你们打电话，就说我睡了。”他拍下酒钱，二话没说走人。

“他真的……”周亮惊讶地指着走远了的韩述。

“你非把话说那么直白干什么。”方志和白了他一眼。

第三十九章

他不是他

39

韩述不紧不慢地走出“KK”大门，面上才流露出焦灼之色，原地转了一圈，热闹的街头，四顾均不见谢桔年的踪影。

洋酒兑了饮料，那厉害他是知道的，虽然顺口，但后劲非常之烈，就连韩院长这样久经应酬“考验”的高手都在那上面栽过几回，所以韩述自己喝得很是节制。谁知道谢桔年那家伙连推托都不会，一口气三杯下肚，那酒精不把她烧成个间歇性弱智，他就不姓韩。

夜店附近，孤身的女孩子本就惹人觊觎，何况是醉了的人。韩述沿着桔年回家的方向走一阵，跑一阵地四下寻找，一直到了十字路口也不见她的人影。看她也不像出门打车的主，难道插上翅膀飞了不成?

韩述想想，又返转回头，打算朝另一个方向走走看看。他渐渐地后悔，方志和他们起哄骗她喝酒时，他为什么没有当场拦住——是了，他还讨厌着她，巴望着看她出丑，可那短暂的胜利快感瞬间就被她眼底的绝望湮灭了。他骂自己，这不是自己给自己添堵吗？他何苦要这么贱！

眼看要走回“原点”，“KK”的金字招牌在望，人行道的长凳边上，一个衣衫褴褛的流浪汉不知道在俯身看着什么。长凳跟韩述之前经过时一样，上面空无一人。

韩述心下疑惑，放慢脚步靠近了些，蜷缩在长凳边上的那团“东西”怎么看怎么熟悉。

骂脏话的冲动又冒出了头，虽然韩述知道这样很不好。

“干什么！”他第一反应就是轰开那个意图不明的流浪汉。流浪汉背对着他，一动不动，他当场就急了，唯恐地上那团“东西”吃了亏，就要伸手去拉挡在面前的人，可手伸出一半，那衣服上的污垢又让他打了退堂鼓，于是只得绕了一圈，走到她身边，确定她大致上安然无恙，心头的一块大石头这才落下。

让韩述去碰那个流浪汉无异于让他去死，关键时刻，他想起了“有钱能使鬼推磨”，掏出了身上的零钱投进那破碗里，再狠狠地做了个驱赶的姿势，长凳旁终于只剩下他和谢桔年。

桔年缩成一团蹲着，埋首在膝盖里，如同遇敌时的刺猬，只余一只手紧紧抓住身边长凳的铁铸凳腿，看上去渺小而可怜。韩述用一根手指戳了戳她的背，“喂……”

她维持蜷缩的动作，脊背却在他的触碰下收缩得更紧。

“喂！你不会在这睡着了吧，听见我说话了吗？”韩述加大力度又戳了戳，她晃了一下，如果不是单手紧握凳腿，整个人就要被他戳倒在地。

见此，韩述放弃了跟她沟通的打算。好在周围只有马路上疾驰而过的车，行人却寥寥无几。他将手伸到桔年的胳膊下，把她硬“拔”了起来。

桔年的手好像长在凳腿上，他费了九牛二虎之力才扳开。等到把她放在了凳子上，韩述的 T 恤背部已被汗湿透。

以韩述以往的脾气，不刻薄几句简直就对不起自己，然而他这时才发现，桔年紧闭着眼斜靠在凳子上，一张通红的脸上竟然全是泪痕。她喝了那三杯，已经走不了路，只能徒劳地哭泣。

“还好吗？”韩述知道自己问的就是废话，很明显她现在跟“好”字毫不沾边。

这次她竟然听进去了他的话，还知道点了点头，“你走吧。”

韩述自我解嘲地笑，都到这个时候了，她仍然不需要他。

他又陪着坐了会儿，身边的人毫无清醒的迹象。再拖下去，时间晚了只会更麻烦。韩述很快拦到了一辆计程车，咬咬牙再次搀起了桔年，“走，我送你回家。”

司机对这附近喝醉的人已经司空见惯，韩述报了桔年家的地址。车开了，在前方十字路口掉了个头，她的身躯就软软地朝韩述倒了过来，失去了骨架支撑一般，先前还是倚在他胸前，车子再颠了颠，竟然一路下滑，伏在了他的大腿上。

“搞什么，占我便宜？”韩述嘴里嘟囔，可身体却一动也不敢动。醉得很厉害，他是知道的，酒的后劲正在一点点蚕食她的大脑，现在的谢桔年是个完全失去自我控制的人，否则，她永远不会那么安静地偎在他身边，像一只柔软而温驯的兔子。

桔年的身体火一般的烫，连带焐热了韩述。他对司机说：“师傅，麻烦空调开大些。”

司机笑道：“空调已经开到最大，我身上都起鸡皮疙瘩了，年轻人血气旺，没有办法。”

韩述索性开了一线窗，风吹进来的时候，他深吸了口气，才发现自己绷得很紧，玻璃上反射出来的那个醉酒了一般的人是他吗？他并没有喝多，酒精竟可以在气息间传染？

路程过半，韩述想起了一件事，于是赶紧推了推在自己腿上安睡的桔年，“哎，你醒醒……就醒十秒钟行吗？我跟你说几句话……你这么回去，你爸妈还不得吃了我？我总不能偷偷把你扔在门口就走，好端端的喝成这样，我怎么向他们交代？”

桔年完全听不见他的这番说辞。韩述的担忧也不无道理，谢茂华夫妇是出了名的卫道士，他可以拍拍屁股就走，作为他们的女儿，桔年只怕跳进黄河也洗不清，不死也得脱层皮。

“要不，我们……先找个地方安顿下来，明早清醒了再回去？到时编个理由，也好过现在这样吧。”他唯恐司机听见，俯下身在桔年耳边说。

桔年依然毫无反应，韩述又推了推她的背。

“这样吧，你不想说话就不要说，如果你沉默，我就当你没有意见……听见了吗，有意见还可以提……好吧，那就按你的意思，说好了先不回家啊。”

他觉得自己有充分的理由，完全是为了她着想，至于私心，那怎么可能？跳得越来越快的心脏也只是因为天气太热。

“师傅，改去中山大道。”

中山大道一带有不少好的酒店。韩述从幼儿园起就跟着父母在本市安家，跟所有好孩子一样，他鲜少在家以外的地方留宿，而且他大概是从做医生的妈妈那里遗传到了洁癖和对环境舒适程度的高要求，酒店人来人往，他一向敬而远之。只有一次，妈妈带着姐姐去外婆家，韩院长又赶上在封闭训练，担心他无人照顾，便让他一起住进了培训地点——中山大道附近的一家星级酒店。经过了那一回，韩述倒觉得好的酒店至少不像他想象中那么污浊。

司机依言掉头，韩述检查了一下钱包，今天说好了是要跟方志和他们出来“奢侈”一把的，钱没少带。车上的电台放着音乐，韩述的心也跟着那缥缈的女声越飞越远，他甚至没有注意到，先前为了跟桔年说话，他无意识地推了她几把，让她原本就脆弱无比的胃里顿时排山倒海。等她表情痛苦地一手按在他大腿上撑起身子，做出一个欲呕的表情，韩述才慌了神，又是抚背又是窗户全开，她的症状一点也没减轻。

“我警告你啊，你可千万忍住……听见了没有，谢桔年，你敢吐就试试看……师傅，停车，快停车……啊……我杀了你……”

司机急急把车靠边停了下来，然而一切都已来不及。韩述举高双手，一脸悲愤。呕吐的时候桔年还趴伏在他身上，所有的秽物他最喜爱的那件T恤照单全收，更惨烈的是她吐过一阵之后全身虚脱地又靠回了他胸口，两人贴在一起，中间是她胃里的东西……韩述觉得自己下一秒也要吐出来了。

在司机的催促下，他连滚带爬地出了车子，再拖下不省人事的桔年。司机大皱眉头，“老天，你让我今晚的生意怎么做？”

韩述只得连连道歉，想也没想地就付了打车和洗车的双重费用。本以为就此了结，司机不满意地又说了句：“好歹你也给我擦擦车吧，随便擦擦也好，要不到洗车的地方之前，我都没法喘气了。”

当韩述用纸巾擦拭着车厢明显的脏处时，他心里只有一个念头，他这辈子都恨死谢桔年了，永远都跟她没完。还有方志和跟周亮，不跟他们绝交他就不是人。

等到出租车扬长而去，韩述已不成人形，看他和谢桔年身上这副惨状，什么中山大道，什么星级酒店都成了镜花水月。他们下车的地方应该在G大南门附近，韩述眼尖，忽然看到前边一百米处有个粉红色的灯箱，上面写着“甜蜜蜜旅社”几个字，他差点跪下来亲吻上帝的脚尖。当下横了心，挟起桔年，就像董存瑞挟着炸药包，视死如归地朝“甜蜜蜜”碉堡迈进。

“甜蜜蜜”的“大堂”只是五六平方米的一个小过道，韩述差一点以为自己走错了地方。过道的门口摆着一张桌子，看样子就是“总台”。桌子后面坐着一个中年秃顶的男人，个子矮小，此时正目不斜视地盯着一台旧电视看得津津有味，对送上门来的客人也并没有表现出热情。

“你好，给我个房间，干净一点的，要有热水。”这是韩述唯一的要求，有了这些，他就无异于置身天堂。说这些的时候，他下意识地微微侧身。晚上带着一个烂醉的女孩到旅馆开房，这毕竟是有违他道德观的一件事，谈不上光彩。

旅舍老板把视线从电视上移了开来，扫了他们一眼，神色麻木，并无惊异，仿佛他们只是无数偷欢的少男少女中的一对。他从桌子抽屉里扔出一个钥匙牌。

“我们每个房间都一样干净。五十块一晚，房费先结。”

韩述没有听说过房费先结，人才能入住的道理，可现在哪里是理论的时候，况且费用之廉价大出他意料，于是依旧侧着身付款，顺口问了一句：“请问在哪儿登记？”

“登记？”旅舍老板愣了一下，咧着嘴笑笑，从抽屉里拿出一个皱巴巴的本子，那笑容背后的潜台词俨然是，“既然你喜欢登记，那就满足你的愿望。”

韩述往那本子上看，上一个登记的还是三个月前的事情，而且那些名字稀奇古怪，“花花”“宝贝”“小心心”……一看即知是敷衍了事，他也随便涂画了几笔，身份证号码都懒得填，抓了钥匙牌，匆匆对号进房。

房间门甫一打开，一股陈年的霉味扑面而来，韩述皱了皱眉，可这也比被人吐了一身强。关紧房门，他做的第一件事就是把桔年扔进门坏了的卫生间，找到花洒，开了水就没头没脑地朝她身上喷。

水喷射在身上时，桔年立刻用手环紧了身体，韩述这才发现这房间里根本就没有所谓的热水，幸而是夏日，冷水也死不了人。他脱了身上那件让自己作呕的T恤，不顾桔年下意识的闪躲，让水流尽情地在她身上冲刷。

须臾之间，桔年的身上已然湿透。薄薄的白色上衣紧贴肌肤，变做了朦胧的肉色，蓝色的半裙也堆在了大腿之上，扎好的头发早已蓬乱不堪，韩述索性摘了她的发圈，长发便覆了下来。

这么冲刷了五分钟左右，桔年的意识仍然模糊，人保持着屈腿靠在角落的姿势，头埋在膝上。韩述爱干净，桔年在车上呕吐的那一幕简直是他的心魔，如今她衣服湿答答地黏在身上，因着她蜷缩的姿势，身体许多部位难以被冲洗干净，整个人仍然散发着诡异的气味，要多糟就有多糟，韩述怎么都看不下去。

他犹豫了一会儿，既然都到了这里，他还是有责任把这个邋遢的家伙处理得更彻底一些。

“你别乱想啊，我是为了你好，我妈说穿湿衣服最容易感冒……”韩述试图化解自己心中的尴尬，轻咳一声，探手去解她身上的扣子，却发现自己的喉咙如同填满了粗粝的沙砾，有水落入其中，准能蒸腾出一缕青烟。

他头昏脑热满脸通红地扒了她的上衣和裙子，别的不敢再越雷池一步，饶是如此，仍然深刻地体会到自己从身体到心灵所受到的双重冲击。替桔年清洗得差不多了，韩述背过身去，简单地冲洗了一下自己，找到了一条大毛巾将桔年包裹住，擦拭了一会儿，把她挪到了房间正中央的大床上。

以房间的面积而言，这张床所占的比例大得严重失调，但质量显然不怎么样。韩述和桔年都不胖，可两人的重量往上一放，床垫发出了古怪的呻吟，这进一步刺激了韩述悬着的脆弱神经，让他每一寸的挪动都小心翼翼，否则光那声音都能要了他的命。

桔年的头发还没有干，脸色已经转白，唯独嘴唇异常红艳。韩述不敢细看，回到卫生间搓洗了两人的衣服，晾在通风处。

他的T恤和她的上衣挂得很近，晃悠悠的，像内心荡漾却不敢靠近的人。他可怜那衣服，伸手拨了拨，T恤依偎上白色上衣。韩述嘴角上扬。

做完这些，他感觉到了疲倦。房间里除去一张床，连凳子都没有，五十块房费也只能如此。韩述是打死都不会睡在地上的人，轻手轻脚地爬上床，将枕头被单都闻了一遍，用力抖了好几下，小心翼翼地躺在床的最边缘。

意识和躯体原来是可以高度分离的。韩述的眼皮打架，可是床的另一端，任何一点微弱的动静都直击他的心脏。桔年似乎呢喃了一句，动了动身子，韩述扭头过去时，她已经踢开了身上的毛巾和被单，背对着他。

韩述的喉结微微滑动。她很瘦，但并不见骨，也许还未完全长开，并无男性杂志上面的美艳女子那般圆润起伏的曲线，只是腰肢纤细，四肢柔长，皮肤并非雪白，却有一种象牙般的光泽。

从韩述的角度看过去，她细长的后颈、单薄的肩、背上的脊柱沟、腰和臀交界处小小的折线都有一种生涩而神秘的美感。他抑制不住心魔，伸出一根手指，虚沿着那勾住他视线的路径，轻轻地，一路蜿蜒向下。

那是他心底一场海啸过后隆起的山峦，让人搁浅，徘徊，却无法征服。

韩述的手非常小心，小心到他怀疑自己是否真的触及了她。然而桔年先前的安静被打破了，她开始在枕上不安地摆动着头部，嘴里发出仿佛是哭泣的低吟。

韩述靠近了，只听得清破碎的一句："在哪，在哪啊……"

"什么在哪儿，你找什么呢？"韩述笨拙地拍着她的肩，试图安抚她，"别动，快睡吧，丢了什么我明早陪你去找！"

"不……你在哪啊！"桔年浑然听不见他的话，双眼紧闭，固执地、焦躁地辗转反侧。

韩述在这一瞬间明白了谢桔年所求何物。是巫雨，都到了这种时候，她念念不忘的仍然是要找到巫雨。他真的就有那么重要？凭什么，他在谢桔年身上施了咒不成？

韩述心中一恸，不知道究竟应该怜悯谁，是在焦灼混乱中飘摇的桔年，还是在攀爬中迷失方向的自己。他原本轻柔置于她肩上的手悄然握拳。

“在哪……别走。”带着哭腔的呓语还在往韩述耳朵里钻。

韩述低声回答道：“我一直在这儿，你不知道？”

他用了点力扳她的肩膀将她翻转过来。桔年身上只有最贴身的衣物，湿漉漉的长发绕过颈部，有几缕耷拉在胸前，未干的刘海遮住了眼睛。

韩述拨开桔年脸上的头发，嘴唇颤颤巍巍地贴在她的额头，许久，感觉不到满足，又往下游移至她紧闭的眼睛。桔年眼皮的震颤让他错觉自己唇下是一只惊惶的幼蝶，她的睫毛是软弱的翅，扑闪、刮蹭、搔动他周身的神经。

下一秒，韩述重重躺回自己的枕头，扯过被子一角将自己包裹住，瞪着斑驳的天花板大口喘息。垂死挣扎！

桔年发出一声无意识的鼻音，换了个姿势侧身蜷缩着，正面朝着韩述的方向，呼吸暂时趋于平缓。韩述卷走了所有的被子，她身体大片皮肤裸露在外。他腾挪几下，与她面面相对，鼻尖对着鼻尖，嗅着她带着酒气和潮气的呼吸，视线余光瞄见她脖子和胸前的皮肤上冒出了细密的鸡皮疙瘩。

冷死你！就好像我被热死也是活该一样——韩述凶恶地嘀咕，手却认命地抖开被子想要往她身上搭。这时他又听到了她的一声低吟。不，不是她。那声音是从薄薄的墙壁那头传来的，伴随着床头的震动，很快，紧凑的肉搏声和呻吟声接踵而至。这是什么鬼地方。韩述微张着嘴僵了几秒，鬼使神差般，想要替桔年盖被的“绅士之手”就拢在了她的后脑勺，脸迅速凑了上去，含住了她的嘴唇，吸吮着，仿佛那里有足以屏蔽入脑魔音的灵丹妙药。

后来韩述是怎样压盖在她身上的，他不太记得了。似乎他笨拙地亲吻她，磨蹭她，即使两人半干的贴身衣物还极不舒适地留存在身上。他越蹭越焦躁，手自发自觉探入桔年的背和压皱的床单之间，摸索一个陌生的“机关”。想是他不得要领的手指抠痛了桔年的背，她难受地拱了拱身子，竟缓缓地睁开了眼睛。

韩述全身静止于桔年睁眼的那一秒，甚至那只探路的手也没敢从她身下抽出来，只有心脏不受控制地“咚咚咚咚……”

“有东西压着我。”桔年的声音异常清晰，她盯着韩述近在咫尺的脸。

韩述窘得从头到脸仿佛热肿了一圈。无可解释，如果他手边有利器，他立刻想了结那么禽兽的自己。

在他的紧张、慌乱和惭愧之下，桔年短暂地闭上了眼睛，脸上竟浮起一抹晦涩的笑意，像嗔怪，又像解脱。“呵……你回来了！”

韩述这才发现不太对劲，她注视着他的那双眼睛让他联想到梦游者，有种不合时宜的坦荡，看似清明，实则仍处在蒙昧之中。她并没有清醒过来，她在自己的一个梦里。

他尚不敢出声，身体的激烈反应实则在惊吓之余已然潮退，绮念也被羞耻感征服，只想着怎么不落痕迹地下来，避免再“唐突”了身下的人。可桔年忽然抬手，韩述以为她要抽他，也不敢躲……她的手轻柔而迟缓，似乎只想摸摸他的脸，醉意之下失了准头，微凉的手搁落在他一侧肩颈处。韩述搞不清眼前的状况，屏住呼吸。只见她停顿了片刻，长长地嘘了口气，手顺着他的胳膊，摸索着寻到他撑在床上的一只手掌，手指缠扣了进去，置于两人的面庞之间，眼眸半开，痴痴地问：“好看吗……指甲油的颜色？”

韩述分出一部分注意力去看桔年的手。她指甲短而光洁，因紧握而泛着粉白，但他并没有看到涂抹指甲油的痕迹，过去也没发现她有这个习惯。

“好看吗？”她又问了一遍。

韩述无措地应承着：“好……好看。”

他其实处在一个非常别扭的姿势，一只手还垫在她后背，另一只手在她手心里。他还必须支撑着身体，与她保持距离，避免两人的裸露的肌肤亲密贴合。勉力维持了一阵，饶是韩述体力再好也感到难以为继，不得不挣扎着翻身下来，刚躺平了想去寻找遮羞布，忘了两人缠在一处的手，桔年顺着那翻身的力道贴近，倚着他，温驯而迷茫。

她湿了的发梢披拂在他裸露的胸膛，有淡淡的皂香。那是小旅馆浴室里的廉价香皂，韩述亲手涂抹在桔年的身上，当时他无比嫌弃，想不到味道这样好闻。触觉和嗅觉带来的麻痒像银针暗器潜入身体发肤，无解之毒令韩述重新头脑发沉。

“你真的喜欢这样的颜色？”桔年的声音像哽在喉间。

韩述很艰难地才发出一声：“嗯。”

桔年瑟缩了一下，垂首，慢慢地趴伏在他身上没有再动。许久，就在韩述以为她再度陷入昏沉时，隐约觉察出她胸腔的细微震颤。他捧起她的脸，发现她双眼紧闭，满脸是泪。

“来不及了吗……我知道来不及了！我太傻了！”她的脸流露出的那种痛苦让韩述找不到语言去宽慰。傻的又何止她一个人？然而，桔年的痛苦里渐渐地多出了怨怼，她咬着下唇，微微扬起下巴，不知是想要挥散还是捕捉她梦中的画面。那个满月之夜，深静幽凉的烈士陵园，高高的碑塔下，“她”就是这样骑在他的身上，长发半障，嘴唇欲吻未吻。他想迎上来，她又狡黠地后仰，那双涂着火红甲油的手从他的下巴，游走至月光下宛如银白色的胸膛，一路往下，往下，搓揉弹拨。他的脸呈现出极致的痛苦，她多怕他挨不住那样的折磨，然而他流散在月夜里的喘息和低语又是那么愉悦。

“是这样，你喜欢吗？”

他的反应在无声地响应着她，桔年甚至又听见了那种含糊又沉闷的喘息。

原来这样可以操控他的悲喜。他喜欢的是热烈的手，喜欢的是殊途的人。

可是也不过如此啊！这就勾走了你的魂！

桔年在酒精驱动下躁动又凄凉。她不明白，有那么快乐吗……这一切值得吗？

韩述却在这莫名而来的幸运垂顾下，亢奋得不能自已，整个人跟随她的动作绷紧、战栗。他没有做过这样的事，家里管得严，唯一受教育的渠道无非来自于周亮的“珍藏画册”，他曾以为男生私下对着画册女郎所做的疏解已是极致，到了这个时候才发现“纸上得来终觉浅”。她的动作并不是那么妥帖，有些时候甚至弄得他有点疼，他闭上了双眼，额角的青筋乍现，汗珠爆出，弓着腰，终于忍无可忍地扣住了她的手。

桔年身体被微微屈起时，犹懵懂地看着顶上残旧的圆形吸顶灯，喃喃道：“这月亮真古怪……”话没来得及说完，他们俩都发出了一声闷哼。韩述脑子里炸开一道极致白光，像有流星划过，瞬间从炙热的顶点爆破，燃成陨石的冰凉。

事后，桔年再度陷入沉睡，她的呼吸绵长悠缓，而韩述在方才的余烬烘烤下仍毫无睡意。他不想睡，也不敢睡，在枕上支起脑袋看她，真没想到他们竟然也会有这一天。他抹了一把脸，心中豁亮又缠绵——以后再也不跟她怄气了，再也不让任何人欺负她……就像他刚才将她揉在怀里，如珠如宝，入骨入髓，再也不会放开。

第二回大概是因着之前的铺垫，韩述的进展要顺利一些。可他没有想到这一次桔年的不适和抗拒远胜于前。她好像疼得厉害，迷糊中扭动着身体。韩述急切又心疼，嘴里不断地哄着，诸如“心肝宝贝”这样肉麻的话不知道说了多少遍。在他的动作中，桔年悠悠转醒，两人四目相对，韩述细细地吻她的嘴角。然而她这一次的眼神像是真的清醒了过来，转着眼球，愣怔了片刻，又仿佛坠入了最深的梦境，瞬间之后换作极度的恐惧。她惊声尖叫了起来，那声音锐利而绝望，刺破静夜，瘆得人心里发慌，仿佛压在她身上的，不是一个人，而是盘踞心中多年的恶灵，是她的噩梦之源，附骨之蛆。

韩述被惊得一身冷汗，这破地方隔音效果如此之差，她的尖叫足以惊动所有的人，他没敢深想，一把捂住她的嘴。

“别叫好吗……桔年，是我。我不会伤害你的……别叫了，求求你，求求你……”

桔年在韩述身下挣扎，无奈身躯依旧瘫软，身体焦灼的一处如烧红的铁在烙，韩述困惑，可欲望战胜了一切。劣质的床垫发出粗嘎的呻吟，极致的兴奋潮水般拍打着他，他带着她颠簸，如同欲望海洋中的诺亚方舟，全世界化为乌有，只剩下密不可分的两个人。他在她耳边的喃喃细语自己也听不清，手却不敢松开，慢慢地，他察觉到她不再挣扎，眼里的恐惧一点点涣散，归于无边的沉寂……

这房间里并没有空调，门窗紧闭，闷热无比，只有一台电风扇在咿咿呀呀地转。韩述怕热，身上都是汗，桔年也好不到哪里去，然而一整晚他都紧紧地在身后抱着她，前胸贴着她的后背，像并排的两只汤勺，这个比喻让他觉得窝心，好像以后还会有无尽的世俗纠缠在等着他们。

她考上了北京的大学，很快就会分隔两地，这也没什么要紧，他愿意去看她，每个假日，他们都可以在一起。接下来，他会带她去见爸妈。老头说，高中不能谈恋爱，但是没有说大学不可以。四年，再等四年，他们就结婚。妈妈那里一点问题都没有，只要他喜欢，什么都好。韩副检察长总标榜自己不求未来的亲家闻达，只要女孩家世清白，人品端正。桔年是如此优秀，他们怎么可能不喜欢？对了，还有姐姐，度蜜月的时候，他们就去比利时……

韩述用手指缠住她一缕潮湿的长发，轻轻绕在自己颈上。好像这样，她的一部分就绞进了他的身体，随着呼吸的第一次起伏反复缭绕。然后，他絮絮叨叨地在桔年耳边跟她说着属于他们两个人的将来，说着韩副检察长对他的期许，说着父辈给的压力，说着自己的规划。她喝了太多的酒，也许什么都听不进去，韩述在低语中沉入梦境。

床垫上突出的弹簧让韩述睡不好，快五点的时候，他醒过来一次，身体的记忆也开始复苏，于是再一次不依不饶地纠缠着桔年。他其实已经很累了，可相比之前身体上的极乐，这一次他追求的更多是一种拥有的感觉。

她是他的了，她身体的某一部分永远会有他的印记，他们分享了最隐秘的痛苦和快乐，她再也不能把他逼退到路人甲的位置。

桔年似乎是醒着的，似乎又不是，随着他的每一次动作，沉重喘息，细碎低吟。

高潮来临之前，韩述难掩心中的忐忑。

“桔年，你现在到底知不知道我是谁？你看我一眼好不好。”

桔年的睫毛微微一颤，紧闭双眼，一言未发。

他不是他。也许她早已有所察觉，所以才希望永不醒来。

清晨，韩述如期睁开眼睛，他的生物钟很准，但是紧闭的窗帘让他怀疑自己的判断。房里的空调好像坏了，窗外很吵，他翻了个身，蒙蒙地喊了句：“妈，几点了？”

“六点四十五分。”

“哦。”

韩述重新闭上眼睛赖床十秒，才察觉不对，那不是他妈的声音，而像是她……昨夜的记忆瞬间被激活，他从床上弹坐了起来，身边的桔年也正好直起身子，整张床单都被她用以裹住自己，他赤裸着毫无遮蔽，即使昨夜如此亲密，这仍然让他感觉极度难堪。

“我……”韩述屈起腿，悄悄扯了枕头遮挡着自己。当他稍稍冷静下来，意识到这个时候任何说辞都是多余的，于是他选择了沉默和等待。

她昨晚究竟有几分清醒的意识？不管了，她有任何怨言，他都可以接受，她要任何承诺，他都可以给。

然而桔年只是机械地掀开床单最后一次察看了自己，那一瞬，她眼里闪过一丝绝望。

桔年背对着他，将卫生间里干透了的衣服往身上套，她试图让自己面对事实，然而系扣子的手却止不住地哆嗦。

“你不想跟我说点什么吗？桔年。”韩述是紧张的，她越不说话，他就越是没底地煎熬。

桔年用了比正常多五倍的时间系好了所有的扣子，想从床头矮柜上的水壶里给自己倒一杯水。壶是干的，放回去的时候，水壶差点碰倒了台灯。韩述赶紧用手扶住，跳下床，把她按在床边坐好。

“你别动，我来。”他三下五除二地穿好衣服，四处找着插头给她烧开水。宿醉的人最是口渴，这个他听说过。

插头总算是找到了，可气的是水壶毫无反应，韩述没伺候过谁，摆弄了好一会儿才意识到壶根本就是坏的，气得踢了床头柜几脚。

“我去下面给你打杯水，你等我，我很快就回来，到时我们慢慢再说……桔年，你说句话啊，别这样吓我。”

她好像点了点头。

韩述心中一喜，飞快地跑了出去，找到依旧在看电视的老板，在他的指引下到热水房打了杯开水。杯子不干净，他认真洗了几回，仍觉得不够，又问有没有蜂蜜，答案当然是没有。最后他央着热水房的阿姨给他找了些白糖，调进开水里，这样，她喝到嘴里至少是甜的。韩述愿意摘下天上的星星让她快乐一点。

韩述小心翼翼地捧着水杯回到房间，房门大开着，里面空无一人。只有散落在白色床单上的几根落发提示着她曾经的存在。

谢桔年答应过会等着他，她又一次说了谎。

第四十章

桔年再见

40

桔年走出房间，像迷途的孩子四处寻找着出口，唯一通往大街的途径是条狭长的过道，一个秃头的中年男人坐在桌子后看着刚刚开始的早间新闻。桔年低着头，她希望没有人看得见自己，然而要走出去，必须得贴着桌子边经过。

“早啊，醒了？”那疑是老板的中年男人还是注意到了她，抬头看了一眼，笑着露出了一排被烟渍熏黄了的牙。

桔年几乎怀疑自己置身于一场不知所云的荒诞剧中，她有生以来第一次醒在了陌生的地点，身边是一个紧紧抱住她的赤裸的男同学。她对自己如何出现在这昏暗的私人小旅舍毫无印象，就连门口素不相识的老板似乎都比她更清楚一些，还笑着跟她说“早上好”。

桔年没有回答，逃也似的向着那唯一的出口奔去。清晨的大街如此安详，赶着上早班的人们面无表情，洒水车远远地飘来《兰花草》的曲调，空气中有种带着尘埃的水汽的味道……这才是她熟悉的世界啊，前一刻的浑浊、肮脏、黏稠如梦一场，她逃出生天，一切都没有变，然而唯独她，唯独她不知道自己成了什么样子。

传说中喜欢讲：山中方一日，世上已千年。

那是桔年所听说过的，最悲伤的故事。

醒来的时候，衬衣和裙子晾在卫生间的绳子上，皱巴巴的，却也干透了，只有贴身的内衣还带着潮意，束在身上，像蛇蔓，像刚睁开眼时贴着她的一双手。她沿着有可能出现公共汽车站的方向走，明明坚实的马路，她走在上面，却如在棉絮堆里跋涉。

渐渐地，好像记得了一些事，关于那张从她指间用了一个世纪的时间飘落在地的纸条，关于无望的电话亭、沸腾的舞池、三杯甜而微辛的液体，关于烈士陵园的那个梦，关于从疼痛中惊醒时，韩述滴落在她胸前的一滴汗水……当然，还有梦中也没有停止过的寻找。

桔年曾经问过自己，她为什么要像祥林嫂一样一遍又一遍地打听巫雨的下落。即使他说过，她是世界上最最好的女孩，可是，当世界上最最好的男孩要带着另一个女孩远走高飞，那也是一点法子也没有的事情。

那是巫雨自己做的决定，他也许爱着陈洁洁，如今除了爱，还有责任。就算桔年找到了他，又能怎么样呢，除了说声“再见”。

然而，正是清晨把她从混沌中惊醒的一个噩梦给了她提示。在那个梦境里，她仿佛又回到了高一前的那个暑假，林恒贵小商店布帘遮掩着的黑暗空间，那双魔鬼般的手在她身上疯狂地肆虐。她张开嘴，像失去水的鱼一样喘息，但是没有一点声息，绝望本来就是悄然无声的，她流泪了，然后感应到巫雨的愤怒，他朝林恒贵扑过来，眼睛里充满了血丝。

“我要杀了你！”巫雨的仇恨如决堤的狂澜，然而林恒贵是水中的鬼。她眼睁睁地看着恶人渐渐占了上风，他打翻了巫雨，掐着巫雨的脖子，夺下了巫雨的刀，血色是她惊醒时唯一的记忆。

桔年明白了自己为何如此焦灼——巫雨会去找林恒贵，她知道他会的。对于她的“小和尚”，她本该是那么了解，可她为了心中的魔障白白地耽误了一个夜晚。

她不能看见他再在林恒贵那里受到伤害。

当阳光普照大地，桔年也到达了她心中最阴森的角落。小商店的卷闸门关闭着，林恒贵总是晚睡晚起，这也没有什么奇怪。桔年战战兢兢地走近了一些，期待证实巫雨并未来过。然而当她站在门边上，却细心地发现门并非锁死的。

担忧战胜了畏惧，桔年头脑一热，也不知从哪里来的胆子，把手放在了卷闸门把手上，用力往上一提，果然打开了半尺来宽的缝隙，幽暗封闭的空间顿时溢出了一股腥甜的味道。桔年宿醉后的胃一阵紧缩，手脚冰凉地继续将门往上提，开启了大概三分之一后，门依着惯性自然上卷，后面的木门大开着，店面空无一人，只有那块陈旧得看不清本来颜色的布帘轻轻摆动，如招魂的幡，而那股腥甜的血气正是透过了帘子扑鼻而来。梦里的惨象历历在目，让桔年几近窒息。

桔年掀开帘子的手直哆嗦，如果巫雨死了，如果林恒贵在里面静候着猎物……畏惧到了尽头就会心如死灰，她穿帘而入。

里面并没有窗，电灯开关不知潜伏在哪个角落，桔年往前移步，右脚踩中了一个柔软的东西，她吓得一个趔趄，撞上一个硬物，似乎是房间里的斗柜，上面的酒瓶哐啷一声落地。也是这个时候，她的眼睛已经稍微适应了昏暗的环境，斗柜的侧上方有一根垂直的绳子，她试着用手拽了一下，黄色的灯光瞬间填充了整个空间，惨状尽收眼底。

隔间四处凌乱不堪，似乎刚经历过激烈打斗，所有的箱子抽屉都被人仓促地打开。地板的正中央趴伏着一个男人，桔年方才脚下踩中的，正是他直直伸出的手掌，深褐色的液体从他身下铺陈开来，血腥扑鼻，在此之前，桔年从不知道一个人的身上竟然可以流淌出那么多血。

那不是巫雨，仅凭第一眼桔年就可以做出判断，然而这并不能让她悬着的心放下。

林恒贵，他死了？！

桔年梦魇中最可怕的魔鬼卧倒的姿势毫无生机，就连重重踩在他的指尖上也没有一丝反应。莫非梦是相反的，巫雨真的来过，结果却是他杀了林恒贵？

这些年来，桔年跟巫雨一样，无数次地想过，林恒贵这个畜生，这个人渣，他为什么不死，为什么不死！然而他终于死了，桔年却觉得悲凉无尽。若真是巫雨干的，他的一生也就因此尽毁了。捅破了黑暗，染得自己一身墨色，就为了这么一个无耻的人，值得吗？

血腥味让桔年眩晕，她慌不择路地要逃，没来得及走远，脚踝骤然被一只冰凉的手紧紧抓住。她尖叫一声回头，林恒贵艰难地抬起了脸，微弱而断断续续地呼喊："救……救……"

桔年疯了似的踢腿挣扎，他使尽了浑身力气去抓，然而重伤无力之下，终于被她摆脱。想是林恒贵失血过多已不省人事，垂危之际，桔年闯入后踩踏他手背的痛楚和灯光让他短暂地苏醒，片刻，又陷入了死一般的昏迷。

桔年失魂落魄，跌跌撞撞地出了小隔间，刚才的一幕让她心胆俱裂。她想当然地认为林恒贵已经死了，他本来就是个不配活在世界上的人，然而谁又是主宰，谁又有资格决定另一个人的生死？纵然她那么恨他，可只要一丝良知尚存，眼睁睁地看着他在眼前死去，她还是没有办法做到。更重要的是，假如真是巫雨所为，只要林恒贵不死，巫雨就算有罪，也不至于罪不可赦。

她终于还是用了店里的电话打给了救护中心，不久后，也许救护车就会到来，林恒贵能不能撑到那时候她不想知道，她只知道自己再也不能在这多待一秒了。

脚下仿佛只有一条路，桔年浑浑噩噩地走一阵跑一阵，没有人注意到她。过去，她曾经无数次晨跑时路过这条竹林小路，那时一回头，“小和尚”就一脸无辜的笑容懒洋洋地跟在后面。

甘蔗地被抛在了身后，竹林被抛在了身后，最后，521 级台阶也抛在了身后。桔年登顶，在空旷的陵墓广场边缘，她扶着石榴树粗糙嶙峋的枝干跌坐在草地上，才记起哭泣。

巫雨，你在哪儿。我们究竟是怎么啦！

“桔年！”

酒精残余的幻觉还不肯放过她，她竟然以为自己在泪光朦胧中看到了巫雨从高耸的烈士墓碑后朝自己奔来。

“桔年。”幻觉中的巫雨迎面抓住了她的双肩，他手心的温度恍若是真，只是一向洁净的身上沾满了血污，衣服撕破了，额头也带着伤，高高肿起，血迹未干。

“你……”桔年一阵怔忡。

“我知道你一定会找到这儿来。”他竟然还能咧嘴笑了笑。

桔年双手并用地去碰触他的脸，真的是他……她忽然用力把他推开，嘶声问道：“是你干的？真的是你……你为什么那么傻？”

巫雨的沉默让她的心彻底坠落深渊。

“是他该死，我只是想要拿回我应得的东西！”巫雨还想往下说，脸上一热，从来温良的桔年竟然重重掴了他一个耳光。

“就为了那几千块，你连命都不要了？”

巫雨捂着自己的脸，垂首许久。

“那几千块就是我的命，没有它，我哪儿都去不了。桔年，你应该看到了我留给你的纸条，洁洁有孩子了，她让我带她走，这是我的责任。我也不想永远待在这个地方，所以容不得我选择！不管你信不信，我没想过杀了林恒贵，我只要属于我的八千块，其余一分也不拿，可是他不肯，非要跟我拼命。当时太黑了，谁也看不清周围，如果死的那个人不是他，那就是我……难道我除了认命就没有别的出路？难道我永远都要受他欺辱？我说过的，总有一天，我会杀了他……呵呵，杀人犯的儿子，长大了也是个杀人犯，你姑妈他们很有远见。”

“他没死，林恒贵还没死。”桔年仿佛看到了一线希望，反手揪住巫雨的手臂直起身子，“你不是杀人犯，去自首好吗？巫雨，法律会给你一个公道的……”

“会吗？”巫雨的笑声像哭，“哪里有真正的公道？如果有，我们今天会站在这里？桔年，就算他不死，反咬我一口，抢劫也是重罪。我不想坐一辈子的牢，那样我宁可去死！”

“那你还不走……还待在这儿干什么？我去了林恒贵的商店，他还有一口气，我给他叫了救护车。警察很快就会来，他们会找到这里来的。如果你要走，那就快走，再迟就来不及了！”桔年说到这里，心中已难辨苦辣酸甜。她一直是个在倒霉的境地中相信美好一定存在的傻孩子，也相信人世间自有公道，法律保护善良的人们，然而现在她只求巫雨这个杀人犯的儿子能安然渡劫。什么是对，什么是错？正邪的界限在哪里？谁说好人一定会有好报，恶人一定会有报应，那不过是童话中的谎言。她唯独不明白，如果远走高飞的逃亡已经势在必行，他为什么还要浪费跟生命一样宝贵的时间在这里逗留。

“我是要走了。可是我们不是说好了，不管去得多远，也要亲口说声再见。桔年，我就是来跟你道别的。我发过誓，也知道你一定会来的。”

桔年闻言愣了愣，竟似痴了一般。他和她，究竟谁比谁傻，谁是谁的冤孽。

“她呢？”她梦呓一般地问。

“洁洁在约好的地点等我，我答应过她，这一回无论怎样也不会把她丢下，待会儿我就去跟她会合。”

“去哪里？”

“兰州，我的老家。那里有很多牧民，如果有一天，我们安顿了下来，桔年，你一定要来，记得你给我看的那本小说吗——塞外风光，自由自在，那是我一辈子的梦想。”

“好，好。你走吧……”桔年轻轻推了他一把，前方等着他的，有遥不可及的梦想和一个焦急等待的女孩。

巫雨点头，“桔年，你好好保重。我们说了再见，就一定还会再见。”

他站了起来，朝墓碑那边另一条下山的通道奔去。

“巫雨！”

他几乎是在刹那回头。

“我有没有说过我嫉妒她，很嫉妒！”桔年喃喃地说。

她不知道巫雨究竟有没有听懂自己的话。

巫雨说：“你会有你的生活。桔年，你跟我不一样，你应该有个完美的人生，不用冒险，不用担惊受怕……”

“你给过我选择的机会吗？你怎么知道怎样的人生对我而言是完美的？”

“至少不用像我和洁洁这样。”

“可我宁愿跟她一样。”

她很少说话这么声嘶力竭，也许他惊讶了。

“我喜欢你啊，巫雨。你是装糊涂还是从来都不知道，我一直都喜欢你，一点也不比陈洁洁少。”

巫雨回应她的，是良久的沉默。桔年早知道的，也许她永远不该把这句话诉之于口，否则，只怕就连最好最好的朋友这个位置都岌岌可危。然而事到如今，一切还有什么关系？

隔得太远，泪水让她看不清巫雨此时脸上的表情，可是他的声音从来没有这么柔软。

“你从来没有说过。”

桔年失声痛哭，她是从来没有说过，她多么懦弱。然而，假如一切可以重来，他们会不会跟今天一样？

为什么她从来不说？一直到了这种境地。昨夜他们各自做了一个不同的噩梦，梦醒后，一切都已来不及。

“谢桔年，桔年……”身后传来一个犹疑而困惑的声音，是韩述！

桔年心下一惊，他竟也能找到这来。

她再也顾不上别的，冲着巫雨催促道：“你快走，马上走……”

“桔年，今后别再这么傻了……”

韩述已经跑到了桔年身边，看着她一脸的泪痕，一把拉住她，“你怎么回事？他欺负你？”他一边手忙脚乱地用手去擦桔年的眼泪，一边怒视着巫雨，“你们在干什么？桔年，他怎么会在这里？”

其实，此时的韩述尚不知道巫雨犯下的事。他来的途中发现小商店围满了救护车、警车和看热闹的人，可是相对于找到桔年，那些根本就是别人的闲事。对了，陈洁洁的家人还给他打了个电话，说女儿再一次离家出走，问韩述知不知道她的下落。

陈洁洁跟巫雨的关系，韩述是为数不多看在眼里的人，他心知这次她的失踪必然跟巫雨有关。陈洁洁爱怎么样他管不着，可是巫雨又回来招惹桔年，却让他无比痛恨仇视。

巫雨疑心韩述知道了林恒贵的事，也知道自己马上得走，可他见韩述一脸杀气地揪住桔年的手，不由得担心桔年在他面前吃了亏，犹豫着，始终难以决绝而去。

就在这个时候，韩述已经看到了巫雨身上大片的血渍。他是检察官的儿子，由于韩副检察长职业的关系，他从小认得许多刑侦方面的行家，相关的书籍也看得不少，毕竟在这方面多了几分敏感。那血痕的面积之大，绝不是划伤手指或流流鼻血可以解释的。他想起了山下的警车和关于命案的传言。

“你……是你！”

桔年看出了端倪，一把拉住韩述，冲着巫雨竭力喊道：“滚啊！”

韩述挣扎着，“桔年，他……他身上的血……小商店里有人被杀了你知道吗……不能让他走。”

动作一向矫健的韩述甩开桔年的桎梏，很快追上了巫雨，两个年纪相仿的男孩子扭打在一起。巫雨身上有伤，体质也不如韩述，渐渐地落了下风，然而他摆出拼命的架势，韩述一时也奈何不了。渐渐地，两人厮打到了石榴树下，桔年看到巫雨泛青的脸上豆大的汗水如雨一般，一种不妙的感觉顿时涌了上来。

她试着去分开缠斗的两人。

“放过他。韩述，放过他吧。”

韩述红了眼，这个一无是处的人，凭什么得到她的青睐和护荫？他们昨夜是那么亲密，可是天一亮，她就匆匆离开，连句话也不留，就是为了这个？他在愤怒中忘记了自己的初衷，也许他对于巫雨的厌恶，一开始就无关正义。

甚至分辨不出是谁挥去的手，正中桔年的肩膀，她闷哼一声往后晃了晃，韩述回头，桔年死死将他拖住。

“别拉着我。”

“巫雨，走！”

“不行，他不能走。”

“桔年，如果我走不了，帮我告诉她……”

“不，不。”桔年拼命摇头。

巫雨勉力站了起来，然而他来不及迈开脚步，失去控制的僵硬身体让他一头栽倒，脚下踏空，瞬间就从陡峭的阶梯边缘滚了下去。

这一切发生得太过突然，连韩述都来不及做出反应。他眼睁睁看着巫雨从阶梯上滚落，犹如一个没有生气的傀儡，耳边是桔年骤然爆发的一声惨叫。

“啊——”

伴随着尖叫声落下，巫雨的身体也终于在某级较宽的台阶处缓住了冲势，以一个诡异的姿势挂在了台阶的边缘。周遭似乎变得很安静，安静得连松柏间的鸟鸣声都如此婉转清晰。

桔年没有动弹，全身的每一寸肌肤都绷得非常之紧。

韩述也慌了神，他没有想到会是这样的结果，紧紧捏了捏桔年的手，他冲到二十余级台阶下巫雨的身边。

巫雨的双眼紧闭，神态安详，黑色的血从他脑下静静弥漫开来，血从台阶边缘淌下，滴答一声。

韩述惊恐地伸出手指，压在了巫雨的颈动脉之上，过了几秒，被灼伤一般慌不迭地收回了手。

“桔年，他好像……”他的声音有着明显的战栗，仿佛不相信眼前的事实，回过头无助地等待着桔年的求证。

桔年不知什么时候走到韩述的身后，清晨最灿烂的阳光，蒸干了脸上最后一抹泪痕。

她站立着，韩述半蹲，而巫雨僵硬地卧倒。韩述以为她会扑上前察看，但是她没有。她和巫雨的中间甚至还隔着一个人，远远地，说了一句，仿若自言自语，可惜韩述不懂。

“你现在是自由的吗？”

没有人回答。

她慢慢张开了自己的右手，相书上说的，左手是命定，右手是变故。她的左手写着青梅竹马，同生共死，然而右手的生命线深长，金星丘布满落网。

那是措手不及的分离、死亡……还有漫长的独活。

第四十一章

万般成灰

41

人毫无生气，而血仍在流淌，仿佛永不会终止。

桔年静立，身边的韩述嘴唇一张一合，不知在说什么，不过都无所谓了。

似乎他问了一句：“你难道不看看他？”

桔年摇头。

不管她往前看还是回头，都只余一抹血红，其余全是灰烬。

救护车来了，警车也来了，该来的都来了……有人围住了巫雨。过了一会儿，他的身体被人抬上了担架，当白色的布覆盖了他的容颜，红色也消失殆尽。桔年的世界铺天盖地黑了下来。

她和韩述都被带往该辖区的公安局。问话是先从韩述开始的，他被带进了另一个房间。一个女警见桔年心神恍惚，给她倒了一杯水，桔年喝至一滴不剩，才知道自己渴得超乎想象。

没过多久，一个雍容的中年女人匆匆赶来，看样子她不认得桔年了，但是桔年却认得她，她是蔡检察官。还在市检察院家属大院生活的时候，蔡检察官是所有小女孩的梦想，除了因为她是本市政法系统内出了名的女性精英，更因为她年轻时让人难忘的美丽和傲气。在桔年的记忆里，蔡检察官是个丰满高挑的女子，现在发福了一些，但轮廓仍在。

蔡检察官和韩家向来关系密切，想必韩述惹事，不敢轻易惊动老爷子，她是救驾的最佳人选。

果然，蔡检察官进到桔年所在的大房间，四顾不见要找的人，走到外面打了个电话。她跟公安局里的不少管理人员都非常熟悉，来来往往的民警大多都跟她打了招呼。不一会儿，一个领导模样的男子领她进了韩述所在的房间，很快她就顺利地把韩述带了出来，热情地跟那个公安局领导握手寒暄。

桔年默然地坐在原位，看着韩述等待蔡检察官叙旧完毕，忙不迭地把她拉到角落，焦急地低语了几句，手向桔年所在的方向一指，蔡检察官顺着他的手势看过来一眼，摇了摇头。韩述的声音就大了起来，“我不管，我跟她一起走。”

“小祖宗，你好歹也等这边走完程序，把该问的话问完吧。”蔡检察官安慰道。

“那我等她。”这句话韩述是对蔡检察官说的，眼睛却看向了桔年。

这时，先前那个女警示意桔年进入韩述刚走出的小房间里做笔录。小房间的门在她进去之后关闭了，那是一个不到十平方米的空间，只有一张光秃秃的长方形桌子和两把椅子，其中一把上坐着个四十岁出头的男警察，瘦而精干，脸颊上的法令纹深刻。

尽管是白天，房间里却窗帘紧闭，大灯没开，只有一盏台灯的光圈笼罩着长桌，桔年坐下，那女警就走了出去。

大概是桔年一直低着头，中年警察安慰了一句："你别紧张，因为死在台阶下的人有可能是我们一个案子的嫌犯，你和刚才那个男孩子又是仅有的两个在场的证人，所以有些事情需要向你了解了解。"

桔年没有说话，只是在听到那个"死"字时，难以察觉地抖了一下。

"把你当时看到的情况告诉我，不要漏过细节。"

桔年沉默。

那是个经验丰富的警察，见多了千奇百怪的人和事，眼前只不过是个怯生生的小姑娘，刚刚目睹了一出惨剧，吓得毫无头绪也不奇怪。

"你不要怕，他已经死了。我姓黄，是负责这个案子的警员，你只需要配合我，回答几个问题就可以走了。刚才我已经从你的同学韩述那里了解到了一些情况，我们的现场工作人员也初步判断死者确实是在突发的痉挛之下失足滚落台阶下的。我只是想知道，在韩述赶到之前，也就是死者试图伤害你的时候，有没有跟你说过什么，或者有什么异样的表现。"

黄警官很满意地看到，自己和颜悦色的态度起了效果，女孩缓缓地抬起了头。

"他没有伤害我。"

"什么？"黄警官一下子没有听明白。

"他没有伤害过我，他是我的朋友。"

女孩的声音细而弱，却非常清晰。

"你是说，你跟死者是认识的？"黄警官脸上流露出一丝惊讶。

桔年说："他叫巫雨。"

她拒绝把跟她牵手走过往昔岁月的那个少年称作死者。

黄警官的笔飞快地在本子上记了一会儿，"你的意思是说，韩述说的不是事实，你跟死……巫雨是认识的，当时他并没有伤害你。”

桔年犹豫了片刻。

“你为什么不回答？”

“我没有说韩述说的不是事实，他看到的事实跟我看到的不一样。”

“哪里不一样？”

……

桔年进入房间好一阵了，黄警官这才认真打量眼前的这个女孩子。她给人的最初感觉太过温良，以至于办案经验丰富的他竟然没有在第一时间发现她脚踝处白袜子上的指痕状血迹。

“你叫谢桔年是吧，你受伤了？”黄警官不动声色地问。

桔年摇头。

“你是跟韩述一块到烈士陵园上呼吸新鲜空气的？”

桔年一怔，仍是摇头。

“那你为什么会出现在那个地方？难道是巧合……我希望你最好能够明确回答我的提问。我再问你一次，你为什么会出现在那个地方，如果按照你说的，你跟死者是朋友，是不是他跟你约好在某个地点见面？”

桔年的头摇到一半，想起了对方的警告，正想回答，黄警官的手机响起。

“你等一会儿，我去接个电话。”黄警官走出了小房间。

这一等就是将近一个小时。

当黄警官再次坐到桔年对面时，脸色明显比上一回凝重了许多。

“巫雨杀了人，你知道吗？”他开门见山地问。

桔年的睫毛微微颤动了几下。

“林恒贵死了？”

“你还认识林恒贵？”黄警官的眼神变得很锐利。

“我在那一带生活过几年，附近的许多人我都认识。”

“那你也知道林恒贵住在哪里？今天早晨七点二十分左右，附近医院接到要求出动救护车的匿名电话，在那个时间段你有没有经过他的住处，看到了什么？”

桔年终于抬起头正视对面的人，她已经大致猜到了对方话里的意思，“没错，是我打的电话。”

“你怎么发现受伤的林恒贵？据我们向附近的居民询问，七点左右有人经过他的商店门口，卷闸门还是关得好好的。当然，事实上门上的锁已经被破坏了，但是一个人如果没有靠近那扇门仔细观察，必定不会发现这点。你跟林恒贵来往并不密切，为什么会在大清早去拉他的门？”

黄警官的质疑并非毫无道理，桔年知道自己除了据实以告，没有别的路可走。

“我去找我的朋友巫雨，我担心他会跟林恒贵起冲突。”

“也就是说，你知道是巫雨对林恒贵实施了抢劫？”

“他没……”她想说，巫雨不是抢劫犯，他只是拿回属于自己的东西，然而，在一个外人眼里，在一个警察的眼里，他抢了林恒贵，甚至杀了他，这是事实。就像一个妓女为了什么出卖自己，这个并不重要，重要的是她变得肮脏了。

旁人不需要知道那些苦涩的前因和回不了头的艰难，他们只要结果！

“我不知道，巫雨没有亲口告诉过我他要干什么。”

“那你从哪里得知他的计划？”

“……我猜的。”

黄警官发出了一声笑。仿佛出于对一个拙劣谎言的不屑。

“你猜的？你猜到他要抢劫，而且猜到抢劫的对象是谁，地点在哪里，然后又准确地猜到林恒贵在门后面流血将近死亡，再猜到巫雨窝藏在烈士陵园上面？”

桔年知道自己没有办法说服任何一个人。然而这就是事实，是她和巫雨仅有的默契。如果没有了他，世界上还有谁会相信这荒谬的心有灵犀。

“我了解他。他和林恒贵有宿怨，而且他需要钱。林恒贵不是什么好人，他用卑鄙的手段骗了巫雨的钱。”桔年轻轻地说道。

黄警官再次细细打量桔年。一开始，他觉得这是个柔弱胆怯，一点风吹草动就足以吓得瑟瑟发抖的女孩，然而从他第一句问话开始，她始终细声细气，话也不多，但每一个字都说得相当清晰，思路并不紊乱。没有惊慌，没有愤怒，没有波澜，没有眼泪。在一连串的惨案面前，她甚至表现出几分木然，除了纠正他提到巫雨时使用的“死者”这一代称，大多数的时候，她像在讲述别人的平淡经历。

“好，就算我当你是‘猜到’发生了什么事，在你知道巫雨的企图，尤其是在你目睹了林恒贵受伤之后，你为什么没有报警？不但如此，你还在他藏匿的地点跟他碰头。假如韩述没有出现，是不是他就将要逃走，而且你会助他一臂之力，因为你们是朋友？你是个学生，应该具备最基本的法律常识，知情不报、包庇和窝藏犯罪嫌疑人也是一种犯罪。”

桔年没有再说话，她无话可说。如果可以，如果再来一次，她明知道这是罪，仍然会助巫雨远走高飞。

从这个时候开始，不管黄警官提出任何问题，大多数的时候她都是默然以对，谈话一度陷入僵局。

桔年喉咙里如火烧一般疼痛，这是提醒她仍然活着的证据。

之前给她倒过水的女警敲门进来，在黄警官耳边低语了几句，黄警官一惊，再一次把桔年单独留下。这一次，他们在外面关门，桔年听到了反锁的声音。

时间一分一秒地流逝，已是中午时分，跟黄警官同时进来的还有另外几个警员。

“谢桔年，我要你明确回答我，今天凌晨五点左右你在哪里？”

他如愿以偿地观察到桔年的漠然出现了裂痕。

“我根据你之前提供的电话号码联系到了你的父母，他们正在焦急地找你，也就是说，昨夜你整晚未归。说，你当时在什么地点，做什么？”

清晨五点……桔年眼前犹如浮沙之中凸显出那具陌生的躯体，汗水的味道清晰可闻，身上每一寸触感，身下泛着霉味的床单，他汗湿而有力的腿，甚至还有自己蜷起的姿势……她喘息一声，艰难地闭上眼睛。

“回答我！”黄警官大喝一声，他凌厉的表情已不再像面对一个知情者，而是真正的罪犯。

“我昨天晚上喝醉了……”

“你还在撒谎？林恒贵已经在医院苏醒，他很明确地告诉警方，抢劫并伤害他的人除了巫雨，还有一个女孩，当时天还没亮，他只看清楚了巫雨，但是他非常肯定地说另外一个人就是你。只有你经常跟巫雨在一起，而且在几年前你们曾经跟他起过冲突，当时是你亲手用汽水瓶砸破了他的脑袋，是不是！”

“不可能，我当时绝对不在现场，如果林恒贵连那个人的脸都没有看清楚，又凭什么断言是我？假如是我，我何必再去救他？”

桔年从一直坐着的位置上站了起来，很快又被身边的女警按了下去。

“我是恨林恒贵，他……他曾经……但是如果我知道巫雨昨天晚上会做傻事，如果我来得及，我一定会阻止他！”

“你右脚袜子上的血手印是林恒贵的吧。当然，你不承认也不要紧。你很聪明，也许你知道犯罪现场留下了你的指纹和脚印，所以你特意在两个小时后回去以一个施救者的姿态打了个电话，你没想到林恒贵命那么大活了下来；也有可能是你对自己做出的事感到后悔，良心发现想要补救……”

“这些都是你的猜测，事实上我没有那么做！”变故一波接着一波，噩梦纷至沓来。桔年还没有办法接受巫雨的死亡，却惊闻自己竟然成了杀人嫌凶，饶是她心中百般成灰，然而一个十八岁刚过的女孩，此情此景，焉能不惊？

“你们自以为天衣无缝，其实破绽百出。五点之前，附近有早起的菜农曾经见到巫雨拉着一个女孩子在林恒贵家附近的小路上出现，这证明林恒贵并没有说谎，犯案的不止巫雨一人。就在不久前，我们的人找到了那个菜农，他还记得你，虽然不能确定，但是他说过，那个女孩的头发及腰，背影跟你非常相似。”

桔年闻言一震，“她……”她怎么会不知道那个人是谁，想不到巫雨在那个时候竟也带着她，他口口声声说不愿意桔年跟他冒险，但她就可以吗？

“她？她是谁？！”

没有人知道巫雨和陈洁洁的事，他们背光的恋情只有桔年知晓，当然，还有一知半解的韩述。是桔年帮着他们辗转传情，苦苦隐瞒。

“黄警官，你也说过了，包括林恒贵在内，没有人能够确切无误地证明当时那个女孩就是我。林恒贵跟我有过纠纷，在没有看清对方的情况下自然会想当然地说出我的名字。至于长发，长发的女孩子有很多，身材跟我相仿的也不在少数……”

黄警官跟身边的人交换了一个“看吧，我就说过她很狡猾”的眼色，不紧不慢地说道：“难道长发及腰，背影跟你相仿，跟巫雨交好，想置林恒贵于死地的正巧还有另外一个人？”

桔年张口欲言，却发不出声音。

“你要知道，即使这些是间接证据和猜测，但是你留在林恒贵商店里的指纹和脚印将会是最直接的证据，凭这一系列的东西所形成的证据链条，定你的罪并不是难事。所以，你最好能够告诉我，你昨天晚上在哪里？”

桔年的指甲掐进了掌心的肉里。

“甜蜜蜜，我昨晚留宿的旅社叫甜蜜蜜，就在G大南门附近。今天早上大概七点我从那里出来，如果不信，你们可以去查。”她的头渐渐垂下，几乎紧贴胸口，那是她的耻辱，不愿掀开的记忆。

韩述在外等待了几个小时，如热锅上的蚂蚁。好不容易等到了被他闹着去询问情况的蔡检察官回来，迫不及待地凑上去就问：“怎么样了，干妈。为什么她在里面待了那么久？你不是说，没有什么问题，打声招呼就可以走了？”

蔡检察官蹙眉道：“你这孩子大呼小叫什么。”她说着又压低了声音，“那女同学跟你很要好？她走不了了。刚才我问了刑侦队的副队长，她很有可能跟今天凌晨烈士陵园附近的一起抢劫杀人案有关联。你今后可得离她远一点。越大越不懂事，净跟些不清不楚的人来往……”

“什么呀？”韩述不敢置信地笑了一声，“干妈你听错了吧。”

“这事能开玩笑？被抢的人差点没命，就是她跟今早被你撞到的那个嫌犯一块犯的事，你知道当时你有多危险吗？谢天谢地没有出事。”

韩述开始意识到事情的严重性，“不可能的，绝对不可能。昨天晚上她跟我在一起呢，一晚上都在我身边……”

“你说什么？”蔡检察官一愣，忙看了看四周，然后很快把韩述拖到走廊上一个相对僻静的角落，轻声呵斥道，“你胡说什么呢，昨晚你怎么会跟她在一起，这话可不能乱说！”

“真的，干妈，我没骗你，她确确实实跟我在一起。”韩述眼睛都红了，“你去跟那些警察说，他们怀疑错人了，是谁也不能是她啊，他们不信，我可以给她作证。”

“你晚上不回家，跟一个女孩子在一起干什么……你们，你们……”

蔡检察官的脸变了颜色，不敢置信。

韩述别过脸去，没有否认，烧红的耳根证明了她的猜想。

“就你们两个人……韩述，好啊你，你才多大，就跟那些不三不四的女孩子胡搞，你……”

“她不是不三不四的女孩子。”

“她要是洁身自爱，小小年纪会跟你……哎呀我的天，让我怎么说才好。”

“她喝多了，是我非要……我非要……她是不肯的……”韩述的声音越来越小，薄薄的脸皮几乎要滴出血来。

蔡检察官呆了三秒，领会了他话里的意思之后，当下气得浑身发抖，端着手里的小皮包没头没脑地就朝宝贝干儿子的身上打，“你这死孩子……你真要气死我……我没有孩子，就当你是亲生的，看来是错了，三个大人把你给宠坏了……你怎么干出这种事……”

韩述狼狈地躲，也不敢闹出太大的动静。

“我管不了你了，这事要是被你爸知道了……”

“别啊，干妈。”韩述慌了神，一把拽住蔡检察官的小皮包，“干妈，你对我最好了，你可不能不管啊。”

蔡检察官的一口气许久才顺了下来，她毕竟不是个平庸的妇人，短暂的震惊失态之后，她的职业素养让她不得不冷静。

“韩述，我再问你一次，你说的都是真的？”

韩述知道这事的重要性，虽然爱面子，也不得不支支吾吾地把昨晚的事情省略了若干“细节”之后对干妈复述了一遍。

“她真的整晚在我身边，我一直抱着她来着。早上醒来都快七点了，她不可能是抢劫的嫌疑人。”

蔡检察官啐了一口，“我说韩述啊韩述，你是谁，你是韩设文的儿子，别的孩子法盲也就算了，你也能犯这糊涂？先别说里面的事那女孩逃不逃得了干系。昨晚的事，万一她反咬你一口，你可是……犯法的啊。”

不管平日工作里再铁腕冷厉，疾恶如仇，面对视若己出的干儿子，蔡检察官那个难听的词怎么都说不出口。

韩述说：“我知道我做错了，但我是真的喜欢她。干妈，以后我是要娶她的，她不能出事。你告诉我，我要怎么给她作证，怎么样我都配合。”

“你肯，你半个字还没说，你爸就得扒了你的皮！他这辈子什么都可以没有，唯独一张脸不能让别人抹半点黑，你都忘了他平时怎么教你的。你先告诉我，那女孩对你有没有意思……别跟我装蒜……不知道……你……要是她翻脸不认人，把过错都推到你身上怎么办。这件事要是闹大了，你就等着你爸在气死之前先打死你，剩你妈一个人上吊吧。”

“我现在管不了这个，先得保她出去再说。”

“你不能作证！”

“为什么？你要我为了我和我爸的面子袖手旁观？那我还是人吗？”

“你懂什么，你不要面子，那姑娘能不要？她糊里糊涂地跟你过了一晚上，是不是情愿还难说，她会希望你把这事捅开？她可是个十八岁的女孩子啊，韩述，你想过这一点吗！刚才你说，她是谢茂华的大女儿，小时候被送走的那个。谢茂华我记得，他是什么人……他能容得下这样的女儿？……你爸能容下你跟她……乱了乱了，总之一句话，韩述，证明她不在现场，不一定非得你本人作证，懂吗！你不考虑你自己，也得考虑到她，我会跟她谈，再想想办法……”

“干妈，你得帮我们啊。”

“你们？”蔡检察官无奈地笑，“果然是有了媳妇忘了娘，我怎么就揽上了你这事。”

第四十二章

过去种种譬如昨日死

(42)

台灯的光径直打在桔年脸上，强烈的亮度让她睁不开眼睛。在她说出了甜蜜蜜的地址和旅社老板的具体形貌之后，包括黄警官在内的几个警员在另一角展开了低声的讨论。她听不见，也无力去听，整个人临近虚脱。她想，她要不就现在死去，要不就直接崩溃发狂，都不失为一种解脱的好方式，最不济，那就昏倒吧。可是不行，不管她再怎么觉得自己撑不下去了，下一秒，她还在撑着，思想、身体、记忆，每一种细小痛楚的蚕食都如此清晰。

她感到有人走到了她身边，微微调整了台灯照射的角度，然后又是一阵絮语，有人走了出去，有人留了下来。

她用了很长的时间让疼痛的眼睛去适应光线，房间里不再有穿着制服的警察，取而代之的，是一个静静坐在她身边的女人。

那是蔡检察官。

“累了吧，先吃点东西，喝口水也好。”

桔年这才发现自己的手边摆着一块蛋糕和一瓶牛奶。她几乎是一口气喝干了牛奶，大口咀嚼着香甜的蛋糕时，她差一点吐了出来，然而当食物顺着喉咙下咽，活着的感觉又一点点回来了。

她为此感到凄凉，原来刻骨的绝望和极致的悲伤也不能阻止饥饿的感觉。

她活着，谁让她活着。

“桔年，我能叫你桔年吧。”蔡检察官的声音如此温柔，并不像记忆里那个雷厉风行的女人。

桔年没有回答，叫什么都无所谓。

“他们都出去了，我要跟你单独谈一谈，不是以职务的身份，而是以一个长辈，你愿意吗？”

桔年咽下了最后一口东西，憋红了脸开始猛咳，蔡检察官轻轻为她抚着背。

“桔年，你和韩述的事情，他都跟我说了。韩述那个浑孩子从小没吃过苦头，被我们宠坏了。我也是女人，昨天晚上的事，我听了也觉得很不妥。但是，韩述对你的心思是真的，我看着他长大，他一直是个好孩子，就算偶尔犯浑，也是少不经事，绝对不是玩弄感情的人，他顺心惯了，我没看过他为了什么人那么上心……”

“蔡检察官，你有话就直说吧，那些……刚才那些话不必说了。”

“你知道我？你离开大院的时候还小，长大了变得那么标致，我都认不出来啦。我跟你爸曾经是同事，你可以叫我一声蔡阿姨。我要说的是，事情已经发生了，虽然不尽如人意，但是总要有个解决的办法，尤其是你现在又面临这些麻烦……韩述非要给你做时间证人，我看了一下你刚才的笔录，你没有说出昨晚是跟他在一起的，在这点上，我真的很感激你。我也知道，你们年纪还小，像你这样自爱的女孩子，把那些事情袒露出来是很痛苦的。你爸妈都是正派的人，要是他们知道，心里会怎么想？”

蔡检察官提到了桔年的爸妈，桔年心里滋味难辨。此刻的蔡检察官面色和蔼，柔声细语，多么像一个母亲。可惜她的母亲不是这个样子，坐在对面的人，是别人的贴心长辈。桔年万般不愿让爸妈蒙羞，她知道爸妈要面子，最怕被人戳脊梁骨，她偏偏闯下了这样的祸，注定做不成他们的好女儿了。警方已经在几个小时前打电话联系了她的家人，直到现在，他们也没有出现。

就算是赶过来给她一耳光也未尝不可啊，但是没有，没有人来。

“桔年，我想你一样希望付出最小的代价摆脱这个困境，韩述作证并不是一个好主意，不管是对你还是对他。你提到的那个旅社老板，我会尽快找人跟他联系，这方面我的熟人不少，你可以放心。我知道你是清白的，也会努力想办法为你脱罪。”

见桔年不语，蔡检察官从袋子里拿出自己从最近的百货商场买来的一套女孩衣物，内衣鞋袜一应俱全。

“看你的样子也够糟糕的，都一天了，身上怎么会舒服？这事一时半会儿没法解决，我跟他们说了，让你把衣服换换，休息一下，毕竟是个女孩子，又不是铁打的。部分衣物他们要拿去作为证据检验……去吧，桔年，别跟自己过不去，换衣服的地方是女警的临时浴室，顺便把身上洗洗……”蔡检察官柔声说完，把东西轻轻放在桔年怀里。

桔年难以察觉地勾了勾嘴角，“你怕我告他？”

她的声音太低，蔡检察官起初没有听仔细。

“什么？”

“你说了那么多，让我换洗，无非是护着韩述。”

韩述是幸福的，总有人在为他奔走。有些东西，有人有，有人没有。有人求而不得，有人弃若敝屣，如果一定要给个解释，那就是命。

“你要告他吗？”毕竟见惯了风浪，蔡检察官惊讶之余却纹丝不乱，心平气和地问了一句。

桔年一字一句反问道：“我不该告他吗？”

蔡检察官沉默片刻，笑了，“不是该不该，而是能不能。你是个聪明的女孩，不枉韩述中意你。既然如此，桔年，我也不怕跟你挑明了说。昨晚上的事韩述已经告诉我了。你们都喝了酒，神志不清，那酒是不是你自愿喝下去的？你跟着韩述上计程车、进旅馆开房，整个过程中，你并没有挣扎和反抗。后来你们俩发生了关系，他有错，你难道没有责任，是谁主动的谁说得清？目前性犯罪法律存在很多的尴尬和盲区，就算你倒打一耙，如何举证？”

“我倒打一耙？”桔年微微一笑。

“孩子，韩述家里的情况你也知道，事情闹大对你们都没有好处。你父母会非常难过，你也要一而再再而三掀开自己的伤疤。看在他对你一片赤诚的分上，桔年，放过他，也放过你自己。”

桔年看向蔡检察官的眼神是空洞的，她们对望，蔡检察官却觉得那双眼睛穿过了自己，看向另一个世界。

良久，桔年并没有推开手中的衣物。蔡检察官心里一松，她知道自己说服了这个女孩。

“你喝醉了，害怕父母责骂不敢回家，强撑着上了计程车，住进了甜蜜蜜旅舍，近七点才离开。第二天一早，因为担心巫雨，你去了林恒贵的小商店，打电话救了林恒贵一命。然后在烈士陵园你找到了巫雨并劝他自首，他拒绝，你们两人发生了争执。在网吧玩了通宵游戏的韩述到郊外透气，看到同班同学，他担心你一个女孩子出事，跟随你去了烈士陵园，无意中发现要逃跑的巫雨，因此上前阻止，期间巫雨发病，失足从楼梯上滚落……这就是全部的事实。”

也许是命中注定如此，甜蜜蜜的老板在事发当天不知去向。据说他本来就是个好赌之人，常常赌瘾发作，跑到某个赌博据点一泡就是十天，不输掉身上最后一分钱是不会回来的。

在案件的关键证人被找到之前，由于巫雨已死，作为 8 月 14 日凌晨林恒贵抢劫案的唯一嫌疑人，桔年被公安机关以涉嫌抢劫罪向检察机关报捕。经调查对比，她的指纹、足迹以及沾染了林恒贵血迹的袜子均与犯罪现场采集到的吻合，再加上附近菜农在嫌犯辨认程序中，轻松将桔年的背影从一干同龄女孩子中辨认出来，还有林恒贵在病床上言之凿凿的指认，桔年的情况不容乐观。而与此同时，蔡检察官始终不遗余力地动用自己的人脉协助警方寻找那个旅舍老板，除了韩述和桔年，没有人知道她为何对一个并不熟悉的少女嫌犯如此尽心。

拘役期间，韩述数次要求探视桔年，均遭拒绝。他不断地往里面送的衣物、日用品、书籍、信件……每一样都原封不动地被退了回来，除了一张由方志和拍摄的照片——那是羽毛球比赛颁奖时的合影，照片上有韩述、桔年、巫雨和陈洁洁。

韩述间接听说，陈洁洁再次离家出走，还没来得及离开市区就被家人抓了回去。很长很长一段时间，再也没有人见过她，谁也没有她的消息，她像是一滴水从人们的视线里蒸发了。

一个月后，蔡检察官和警方苦寻未果的旅馆老板意外地主动找到警方，他说他听家里人提起了这件事，并且同意为此案做证人。此时，案子的取证工作基本结束，不日在市城西区法院正式庭审。

开庭之前，韩述始终放不下心头的大石头，反复追问蔡检察官：“干妈，他可靠吗？”

蔡检察官说：“那家伙是个狠主，眼里只有钱。不过你放心，我都打点好了，他也承认那天早上确实跟桔年打了声招呼，对她还留有印象。”

庭审当天，来的人并不多。桔年的父母双亲都没有到场，从桔年出事那天起，他们就对外宣称从此跟这个女儿断绝关系，就当她已经死了。这不过是一个一无所有的边缘少年抢劫庸碌的小商店老板，捅伤人之后，在潜逃过程中失足摔死的平凡案件，刺激不了眼球，在每日报道公鸡生蛋之类的新闻的小报上也没有占据多少位置。剩下来的桔年本来就活在被人遗忘的角落，除了她人大新生的身份曾经短暂地引来过议论，人们很快就忘记了这件事，或者从来都没有记得过。

那里面的爱恨、得失、不舍和绝望在大大的世界里多么微不足道。

经历了一个月的拘留，桔年孤零零地站在被告席上，给人唯一的感觉就是“淡”，淡的眉目、淡的神情、淡的身躯。你看着她，明明在整个法庭的最焦点处，却更像灰色而模糊的影子，好像一阵风，就要化成了烟。

之前一切烦琐的程序如走马灯一般，审判长宣布合议庭组成人员及书记员、公诉人、辩护人、鉴定人名单和各方权利，控辩双方陈述。

桔年并没有请律师，她的辩护人是蔡检察官出面为她安排的一个年轻人。辩护人跟公诉人就双方最有争议的地方，也就是 8 月 14 日凌晨五点左右这段时间，桔年是否有确切不在场的证据这一点展开了辩论。其后经法庭允许，甜蜜蜜旅舍的老板出现在证人席上。

“张进民，请问 1997 年 8 月 14 日早上七点左右，你是否亲眼看到本案被告谢桔年从你所经营的甜蜜蜜旅舍门口走出，并且确认她于前一晚入住该旅舍后，一直未曾离开？”

那个叫张进民的旅舍老板眯着眼睛看了桔年许久，“有点像。”

寥寥无几的旁听席上传来了细碎的低语声。

“怎么回事，什么叫‘有点像’？”韩述紧张而困惑地抓住了干妈的胳膊。

蔡检察长也流露出些许困惑。

“有点像？在之前你给公安机关的口供中，不是曾经确认自己确实跟被告打过招呼，互道早安？”

旅舍老板干笑两声，“凡是中午12点之前从我的旅馆走出去的人，我都会说声‘早啊’。”

“我再问一次，你能够确定她当时在那个时间曾经从你的面前走过吗？”公诉人问道。

韩述屏住了呼吸。

“每天住进甜蜜蜜的人没有一百也有几十，来来往往的。附近是大学，这个年纪的小姑娘也有不少，哪能每个都记得清楚，百分之百的包票我可不敢打。”

被告席上的桔年也慢慢绷直了腰，目不转睛地看着那个叫张进民的男人。

“那你的旅舍是否有相关的住宿登记？”

张进民又是一笑，“哈哈，我那地方，别人就看上了不用登记。不过非要记的也不是没有，那一晚我看了看，没有单独入住的小姑娘。这个警察也知道。”

“你的意思是，你没有办法确切证明8月14日早上七点从你面前走过的人就是被告席上的谢桔年本人。”

似乎过了一个世纪，张进民答道：“确实没有办法保证。”

桔年好像听到自己的喉咙里有过一声呜咽，来不及发出来就死在了心里，紧紧缠住的手指一根一根地松开。

旁听席的角落里，坐着两个衣着光鲜的中年男女。桔年的记性非常好，她仍能够回想起某个生日的聚会上，这对不见了爱女的父母从楼梯上飞奔而下时的疯狂和焦虑。

桔年明白了，不是她，就是她。

这个命运的选择题从未终止。

所以张进民忽然变得健忘，没有办法证明任何事情。

……

韩述立刻站了起来。身边的蔡检察官把他按了回去，死死捏着他的肩膀。

“干什么？”她从牙缝里挤出几个字。

“她是无辜的，我不应该听了你的话！”韩述一头一脸的汗。

“来不及了，你现在的话法庭能采信吗？”

“她会坐牢的……”韩述的眼泪毫无征兆地滚落。

“韩述，理智点，不要冲动。想想你爸爸，他马上就要调往高院了，现在他最关键的时候，不能有任何负面消息。还有你的前途和未来，你都不要了？你可是你爸妈的命根子！”

韩述的姐姐韩琳在比利时大学毕业，一声不吭地嫁给了当地人，迅速地怀上了孩子，并且宣称要从此做家庭主妇。这让一直以女儿为傲的韩设文一夜之间增添了不少白发。他曾以为女儿继承了自己所有的优点，最能接下他的衣钵，但是从小优秀无比的韩琳却出其不意地伤透了他的心。就在开庭这天的早上，韩述出门前，听到爸妈在房间里交谈。妈妈宽慰老头子别气坏了身体。即将走马上任的高院韩院长声音仿佛老了好几岁，他说：“幸好我们还有小二，那孩子这几年越来越像我了。”

韩述从来没有从父亲嘴里听到这样的话。那是他十八年来顶着父辈的压力和姐姐的光环第一次得到的肯定，这一度让他觉得从小到大自己竭力做一个出色的人，付出的所有代价都是值得的。只要桔年没事，韩述的人生就是一个完满的小宇宙。

“韩述，别做让自己后悔的事……”

干妈还说了什么，好像说了许多，好像再也没有开口。

偌大的法庭，一切的人和道具都如照片里模糊的背景，只有当中一个是鲜活的——桔年。

这一刻，韩述忽然无比渴望着桔年向他看一眼，只要一眼，一个眼神，甚至不需要对白，他就有了颠覆一切的力量和抛弃所有的理由。

然而她没有，他知道，一秒也没有。

虽然她明知道他就在那里。

一如干妈所说，他想错了。桔年恨他，她以那一晚的经历为耻！

辩护人犹在坚守职责地为桔年开脱。

“甜蜜蜜那样的旅舍，很少有女孩子单独入住，当晚真的没有旁人能够证明你在那里留宿吗？谢桔年，你再仔细想想。”

法庭上鸦雀无声。

桔年空洞而清晰的声音在当中回荡。

“我不记得了。”

韩述颓然地靠在了椅背上，久久地闭上了眼睛。

一周后，法庭正式宣判，谢桔年胁从抢劫与包庇罪名成立，判入狱五年，剥夺政治权利一年。

彼时，谢桔年十八岁零二十七天。

过去种种譬如昨日死。

韩述没有参加那一天的开庭宣判，虽然干妈一再保证会想法子让桔年从轻量刑。

他一个人在大街上漫无目的地逛啊逛，不知怎么的，竟走到了百货商场，在售货员小姐的殷勤招呼下，买了一双帆布女鞋——6 码，白色的，未染纤尘。

出了商场，阴天，有一丝风，这是韩述最喜欢的天气。

方志和给他打电话。

“韩述，最近在家里闷坏了没有？快开学了，我们打算一起找个地方聚聚，开心一下，你来不来？”

韩述单手打开鞋盒，抚摸帆布上特有的粗糙痕迹。

天上下了一滴雨，该死的，变天了。

他顺手将鞋子抛进了路边的垃圾箱。

“好啊，有开心的事为什么不来？”

第四十三章

死不掉，就活过来

43

桔年说完了一个故事，简陋狭窄的牛肉面馆里，那台老旧的电风扇还在朝她们吱吱呀呀地吹着。朱小北并不是个甘于沉默的人，然而在桔年的牵引下，她仿佛在旧时的光阴中真真切切地走了一遭。那些人、那些事、那些面孔鲜活地历历在目，她完全可以闭上眼睛，在脑海里勾勒出当时的少年们脸上每一个细微的变化……她觉得这一切不应该就此结束，而桔年的故事却真的已经说完。

她们这才注意到，天已经完全黑了下来，晚饭的高峰期已然过去，原先人头攒动的小店人去铺空，除了在昏黄的灯光下算账的老板娘和忙着收拾残羹冷炙准备打烊的服务员，就剩下了她们。两人面前的牛肉面冷却如冰，结了一层红色的油，朱小北觉得自己的心似乎也糊上了这样一层东西，凉了之后更显得沉重而郁结。

“巫雨……他就这样死了？你就这样坐了牢？”半晌朱小北才从喉咙里挤出这样一句话，虽然桔年有案底在身的事她早已知晓，从她所了解到的种种迹象来看，这故事再无别的可能，然而她仍然觉得，不应该是这样的啊，不应该！阳光下携手飞奔的两个孩子，石榴花下纯白如斯的少男少女，他们在自己的小天地里与世无争，为什么到头来竟落得一个横死、一个锒铛入狱的下场？

桔年嘴角有一丝隐约的笑意，额上碎发的阴影遮住了她的眉眼，她说：“小北，你也看武侠小说吧。小说里，所有的主角失足掉下山崖都会有高人相救，或者机缘巧合，学得一身绝世武功，从此脱胎换骨。可是在我们的世界里，大多数人掉下去，就真的粉身碎骨了。”

朱小北还没缓过来，桔年又招呼服务员过来收钱，“说好了这顿我请。”

在她的笑容面前，朱小北觉得推辞是一件很无聊的事情，便也笑着将面前的碗往旁边推了推，说道：“这老板娘没赶我们，也算是奇人一个。这一顿，就当为我饯行好了！”

“真的要走？”

“当然。”

“那这边……”

“你是说韩述？”朱小北会意得很快，她撇嘴道：“现在最好别让我看见他，要是他现在出现，我恨不得一巴掌把这小子扇到外太空去。”

桔年莞尔一笑，想了想，说：“小北，那毕竟是另外一个故事里的他，而且都是过去的事情。他这个人倒也不坏，你……”

“别说了，我知道你的意思。在今天以前，我一直以为，你和他过去一定发生了什么，而他是你那些故事里的男主角，最好笑的是，大概他自己也是那么以为的。我靠，其实他不过是个路人甲罢了，所以你才轻易地原谅了他。同样对于韩述而言，我也是路人甲，我跟他是半路搭的草台班子，散就散了吧。找个好人嫁了，呵呵，跟买彩票似的，一买就中不遭天谴才怪。”她半开玩笑地朝桔年摊开手掌，“谢大师，帮我看看掌纹，算一算我的姻缘，是不是真要到退休的那一天，才等到我五十五岁的初夜。”

桔年合上了朱小北的手，“命越算越薄。”说着她又笑了起来，安慰道，“小北，你肯定是有福的，实在郁闷到不行的时候，就想想比你更衰的人好了——比如说我。”

“我不能跟你比，真的，如果我是你，不知道死过去多少回了。”朱小北说的是实话。

桔年说：“死说难不难，说容易也不容易。死不掉，就只有活过来。”

死不掉，就只有活过来。

在牢里的那几年，桔年也曾反复地对自己说过这句话。

离开牛肉面馆，桔年和朱小北在不远处的岔路口挥手告别。桔年看着小北被路灯拉得修长的影子，平日里百无禁忌、爽利无比的女子，竟也有了几分伶仃的味道。桔年知道，也许小北此行的目的，不过是求个结局，而小北到底是个豁达的人，总有一天她能从这段感情里走出来，她需要的只是时间。

只有时间才是无敌的。

然而，当年的桔年却没有赢得时间的宽恕。事情发生得太过突然，她的“小和尚”就那么离开了，留给她整个天地的空茫。前一瞬，他还用最柔软的声音说“你从来没有说过”，顷刻之间就被无边无际的血海覆盖。她没有任何防备，犹如在平地上一脚踏空，一切无迹可循，就这么下坠，下坠……直至万劫不复。噩梦接踵而来，她哭不出，也缓不过来，因为她还来不及清醒。他走了，只剩下她，也回不去了。

关于那几年牢狱生涯的细节，桔年很少跟人提起，即使是在给朱小北讲述的故事里，她也一语带过。很多东西她不愿意说，是因为不期待有人懂，就好像你永远不要试图让一个健康的人去体会病床上满溢的绝望——健康的人嘴里说“健康真的很重要”，然后照样挥霍健康，并不会真的了解疾患的苦痛。

包括桔年自己，其实都很少去回忆那一段光阴，她只知道一件事——世界上唯有两样东西是永远不可逆转的，一个是生命，另外一个是青春。许多东西都可以重来，树叶枯了还会再绿，忘记的东西可以重新记起，可是人死了不会复活，青春走了也永远不会再来一遍。巫雨回不来了，桔年的青春也死在了十一年前。现在她刑满释放，就像一个普普通通的二十九岁的单身女人，平淡地活着，旧时的波澜和铁窗里的岁月似乎没有在她身上烙下明显的印记。只是她在每个清晨醒过来，在阴凉的浴室里看着镜子里依旧平滑紧致的肌肤，那双眼睛告诉她，她再也不是当年的那个女孩了。

有一句人生格言说：上帝关了一扇门，就会给你开一扇窗。在监狱的时候，桔年每次想起这句话，都会笑起来。监室的门紧闭着，只给囚徒们留下一扇方寸大小的铁窗，这不正印证了上帝的幽默感吗？

监狱里把刚送进来的囚犯称作“新收”。“新收”是那个封闭的天地里最无助的群体，除了要经历入狱初的训练和老犯人的“教育”，最难过的一关还是自己。原本自由的人在入狱后都会感觉到天地颠覆一般的绝望，你不再是个正常的人，不再是个有尊严的人，甚至都不再像是一个人。十二个人挤在一间狭小的囚室里，每天有着繁重得让人喘不过气来的劳役指标、难见天日的生活、心理扭曲的室友、严苛的狱警……“新收”们一进来就以泪洗面，甚至寻死觅活的不在少数。

在牛肉面馆遇见朱小北之前，跟桔年坐在一起的平凤，就是跟她同一批被收监的。桔年当时不过是刚过十八岁，是监狱里最年少的犯人之一，而平凤比桔年还小一个月，瘦弱得像个十五六岁的孩子。那时，她们被关在同一个监室，每天晚上，桔年都听得见平凤的哭声。

桔年很少哭，她只是睡不着。

深夜里的监狱是死一般的黑，没有一丝光。桔年睡在最靠窗户的铺位，也看不到窗子的具体所在。她总是坐着，面朝着大概是窗户的方向，听着平凤饮泣，静静地发呆。一个夜晚的时间有时过得很快，有时过得很慢，时间仿佛是没有意义的。由于刑事诉讼的一系列程序，判决书正式下达的时候，桔年已经在监狱里度过了近三周的时间，接下来，她还有一千八百多个夜晚要这样度过。

有一个晚上，平凤哭累了，在哽咽中逐渐睡去，桔年忽然听到了从窗户的方向传来一阵轻微的碎响。她知道，那是昆虫扑打翅膀的声音。监狱里有苍蝇，有蚊子，有跳蚤，但都是一些小的虫子，大一点的难得飞进来。听那声音，比蜻蜓、甲虫什么的要微弱，但又比小飞虫有力。它徘徊挣扎着，总也找不到出口。桔年看不见它，她想，那也许是一只蝴蝶。一只从毛毛虫艰难蜕变而成的蝴蝶，为什么不在花间徜徉，却又回到这阳光照不到的角落？

巫雨，是你吗？

桔年在心里默念：是你终于破茧而出，却放不下我，所以回来看我一眼吗？

她试探着伸出手，它却未曾停在她的掌心。

一整夜，桔年就这么倚着铁床的支架，听着那翅膀扇动的声音，心中悲喜难辨。她希望它留下来，多陪自己一刻，又希望它飞走，去它向往的地方，再也不要回来……天渐渐地亮了。

监狱规定，夏天是早晨五点起床，冬令时则改成六点。起床后必须像部队里一样折叠好被子，然后整齐地坐在床沿等待狱警来开监狱的门——她们把这称为“开封”。接下来是各个监室轮流出去洗漱、上厕所，再回到监室吃早餐。所有的监室里都没有厕所，厕所在每一层走廊的尽头，平时是锁着的，只有规定的时间才会开启，早晚各一次。清晨的第一缕光射进桔年的监室，整个监狱已经有了起床的动静，只是还没有轮到她们这一间开封。桔年迫不及待地借着那点光线去找寻蝴蝶的踪迹，果然，在铁窗边缘，她找到了它。

哪里是什么蝴蝶，不过是一只灰色的蛾子。

它是丑陋的，脏而斑驳的颜色，臃肿的身体，最让人绝望的是，它长着畸形的翅膀，显然是刚从蛹里破出来不久，不知怎么落到了这里，注定是飞不起来的。

桔年想起了巫雨说的那个关于毛毛虫的故事。他说得对，每一只蝴蝶都是毛毛虫变的，但是，他也忘了，不是每一只毛毛虫都能变成蝴蝶。也许它会死在茧里，永远见不了天日，或者经过死一般的挣扎，才知道自己竟是只丑陋的蛾子，连翅膀都长不健全。

桔年难过地发现自己明白了巫雨故事里的深意。然而，如果他知道是这样的结局，是否会甘于在深埋的地下和另一只毛毛虫相亲相伴，小心翼翼地分享那点可怜巴巴的阳光？又或者他注定是要走的，无论结局多残忍，那都是他的选择。

只是，巫雨的故事没有说完，他没有讲到，如果他变不成蝴蝶，那只在上头等待他的彩蝶会不会飞走。他不能跟她比翼双飞，又再也回不到毛毛虫的躯壳里，而那只蝴蝶却仍可以自由来去。他也没有说到，没有了一只毛毛虫，剩下来的另一只独自在黑暗中应该怎么度过接下来的岁月。

桔年不忍心看那只蛾子竭力地做着无用的挣扎，她轻轻地伸出手指，想要推它一把，可是没有用，她的手指刚刚触到它，它就从窗台摔到地板上，她还来不及有别的举措，一只穿着鞋子的大脚横空落下，顿时将地上的蛾子踩扁。当大脚抬起，桔年只看到一小摊令人作呕的浆液，还有半边残缺的翅膀。它活着那么艰难，死却如此轻易，甚至没有挣扎的机会。这就是生为虫子的悲哀。

桔年心中一恸，抬起头看了下脚的人一眼。

“你看什么，心里不爽？”那个人问她。

桔年低下头，缓缓地摇了摇，“没有。”

她斗不过也不想跟那个人斗，即便没有这一脚，蛾子早晚也是要死的。它是个残缺的怪物，然而阳光已然洒在它身上，它试过了，是否死而无憾？

一脚踩死蛾子的人叫戚建英，是她们这个监室里“资格”最老的犯人。戚建英长得高而肥壮，听说，她年轻的时候是个身材苗条、容颜姣好的女人。八年前，戚建英还是一个手无缚鸡之力的家庭妇女，听闻自己经商的丈夫决定和情人双宿双飞后，她抄着一把尖头的水果刀找到了奸夫淫妇的爱巢，敲开门，冒着被比她强壮数倍的丈夫打死的危险，硬是顶着男人的拳脚，一刀一刀地捅进了她恨之入骨的那两个人的身体。当那对狗男女倒下之后，戚建英一身是伤地坐在血泊里打了报警电话。据说警察赶到的时候，她握着刀，脸上是欣慰的笑。

男人的情妇死了，可那个男人却在医院被抢救了过来。戚建英被逮捕，法庭念在事发前她丈夫对她长期施用家庭暴力，给她判了个死缓。进了监狱后的第三年，戚建英才摘了死缓的帽子，改判为无期徒刑，就算她还能争取再一次减刑，等待她的也是漫长的监禁。她现在已经四十多岁了，二十年后可有望出狱，也已是风烛残年的老妇，这一生算是葬送了。

戚建英入狱后性格大变，古怪而暴躁，谁都怕她三分。

同样是犯人，在监狱里也是分三六九等，除了刑期不同，不同的罪名境遇也有所不同。在女子监狱里，最让人畏惧的通常是杀人犯，如戚建英这种，她心够狠，什么事都做得出来，刑期又够长，她谁都不怕，别人在她手上吃了哑巴亏也只能认了。仅次于杀人犯的是抢劫犯、毒贩、拐卖人口的，也是狠角色居多，经济犯、盗窃犯之流再次之，最最末端、最被人欺负看不起的就是卖淫的。平凤就是因为卖淫被抓进来的，吃的苦头比谁都多。桔年虽然也是“新收”，看起来也文静，但是大家都知道她是因抢劫罪入狱，摸清底细之前多少有些忌惮，欺负也不至于太过，日子竟比平凤好过一些。

有些老犯人，凡事占点小便宜，脏活累活丢给“新收”干，那是再正常不过的事，还有更多不堪的“龌龊”让许多出狱的人难以启齿——监狱里没有男性，有人说，飞过的蚊子都是公的。那些正当年的女人，尤其是刑期长的，必须忍受生理和心理上的双重寂寞，自然难耐。有些女犯双双对对、假凤虚凰地凑在一起，也有不愿意的，那些弱势的、新来的免不了要受欺凌。桔年夜里睡不着的时候，在黑暗里睁着空洞的眼，有时能在平凤的哭泣声中听到戚建英的喘息、扇耳光的响动、肉体摩擦的声音，还有平凤事后压抑羞愤的呜咽。

那段时间，平凤常常鼻青脸肿，铺位也被强迫换到了戚建英的下铺——只有新来的和地位低下的犯人才会睡在下铺，因为监室里只有一条窄窄的走道，吃饭、睡觉、做手工活经常都是在床上，下铺往往是一片狼藉。桔年知道，每天夜里醒着的并不止她一个人，同监室的人大多都看在眼里，不过都被打怕了，敢怒不敢言，或者根本就是麻木地在暗处看好戏。

桔年同情平凤，但是她连自己都救不了，又能拯救谁呢？入狱时间长了，很多人看出了她这个“抢劫犯”也就是黔之驴，没有什么招式，纷纷开始把她踩在脚下，她吃的耳光也越来越多，谁又来同情她？女人和男人不一样，鲜少有天性凶残的女人，女监里的人或为情，或为财，或被逼无奈，大多经历了难以想象的坎坷苦难。

桔年想，总有一天她也会变得对这一切麻木吧。五年对于一个十八岁的女孩来说，比一辈子还长。入狱两个月后的一个晚上，她再次听到暗处戚建英对平凤的凌辱和殴打，那一次戚建英下手比以往都狠。也许戚建英厌倦了平凤，也许平凤的“伺候”让她不满，拳头落在肉身上的闷响在寂静中让人胆战心惊，随后，桔年听到戚建英按着平凤的头往墙上撞的声音。桔年明白自己不该多事，她闭上眼睛塞住耳朵，却益发感觉窒息和作呕。过了一会儿，她还是选择冲到窗前，大声地喊肚子痛要上厕所，终于唤来了值班狱警。

平凤捡回了一条命，只是在额头上留下了一个暗红的伤疤。桔年的举措既违反了监狱管理条例，又扰人清梦，触怒了不少犯人，尤其是戚建英。后来的苦楚她很少愿意去回想，她不知道自己的极限在哪里，只知道闭上眼睛，明天还是会来，她还是要面对那永远完成不了的活计和铁窗里的困顿压抑。桔年跟平凤一样年轻，却比平凤更清秀更干净，早就是不少女犯觊觎的对象，而她异于年龄的沉默让她们观望不前。终于，戚建英看出了她只不过是个打落了牙往肚子里吞的主，在某天结束了一天的劳作后，她爬上了桔年的床。

桔年在戚建英肥硕的身躯下挣扎着，每一个动作都换来戚建英的迎头殴打。监室里的人都装着打起了鼾，她的反抗像溺水时的扑腾般越来越弱。从林恒贵到韩述，还有现在的戚建英，像一场她逃不过的噩梦。

那天晚上，整个监狱的狱警和犯人都听到了那声响彻静夜的号叫。当值班狱警狂吹着口哨，在刹那的灯火通明中赶来，打开她们监室的门，只看见满脸是血的戚建英发疯似的朝桔年的身上踢打，桔年像煮熟的虾米一样紧紧地蜷成一团，一声不吭，嘴里死死咬着一块血肉模糊的东西——那是戚建英的整个左耳。

狱警分别抬走了这两个人，地上有两大摊的血。

桔年在病床上躺了将近三个月，她自己都不知道竟然有那么久。在昏迷和清醒边缘的那些日子，她隐约知道监狱已经向她的家人下了病危通知单，但是没有人来看过她，她也不期待任何人来。死就死了吧，苟且独活在地底的毛毛虫，说不定死后会在花间遇见旧识同伴。

可是她死不了，监狱医院这么普通的救治条件居然捡回了她的一条命。两个月后的某天清晨，她睁开眼看到了枕畔洒着的阳光。

巫雨，你现在还不想见我是吗？

死不了，那就好好地活。半昏半醒间，她听见巫雨在耳边喁喁叮咛。

桔年再一次说服自己跟命运握手言和，也许她的一生还很长，跟这一生相比，五年并没有那么难熬吧，或者她留在监狱里的时间还可以更短一些。早上送药过来的护士推门而入，看到虚弱地用手指去捕捉阳光的桔年在病床上挤出了一个笑脸，她说："今天的天气真好啊。"

由于某种特殊的原因，桔年的病因在她的档案上只留下极其含糊的一笔。病愈回到监狱，缺了一只耳朵的戚建英被调离了她们监室。桔年跟病前判若两人，虽然依旧沉静，别人却总记得她咬着戚建英的耳朵时血淋淋而面不改色的样子，多少有些心有余悸。而她变得更友善和豁达，她放过了自己，也善待周围每一个人。

监狱的劳役活计大多是手工缝纫活。监狱从外面的厂家揽回来的任务，由一干犯人负责完成，有绣花的、钉珠子的、打毛衣的……大多是各自领回当天的指标在监室里完成，凭劳作挣得改造分。桔年对环境适应得很快，她从一开始钉扣子扎得满手是针眼，到完成了自己的指标还能腾出余力帮助监室里的其他人。后来监狱改进了"装备"，引进了缝纫机，她踩缝纫机也是飞快，做出的东西既平整又好看。后来她想，这也算是监狱教会她谋生的一技之长。

因为桔年人际关系好，又算是小有文化，学东西快，不但是监友，就连狱警都颇为喜欢她。她当上了室长、医务犯、图书管理员，还报名参加了自考课程，代表监狱参加各项知识竞赛都得了名次……

戚建英耳朵受伤后，在医院的常规检查中，不期然竟发现她患有肝硬化，这个消息瞬间压垮了她，从此身体每况愈下，桔年入狱一年半时，戚建英已经卧床不起。因为前事，桔年和她应该算是夙敌，现在戚建英病恹恹的，再也没有了耍横的本事，作为当时的医务犯，桔年有责任照顾其他生病的犯人，狱警考虑到她们的情况，想过刻意将她们分开。然而桔年表示没有那个必要，她平静地照料着日渐枯瘦的戚建英，甚至在戚建英报复性的在她手掌虎口处咬下了一排牙印时也没有吱一声。终于有一天，她正给戚建英细细地擦身体时，那个捅了丈夫和第三者整整三十一刀、在监狱里无人不惧的女人，在桔年面前哭得像个孩子。

“他以前是那么爱我，我把最好的时光都给了他，创业时陪他吃过所有的苦，为了他把所有娘家人都借遍了，他成功了，竟然告诉我，他不要我了……呜呜，他不要我了……我的儿子说我是条毒蛇！”

这是桔年第一次从戚建英嘴里听到那一段往事，此刻的戚建英不过是个可怜的女人。

戚建英涕泪横流地问：“你为什么不恨我？谢桔年，你是老天爷派来的吗？”

平凤也说过这样的话。

桔年笑了起来，她没有回答。她不是什么天使，许多人，她都是恨过的，只是恨到最后，忘记了。因为恨无济于事，因为人生是由无数个微不足道的细节构成的，深不可测，有些事，有些结局，她也不知道是谁造成的，是她恨过的人，还是她自己，她想不明白，所以放过别人，也放过了自己。她在监狱里做的一切，不是渴望道德上的优势感，也不求任何人的感激，她只想让时间过得快一些，再快一些。

她要出去。她还不知道巫雨的身后事是怎么了结的，没有人告诉她。

几年来，只有一个人探视过她一次，然而那个人毫不知情。她盼望着重获自由，挣脱这囹圄，这样她才能回到熟悉的地方，收集他残存的气息。

两年后，桔年获得了减刑，没有人觉得不应该。

然而，她还是经常做一个梦，梦到黑得不能呼吸的监室，蝴蝶在看不见的铁窗上扑打着翅膀，狱警的鞋子走过走道，清晨传来第一声哨响，“开封”了……然后她感觉到清晨的光，还有光里被踩扁的蛾子……她总在这一幕中幽幽地醒过来。

醒来后，她已经带着一个叫作谢非明的女孩，在长着枇杷树的院子里静静地生活了八年。

第四十四章

镜子的两面

44

桔年在枕畔睁开眼睛，没有蛾子，没有蝴蝶，没有尖锐得刺痛灵魂的哨声，没有拥挤的洗漱，只有院子里清晨特有的清新气味，透过窗台洒进来的树叶的碎影。她仿佛还可以感觉到，那个人在树下闲适地闭目小憩，也许下一秒，他就会微笑着推门而入。

她觉得，再没有什么比此情此景更让她感觉到安详和宁静。

简单洗漱后，桔年照例是到财叔的小店拿牛奶。财叔见到她，脸上笑得像开了朵花。

“桔年啊，股神怎么好一阵不来了？”财叔试探着问，半是邻里间的八卦，半是对自己手里几只股票的期待。

桔年笑道：“他怎么敢老来，你要是在股市里赚大发了，哪还有心思打理这小卖部，那他大老远地跑来，到哪去找全市最好喝的牛奶去？”

财叔三年前盘下的这个小商店早已从它最初的主人那里几易人手。林恒贵当年在巫雨的刀下侥幸捡回一条性命，“害他的人”都没有落得好下场，他也因此过了几年颇为惬意的日子。只是巫雨家的小院虽然落到了他的手中，他却一直也没有真正地住进去。因为死里逃生的林恒贵渐渐笃信鬼神，他始终觉得那间小院有散不去的冤魂在徘徊，只要他深夜靠近，仿佛就可以看到巫雨浴血的面容。渐渐地，那住着两代杀人犯的小屋不吉利的传言不知怎么就散了出去，他想转手出售，已是难上加难。

桔年出狱的半年前，林恒贵重伤痊愈后的残躯再也没能耐住日复一日的酗酒，终于在一次宿醉后猝死在小商店里。草草将他收殓之后，作为林恒贵的堂兄、堂嫂也是唯一可知的亲属——桔年的姑妈和姑夫得到了他留下来的小商店和房子。房子没有人肯要，但作为附近生意最为兴隆的小商店，转手还是相当顺利的。就这样，多年之后，小商店辗转到了财叔的手中。

财叔也是这一代土生土长的人，可以说看着桔年和巫雨长大，后来桔年跟回了父母，许多年未见，她又带着个孩子住回了这里。这一带的旧时街坊换了不少，有钱的早就搬进了市区，没钱的也多为生计缘故，走的走，散的散。后来这一带渐渐成为外来流动人口相对密集的区域，知道桔年他们当年那段旧事的人已经不多，财叔算是其中一个。财叔是知道林恒贵一贯的奸猾和可恶的，在老实厚道的财叔眼里，怎么也没有办法将桔年跟一个因抢劫坐牢的女人联系起来，他笃信自己半辈子的识人眼光，总不肯听从居委会对桔年“提防着些”的告诫，看她的时候从来没有戴上有色眼镜，所以近年来，财叔竟成了附近跟桔年一家两口最说得上话的人，不时还能寒暄几句。至于其他人，桔年也知道别人对自己的背景有着或多或少的顾忌，她也不想招惹任何人，一直都是带着孩子默默地来去，比影子更淡。

桔年回到家，非明还没有醒。桔年把牛奶放在她的床头，转身的时候，不期然看到仍在睡梦中的非明怀里紧紧地拥着一件东西。桔年凑过去看了看，竟然是韩述送的那把羽毛球拍。她怕球拍硌着孩子，试着抽出来替非明放在床头，稍稍施力，球拍在非明怀里却纹丝不动，这孩子抱得太紧了。

非明是如此珍视这件礼物，那珍视已远远超过一把球拍本身的意义。这也是桔年没有强迫非明把贵重的球拍退还给韩述的原因，虽然她有那样做的理由，但是她不想让看似合理的理由伤害到孩子。非明小时候并不是个健康的孩子，大概为体弱多病所苦，她在梦里总是习惯性地蹙着眉，喜欢死死地抱住被子，啃手指。桔年试过许多办法也没有什么改观。然而她现在看到睡梦中的非明，脸上的表情是舒展的，甚至是幸福的，像是陷入了一个甜甜的梦里。桔年都不忍心将她叫醒，可非明必须得起来了，不然就要迟到了。

上学前的准备犹如一场战斗，非明先是将自己小小的衣橱翻了个底朝天，在镜子前比画了许久，才确定了她这一天要穿的衣服，然后她又拒绝了桔年姑姑给她扎头发，因为桔年只会绑最简单的马尾辫。当非明穿着一身粉红色的裙子，在许多根小辫子的汇总处系了个炫目的蝴蝶结出现在桔年面前的时候，桔年开始隐约意识到，这大概是个非同寻常的早晨，至少对非明来说是这样。

往常要是桔年上早班，就会跟着非明一道出门，陪着她走到公交车站，各自上公交车。在这一点上，桔年必须承认非明比同龄的孩子更早地学会了自己照顾自己。因为她既是一个单身女人，又要工作养家，难免有照顾不够周全的地方，所以从一年级开始，非明就独自坐公交车上学。

从走出小院的那一刻开始，非明就热切地左顾右盼，她还不会掩饰自己的激动，一张脸红扑扑的，眼睛亮得好似一盏探照灯。

“非明，约了李特一起上学？”桔年打趣着。李特是非明班上最受女生欢迎的男孩子，非明虽然拒绝承认，但是有时桔年看到她晚上捉刀为李特写作业，一笔一画，比描红还认真。

非明脸一红，撇了撇嘴说："姑姑，你们大人的想法真庸俗。"

桔年还来不及搭话，就听到了两声汽车喇叭的声响，循声望去，停靠在财叔商店不远处的不正是韩述的车吗？韩述看见她们，笑着探出头挥了挥手，方才还学小大人装淡定的非明就像一只欢快的喜鹊一样朝韩述飞去。

桔年迟疑了一会儿，只得跟了上去。她走到车边时，非明已经凑在韩述的身边韩叔叔长、韩叔叔短的叽叽喳喳说个不停，头上醒目的蝴蝶结在清晨的风中摇啊摇。韩述看起来听得很认真，眼睛却不时地朝桔年的方向瞄过来。

"姑姑，韩叔叔说要送我到学校去！"非明大声说，话语里还透着激动和自豪。上小学后，除了生病，还从来没有人送她上过学，更何况是酷毙了的韩叔叔开着酷毙了的车子送她去。

"呃，我觉得……你要是送她到学校，再折回去上班，应该赶不及了吧。"桔年慢吞吞地说，她摸了摸非明头上几乎比头还大的蝴蝶结，"非明，谢谢叔叔。但是你不能让叔叔迟到。"

非明掩不住一脸强烈的失望之色，桔年移开了眼睛。

韩述忙说："放心吧，今天早上我在外边办事，送了非明再去，正好顺路。对了，我办事的地点离你上班的地方也很近，上车吧，我送你。"

这厢非明已经迫不及待地坐进了车里，拍着身边的座位连声说："姑姑，上车，我们一起啊。"

"是啊，我们一起啊。"韩述重复着非明的话，"我们""一起"，听起来像一家三口，这话里的暧昧让韩述感觉到异样而心动。

"不了，我今早也要出去办事，不顺路。非明，路上要听话。"桔年拗不过非明，只得对韩述说了声，"麻烦了。"

她说话的时候眼睛甚至没有看着韩述。韩述失望了，而车里的小姑娘仿佛跟他心灵相通。

“姑姑，上来嘛，你去办事韩叔叔也可以送你啊，你坐公交车去比这更快吗？”

这孩子，俨然自己就是这车的主人了。

桔年笑着跟非明挥手道别。

韩述的车子载着头顶蝴蝶结，神似米妮的非明远去，先前桔年似乎还听到韩述很有绅士风度地称赞非明的打扮相当之“酷”，非明听后喜不自禁。韩述总是知道如何在恰当的时候让一个女孩子心花怒放，也许长大后褪去了少年时生涩别扭的他更是如此，风度翩翩，能言善辩，对各个年龄段的女性杀伤力都不弱。

在狱中，桔年拒绝了一切别人捎进来的物件，唯独留下了羽毛球场上那张四个人的照片。那张照片陪伴她度过了三年里最阴暗的日日夜夜，照片的背面是韩述的笔迹——“许我向你看，1997 年”。这已经是当时那个男孩所能做的最深切最无望的表达。

桔年问过自己，面对韩述的纠缠，她是否心动过，哪怕一点点也罢。

有吗？

没有吗？

正值花季的少女，有韩述这样一个男孩对自己青眼有加，如何能不心动？虽然他胡搅蛮缠，可笑如斯，却也纯洁如斯。假如没有小旅馆那一夜污浊混乱的记忆和烈士陵园上的生死纠缠，还有后来法庭上两人同时经历过的绝望……当桔年回忆起他，是否会带着一丝笑意？而“许我向你看”，不也正是她在心里对“小和尚”默默念诵的一句话吗？韩述看着她，她却看着“小和尚”，如何顾得上回头？然而“小和尚”看的又是谁？

收养非明后，桔年常常在非明入睡后凝视着这孩子的面容，她总是期待着从非明的脸上看到自己渴望着的影子，却一次又一次地失望，并且，这失望随着孩子的渐渐长大而与日俱增。

非明长得太像她的生母。

她漂亮、好胜、勇敢、执拗、虚荣。

透过那张小小的脸蛋，桔年眼前浮现的时常是另一张美丽的容颜，那容颜的主人倔强地克制着眼里的泪水，咬牙说："说好要一起走，他答应过我，就不能改了！"

遗传的力量是多么匪夷所思。

对于一个囚犯来说，探监是"既期待又怕受伤害"的一件事，一方面，这意味着能和自己的亲戚或是友人见上一面，在暗无天日的生涯里，这无异于沙漠中的甘霖；另一方面，伴随着探监而来的，常常是死亡、离异、分手的噩耗。

三年里，桔年并不期待有人来探视。爸妈是不会来的，她知道，她的所作所为让谢茂华夫妇蒙上了毕生难以洗刷的奇耻大辱。说真的，要是爸妈真的出现在她面前，桔年也不知道该如何面对，她宁愿做一只鸵鸟，既然见面只会让大家感到难堪和痛苦，那还不如不见，就当她死了吧。也许在她爸妈心中，早已这么认为。

提出过探视桔年的有蔡检察官、韩述的同学方志和，她还收到过一张诡异的电汇，上面是一笔相当可观的钱，狱警让她签字，委托监狱负责暂管，桔年没有签，也拒绝见以上的任何一个人。她唯一接受的一次探视是在监狱的第二年，请求探视桔年的人，是陈洁洁。

桔年一夜未眠。她不想见这个世界上的任何一个人，可陈洁洁不一样。抛开爱恨恩怨，陈洁洁是见证了那段岁月的人。彼时桔年已经在牢里待了七百余天，黑暗里旧时种种恍若一梦，她无数次伸出手，抓到的只是虚空，她需要陈洁洁活生生地站在面前，证实那些经历的真实存在。桔年曾经拿起过图书室的剪刀，想要剪掉那张四人照片的其他两个人，只剩下她和巫雨。但是她最终没有这么做，她剪不断那些凝望的眼神，剪不断看不见的地方紧紧相握的手，剪不断照片背后千丝万缕的纠缠。

她想看一眼陈洁洁。因为很多时候，她恍然觉得，陈洁洁就是她，她就是陈洁洁，她们是镜子里的两面，相悖却又相通。

第四十五章

没有期限的离别

45

“说好要一起走，他答应过我，就不能改了！”

说这句话的时候，陈洁洁坐在探视室里。照例，她背对着紧闭的大门，和桔年面对面地坐在绿色油漆斑驳的长桌两端。负责看守的女狱警百无聊赖地玩着自己的手指甲。两个同龄的女孩，曾经在同一张课桌上度过苦读的岁月，如今隔着另一张桌子，隔着两年的光阴，她们在第一秒认出了对方，却恍若隔世。

陈洁洁没有问那句“你好吗”，也许她已经察觉到这句话的虚伪。她知道，坐在桌子另一面的应该是她自己，命运的翻云覆雨擅自改变了她们的位置。大好年华葬送在铁窗之中，如何会好？可是时至今日，她们中的任何一个，都无力抗拒这结局。

“我求过他的，火车就要开了，还有两个小时……两个小时后，我们就可以远走高飞。他说过要带我到他祖辈生活的地方去，他还说，在那里，他会给我一个新的生活。他答应过我的，怎么可以食言？”

陈洁洁所处的位置背着光，一直缄默的桔年只看到一个瘦得脱了形的影子。

“你以为你们走得了多远？”这是桔年面对陈洁洁说的第一句话，从头到尾，她仿佛也一直都是这句话。

“我不管！”坐在她对面的“影子”骤然向前一倾，带动了沉重狭长的桌子，差点惊动一旁的狱警。

“我不管走多远，一里也好，一千里也好，只要他带我走，结局怎么样，我不怪他。可是他呢，他说，‘洁洁，我得再见桔年一面，我欠她一个承诺。’到了那个时候，他还是不要命地往回走，只不过为了跟你说声再见。他信守了对你的承诺，那我呢，他对我的承诺呢？”

桔年缓缓地垂下头去，她在陈洁洁勾起的回忆中品尝着“小和尚”给她的最后的迷惘、甜蜜和酸楚。虽然她和陈洁洁都永远不可能知道，两个女孩的承诺，究竟在那个逝去的少年心中各自意味着什么。

“我那么努力地哭着，求他，不要去冒险，留在我身边，留在我们的孩子身边，可他还是走了。他说，只要他还有一口气，就一定会回来。我坐在候车室的角落傻傻地等，一个小时，两个小时，车到站了，广播在催，汽笛响了，车开走了，我一直等，一直等，他没有回来。天黑了，后来又亮了……我像个傻瓜一样在原地等到人事不知。当我醒过来时，我看到了我爸妈的脸。从那一刻起，我开始恨他！”陈洁洁说起这些，语气如冰，然而桔年知道，她在另一端已泪如泉涌。

“你恨我吗？桔年，恨我夺走了他。可是除了最后那一天，我从没有求过他什么，我没有求过他爱我，也没有求过他带我走。回去之后，我爸妈没有再给我逃脱的机会，除了我的房间，我哪儿都去不了，整个世界都与我绝缘了。没有人告诉我后来发生了什么。不过我知道，巫雨他死了。他会不要命地去跟你道别，可是如果他一息尚存，他就会回来找我的。我妈妈每天把饭送进我的房间，起初，竟然没有人知道孩子的事，后来，肚子开始藏不住了，我比谁都清楚，我的孩子，我也留不住了。”

桔年下意识地看了一眼陈洁洁，除了瘦，还是瘦。她当时笑自己傻，两年了，不管孩子是生是死，又怎么还会停留在母体之中。桔年很难让自己跳过法庭上的那段记忆，陈洁洁的父母，那对爱他们唯一的女儿爱到偏执疯狂的夫妇，他们眼里有对女儿无边的宠溺和维护，然而在看向她时，却是那么残忍而理性。桔年忘不了当甜蜜蜜旅馆的小老板说出那段似是而非的证词时，旁听的陈氏夫妇不约而同地露出松了一口气的神情，那是把她压入深渊的最后一块石头。也许有生之年，她也未必能够以其人之道还治其人之身，但那段记忆会伴随着她，永不消逝。她也知道，以陈氏夫妇的为人，一旦知道女儿肚子里“孽种”的存在，没有什么是做不出来的。他们会扫平一切有可能毁了他们女儿的东西，桔年是如此，孩子也是一样。

“他们要杀了我的孩子，这对我爸妈来说太容易了，在他们眼里，那不是他们的外孙，而是巫雨留在我身上的最后的罪恶。可这也是巫雨留给我的最后一个纪念，我的孩子，我根本没有办法保护她……”

“孩子……没了？”桔年话里带着一丝震惊。

陈洁洁置于桌上的双手紧紧地握起，又慢慢地松开。桔年借着窗外的光线，这才留意到，那双曾经涂满了蔻丹的美丽的手，只余下光秃而丑陋的指甲。

陈洁洁笑了一声，那笑在阴冷的探视室里显得如此突兀。

“我只对我爸妈说了一句话：‘如果孩子死了，他们的女儿也死了’。如果让我生下她，那么……那么他们就可以把她从我身边带走，我有生之年都不会去看她……我当着我爸妈的面发了毒誓，一生一世都不再见她，就当她从来没有来到过我身边……只要她活着，只要她还在。如果有违誓言，让我生生世世不得善终，让我这辈子都不知道幸福的滋味。我爸妈是了解我的，我不是一个好女儿，但纵使有千般缺点，我还是个说话算话的人。后来我生下孩子，是个女儿，我没有看过她一眼，只知道她生在一月的最后一天。我遗弃了她，可是她离开我身边的时候，至少还活着，这是我唯一能为她做的事情。”

“那现在呢？或者是以后，你没有想过要找回她？”

陈洁洁沉默地摇了摇头。

“这两年我都休学在家，也是孩子出生后不久，我才断断续续地得到巫雨最后的消息，还有你的事……我不知道该怎么说，说什么也不能挽回。我比不了你，到底还是一个自私的人，你可以恨我，看不起我，可是，如果可以，我愿意跟你交换位置……”

“他葬在哪里，是谁葬了他？”桔年终止了那个没有意义的话题。她不是神父，不接受任何人的忏悔。她有更急切需要找到答案的疑问，这疑问高于所有的忏悔和眼泪。

陈洁洁摇头，“我爸妈对我放松了一些，也不过是最近的事情。我打听过，因为他没有亲戚和朋友认……认领，政府出面葬了他。我听监狱这边说，你获得了减刑，将来你有什么打算？”陈洁洁到底是聪明人，她太知道自己的立场，所以提到这些，每一个字说出口都很艰难。

桔年低声说：“这是我的事。”

陈洁洁强笑道：“我爸妈给我找了一所大学，在上海，他们的生意也会渐渐转往那边。我爸和我妈还不到五十岁，头发都已经白了，这辈子我做他们的女儿，也不知道是谁欠了谁的。我答应过他们，会过他们希望我过的生活，爱他们希望我爱的人……”

“还有，忘记他们希望你忘记的东西。”桔年说。

陈洁洁收好自己的手，“是，这样也不错。很久以前，我就跟巫雨说过，如果他没有承诺过我，那么我等待，是我愿意的事。如果他答应过我却最终失约，那么，我不会再等他。至少这辈子不会了。”

她是想平静地把最后该说的话说完，末了还是哽咽起来，“我害怕没有期限的离别。”

桔年说：“你爱怎么样就怎么样吧。不过，你要知道，你想走的时候可以走，想回头的时候还可以回头，可巫雨不一样，他只有一条路。走不通，就到头了。”

“其实我也想过，假如他真的带我走，也许有一天我会怪他，会回头，然后像个普通的女人那样继续生活，他也在另外一个地方结婚生子，我们两两相忘。就跟很多人的青春年代有过的叛逆生涯没有什么不同，不知道要去哪里，不知道为什么要出走，只是想要有一种带我飞出去的感觉，过不了几年，大家就倦了。有些青春放肆过了，可以回头，可是巫雨死了，我……”

她最终也没有把话说完。桔年后来想，陈洁洁也许是对的，她又何尝不是这样。陈洁洁把巫雨看成窗下的罗密欧，可罗密欧却死在了另一个朱丽叶的身边；而桔年以为拉着她的手在风中奔跑的是属于她的大侠萧秋水，却没有想到，自己并不是唐方。她们不约而同地把少女的梦想寄托在巫雨身上，其实巫雨谁都不是，巫雨就是巫雨，一个羸弱的苍白少年。

他在世界上的停留太过短暂，像布满雾气的窗户上用手抹下的一道痕迹。也许许多年后的今天，只有两个能证实他曾经青春的存在：那就是温暖着桔年的回忆，和一个叫作非明的女孩。

第四十六章

好察非明

(46)

非明的名字是桔年取的，出自古谚“好察非明，能察能不察之谓明；必胜非勇，能胜能不胜之谓勇”。很久很久以前，桔年曾经用这句话开导过一个眉目郁郁的少年，事实上，她也一直试图将此作为自己的人生箴言，戒狷狂，戒好胜，抱朴守拙，安分随时，难得糊涂。后来她想了很久，又觉得这样的信条其实大多时候不是智者所为，而是弱者的自我宽慰。桔年一直认为自己正是这种怯懦的人，然而正因为这怯懦，许多事情，大概还是不要看得太明白为好。

黑的另一面就是白吗？爱的另一面就是恨吗？死的另一面难道就是生？说起来都是一笔糊涂账。桔年出狱后的第一件事，就是费尽一切心力去寻找巫雨的葬身处，这曾是支撑她在狱中度过漫漫黑夜的唯一希望，是她扮演好一个模范女囚的动力，快一点走出去，再快一点，就可以回到他身边，哪怕他已经深埋地底。她不知道看那一眼究竟有什么意义，然而这确实让她把高墙之中的煎熬减到了最低。

她出狱那天是个雨天，里面的狱友和熟悉的狱警都对她说着应景的祝福：雨水能够荡涤一切前尘和污秽，昭示着新生。可桔年穿着当年入狱时的衣服——也就是蔡一林最后送给她的那套衣服，缓慢地走出女监锈迹斑驳的铁门时，外面空无一人，除了将天地连成一片的雨幕。她不知道路在哪里，只能怪雨水遮住了她的眼。

父母早就不认她这个女儿，家是回不去了。世界上唯一会牵挂她的人在某处静静长眠，等待她的探访。桔年怀揣着那张出狱证明和在狱中用工分换得的二百六十二元钱，连回城的公交站都找不到，只得一遍一遍地伸手拦着偶尔过往的出租车。那些车辆无一例外地从她身边呼啸而过，水珠在她短发的尽头汇流成无数道蜿蜒的小溪。她在焦虑过后也有所领悟，哪个司机肯停下来搭载一个监狱门口浑身湿透的女人？

天地无限大，大得荒凉，一个人却没个安生处。

这时，桔年看到一个雨中撑着伞急急走来的女人。

是平凤。她穿着最艳俗的红色连衣裙，火一样烧在雨中。走近了，她把伞挪到桔年的头顶，嘴里漫不经心地说："我来晚了，最后接的那个家伙，跟打了鸡血似的，我 × 他娘的……"

那些粗鄙的话流畅地从平凤精巧的嘴角吐出，桔年一愣之后，拥住了这世俗而真切的温暖气息。

之后的一段时间，桔年一直暂住在平凤窄小凌乱的出租屋里。平凤先于桔年半年出狱，毫无意外地重操旧业以谋生。她不怎么跟桔年说什么肺腑之言，总是很忙。那时，桔年也正在为找一份饭碗四处碰壁，身上有限的钱很快所剩无几，她知道，没有平凤，她走不过那些日子。除了闲暇的时候把平凤狗窝似的出租屋打理得井井有条，桔年无力再做别的。

平凤年轻妖娆，在同行里算是顶尖的，生意也总是很好，夜里她通常不在——为了桔年，她从不将“客人”带回住处。桔年一直在平凤的支持下不遗余力地打听着巫雨遗体的下落，跑了不少地方，看了不少脸色，终于得偿所愿。

跟陈洁洁所知的基本吻合，因为无人认领，巫雨被政府安葬在市郊。没有像一些死囚一样被送往医学院的实验室，在桔年看来已属万幸。桔年凭着知情人的模糊指认，找到那个荒凉的地方。由于路程远，到的时候已近黄昏，她伫立在那些野草前，迎着夕阳的方向，余晖最后的炫目让她几乎睁不开眼睛。很长的一段时间里桔年心中都是一片混沌，分不清眼前的一切究竟是真实的还是虚幻的。从城市的一个边缘到另一个边缘，从一个被人遗忘的角落到另一个角落，这就是巫雨的一生？里面悄无声息的人真的是他？

桔年站到两脚僵麻，才在平凤的催促之下离去。离去之前，她木然地将高二那年巫雨送给她的那片“最好的枇杷叶子”掩埋在泥土里。他说过的，石榴和枇杷，就像巫雨和桔年。就让这点熟悉的气息陪伴长眠的人吧。

很意外的是，在整个过程里，桔年滴泪未落，不只平凤担心她憋出了病，她也一度以为在这一刻自己会崩溃，然而没有，什么都没有。她甚至并非是在心痛之下忘记了哭泣，只是觉得茫然和陌生，竟如没有感情一般麻木地完成了一个长久以来渴盼履行的仪式。难道是永久的别离和数年高墙中的孤寂钝化了思念？

平凤嚼着口香糖陪着桔年往回走，眼里不无忧色，桔年的平静和漠然让她有些毛骨悚然。直到走出了坟场，她刚松一口气，一直在她身畔的桔年却停住了。

桔年像听不到平凤的呼唤一样冲回之前的地方，一言未发，俯下身子用双手奋力地扒着犹有些松动的泥土。平凤吓了一大跳，害怕桔年做出什么骇人之事，而桔年只是从泥土中翻出了不久前埋下的那片枯黄的叶子。

“你怎么了？”平凤挽着桔年问了一句。

桔年捏着那片叶子，突兀地向平凤笑了一声，她说：“我真傻，巫雨怎么可能在这里。”

是啊，巫雨怎么可能在这里？黄土之下那副死寂的枯骨怎么可能会是桔年的“小和尚”？他土葬也好，火葬也罢，就算在医院的实验室里被解剖得支离破碎又如何，那不是他，只是一副被丢弃的躯壳。

“可是他们明明说……那他在哪里？”

桔年笑笑不语，拉着平凤离去。

她没有说，是怕平凤以为她疯了。可她知道自己很清醒，从眼睁睁看着巫雨在她面前一脚踏空那时起，她从未这样清醒过。

她的“小和尚”从未死去，他一直都在看不见的地方注视着她，就好像离开姑妈家的那天，他在石榴树下目送桔年离开。他不说话，不肯看她，也许只不过是打了个盹，总有一天，他会睁开眼睛，在和风花雨中转过身来，朝她粲然一笑。

心事既了，现实又摆在眼前，要生存下去，总得找到谋生之所。不管愿不愿承认，那三年的监狱生涯都是桔年端起谋生饭碗的障碍，她可以不在乎，却不能当它不存在。如今找工作的人多如过江之鲫，用人单位谁不愿意选择身家更为清白的对象。

最绝望的时候，乐天知命的桔年也在屡次失望而返的疲惫中陷入长久的沉默。她毕竟不是幻想世界里跌到谷底学得绝世武功的幸运儿，相反，她一无所有，平凡如斯。

平凤在天明时分归来，鞋也不脱就仰头躺倒在桔年的身边，她知道身边的人睡不着。

“要不……”

“不，平凤，不！”

桔年在平凤迟疑地说出那句建议之前断然回绝，她仓皇地发现自己并非义正词严，而是那么害怕自己的动摇。

平凤沉默了一会儿，继而发出了微不可闻的一声冷笑。

“也对，你当然说不，你跟我不一样。我是脏的，你还是干净的，我不该拖你下泥潭。”

桔年何尝听不出平凤话里的讥诮，她侧过身来。

“脏？干净？我和你有什么区别，可我们又比谁脏？平凤，我只是想，总会有别的选择，一定有的。”她试图让自己的话听起来少一些不确定，这是对平凤说的，也是对自己说的，“平凤，也许我们都会有另外一种出路。”

“是吗？我困了……”

平凤再没有说话，似乎已沉沉睡去，桔年在沉默中闭上眼睛。然而一个相同的疑问在两人心中久久挥之不去。

别的选择和出路，会有吗？

也许是有的，这“出路”对于习惯了宽广大道的人来说不值一提，然而在需要的人看来，已经足以得到一片天。也是全赖几年来在狱中的良好表现，女监的一个负责人辗转得知桔年出狱后的窘境后出面帮忙，终于为桔年在本市的一所福利院里谋得 了一个干勤杂活的工作，每月收入虽不多，但已足够维持生计。桔年感激之余，勤奋工作自然不在话下。

福利院是一个被照顾的地方，也是一个被遗弃的地方。这里有年迈无依的老人、年幼失怙的孩子，桔年协助院里的工作人员，每日打扫卫生，清洗被单，忙忙碌碌，倒也没有人太在意她的过去。她只是害怕那些临终老人的眼睛，更害怕那些走了又来的弃儿。每次看到那些小小的身影，她无法自控地想起陈洁洁说的，那个永远不再相见的孩子。

然而命运的安排自有它的奇妙之处。桔年在市福利院工作大半年后的一个中午，她正在拖着走廊的地板，无意间听到院里的护工和外来的爱心人士提起一个可怜的孩子。那是个女孩，三岁，据说父母不详，一出生就被人收养。孩子两岁左右时，养父母在给她喂饭的过程中发现她突然出现了面颊青紫、手脚痉挛的症状，开始还以为是不慎误食而窒息，送到医院后竟被诊断出患有先天性癫痫。养父母得知后大受打击，多次带着孩子辗转各医院就诊，但均被告知目前仍无有效根治手段。虽然这病并非时常发作，但是只要它存在一天，就不啻于一个定时炸弹。由于自身家境也不算极好，养父母再三考虑后还是退缩了，虽然不舍，还是将这个女孩送回了福利院。其后想要收养这孩子的家庭一听到这个病，无不打了退堂鼓。

桔年也不知道那个下午她把那条走廊拖了多少回，从这一端到那一端，又从头开始。直到院长走过，好心地提醒了一句："小谢，这地板已经亮得能照出人影了。"她停下来，才发现自己很累很累。

一个三岁的女孩，身患癫痫，被人遗弃。

桔年对自己说："在福利院这大半年，可怜的例子看得还不够多？这跟我又有什么关系？"可是放下了手中的清洁工具，不知怎么的，她还是鬼使神差地走到了孩子们午后的活动室。

那时正巧有一对打算收养孤儿的夫妇在场，院里的工作人员召集所有会走路的孩子围成一个半圆唱着儿歌，等待挑选。没有人作出任何指引和暗示，可桔年远远的就看见那个孩子。在那个半圆里她个子最小，头发稀疏，又瘦又弱，要不是身上衣服的颜色，几乎难以辨认性别。她跟随其他孩子拍着手掌唱歌，时不时地打错节拍，眼里是这里的孩子惯有的荒芜空洞。

那对年轻的夫妇最终选择了一个刚八个月的婴儿，这个阶段的孩子没有太多的记忆，更容易培养感情。那些落选的孩子纷纷散开来，有些互相追打嬉戏，有些独自玩耍。

桔年拉住看护孩子的工作人员，迟疑地指了指那孩子问：“王姐，那就是癫……癫痫被退回来的孩子？”

被叫作王姐的女人点了点头，话语里不无怜悯，“也怪可怜的，三岁多的孩子看起来跟两岁差不多，又是个女孩。”

桔年不知道自己是怎么走到那孩子身边的，那孩子坐在一张木头小凳子上，不说话，睁着一双大大的眼睛直勾勾地看着身边的人。

桔年伸出去的手一直是抖着的，无数个瞬间，她都在说服自己回避这样的一次碰触，就像当初，她一个人推着破旧的自行车在风里快乐地奔跑，不要回头，千万不能回头……如果她那一天没有看到巫雨粲然的笑脸，没有开始，也就不会有现在的结局。

如今，多少惊澜都已渐渐平寂冷却，她已经不再每晚梦见血光里自己缓缓张开的手，什么都握不住，只有孤清的掌纹。

是这个孩子吗？这会不会就是那个改变了她半生的命运却素未谋面的孩子？

桔年的手落在孩子疏软的头发上，孩子居然没有动，只是看着她，眼神是陌生的。

桔年的手往下，横在孩子的眉目间，遮住了那双眼睛，女孩薄薄的嘴唇终于有了熟悉的痕迹，仿佛就是这样一张唇说出：“无论走到哪里，我都会记得跟你说再见。”再见，再见，就是这般宛若在眼前？

桔年是咬着牙的，泪水自有它的重量，重重垂落。那泪水仿佛是滴进干涸龟裂的土地的一线生机，瞬间被吞噬，却唤醒了久旱的记忆，更让难言的苦楚再不可被遮挡。桔年蹲在什么都不懂的孩子面前，没有声息地痛哭。她从没有这样畅快地流过眼泪，假如一切都是真的，这个孩子，一半是她的劫，另一半却是她的魂。

孩子感觉到异样，侧了侧脑袋，躲开桔年遮挡她眼睛的手。

“阿姨，我给你唱歌。”

孩子显然是误会了。跟这里所有的孩子一样，她本能地渴望出现领养人将她带走。这些日子，她见了不少前来领养孩子的成年人，院里的阿姨说，只要他们够乖，就会有新的爸爸妈妈。她已经做到最乖，可是没人挑中她。她还以为蹲在自己面前的年轻阿姨也是一个领养人，笨拙地想要给她表演。

桔年摇头。

“阿姨，你会带我回家吗？”

福利院的孩子，虽温饱无忧，但绝对不是生长在温暖的花室中，没有哪个不渴望离开。

桔年闻言，心中一凉，当即从她自己吹起的一个彩色泡沫中醒了过来。她是信感觉信命的人，但是谁敢说这个孩子就一定是巫雨的骨肉？世上身患癫痫的孩子不知道有多少，生在同一个时段的弃儿也不会只有一个。怎么能断定他的孩子一定会遗传他身上的疾病，又机缘巧合地被命运送到她的身边？以她现在的境况，拿什么去照顾一个孩子？况且就算这真是巫雨的女儿，那这孩子身上也流着另一半桔年不愿意靠近的血液，亲生的母亲尚且不再寻找孩子的下落，她为什么要背上这个包袱？不，她为他们背负得已经太多，别人的荒唐，凭什么由她来付出代价？

“会吗，阿姨？”孩子温软的手碰触到桔年面颊的眼泪。

桔年触电似的缩了一下，飞快地起身逃离。

“不，不会。”

一整个晚上，巫雨的脸、陈洁洁的脸，还有韩述的脸，反复在桔年脑海里重叠，重叠成孩了的面容，一会儿像白天那个孩子，一会儿像巫雨，一会儿竟然有几分像她自己；一会儿是恐怖的妖孽，一会儿是一摊污血……她想尖叫，在幻境里疯狂地挥手，什么都触不到。

她气喘吁吁地醒来，汗津津的，很凉。平凤还没有回来，夜的黑包容而寂寥。桔年拥被坐起，把汗湿的头发捋至耳后，呼吸慢慢趋于平缓，好一阵之后，她从枕下翻出了一张上个月的本市晚报。

报纸是平凤从客人手上拿回来的，版面右下方有一则小小的图片新闻——“著名旅英油画家谢斯年近期将在家乡举办个人画展”。桔年在狱中曾对平凤提起过自己的这个堂兄。平凤是个有心人。

“干吗不去找他？他是你亲戚，又有钱，说不定可以捞一笔。”平凤这样问过。

当时桔年已经在福利院找到工作，收入虽然不丰，但生活渐趋安定，所以她摇头。斯年堂哥回来了，她是高兴的，但不去见，除了不敢，也是不想。年幼的时候，斯年堂哥常说她是个有灵气的女孩，她不愿意一个被生活消磨得平庸甚至有着不堪历史的年轻女人打破堂哥的记忆。就让他的记忆里的小堂妹永远是那个外表乖巧内心精怪的女孩子吧。况且她要的平静生活，堂哥帮不了她。

不过，现在不一样了。从见到那个孩子的一刻起，桔年的人生轨迹注定要改变。她知道，她不可能当那个孩子不存在，不可能把她孤零零地留在福利院里。不为什么，假如她可以，她就不是今天的谢桔年。

五天以后，谢斯年在他的画展上，遇见了一个怯怯的却在微笑的年轻女子——还有，从她身后探出头来的另一个小小的身影。

桔年至今感激斯年堂哥，他是她生命中给了她最多实质性帮助的人，而且完全不求回报。桔年的父母跟谢斯年早已疏于联络，桔年自己也和堂哥多年不见。可是谢斯年很快地帮桔年办妥了所有的事情，甚至比她所期望的更多。

桔年未婚，不能合法收养孤儿，另外，她心底里也不愿意这个孩子叫她妈妈。谢斯年说他跟他所爱的人结婚了，虽然他爱的人已经病入膏肓，但这并不妨碍他们领养一个孤儿。由于谢斯年的名气和财力，领养手续办理得出奇顺利，孩子很快改姓了“谢”。

此外，在得知桔年的近况之后，谢斯年轻易地从桔年北上做生意的姑妈和姑父手中买下了他们所继承的、林恒贵从巫雨手中夺走的小院落，以此作为桔年和孩子的安身之地。安顿好这一切之后，他并没有久留。

就这样，桔年带着孩子竟然回到了巫雨出生和成长的地方。桔年对孩子说，谢斯年原本就是她的父亲，只不过之前一不小心把她弄丢了，现在终于找了回来，因为工作忙，就托桔年这个做姑姑的代为照应。

孩子那时还太小，许多事情不懂得分辨，哪有不信的道理。安定的生活容易覆盖灰色的痕迹，何况三岁以前的记忆原本就是模糊的，并不需要太久，孩子慢慢淡忘了曾经的养父母和福利院里的生活。

为了避嫌，桔年也辞去了福利院的工作，靠着在狱中学会的一手娴熟的缝纫技能应聘到如今的布艺店做了店员。岁月好像自此翻开了新的一页。桔年曾经劝过平凤，尽早从那一行抽身，现在是她回报平凤的时候了，平凤可以搬过来跟她还有孩子一起生活。但是平凤对这个建议付诸一笑。她说：“我这辈子就这样了。你也谈不上回报我，你欠我几个月的房租，但是我欠过你一条命。你自己好好过吧。”

是啊，好好过吧。桔年牵着孩子的手，站在落满枇杷叶的院落里，前尘旧事，恍若电光幻影，南柯一梦。惊石击碎的水面恢复得安宁如古境，仿佛什么都从未发生过，她从来就是在这里，一直都在。只有那棵当年巫雨亲手种下的枇杷树已今非昔比，这让桔年很容易想到归有光的句子——

“庭有枇杷树，吾妻死之年所手植也，今已亭亭如盖矣。”

那况味，凄凉藏在平静背后，她是懂得的。

可她何必凄凉。平凤曾怨她傻，收养一个毫无血缘关系的孩子，更何况，那孩子是不是故人之后还不一定，天底下哪有那么巧的事，所谓的直觉只不过是桔年思念之下的错觉。桔年没有反驳，也许平凤是对的。但是她给孩子取名叫“非明”。太明白，未必是幸福的。她选择跟随自己的心。

风吹过院子的矮墙，树影婆娑，听说这棵枇杷树已经结果。桔年的世界一直都是自己一个人，巫雨是徘徊得最近的一个，却也从来没有叩门而入。现在，桔年反倒觉得他就在这里，他回来了，陪伴着她和孩子，只是她看不见。

桔年摊开掌心，巫雨送给她的那片叶子被风拂到树根。她的世界从未如此圆满。

她朝空荡荡的墙角浅浅一笑，关上了院门。

第四十七章

相逢猝不及防

47

在布艺店，桔年的工作一直是尽职尽责的，不仅因为这工作维持了她和非明的生活，更因为她对店主存了一份感激之情。在她处于艰难境地的时候，是这个店的老板给了她一个机会，而且两年多前，还任命她为店长，丝毫没有提及她的前科。

桔年也并不是生来喜欢手工的，纯白的少女时代，她把所有属于自己的时间都留给了巫雨和内心的遐想世界，真正开始接触缝纫是在监狱里。从笨拙到熟练，她日复一日地踩着缝纫机，无比枯燥而苦闷。说不清从什么时候开始，她学会了适应这个活计，并且尝试着喜欢它，至少不那么讨厌。只有这样，那些漫长的劳役时间才没有那么难以打发。也许是用了心的缘故，同样是流水线上机械的操作，她手中出来的东西总比别人的要精细一些。说起来，这样的阴差阳错，是否就好像世间某些人与人，也许一开始并没有爱，天长地久，别无选择，因此也平生出几分无可奈何的情致，借以聊度此生，竟也没有那么寂寞？

还在监狱里的时候，桔年就学会用针线将剩余的布头拼凑起来，做成个小玩偶什么的。也没有师傅教她，更谈不上什么书籍教程，就这么自娱自乐地做了又拆，拆了又做。到后来，大家都说她做的小玩意儿精致得仿佛有了魂。她也乐得把这些成品送给平凤，送给其他的狱友，甚至是相熟的狱警，拿到小玩偶的人没有不称赞桔年手巧的。

带着非明一起生活后，桔年偶尔也给孩子缝个布娃娃。非明小的时候非常喜欢，可是上了小学之后，她开始更喜爱那些同学们买来的玩具布偶、芭比娃娃、维尼熊，至于姑姑做的小玩意儿，是再也不肯拿出门了。

桔年多少知道孩子的这点小心思，也不气恼。她很少强迫非明必须要做什么或者不做什么，既然不喜欢，她就再也不做了。在力所能及的情况下，她也会满足孩子的一些小小要求，日子虽不宽裕，一两个小玩具还是买得起的。

非明会把那些买来的玩偶小熊、小娃娃收集起来，整整齐齐地排放在床头，还正儿八经地给它们起个名字，还很了解它们的特点，比如，这个小熊最特别的是衣服上的扣子，那个娃娃的头发跟别人都不一样，一件件如数家珍。这个习惯总是让桔年不经意想起某人，在这点小嗜好上，非明跟他倒是挺相似的，算得上志趣相投。也难怪孩子对他感觉比较亲昵，而他也荒唐地一口咬定非明是他的骨肉。这算是有缘分还是没有缘分，桔年很少往下想。不为难自己，是她最大的优点。

这天，桔年给一个顾客赶制一套定做的布艺抱枕，略略推迟了下班的时间。做店长后，很多手工活基本上已经不需要亲自去做，但是如果有顾客指名要求，她也会亲自动手。完工的时候天已经暗了下来，桔年跟接班的同事交接好工作，东西还没有收拾好，一个电话就打了过来。

“桔年，你在哪……店里？快，你赶紧过来。”电话那头是平凤的声音。

平凤是个急性子，却也很少这样心急火燎地找桔年，电话里她的声音焦灼，背景嘈杂。桔年问了几句，对方却只是说了个地址，来不及解释究竟，电话就被中途掐断了。

桔年心中担忧，也顾不得心疼钱，出门拦了辆出租车就朝平凤说的地址赶去。那地方是本市小有名气的酒吧一条街，汇集了不少夜店、娱乐城和洗浴场所。刚入夜，这里的热闹和喧哗刚刚开始，不少车辆和人流渐渐向这一段汇集。

按照平凤的提示，桔年找到那家娱乐城并没有花费太多的时间。她绕过正门，果然见到一条小巷子，这小巷子正是通往酒吧街背后的小路。

不过是一路之隔，这里的阴暗跟先前的不夜霓虹已是两重天地。桔年过去听平凤说过这种地方，同样一条街，正反两条路，一条车水马龙的属于花钱找乐子的客人，另一条自然属于她们这些“捞世界”的人。

此时夜幕彻底笼罩了下来，小巷里的僻静让行走中的桔年有些不安，她正想再打个电话确认一下平凤的位置，一双手从后面伸出来，不期然地将她一拽。

桔年的惊叫声差点脱口而出，幸而及时转身发现是平凤。被平凤扯到暗处，桔年捂着胸口的手一直都放不下来。

“有点出息好不好，看把你吓的！”平凤嘴里埋怨，心里却也有数。桔年再怎么安分怕事，可仅凭自己的一通电话，她就在不知底细的情况下贸然赴约，不是好姐妹，断然是不会这样做。

长舒了口气后，桔年细看，这才发现平凤一身狼狈不堪，头发乱蓬蓬的，为“出工”特别穿的一身俏丽短裙，上身肩带断了一边，本来就半遮半掩的，现在泄露出了更多的春光，短裙下白生生的大腿上也有不少红肿瘀伤的痕迹。

“你……”桔年着急得话都说不出来。

平凤侧过脸去挥了挥手，“嘿，谁敢占我便宜啊，老娘也不是好欺负的。说起来今天算走运的，捡了头肥羊，小捞了一笔，谁知道刚才完事了出来，就遇上了那些王八蛋，差点被她们整惨了。”

“她们是谁？”桔年小声地问。

平凤草草地解释道：“她们就是原本混这里的人。”

桔年不笨，短暂的一怔后顿时恍然。原来做平凤这一行的也有“地域观念”，就像出租车司机载客一样，大家都有各自常在的地段，彼此都心照不宣，很少互相抢饭碗。跟出租车司机相比，平凤这一行的地域感更强一些，因为她们通常在一个熟悉的区域里捞营生，还不时需要被这个地段的“鸡头”抽取分成，而“鸡头”在拿到钱之后，往往也充当中介或者隐形保护者的角色。

平凤过去并不常在这一带出没，据她说捞了一笔，自然也就意味着抢了某些人的“生意”，被人发现，所以吃了亏。

“你也是的，你一个人这么冒失是何苦？”桔年分开平凤遮住伤口的头发，皱了皱眉。

平凤说：“今天遇到了一只老肥羊，是他把我带到这里来的，反正不捞白不捞。”

“老肥羊？我看你才是小肥羊火锅，被人煮了涮了都不知道。”

平凤笑了一声，牵到嘴角的伤，也不敢放肆，低声说：“我也是被逼得没办法了，家里那帮讨债的催得紧，老三要交学费。”

桔年没再往下接话，缓缓叹了一声，往更黑的地方缩了缩，这才问：“那现在你要怎么办？”

平凤从贴身的衣服里抽出被她卷好的纸钞，塞到桔年手里。

“她们认得出我，我怕待会儿又遇上，人挨打几下没事，钱没了就糟了。你是生面孔，她们不会为难你，等我脱身了，明天再去找你。”

事已至此，多说无益。桔年回头看了看被昏黄的路灯衬得更阴暗的巷子。远远的，在另一个背光的角落，隐隐看见停着一辆车子，车旁有一对纠缠的身影。是偷情的爱侣，还是一场交易，谁知道。

叮嘱平凤自己也要小心后，桔年不敢久留，仔细收好平凤交给她保管的钱。平凤说，最好不要走来时的路，桔年便朝相反的方向低头快步离开。

大概是还没到这里生意最红火的时段，小巷子里来往的人并不多，不时有一两辆车子无声地擦过。桔年一路只听见自己的心跳声，她还是没能把胆子练得更壮一些。当她无可避免地与停在角落的那辆车、那对人影擦身而过的时候，她把脚步放得更轻，头埋得更深，恨不得自己化作黑夜里的一道烟。

还没等她安然走过，砰的一声闷响，吓得桔年暗自抖了抖。她视线的余光扫过身旁的人影，恨不能两人并作一个的影子分开了，但令人惊愕的是，这发出动静的一对，不是他和她，而是他和他。

他们压低了声音争执，桔年听不真切，依稀分辨出暗处的两个人都是衣冠楚楚。她并不是好管闲事之人，心中虽也惊讶，但匆匆一瞥后赶紧将视线调开，只盼速速离开是非之地。

也许她把事情想得太过顺利，路口在望，忽然，一声女人的惊叫再次把桔年吓了一跳。这一次她没有办法置身事外，因为她听得出这个声音来自平凤。

桔年回头，平凤手脚并用地跟两女一男厮打着，显然是落了下风，头发被别人拽在手里，发出介于哭泣和愤怒之间的尖叫。周遭没有人响应，没有人在乎，那些拳脚落在平凤身上，仿佛一点声音也没有。

桔年说得出几百种武功的招式，却没有丝毫打架的经验。她只觉得一颗心吊在嗓子眼，下一秒就要脱腔而出。谁来帮帮她，帮帮平凤……有谁？她病急乱投医地把视线投在了那对男女，不，那对男人身上，回应她的是毫无意外的漠然。平凤的尖叫刺痛耳膜，桔年咬咬牙，只得心一横，奔了过去。

她也不知道自己能做什么，手上空空如也，连个借力的东西都没有，到了打平凤的人跟前，她情急之下只喊出一声："你们不要乱来，我报警了！"

可怜她连这句有些可笑的警告都说得毫无底气，尾音还在发颤，一张脸不知道是愤怒还是紧张，仿佛被开水烫了似的热。话音刚落，桔年好像就听到了失笑的冷嘲声，竟不止一处，就连混战中的平凤都苦笑了一声。

正不知如何收场，跟巷子垂直的小路上有车灯亮起，由远及近。大概与平凤厮打的那些人原本就心虚，钱搜不到，人也教训了，看见有动静，手下顿时有了迟疑。两个女人最先松了手，见好就收地想走，只剩那个形容猥琐的小个子男人，揪着平凤的胳膊，将她狠狠地推搡到正逼近的车前。

"平凤！"

"啊，救命！"

桔年扑身向前，然而已来不及，原本就狭窄的丁字路口，开车的司机也没料到凭空会有一个人迎面扑向他的车头，车避闪不及，跟平凤撞个正着。刹那桔年脑子里一片空白，紧紧闭上双眼再不愿睁开，记忆中的血腥味让她连呼吸都感到困难。她难以控制地哆嗦着，直到听见了一声若有若无的呻吟。

这声呻吟让桔年一个激灵，忙走近平凤，血肉横飞的惨状并没有出现，平凤倒在地上，面露痛楚地蜷成一团，身上除了抓伤和瘀青，没有大面积出血的痕迹。想是那辆黑色的轿车也是路过，由于道路狭窄，路况黑暗，又是路口，因此车速并不快，加上刹车及时，平凤才没有在小人一时的怨毒之下成为车底亡魂。饶是如此，那一撞的威力也不轻，桔年刚触到平凤的小腿，她就更加惨烈地呻吟了一声。

黑色的轿车里，驾驶座的位置落下了车窗，有人探出头来望了一眼，打开了车门，刚踏出一只脚，又迅速地收了回去，接着引擎声传来，车主竟然想要趁乱倒车离开。

桔年没法考虑太多，追上去拍打着车窗。“你不能走……别走……拜托你……至少把她送到医院！”

车子的力量缓慢地带着她退后，退后，再前进，她的阻拦无异于螳臂当车。然而，透过慌乱间未及时关紧的车窗，桔年看清了驾车人那张年轻的脸。

她像魔怔一般哑了声音，紧紧抓住后视镜的手也变得轻飘飘的，失去了力度。那张脸已不是幼时模样，却仍看得出与她有几分相似。

望年，她一母同胞的弟弟。

桔年从来没有想过自己跟望年会在这样一个关口狭路相逢。这个一出生就夺走了她原本生活的弟弟，桔年还记得他幼时黏在自己身边奶声奶气地叫着“姐姐”的样子。他们姐弟俩最后一次见面是在去年，桔年第一次，也是唯一一次尝试着将非明带到父母面前。

那次，望年没有再叫桔年“姐姐”。桔年从弟弟眼里看到了跟父母面对她时相似的神情，那神情分明写着一句话：我因你而感到羞耻。

桔年仍无法坦然回忆亲人的目光落在她身上时的尴尬和难以言述的羞惭，那种感觉到现在仍让她面孔滚烫，耳际通红。所以这一刻她在望年面前竟然手足无措。她扪心自问，不管自己曾经做过什么，终归没有伤害过望年乃至父母中的任何一个人，为什么她在面对他们的时候会这样自惭形秽、无地自容？也许她心中的软猬甲防得了陌生人的千蛛万毒手，却防不了亲人给的透心凉。

“车子是领导的，你想害死我？”望年比姐姐更快地从震惊中恢复过来，牙缝里轻轻挤出这句话。

桔年顿时松手，车子贴着她滑过，如幽灵般隐没在小路的尽头。

“浑蛋！就这么走了？我的钱……桔年……”平凤不解其中关系，痛楚让她的声音渐低。

“钱在我这，你别说话，我送你到医院。”桔年回神，边搀扶边安慰着平凤。120 到底能不能找到这里，平凤能不能支撑着跟她走到路口，她无法安慰自己。

刺眼的氙气大灯亮得她睁不开眼睛。桔年蹲在平凤身边，一只手半遮在眼前，看着一直潜伏在暗处的车子缓缓驶向她们身边。

一个男人的声音说：“上车，先去医院。”

“这就是你的解决方式？宁可送两个妓女到医院，也不肯面对我的问题？”这愤怒的质疑自然来自另一个人。

桔年眼观鼻鼻观心，试图置身事外，除了受伤的平凤，她眼睛看不见，耳朵听不见。

在男人的帮助下，逐渐失去意识的平凤很快被安置在车内，桔年迟疑了一下，也上了车，而另外一个男人留在原地。

车子启动的时候，桔年看到那个站着的男人轻轻扶了扶眼镜。

“很好……唐业。”

第四十八章

卑鄙的善良

48

陌生人的车子拐出阴暗的小巷，朝最近的医院开去。桔年坐在后排，平凤卧躺着，头枕着桔年的腿，豆大的汗水渐渐将脸上的浓妆晕开，依稀露出变得蜡黄的肌肤。

桔年轻抚平凤的头发，祈祷着快点到医院。车子里没人说话，除去平凤偶尔模糊的呻吟，便是三个人的呼吸声。桔年本不擅与陌生人相处，何况事情起源于那样纷乱而难堪的一个场景，所以她甚至不怎么敢从后面放肆地打量前排的人，只记得他黑色的衣角和隐隐的古龙水味道。

等待红绿灯的间隙，男人打开窗子，点了支烟，桔年被烟雾一呛，没憋住，咳了一声，那男人闻声侧了侧头。桔年一窘，她知道和平凤能上这辆车已是难得的幸运，唯恐自己的态度被人误以为是对抽烟一事有微词，显得不知好歹，连忙涨红着脸，吞吞吐吐地说："我不是……你抽吧，尽管抽。"

男人的身子侧了侧，桔年的头更低了，不说话还好，说了反倒是矫枉过正。她想，其实自己这个时候最应该做的是道一声感谢，萍水相逢，别人本没有义务帮她们，何况这件事看起来导致了另一桩不愉快，不管根源是否由她们而起。

"谢谢你。"她低声说。

红灯已过，前排车辆开始缓缓移动，男人熄灭了半截香烟，坐正了身子，专注于前方的路况，对桔年的感谢没有表示任何的回应。

也是，正如他"朋友"所说，送"两个妓女"到医院，有什么光彩的。之所以出手相助，大概只因为他不是个见死不救的人，至于她的感激，他并不放在眼里。

这样想着，桔年的心里反倒平静下来，一心只想着什么时候到医院，平凤的伤不会有什么事才好。

夜晚，医院的急诊室也并不平静。平凤被抬进了治疗间，医护人员对伤势进行察看，诊断结果除了部分软组织轻微损伤外，最严重的就是腿部，X 光的结果还没有出来，医生凭经验基本上可以认定为外力引起的大腿股骨粉碎性骨折，建议进行内固定手术。

"你是病人的家属吗？"医生问桔年。

桔年看了平凤一眼，点点头，平凤虽然父母健在，兄弟姐妹众多，但是可依靠的也只有她而已。

"准备好入院费用吧，她的伤势不轻，你先到收费处把钱交一下。"医生打量着桔年说。

这个时候平凤已经清醒，用手半撑起身体，问了句："多少钱？"

"先交五千吧，其余的过后再说。"

“我×！”平凤忍着痛咒骂了一句，“有没有搞错。怪不得都说你们医院是喝人血的，不就是断了条腿，至于宰这么狠吗？”

那急诊科的女医生闻言冷笑道：“钱也不是收进我的口袋，你交不交我都没有损失的。你腿上的伤要是找民间大夫，敷敷草药，弄点偏方什么的，估计也就是五百块钱能拿下的事，再怎么着也死不了人，不过是以后走路瘸一条腿，你们省了钱，说不定还能落个残缺美。”

“你怎么说话……”平凤气恼，挣扎着就要起来，桔年赶紧按住了她，她虽不服，可腿伤也着实磨人，想横也横不起来，咬着牙，暗自里自认倒霉。

那医生见这个情景，又说了一句：“看你的伤也是被人撞的吧，谁撞的找谁去啊……怎么，没抓着肇事者？”

桔年的脸唰地一下变白了，平凤也一时没了话说，过了一会儿，翻出先前让桔年藏着的一小卷钱。她今天赚了一笔，恨不得拿命来护着，其实数来数去也不过千元，加上自己手头的一些积蓄和桔年身上的所有，两千块钱都不到。

平凤捏着钱，一双眼睛慢慢地暗了下去。她横什么？医院是个再现实不过的地方，她能拖得过今天，明天一样得交钱。她身无长物，唯一能依仗的就是这副年轻的躯体，如果瘸了一条腿，谁会花钱去买一个残废的妓女。她不想让医生看低了自己，可一行眼泪还是淌了下来。

“唉，你们想想办法吧。”医生的嘴虽然刻薄，毕竟恻隐之心仍在，也没再雪上加霜。

“我家里还有一些，先回去拿。”桔年拍拍平凤的肩膀起身就要走。

平凤一把拉住她，“你有多少钱，我能不知道？你还有个小的要养呢。”

“过了这道坎再说吧。”桔年手头上可以动用的确实也不到千元，孩子上学、衣食住行的费用不低，她基本上难有积蓄。想办法，想办法，办法在哪里，她也不知道。清贫避世的生活她并不觉得苦，但是到了这种时候，现实迎上门来，才再度体会到贫贱的可怕。堂哥不知道人在哪里，她连个能借钱的人都找不到。

“那些开车撞人就跑的司机确实是可恨。”一旁的小护士看不下去，也插了一句。

就在这时，平凤眼睛忽然一亮，拉住桔年的手收紧，另一只手抹了抹眼泪，急声说道：“他应该还没走远！”

“谁？”医生和桔年俱是一愣。

“我想起来了，送我来的那个男的，就是他撞的我！别让他走了……”

桔年难以置信地看着平凤，平凤的眼神是清醒的，清醒中带着哀求，桔年读得懂她没有说出口的话——“那个男人看起来有钱，五千块钱对他来说算什么！”

“男人？送你来的、高高的、穿黑衣服的那个？”女医生最先反应过来。

“对，是他。”平凤用力点头。

女医生没有迟疑，立即吩咐身边的小护士：“你追过去看看，跟院里的保安说一声，看还能不能拦住。”

桔年微微张口，话到嘴边，平凤的手掐痛了她，眼看着小护士飞快地掉头追了出去。

“你们也是，这么大的事情，怎么不早说？一点自我保护意识都没有？”女医生皱眉训道，“还不给交警打电话？肇事的人就得让他付出代价。”她说着，又转向桔年，“你跟她一起来的，她动不了，你出去看看，要是保安追回来了，也可以辨认一下。”

桔年垂下了眼帘，睫毛微微扑闪。她轻轻拉开平凤死死揪住她的手，点头走了出去。

桔年跟医生一前一后地出了治疗室，正好看到刚才那个小护士气喘吁吁地从大门方向跑回来，抚着胸口说道："还好跑得快，保安在停车场截住了一个，黑衣服，高个子，是不是刚才送你们来的那个人？真看不出来，斯斯文文的，我还以为他助人为乐，差点就让他溜了。"

紧接着，那男人果然在一左一右两个保安的"簇拥"下走了回来。

桔年是难受的，韩述说过，她是个谎话精。谎言她确实没少说，但她没有伤害过旁人，何况是帮助过自己的人。她的头几乎要贴在胸口，只看见几双鞋子环围在自己周围，那股淡淡的古龙水味再度幽幽靠近。

他的裤腿挺括，鞋子得体而整洁。桔年可以感觉得出这是个生活在良好环境中的人，就跟韩述一样。可平凤也有一双修长漂亮的腿，虽然这双腿上总是穿着廉价而艳丽的鞋子，可她不能瘸了。但凡有选择，桔年不会这么做，可世界上那么多罪恶，又有多少是自愿的呢？公平从来就是相对的，如同善良一样。

"你倒是看看，是不是他啊？"女医生在催促。

桔年缓缓抬头，扬着下巴，迎上那双冷冷的审视的眼睛。

"是他。"她果然是天生的谎话精，颠倒是非的话说出口，反倒如此沉着。

"呵。"男人撇过脸去笑了起来，仿佛自我解嘲，"我撞了她？"

"你没有吗？"女医生面露鄙薄。

"如果我撞了她，我绝对不会就这么走了。可惜很遗憾，撞人的不是我。"他并没有桔年意料中那么愤怒而激动，条理清晰地为自己开解着，"撞人的是一辆黑色奥迪，当场就离开了，我恰好在附近，所以就把她们送到医院来了。"

"就是你撞的我！如果不是，你怎么会那么好心大老远地把我们送过来，你以为你是活雷锋？有谁会那么傻？"平凤坐着轮椅，由护士推了出来，扬声说道。美丽的一双凤眼被糊掉的睫毛膏装点得有几分狰狞，在欢场上打滚，她早就学会了怎么保护自己，为了保住这条腿，她可以不顾一切。

“是啊，我怎么会那么傻！”年轻男人面无表情地吐出这几个字。

“你待会儿跟交警解释吧，他们马上到了。”医生挥挥手说道。

“也好。”男人冷笑，并不害怕，径自走到一旁的椅子上坐了下来。

“你别想走！”平凤见他身子刚一动，害怕眼前唯一的机会溜走，尖声喊道。

桔年却知道那男人不会急于溜走，因为他不屑。也许他在交警中有熟人，也许他知道自己的车子没有撞痕，红口白牙，看来栽赃难成。平凤以为留下他就留下了自己的医药费，也许不……

此时，桔年是离那男子最近的一个人，她低头理了理头发，放低声音，慢吞吞地说：“你说不是你撞的，交警也许会想知道，当时你在那巷子里干什么。”

一秒，两秒，三秒……那男人终于站了起来，桔年强迫自己面对他的愤怒和轻视，她是个多么恶毒卑鄙的女人啊，就让他看个清楚。

男人的眼睛一直没有从桔年脸上移开，他看着这个满脸通红、双手交叠着在身前轻抖却一下子精准地点中他死穴的女人。

良久，他终于开口，“好吧，是我撞的，你们要多少钱？”

一旁的医生、护士面对这个突然的转变不由得面面相觑。平凤眼里却顿时有了光芒，天底下的肥羊何止一头！

“两万，不，三……”

“平凤！”桔年打断了轮椅上的人略显激动的喊叫。

“五千块，算我们私了。以后的事跟你再也没有关系。”她木然地对那个男人说。

男人讥诮地笑笑，“你能代表她吗？”

桔年回头望了平凤一眼。

平凤迟疑了一会儿，说：“她当然能！”

交警赶来了，眼看双方似乎已达成共识，也基本认可这个私了的结果，自然不再深究，例行公事地办完手续，就放当事人离开了。此时桔年也顺利地办好了平凤的入院手续。

“等等，麻烦你等等。”

男人刚走到车边，这个听起来怯怯的声音再次从背后传来，他缓缓地从车门把手上垂下手，深吸了口气，克制地转身。

四下无人，桔年走到他身前两米开外。

“我以为你会见好就收，原来你才是胃口最大的那个。剩下的想收进自己口袋里是吧。”他做出个恍然大悟的表情，眼里是隐忍的愤怒。

桔年绞着自己的手，“能不能给我一个你的联系方式？”

他扶住自己的车，好像在听一个十分低级的笑话。

“是不是刚才我给你的感觉是钱特别多，人特别蠢？我的联系方式？哈！”

桔年没出声，静静地站在原地等了一会儿，确定他不可能主动告诉自己，才低声说道：“你不给，我也可以向交警要的。”

或许桔年应该庆幸她遇上的确实是个有教养的男人，否则，他如果当场发作，甚至恶毒地辱骂，她虽能接受，但会非常非常难堪。可这个叫唐业的男人没有，尽管桔年看得见他捏得发白的手，然而很明显，他在忍耐，而且对于自己的感情隐私相当忌惮。

“你到底想干什么？”他的声音已降至冰点。

桔年低头说：“你信我会把钱还给你吗？”

回答她的又是一声冷笑。

“那就当作是我需要回去想清楚用什么才能封住我的嘴之后，还会再去找你吧。”桔年很少把话说得那么快。

他的沉默显然是在权衡，最后还是从车上翻出了记事本和笔，草草写就，撕下一页。

“你要的都在上面了。”他淡淡地说完，递到桔年跟前。就在桔年伸手去接的那一瞬间，他松手，纸轻飘飘地落到了地上。

桔年俯身去捡，站直的时候他已坐入车中。

她把纸收进口袋里，在车子离开之前，再度拍了拍紧闭的车窗。

男人摇下车窗，他的克制已岌岌可危。

桔年从车窗的缝隙里递进一样东西。

“不好意思，你掉了签字笔。”

平凤的手术安排在次日，医院已经对她的伤口做了必要的处理。她再三对桔年说，自己一个人应付得来，有护士在，不用陪夜，再说桔年明天还要上早班。

桔年也不坚持，嘱咐了她好好休息便独自回去了，还幸运地赶上了末班车。

第四十九章

最好的补偿

49

下了车，桔年借着路灯，展开那张让她矮下身子去捡的纸条，怔怔地想这一晚纷至沓来的变故。平凤、望年、唐业……桔年叹了口气，还有他——韩述。

桔年看见韩述坐在自己家破铁门前的台阶上，正一小块一小块地揪着手里的枇杷叶，不知道他这个动作已经重复了多长时间，脚边散落着不少扯碎的“残骸”。

“行啊，就一百米的距离，你走了五分钟。”他将手中的叶子就地一扔，站起来仔细拍着裤腿上的灰尘，忽然发现自己的心情居然并没有因为等待而变得很坏。

桔年却没有再往前走，停在十米开外。她只想回到属于自己的一方小院落。今晚有些疲惫，她连敷衍他都感到厌倦。

“有事吗？”她紧紧抓着自己包包的带子，风把耳边的散发不停地往面颊上撩，树欲静而风不止。

“你说呢？”韩述几步走到她面前。她近在咫尺，其实韩述心中还是有些紧张。刚才他坐了许久，将该说的话、应有的动作和表现在心底演习了许多遍，可是她一出现在视线范围内，他就难以控制地心慌，慌得乱了方寸。

此时的桔年站在夜风里，发梢凌乱，脸带倦色，衣角微动。韩述在这一瞬间觉得，他害怕着的人是那么弱小无依。眼前的她和回忆中的她一再交叠，那种说不清道不明的感觉唤醒他每一个毛孔，在心里汇成谁也听不懂的呢喃。

她有什么好，她有什么值得自己魂牵梦绕？诚然，年少时的韩述曾经因桔年而心动，可是，哪一个男孩青春时节没有这样一段懵懂的情愫？他有过冲动，在心中勾勒过未来，然而假如那时桔年爱上了他，他们共同走过不解情事的岁月，到最后分道扬镳，也许只会各自变成对方心里一个灰色的影子；又或者桔年的生活与他从未有过交集，她不爱他，他远远地想着，把她想成了天边闪着微光的星星，仅此而已。可她偏偏在悬崖边将他一把推开，用最凄厉的方式划过他的生活，他阳光灿烂的青春在那刻起也随之血溅五步。往事永不可逆转，谢桔年也成了韩述心中不能碰触，却永不可替代的存在。

这些年，韩述仍然走在他生来就被铺设好的康庄大道上，春风得意马蹄疾，只有他自己知道光鲜的表面下藏着负疚的毒，日积月累，如疽附骨。他讳疾忌医，不敢碰触，可那些毒无法自愈，烂在了心里。

他每天早上醒来，对着镜子说，我很好，我会没事的，我会忘记的，会的会的会的！他笑，他开心，他一帆风顺，他左右逢源，他的生活热闹无边；可他也害怕天黑，他害怕做梦，他害怕安静下来的时候，害怕镜子里的自己，害怕承诺，害怕每一个跟她相似的表情，害怕再也找不到跟她关联的痕迹，更害怕对任何人提到将来。

他微笑着牵起第一个女友的手，脑子里一闪而过的是掐在被告席栏杆上没有血色的指甲；大学里代表社团拿下第一个羽毛球比赛冠军，助威的女生欢声雷动，他总以为冷冷掷下球拍的那个人就在热闹之外的某个寂寥的角落；校园的林荫道上他与友人谈笑风生，忽然安静下来的那一秒，他会想，高墙的另一面是什么样子，她此刻会在做什么呢？进入检察院后，顺利办完第一个案子，父亲欣慰地拍了拍他的肩膀，可他却无法确信正义的存在。

现在，命运推了他一把，让他重新来到她面前。在谢桔年面前的韩述不用背那层伪装的壳，他撕开完好无损的表象，直视心底的溃烂，赤裸地袒露他所有的罪。他是真的畏惧桔年，而桔年也是唯一能让他重获内心安宁的人。十一年前他如此懦弱不堪，但谁说错了就不可以弥补，他犯下的错只有自己能够偿还，给她什么他都愿意。韩述愿奉上余生的一切来补偿。

这顿然贯通的心思让韩述肩头一轻。她一个单身的女人，带着孩子，孤苦伶仃，也许正需要一双手，一个怀抱。他可以保护她，给她好的生活的，他的心也会因此而好受些，这样不是很好吗？无论对桔年还是自己，都是最合适的安排。

“你的包怎么那么脏？”韩述拂了拂桔年布包上的泥，语气也变得轻快了。

桔年却悄悄地往后退了一步，恰好避开了他的碰触。

“有事吗？”她又问了一句，话里话外并不咄咄逼人，却都是不带感情的抗拒。

韩述的手尴尬地停在半空，伸也不是，收也不是。

他毕竟是个骄傲的人，除了与桔年相关的一切，他鲜少碰过钉子，尽管打定了主意从今往后要对她好，可微微的恼意还是藏不住。

“当然有事。你知道非明今晚等了你多久，她有多失望吗？”他干咳了一声，收回手，直起腰，试图让自己看起来师出有名。

“嗯？哦……”桔年愣了愣，明白了他的意思。一早非明就跟桔年说过，她念的寄宿小学在今天晚上有个文艺演出，而她将要表演一个舞蹈，希望姑姑有时间的话能去看看。桔年起初是打算好了要去的，谁知道出了平凤这一档事，观众自然是当不成了。

桔年心中当然也有歉意，但她觉得非明应该可以理解。孩子从小跟着她，也知道姑姑的上班时间没个定时。以往实在倒不了班，没办法去开家长会的事也是有过的，非明也很乐于跟老师解释。也许在这孩子心里，家长会的席位她更愿意为她幻想中的父母而留，而且非明并没有告诉桔年，今天晚上她同时邀请了韩述。

韩述却对桔年的反应相当吃惊。看她的样子，明明不是忘记了，而是根本没有把这件事放在心上。

“你知道这对于孩子来说意味着什么吗？”

非明的舞跳得很卖力，韩述看着她跟一帮小同学从舞台上下来，别的孩子乳燕归巢一般地扑向拿着相机守候的父母，而她却慢腾腾地自己拆着头上的发饰，走在最后面。看见韩述朝她挥手时，非明惊喜得眼睛都亮了。那时韩述是真的心疼这个孩子，她和她的妈……姑姑一样，都应该被人捧在手心，像颗钻石一般被珍视着。

“我知道，但今天晚上有点事……”桔年低头掠了掠遮住了眼睛的刘海，试图从韩述身边绕过去。她其实完全不需要向韩述解释，可她想尽快结束这场对话。

韩述不依不饶地挡在她面前，“我今天也很忙。你信不信，我查了好一段时间的案件里的当事人，莫名其妙地从五楼跳了下去，给我留下一堆没头绪的线索和烂摊子，我本来不应该惹上这堆麻烦事……我说这些是想让你知道，不管怎么样，孩子是需要被重视的，不管大人有多忙。”

“谢谢你，我知道了。”桔年换了一个角度继续朝铁门迈进。

这回韩述索性一手撑在铁门边的墙上，彻底断了她的去路。“我不管你怎么看我，难道你不能好好地听我把话说完……即使是为了孩子？”

桔年百般无奈地垮下了肩膀，说道：“你没有必要那么担心非明。我是她的亲人，我会比‘别人’更知道怎么关心她。”

韩述是个灵醒的人，他当然听得出桔年话里试图表达的意思，“你是想说，我就是那个多管闲事的‘别人’？”

桔年不愿意跟他继续口舌之争，她知道自己说不过他，于是摇了摇头，近乎于哀求，“韩述，我们一次把话说明白了好吗？非明不是你的孩子，也不是我的孩子，她跟你没有关系，我们的生活跟你也没有关系。”

韩述想，自己的脸色在那一刻肯定非常难看。对于非明是否是他的亲生骨肉，他自己也有过多种设想，但谢桔年当面不留一丝余地地撇清，依然让他心里非常失落。因为他幻想过孩子是一条纽带，只要这条血缘的纽带存在，他们就永远不会是陌生人。

“我现在也相信她不是你生的，因为有眼睛的人都看得出来，你养了她，但你不是真的爱她！”

桔年用钥匙开锁的手有些哆嗦，她也算是搞明白了，眼前这个人的出现并非仅仅是为她缺席了一个晚会。这么多年了，她想把那一页翻过去，他却不肯放过。

铁门终于打开了，韩述的手却还横在面前，桔年沉默了一会儿，忽然双手并用地去掰那只手，企图强行解除障碍。

韩述就势抵住她的双肩，急急地说：“我知道你心里记恨，是我做错了，你要打要骂都没有问题，要不你扇我一个耳光，两个，三个……你总得给我一个补偿的机会。”

他忘了，桔年平时看来虽然好欺负，但是拗起来多少匹马都拉不回。她没有打算再吭声，也拒绝任何的交流，拼了命似的，仿佛除了闯进那扇门，再没有值得她上心的事。

两人一个推，一个挡，韩述虽然占上风，但唯恐一不留神伤到桔年，始终有所顾忌，竟也一时奈何不了她。老旧的铁门和风化的砖墙原本就脆弱不堪，哪里经得起两人这样折腾，混乱间只听见哐啷一声巨响，整扇铁门从固定的墙体上脱离了出来，挟着一堆粉尘，轰然落地。桔年手上的包包也随着那一瞬的失衡脱手坠落，大大小小零碎的物件从开放式的袋口散了开来。

这一下，终于把像孩子一样扭打的两人都镇住了。韩述呆呆的，暗自懊恼，束手无策，而桔年也定定地站在那里，欲哭无泪。

这不正像他们之间一直以来的纠结吗？谁都不关心对方想怎么样，各自拧着劲，不知道怎么开始，也不知道如何善终，结果两败俱伤，满地狼藉。

片刻之后，表情漠然的桔年蹲了下来，默默收拾散落一地的东西。韩述赶紧帮忙。

一束光亮忽然投射到他们所在的位置，把他们吓了一跳，也照得两人无所适从。

“谁在那里？半夜三更的干什么？”财叔披了件衣服，打着手电远远地问，想是刚才的响动惊扰了他。

桔年一手遮光，含糊地答应着：“没事，财叔，门忽然坏了，不好意思，吵到你了。”

财叔也看清了面对面蹲着的两人，竟也没再探究，打了个哈哈，“桔年啊，没事就好，你一个女孩子，我还以为有贼……没事就好！”

目送财叔关上了自家的门，桔年也捧着包里比较重要的物件站了起来。包包用了好一段时间，之前为了平凤的事情已经折腾得相当狼狈，如今连包带都断了，她只能一股脑地把所有的东西抱在怀里。

伸手擦了擦脸，桔年也弄不懂自己搞成这样是为了哪般，她从来就不是一个冲动的人，何必跟他较劲？

韩述看着桔年擦脸的同时，也把手上的灰尘蹭到了腮边，正苦于不知如何缓和这僵局，赶紧抽出一张纸巾递了过去。这一次，桔年已没有了刚才的失控，只轻轻地将他的手推开。

她又恢复到了韩述最不愿看到的样子，无爱无恨，静若止水。这院子的铁门倒了，可隔在他们之间的那扇看不见的门却关得更紧。也许，那扇门从来就未曾为他而敞开过。

“桔年……”任凭他上天入地，七十二变，也翻不出空寂而没有方向的五指山。能言善辩、巧舌如簧的韩述，这时除了一个名字，再也说不出其他。

桔年淡淡说道：“你说过要给我补偿。”

“对，是我说的！你要我怎么做？”韩述仿佛又看到了一线生机，声音都微微变了调子，恨不能把心都掏出来，还唯恐不够新鲜。

她说：“离我们远一点。”

桔年说罢转身，踏过倒塌的铁门和碎砖块步入院内，推开大门之前，她又想起了他此番的出师之名，回过头看了一眼僵直如路灯的韩述。

“也许你说得对，我不算一个好家长，但我已经尽力了。”

第五十章

谁欠谁还

50

桔年回到屋子里，拉上窗帘，不愿意看到院子里垂首而立的韩述。放下手里的东西，她跌坐在非明空着的床沿，一身疲惫。

补偿？她苦笑。他能让时光倒流？韩述也不过是肉体凡胎，他做不到，所以没有什么能够补偿，她也不想要任何补偿。就如同她不想去恨他，因为恨太占据心扉。更何况，如果韩述是个自私的人，她又何尝不是呢？

非明今天住校，她的玩偶孤单单地挤成一排。桔年茫然地摆弄着一个毛绒玩具，她也问自己，正如韩述所说，自己真的爱这个孩子吗？就拿今晚而言，平凤的事固然紧急，可她心里是否一开始就默认非明的演出并不重要？

桔年本是一个不知道父爱母爱为何物的孩子。在她的孩提时代，父母缺席她每一个成长历程，好像是理所当然的事。没有人下雨天给她送过雨伞，没有人在台下给她鼓掌，没有人在家长会上关心她的成绩，没有人为她的晚归而焦急。在这一点上韩述当然跟她不同，他从来都是父母的掌上明珠，韩院长就算对儿子严苛，那也是爱之深责之切。高考的那些天，韩述的父母请假在考场外殷殷守候，桔年却是在考试结束几天后，才被爸妈问起，快高考了想吃点什么。韩述和她对于爱的体验是完全不一样的。

没有得到过爱的孩子不容易学会去爱，因为她感受到的东西太过贫瘠。回过头看，作为一个孤独长大的孩子，桔年把父母之爱、兄弟之爱、友人之爱、情人之爱通通倾注在生命中唯一的巫雨身上，她也只懂得爱巫雨而已，所以才如此倾尽全力。感情若有剩余，不知道还能给谁。

她为什么收养非明，是因为她爱孩子吗？她每天告诉自己，要好好地抚养非明，给非明一个家，不要深究她身上流着的是谁的血。可是非明一天天地长大，除了隐而不发的疾病，她却不怎么像巫雨，眉目、脾性、神态越来越神似巫雨生命中的另一个女人，桔年的心一点一点坠入失望。是，她善待非明，已经尽力，可也只是尽力而已，真正的爱不是尽力，是尽心。

桔年从来没有大声苛责过非明，也很少强迫非明按自己的想法行事，不曾对非明有什么要求。假如这是上天赐给她和巫雨的孩子，她还会这样做吗？她一定会在孩子不听话的时候狠狠责骂，也会在自己最绝望的时候搂着孩子痛哭一场。

很多个夜晚，非明熟睡之后，桔年会坐在这个床沿，轻轻地，用手遮住非明的眉眼，只留下唯一找得到故人影子的薄唇。那时桔年就知道，她爱的不过是巫雨的影子。韩述没有说错，她太自私，而孩子何其无辜。

大概是因着对非明的歉疚，周五桔年特意提前了一个小时下班到学校接她，顺便一块去吃孩子喜欢的比萨。赶到台园路小学，放学的时间刚过了三分钟，仍有潮水般的小学生从校门口涌出来。非明是个喜欢放学后磨蹭很久才回家的孩子，可桔年一一看过去，总不见她的影踪。直到人潮渐稀，恰好非明的班主任跟几个老师有说有笑地走了出来。

“王老师，请问非明是不是还在教室那边？”

王老师“哦”了一声，又上下打量了桔年一番，嘴角带笑，那眼神，那笑意，让桔年生出了几分不自在。

“你们家谢非明啊，放学铃声刚响，就被她爸爸接走了……对了，你们应该快复婚了吧？”

“啊？”桔年满脸通红，不知这话从何说起。

王老师也是年轻人，想来也是觉得自己的话有些唐突，抿嘴笑了笑，“您别介意，我不是过问您的私生活。家庭的完整对于孩子而言影响力是非常大的，谢非明的爸爸常来之后，这孩子的性格就比以前开朗了。放心吧，大概他们早您一步回到家了，再见。”

“哦，再见。”桔年仓促地扯出了一个笑容。

不用说，韩述又来接孩子了。也不怪老师多管闲事，谁见了这情景，大概都会认为她是个伪称“姑姑”的单身妈妈。现在缺位已久的“爸爸”出现了，一家团圆，皆大欢喜，如同一出大众喜欢的连续剧。

回去的路上，桔年有些心不在焉。关于非明不是韩述的孩子这一点，她想自己已经阐述得足够清楚了。韩述是个聪明人，以他的判断力应该可以分辨得出这是个事实。可是看起来，他对非明的关照并未减少，难道他真的把自己当成了救世主？非明是个非常敏感的小孩，她的生活中若是出现了韩述这样一个能满足她所有憧憬的依靠，她的喜悦和投入是非常强烈的。要是有一天，这种憧憬幻灭了，只怕会比从未出现更残忍，桔年都不敢再往下想。

到了家，桔年推开前两天在财叔的帮助下重新立起来的破铁门，家里没有人，不知道韩述把她带去了哪里。直到桔年做好简单的晚饭，眼看夕阳西沉，门口也没有动静。

桔年这时不由得有几分担心，要是接走非明的不是韩述呢？这么一想，她更是坐不住了。这时她才发现自己也没个能联系上韩述的方式——就算真的有，她肯打一个电话过去吗？与韩述再有任何交集都不是她的本意。

桔年正坐立难安间，外面隐隐传来车轮声。桔年走出院门去看，果然是韩述的车由远而近。

兴许是看到了走出来的桔年，韩述远远的把车停在了财叔家小卖部附近。过了一会儿，非明手里提着好几袋东西，推开车门，蹦蹦跳跳地朝家门口的方向走来。

桔年也不去看那车子，一心等着非明走到自己近前。

“姑姑，我回来啦。”

“怎么这么晚？姑姑多担心你啊。”桔年薄责道。

“也没多晚啊。”非明嘴里嘟囔着，眼睛扫到自己手里提着的东西，兴致又高了起来，“韩述叔叔带我吃很好吃的冰激凌，还给我买了好多好玩的东西。”

桔年本想说，让别人破费是不对的。可是一触到非明兴奋但又惶恐的表情，那些说教的话又咽了回去。她厌倦了做一个破坏别人快乐的恶人。

果然，发现姑姑脸色稍沉之后，非明抱紧了她的“宝贝”，可怜兮兮地央求，“姑姑，我喜欢韩述叔叔买的东西。”

桔年看了看那些花花绿绿的包装袋，想来无非是孩子喜欢、他也喜欢的一些奇形怪状的小玩意儿，便叹了口气，“下不为例。我们进去吧，你还吃晚饭吗？”

非明点头，走了几步又转身，远远的朝着韩述车子的方向摆了摆手。韩述的车停得远，人没有下车，却也不急于离开。

“对了，姑姑，这是韩述叔叔让我带给你的。”刚进院子，非明忽然想起来似的把手中最大的一件东西塞到桔年怀里。

桔年一愣，并不伸手去接。

“姑姑……你打开看看嘛。”非明噘着嘴撒娇，见桔年一动不动，便自己为姑姑拆开了包装。

那是一个女式的单肩包，桔年一看，更是沉默了。

“我说不好看嘛，韩述叔叔偏说这个好。”非明摆弄着包包自言自语。

桔年并非时尚潮人，日常用度也以简单舒适为最大追求，可她再远离潮流，吊牌上的显著 logo 她还是有印象的。她驻足回头，韩述的车子果然还在。

“非明，帮姑姑做件事好吗？去把包包还给韩述叔叔。”她蹲在孩子面前低声吩咐道。

“为什么呀？姑姑你不喜欢吗？可是韩述叔叔挑了好久！”非明不解。

“听话。”

“那样韩述叔叔会难过的。”

桔年按捺住自己的情绪，她有些怀疑孩子的这些话是出于韩述的授意。

“姑姑再说一次，把包包还给韩述叔叔好吗？”她的语气依旧是平和的，但是非明在她身边那么多年，多少也略懂察言观色，唯恐姑姑转念让自己把那些小玩意儿一并还回去，只得一甩马尾，朝韩述的车子跑过去。

非明过去之后，桔年也松了口气，要是孩子真犟起来说什么都不肯跑这个腿，她也不知道如何去跟韩述打这个照面。韩述的车子停那么远，想必也是因为同样的缘故。

过了会儿，非明又匆匆忙忙地跑了回来，委屈地说：“姑姑，韩述叔叔说了，这包包是他赔给你的，没有别的意思。”

桔年摸了摸孩子的头发，“乖，非明再帮帮姑姑，就说是姑姑说的，我心领了，没有那个必要破费，让他拿回去吧。”

非明翻了个白眼，再次充当传话筒。

果然，很快她又气喘吁吁地回到桔年身边，“姑……姑姑，韩述叔叔说……说……”

桔年面朝那棵枇杷树，背对着非明。

“说什么？”

非明有些困惑于姑姑话里的漠然，她以为自己长大了，可是还是搞不懂大人的心思，不管是姑姑还是韩述叔叔，他们的行为和表现都特别古怪。

“他说，对不起。”

桔年刚转过头来，非明就赶紧又补充了一句：“韩述叔叔还说，如果姑姑你还是不肯要，就代他扔了吧。”

见姑姑不语，非明央求道：“姑姑，求求你们别再让我跑来跑去了好吗？真的很累，我让韩述叔叔自己过来，他也不肯。”

桔年沉默了一会儿，对非明笑了笑，“累了，就进屋吃饭吧。”

次日，午休期间，桔年带了饭去医院给做了内固定手术的平凤。手术做得还算成功，只是平凤现在行动非常不便，桔年工作又忙，两头照料，难免有顾及不了之处。

平凤的病房在住院部三楼，电梯间等着不少人，桔年索性步行上楼梯，在二楼的转角，不期然看到一个熟悉的身影。

谢望年正往下走，姐弟俩可以说是迎头撞上。从楼梯上下的人本就不多，这样的面对面，没有防备，也无处可避。

桔年暗想，以自己的怯懦，只怕面对谢家的人，永远都做不好准备。

望年也似吓了一跳，随即耳根通红，张了张嘴，什么也说不出来。

桔年并没有期待过那一声“姐姐”，他叫不叫那个称谓，认不认她，在桔年看来都无所谓，只不过这个弟弟代表着跟她流着相同血液的一家人对她的彻底否定，这才是桔年感到难堪的地方。

她也不愿看到望年尴尬的样子，笑了笑，低头快步走过去。

推开病房的门，平凤正捧着一本言情小说，嘴里哼着歌，看起来心情不错。

“来啦，我都饿了。”平凤也不跟桔年客气。

桔年笑着为平凤打开饭盒的盖子，不经意地问：“心情不错，有什么好事吗？”

平凤刚迫不及待地喝了口汤，差点被呛住，“嗯……能有什么事，自己逗自己玩呗。都这样了，哭丧着脸也不是办法。”

桔年没再问下去，低头用纸巾擦拭着平凤溅出来的汤汁。

“对了，桔年，那个冤大头没找你麻烦吧？”

“谁……哦。”桔年摇头表示否认。

平凤的胃口很好，吃得很香。桔年坐在一旁，心里想着的却是下班前自己跟老板的一番谈话。她是考虑了很久，才提出要预支三个月的薪水的。

女老板很关切地问原因，桔年只说自己家里出了点事，急着用钱。

“桔年，预支一个月的薪水是可以的，但是超过一个月的，店里有店里的财务制度，上个月别的同事也提了出来，我没答应。你是店长，不好破了这个规矩。如果你有急用，我可以私人借给你。”女老板是这么回答她的。桔年谢过，最终还是决定再想想别的办法。

等到平凤吃完，桔年忽然问了句：“对了，你认识的人有喜欢名牌手袋什么的吗？”

平凤擦嘴，“那得看是什么货色。我认识几个同行，一有点小破钱，宁可勒紧裤带，也要弄一些值钱的行头，她们是专在有钱人身边捞油水的，换我，好几千块钱买件衣服、买个包包，打死也不干。”

桔年收拾着东西，语气平淡："我那里倒是有一个。等你出院了，看看谁有兴趣，如果有的话，就代我转让了。"

"哪来的？新的？不要了干吗不退回店里去？"

"你就别问了，替我留意一下吧。"

桔年没有跟平凤说明那个包的具体来路，除了怕她刨根问底，也确实是不想提韩述的那些事情。她也质疑过自己这样做是否合适，她不想欠韩述的情，不想跟他有任何瓜葛，不管是金钱还是感情上，但是为钱而发愁的时候，那个被搁置在房间角落的包包好像长了张嘴巴，不停地说：不是你欠他，是他欠你，他欠你欠你……

也不知道是有意还是无意，她看过那个包的包装物，身份卡什么的一应俱全，偏少了购物发票。

不管谁欠谁，就这样，清了吧。

第五十一章

望河亭大暑对风眠

51

在布艺店里，桔年的手工是一等一的，经手的每一块布料，她都觉得有灵性，素缎的矜持、格子的温厚、碎花的娇憨，各有风情。大概世间事皆是如此，用了心的东西，总是做得比别人更好些。店里的老顾客有知道的，每每特意指定她亲手设计、制作，实在忙不过来的时候，也只有对顾客说抱歉。可这一天，桔年却遭遇了一回退货。

“桔年姐，我按地址送过去，那家的主人不肯收。”送货的小弟把东西往收银台上一放，擦着汗说。

桔年赶紧拆开包装查看，“怎么了，是不是做得有什么问题？”

换作以往，这种自我怀疑是绝不会出现的，她做事一向缜密。可是这一段日子，韩述对非明的关照不但未减，反倒日增，非明对他也越来越依赖，一口一个韩述叔叔，仿佛打心眼里将他当成了亲人——不住在一起的家庭成员。桔年知道，这个时候非明是听不进疏远韩述的建议的，可是，粗暴地制止孩子跟他的往来，就等于将非明现在最大的快乐和心理寄托横刀斩断，这样的事桔年又做不出来。她唯一的办法就是冷处理，将自己置身于他们的关系之外。

经历了那晚铁门外的难堪后，韩述再没有直接跟桔年打过照面，知道桔年在家的时候，他总是远远的把车停在百米开外。他和非明去了哪里，做了什么，也通常是通过孩子的嘴传到桔年耳里，桔年置若罔闻。然而，平日里那些非明住校的晚上，桔年走出院子外浇水，偶尔却仍能看见那辆已经变得熟悉的车子，静静地停在财叔小卖部的前头，像夜幕里的布景。

那些晚上，已在多年的寂静生活中心如枯井的桔年开始被梦煎熬。她不是想着韩述，而是韩述的存在让她不得不记起了许多被漫长时光熨平了的往昔。韩述没有出现之前，那些过去是安眠的，像叠好压在箱底的被单，如今被他一把掀起，它依然还是那么新，虽然带着霉味和折痕，但上面的斑驳历历在目。桔年快要压制不住那些回忆：台阶尽头透过指缝的炫目阳光，高墙第一夜的月白如霜……每当记起这些，她在梦里都止不住地瑟瑟发抖。回忆醒了过来，可那个人的眼睛却再没有睁开。

所以，这些天来，桔年总是有些恍惚，她正是唯恐自己一不留神把尺寸弄错了，以至于被顾客退了回来。可她抖开一整套的沙发抱枕套件细细端详，也未发现明显的问题。

送货小弟苦笑一声，“你别忙着检查啦，依我看压根儿就不是东西有问题，那人根本就没拆开细看，直接说东西不是自己的。可我再三核对了地址，没错啊。再说，那上边留的联系电话也是对的，可人家打死不承认，有什么办法？我跟那人也说了，这玩意儿是付了定金的，别说定金不能退，那尾款也得给我们结啊！”

小弟说得没错，桔年点头，“那顾客是怎么回答你的？”

“回答？人家倒好，直接当着我的面把门给关了，要不是我缩得及时，这鼻子都得被撞扁。”小弟悻悻地说。

桔年回头去查阅了订单，地址电话什么的留得都很详细，跟小弟手中的送货单一致。她依稀记得这是一个知识分子模样的年轻女人订下的，百分之五十的定金也付得非常爽快，怎么到了交货的日子，就出了这样的怪事？

她抚着烟灰色亚麻的面料，一阵犯难。这单子是她接的，料子式样也都是她为顾客挑的，一副沙发套、六个抱枕套、两副飘窗软垫，虽不华丽，但胜在用料精良，细节考究，一式的右侧压边褶皱颇费了她一番心思，也确实雅致耐看。更重要的是，虽说这单子收了定金，但余下的尾款收不回来，东西搁在店里，别的顾客要求的尺寸不合，也是难以转售的，这样一来，账面上自然难以交代。

着实是没有别的办法，桔年放下手上的工作，问送货小弟要了地址。

“我再试试。”

她想，就算结果跟前次一样，这件事是她经手的，至少也该搞明白是哪里出了问题，说不定，小弟的表述有问题，她也许能给顾客一个解释。

骑着店里的电动自行车，桔年赶到了送货单上显示的住宅小区，仔细核对了楼栋、房号，找到后按了好一阵的门铃。

开门的是个男人。这个送货小弟之前也提到过，包括单子上留的电话号码，都属于一位男士，并非桔年接单时所见到的女子。

妻子挑选款式，留丈夫的联系方式，这并不奇怪。可是当桔年把脸从满怀的货物中抬起来时，门里门外两个人俱是一惊。

男人的脸色可谓难看到了极点，惊愕、慌张、愤怒一股脑地涌上来，都凝在他的眼睛里。如果这时有一面镜子，桔年想必也会从自己的面孔中看到心虚。都说冤家路窄，人生何处不相逢，她倒好，闭着眼睛闯到最深的死胡同里去了。

“你还真是比我想象中更有心机，这都能让你找上门来。终于想好了？你想要什么？说吧，什么才能塞住你的嘴？”那男人正是平凤出事那晚好心救人却被反咬一口的唐业。他单手扶住门框，愤怒让他的语音都微微变了调子。

桔年只恨手里的货物不能彻底地把自己埋在下面。她想起小说里的桥段，此时必定是要说——不不不，你听我解释……她早就明白，大多数能够解释的事情，其实大家都心知肚明，无须多言；而真正百口莫辩的时候，说什么都没有用，根本无从解释。此时她若说：我是来送沙发抱枕套的，无异于奸夫在女方的床上偷情被正牌丈夫抓个正着时还辩解道：我是为了测试你家大床的柔软程度。

然而，她的确是来送沙发套的，虽然自己也觉得荒诞莫名，可是她呆怔了一会儿，还是机械地将手中的套件略略举高。

唐业显然认出了她手里捧着的物件的外包装，冷笑一声，那潜台词一目了然，明明是煞费苦心的敲诈，又何必弄出这些拙劣的伎俩来恶心人。

“先生，对不起。但这确实是您在我们店里订的商品，或许是您的朋友……”

桔年硬着头皮想把话说完，唐业的唯一反应是指着电梯的方向，从嘴里挤出了一个字——“滚！”

桔年面皮薄，巨大的羞辱感像急浪狠狠打翻她企图自救的筏子。可她怨得了谁，这羞辱不是她自己找的吗？如今的境地甚至不是因为误会，她犹记得自己那日在他面前的卑劣和阴暗，如今还送上门来，若不是他修养好，换作旁人，一个耳光掴来只怕也不稀奇。

手里的东西，桔年递也不是，留也不是。若是走了，可接下来该怎么处置。桔年微微咬着下唇，退了一步。

唐业的怒火终于在这一刻爆发，斯文的面皮几乎涨紫了。“滚，滚！你去说，尽管去说，去对全世界说，他妈的我就是这样的人，你们能拿我怎么样，怎么样？！”

他歇斯底里地愤慨，仿佛面前立着的不是一个恩将仇报讹诈钱财的女人，而是他现实生活中一切的不平和障碍。

门当着桔年的面再次紧闭，巨大的响声震得耳膜嗡嗡作响。邻居吓得打开条门缝小心窥视。桔年赶紧垂头，心中苦涩，深吸了口气，伸手去按电梯。

已经落下的电梯缓缓回升，红色的数字跳动，不锈钢的电梯门映得上面的一个人影模糊而可憎，那是个失去了底线的可悲的人。无数次，背对那些欺凌她的人，桔年对自己说，我能做什么？我能做的，就是跟他们不一样。然而多少个快要熬不过去的关口，她又一遍一遍地问，我为什么要跟他们不一样，为什么？

如今，她终于也一样了。

电梯门响过一声后开启，桔年移步，身后的门却也同时被打开。

唐业的手扣在桔年的腕上，先前的强势和凌厉被颓然的妥协取代。

“你直接开个价吧，说说你到底想怎么样？一次给个痛快，求你了。”

原来他并不像刚才的宣泄中那般无所畏惧，他还是在乎别人的眼光的。没有一个在乎着的人不怯懦。

桔年怀抱着厚重的沙发套件，听见电梯门徐徐合上。

她说：“先让我把沙发套套上行吗？”

良久，唐业侧身，桔年忐忑不安地从他身畔走进陌生的屋子。定制的沙发套，差一厘米都是套不上去的，所有送货的人都必须给顾客套好之后方能离开，这是她今天来的目的，也是她的本分。

唐业面无表情地坐在背光的一张藤椅上，看着桔年熟练地拆开布艺沙发和抱枕原有的套子，再换上新的。这并不是个简易的工程，尤其是一个人独立完成。她忙得满头是汗。有几次，唐业都以为她应付不来了，可她吃力地倒腾一阵，那些乱成一团的东西居然又奇异地变得妥帖。这个女人或许阴险，但她给人的感觉却是无害的，甚至是娟好纤细的。难道女人都各自披着她们的画皮？

桔年尽可能把全副心思放在手头的活计上，总算有一丝安慰的是，几个套件都做得一分不差。

“哪一个才是你的兼职？”客厅的工作快要完工的时候，唐业冷冷地问了一句。最极致的愤怒已过，他显得相当安静。

桔年手上的动作缓了一缓，咀嚼出了他的言外之意。

一个做布艺沙发套的妓女。

这也算认知上的一种进步，至少他首肯了沙发套确实是为他家这尺寸特殊的沙发而定制的。

她依旧避开与唐业的视线交流，慢吞吞地说：“今天与您有关系的服务只是安装沙发套而已。”

“沙发套不是我订的。”他的默许只是想知道，她葫芦里卖的是什么药。

“但它确实是为您的沙发定做的。”桔年轻轻拍平最后一个沙发抱枕上的折痕，“它跟您家的地板和那张藤椅的颜色都还相称……那个，请问飘窗在哪边？”

唐业的面孔在暗处，看不清表情，也许他在审视，也许仍在怀疑。不过，他还是抬起一只手，指向了其中一个房间。

这个男人在桔年面前是阴郁寡欢的，但是他的住处却颇为闲适，浅灰的底色，大量的藤艺制品和绿色植物，最适合静坐的地方永远摆着一把椅子。

桔年动手去铺飘窗上的软垫，玉色大理石铺就的飘窗台显得异常洁净，除了一副棋盘，就是个原木的六寸相框。照片里那个躺在郊野池塘畔的折椅上的男子看起来正是这屋的主人，只不过照片里的他跟现实中略有不同。怎么说呢，照片里的唐业脸上并没有笑意，手持钓竿，胸前搁着本半旧小说，黑发微乱，一顶渔夫帽半遮住他洒着婆娑树影的脸庞。可那张照片给人的感觉是轻快的、愉悦的，这大概就是拍照的人试图捕捉的东西。

桔年小心翼翼地将棋盘和照片挪至别处，却不经意看见那相框背面的木头上细细写着一行小字，她本不愿窥人隐私，匆匆一瞥即移开视线，但仍看清了上面的句子——“望河亭大暑对风眠”。

第五十二章

能够偿还是幸运的

52

唐业客厅的电话似乎响了几声，稍后，讲电话的声音传入房间，隐隐约约，听不真切。桔年想尽早从这尴尬的地方抽身，一门心思都放在手头的工作上，也许专注一些，她就能少花点心思去想自己曾经的狗咬吕洞宾留下的恶果。正待完工，唐业却神色焦虑地快步走了进来。

“你马上走。”

桔年闻言，眨了眨眼睛，也不言语，下意识地收拾自己的东西。她猜，也许是这屋子的另一个主人回来了，她得马上离开。至于那另一个主人究竟是男还是女，为什么她必须回避，她不想知道。

情急之下，桔年迅速将散落的包装纸盒碎片、多余的布条和工具一股脑塞进自己随身的大包。这时，回到客厅的唐业似乎听见了大门外的动静，止住了她欲往门外奔去的念头。

“慢着！人已经在外面了，你不能这个时候从门口走出去……”

桔年闻言顿时茫然，她犹豫了片刻，轻轻撩开窗帘一角，探头看了看窗外。她没有记错，这房子的确在十一楼。放下窗帘，她明智地选择了站在原地不动。

“唉！”唐业好像叹了一声。门铃声毫无意外地响起，他匆匆赶去应答，徒留桔年呆在原地。他甚至没有交代，既然她不该留在这里，那这种情况下又该如何是好。

开门关门声后，桔年屏气，听到唐业说话的声音。

“您也是，过来也不事先打声招呼，我好过去接您。”唐业虽抱怨，但这时的语调是低沉而和气的。

“现在还用不着，等我真的走不动了的时候，你再用轮椅抬我不迟。我今天过来给你送点东西，你爸不在了，那边家你也不回了。”说话的是一个苍老的女声，犹带着点本地方言的腔调，“不喜欢我来？难道真像你阿姨说的，你这里就是独家村，只许你自己住在里面，别人都来不得？我就跟她说了，我是不信的，你还是我带大的。”

桔年没有听见唐业的回答，片刻，他才说：“您快坐下吧，大老远地过来，我倒茶去。”

客厅外的人似乎入座了，桔年大气也不敢出，缩手缩脚地朝半掩着的房门的视线死角挪了挪。

“阿业，刚换了新的沙发套？”放下了杯子，老妇的声音再度传来。

“不是我订的。”

“不是你订的，那还有谁……”老人疑惑了一会儿，又长长地“哦”了一声，“我老糊涂了，还能有谁？是你阿姨上次给你介绍的那个女孩子？终归是年轻人心细，就是这料子素了点。”

即使看不见人，桔年也能想象出老人说话时眉开眼笑的样子。似乎天底下的长辈无不渴盼着过了婚龄的孩子早日成家立业。如果命运指向另一条道路，她此刻承欢在父母身畔，是否也会有人这般关切地絮叨——她又自我解嘲地想，也许真的有另外一条路，她也未必会孤身一人吧。

唐业倒是没有否认，想来那女孩子就是当日找桔年下订单的人。桔年此时又回忆起当天的一些细节，那女子挑选面料时的细致和淡淡的喜悦，的确也似沉在爱河中的人。

唐业的语气听不出情绪，他说："姑婆，我跟我阿姨也说过很多次了，一个男人和一个女人未必是条件般配就必须得在一起的。我之所以去见那个女孩子，实在是不想扫了阿姨的兴，拂了她的好意，但……"

老人打断了唐业的"但是"。"你又要跟我说你们年轻人的那些感觉啊，一见钟情啊，这些我不懂，但是那姑娘我见过，人长得好，有文化，也有礼貌，人家对你也有那个心思。你都三十好几了，究竟要找个什么样的天仙才算是满意？你爸爸在你这个年纪都……算了，不说了，你阿姨让我劝劝你，可我说的话你也未必听得进去……阿业，你也别怪我多嘴，你阿姨之所以那么操心，也是听见外面有嚼舌根的说了些不三不四的谣言，什么男人找男人，越是条件好的……"

"胡说八道！"唐业的声音陡然高了起来，伴随着藤椅脚摩擦在木质地板上的声音。桔年也吓了一跳，饶是她这样一个不爱多管闲事的人，也不由得耳尖了起来。

"姑婆，你和我阿姨一样，尽听些捕风捉影的东西，哪有那回事！"唐业显然明白自己失态了，再怎么也不该在老人家面前无礼。这一回声音他也放柔了不少："我不喜欢那个女孩子，是因为我最讨厌别人干涉我的生活习惯。我跟她是出去过几次，可是也没熟到让她把我这里当成自己的地盘，订这些沙发套、抱枕，她连问都不问我一声。"

“姑娘家也是关心你。阿业啊，人活在世界上总得找个伴，你老是打光棍，自己孤零零的不说，别人……”

“谁说我没个伴？”唐业这话说得很快，说完了之后又是沉默，似乎后悔了自己冲动的辩白。桔年不由得想到了那晚始终站在原地、目送唐业车子离开的戴眼镜的男子，他怨怼的眼光至今都让桔年后怕。

“你自己找到对象了？”老人的声音又恢复了惊喜，“女孩子是干什么的？家是哪的？你怎么不带出来给姑婆和你阿姨看看？让我们这些老的尽给你瞎操心！”

唐业没有马上回答，他忘了，一个谎言必须用无数个谎言来圆。姑婆是老了，但她跟阿姨一样，都是人精。唐业对于那个脱口而出的“对象”设想并不充分。那女孩怎么样？面对这个问题，他竟一时不知道怎么说才好。

“嗯，她呀，算不上很漂亮。”他含糊地说。

“我们唐家也不能找个丑八怪啊。”

“当然也不丑。”他说话也变得慢吞吞的。

“那她是做什么的？家是本地的？是你单位的同事还是自己认识的？年纪多大了？性子怎么样？”

连珠炮似的提问显然一下子难住了唐业。桔年暗想，韩述说她说谎如吃饭似的也不假，至少不是每个人都能够像她一样面不改色地说谎，唐业显然就不谙此道。

“你这孩子，在姑婆面前还害什么臊，你倒是说啊，那女孩多大年纪，是做什么的？”老人又把重点问题重复了一遍。

“嗯，那个……在布艺店上班，比我小几岁。”

桔年独自一个人眨了眨眼睛，大脑反应过来之后，顿时哆嗦了一下。就算说谎的至高境界是十句真话里夹杂着关键的那句假话，但……

“我这就给你阿姨打电话，正好这两天是周末，你把那女孩子带出来，否则你阿姨和我真要急死了。”

唐业又不说话了，这一次他的沉默让桔年心如鼓擂，似乎料想到最可怕的那种可能性，慌乱之中，她又情不自禁地撩开了窗帘。

十一楼，还是太高了！

她早该有经验的，她生活中最坏的那一种设想往往就是事实。果然，唐业片刻之后仿佛下定了决心，只听他说道：“嗯，姑婆，她……现在就在房间里。”

桔年在那一刻表情痛苦地闭上了眼睛。

“什么？”

赶在老人推门而入的那一刻，桔年恰恰好变脸似的换上了一个略带羞涩的笑容。“姑……姑婆好。”

说这句话的时候，她看到紧随其后的唐业煞白的脸上露出了一个惊魂初定的表情。或许他也赌不准桔年的反应，但是这一次，他押对了，桔年欠他的。

“这是我姑婆，也就是我爸的姑姑。姑婆一直跟我们生活在一起，我就是她老人家带大的。”唐业掩饰着他那点尴尬。

桔年赶紧说：“姑婆，我叫谢桔年。”这既是向老人家自我介绍，更是向连她名字都不知道就撒下弥天大谎的男人自我介绍。她说完，在老人上上下下打量她，又打量着唐业的间隙，飞快地将自己前一秒钟刚脱下来的布艺店制服——橙色马甲塞到了窗帘的背后。

接下来，老人家拉着桔年的手坐在沙发上善意而八卦地絮叨自可不提。自始至终，唐业都很安静地坐在一侧的藤椅上，倾听着一老一少两个女人的交谈。

桔年不时对姑婆的絮叨报以微笑，她一直都是个心动得比嘴快的人，也知道在情况不明的时候，面对一个善良老人的盘问，说得越多，错得就越多。兴许是心里着实也紧张，她耳根始终是红的，发际细密的汗珠也冒了出来。可这副模样，正暗合了老人家心里那一个初见长辈时温柔敦厚、矜持寡言、轻声细语的羞怯女孩形象。

桔年虽忐忑不安，但是老人终于见到不喜与人来往的侄孙家里藏了个俏生生的女孩子，喜悦自然不在话下，说到高兴处，时间也一分一秒地过去，不觉间已是中午时分。姑婆主动提出，自己要在唐业家下厨，跟“小两口”边吃边聊家常，并执意拒绝了两个年轻人要当帮手的提议。

唐业万般无奈，目送姑婆颤颤地进了厨房，而桔年不时看向墙上古董钟的样子也没有从他眼底遗漏。

“请……你能不能……”他的话里暗含请求。可是不久之前，桔年在他跟前还是一个卑微而狡猾的“妓女”，让他忽然换个姿态，也确实不是件易事。况且半开放式的厨房，声音稍大一些，难免就惊动了里面欣喜地忙碌着的姑婆。

店里还有工作在等着桔年，可事已至此……她嘘了口气，对唐业笑笑道：“我的兼职不是一向很多吗？”

她揣度唐业这样做的缘由，也许正是因为她的“妓女”身份，为了钱，扮什么不可以？所以他的谎话才说得更轻易。她起身低声给店里打了个电话，就说家里有事，临时回去了。

这时，姑婆还不忘从厨房探身出来招呼：“阿业啊，你也是，连杯水都不给桔年倒，熟归熟，也不能少了礼数。”

唐业有些难堪地起身给桔年沏茶，桔年赶紧接过。白瓷薄胎的杯子，茶色澄透。沏茶的人，看上去内向、敏感、清傲，却也是个善良而懂得生活的男人，这些优点，想必另一个男人更懂得欣赏。也是朱小北说的，受温室效应影响，地球磁场变化，好男人都同性相“惜”，异性相斥了。

桔年和唐业并不熟，何况中间还横亘着许多不愉快。姑婆还在厨房里，他们的这场戏仍得演着，可两个内敛的人各自枯坐着发呆，未免有些怪异而僵硬。

“你看电视吗？”唐业闷闷地说。

“呃，随便吧。”桔年说着，借放茶杯的姿势顺手拿过搁置在茶几一侧的书，聊以打发时间。

那是一本平装版的《西游记》，翻得书页都有些卷了。桔年看书最是不挑，高中时代迷恋武侠小说，在监狱那三年，她作为图书管理员，接触到的书虽说比别的囚犯多，但里面的藏书并不丰富，从晦涩的哲学书籍、连环画到毛衣编织大全，她都来者不拒地啃完了。

桔年这一坐下去就再也没有抬头，唐业起初还是戒备地看着她，生恐她借机有什么举动，她却只是不时地翻过书页，及肩的短发半覆住她的侧脸。

唐业挪了挪有些僵的腿，她渐渐的从容也在一定程度上舒缓了他的紧张情绪，喝了口已经冷却的茶。这个女人现在沉静得像一汪碧水，看似通透，却看不见底。

“准备吃饭了。”姑婆从厨房里端出了第一道菜，桔年忙合上书，放回原处，站起来打算帮忙拿拿碗筷。唐业也起身，在姑婆返回去盛下一道菜的时候，他扫了一眼那本归位的《西游记》。

“它能让你那么入迷？”

桔年咬咬唇说：“读书对任何一个行业来说都是有用处的。”

“那这本书让你有什么收获？‘心猿空用千般计，水火无功难炼魔’？”

桔年不答，上前去接姑婆手中端着的汤碗，放置在餐桌正中央之后，才回头笑了笑，“不是这一回。我看的是‘九九数完魔灭尽，三三行满道归根’。”

唐业的冰箱里还有一些简单的储备，姑婆是做惯家务的人，捣鼓了一个小时，桌上摆着三菜一汤，荤素搭配，看起来倒也丰富。三个人围桌而坐，老人一边继续刚才没打听完的桔年家史，一边不断地给桔年碗里夹菜。桔年只说父亲是跑运输的，母亲是家庭妇女，家中还有一个弟弟，这也是实话。至于她和父母亲已经十一年鲜少往来，这些在老人面前就不必提了。

吃着吃着，姑婆该问的都已问完，给唐业添了碗饭之后，忽然问了一句：“对了阿业，我的记性是越来越差了，你阿姨前阵子问我，你生日是不是快要到了，我这半老年痴呆症，竟然想破了头都记不起来，你究竟是五月，还是九月生的？”

姑婆的话看似问唐业，眼睛却看着桔年。唐业举着碗，也不下筷子，执筷的手握得很紧。

桔年心中也是明镜似的，老人家活了那么多年，看人见事的历练不知道比他们多了多少，天上凭空掉下个未来的侄孙媳妇，虽然偿了她多年的心愿，但这件事毕竟来得太突兀，老人心中也是存有几分狐疑的。她不便当面询问，若两人真心骗她，问了也没个结果，于是便拐着弯试探。如果桔年真是唐业亲密到带回家藏在房间里的女友，至少该知道唐业的生日吧。

桔年慢慢咽下了嘴里的饭，这个问题着实是难住了她，她何止不知道唐业生于何月何日，除了一个名字、一个地址，她对这个男人一无所知。

“姑婆，我一向不过生日，您老人家又不是不知道。”唐业若直接说破自己的出生年月，无异于让姑婆认定了桔年的确不知晓，就算解释说是忘记了，也显得两人太过陌生。他只得含糊地打了个圆场。

姑婆正待说话，桔年侧身对着唐业浅笑，说道：“阿业，我好像记得你跟我说过你是夏天生的，好像是七月二十三还是二十四号，我都记不清了。”

唐业愣了愣，眼里的惊诧一览无余。姑婆却没有看他，笑逐颜开地对桔年道：“没错没错，是七月二十四号。你看，还是桔年惦记你！”

桔年笑着低头吃饭，悬着的一颗心这才放了下来，她也是一搏，胜率不到两成，谢天谢地，运气不错，不过即使错了，她也能找到个话题搪塞过去。

吃过了午饭，收拾停当，姑婆和桔年又回到了沙发上看电视。

“阿业，你也坐下来啊。”姑婆对这“小两口”貌似再没有了疑问。这姑娘家境虽普通，但看起来难得的干净，姑婆很满意。

唐业却没有坐下，“我不太喜欢看粤剧老片，你们聊。”

他话是这么说，人进到书房，拆着姑婆今天给他带过来的包裹，眼睛却从门隙里悄然打量着客厅里的女人。

姑婆说：“桔年啊，你要觉得闷就去找阿业吧。你们年轻人，都不爱看这个了。”

那个叫谢桔年的女人说：“也不是，我小时候常在收音机里听粤剧的，现在都还记得一些。”

“是吗？”姑婆显然很惊喜。

“我印象最深的就是《禅院钟声》。”

“哦哦，那个我知道，我知道！”姑婆拍着大腿。

“荒山悄静依稀隐约传来了夜半钟，钟声惊破梦更难成，是谁令我愁难罄，唉悲莫罄……”

唐业静静听着这个女人伴着姑婆轻哼，那最是萧瑟凄冷的调子，在她并不甜美的声音里，竟有种千帆过尽后云淡风轻的况味。

“……情如泡影，鸳鸯梦，三生约，何堪追认……”

唐业的双手按在打开的包裹上。

她究竟是什么人。

饭后，姑婆打算回老宅休息，唐业执意要送老人回去。桔年说自己要赶去另外一个地方办事，不顺路，送姑婆下楼，就要挥别。

姑婆坐进了唐业的车内，桔年和他们道了再见。

“桔年啊，过一阵你和阿业回家来吃饭。阿业说他不爱粤剧，小时候可是喜欢的，有几段唱得也好，到时我让他给你唱。”姑婆看来跟她很是投缘。

“好啊，一定。”桔年在车外俯身笑着点头。

唐业定定地看了她一会儿，转头对姑婆说了句：“姑婆，等我一会儿，我跟她说几句话。”

姑婆笑道：“年轻人啊，还没分开，就那么黏糊了。”

唐业下车，拉着桔年走到几步开外。桔年显得很温顺，并没有更多的反应。

“姑婆今天拿过来的包裹是你寄的？”他当初怕那两个女人纠缠，跟交警交涉时，留下了父亲老宅的地址。父亲已逝去多年，只有姑婆住在那里，他只是不时回去看看。今天姑婆带过来的牛皮纸包裹里，不多不少，正好五千块。

“钱不是我的，是你的。那天事出无奈，但确实对不起你。”桔年由衷地说。

唐业顿了顿，又问：“那今天我该付你多少钱，你说。”他也是个不喜亏欠的人。

桔年貌似认真地思索了一阵，说道：“你得付我一千四百五十块。”

唐业一怔，但还是低头去搜钱包。

桔年把一千四百五十块钱拿在手里，笑道：“沙发套的钱清了，货既出门，概不退换。”

他们也两清了。桔年感谢唐业给了自己一个偿还的机会。假如没有偿还的机缘，不管亏欠了什么，那所谓的补偿只能是对方的负累。她能还了这笔债，是幸运的。

“再见。”桔年对唐业说。

再见再见，就是后会无期，再不相见。

“等等。”唐业叫住她，问出困扰了自己好一阵的问题。“你怎么知道我的生日？”

她应该没有机会见到他的身份证。

桔年笑笑，“猜的。”

见唐业不信，她又补充了最为关键的一点。

“望河亭大暑对风眠。”

大暑即七月二十三或二十四号，一年中最酷热的一天。

桔年不知道某个生日的那天，这个男人有过什么回忆，但她记得石榴树下流泪的自己。也许她和这个男人一样，有着相同的嗜好，他们喜欢把珍贵的东西深深镂刻。假如有一天，老到记忆都模糊了，还有木纹代他们记得。

第五十三章

明天晚上，左岸二楼

53

偿了唐业的那一笔债，桔年心里好受了不少。对于有些人而言，亏欠的滋味远比被亏欠更难以忍受，因为被亏欠的人自己可以放过自己，说一声：算了；而欠了别人的，只要那负疚还背在身上一天，就永远过不去那道坎。

平凤出院了，好几次向桔年打听还有没有跟上次那个包一样的“好货”，再弄几个过来，照样能卖出好价钱。桔年听了，一笑了之。她再度叮嘱平凤，就算为了赚钱，以后也别再那么冒失了。她们都是没有什么可以依靠的人，再闯出祸来，谁也救不了谁。

午休换班时间，桔年和几个店员一起在店面后边隔出来的休息室吃着简单的盒饭。布艺店里年轻姑娘居多，闲下来的时候叽叽喳喳说个没完，桔年含笑听她们的八卦，随手翻开当天的早报。本地的早报内容是出了名的家常琐碎，占据大量篇幅的，不是公鸡生蛋，就是失恋女跳河，桔年倒也看得津津有味。读完某篇社会新闻，该版左下角的一则启事让她停住了往下翻页的手。

那是一寸见方的豆腐块，不留神的话，很容易就忽略了，细看也不过寥寥几行字：

周府小公子弥月之喜

各位亲友：

遵严命，谨定于××年×月×日为小儿弥月之喜，届时敬备淡酌，恭候光临，恕乏介催。

很寻常的一则启事，现在普通的百姓人家都不兴这样了，孩子弥月，最多私下发函通知亲朋小聚吃饭，真正有权势的家庭，也大多低调，反倒一些本地人、生意人还保留着这个习惯。真正吸引桔年细看的，是启事下的主人署名，上面赫然写着：周子翼、陈洁洁夫妇敬约。

陈洁洁前些年嫁人的事情，桔年也略有所闻。陈洁洁并没有出面邀请桔年出席婚礼，当然，桔年也不可能参加。何必呢？她俩都心知肚明，对方的出现除了翻出旧日伤疤之外，没有任何益处，实在无须自寻苦恼。

当时，桔年身边已经带着非明，得知婚讯的那天，她看着孩子，虽有些小小的感伤，但也能够理解陈洁洁另寻归属。尽管桔年从来没有真正喜欢过陈洁洁，她承认自己始终不能彻底释怀，可是谁必须为谁守着呢？她自己的念念不忘是她自己的选择，而陈洁洁当然也有选择遗忘的自由。现在，陈洁洁“又一次”升级为母亲，不过，区别于十一年前的隐秘和羞耻，这一次，她产下个男婴是光明正大、举家欢庆的，甚至在所有人眼里，那也是她唯一的孩子。

桔年不禁去想，当年陈洁洁不顾一切要跟巫雨离开的时候，可曾想过会有如今这一天？这个念头是可笑的，少年男女的感情，谁不以为是一生一世？巫雨或许是陈洁洁人生中的一道弯路，绕了一圈，又回到起点。有些人，注定生来就是有钱人的女儿，富有人家的媳妇，到了最后，再成为成功人士的母亲。王侯将相，宁“无”种乎？

然而，桔年并非嫉妒，相反，她甚至有些许释然，这释然也出自小小的私心。陈洁洁在另一个男人身上找到了她的天地，如今，又生了个孩子，她彻底地属于另一种生活，桔年的世界也更安静了。或许除了她已经没有人再记得，若干年前，有个叫巫雨的男孩曾经在这个世界上存在过。

卖场那边有人推门进来，叫道：“桔年姐，有人找。”

桔年应了一声，饭已经吃得差不多了，她随手放下报纸，跟着走出休息室。

“谁找我？”她穿上制服，顺口问了一声方才叫她的女孩。

女孩将下巴朝某个方向微微一抬，“喏，那边呢。”

桔年循着那个轨迹望去，只看见坐在顾客休息的沙发上的一个背影，挺括的衬衣，耀眼的白，她不由得一慌。

那人似乎也意识到自己要等的人已经出来，起身回头，却令桔年更为意外，原来竟是送沙发套那日过后再没有见过的唐业。

桔年的心也因此稍稍放下，她是真的有些害怕韩述的纠缠，比起过去的胡搅蛮缠，韩述如今克制而保持距离的遥望更让她摸不着底，好像是风雨欲来前的平静。

当然，唐业的再次出现也是桔年始料未及的，她实在想不出现在还有什么事情能够把她和唐业联系在一起，以至于让他找到了店里。

桔年上前几步，避开人多的地方，唐业也走到她的身畔。

“你好。”

他有些拘谨的礼貌也让桔年更无所适从，只得微窘地回应，“呃，你好……请问，你找我……”

唐业却答非所问，“你的那套沙发套和抱枕，看久了，确实跟我家的地板很搭……我今天过来，是想试试看你在不在，你知道的，发票上有你们的地址。这是你那天遗落在我家里的工作服。”

桔年沉默地接过那件橙色马甲，她并不是仅有一件制服，也不认为唐业会为了无关紧要的马甲特意走一趟，他完全可以扔进垃圾桶。无事不登三宝殿，她已经有了心理准备。

“我想我应该跟你道个歉。那天我自己的情绪很有问题，当时如果有冒犯你的地方，你不要往心里去。”

“不会的，你已经很客气了。”桔年是个慢性子，她不知道唐业的具体来意，就以不变应万变，比较着急的那个人肯定会先停止打太极的。

果然，唐业露出了为难的表情，显然接下来要说的话在他看来有些难以启齿。

“谢小姐，是这样的，那天在我姑婆面前，你帮了我一个忙，我很感激。不过老人家回去之后，在我阿姨面前把你夸了一通，现在，我阿姨……唉！”

桔年明白了，她和他演的那出戏的续集来了。

见桔年不吭声，并没有应承的打算，唐业也有些头疼，他试着问：“如果你肯抽出点时间，比如说耽误了你半天的工作什么的，我可以适当地补偿，只要在我能力范围之内……”

桔年抿嘴一笑，他又打算用钱打发她，偏偏还如此委婉。

“不是这个问题，唐先生。”桔年言辞恳切，“即使我帮过你这一次，还是会有很多个下次，这个骗局总有被戳破的一天，你总不可能一辈子瞒着你的家人。再说……”她停顿了一会儿，“再说我并不是个扮演你女友的好选择。”桔年有自知之明，她的底子不干净，唐业这边是好人家，她怕不小心穿帮，令大家都脸上无光，反帮了倒忙。

唐业点头，“我知道你的意思。怎么说呢，我父母都不在了，姑婆一辈子没嫁人，一直跟着我爷爷、爸爸，现在是我，至于我阿姨，她是我爸爸的第二任妻子，也就是我的继母。她们都很关心我的私事，这是好意，我非常不愿意这些长辈为我操那份心。姑婆是真的很喜欢你，所以阿姨才没有计较我拒绝先前她介绍的那个女孩子的事，就要求看看你，大家一起吃个饭，她也就放心了。阿姨毕竟是继母，她有她的工作和生活，虽然是关心我，但是她不会过分地干涉我的生活。至于姑婆那边，就算我们以后跟她解释说分了手，能不能也把这个时间往后推一推？至少不让老人家觉得我们太过轻率。所以我才决定再麻烦你一次，也是最后一次，希望你能答应。只是吃个晚饭，不会占用你太多的时间。”

桔年绞着自己的手，心中犹豫不决，面对唐业这样一个男人，她难免心软。他站在边缘，人却是善良的，总是太顾及别人的感受，这跟“小和尚”是多么相似。

眼看唐业的自尊心就要让他打退堂鼓，桔年下定决心点了点头，“好吧，我答应你，不过这是最后一次。晚饭定在什么时候、什么地点？”

唐业松了口气，笑了。这是桔年第一次看到他舒心的样子。

“明天晚上，左岸二楼。我来接你。”

办公室里，韩述从打印机里扯出一张卡得变形了的 A4 纸，低声咒骂了一句，狠狠地将它揉成团，朝一侧的纸篓抛去。一米左右的距离，居然也未投中，纸团擦着篓边落地。韩述不由得喊了声：“我靠！”

这句话是朱小北的口头禅，韩述自诩文明人，对这种言行一向大力抨击并鄙视之，现在竟来了个现学现用，好在一个人的办公室，没有旁人听见。他想，自己是霉到底了，垃圾都欺负他。

韩述憋屈地走过去，捡起纸团，重新放回它应在的地方，拍了拍手，又没来由地无名火起，一脚踹在纸篓上，“看你还变态。”

塑料的纸篓滴溜溜地翻倒，满满的废纸团子散了一地。韩述这才满意地坐回自己的位子。打倒了敌人，大快人心！

这时，电话不识趣地响起。他伸手拿起听筒。

“喂，城南人民检察院韩述，哪位？”烦归烦，工作的时候，在外人面前他也不敢怠慢。

电话那边传来女子的笑声：“韩述，你忙昏了？没看见是内线吗？”

原来是院长办公室的美女主任。

韩述咳了一声，“干吗？”

“我听小张她们说，这一阵叫你去玩你都不肯，下了班就跑，不知道去哪里。还有啊，我今天早上跟你打招呼的时候用了你推荐的香水，你居然都没有闻出来，一点反应都没有，这不太像你啊。”

“现在上着班呢，我看你们是闲出病来了。”韩述没好气地道。

他一向跟院里的年轻人混得极熟的，平时也调侃惯了。对方嗤笑了一声：“韩述啊韩述，听说你女朋友丢下你一个人到外地去了，可是这算什么呀。你是谁，你是韩公子！想当年我结婚前跟你谈恋爱，虽然没几天，散伙的时候你跟大解放似的，恨不得唱《国际歌》。等会儿下了班大家去唱K，你要来啊。”

“我不去。”韩述的声音听起来懒洋洋的，“你们就没点人生追求？就知道玩，浪费时间，不跟你说了，忙着呢。”

蔡检察长刚从办公室里走出来，就看到她的院办公室副主任拿着电话对她笑道：“韩述这是怎么了？您知道他刚才跟我说什么吗？‘就知道玩，浪费时间’。”小王主任绘声绘色地在蔡检面前学着韩述的语气，“他不是我们检察院最会玩的人吗？”

蔡检察长笑着摇头，人却往韩述的办公室走去。

进到韩述办公室，蔡检察长正看见他猫着身子，把满地废纸逐一往纸篓里捡。

“哟，我们的韩科长多热爱劳动啊。”蔡检察长含笑走到他身旁的沙发前坐下，等着韩述捡完最后一团纸，快快地坐回他自己的办公桌前。

韩述苦笑着摆弄桌上的卷宗，“您就别拿我寻开心了，要不是您，我能这样吗？我当初就不该接王国华的案子，现在好了，他不系绳子就蹦极去了，留下这烂摊子您说怎么办？”

蔡检察长也收起了笑容，正色道：“职责所在，这事你该怎么办就怎么办！”

“王国华在我面前一再强调他是无辜的，可是怎么都拿不出能证明他无辜的证据。”韩述拂了拂头发，颇为苦恼。

“你也不是今天才办案子，哪个嫌疑人不说自己无辜？他背不起罪责所以自杀了，案子也该有个了结。”蔡检淡淡地说。

韩述抬起了头，“您是说，他死了，罪名就坐实了，一切都由他扛下来？”

“难道他不是罪有应得？”

“不，我总觉得哪里不对劲。我查过王国华的个人储蓄记录和消费记录，他是个生活非常节俭的人，除了送儿子出国花了一大笔钱之外，几乎没有什么大的开销。他儿子成绩不错，在加拿大也并不奢侈，出国手续用不了那么多钱。可是他死前的一段时间，建设局那边陆续查出来的亏空累加起来已经不止原来的三百四十万，你说那么一大笔钱真要是他拿的，他往哪藏啊？到现在也没发现赃款的下落……王国华这人非常窝囊，我不信他是有胆有谋干大事的人，要不也不会跳楼死了，虽说我现在还不知道问题的症结在哪里，可事情一定没那么简单！”

蔡检笑道："你这孩子，最近人瘦了一圈就为了这事？连你妈都心疼得找我兴师问罪，我还以为出了什么问题。案子的事别心急，你就算急着往市院跑，也想想干妈这对你也照应得不错啊。你老实说，除了公事，是不是还遇上了别的麻烦？"

韩述撇过头去，"能有什么麻烦，你们就爱瞎操心。"

"韩述啊，明天晚上跟我吃饭去。你不给小王她们的面子，干妈的面子得给吧？"蔡检也不追问。

韩述意兴阑珊地摆摆手，"公事应酬不要找我，私事也没兴趣。"

"还说没事，好好的孩子，怎么跟个小老头似的！"

韩述半真半假地说："其实您不懂我的心啊，我忽然觉得我就跟这废纸垃圾似的，爹不疼妈不爱，也没什么存在的价值。"

蔡检"呸"了一声，"尽说不吉利的废话。说正经的，明天晚上跟我去吃饭，不是公事也不是私事，半公半私，你没话说了吧。"

"什么事？"

"我约了阿业吃饭。"

"谁？哦……您那半路儿子。你们一家人吃饭，拉上我干什么！"韩述当即表示不干。

"啧，叫你听我把话说完。他最近谈了个女朋友……阿业那孩子跟你没两样，老大不小的不肯安定下来。我给他介绍的他都不上心，现在好了，听说自己找了一个，处得还不错，我总得见见。"

"那我就更不能去了，我去了算什么？"韩述敲着文件夹戏谑道："要是您未来儿媳妇看上我了可怎么办？"

"别跟我贫，我跟阿业的关系你又不是不知道，到底不是肚子里出来的，那孩子又特别客气，客气得我都觉得生疏，可是他爸爸临死前那么嘱咐我……你去，好歹也多个人说话。"蔡检的脸色黯然，韩述也不敢胡说了。

“还有……另外一方面，王国华的案子多少也牵扯到他，我想让你见见他。我的意思不是要你徇私情……见见面，吃个饭认识认识，都是年轻人，你会发现他也是个好孩子。”

韩述懂了，这个时候，他实际上是不该跟唐业有私下接触的，但这也是干妈的良苦用心所在。可怜天下父母心，虽然唐业不是蔡检察长肚子里出来的。

韩述办案一贯严格走程序，不单是因为道德操守问题，他从小衣食无忧，也不缺什么，犯不着为了一点利益昧着良心。可目前还没有证据证明唐业跟案子有直接关联，干妈对他韩述怎么样，更是不用说。他也不是铁石心肠，于是叹了口气，“那我就做一回电灯泡吧。什么时候，在哪？”

“明天晚上，左岸二楼。我来接你。”

第五十四章

当天使经过

54

入冬了，天黑得早。韩述开着蔡检的车，在左岸周遭转了两圈，好不容易才找到了一个停车位，赶紧倒了进去。

“奇了怪了，往常车位可没这么紧张。今天是什么日子，莫非大家都赶着给您儿子道喜来了？”韩述熄火时嘴里还念叨了一句。

蔡检下车前不忘认真地理了理盘得一丝不苟的发髻，确定自己的衣冠仪容都妥帖了，才笑着推开车门，道：“韩述，你真糊涂还是假糊涂？今天不是你们年轻人最爱出来扎堆的洋节日吗？”

左岸门口装点得喜庆热烈的圣诞树、圣诞小屋和彩灯这才映入韩述眼帘，他猛然醒悟过来，原来今晚是平安夜。也不怪蔡检笑他，他是真糊涂了。

韩述爱热闹，尤其喜欢过节，不管是中国节还是外国节、新历节还是农历节，他荤素不忌，照单全收，反正任何节日都可以成为他呼朋唤友的绝佳机会。他会玩，人缘好，朋友们愿意跟他混在一起，从来都落不了单，日子很好打发。往年这个时候，他作为聚会的中坚分子，早已策划好如何安排晚上的一、二、三场节目。也不知道今年是怎么了，到头来竟然是蔡检提醒了他这个节日的存在。

也许是这段日子他忙昏头了，也许是往日的伙伴早已一对一对地搭伙各自过起了小日子，也许是他终于有了玩腻的一天，也许是周遭的环境变化了，也许，变化的人是他自己……总之，这一年的平安夜，韩述伴着干妈站在左岸一闪一闪甚是喜人的彩灯下，竟然凭空感觉到一丝寂寥的况味。他想，其实在西方，圣诞节是个居家团圆的日子，他跟谁团圆去？父母是至亲，当然敞开大门等待着他，可是他怕了老人过于关切的念叨。他不小了，该有自己的日子，朋友如云，却都是过客。他是一个缺了个口的圆，过去用热闹和游戏去堵，那些东西散了之后，风就冷飕飕地灌了进来。

“走啊。”蔡检催促他，“阿业他们都到了好一阵了。”

韩述讪讪地说：“您再着急，也不能马上抱孙子啊。”

两人走到二楼西餐厅入口，恭敬有礼的服务员鞠躬道了声：“圣诞快乐！”蔡检举步正欲踏入大厅，韩述笑着一把拉住了她。

“干妈，深呼吸。”

蔡检诧异道：“为什么？”

韩述促狭地说：“您不紧张？就不怕您那继子给您找个特丑的儿媳妇？”

蔡检好气又好笑，“胡说八道，再丑的媳妇也得见公婆啊。再说，我们家阿业哪点也不比你差，凭什么找个丑的？”

话是这么说，蔡检停了下来，还真的深深地吸了口气。韩述说得对，她有点紧张，要是里面是她亲儿子，她或许还不至于如此。

“长得怎么样都没关系，人好，单纯些，家世清白就行了。”蔡检说。

韩述哈哈一笑，“您跟我爸妈要求一样低。”

光线朦胧的西餐厅里已坐了不少人，吧台上，小提琴手表演得如痴如醉。蔡检四顾片刻，角落里有人站起来朝他们挥了挥手。

服务员引着他们走到桌旁，蔡检笑着为两个年轻人引见。

“阿业，这就是韩述，我跟你提过的，我干儿子……韩述，这是我……这是唐业。”

唐业微笑着朝韩述伸出手说道：“阿姨其实都不用介绍，我们是见过的，不过是在公事场合。韩检察官，不知道你还记不记得。”

韩述联想到建设局的案子，心知或许是自己前往唐业单位调查的时候打过照面。那时他见的人多，事情也杂，因此对眼前跟自己年纪相仿的年轻人倒没什么印象，便笑笑回握唐业的手，“幸会幸会。不过我们今天不谈公事，只谈风月，呵呵。”

蔡检作势要打韩述，一边对唐业说：“这孩子跟我贫惯了，说话没个正形。”

“不拘束的才是自己人。”唐业说。

说话的当口，蔡检的视线在周遭打量了一番，她当然没有忘记今天的主要来意，可是座上除了她和韩述，就只有唐业孑然一人，女主角却不知道哪里去了。

“阿业，怎么就你一个人？”坐定后，她试探着问道。

唐业道：“哦，她刚去了洗手间，马上就回来了。”

蔡检的心这才放下，丈夫临终前念念不忘的就是唐家这根独苗的终身大事，也难怪她如此操心。

“听你姑婆说，那女孩子姓谢是吧？”

唐业点头，韩述听到那个谢字，眼皮不由得一跳，他想起了另一个姓谢的人，恨得心里像被猫挠了几下。这个时候，和继子互相问候寒暄完毕，谈了几句就沉默下来喝水的蔡检开始把话题扯到韩述身上来。她半真半假地责备道：“韩述啊韩述，你看，你们都是同龄人，抱定主意独身的唐业都有了个着落。你呢？还是上不着下不落的，该不会学现在那些乱七八糟的流行玩意儿吧？叫什么来着？哦，断背山。”

蔡检也是开玩笑，韩述配合地含着一口热水就笑了起来，唐业却暗地里悄悄地僵直了背。

韩述最是善于察言观色，他何尝不知道蔡检对这个成年的继子既关心又苦于疏离的态度，忙赶在女主角出现前打趣着活跃气氛。

“干妈您是哪壶不开提哪壶，偏说我的伤心事。都说情人如衣服，朋友如手足，可怜我不久前又成了裸奔的千手观音。”

这话成功地把蔡检和唐业都逗笑了，大家也都放松了些。这时，一个女孩子从洗手间的方位走了过来。

韩述和蔡检坐着的位置背对着她，唐业却早早地看见了，于是站起来等候着。

那女子匆匆走近，声如蚊蚋地表示着歉意：“不好意思，不好意思，久等了。”

“这有什么关系，你又不是故意的。”唐业笑得温厚。他轻扶着她的手臂，就要为她介绍。没有直面他们的韩述听到那个声音，却有些疑惑地转过身来。

他随即也站了起来，动作相当缓慢，迟疑地，仿佛需要对眼前这一幕的真实性进行确认。面前的那张脸是如此逼真而清晰，他只得有些无助地转而看了身旁的蔡检一眼。这个时候，韩述太需要有个人催促他醒过来。醒醒，韩述，天亮了！

蔡检也是茫然的，可她的茫然并不是因为继子身边尚算可人的女孩，而是因为韩述孩子一般的凄惶和瞬间有些诡异的气氛。她并没有立即认出桔年，毕竟十一年过去了。当年桔年与她也不过是打过几回照面，原有的记忆已经模糊，而且一个成长中的女孩，在那么多年的光景中难免有些改变。

蔡检是见惯了大场面的女人，她直觉地感受到些许异样，而这异样无疑是这个刚出现又略有些面熟的年轻女子带来的。她蹙着眉，微侧着头边打量边回忆，她是谁，自己是否见过她，韩述的脸色为什么忽然如此难看，她是阿业的女朋友，对了，她姓谢……

回忆的闸门被往事轰开，曾经那个抱着一套新衫裤、带点小小的洞悉冷笑道“我知道，你怕我告他”的女孩，被告席上那个显得特别纤瘦的影子，终于跟眼前这个褪去了局促微笑、表情变得漠然的女子慢慢重合。

蔡检的心中大震，千头万绪仿佛被一个引信点燃炸开，抖着手指着桔年，话还来不及说出口，气急攻心之下，被一阵突如其来的心绞痛打断。

另一边，不知内因的唐业感觉自己轻扶着的身躯往后退了一步，他默默地稳住了她，正要开口说“阿姨，这是我女朋友……”，却正好赶上蔡检按着胸口跌坐回椅子，他赶紧松开桔年，上前察看。

韩述离蔡检更近，他知道干妈的冠心病是个老毛病，二话不说，赶紧打开蔡检的手袋，翻找到随身携带的急救药，倒出了一粒，忙不迭地送过去给她含着。此时一头冷汗、脸色煞白的蔡检靠在椅背上，却慢慢地缓过了那一口气，胸口急剧地起伏着，拦住了韩述递药的手。

她活到这把年纪，作为一个事业有成的女人，多少风浪都经历过，并不是电视剧里遇事眼前一黑的老太婆，可是这个时隔多年重新出现的女子，不但串联起她最重视的两个后辈，也勾起了她一段并不光彩的记忆。

平心而论，蔡一林检察长并不是个恶毒的女人，相反，她凭着自己的能力一步一个脚印地走到今天，手里不知经手过多少案件，她都可以摸着良心说对得起自己的职责，也对得起头顶的帽徽。唯独那一次……她年轻时对之宣誓过的正义女神一手举着天平，一手执利剑，却蒙着双眼，因为正义必须是用心去判断。十一年前，面对一个无辜的女孩，蔡检却睁开了眼睛，她眼里只看到了自己的干儿子韩述，于是天平便有了倾斜。只是一念之间，没有任何罪孽，甚至理应归属于受害者之列的女孩含冤入狱。

这些年来，蔡检仍无法对那件事泰然处之。她当初的初衷并不是要让桔年去承受牢狱之灾，只不过担心桔年拼着鱼死网破拉韩述下水，如果桔年真的要告韩述，就算不可能告成，也会让韩述背负不好的名声。当年她最大的罪过是过度自信，高估了自己的手腕，以为只要找到那个旅舍老板出庭作证，韩述就能斩断跟这件事的牵连，桔年也不会陷入那个旋涡。她想，一切都是可以补偿的，到时候她可以想法子给那女孩一笔钱，又或者看在韩述那么中意她的分上，生米都做成了熟饭，顺水推舟地成全了孩子也未尝不可。结果，谁也没有想到，螳螂捕蝉，黄雀在后，爱女心切的陈家让她吃了个哑巴亏，导致了最后不堪回首的那个结局。

桔年出狱了，心里恨她，蔡检是可以接受的，她承认是自己有错。桔年还在牢中的时候，她就不止一次地提出探监，并打算给她一定的经济补偿，可桔年没有给过她任何的机会。现在，桔年以这种形式出现，蔡检怎能不心惊肉跳？她摸不透桔年可怕的动机，看着韩述的样子，她也能猜到这动机可能导致的可怕后果，更何况还牵扯进了唐业。

唐业半蹲在继母的身边，面露忧色，再迟钝的人也能看出这一照面之下的暗涌。他迟疑问道：“你们认识？”

蔡检的呼吸渐渐趋于平缓，她示意自己没有大碍，挥手遣开了赶上来询问的服务员。而面对唐业的疑惑，她没办法搪塞，却也无从解释，不知从何说起。

桔年像一尊没有情绪的大理石塑像般僵立在那里，韩述一言不发，视线死死地胶着在她的身上。唐业站了起来，深感无奈地摊开了手，“有人能告诉我发生了什么吗？”

蔡检白着脸沉默，韩述仿佛没有将他的话听进耳朵里。

半晌，有一个细细的声音打破了这个僵局。

“是啊，我们认识的。好多年前的事了，蔡检察官，不，蔡检察长当年帮过我一个忙，大家都没有想到，世界竟然这么小。”桔年对唐业莞尔一笑。

唐业也许是不信的，他不是傻瓜，继母闻言之后的难堪他看在眼里。可是，不信现在又能怎么样呢？这是目前这几个当事者唯一给出的答案。他选择听取，然后静观其变。

“这样啊，那还真是缘分。桔年，她就是我阿姨，我父亲去世后，阿姨很关心我。还有韩述你也认识了吧。”

韩述依旧没有说话，好像骇然笑了一声。桔年的身子很僵，动也不动。

唐业徐徐为桔年拉开了椅子，“先坐吧。”

桔年小心地坐在椅子边缘，她面孔平静而漠然，眼底却隐隐有戒备。

“韩检察官，你不坐吗？”唐业笑着问韩述。

回过神来的蔡检叹了口气，在桌下轻轻扯了扯韩述的衣袖。她再务实不过，既然大家都在同力维持那层薄如蝉翼的伪饰，她又何必急着撕开呢？她现在只想弄清楚，谢桔年是怎么找上唐业的，唐业对她的感情有多深，背后的真相是否会伤及唐业和韩述。

韩述一开始没有理会，桔年避开与他的目光交流，低下头去，慢慢绞着座前的餐巾。夺门而出吗？他拒绝。所以他说服自己坐了下来。这场荒诞戏里她也是一角，所以他要留下来陪她演到底。

唐业打了个圆场，“我有一个在法国生活很多年的朋友对我说过，假如一场聚会的谈话忽然中止，那是天使掠过的证明。”话毕他又微笑，“这个地方就是我那个朋友经营的，她向我推荐，这里的法国菜做得不错，特意从里昂请来的厨子，我们可以试一下。”

说着，唐业示意服务员拿来了菜单。蔡检的手覆在韩述膝盖上，她生怕韩述性子一上来，不知道会做出什么事。韩述心里却在想，许多年前，这双手也是这么按住了他。他已经分辨不出，当时那手是温热的，还是冰冷的，干妈是一把将他从泥潭中拉了出来，还是永远地将他推了进去。

第五十五章

他们都是上帝

55

四人位的小圆桌，韩述和唐业先前就一左一右地坐在蔡检身边，空出来留给桔年的位子便也只能是一边一个男人。韩述忘了自己有多久没能像现在一样静静地坐在她身畔，也许从来都没有过。他的手只要略伸，就可以触到她的身躯……是了，她也曾安详地睡在他的身畔，蜷着，宛如婴儿，他抱着她的姿势是那么小心翼翼，唯恐贴得不够近，听不到她的呼吸，又唯恐贴得太近，心跳惊扰了她。她黑而长的头发让他的脸痒痒的，可是他不敢动……不管那些是他的美梦还是她的噩梦，都再也回不去了。然而这个时刻，他还是不愿意被惊醒。

桔年双手端着菜单，垂首不语。韩述看出来了，她今天化了淡妆，虽然并非是为了他，但他仿佛忽然理解了唐业作为一个男人的心动。她就像是孤零零的一朵野花，白色的单层花瓣，柔黄色的花蕊，茎干细韧，叶子纤长，战战兢兢地开在野风中，偶尔伏低身子，却从来不折。他却从温室中伸出一双手，贸贸然地去采，不知道那上面有刺，也不知道她会因此凋零。那唐业呢，唐业对她来说意味着什么？干妈说，她是唐业新认识的女朋友，简直是笑话！

“芦笋浓汤、茭白虾冻、鹅肝煎鲜贝。”韩述合上菜单，他也是常来的人，眼睛过一遍，点菜并不费心思。蔡检血压高，点得很清淡。

桔年却是鲜少踏足这种场合的人，她翻着菜单，巴掌大的脸蛋，几乎埋进了印刷精美的菜单里。

好在唐业及时地把菜单从她手中轻轻抽出，低声说道：“我喜欢这里的乡村蔬菜鸡汤、薄荷三文鱼沙拉、鲜橙T排，要不，你今天也试试我的口味？”

桔年顿时如释重负，“好啊，就跟你一样。”

等待上菜的沉默时光最是难熬，桔年的头几乎没有抬起过，餐巾的流苏被她拨弄得乱了。西餐厅里客人几乎满座，舒缓的音乐中可以听到细碎的交谈和金属餐具相撞的声音，服务员如鱼一般灵活自如地游走在桌与桌之间。

是谁的呼吸在耳畔，急促却小心翼翼地屏住？这是个干燥寒冷而堂皇的夜晚，桔年却恍然想起了一个湿热凌乱的午夜，乱得像她手下的流苏，她不喜欢，心里闷得难受。

不知什么时候，吧台的小提琴手旁边多了个风情万种的中年女歌手，手执麦克风款款而立，一开腔，竟有几分蔡琴的味道。悉心听歌的姿态，挽救了那些各怀心事的人们。

一首经典曲目《你的眼神》唱毕，悠长的前奏后，女歌手的声音愈显沧桑，她唱：“青春一去永不重复，海角天涯无影无踪……”

蔡检在桔年出现后首次开口，她试着用有些干涩的嗓音若无其事地对韩述说：“瞧，这不是你喜欢的调子吗？当初还眼巴巴地从我家硬要走那张老唱片。”

韩述勾勾嘴唇，勉强回应了个笑脸，并不成功，索性继续沉默。

“你的面貌，还像当年，我的相思已经埋心田，你不让我吐露一言，只能多看你一眼……向你多看一眼，我度过了多少个寂寞的春天……”

这略带颓废沙哑的靡靡之音在情人聚集的场所最是应景，桔年半侧着身子，似乎倾听得很是入神。

唐业恰到好处地低头，不至于太靠近她，但那耳语的姿态又显得有些亲昵。

“你也喜欢？我有个朋友也非常喜欢蔡琴的歌。”

“是吗？”桔年浅浅地笑了笑。

服务生终于端上了餐点。法国菜的程序最是麻烦，桔年看着眼前密密摆着的餐具，头皮一阵发麻，还好唐业动作缓慢，她小心地跟着，有样学样。低头用餐成了四个人此刻最重要且唯一能做的事。

桔年虽聪颖，略能将唐业的招式学得有几分像样，可是用不惯的餐具，毕竟难以在短时间内做到熟练。唐业为了照顾她的口味，唯恐她不喜生食，将她的小牛 T 排改为全熟，血丝是不见了，可更为难切。桔年手执刀叉本是生硬，那 T 排中间还裹着一块伶仃的骨头，实在是难以入手，只得埋首去切，窘得头上都冒了汗。

唐业也看出来了，但心中也并不觉得有什么不对，在他看来用不惯西式餐具，不是什么罪过。于是他也不言语，唯恐让桔年更为尴尬，只是为她添了点红酒。

蔡检暗地里不动声色地看着桔年，唐业对她还真是不错，她眼观鼻鼻观心地吃着自己的蔬菜沙拉，如果来人是带着敌意，那该来的迟早要来。

最难受的是韩述，他原本就心浮气躁，强行按捺着自己，可桔年的食物切得不得要领，金属餐具不时地碰在瓷器上，那声音别人听来微弱，可传入他耳里，一声一声，咯吱咯吱，让人心乱如麻。

他觉得躺在她餐盘里的不是什么牛排，是他，是他韩述……一刀刀地凌迟，也不肯给个痛快！

桔年几乎要放弃跟牛排作战了，越急就越出错，最后一下，叉子在碟子上一滑，手肘就跟着撇出去，堪堪撞上左手边韩述的手臂。就这一个幅度不大的动作，即使她没有抬头，也知道在座的四个人顿时都停下了手中的动作。

唐业立刻端起了酒杯，朗声道："差点忘了，我们至少应该喝一杯，为平安夜，也为我们有缘共同坐在这里。"

桔年迟疑了片刻，也跟着举起了酒杯，她答应了唐业，就不能让唐业难做。

蔡检心中五味杂陈，可还是对着唐业笑了一声，"阿业，我虽不是你亲妈，可我还是希望你过得好。"语毕她也端起杯子，静静等候纹丝不动的韩述，她又暗暗扯了扯韩述的衣袖。

韩述当即放下了自己的餐具，可手并没有伸向杯子，而是径直探到桔年胸前。桔年大惊，倒吸口凉气往后一闪，不知道他究竟要干什么。唐业也赶紧放下杯子。

韩述的手落在桔年面前的餐具上，不由分说地将她的餐盘端到了自己跟前，当着另外三个惊愕的脸孔，面无表情地拿起手上的刀去切属于桔年的那块T排。

桔年被唬得忘记了下一步的反应，唐业和蔡检也怔怔地，一时间竟没人说什么，也没人阻止，就这么任韩述利落地把那块扰人的牛排切割得支离破碎。

当那块横在肉中间的骨头被完美无缺地从肉中剔出来，韩述貌似在今晚第一次松了口气，然后若无其事地重新把餐盘“完璧归赵”。

不识相的服务员正赶在这个当口游走至桌边，从手中的藤篮里取出一朵玫瑰，递到韩述面前，“先生，这是今晚我们店里免费赠送的礼物，每对情侣都可以得到一枝法兰西粉红玫瑰，送给你心爱的女伴。”

也不能怪服务生唐突，他过来的途中正好看到韩述将自己面前的餐盘递回桔年面前，盘里的肉被切成许多个小块，虽不符合西餐礼仪，但这种事，不是亲近的人断然不会代劳。

唐业咳了一声，显然对服务生的错认颇为无奈。服务生的手横在桔年和韩述的中间，桔年伸手去拭额上的薄汗，说出来的话也结结巴巴，“不，不是……”

韩述低头片刻，然后抬起脸，竟然伸手接过了那枝玫瑰。他的手握得太紧，花茎上没除彻底的刺不期然地扎进了他手里，他“嘶”了一声，桔年也是一抖，眼看着血珠从他手指的皮下冒了出来。

服务生手足无措地道歉。唐业徐徐站了起来，客气地对在座几位说：“不好意思，我想我要去洗个手。”

他放下餐巾就往洗手间的方向走，桔年的眼睛跟着他离开的方向。她该不该追随他一道去？可他去男士洗手间，她跟着去做什么？

好了，现在只剩下三个旧识，韩述把那枝玫瑰搁在他和桔年之间，看着自己的伤口不说话。蔡检慢条斯理地擦了擦嘴角，坐正身子。

“桔年，好久不见了。我们打开天窗说亮话好吗？我对不起你，一切是我的错，跟他们都无关，你冲着我来好了。在我的记忆中，你是个善良的女孩，现在你想要怎么样不妨直说，没有必要伤害无辜的人。”

蔡检的声音还是慈祥而柔和，像一个贴心的长辈，桔年不是没有见识过，可她早已知道这柔善不是为她。别人把话说开了，她反倒更觉得坦然了一些。

她笑笑说道："我不是什么善良的女孩子，蔡检察长贵人多忘事，善良的人又怎么会在牢中过了几年？"

桔年这几句话柔声细语，谈不上咄咄逼人，蔡检却觉得脸上似被掴了一掌，那些策略，那些温情的面纱都变得无谓了。她擅长做思想工作，大道理说得最是天衣无缝，可在谢桔年面前，那些道理越说越显得虚伪。她长叹一声，"你没有做过母亲，但是我希望你理解一个母亲的心，伤害你不是我的本意。你说吧，我要怎么做才能补偿你？"

不愧是干妈和干儿子。桔年心想，他们的口吻多么相似啊——"你说吧，我要怎么补偿你？"好像他们是上帝，什么都能给予。她如果说我什么都不要，只要你们离我远远的，会有人信吗？

餐巾的流苏再度被桔年用力地缠在指尖，她说话很慢，这样才能让一个不善言辞的人的每一句话都紧跟着思维的步伐。

"蔡检察长说要给我补偿，那就是承认亏欠了我的。你欠我什么呢？钱？没有。公正？怎么可能呢？我在狱中也常常看报纸，全省十佳法律工作者的事迹也是拜读过的……"

这些话在蔡检听来是赤裸裸的攻击，她的耐心终于到了极限，腾地站了起来，急促地说："你到底想怎么样？"

"蔡检觉得我会怎么样？"

"离他们远一点！"

桔年哑然而笑，"这也要看他们肯不肯。"

"你……"

唐业适时从洗手间折返，蔡检收住了嘴里的话。唐业回到座位，看到表情各异的三人，还有继母身后侧歪向一边的椅子。

"阿姨，这又怎么啦？"他长嘘口气，问道。

蔡检看着桔年漠然的神色，索性把话挑开，“阿业，我虽然希望你早日有个家，可你在看人的时候也应该多留个心眼。你知道她是什么人吗？她有什么底子，她接近你有什么目的，你想过没有？你太老实，被人卖了都不知道！”

“那您告诉我，她是个什么样的人？”

蔡检冷笑一声，“你跟个抢劫……”

“干妈！”一直不语的韩述厉声打断。连他都想不到干妈竟然会说出这样的话。可是，干妈的本意确实是保护他和唐业。究竟多少的恶是源于某种意义上的善？

唐业用纸巾擦着手，然后放下，他看着桌面道：“今晚的菜真的很不错，可是我想我们都没有办法吃下去了。既然如此，今天就到这里吧。”他招手叫来服务生。

服务生疾步而来，蔡检双手撑在桌子上，支着身子，心痛不已，“我是为了你好啊，她有什么值得你这样？你们一个两个……究竟中了什么魔？”

桔年打从听到蔡检来不及说完的“抢劫犯”三个字开始，就一直静静地坐在那里，嘴角若有笑意，也带着凄凉和讥诮。这三个字她太熟悉了，也许还要跟着她一辈子。

唐业迅速地从钱包里掏出几张纸币，塞到服务生手中，“别找了。”语罢，他一手拉起桔年，对蔡检察长说：“阿姨，我知道您对我好，但别这样好吗？我和桔年先走一步，如果两位还有胃口，那么请慢用。”

桔年没想到唐业会如此反应，顺从地任他拉着自己离席，眼看就要离开，始终冷淡地坐在一旁的韩述一下钳住了她另一边的手臂。

“别走！别走……”如果第一句是走投无路的蛮横，那第二句，就彻底地只剩下哀求。

两个人的手都抓得很紧，桔年荒诞地想起了担心死后被锯成两半的祥林嫂。她也不挣，看他们能否将她撕成两半?

“我觉得，你即使想留下她，也欠了个‘请’字。”唐业对韩述说道。

韩述淡淡地看着唐业，手也不肯松劲，反而一根一根地徐徐掰开唐业留在桔年身上的手，言辞诚恳。

“别说是个‘请’字，即使我跪下来求她也没什么。但这是我和她之间的事，与你没有关系，真的。”

第五十六章

放过你，也放过我

56

韩述掰开唐业的手，此时，气氛浪漫的西餐厅里已有不少用餐的客人看了过来。两个从他们身边经过的服务员也驻足不前，交换着眼神，低头窃语着。

唐业绝对不是一个可以无视别人侧目的人，他的性格和教养让他很少会去做出格的事。谢桔年和韩述，一个是他今天借来的“女朋友”，一个是继母的干儿子，并且与自己在公事上也颇多纠葛。任他有意装聋作哑，也无法忽略这两人之间的暗潮涌动。桔年是他带来的，他本有义务护她妥善离开，可是眼前这情景，让唐业怀疑自己再蹚浑水是否明智。

韩述说，这是“他们之间”的事。抛下这句狠话之后，他的眼睛就没离开过谢桔年，而桔年始终默然垂首。

唐业低声询问：“桔年，你还好吧？”

桔年的嘴角似乎勾了一下，苦涩地笑，却没有搭腔。

于是唐业将手一摊，“我的车停得远，我先去倒出来。”他离开前用手轻轻拍了拍桔年的手臂，柔声道，“我在路口等你。”

直至唐业的身影消失在门口，韩述的手才稍稍松了点劲，他不由得担心自己先前没个分寸，捏痛了她也不知道。可是她自始至终不吭声，眉头都没皱一下。他从来都猜不透她的感觉，连痛意都只能靠着自己的猜度。

也许终于意识到自己成了众人视线的焦点，一直孤零零地坐在原位的蔡检还在冷眼注视着他们。韩述说：“桔年，我们换个地方说话好吗？”

桔年不知道在想什么，竟浑然未觉似的，置若罔闻。

韩述无奈，抓着她手臂的掌心下滑至她的手腕，拉起她往门口走，桔年跟牵线娃娃似的，跌跌撞撞地随他走了出去。

一直到了左岸出口处附近的人行道上，韩述才停了下来，手松开得很迟疑，怕她扭头就走。

那地方是个风口，从温暖如春的餐厅转战到此，无异于两重天。桔年一袭灰色的大衣，领口护得并不严实，一站定，冬夜凛冽的寒气就从脖子处灌了进去，她环住自己，微微地一抖。

韩述见势立刻脱去自己身上的外套，要往她肩上披，被她一手挡住。

“不用了。”桔年的声音无奈而疲惫，“闹够了吧？这下你心里痛快了？”

这是今晚桔年对韩述说的第一句话。

韩述缓缓垂下拿着外套的手，比夜风更凉的寒意瞬间让他满腔的血都凝成了冰。

他把脱下的衣服挽在手上，看到服饰店门口用以招揽顾客的圣诞老人玩偶，忽然觉得自己在她面前真像个悲哀无比的小丑。

他试着笑了一下，自嘲道："我就不明白了，我为什么总要以一个傻×的形象屹立在你面前？"

桔年没有笑，意料中的事。韩述独自笑着，把自己送到了难受的极点，终于将上扬得僵硬的唇角松懈了下来，不再为难自己。

"刚才我对唐业不是说说而已，要我跪下来求你也没什么，只要我们能好好地说话，只要你觉得好受一些……用我跪下来求你吗？"他拖住桔年冰似的双手。

冷风中的两人，谁也暖不了谁。

桔年觉得甚是荒唐，她怕韩述性子上来，说得出就做得到，匆忙挣了一下，后退几步，"别……等我走了之后，你跪谁都可以，怎么跪都随便你。"

"那你给我一句话，我该怎么做才好？"讨不到观众欢心的小丑，都不知道该怎么谢幕。在桔年的印象里，韩述都是自信满满的，带着点玩世不恭的自命不凡，他自视甚高，平素里的客气也是居高临下的。偏偏这时就像个走啊走啊却找不到家的孩子，在天黑前一秒，发现自己走到了死胡同，惊惶得无以复加。

桔年并不是个铁石心肠的女人，诚然，她忘不了过去，可是她并没有想过惩罚韩述来让自己快乐释然一点。因为她和韩述是两个人，韩述的痛苦是韩述的，谢桔年的痛苦是谢桔年的，此增并不意味着彼消，何必呢？

"我说过我原谅你，也不是说说而已。你真的不用这样的，韩述，你过你的生活，让我过我的日子，这样收场对于我们而言都是最好的方式。"

然而，桔年嘴里的一句原谅却不是韩述要的宽恕，不是他夜夜噩梦的救赎。他喉咙发涩，终于问出了十一年间不断盘桓在心中的疑问："如果那一天，摔下来死掉的人是我，会不会大家都好受些？"

可是他仍然不敢问——如果死的是我，你会不会忘记我所有的错，只记得我仅有的好？可他在桔年心中有过“好”的存在吗？没有？那也不要紧，她记得他就可以了。如果他死了，她会不会记得他？

桔年侧过脸去看主道上呼啸而过的车辆，节日的彩灯和一旁精致明亮的橱窗映得她脸色苍白，他说到了那个“死”字，入耳惊心，逼得她去回想当时的天人两隔。如果死的那个人是韩述……世界上有如果吗？他能改写命运？他能换回她的“小和尚”吗？

“韩述，其实你还是没有明白，很长的一段时间里我也一直没能明白，所以那时我远比你更难过，怪命运对我太不公平。站在法庭上听着宣判的时候，我希望你们通通都下地狱，通通都不得好死……可是现在我不那么想了，知道为什么吗？因为这十一年里我总算想明白了一件事。你以为你是罪魁祸首，其实你不是，你干妈也不是，甚至陈洁洁和她爸妈、小旅馆老板，还有林恒贵，都不是……你们都没有那么重要，事实上是我们，是我和巫雨自己一步一步走到今天这个境地的。就算没有你们，难道我和他就能天长地久？”

说完这番话，桔年在韩述面前落泪了。这么多年，她自己也很少这样直视自己的悲恸。每一个今天，不都是无数个昨天的累积吗？她和巫雨一步一个脚印地走过青春，他们自己何尝没有错？如果她不是那么怯懦固执，如果巫雨不是那么年少冲动，如果他们不是太渴求那一点点微不足道的爱，如果他们相信自己不是毛毛虫，那悲剧是不是就会改写？可能有很多种，但是没有如果。

正如她对韩述所说，人生没有如果。“如果”里的人，不是巫雨和桔年。这世界就是这么现实，而他们一直太过天真。桔年多想骗自己啊，让自己相信，差一点，只差一点，没有韩述，没有陈洁洁，没有所有无谓的人，她和巫雨就可以永远不会分开。可那只能是她的一场梦。地底下的两条毛毛虫，一条只想在静谧中默默依偎，一条却狂热地向往另外的天地。

也许从一开始，就注定一个苦海回头无岸，另一个在黑暗里碧海难奔；而烈士陵园里的石榴和院子里的枇杷，终是相望，仅此而已。

韩述没有预料到桔年的眼泪，他想伸手去擦，却又不敢，正如他害怕桔年恨他，又害怕她不恨他。

韩述的话无比苦涩，“我要一个补偿的机会就那么难吗？”

桔年流泪道：“你能给我什么？十一年了，我不也照样过得好好的？假如你真觉得对不起我，那就应该希望我过得幸福，何苦再搅乱我和唐业的关系？难道你认为我的幸福只能靠你的补偿？”

韩述顿时语塞，他始终告诉自己，只有对她好一点，才能弥补自己当年的错，然后他就不管不顾地一头扎了进来，可谢桔年一语惊醒梦中人。

难道我的幸福只能靠你的补偿？

短促的汽车喇叭声响起，桔年和韩述闻声看过去，唐业的车远远地停在马路的另一边。

桔年手忙脚乱地抹着脸上残留的泪水，“我要走了。”

韩述想起了干妈之前的玩笑话，是啊，唐业哪点又输给了他？饭桌上，他们多么默契而亲密，他为什么从来就没想过，另一个男人同样可以给予桔年幸福的生活？

桔年用力抽出被韩述抓住的手，喇叭声再次响起，也许唐业察觉到桔年的困境，担心之下，推开车门走了出来。韩述的心慌而乱，当他唯一能给的“补偿”都变得无比苍白，他不知道自己还能怎么办。情急之中，他收紧抓住桔年的手，徒劳地拽着。

“你听我说，你先听我说……”

川流不息的车辆一时阻住了唐业穿过马路的步伐。

韩述汗湿的手让她忘却了冰凉。

桔年在这个时候反而安静了下来，定定地看着韩述。

“好，你说！”

韩述张开了嘴，却发现自己竟然无言。他该说什么？她这样一个女人，他能说出来的每一种可能，在开端都已被她阻绝。

偏偏韩述没有办法怨她，她静静地站在那里，给了他足够表述一切的时间。

说啊，韩述。

唐业快步从车与车的间隙中穿了过来。

说啊，说啊，你想说什么？

到底想说什么？

另一个男人一步步走近。

能言善辩的韩述第一次那么恨自己的语拙。

这一回，换作桔年一根根掰开韩述抓住她的手指。

她的眼泪风干在寒夜中，眼睛微红却澄明。

当桔年的手终于重获自由时，她说：“韩述，你就放过你自己，也放过我吧。”

唐业站在不远处，犹豫着是否应该靠近，桔年扭头朝他走了过来。

“对不起。”桔年意识到自己哭过的眼睛引起了唐业的注意，微微撇开了头，低声说道。

唐业笑笑，用手护着她的肩走过马路，上车之前，他朝韩述的方向回望了一眼，寒意料峭的夜里，韩述单手挽着自己的外套，那么春风得意的一个人，比路灯还伶仃。

桔年坐在副驾驶座上，听着唐业发动车子的声音，沉默良久，说道：“对不起，我把今天的晚餐搞砸了。”

唐业专注于前方的路况，过了一会儿才答道：“怎么会这样想？你没做错什么。”

桔年低头注视着自己的手指，说："我是个坐过牢的女人。"

唐业侧过脸看了她一眼，如她一般平铺直叙："我是个爱男人的男人。"

他们说完，都有好一阵没有出声，过了会儿，桔年干笑了一声。唐业愣了愣，竟也笑了起来。他们在这荒诞的自我介绍之下，如重新相识一般。

"急着回去吗？"唐业问桔年。

桔年摇头，非明住校，所以她不用急着回家。

"今晚哪里人都很多，不如我们去个安静点的地方。"

车子载着他们一路往市郊的方向走，电台里放着轻快的圣诞歌。唐业带桔年去的地方并不美丽，四周都是正施工的工地，他的车停在一个小小的泥塘边上。

唐业似乎也有些意外，"上次来，这塘里的水还是很清绿的，里面有不少的鱼。"

桔年环视池塘周遭，慢慢地觉得熟悉，她有些明白了。

"这就是'望河亭大暑对风眠'？"

唐业笑了起来，"跟你说话倒省了不少力气。是啊，以前我常到这来钓鱼……当然，不是一个人来的。"他知道桔年会懂的，也就没多解释，接着往下说道："没过多久，这就会被改建成一个温泉度假山庄。"

"这里吗？"桔年也有些惊讶，这一带其实她并不陌生，往前不过两公里就有一条河，过了那条河，就是一个小庙，过去她和巫雨曾在那个庙里求过签，不，是偷过签。那时，这一带还是非常荒凉的。物是人非都不足以形容这变迁，人变了，城市也都跟着改变了模样。

唐业点头，"这块地是我亲自经手报批的。"他说着又笑了起来，"本来打算带你来试试夜钓的滋味，渔具我都带来了，看样子是没有鱼了。不过既然来了，不如就呼吸下新鲜空气，看看星星也好。"

他把座椅摇了下去，半躺着看挡风玻璃外的天幕。见桔年坐着发呆，便替她也放下椅背，示意她躺下。

这样半躺着的姿势让桔年一开始有些不自在，她聚精会神地盯着玻璃外的天空看，看着看着就笑了，哪里有什么星星，除了若隐若现的层云，什么都没有。

唐业有些尴尬，解释道："上一次我来，是有很多星星的……我大概是个无可救药的迂腐的人。"

桔年闭着眼睛说："不会啊，我看到了很多很多星星，还有银河。"

"是吗？"唐业也学着她双眼紧闭。

"你知道飞机在天上飞为什么不会撞到星星上吗？"桔年问。

"嗯？"

不等唐业回答，桔年接着往下说："因为星星它会'闪'啊。"

"哦……这样啊。"唐业点头。

桔年笑着睁开眼睛看他，"拜托你，我是在讲一个笑话。"

"哈哈，是挺有趣的。"唐业很给面子地笑了几声。

反倒是桔年忍俊不禁地为自己冷得惊人的笑话笑了起来。她想起了巫雨，对于桔年的冷笑话，巫雨总是慢半拍，有时候他不知道什么意思，也非常配合地哈哈大笑，往往过了很多天以后，他忽然在桔年面前扑哧一笑，说："我知道你那个笑话的意思了，哈哈哈。"

唐业看着桔年因回忆而变得柔和的眼睛，尽管那眼角仍有泪痕。他再次闭上眼睛，悠悠地问："你说我们闭上眼看到的星星是真实存在的吗？"

桔年说："对于别人而言可能不存在，可是，如果我相信，它就存在。"

"有一次，我跟他一起出海夜钓，我过去从来没有那么疯狂，那个晚上，我们有很多的回忆。可是很久以后……我们谈论起那一晚，他说，他记得明月当空，夜色很美。可在我的印象里，当时是下着小雨的，我亲眼看到雨落在海里的痕迹。我们为了这件事争辩了很久，谁也说服不了谁。最后，他跟我说：‘算了，唐业，就当你的那个晚上是下着雨的，可是你也不能否认我当时看到的月亮。’”

唐业娓娓地诉说，他并没有刻意去强调“他”是谁，可是桔年心领神会，甚至不用眼睛去看，她也能感觉到身边这个男人嘴角含着的惆怅笑意。

“我想，也许月亮和雨都是真实存在的。只不过我们选择记住不同的东西。我不是个超脱的人，我需要旁人的认同，害怕别人用异样的眼神看着我。所以，那一晚即使有再多的快乐，我也始终没有办法心安理得地享受它。而他不同，他爱得远比我勇敢。有时我害怕他，他的勇敢让我没有了退路。”

桔年听他说完，也喃喃地说道：“我知道你的意思。许多年前，我有一个……一个伙伴，那时我独自走一条特别可怕的路，但是他不能陪着我。他说，他会在一个地方一直看着我走，让我不要害怕。我就真的没有害怕。后来，他跟我坦白，说其实那次他不小心打了个盹……我说，不要紧，在我心里面，他一直都在看着我，一直看着……我相信，那就够了。”

两个人静静地躺在有些年份的老爷车倾斜的座椅上，像孩子一般紧紧闭上眼睛，远远的有寒虫的凄鸣传入耳中。

“你信吗？我心里每天都在拉锯。跟他在一起吧，别管明天，只要眼前的快乐……离开他吧，过正常人的生活，娶妻生子，胆战心惊的快乐不是真的快乐，是鸦片的毒瘾。”

“找个女人，就行了吗？”桔年睁开了眼睛，却不期然与唐业的视线相遇。

唐业笑了起来，“不，找一个志趣相投的女人，戒了‘毒瘾’，真正地过一辈子。我要的不是一个挡箭牌，是一个能跟我一起试一试幸福的另一种可能的女人。”

“那你找到了吗？”

“也许吧，我不知道。”

桔年长长地嘘了口气，她的身躯像浮在水面，平展着，一点一点地沉入水底。

有人说，人是鱼，日子是水，游着走就是了。可她的水面，那些倒影太过清晰。

她把说过的话又重复了一遍，“我是个坐过牢的女人。”

良久，唐业在身畔答了一句：“我是个爱过男人的男人。”

第五十七章

纵使相逢应不识

57

“姑姑，你不喜欢韩述叔叔吗？”

“嗯……啊？”

桔年推着购物车走在琳琅满目的货架之间，绞尽脑汁地在想，自己出门前明明记得一定要买的东西是什么，厨房清洁剂还是洗碗布？尾随在身后的非明没头没脑地冒出一句问话，让心不在焉的她一时间愣是没反应过来。

“我是问，你是不是不喜欢韩述叔叔啊，姑姑。”非明提了提书包的背带，加快步子与桔年一道扶着购物车，不依不饶地又问了一遍。非明的个子长得很快，几乎跟桔年的肩等高了，桔年左顾右盼了一阵，发现对于一些难搞的问题，现在是越来越难搪塞过去了。

“韩述叔叔……没有啊，怎么会呢？”桔年否认着，低头看购物车时才知道，非明趁着她走神，神不知鬼不觉地往车里放了好些又贵又没营养的垃圾食品。她摇着头，把它们逐一归位。

非明死死抱住最后一盒巧克力，嘴也不休息：“你骗人，我觉得你不喜欢韩述叔叔。”

桔年看了非明一眼，“他跟你说的？”

非明起初点头，接着又一个劲地摇头，“韩述叔叔老向我问起你，可你从来都没跟我提过他。”

桔年明白，自己不可能跟一个十来岁的孩子解释清楚自己和韩述的关系，她只是说：“姑姑和韩述叔叔是过去认识的，很久很久没来往了。再说，姑姑喜欢非明，韩述叔叔也喜欢非明，这不就行了？”

“你既然不讨厌韩述叔叔，就是喜欢韩述叔叔了？”非明问得很天真。

桔年心中下了决心，以后不能再让孩子看那么多的电视剧了。

“不是。不讨厌不等于喜欢。”她耐着性子解释，然后发现说出来的话绕得自己都头晕。

“那还是韩述叔叔说对了，你不喜欢他。”非明噘着嘴，“难怪他最近都不来接我，也不怎么带我去玩了。”

桔年听着这话，不由得放慢了步子。她不知道韩述为什么要对一个孩子说这些话，但是最近确实很少看到他的车来接送非明。这未尝不是一件好事，也不枉那天她说的那一大番话和流过的眼泪。桔年早已过了为往事流泪的阶段，她也不知道那晚究竟是怎么了，韩述就像一颗定时炸弹，长眠于地底安息的往事都得防着被他冷不丁地炸个底朝天。好在他只是一时想不通，等他想通了，这件事也就过去了。大家各就各位，相安无事，她的生活也将恢复波澜不惊。

“年底了，大家都忙，你还忙着排练学校的迎春晚会呢，韩述叔叔也忙着工作啊。”她安慰着非明。

非明挠了挠头，可怜兮兮地问：“姑姑，韩述叔叔真不是我爸爸吗？”

这孩子其实是聪明的，无须等到桔年摇头，经过这一段时间的接触，她隐约也感觉到了，韩叔叔对她虽好，不过，是她亲生父亲的可能性却微乎其微，她只得退而求其次地盼望着她喜欢的大人跟自己有另一层的亲密关系。

“如果他不是我爸爸，就不能做我姑父吗？”

桔年一本正经地说：“小孩子管大人的事，胡乱做媒，就会像电视里的媒婆一样，嘴角长出颗大黑痣。”

爱漂亮的非明赶紧捂住嘴巴，声音透过指缝含含糊糊地，“我长大了自己嫁给韩述叔叔去。”

“那你可得从现在开始少吃些巧克力。”桔年感到有些好笑，顺势把非明手里的东西放回了货架。

“反正我长大后要嫁很多很多的人，才不会像姑姑你这样。”

桔年微笑着，也不再跟孩子理论。十一岁的女孩，就已经知道孤零零地活着是一种罪。

那天，桔年听懂了唐业有些突然的暗示，可是她并没有给予回应。透过唐业的车窗，她看着天空从乌蓝转成淡青，然后让他把车停在了离家有一站地之遥的路口，挥手道别。抛却唐业某方面的“特殊”，他委实是个再好不过的人。可是那又怎么样？即使他彻头彻尾只喜欢女人，世界上好人那么多，难道她是珍品博物馆？

非明在几天后的学校迎春晚会上担纲一个舞蹈的领舞，那舞蹈是桔年很熟悉的《白雪公主和七个小矮人》。她还记得那一次，自己牵错了一个小矮人的手。那已经是很久很久以前的事了，一代又一代的孩子都变得沧桑，只有童话永远不老。

非明是白雪公主的扮演者，舞台服装是学校老师统一安排的，可是她要非让桔年给她买一些漂亮的小发卡，演出那天别在头上，亮闪闪的，多好看啊。

卖女孩饰物的小货架在收银台的附近。非明埋头挑选着，五颜六色的发卡，她觉得每一个都漂亮，不知道如何取舍，正想央求姑姑给多买几个，抬起头才发现姑姑不知道看见了什么，又走神了。

非明沿着姑姑的视线看过去，只不过是普普通通的收银台而已，没什么好看的——不不不，等着结账的那个阿姨长得真漂亮，身上的衣服也好看，最吸引非明的是，那个阿姨身后的购物车上的东西堆成了一座小山，里面有很多她想要却从来不敢买的东西。

同一番情景，看在桔年眼里却是截然不同的感受。她已经有将近十年没有见过陈洁洁了，已为人妻、为人母的陈洁洁相对过去而言丰腴了些，皮肤更显得白皙，衣着考究，风姿不减当年，即使是在人来人往的超市里，她也是能在第一眼从人堆里跳出来的亮色。

前面的人正在结账，陈洁洁也不着急，笑着回头跟保姆模样的妇女怀里抱着的婴儿逗趣。她的样貌没怎么变，变的是眼神。曾经闺秀面孔下的不安分，被少妇的温婉平和所取代。她一直很幸运，少年时得到了悸动的爱，成年后得到了安定的生活，相同一段经历，她品尝无悔的过程，别人收获难言的结果，即使是这结果，也还带着永远抹不去的她的印记。

桔年得承认，自己并不是从来都没有羡慕过她的。

这时，一个跟陈洁洁年纪相仿的男人从另一端捧着好些零食走到她们身边，将那些零食搭积木似的垒在已经快放不下东西的购物车上。

“你是来抢劫超市的？”桔年听见陈洁洁笑着对男人打趣。

那男人也是跟陈洁洁一般样貌出众，看上去便是一双登对的璧人。他好像说了句话，桔年没听清，只见陈洁洁咯咯地笑了起来，保姆怀里的孩子也跟着手舞足蹈。

“姑姑，我到底能买几个发卡？”一旁的非明没了耐性，扯着桔年的袖子问道。

“嗯？”桔年回神的瞬间，却发现一直扭头与丈夫、儿子相对的陈洁洁视线不期然地扫了过来，桔年下意识地一惊，然而那视线毫无反应地掠过，陈洁洁又转而低头去看丈夫刚拿过来的零食。

陈洁洁静静地看着手上零食袋的出厂日期，好几秒后，才缓缓放下手里的东西，极其犹疑地转身，这一次，她凝视了桔年，又转向非明，眼里渐渐涌起的不敢置信和震惊让桔年担心她下一分钟会因承载不了那么复杂的情绪而做出什么惊人之举。毕竟是那么神似的五官，稍有不同之处，也是另外一个刻骨铭心的影子。非明还在专心致志地对着超市的小镜子比画，究竟哪一对发卡让她戴上去更像真正的白雪公主，无暇去留意大人渐渐氤氲的双眼。

桔年若有所思地垂着头，但她并没有刻意去回避陈洁洁的眼睛。她没有对不起谁，也没有想过打扰谁、为难谁，所以这时轮不到她退避。

“你怎么了？”收银员已经为陈洁洁一家采购的物品装袋完毕，她身边的男人从保姆手里接过了孩子，也发现了妻子的异样。

“没什么。”陈洁洁如梦初醒般挽住丈夫，红着眼睛笑道，“我就是看到那些小发卡，忽然想起小时候特别喜欢，现在再戴在头上，恐怕别人非说我疯了不可。”

男人顿觉好笑地回头看了一眼，“你什么时候变得这么怀旧？好在你生的是个儿子，要是女儿，非被你打扮得满头满脑都是那些花花绿绿的东西……”

那一家人的身影越走越远，非明终于挑好了自己最满意的两对发卡，桔年嘘了口气，揽住孩子的肩膀。

“好了吧？好了我们就回家。”

连非明都能察觉到韩述在渐渐远离她们姑侄的生活。事实上，韩述确实怕了。平安夜桔年的一番话给了他很强的挫败感，但这挫败感与其说是软硬不吃的谢桔年给他的，不如说是他自己给自己的。

他从没有如此深刻地体会到无能为力。明明如此迫切地想留住她，可是不知道留下了之后又该怎么办；明明觉得有很多事情不对，却找不到一个理由驳倒她；明明是有话要说，那句话似乎已经到了喉咙口，正待出口，偏偏又消失了。他以为自己的补偿是对桔年的救赎，可是当她一步步走开，他才发现自己更像个可怜虫。

桔年离开后，韩述把蔡检察长送回了家。干妈年纪大了，身体不好，韩述不放心她。一向亲厚的母子俩同坐在车里，却第一次陷入了难言的尴尬沉默。如今仔细想来，自打桔年入狱后，韩述和蔡检竟然从来未曾向对方提起过关于她的只字片语。他们是一根绳子上的蚂蚱，各自用不同的方法将那段往事深埋，很多事情不该说，也不想说，因为伤口一揭开大家都会疼。

车子停在蔡检住处的楼下，还是她先开口。

“韩述，你心里是怨我的吧！”

韩述熄了火，拔出车钥匙。

“您早点上去休息，我自己打车回家。”

“有时我也怀疑，假如当初不是我拦着你，结果会是怎么样，是会更好还是更糟。”

“钥匙您收好了。”

“干妈不是冷血动物，花一般的小女孩，当年我真没想过把她送进牢里……唉，阴差阳错啊！打那以后，每接手一个案子，我都反复地提醒自己，千万不要再太过自负，一不小心，就可能有一段大好的前程在我手里葬送……”

“别说了行吗！您今天差点发病，脸色很差，现在也不早了，我也有点累。”

“我本来不想提的，可是她现在找上门来。韩述，我不想让你和唐业中的任何一个受到伤害，你可以怨我……”

“我谁都不怨就怨我自己。跟您没关系，行了吧，行了吧！”韩述吼了出来，把自己也吓一跳。他愣了一会儿，颓然地将双手覆在脸上，也顾不得在长辈面前失了分寸。

“其实这事一早就跟您没关系，您跟她无冤无仇，那时候要不是为了我，您也犯不着蹚那浑水。我不是没良心的人，这些我都清楚，如果我怨您，那我成什么了？！”韩述试着用自己逐渐恢复平缓的语调去弥补之前的失态，然而娓娓道来也是悲哀，“我就想，要是当时您别插手，让老头子打死我，现在大家都会好过一点……至少她看着我的时候……看着我的时候……”

韩述没往下说，伸手去翻蔡检藏在储物格里的香烟和打火机，好不容易点着一根烟，深深地吸了一口，呛了一下，苦苦的味道蔓延至肺里。

“我也不知道她是怎么跟您那半路儿子凑一块的，可您别把事情往坏处想。这事就是邪门，之前她未必知道您跟唐业的关系，也绝不会因为过去的事情找上门来。”

“你就这么肯定？”也怪不得蔡检，她见过太多的恶，枯年的无所求让她没有办法相信。

因为我多希望她找上门来，向我讨回当初的债。

可惜她什么都不肯要。她怎么能什么都不要！

这些话韩述没有说出口。

蔡检活了大半辈子，早已是人精一般，韩述的反应她先前还觉得有些不解，看他那失魂落魄的样子，往深里一想，也就明白了八九分，赶紧把他手里的烟拿了过来，往窗外一扔。

“我说韩述，你对她那股迷恋劲十一年都还没过去？好好的一个孩子，一遇上她你就犯浑。要说过去也就罢了，现在……别说她跟阿业不清不楚的，就算没那回事，你跟她在一起，再加上过去的事，让你爸爸知道了，这不是……绝对不行，阿业也不能跟她在一起！”

蔡检光想想已经觉得如芒在背，韩述却被她话里的某个字眼触动，怔怔的。

他对自己说，这是为了补偿。可干妈说，他这是“迷恋”！

他想也不敢想的情节被干妈用心有余悸的语气描绘了出来——他牵着桔年的手站在韩院长的面前……想到这里，竟然连老头子痛殴他的一幕都变得没那么可怕，甚至有些期待。

疯了！

“我，我先回去了，今晚人多，晚了不好打车。”韩述昏头昏脑地推开车门急急地走了出去，冷风一吹，觉得脸上更烫了。

第五十八章
索性不忘

58

元旦将至，新年的最后一天，韩述照例是回爸妈家吃饭，跟家人一起辞旧迎新。

韩述最怕二老啰唆，打算磨蹭到晚饭时间才出现，可韩母早早打来电话，说约好了在比利时的姐姐韩琳，一家人通过网络视频来个大团圆，让他早些回来，免得误了时间。

韩述跟老姐感情还是不错的，因为韩院长始终不肯在女儿面前低个头，韩琳这些年也一直没有回国，通常是韩述陪着妈妈每隔一两年飞过去看看她。许久不见了，韩述也有些挂念，所以下了班就赶紧往家里赶。

他到家比韩院长稍早一些，韩母的一桌饭菜已经准备好，只等他们父子入座。

韩院长看见儿子也没个好气，放下公事包就“哼”了一声，“韩检察官在百忙之中抽时间来慰问孤寡老人了？”

韩述在父亲看不到的角度朝韩母做了个鬼脸，嘴上倒不吭气。

等到一家三口洗好手坐到餐桌边，韩述看见了父亲染得根根抖擞的黑发和一尘不染的白色袖口，这都是韩院长一贯的风格，然而，当韩院长脖子上系着的那条异乎寻常的鲜艳领带跳入眼中，韩述再也忍不住了，“扑哧”笑出声来。

“爸，这条米奇领带是你们敬老院发的新年慰问品？”

韩院长低头看了看自己的胸口，习惯性绷得严肃的脸透出些微红，他松了松领口，轻咳了两声，表示出懒得理会的神态。

韩母笑了起来，嗔怪地用筷子头去敲儿子的手，“你这孩子怎么说话……不过你爸爸年纪大了，品位也奇怪了不少。”

笑了一阵，韩院长果然又开始说起了韩述最头疼的事情。

“你最近案子办得怎么样了？市院那边已经交接完毕了，你还赖在城南院不走。大半年了，丁点大的案子都处理不好，也不知道蔡一林是怎么教你的。”

韩述不禁为自己抱屈，“这是我愿意的吗？爸，您别小看这个案子，我觉得背后大有文章。”

“哦？”韩院长低头喝着汤，漫不经心地应了一声。

“王国华死了您听说了吧，他的赃款一直也没查出来。我联系上了他在国外念书的儿子，据他儿子交代，除了刚出国时王国华一次性拿出来的五十多万之外，确实没有别的重大开支。说了您也不信，王国华就是那种内裤破了都要补三回才肯扔的人，要说他一个人吞了这笔钱，我还真不能相信。”

“那你觉得是怎么回事，不是说所有的证据和线索都指向他吗？我一直怎么跟你说的？直觉会骗人，但证据不会。”

“不，不光是直觉。我前几天又跑了一趟王国华所在的建设局，也就翻翻一些旧资料，找人谈谈话，原本也不指望有什么突破，结果，竟然发现了一些新的东西。他们内部曾经有人举报，一年前发展计划科经手批给江源集团下属的广利公司用于在建的温泉度假山庄的一块地，在程序上可能存在问题。广利的负责人姓叶，叫叶秉文，是江源董事长叶秉林的亲弟弟，而叶秉文和王国华之间一直来往甚密，我有理由相信叶秉文给了王国华好处，而这是王国华犯事前最后一个经手的项目，只要我找到这笔钱，顺藤摸瓜，也许事情就会有进展。只不过我有些怀疑，为什么之前我跟建设局打过那么多次交道，就从来没有任何资料、任何人透露出关于这件事的一丁点问题，怎么王国华一死，这一茬就被曝出来了？爸，您说这会不会意味着这案子背后有大鱼？”

韩院长顿了顿，说道：“依我看，这个案子牵涉太多，你一时半会儿也查不完，这终究是城南院的事，你的当务之急还是尽快到市院报到，手头的东西你可以移交给其他同事嘛！”

韩述有些讶异，“爸，不是您过去一直嘱咐我，做事要有始有终吗？”

韩院长停下手里的动作说：“过去我也说过，完不成工作，首先应该检讨自己的办事能力，而不是工作的难度，你怎么又不记得了？”

韩述被父亲将了这一军，等于自己之前在这个案子上花费的所有心血都被他视为事业偶像的父亲全盘否定了，不由得有些不快，于是闷头吃饭，不再说话。

好在韩母见状赶紧解围：“我最不喜欢你们父子俩饭桌上谈工作，难得一起好好吃顿饭，就没别的可说了？”

韩院长大概也觉得自己的话说重了，脸色缓和了些，“说什么？抛开工作，你儿子难道就让人省心了？三十岁了，还像个长不大的孩子，自己也没个着落。古人说：齐家治国平天下……”

又来了，又来了。韩述皱眉，表情痛苦，但仍没能阻止韩院长继续说下去，“……所谓成家立业，还用我解释吗？一个男人敢于承担起家庭的担子，正视责任，才算得上真正的成熟，进而在事业上追求更好的发展，可你连这点都做不到，私生活也不知道检点……”

“我怎么不检点？”韩述差点跳起来，放下筷子就理论，“我是谈过五六次……”

“你连自己谈过几次都记不清，五次还是六次？这不是不检点是什么？正经一些的年轻人，谁会一连五六次恋爱都不成功？”韩院长摇头。

韩述扯着妈妈的手，痛诉革命家史。“妈你给我作证，我虽然有过‘若干个’女朋友，最后也没成，但哪一次恋爱不是正儿八经，有始有终，合法合理？我既没有始乱终弃，也没有通奸、乱伦、滥交、同性恋……既没有违反公序良俗，也没有触犯法律，私生活怎么就不检点了？”

毕竟是两辈人，韩院长听着韩述信口说出什么“通奸”“乱伦”之类的词语，总觉得不雅，只得赶紧打住了这个话题，怕这孩子越说越离谱。于是他伸手做了个就此打住的手势，“你也别说那么多，安安分分地找个品貌相当的女孩子，安定下来，比什么狡辩都有力。”

韩母也反过来摸着儿子的手，犯愁地说：“宝贝啊，你说你到底要找个什么样的，天仙还是女明星？”

韩述一副受不了的表情，摆着手信口敷衍道：“我要找个慢羊羊跟懒羊羊的混合体。”

韩院长夫妇犹如听到了火星文，一头雾水。

“什么羊羊？”

韩述忍着笑，“是慢羊羊和懒羊羊。爸，现在不流行米奇了，您应该去看看《喜羊羊与灰太狼》，挺好的动画片，在孤寡老人中也挺流行的。”

韩院长这才明白儿子在变着法拿他开涮呢。自己手把手严厉教导出来的儿子，怎么越来越让他看不明白了？如此严肃的人生大事，他跟玩笑似的。这一怒，让韩院长差点背过气去，指着老妻又嚷了起来：“送你儿子去看心理医生，不，直接去精神病院，赶紧的！”

韩述赶紧给父亲夹菜，“吃饱了我就去。”

果然不出韩述所料，他只要安安分分地跟父母吃一顿饭，一定会被一软一硬地数落得焦头烂额。接下来，韩母语重心长的“爱的教育”和韩院长声色俱厉的道学理论听得他一顿饭味同嚼蜡，最后只能使出杀手锏，捂着肚子说胃痛，从餐桌上撤了下来，才总算捡回一条小命。

饭后，韩母在厨房里收拾，韩院长准点看《新闻联播》，韩述赶紧给姐姐打了越洋电话，催促她上网。

当韩琳的面孔在电脑屏幕里出现，韩母立刻放下手里的活计从厨房奔了出来，母女俩聊个不亦乐乎。韩院长目不转睛地看着电视，可耳朵却竖了起来。

到底是隔着那么远的距离，麦克风的声音断断续续，语音跟不上的时候，韩述就代替妈妈通过键盘跟姐姐聊，自己也不忘与韩琳交流了一通《喜羊羊与灰太狼》的观后心得。说起来，这动画片是非明那孩子推荐的，她说姑姑也爱看，韩述找来做功课，最后竟跟着喜欢上了，还推荐给姐姐。

韩母跟女儿聊天的劲头，就像隔世重逢一般热切。一个多小时之后，韩述终于逮到妈妈去喝水的机会，剩下他和姐姐单独相对。

“小二，妈妈的宝贝蛋，灰太狼，你表情干吗那么衰？”比利时的时间比国内要晚六个小时，韩琳那边此时还是正午时分，她抱着笔记本电脑坐在窗台边上，笑得如冬天的太阳那般干净温暖。

姐姐算是韩述身边少有的能说得上体己话的人了，她不问还好，一问之下，韩述竟然发现自己眼眶有些发红，怕韩琳笑他，硬是忍住了，赶在妈妈冲回来之前赶紧问了句。

“姐，我问你啊，只是问问……是别人的事……你有没有很多年都忘不了的人和事？”

“你问就问，一个大男人什么时候变得这么忸怩。很多年是指多少年，我每隔几年就忘记一批人。”

“十几年吧……比如说十一年。”

韩琳侧着脑袋认真地想，然后正色道：“我应该有吧。”

“谁？”

韩琳见韩述压低声音鬼鬼祟祟的样子，不禁大笑，“就是你呗，你高中时借我的 CD 还给我了吗？”

韩述已经听到了妈妈的动静，情急之下也没好气，“哎，跟你说认真的！”

也许是因为网络信号问题，韩琳的口型跟声音有些许的延迟。韩述先是见她微笑着张嘴合嘴，然后才听到姐姐的声音。

韩琳说：“如果是我，十一年都忘不掉，那还跟自己较什么劲啊，我就干脆一辈子不忘了，怎么着？”

“说什么呢？姐弟俩嘀嘀咕咕的。”韩母的身影出现在了韩述身后。

韩述赶紧扬起声音对韩琳说：“上次你说的美白护肤品，我过几天就给你寄。”

韩琳答得无比顺溜，“双份啊，你买了，让妈妈给我寄。”

跟姐姐聊完，韩述坐在沙发上陪韩院长看了半个小时的电视，找了个理由就说要走。

韩院长又说了他一通，在自己家里就像屁股长着钉子似的坐不住。好在韩院长晚饭后也约了一些工作上的朋友聚会，司机已经在楼下等候了，韩述的脱身便没有那么困难。韩母则张罗着给儿子打包营养品，每次都是两个大袋子。

韩述一边埋怨自己迟早死于营养过剩，一边跟父母道别。他走到电梯处，正好一个年轻小伙子从电梯里走了出来。

送儿子出来的韩母见状便对韩述解释道："这是你爸的司机小谢，小伙子人很勤快。你拎着这么多东西，停车场又远，正好小谢也要等你爸，我就让他顺便上来给你搭把手。"

"至于吗？你儿子吃那么多营养品，能虚到连这点东西都拿不动？"韩述不以为然地笑着对妈妈说，可他也明白老人疼儿子的心，也就不便拂了这好意。

那个年轻的司机早已眼疾手快地接过韩述手里的东西，本想全部代劳，韩述自觉不好意思，只将其中一只手里的袋子交给小伙子，道了句谢，便示意妈妈回去，自己和司机一道进了电梯。

韩院长家住的楼层高，电梯里只有韩述跟小司机。两人也是初次见面，并无话说，韩述笑笑，便各自沉默地站着。

小司机一脸憨厚的笑容，长得倒是眉清目秀的。韩述没有见过父亲的新司机，不过他知道父亲所在的高院不久前刚进行人事改革，类似于司机、普通文员、接待员这些社会通用岗位工种一律不再起用编制内人员，而全部改为对外招聘的合同制员工。这个小伙子大概就是在这次改革中被聘进来的吧。

韩述自小长在干部家庭，深知对于某些领导岗位的人而言，专职司机就是他们身边最亲近的人之一。父亲为人严谨，身边也多是一些寡言本分的人，就像当年桔年的爸爸谢茂华。这个小司机看起来最多不过二十岁，怎么就被老头子挑上了呢？

谢茂华！韩述心里一紧，再联想到妈妈刚才说的，这小伙子姓什么来着，姓莫还是姓曾……不，他记起来了，小伙子姓谢！

韩述心里又是咯噔一下，他想，不会这么邪门吧。平安夜那天听到唐业的女朋友姓谢，他的心都漏跳了几拍，当时还鄙视自己疑神疑鬼，结果就真的跟谢桔年撞个正着。可眼前这个姓谢的又意味着什么？

"你多大了？"他扬了扬下颌，问站在电梯角落里的小司机。

"我已经二十了！"小司机赶紧强调，这时电梯已经停靠在一楼，韩述把车停在最靠近大门的停车场，小司机也跟在他身后两步的距离，亦步亦趋地边走边说："我给韩院长开了大半年车了，我开车很稳的。"

"你叫什么名字啊？"韩述边掏钥匙边问。

"谢望年。韩科长，我叫谢望年，盼望的望，过年的年……你就叫我小谢吧，我爸爸以前给韩院长开过车……哎呀……"

韩述骤然停下的脚步让跟在他身后的谢望年差点来不及刹住身子，好在小伙子反应快，立刻定住脚，饶是这样，还险些栽个跟头。

韩述定定地站了一会儿，仍然没完全消化这"意外惊喜"，神色古怪地转过身，略带迟疑地打量一脸不解的谢望年。

"你是谢茂华的儿子……这么大了？这么说……你，你是谢桔年的弟弟？"

听到"谢桔年"三个字，谢望年露出一丝尴尬的神情，不过还是老实地点了点头，说："是……我姐姐是有案底，但是我们全家已经很久不跟她来往了，这个韩院长也是知道的。"

韩述理解小伙子为什么如此介意，司法系统的工作人员在这方面比别的单位更慎重一些，谢望年是怕家人的背景让自己丢了一份好工作。然而，韩述心里头好一阵不是滋味。他虽然一直都知道桔年带着非明独自生活，鲜少与人来往，却是第一次从她亲弟弟口中真真切切地得知，她最亲的人都已经彻底跟她隔绝了。

如果是他，他会溺死在这种孤立中。

而造成这一切的罪魁祸首又是谁呢?

距离停车场还有几十步的距离，韩述走着走着，忽然丧失了让身后的人为自己效劳的底气。那不是别人，是她的亲弟弟，身上跟她流着相同的血。

“谢谢你，我自己来吧。”

韩述不由分说地就要拿回谢望年手里的东西。谢望年吓了一跳，以为是自己年轻不懂事，一不留神说错了什么话，惹恼了韩院长的公子，苦着脸不肯撒手，一个劲地重复，“我来吧，我来吧。”

可他哪里知道韩述心中的惶恐。韩述见他这个样子，索性东西都不要了，反正那堆营养品留之无用，弃之可惜。他逃也似的上了自己的车，发动车子一踩油门就想离去，他怕多看上几眼，就会从那张年轻的面孔里看到熟悉的痕迹。

车子经过望年身边，谢望年还拎着韩母为儿子准备的一袋东西，呆呆地杵在那里，不知道究竟发生了什么事。

韩述最后还是把车停在了谢望年的身畔。

他摇下车窗，对着一脸懵懂的年轻人说：“她没有对不起你，为什么不能对她好一点？”

第五十九章

谁难受谁知道

59

韩述从父母家里出来，等红绿灯时接到了方志和的电话，说是明天就元旦了，外面热闹得很，问韩述要不要一起出来坐坐。韩述最近懒于交际，可是此时心中委实烦闷，方志和又是他从小到大最铁的哥们儿之一，心想，与其回到自己的住所，对着不会说话的窗帘和墙壁心慌，还不如找个人多的地方喝一杯，于是当即答应，掉转车头上了高架桥，直奔方志和所在的夜店。

他起初以为方志和会跟一大票狐朋狗友一块等着他，到了之后才发现方志和也是孤零零一个人坐在吧台上，面前已经有喝尽的空瓶子，看见韩述，连忙向他招手。

韩述心里顿时平衡了一些，他还以为今晚就他一个孤魂野鬼呢，原来彼此彼此。他坐到方志和身边就笑道："我算够意思吧，特意百忙之中赶来陪你小子。"

方志和含着的酒差点喷出来，也没说什么，把自己跟前的一杯酒往韩述手边一推，"那我可要感激不尽了啊。我说你最近都忙什么，去市院报到了？新官上任三把火也没错，可再忙也不会忙到把女朋友给丢了吧，听说你那个超级女博士又跟你掰了……"

这年头，好事不出门，坏事传千里。韩述也不意外，抿了口酒就说道："人各有志，缘分这东西还真不能强求。"

"你们家老头子照旧没少收拾你吧，看你没精打采的，情路坎坷啊！"方志和调侃道。

韩述嗤笑一声，一副满不在乎的样子，"急什么，我享受过程美。在你面前也不怕明说，我要找女人还不容易，要什么样的没有？"他说着，视线对上几米开外的两个妖娆女郎，对着她们投过来的饱含兴趣的热辣眼神，略举杯示意，意味深长地一笑。

方志和一手搭上韩述的肩头，笑道："据说大多数连环杀手在选择受害者时都会有喜好的固定类型，头发、身高、肤色、年龄段……不符合这些特定条件的，送上门也不杀……"

"少来。"韩述抖落好友的手，"别拿你那套变态的理论套在我身上。"

方志和在大学里执教心理学，他笑道："我最近奉旨在系里开了一门叫作'大学生性心理健康讲座'的公共选修课，不开课之前我都不知道我们国家的青少年性启蒙知识贫乏落后到什么程度……对了，我的课程还挺受欢迎的，跟我上社会心理学的时候没法比，有空你过来捧捧场，说不定会小有收获。"

韩述大笑，"那你有没有向你的学生传授打开你青少年时期纯洁心灵大门的性启蒙钥匙是什么？你这家伙蔫坏，别忘了高中时你书包里没少夹带‘启蒙教材’，我跟周亮都是受你荼毒的……”

“你可别扯上周亮，人家孩子都会叫爸爸了，根正苗红，日子不知道多滋润，我俩都不能跟他比。尤其是你，眼里春情荡漾，脸上却一脸晦气，日子越活越回头了。兄弟我不才，也是个小小的专业人士，经我指点迷津走上幸福新生路的迷途羔羊不在少数，趁现在有空说说，或许能给你点意见。”方志和说完，好整以暇地推了推鼻子上的眼镜。

韩述不以为然，“你那套理论留着骗未成年少女用吧。”

方志和嘿嘿一笑，“未成年少女也不一定好忽悠。别人年少无知的时候尚且搞不定，时过境迁就更棘手了，就像有的人，大鱼大肉也不是没有，可偏偏去啃同一块骨头，十几年都未必啃得下来，干着急，干着急！”

他说到最后两句“干着急”的时候，已变作自编的小调在嘴里哼哼着。

韩述装糊涂，“骂谁呢？狗才啃骨头。”可人却不由自主地显出了些许不自在。他撇开头去，避开方志和的眼睛，假装看舞台上的表演，那乐队歇斯底里地也不知道嘶吼着什么，听得人心烦意乱。他“啧”了一声，招呼服务生又上了一瓶酒。

方志和玩着杯垫，自言自语般说道：“这也没别人，你死撑什么？老话怎么说来着，死要面子活受罪！你藏着掖着，是怕承认也有你韩述吃瘪的时候还是怎么？有些事，说是隐私，做兄弟做朋友的也不该多嘴，这些年我们都不好说什么。从心理学上说，逃避也可以说是人自我保护的一种应激机制。可是你不承认有那道坎，所以总也跨不过去！明眼人都看着呢，你想着谁，吃力不讨好……”

他也没点明那个“谁”是谁，可韩述还是有了反应，回过头的时候已经变了脸，恼道：“你哪只眼睛看见我想着她了？你是我肚子里的蛔虫？”

韩述倒不是真的跟方志和生气，不过是脸上一时间抹不开，嚷了两句又定了下来，咬咬牙接着解释，“说了你也不明白，我不是想着她，我那是……我那是可怜她，也觉得对不起她。如果不是我，她一定过得比现在好，至少不会孤零零地带着个孩子艰难讨生活。”

“哦……”方志和一副恍然大悟的模样，“原来你是慈悲心肠，她那孩子是你的吗？”

韩述脸色一白，继而说道：“当然不是！但那孩子也不是她的，我查过了，孤儿院收养的，挂在她一个什么亲戚名下，跟她一点关系都没有。她父母都跟她断绝关系了，要不是有个孩子，她身边一个人都没有，那日子更不是人过的。”韩述说着，想起先前谢望年对自己说过的话，心中更是黯然。

“送人玫瑰，手留余香。按你说的，你可怜她，补偿她，心理上应该有一种满足感和宽慰感啊，可我怎么没在你身上发现这种正能量，反而觉得你整日丢了魂似的？”

韩述一时词穷，想了半天才颓然承认，“她不肯接受。把话都说死了，就是不希望再看到我。”对他而言，说出这些并不是件容易的事，好在手中有酒。

方志和轻描淡写地接着话茬往下说：“那你顺着别人的意思不就行了？她既然不想跟你有什么关系，你也该消停了。借债的人都不计较，你一个欠钱的整天哭着喊着要还，这是哪门子道理？”

韩述双手支在吧台上，捂着自己的大半张脸，“可我希望她过得好一点，看到她这个样子，我心里怪难受的！”

“那你不去看她不就行了？眼不见为净。怎么，忍不住？你说她可怜，我看是你比较可怜才对。”

方志和说完这话，连韩述都有些惊讶，这么多年的朋友，大家也是知根知底的人，所以他才试着吐露一些缠绕他心中的阴霾和苦闷，这些话他对亲姐姐韩琳也没有说过。可他从来没有见过方志和对自己说话的语气如此尖刻，一时间也不知道如何应对。

方志和似乎也察觉到自己的情绪不对，往下说的时候语气缓和了不少，“韩述，你就没想过，她根本不需要你的歉意和补偿。”

韩述当然想过，但更让他觉得异样的不是这个。他放下手里的杯子，上下打量了一下方志和，口气中存有疑虑：“你的心理学研究范围未免也太广了，好像你很了解她似的。”

方志和打了个哈哈，“了不了解我不敢说。她在‘里面’那几年，我申请探视过她很多次，她从来没有接受过。后来我就想，我的探视对她而言真的有意义吗……”

“你申请过‘很多次’？”韩述听到这里再也没能忍住，他有些不敢置信地站起来看着自己的好朋友，“如果我没有记错，我只拜托过你一次！”

“没错，后来几次是我自己要去的。”方志和慢悠悠地说。

韩述冷笑道：“她跟你有什么关系，你去看她？犯得着吗？”

“你不会忘了吧，她也是我的同学。难道你做了什么‘特殊的事情’，才使着你跟她的关系变得比别人更亲密？”方志和的肩头被愤怒的韩述用力一推，人晃了一下，没有从椅子上掉下来，酒杯却落地了，幸而在喧杂的环境中，并未引来更多人的注意。

韩述松开手，自己也好像惊呆了，怔怔地坐了回去。

“你喝多了。”他恨恨地对方志和说。原本，不，就在上一秒，他还想着痛揍眼前那张戴着无框眼镜的脸，可是他毕竟不是个不讲道理的人，最重要的是，方志和的话虽然难听，却挑不出什么毛病，见鬼！

“你申请探视她，居然瞒着我？”韩述说这话的时候，也不知道心里是什么滋味，总之那滋味难以下咽到极致。

方志和低头整理自己的衣领，问道：“我有对你宣告的义务吗？”

韩述冷冷地看着方志和，“这不是朋友应该做的事。”

“你不去探望她，别人就该跟你一样忘了她？现在你想要补偿她，别人同样得自动退让？”

“我不是这个意思。”韩述深吸了一口气，别过脸去。

方志和面露讥诮之意，补了一句：“你心底把她看成是你的？可她是你的吗？”

“你胡说！”

“那你现在脸上写着的难道不是嫉妒吗？”

“我没有！”韩述忍无可忍，一下拔高了声音，身旁谈笑的人们都用异样的眼神看了过来，包括先前对他示好的漂亮女孩。这样子真让人难堪，可韩述发现自己根本不在乎。他一直是个要强、要面子的人，作为他的朋友，无论是方志和、周亮还是别的人，多数时候都心照不宣地退让一步。可方志和今天的步步紧逼，竟然让他感到前所未有的惊慌失措，愤怒也更多地来自拼命招架的狼狈。

“你没有？”就连方志和眼镜上折射的光线，都仿佛流露着嘲弄。

“我没有……”韩述的声音低了下来，双手交握，他沉默了一会儿才试着心平气和地说道，“小方，有些事我也说不清楚，我对她的感觉很复杂，混杂了很多过去的东西在里面。对，你也知道上学的时候我对她有点那个意思，可现在已经过了那么久，什么都变了，我心里想的不是你认为的那样。我觉得我错了，我想补偿她，这样我才能好受一些，这些年我受够了亏欠一个人的感觉。可是她不要，我不知道该怎么办，你懂吗？”

“哈哈，你自己都不懂，问我懂吗？有些事情你可以想得很复杂，其实再简单不过。你蠢吗？当然不，换作这事发生在别人身上，你比谁都明白。你就是自欺欺人兼死鸭子嘴硬！”

“我不跟你争这个，太可笑了。”

“那我挑明了跟你说吧。韩述，你觉得我怎么样？”

方志和话题转变得如此诡异，韩述一时间感到莫名其妙，没好气地说：“你？人模狗样的吧。”

“你看，我也算受过良好教育，家庭和谐，工作稳定，收入良好，身体健康，五官端正，无不良嗜好。假如，我说假如啊，谢桔年真跟我有什么，那也未尝不是一个好归属。你又发什么狠，动哪门子的气？你应该放心才是。”

“你跟她？笑话！”韩述做出不屑和好笑的样子，可语调都变了。

“你不接受？很好，又回到了我们先前的假设，你心里就认为她是你的。你要补偿，不过是让她过得好，这种好的生活的给予者，非你韩述不可？”

这论调竟然如此的熟悉，桔年似乎也说过：“难道我的幸福只能靠你给？”

韩述顿时觉得一阵胸闷气短，他不愿往下想，又或者他想得通，却接受不了。他可以在谢桔年生活中充当一个旁观者或路人甲，看着她和另一个人重新过上幸福快乐的生活？如果是这样，韩述倒宁可她恨他。

可这又是什么心理，越分析，他越觉得自己阴暗又变态。韩述讨厌心理学！

他拿起自己的外套，“我不想跟一个喝醉的人讨论没有意义的事。”

“你会觉得有意义的。”方志和半伏在吧台上说。

韩述讪诮地耸耸肩，走出几步又转头，指着方志和说：“你别骚扰她！”

“韩述，你以什么身份警告我？”

“用不着你管。”

方志和取下眼镜，擦着上面的雾气，说：“谁难受谁知道！”

韩述冷冷地拍下自己的那份酒钱，头也不回地离去。

回到家，四下漆黑，他摸索着出去查看，才发现一年的最后一天晚上，竟然停电了。

隆冬时节，寒气刺骨，韩述也管不了这些，在电热水器罢工的花洒下没头没脑地一阵猛淋，身子在抖，可心里的火浇不灭。方志和不是多嘴的人，十多年来，不管他知不知情，都没有说过一句多余的话，今天究竟是什么意思。

十二点到来的时分，远处响起焰火的轰鸣。韩述原想在这一刻过得热闹些，没想到到头来落得更加寂寥。他站在浴室的镜子前，借着半截蜡烛，看着里面的另一个自己。

“谁难受谁知道。”这更像是方志和的一句咒语。

韩述摇摇头，甩去头发上的水滴，用手一下一下擦拭着玻璃上的雾气。他对着镜子里的那个人一遍遍重复，“我很好，我很好……你看到了吗？”

第六十章

往事不要再提

60

台园路小学的迎春晚会安排在晚上，这天从早上起就一直下着淅沥小雨，刚到傍晚时分，天早早地黑了，走在略显泥泞的道路上，风吹过来，感觉比天气预报播报的最低温度更冷一些。桔年和非明撑着一把大伞往公交车站赶，真可以用举步维艰来形容。

在桔年的好说歹说下，非明总算答应暂不换上跳舞的衣服鞋子，以免弄脏了行头。为了这场演出，她兴奋紧张得昨晚一整夜都无法入睡，可一出门，糟糕的天气和路况让她沉浸在童话歌舞里的心感受到了一丝沮丧，冷风一吹，直嚷着头痛。

“姑姑，我早就说过只撑一把伞是不行的。”非明嘴里喷着白气抱怨道。

桔年抿嘴笑了笑，也不去点破，明明是她嫌另一把伞又旧又丑。桔年只是悄悄地将伞柄往非明那边又挪了挪，安慰道："就快到公交车站了。"

天气糟糕，大家都想找个栖身之所，刚过去的公交车无不满满当当。孩子心里装了演出这眼前最重要的事，自然心急焦躁。她眼睁睁地看着接连不断的私家车从眼前疾驰而去，情不自禁地喃喃："韩述叔叔不知道在干什么，我明明告诉过他今天晚上演出的。"

非明说完了这句话，偷偷地看了姑姑一眼。桔年正低头有一下没一下地甩着伞上的水珠，神游一般，仿佛并没有听见她说什么。非明松了口气，又有些失望，悻悻地伸长脖子候着下一班车的到来。

过了好一会儿，非明都快忘了这个话题，才听到姑姑慢悠悠地问了句："哦，那他怎么说？"

非明翻了个白眼，心里想，姑姑的反应也够慢的。说起这个，她有了些精神，"我上个星期就给韩述叔叔打过电话。他真奇怪，没说来也没说不来，就问姑姑你知不知道我叫他来。"

"这样啊。"桔年点点头，又不说话了。

这样的结果显然不能让孩子满意，非明故作老成地分析道："姑姑，是不是你不让韩述叔叔来？我觉得他好像有点怕你。"

桔年笑了起来，"怎么会？你韩述叔叔不来，大概是因为他有别的事要忙。"

"可是演出是在晚上，他不用上班啊。"

"傻瓜，大人除了上班之外，还有很多事情要做。"

"那为什么你不上班的时候都没有什么事情可做？"

桔年语塞，她发现自己已经辩不过这个十来岁的孩子了。

好不容易到了小学的礼堂，非明不死心，还在四处张望，她心底里还期待着韩述叔叔从某个角落突然冒出来，笑嘻嘻地给她个"惊喜"。

过不了多久，非明就将站在舞台上，成为众人瞩目的白雪公主，她多希望能够多一些自己喜爱的人分享那个时刻的喜悦，尤其是韩述叔叔。如果他来了，许多嘲笑她是孤儿的同学都会发现，在舞台下会有一个又帅人又好的“家长”只为谢非明欢呼鼓掌，而不是只有姑姑静静地陪伴着她。

姑姑也不是不好。非明并非不知道姑姑才是真正照顾自己的人，可是姑姑总是太过冷清，而非明又太害怕这种冷清。她渴望的是放学后等待自己的一张热闹的餐桌，还有快乐或沮丧时的一个温暖的怀抱，可是这些她都没有。她的记忆中只有午夜时分偶尔醒转，老房子里无边的沉静，还有桔年姑姑枯坐时寂寥的侧脸。

非明还没有长大到足以读懂那些情绪，但是她嗅得到藏在平淡如水的日子后头哀伤的味道，那不是她梦想中家的味道。

韩述叔叔没有出现。非明略带失望地抱着她的裙子和舞鞋跑进礼堂二楼的化妆间，桔年则找了个位子坐下，独自等待。

演出即将开始，已换上洁白纱裙，装扮得像真正的公主一般的非明忽然紧张又雀跃地跑到桔年身边。

“脸怎么那么红？”透过粉底，桔年都可以察觉到非明异样潮红的脸蛋，同样掩饰不住的还有眼睛里的惊喜。

非明把手中的一个纸袋往桔年怀里一塞，神秘兮兮地小声对桔年说：“姑姑，刚才老师把这个给我，说是一个阿姨给我送来的，是你买给我的吗？”

桔年轻轻打开精致考究的纸袋，里面是个漂亮的小盒子，盒子里竟然满满的都是各式各样漂亮的小发卡，五颜六色的装饰和晶莹的水钻耀花了眼。

“是你买给我的吗？”非明还在旁边一个劲地追问，但她心中也许知道这个答案是否定的，“难道……是韩述叔叔？”

孩子的声音因极度的兴奋和惊奇带上了颤音，而桔年的指尖发凉。不会是韩述，韩述虽然能够负担也愿意送孩子礼物，但他毕竟是个大男人，他不会特意去买这么些小女生喜欢的玩意儿，也未必知道这些东西正是非明目前的心头所好。答案不言而喻。

“不对，不是韩述叔叔，老师跟我说是个阿姨……究竟是哪个阿姨，她为什么不亲手交给我呢？”

桔年怎么能告诉非明，这些发卡来自她一直心念不已却从未相识的人，而那个人为了一段过去、一个誓言……又或者是为了另一个家庭和已然安定的生活，可能永远给不了非明想要的家。

陈洁洁当然会认出非明，这是她年少荒唐岁月里留下的唯一血证。那一次的擦肩而过之后，她会流泪吗？她会后悔吗？她会因为这个融合了她和巫雨血脉的生命而想起逝去的容颜辗转反侧吗？桔年不得而知，她确定的是，陈洁洁或许想要给孩子补偿，却不可能与非明相认。而她能给的补偿，也不过是这一盒子漂亮却无用的点缀品。

桔年想，不怪她。不过是一段过去，有人想记得，有人要忘记，仅此而已。

“会不会是别人送错了？”非明猜到最后，反而为这不太可能落到自己身上的幸运而惶恐。

桔年笑了起来，从发卡堆里挑出一个，别在非明的头发上。

“喜欢吗？”她问。

非明红着眼睛一个劲地点头。

桔年不禁也有些难过，她把非明带在身边这么多年，可是给孩子的快乐却那么少。

“喜欢就好，你看，发卡戴在你头上那么漂亮，怎么可能是送错了？说不定这是圣诞老人送给白雪公主的迟到的礼物呢！”

非明虽不太相信，却也笑了，注意力成功地转移到她眼前最为在意的演出上。她拉开裙摆，在桔年面前轻快地转了个圈。

“姑姑，我的裙子好看吗？刚才李小萌也在化妆，她扮演一棵树，看到我的裙子，气得脸都绿了。”

桔年忍住笑，“我刚才看到扮王子的男孩子，是李特吧，他今天也很帅。”

非明心里甜丝丝地转了几圈，一屁股坐在桔年身畔的椅子上，嘟囔道：“姑姑，我开心得头有点晕。”

桔年找出纸巾去擦非明额角的薄汗，“坐一会儿就好了。”

“你小的时候跳舞吗，姑姑？”

“呃……不怎么跳。”

“你不希望自己是白雪公主吗？”

“白雪公主只有最出色的女孩子才能扮演啊。”桔年笑着说。

孩子还不怎么懂得谦虚，点头表示认可。想了一会儿，又歪着头，认真地说了句：“姑姑，我觉得你也很好。”

“嗯？”桔年有些意外，她笑自己，也许是太多年没有听过有人对自己说过这样的话，以至于她竟然因为孩子无心的肯定而感到眼眶潮湿。

“真的吗？”

“真的。”非明轻轻地把头靠在姑姑的肩上，“全世界姑姑最好了……除了我的爸爸妈妈。”

老师通过广播召集所有参与演出的同学到后台集中候场，非明急匆匆地跑了，桔年收敛心神，依旧坐在位子上，等待着即将开始的表演。

因为学校精心筹备的缘故，晚会节目相当精彩，随处可见用力鼓掌、专注拍照摄影的家长。对于家长而言，台上表演的内容是什么不重要，重要的是那里面有自己的宝贝。

晚会进行过半，报幕的小学生用黄莺一般的声音对观众说道：“接下来请大家欣赏歌舞剧——《白雪公主和七个小矮人》。”

掌声雷鸣般响起，桔年也不由得坐直了身子，聚精会神地等待非明的演出。她太知道这一次的表演对非明这孩子的重要性，多少个日夜的刻苦排练和精心准备就为了这一刻。

她在心里默默地说：巫雨，你也在看着是吗？

童话的音乐声传来，观众席也渐渐安静，仿佛都在等待着舞台上的小精灵。

一秒，两秒……十秒……时间过去了，可舞台上始终空无一人，观众席上的家长们从疑惑变为窃语，从窃语转为不解地张望。

台下开始骚动了，最沉得住气的桔年也不解地皱起了眉头，细心留意之下，她发现那骚动的源头来自后台。

这是非明的节目！

桔年绞着自己的手指，到底是坐不住了，究竟发生了什么事？她悄然起身，朝后台方向小跑而去。

进入后台的小阶梯上已经围了不少的人，有学生，有老师，也有家长，他们都踮起脚尖，伸长脖子朝里张望着。桔年的脑子里乱纷纷的，只听到了一些支离破碎的议论。

“是个女孩……”

“忽然就发病了，真可怕……”

“叫救护车了吗？”

不安的触感是冰凉的，像午夜的涨潮，从脚尖开始，慢慢地，慢慢地，打湿她，吞没她。

桔年用力分开挡在自己前面围观的人们，一层又一层的人墙，密不透风地遮蔽着风暴中心那座惊恐、绝望的岛屿。时光仿佛倒流了，周围的场景在眼前模糊难辨……盛夏，午后，冰凉的手，无功而返的救护车，似远似近的警笛，水泄不通的围观者，白的担架，红的血，无风自落的石榴花……还有诀别的味道。

她在发抖……不……不要这样！

“不让我的眼泪陪我过夜，不让你的吻留着余味……”

韩述坐在灯光幽暗、音响喧闹的KTV包厢里，听着同事在台上忘情投入地演唱。

“韩述，喝一杯？”办公室的美女主任拎着半打啤酒坐到他身边。

韩述摆手，“刚才已经喝了不少，现在我就喝这个。”

美女主任拿过韩述手里的饮料在鼻前一闻，“柠檬茶，喝这个有什么意思？”

韩述懒洋洋地把杯子拿了回来，“这你就不懂了，柠檬茶里也有学问，我喜欢放三片柠檬，加入蜂蜜，不要戳它，冰箱里冰镇十个小时以上，味道自然就出来了，颜色还澄澈。这杯……凑合罢了。”

“你哪来那么多讲究？”正好有人推门进来，美女主任小王赶紧在身边腾出个位子，嘴里招呼着：“蔡检，您总算来了，快请坐……”

刚到的蔡检闻声走了过来，端端正正地坐在韩述和小王之间。小王忙着给领导倒茶，蔡检打量了韩述几眼。

“看你这几天心情好些了？气色都回来了。”

韩述笑道：“这光线跟鬼屋似的，您都能看出我的气色，姜还是老的辣。”

蔡检也抿着嘴笑，“干妈这不是关心你嘛！你这孩子，从小到大没少让人操心。跟同学聊聊，心气都畅了不少吧？”

韩述闻言一怔，他不久前是跟方志和“聊”过几句，不欢而散。可干妈又是怎么知道的？

他心下狐疑，嘴上却不说，只暗自思量着，莫非这方志和跟蔡检扯上了什么关系？方志和莫名其妙地找碴儿，难不成是出自干妈的授意？

不可能！周亮、方志和跟韩述打小玩得不错，蔡检察长是认识他俩，但仅限于认识而已。更重要的是，韩述了解自己的干妈，方志和话里的意思跟干妈的想法南辕北辙，完全不是一回事。

蔡检似乎也自悔失言，笑笑接过小王递过来的热茶，不再继续这个话题。韩述低头去喝他的柠檬茶，心想，这葫芦里卖的是什么药？

“你爸爸跟你说了吧，赶紧把手头的事情交接了，该干吗干吗去。你不是常说在城南院束手束脚的吗？现在可以远走高飞，反倒舍不得了？”蔡检对韩述说道。

韩述摇头，“当初非得让我接这个案子的人是您，让我放手的也是您，别拿我当枪使啊。我还真杠上这个案子了，从来就没有我韩述过不去的坎。您别说，我还真有点进展了，更不能现在就撒手。”

“哦？”蔡检一挑眉，神情也专注了起来，似乎对此颇感兴趣，“说说看。”

“这是说公事的地方吗？”韩述笑着摆了摆手，继而压低了声音，“我敢肯定，王国华后面有人，他只是虾兵蟹将冤大头，真正的大鱼还没露头。”

“韩述，你可得掌握证据。”蔡检若有所思地说。

韩述说：“这个我知道。我又不是第一天接案子，既然这件事被我碰上了，我非得查个水落石出不可。王国华虽然算不上冤枉，但罪不至死，他也不能白死。”他说着，忽然放下了手里的杯子，看着蔡检，颇有意味地说道：“干妈，您说唐业是无辜的，但是我看没有那么简单。”

蔡检沉默了一会儿，低声说：“韩述，你该不会……我相信你会公私分明的。”

韩述勾起嘴角，似笑非笑，“是吗？您心里恐怕也在想该怎么防着我故意给您那便宜儿子找碴儿吧？”

“我并没有这么说。”

“那就好。”韩述脸上换了正色，“您要真那么想，未免也把人看扁了！”

“阿业他……”

韩述见小王起身去点歌，小声说道：“我只问您，唐业在海外有私人账户的事您知道吗？还有，王国华死前最后一个有疑点的项目跟江源集团下属的广利公司有关，而唐业跟广利公司原财务总监滕云过往甚密您也不知情？”

蔡检一向精明的双眼里也流露出迷茫的神情，她缓缓地摇了摇头，“你觉得……”

“如您所说，一切由证据说话，而我现在手头上并没有充足完备的材料。但是这个案子假如要查下去，唐业是绕不过去的。干妈，我知道这不是您让我帮忙的初衷，但是我希望您理解，而且最好有个心理准备。”

蔡检良久没有出声，似乎在品味韩述话里的意思。孩子大了，由不得人，她觉得自己也在慢慢变得苍老无力，心越来越疲惫，以往的锐气在日渐消磨，她长长地叹了口气。

韩述看着干妈这个样子，心下也有些不忍，正好同事一曲唱完，他接过麦克风，笑着朗声对大家宣布道：“下面有请我们城南院的少男杀手、甜歌小天后蔡一林小姐为我们演唱一曲！”

大家配合着起哄，蔡检终于笑了起来，骂道：“韩述你简直没大没小。”手里却接过了麦克风。

蔡检爱唱老歌，是业余的演唱高手，这在城南人民检察院是人人皆知的事情，不过敢这样跟她开玩笑的除了韩述再没有别人。

蔡检的一首《分飞燕》唱得如泣如诉，韩述鼓掌之余，掏出自己的手机看了看，小王从点歌台的位置回来，巧笑倩兮地打趣道："韩述你今晚是怎么了？身在曹营心在汉，那手机都不知道看了多少回……我看看！"

她趁韩述不备，一把抢过手机，笑着闪过身避开韩述的手，"让纪监小组长检查看看有没有儿童不宜的内容。"

韩述一夺之下没有成功，也不再计较，舒展地靠在软绵绵的沙发上，笑问道："看到了好东西不要忘了告诉我。"

小王摆弄了一会儿，失望地把手机抛回给韩述，"没有电话也没有短信，你瞎看什么？"

韩述笑嘻嘻地说："我看时间罢了。"

韩述正说着，握在手里的手机屏幕忽然亮了起来，上面显示着一串陌生的电话号码，响了两声就挂断了。韩述一急，立马从沙发上跃起，匆匆地跑出门外回拨过去，"喂，喂，我是韩述，你是哪位？"他唯恐周遭太过嘈杂，对方听不到自己的声音。

对方的声音清楚地从彼端传来："您好，我处可为您提供六合彩特码预测服务……"

韩述一愣，继而大怒道："预测个鬼，小心我端了你们的老窝。"

他愤而挂断，才发现自己原来那么失望。

今天是非明演出的日子，韩述是记得的。他没有去，因为害怕自己在桔年眼里再度成为一个不受欢迎的人。可是一整晚，他都没有放弃一个设想，非明喜欢他，希望他去看演出，桔年有没有可能因为非明的期待而给他打电话呢？依她的脾气，这个可能性是微乎其微的，可是他就是着了魔似的心存期待。

走回包厢，韩述依旧掩不住失落。蔡检恰好唱完了最后一句，歌兴正浓，招手叫来韩述，就对小王说：“点首歌让我跟韩述一块唱。”

韩述也是个不折不扣的麦霸，可这时哪有那份心，连连求饶：“我之前喝多了，唱不了。”可蔡检故意板起脸，他也不得不依。

“韩述你唱什么？”小王在一边问道。

“无所谓，有什么是我不会唱的？”

“蔡检，要不给你们点一首《敖包相会》？”小王转而问蔡检。

蔡检说：“换首新歌，免得韩述老说我活在七十年代。”

韩述嘀咕道：“太新的您也不会啊。”

小王会意，给他们点了一首不新不旧的《当爱已成往事》。

“这首好，这首我们小天后会唱。”韩述笑道。

稍显沧桑的一段前奏后，蔡检的女声传来，“往事不要再提，人生已多风雨……”

听着这首歌被蔡检用她拿手的民族唱法“全新”演绎，韩述握着另外一个麦克风，转过头去，努力憋住脸上的笑意。

“哎，认真点，别笑啊。”小王在一侧暗示着。

韩述这才收敛了些，正儿八经地跟着蔡检的节奏，尽量专注地听她唱，一边用手轻轻和着拍子。

“……纵然记忆抹不去，爱与恨都还在心底。”

不知道是特定的心情还是太过专注使然，韩述定定地站在那听着，这首烂熟于心的歌，竟莫名地有了种别样的况味。他试着闭上眼睛，恍惚间，仿佛蔡检也不再是蔡检，歌也不再是那首歌，身侧只剩下一个声音在幽幽地叙述。

“真的要断了过去，让明天好好继续，你就不要再苦苦追问我的消息……”

韩述怔怔地有些出神，直到蔡检轻轻地咳了一声，才留意到已经到了自己的唱段，好在这首歌他闭着眼睛也能唱下去，赶紧接过。

“爱情它是个难题，让人目眩神迷，忘了痛或许可以，忘了你却太不容易……”

不容易……有多不容易，这十一年里，冷暖自知。

“你不曾真的离去，你始终在我心里，我对你仍有爱意……爱意……我对自己无能为力。”韩述也不去看那大屏幕上的歌词，自顾自往下唱。有些什么东西，电光石火一般地闪过，照亮了，又熄灭了。

“因为我仍有梦，依然将你放在我心中，总是容易被往事打动，总是为了你心痛。”

那个女声恰如其分地缠了进来，“别留恋岁月中，我无意的柔情万种，不要问我是否再相逢，不要问我是否言不由衷，为何你不懂……”

“别说我不懂。”韩述轻轻地接了下去。全赖酒精的后劲，他眼里只有另一端欲说还休的她，身影单薄，额前有被风吹乱的头发，白着一张巴掌大的脸，眼角是克制的眼泪。

“有一天你会知道，人生没有我并不会不同。人生已经太匆匆，我好害怕总是泪眼朦胧……”

“韩述，韩述，唱啊，换你唱了。”

“你怎么了，韩述？”

韩述缓缓垂下了握着麦克风的手。

他的人生没有了她，当然会不同，一切都将改写。如果可以，韩述希望自己永远不要遇见桔年。然而如果真的可以，他愿意重回过去的每一天，好的、坏的、幸福的、不幸的，通通重走一遍。只不过，再不会让她受到一丁点的伤害。

从来没有人逼他流连在那些过去里，不肯忘的人一直是他自己。他苦苦相逼，他言不由衷，他怕承认了之后再无路可退。然而一切只是因为他心中藏着一个被愧意包裹得密不透风的盒子，如今拂尘开启，才发现里面不过是最卑怯的感情。

他是等不来桔年的电话的。

从来韩述就救不了桔年，需要救赎的那个人，是他自己。

Best Time

白马时光

许 我 向 你 看

不过是一个家，
多微不足道的请求，
那么多人急不可待地要摆脱家的束缚，
有人偏偏就求而不得。

脚下的枯枝败叶还在三个人的脚下吱吱作响，世界尽头的荒僻院落，连路灯的光都那么遥远，没有人会经过，没有人会观望，当然，也没有人惊扰三个傻瓜的快乐。

也许非明仍然无法理解那些陈年的往事和那五个字里的寓意，
但这是她用她的方式对回忆所做的最美的构想。

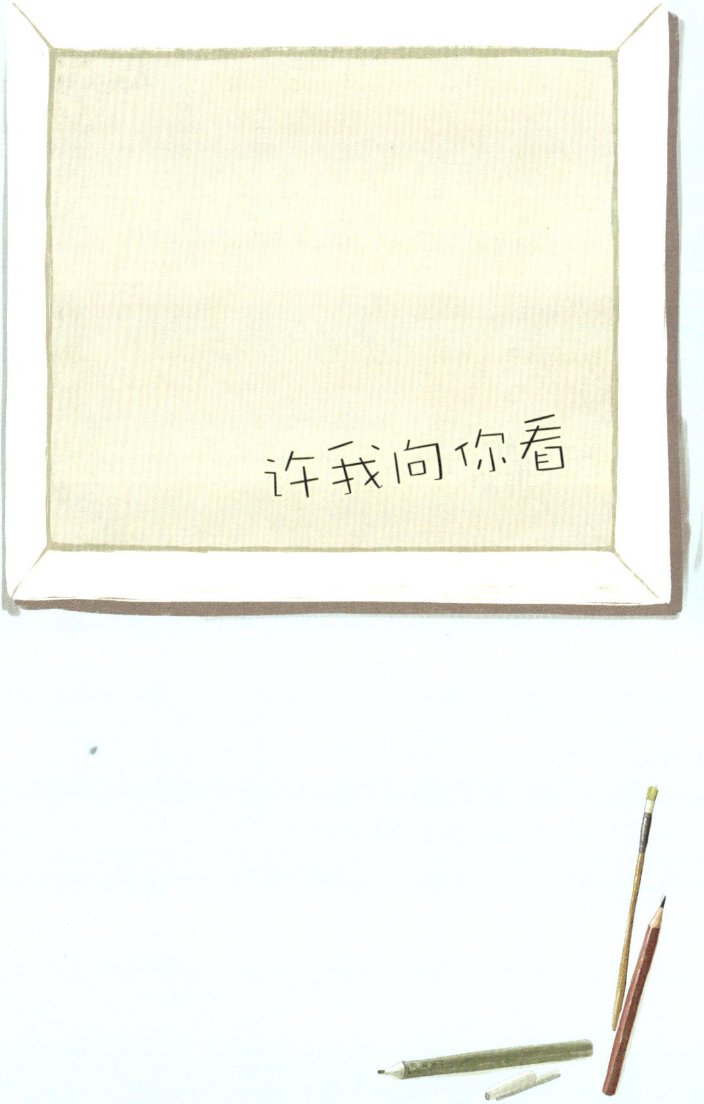
许我向你看

她再一次与命运握手言和，
不再去追问巫雨是否曾经爱过自己，不再追问他究竟属于谁。
这棵从未结果的石榴树也将随着烈士陵园的迁徙而消失，
“小和尚”再不会徘徊在树下，
一如他渴望中的那样，他应该是自由的。

许我向你看

插图纪念版

下

辛夷坞 著

百花洲文艺出版社
BAIHUAZHOU LITERATURE AND ART PRESS

目录

Contents

目录

Contents

第六十一章

假装原谅我

61

韩述赶到医院时已近深夜。

他离开KTV太过匆忙，连外套都落在了包厢里的沙发上。是蔡检亲自拿着衣服追了出来，那时他人已经在停车场。

“你这冒冒失失的要赶着去哪儿？”蔡检问。

韩述接过自己的外套，没有回答，想不到蔡检已然有了答案。

“你又要去找她？韩述，我以为你这些天想明白了不少，没想到是越来越糊涂了。”

即使在停车场并不明亮的灯光下，韩述依然读得出从小疼爱自己的干妈脸上的不解和无奈，以及她话语背后的潜台词。

他本想说，我原本一直是糊涂的，现在才明白了。可是直到驱车离开，他也没把这话说出口。明白和糊涂，不过是仁者见仁，智者见智。

韩述开车穿行在夜间仍旧繁华的街道上，莫名地想到一个并不算太恰当的词——归心似箭。虽然他的目的地其实是地段偏僻的一个小学。他想，不管能不能赶上非明的节目，他都要把这孩子举起来转一个大圈，至于该如何面对桔年，他心中更是构想了无数种可能。

千言万语化成一句“对不起”？说不定她只扔下一句“没关系”就会走人。

直截了当地吐露心声？韩述自言自语地对着后视镜模拟了一遍，肉麻到自己都抖了几下。

要不……就直接亲下去？他认真思考了这个方式的可行性，最后承认，他真的不敢。

静静地坐在她身边吧，什么都不要说，让时间和行动证明一切？可是以桔年的个性，她绝对可以纹丝不动地坐到天荒地老，一个字也不说。韩述相信自己会在行动之前死于长时间的沉闷。

好像怎么做都不行，怎么做都不对。当然，延缓了十一年，所有的行动和表述都犹如隔靴搔痒。

韩述想象着十一年前，假如他就这么上前抱紧她，不管她责怪或是怨恨，沉默或是推开，怎么样都可以，而不是徒劳地在旁听席上等待她看自己一眼，那样的话，他是否就没有如今这么后悔？这是个永远不会有答案的疑问——还好，他今天仍然可以选择拥抱她。

拥抱她，忽略她的冷淡和回绝，任她疑惑抗拒甚至是鄙夷，这是韩述所能想到的，仅有的事。

结果，台园路小学的礼堂是到了，所有的设想却化作泡影。韩述在一片乱哄哄中惊闻非明出了事，经知情老师指点又连忙赶赴医院。

此时非明已从急症室出来，被送进了临时监护病房。韩述在病房门口遇上了孩子的班主任，他跑得气喘吁吁的，匆匆打了个招呼，正要进去，推门之前隔着玻璃观察窗看了一眼，里面除了紧闭双眼情况不明的非明，还有背对着门坐在床边的桔年。

桔年的背影如韩述记忆中一般薄而瘦，韩述心里一酸，竟有点近乡情怯的味道，这一迟疑间，才让他进而留意到，房间里除了她们，还有别的人。那个把一只手放在桔年的肩头，给她递过去一杯水的，不是唐业又是谁?

韩述看着桔年侧身接过那杯水，即使看不到她的脸，他也可以在脑海里勾画出她对唐业挤出笑颜的模样。

说实在的，即使唐业曾公然把桔年带到蔡检面前，称她是自己的女朋友，而桔年也没有否认这一点，但韩述根本不相信他们之间会有暧昧的瓜葛。他也说不清为什么，就是凭直觉，唐业不是巫雨。韩述曾亲眼见过桔年和巫雨之间流动的那种说不清道不明的东西，他承认他和桔年之间没有，但在唐业和桔年身上同样找不到那种痕迹。即使是这样，看着病房里的唐业，他依然后悔自己来晚了一步。

他今晚应该去看非明演出的，即使非明的意外没有办法避免，但至少那时他是第一个陪在她们身旁的人，而现在他把那个位置留给了唐业。

唐业低着头，似乎在跟桔年小声交谈着。韩述听不到他们的对话，他轻轻缩回了放在门上的手。他就像一支离弦的箭，呼啸着挟着风声朝红心奔去，忽然间找不到方向，力道渐失，空落落地掉落在地上。

于是他走开几步，转而向非明的班主任询问病情。他实在弄不明白，看起来健康又活泼的非明为什么会毫无预兆地得了急病入院。

非明的班主任杨老师面对韩述的提问语焉不详，而韩述明明从杨老师的神情中看到了困惑和惋惜，他一颗心顿时往下一沉，也不再在老师身上浪费工夫，转身朝值班医生的办公室走去。

医生办公室里空无一人，韩述只得又找到前台护士值班处，劈头盖脸就问："刚送来的那个小女孩，就是叫谢非明的那个，她到底得了什么病？"

低头抄抄写写的一个小护士瞥了韩述一眼，"你是她什么人啊？"

韩述一时语塞，随即又厚着脸皮答道："我是她爸爸。"说完这句话，他在护士疑惑的眼神中竟然感到脸庞一阵发热。

"你能有那么大的女儿？"对方果然回以不信任的态度。

这时一旁稍微年长的另一个护士接了句："你是她爸爸，那刚才给孩子办手续的是谁啊？有什么事等医生回来再说吧。"

韩述闻言，心中咯噔一下，也不争辩，只放低了姿态恳求道："拜托你了，我只想知道她到底得了什么病。"

他原本就有一副容易讨得异性好感的皮相，兼之言辞恳切，那护士想了想，也没有再为难，低头翻着入院记录，抬起头来的时候话里也带着异样。

"你真是那孩子的爸爸？她患的是迟发性癫痫……"

"癫痫？"韩述下意识地跟着重复了一遍。

面无表情地道过谢，他走到离自己最近的一张椅子坐下，发了好一会儿的呆，最后他见四下无人，用力地掐了掐自己的手臂，疼得厉害，看来这并不是做梦。

这个病让他想到了非明和另一个人之间也许存在的关联。这个本应如拨云见日一般的事实却像山一般压住韩述，让他喘不过气来。

韩述知道非明不是桔年生的，此前他一直归因于她的善良和孤独，才会拖着一个非亲非故的孩子清苦度日。他真的从来没有想过，非明竟可能是那个人的孩子，竟然是这样！

其实，现在回想起来，事实不正摆在眼前吗？

除了巫雨的孩子，还有谁值得桔年这么对待？而非明那张面孔，她的眉和眼，无一不刻画着熟悉的痕迹。

韩述为着这个发现而冷汗涔涔，这么多年来，她竟然守着另一个人的影子生活着。他以为不管她愿不愿意，巫雨留在世界上的影像将永远随着那个午后而逝，原来并没有。

巫雨，有多久了，韩述不愿意回想起这个名字，可此刻他闭上眼睛，仿佛就可以看到那个人，还是青葱少年的模样，清淡眉眼，笑容明净。在他面前，年近而立的韩述顿觉自己一身的疲惫和尘埃。

桔年把唐业送到了医院大门处。她不善于言辞，沉默着走了一会儿，到了该留步的时候，干巴巴地说了句："谢谢你。"

"钱的事不要放在心上。"唐业感冒了，说话带着鼻音。

桔年摇头，"是谢谢你能来。"

说起来也是巧合，桔年在急症室外等待非明的时候接到唐业的电话。平安夜过后，他们一直没再见面，电话里唐业也只是简单问候，没想到听闻非明的事情，立马赶了过来。

"好像我们跟医院太有缘分了。"桔年无可奈何地笑了笑。

唐业说："那也是缘分的一种。你回去陪着孩子吧，我走了，你也注意休息，一切等到明天 CT 结果出来再说。"

桔年点头。

唐业看似仍放心不下，又安慰了一句："别想太多，于事无补，还徒增烦恼。"

桔年低声说："没关系。我就想，事情已经坏到这种地步了，还能再坏到哪去？这么想着，心也宽了。"她仓促地笑了一声，"至少她还活着。"

唐业露出了些许困惑的神情，他觉得桔年就像一汪澄碧的湖水，乍一看清透，其实不知道底下沉淀着什么。譬如在这个夜晚之前，他并不知道她收养了一个那么大的女孩，而她似乎到目前为止也无意对此做解释。

唐业猜想过那个女孩或许是她所生。但即使这是事实，他也只是惊愕而已，更觉得她不容易。不管怎样，她一定有这么做的理由。人总是容易被过去所累。

他们挥别，唐业孤身走到院门口三角梅攀成的拱门下。雨刚停不久，一阵对流风穿过，积聚在叶子上的水滴和零碎的花瓣一道飘落下来，有几片花瓣落在了他的肩上。唐业拂了拂那些带着水珠的紫红色花瓣，回头对几步之遥的桔年说："不知道为什么，我忽然想起一个朋友对我说过的话——他说世界上有两样东西是最无可奈何的，一样是飞花雨，一样是往事。不过我想，既然还有风吹过去，散了就散了，你说呢？"

桔年重回非明所在的病房，看到了站在那里等候的韩述。她经历了过多的意外，反倒不觉得他的突然出现有什么出奇。

"非明……她还没醒过来？"韩述有些局促。

"医生给她用了药。"桔年顿了顿，推开门时还是侧了侧身，"你要进来吗？"

"等等。"韩述明明点了头，又反手重新掩上病房的门，"我找你有点事，不要吵醒她。"

桔年看了他一眼，也没拒绝，走开几步，找了个地方坐下。是他说有事，既然他不开口，她也不急。

夜里的医院回廊，跟落满枇杷叶的院落一样寂静。

韩述忽然觉得心里憋得慌，莫名地气不打一处来，他焦躁地在她跟前走了一个来回，指着桔年，压低了声音，挤出一句话："你代他养女儿，你代他们养女儿，你……你……"他都不知道怎么说才好，见她一直沉默着，只得束手无策地坐到她身畔，整个人都被无力感包裹着。

"你怎么能这样？"他问完又长长地吁了口气，喃喃地自言自语，"也是，我早该猜到你会这样，世上没有比你更傻的人了。"

"难以置信"和"想通"之间其实就隔着一层薄薄的纱。

韩述自我解嘲，这不就是谢桔年会做的事情吗？巫雨死了，假如这孩子的身份见不得光没人肯要，她怎么可能让巫雨的孩子颠沛流离？如果她会这么做，她就不是今天的谢桔年。

“你觉得他们长得像不像？”不知道是不是太多的变故冲淡了桔年和韩述之间的疏离感，她就这么坐在他身边淡淡地问了一句，没有恩怨，没有芥蒂，没有原不原谅的问题，就像很多年不见的故人。

今晚在韩述之前，已经有很多人给过桔年安慰，学校的老师、唐业，还有闻讯赶来又离开了的平凤。他们对她表示同情，也对她伸出援手，对于非明的存在，有的不解，有的埋怨，有的包容……可他们其实都不明白其中的因缘，而桔年也不打算说。倒不是她刻意隐瞒，只是事情已经过去太久了，许多事情很难从头解释，即使费尽口舌，有些东西别人也无法理解，因为那些人、那些事没有真实地在他们的记忆里存在过。只有一个人不言而喻，只有一个人说——我早该猜到是这样。讽刺的是，这个懂得的人竟然是韩述。

虽然桔年不喜欢跟韩述再有任何联系，但她仍然得承认，那些她经历过的往事他亦有份。除了陈洁洁，也只剩下他见证过那些往昔，那是他们各自割舍不了的一部分。

很多时候，桔年都对自己说，只要她记得这个世界上曾经有一个叫巫雨的男孩存在过，只有她一个人记得她的“小和尚”，那就够了。她拥有的年华里，也只有“小和尚”存在过的那些年头是有色彩的，是有血有肉的真正活过的，后面的十几年，浮光掠影一般，好在她为自己搭建了一个天地，她在那个回忆的天地里安然度日。

然而，当她把抽搐着的非明抱在怀里，当她惊恐地发现也许有一天她会连非明都失去，连这怀抱也变得虚无，那她还剩下什么？还剩下记忆吗？这记忆如果只存在于她一个人的心中，谁来为她证明那不仅仅是黄粱一梦？又拿什么来支撑她赖以生存的小天地？

现在，韩述就在她身边，他不是他，不是韩述，他是照见谢桔年过去的一面镜子。他真真切切地提醒她，那些过去不是虚幻。

韩述嗤笑一声回答道："当然像，她像她爸，也像她妈，唯独不像你。"

他说完又后悔了，不是说好了，从今往后要好好地对她吗？即使预想的那个拥抱无疾而终，但怎么还管不住这张嘴。

好在桔年看起来并没有太介意。她懒懒地靠在椅背上，韩述不经意低头，走廊的灯光让水磨石地板上的两个影子靠得很近，他略略换了个姿势，它们便真的如同依偎着一般。

"我说陈洁洁为什么有一两年好像从地球上消失了一样，原来是为了这个。自己的亲生女儿都可以不要，那还生出来干什么？她这些年都没有想过回来找非明吗？"韩述害怕太长久的沉默会结束那个"依偎"，总得说些什么吧，可是问起这个，桔年的沉默又让他无名火起，"我就知道肯定没有，那家伙做事太不地道！对了，她知不知道非明由你抚养着？"

桔年说："以前不知道，最近大概是知道了。"

韩述一拍大腿，"前几天她还给我打电话，拐弯抹角地问起你的事，我还以为她关心你呢……"他说到这里打住了，掩饰性地咳了一下，接着往下说，"我估计她现在也不敢认这孩子。"

"是吗？"

"你还当陈家跟过去一样威风？几年前，陈洁洁她爸爸投资失败，在一个项目上栽了大跟头，后来她家就一天不如一天了，现在也不过是靠找了个好亲家撑着那份表面风光罢了。"

桔年想到那日超市见到的那一对，"那也不错。"

韩述冷笑，"是不是不错，她自己才知道。前几年不是离婚了吗？留在国外晃荡，不知道多潇洒，到头来还不是灰溜溜地回来复婚。没有周家，她估计得在国外洗盘子。拿人的手短，吃人的嘴软，所以她这几年也安分了，好在生了个儿子，要不日子也未必好过。换作我是她，我只怕也要把非明这档事瞒着，打死也不说。”

他看了桔年一眼，放缓了语气继续说：“非明虽然是她生的，但她一天也没养过，算起来还不如你跟这孩子有缘分。过去不指望她，就算是现在，也没有这个必要。非明的事……你放心吧，还有我呢。我不管她是谁的孩子，只要你……我会……”

他从来没有把一段话说得这么艰涩，既难堪，又紧张，一方面怕说得太露骨让她反感，又怕太含蓄，她听不出另一层意思。

桔年确实有些吃惊，不禁看了韩述一眼，在她的视线下，韩述都不知道怎么把下面的话说下去，手忙脚乱地掏出一张卡，胡乱地塞到她手中。

桔年被他吓了一跳，顿时站了起来，“什么……哎……不用！”

韩述又轻易地在她面前恼了，冷脸道：“我的钱难道比唐业的脏？”

桔年怕把护士和其他病人惊动了，忙说道：“我出来的时候没带够钱，身上也没银行卡，唐先生先垫付了医药费，明天我就会还给他。”

她说完，觉得韩述的脸色好看了一些，也没想到是那无意的“唐先生”三个字让韩述心中一宽。

韩述把她握着卡的手推了回去，“就当是我给非明的，我知道，她跟我没关系，但我真的希望她是我的女儿。就像陈洁洁和巫雨，只要有了非明……他们之间……唉，不说他们了，我的意思是……我可以把她当成我的……反正我会像你一样照顾她……你别误会，我不是因为你们可怜而补偿你们，不管你们可不可怜……我不是说你们可怜，我是想，我想……”

韩述越说越不知道自己在说什么，他想，正常人应该都听不懂他要表达的内容。

可是桔年从来就不是正常人。她打断了他。

“你知道不可能的，韩述。”

韩述的脸由红转白，暗地里咬了咬牙，可原本飘浮的一颗心却因着她毫无回转余地的一句话而定了下来。最惨最丢脸也不过是这样了，那还怕什么。至少说明她是懂得的。

“你这是拒绝我是吧？也没什么，真的没什么。”安慰好了自己，他试图换上自己擅长的玩世不恭的笑脸，厚着脸皮说，“你刚才说，不可能的，韩述。那我就不是韩述，你当我是刚刚经过的路人甲，我们刚认识，随便说点什么……打个招呼总行吧？”

桔年百般无奈，再一次递回那张属于他的银行卡，“嘿，韩小二。再见。”

她见韩述不动，俯身把卡放在一旁凳子的显眼位置上，摇了摇头，走回非明的病房。

“桔年。”韩述在背后叫住她。他强横地扯过她的手，把卡合在她掌心的力道却很轻，“有事的时候，先想到我行吗？就当是你假装原谅我的一种方式。”

第六十二章

毒苹果

62

第二天一大早，桔年从医院提供的劣质折叠床上爬起来，洗漱完毕，打了个电话到店里请了一天假，回来便发现非明醒了。

其实非明并没有睁开眼睛，桔年是从她比睡着时闭得更紧的眼睛和颤抖的睫毛看出了端倪。很久以前，桔年曾经也是个爱装睡的孩子，爸妈在身边谈论即将出世的弟弟的时候，姑妈和姑父大声叫骂的时候，她也是这样用力地闭着眼睛，越希望睡着就越难沉入梦乡。后来她身边多了一个巫雨，两人常常躺在石榴树旁的草地上，太阳透过紧闭的眼帘，在黑暗中渲染出一种橙红色。巫雨的呼吸在一旁，均匀而悠长，她试着将自己的鼻息调至跟他相同的节奏，睡不着，满脑子都是淡淡的青草味，还有太阳照在松枝上的气息。偶尔有落叶打在她的脸上，痒痒的，可她不想惊动身边的人，皱着鼻子忍耐，却听到巫雨哈哈的笑声……韩述说，非明一点也不像她，那是自然的，可是桔年却似乎有那么一秒，在非明身上看到了自己，那毕竟是她带大的孩子。

她坐到床畔，轻轻地唤了声，“非明，醒了？”

非明纹丝不动，可是过了几秒，紧闭的眼角有豆大的泪水流淌下来。

“肚子饿了吗？姑姑去给你买早餐，你想吃什么？”

“别哭，是不是哪里还不舒服？”

“非明，你听见姑姑说话了吗？”

任凭桔年在一旁好说歹说，非明仿佛除了流泪，再不会做别的事情。

“你等等，姑姑给你叫医生。”桔年无奈，也害怕孩子有什么没观察到的症状，于是站了起来。

可非明却在这个时候爆发出尖锐的哭声，她在枕头上竭力地摆着头，眼睛仍是不肯睁开，嘴里喊着：“我不要医生，不要医生……我没有病。”

桔年也有些慌了，手忙脚乱地去擦非明的眼泪，“好，好！你没病，那你先睁开眼睛看看姑姑。”

非明的声音带着重重的抽噎，“我不睁开眼睛。我睁开眼睛的话，之前做的梦就变成真的了。老师在催我了，我要去跳舞了……下一个节目就轮到我们了。”

“你醒来后，等我们出了院，还是可以跳舞啊。”

“你骗我，没有人要我跳舞了。别人都看到了我的怪样子，李特也看见了……”

她哭得那样绝望，一双手绞着两侧的床单，桔年的心也在孩子的哭喊声中慢慢地揪紧。她不是不理解非明的伤心，这个打击对于非明这样一个孩子来说，一定沉重得超出了负荷。

护士来了又走了，同病房的其他病人家属有热心肠的，帮着桔年哄了一阵，发现毫无办法，也只能无奈罢休。桔年也不再去劝，坐在一旁，看着非明竭力地哭泣直至无力，再也没有眼泪能流，只剩下间歇的抽泣。她无比嫌恶这一刻的自己，要是她再聪明一点，也许能给予非明更多的宽慰，不会像现在这样什么都做不了。

医生也进来嘱咐了几次，该送非明去照CT了，可是非明这个状态，实在不是观测的好时机。桔年束手无策地耗了一阵，韩述一阵风似的刮了进来，二话没说，打开手上的一个盒子，将里面乱七八糟的小玩意儿摆满了整个床头柜。

想必也发现了非明糟糕的样子，韩述向桔年投去一个询问的眼神，桔年低下了头。

韩述清了清嗓子，坐在非明的身边，"小美女，看我给你带什么来了？"

谁也没有想到，非明听到了他近在咫尺的声音，竟忽然坐了起来，抱住他，一边叫着"韩述叔叔"，一边重新开始号啕大哭。韩述看了桔年一眼，便赶紧拍着非明的背哄着："有什么事值得那么伤心啊？脸都哭皱了，多丑啊……别哭了，鼻涕都蹭在我衬衣上了，韩述叔叔待会儿怎么上班呀？"

非明可不管，该怎么蹭还是怎么蹭，"我再也不能去学校了，别人都看见了。"

"看见什么了？"韩述故意轻描淡写地问。

非明不肯回答，哭得却更伤心了。

"哦……你是说昨天晚上的事啊，我听说了。"韩述拉长语调，朝桔年眨眨眼睛，继续对非明说道，"这有什么好哭的？你不是扮演白雪公主吗？难道你不知道，在王子出现之前，白雪公主吃下了毒苹果，就是这样发病的？"

"我……我没有吃苹果！"非明断断续续地说。

"你很久以前吃的，慢性而已。"韩述揉着非明的头发，"没有人笑你，我赶去的时候同学们都很关心你，你上次说过的那个男孩子叫什么来着……”

“李特。”桔年赶忙在一旁提醒道。

“对，李特，他着急得像个小老头。”

“你胡说！”非明抗议。

韩述笑了起来，“你看，王子肯定不会笑话白雪公主，会笑话的都是巫婆。快，看看韩述叔叔给你带了什么？我可是特意给你送过来的，马上得去上班了。”

尽管桔年难以置信，非明还真的在韩述连哄带骗的胡诌八扯下慢慢地睁开了眼睛，一只手拿起其中一个维尼小熊，边吸着鼻子边看。

桔年见状，赶紧走出去跟医生联系接下来做检查的事情，剩下韩述跟非明两个人叽叽咕咕地说着话。她回来的时候，韩述已经拎着公文包站在病房外等着她。

桔年还是免不了尴尬，但不得不承认韩述的出现帮了她一个忙。抛开过去的事情，就现在而言，她对他不理不睬也说不通。

“你……不是赶着要去上班吗？要迟到了吧。”

韩述点头，“今天有重要的会要开。”

“那……再见。”

“你好像比我还急。”韩述笑嘻嘻地说，“怕我被扣工资？”

桔年笑不出来，牵强地勾勾嘴角，“我进去了，待会儿要陪非明去做CT。”

“有结果一定要告诉我，走了走了，我真的要迟到了。”韩述说完，眼尖地瞄见桔年手上拿着一杯插了吸管的豆浆，趁她来不及反应，顺手牵羊地抢过，嘟囔着说，“饿死了，我早餐都没吃！”

桔年顿时石化，看着自己空了的手，纠结地说：“这杯……”

虽然明知道以她的脾气不可能有什么过激的反应，韩述还是退了一步，得意地摇晃了一下那喝得只剩下半杯的豆浆，要将生米煮成熟饭似的就着吸管喝了一大口，然后看着桔年睁大眼睛呆呆的样子，顿时觉得心情大好。

“谢桔年，一杯豆浆而已，你不会这么小气吧？”韩述得了便宜还卖乖。

“问题是……问题是……”桔年一着急，嘴就笨笨的，哪比得上韩述的无赖。

他抢白道：“有什么问题啊，我都不介意是喝过的，你紧张什么？难道你有传染病？”

韩述边喝边走，桔年憋得脸通红，眼看着有人走了过来，才小心翼翼地说：“我没病，可是隔壁床小朋友的外婆感冒了。”

韩述愣了一下，没跟上桔年思维跳跃的速度，直到他远远地看见朝他们走过来的老太太，面孔是有些熟悉，两手都提着热水壶，右手的一根手指上还钩着一袋包子。他像是忽然得知了一个可怕的真相，再次看了那杯豆浆一眼，表情怪异，似乎想说点什么，可又被一个作呕的表情打断了，然后就飞快地消失在桔年的视线范围内。

桔年也没有办法，眼看老太太走近，打了个招呼，她帮着接过一个水壶，随便编了个豆浆消失的理由，老太太很大度地原谅了她。

将近十一点，平凤又过来看非明，她脸上的妆都没卸彻底，眼圈乌青，想是刚“下班”回来。她到的时候非明刚做完各项检查，疲倦地又睡去了，手里还握着个维尼熊。桔年正低头看着报纸上的连载，听到平凤的脚步声，抬起头笑了一下。

平凤轻手轻脚地搬了张凳子坐到桔年身畔，看了看非明，“没大问题吧？这孩子也怪可怜的。”

桔年把报纸搁在膝盖上，点了点头，“医生说，等检查结果出来，没什么事明天就可以出院了。”

“那就好，小孩子嘛，谁没个三灾五难的。”平凤说着，从随身的包里掏出一个旧信封，塞到桔年的报纸底下。

桔年略打开一看，吃了一惊，“你哪来这么多钱？”

平凤拿起一个自己带来的苹果削着皮，漫不经心地说：“赚的呗。不是给你的，是还你的，上次的事你忘了？”她指的是自己断腿那次，桔年后来替她还了“讹诈”唐业的那五千块钱。“多出来的就当是利息好了。”

桔年压低了声音，“我是问你从哪一下弄来这么多钱？”

平凤的生活方式桔年多少也知道一点，那些钱来得不容易，平凤家里又有拖累，有时手头活络一些，除了补贴那些看不起她的弟妹，就是给自己买各式各样的衣服和护肤品，总是不花尽最后一分钱誓不罢休的架势，从来也没有什么积蓄，掏空了所有再去没日没夜地挣一轮，实在急用，经常五十、一百地问桔年借。用平凤自己的话说，做一天和尚撞一天钟，人生苦短，谁管得了明天的事。

平凤低头笑道：“你还真不相信我会遇到‘人傻钱多’的大鱼？最近钱来得容易……总之这钱你拿着，你现在正是用到它的时候，看这孩子一张脸白得跟墙似的，出院后也给她买点好吃的。”

桔年也不推托，从信封里抽出一部分放到自己的口袋里，剩下的塞回平凤手中，“你自己也攒着点吧，我们年纪都不小了……尤其是你，总得有些防身钱，现在非明身体不好，有什么事我也帮不上忙了。”她见平凤不接，索性直接放到平凤未拉好的包中，“你说及时行乐也没错，可人只要还有一口气，总有明天要来，这也是没办法的事。”

平凤默默听着，看到非明床上摆着的一堆小玩意儿，换了个话题，笑着用脚轻轻地踢了桔年一下，“某人送的吧？”

桔年笑笑不答。

平凤道："真看不出他一本正经的样子，还知道买这个。"见桔年依旧没什么反应，她继续说道，"你别装傻，我昨天看见他了，想不到你们还一直联系着，要不他能那么赶巧，孩子一病就眼巴巴地赶过来？我看他不错！"

桔年这才意识到她说的是唐业，笑道："别胡说，别人……"她打住了，她当然不能说出来，唐业喜欢男人，或者，他说他"喜欢过男人"，虽然这对桔年来说都没有什么分别。

"别人怎么了？你倒是说啊。"平凤可没打算就这么轻易放过好姐妹的八卦，"说不出来了吧？我说刚来的时候你怎么看上去心情不坏，是在想着他吧？说实在的，昨天我发现他看你的眼神都不一样，男人和女人之间的这点破事……"

桔年赶紧"嘘"了一声，笑着制止了平凤越说越激动的势头，"求你了，这里是儿科。"

平凤收敛了一些，声音放到最低，可依然坚持往下说："有时候我觉得你都成仙了，整个都断了七情六欲。话又说回来，真要那样还好，木头疙瘩一块，什么都不用烦恼，可你真能那样吗？人活着要吃五谷杂粮，就免不了俗事，就拿现在来说，你一个人带着个病孩子，敢说一点不苦？事实明摆着，什么不要钱？你总说我不为将来打算，我看这话说的是你自己……桔年，说到底你跟我不同，我不为将来打算，是因为我没办法了，可你还可以过上正常的好日子。"

"是吗？"桔年笑笑，平凤向她说教，那种感觉有点怪异。

"怎么不是？大道理我说不出来，可有些东西是人都懂，说白了，女人就该有个男人，睡觉的时候有人搂着，倒霉的时候有人挡着，就这么简单。你说那个姓唐的什么不好？他有几个小钱，长得人模人样，看上去心地也不坏，最重要的人家对你有点那个意思。你知道的，我们都在里面待过，再找个好男人不容易，身家清白的，谁没事找个刑满释放的老婆，你当他是耶稣？对了，他知道你在里面待过吗？”

“谁？”桔年怔了怔，“哦……我跟他说过。”

“那你还想怎么样！我说桔年啊，你上辈子一定烧了高香。听我的，别傻了，就算为了这孩子，活得正常点。过了这个村，就没有这个店了。别人要是问我想找个什么样的，我只求一件事：给我一个不在乎我的过去，也跟我的过去没有关系的人。”

“不在乎我的过去，也跟我的过去没有关系？”桔年机械地重复了一遍。

两人的说话声尽管压得很低，还是惊动了床上的非明。非明动了动，迷迷糊糊地睁开眼，张口就问：“韩述叔叔走了吗？”

桔年忙说：“平凤阿姨来看你了。”

平凤把削好的一个苹果递给非明，非明看了她一眼，没有伸手去接。

“还想着你的毒苹果呢？”桔年赶紧代非明接过，转而对平凤笑道，“这孩子当真把病怪到苹果上了。”

平凤也不说什么，顺势站了起来，把背包挂在肩上，“昨晚上累死老娘了，我要回去睡一觉。”

桔年送平凤出去，非明也没跟平凤说再见。这已经不是她头一次对“平凤阿姨”这么冷淡，自从她间接得知这个阿姨和姑姑认识的起点，这种态度就一直没有改变，不管桔年怎么责备和劝说都没用。

也许对于非明来说，桔年是她的姑姑，她没有选择，所以她必须忽略姑姑曾经也是一个囚犯这个事实去爱姑姑，但是平凤是个外人，一个有不堪过去的外人。

有时桔年也不知道该怎么去教导非明判断善与恶。孩子不理解太复杂的东西，即使她长大了，也未必能够理解，这跟年龄没有关系，这个世界的判断标准本来就是如此。

她不知道该为孩子日益分明的是非观念感到悲哀还是庆幸。

但不管怎么说，非明有一个清白的人生总是好的，不像她，半生都活在混沌的灰色中——她爱上过杀人犯的儿子，稀里糊涂地失身，因抢劫包庇罪入狱，收养个来路不明的孩子，再跟个妓女做朋友，终于有一个男人说也许能给她一段新的生活，结果却是个同性恋。

桔年想，究竟主宰她命运的神要多么有才，才能导演这一出疯狂的幽默剧。

下午，经不起非明一再地抱怨医院消毒水味道恶心，桔年慢慢地开始着手收拾东西。非明的身体状况和发病原因她心里有数，也许快的话，从医生那拿到了检查结果就可以出院了，毕竟这个病并不是在医院里躺着就可以根治的。

非明住在一个容纳了三张病床的房间里，其中一张空着，另外一张躺着个患有重病的孩子，连吃饭、起床都没有力气，只能靠外婆伺候着。那女孩比非明还大一些，可发育得很迟缓，看起来十岁都不到，头发所剩无几。非明都不敢直视那个女孩，她已经懂得对生命的脆弱感到恐惧，一个劲地追问桔年出院的信息。

“姑姑，我们什么时候才能走？”

“韩述叔叔会不会来接我？”

“待会儿我们出院的时候记得要拿韩述叔叔送我的东西。”

……

终于，临近医生下班的时间，才有护士进来叫桔年到医生办公室去一趟。桔年点头时，非明的表情犹如看到了黎明的曙光。

几分钟后，桔年坐在医生办公室里。负责非明的医生是个看上去非常和蔼的老头，他询问过桔年的身份，以及非明父母未能到来的原因之后，就一遍一遍地翻着非明的病历和检查报告。

尽管桔年之前早有心理准备，但是那沉默的气氛和缓慢翻动纸页的声音依然让她局促而不安。

“谢非明是你的侄女……那么，你对她的身体状况还是有所了解的吧？”良久，医生总算是开了尊口。

桔年点了点头，再难说出口，也不过是“癫痫”两个字。

从收养非明的那一天她就已经做好了心理准备。

最初的几年，桔年一直都在担心着，害怕这个犹如定时炸弹一般的病随时会在非明身上发作，可是非明就像个健康的孩子一样渐渐长大了，这个病潜伏了太久，久到连桔年都误以为它是不存在的。

那医生看了桔年一眼，随即从一沓检验报告中抽出非明头部的影像图，然后用手中的笔指向图的某处。

桔年只看到一个白色的小点。

医生缓慢地说：“我们初步诊断为患儿的大脑半球处长有一个大小约4cm×3cm的胶质细胞瘤。”

桔年沉默，静静地看着医生，仿佛一时间难以明白医生的意思。

“换言之，我们认为谢非明患有脑肿瘤，这很可能就是导致她癫痫发作的根本原因。”

这一次桔年听懂了。她发现自己再一次犯了错误，就像以往很多回，面对恐惧，她都以为自己已经做好了足够的准备，其实都没有。

第六十三章

绝望是件好事情

63

非明得知还不能出院后，又是好一阵哭闹，哭到最后连声音都发不出来，只余一张小脸涨得紫红。这动静终于引来了医生和护士，怕她情绪过于激动导致病情进一步恶化，不得已再次使用了药物，让她在声嘶力竭后沉沉睡去。

在这整个过程中，桔年始终站在几米开外，怔怔地看着这一幕。她什么忙都帮不上。命运行经时如巨大的车轮碾过，一地残碎，从来就没有给过选择的机会，当然，除了混沌和清醒的选择。而这两者之间的区别也只不过是哪一种比较痛楚而已，对结果来说，都一样无能为力。

医生说，目前还无法判断非明脑里的肿瘤究竟是良性还是恶性，但至少有一点可以肯定，这肿瘤存在于非明脑内已不是短时间的事，甚至有可能是与生俱来的，跟上一代的遗传有着密切的关系。在这一点上，医生反复询问了非明的家族病史，在从桔年口中得知孩子的生父的确也患有先天性癫痫之后，更肯定了这一推论。因为癫痫正是脑部胶质细胞瘤发作前的典型征兆之一。

桔年很想医生能够给她一个痛快，究竟要怎么做，才可以救回非明，但是就连那看似经验丰富的医生也无法给她一个明确的答复。先不论肿瘤是良性还是恶性，已经长到了现在的大小，必然压迫到脑组织，引起一连串的身体反应，如越来越频繁的头痛、呕吐和癫痫发作，而且肿瘤极有可能还在进一步扩大中，当它占据到一定的空间，即使是良性，也可能危及生命，而恶性肿瘤的后果更不堪设想。

摆在眼前的唯一途径只有手术，如若手术成功，术后再不复发，那就是不幸中的大幸，但复发与否，谁都无法预言。最令人左右为难的是，非明肿瘤的病灶在一个相当危险的位置，也就是说，手术的风险会非常之大，一旦手术，她有康复的可能，也有立即死在手术台上或留下后遗症终身残障的可能。

那医生问过桔年，她只不过是这孩子的姑姑，不知道她能不能够代孩子做出这性命攸关的决定。在这个问题面前，桔年的确一时无语。名义上，斯年堂哥才是非明的养父，名正言顺的监护人，可是谢斯年当年做出收养孩子的决定完全是为了成全桔年，他跟非明并没有实质上的任何联系。最初那几年，他偶尔会从不同的地点给桔年和非明寄来一些礼物，这已经足够让桔年感激，再不能要求更多。她也知道斯年堂哥生性不羁，最不喜牵挂，他爱的人去世后，更是居无定所。即使桔年现在走投无路生起过再向斯年堂哥求助的念头，也不可能在一时间跟他取得联系。近几年来，她也仅能凭零星的几张明信片知晓堂哥曾经在哪几个遥远的国度停留过而已。

至于孩子另一个存在于世上的血亲，要找到她倒也不难，可是依照韩述那天说起的关于陈洁洁的现状，桔年也不敢把希望寄托在她的身上。她怎么能指望一个家境破落、一切依靠夫家为生的大小姐去为过去的一段孽缘再添新愁。不管是为了曾经发过的毒誓，还是为了现世的安稳，陈洁洁都不太可能跟非明相认，桔年很清楚这一点，假如让非明知道她的亲生母亲存在却不肯接受她，后果绝对是致命的。

桔年对医生说："我们需要一点时间考虑。"

在做出这个回答时，她也深觉自己的无用和怯懦，在最绝望的那一瞬，她是否也有所领悟，她是个外人，不管她抚养了非明多少年，非明永远不会成为她的孩子。

夜已渐深，非明睡得很熟，脸颊上还有眼泪的痕迹。桔年替她掖好被子，一个人站在住院部门口那个小小的院子里。从医院的门口可以远远看到对面热闹的街道，此时已近春节，即使是夜里，也还有许多人忙着采买年货。桔年看不清，但可以想象人们脸上喜庆的神情，这一切和医院里的萧瑟不过隔了一个街口。

巫雨，如果是你，你会怎么做?

桔年对着看不见的地方，在心里默默地问。

陈洁洁是健康的，非明的恶疾来自于巫雨的遗传，如果医生的推论是正确的，那么很有可能巫雨的癫痫也是由于这种遗传性的脑肿瘤引起的。可惜当时没有人关心过这一点，而这个秘密也随着他永远地长埋于地底。

桔年摊开自己的手掌，再一次看着掌心的纹路，如果他的离开是不可避免的，她的孤独也是注定的，这对于一个相信宿命的人来说，是否应该好过一点?

桔年记起自己曾经在巫雨的数学课本里见过他涂鸦的一句话：生如夏花之灿烂，死若秋叶之静美。巫雨并不是个善于文学修辞的人，桔年曾猜测，这出自于泰戈尔诗歌中的一句，或许是他无意中看来，并深以为然，所以随手摘抄在课本上。这与他做过的侠客的梦不谋而合。

如果真是这样，如今看来，他的一生倒是得偿所愿。活着的时候，也许他远不如夏花灿烂，但至少在终结的时候，只是电光石火间，一切归于宁静，就宛如武侠小说中的惨烈，剑光乍起，血溅五步。总胜过某个配角，断了一臂，还怀抱遗孤，苟延残喘地在现实中熬。

只是非明太过可怜。这孩子从来没有得到命运的眷顾，却必须要承受远远超过她所能负荷的不幸。桔年想着，心中益发恻然。

“她还太小，你不能带她走。”桔年对巫雨说。

只有风吹过枯枝的声音回答她……还有放得很轻的脚步。

桔年猛然回头，看到的却是站在她身后的韩述。

她没想到韩述这么晚还会出现在医院里，然而从他夹杂着震惊、悲痛还有怜悯的神色中，桔年知道自己用不着再多做解释，他想必是已经从医生或者别的护士那里得知了真相。

不知道为什么，在回头看见他那一刻起，平静而木然地接受了噩耗的桔年忽然有了流泪的冲动，也许是因为那一回眸的失望，也许是因为他的悲痛更加深了残酷现实的真实感，也许只是她在风里站立得太久……她匆匆扭头从他身边走回病房。让人庆幸的是，这一次的韩述出奇地安静。

趁非明早上没有太多的治疗安排，桔年抽空去了一趟布艺店，找到经理，艰难地提出了辞职。这份工作是她这些年来谋生的唯一来源，也曾是她救命的一根稻草，在走投无路的时候，只有这个店收留了她，没有计较她的前科，甚至还给了她店长的职务，所以长久以来，桔年也始终兢兢业业，除了照顾非明，其余的心思都投在了这份工作上。

离开当然不是她情愿的，但是现在看来又有什么法子？父母这辈子都不会再认她，她没有亲人，也没有足以托付的朋友，以非明的身体状况现在是离不开人的，不管手术与否，以后只会需要越来越多的时间来陪伴和照料，布艺店这边一而再再而三地请假总不是长久之计。

昨天医院已经催缴非明接下来的住院和治疗费用，万般无奈之下桔年只好找出了韩述塞给她的那张银行卡。桔年不愿用韩述的钱，那会让韩述产生一种错觉，好像他们之间因此有了更多割不断的牵连，而那种牵连正是桔年竭力想斩断的，就好像走进尘封已久的房间，一不小心，手上、脸上都蒙上了蛛网，那些蛛网是透明的，看不见，也不一定摸得着，但她感觉得到那种黏而缠的不适，她扯啊扯，总也够不着，好像自己又一次成了网中无力挣扎的虫子。

她愿意承认自己不够豁达，事情已经过了那么久，还有什么不可以付诸一笑？但是她就是没有办法，她可以不再怨恨咒骂韩述，也可以说服自己不再把过去的惨痛归咎于他。桔年信命，她信韩述只是命运的一双推波助澜之手。但是不恨并不意味着能把回忆抚平，只要看见他那张脸，桔年就禁不住去想，他活着，但是“小和尚”哪儿去了？任她百般排解，到底意难平。可是摆在面前的是非明的健康，甚至是一条命，跟这个比起来，别的任何事情还有那么重要吗？

桔年没有想到，经理听完了她辞职的理由，并没有答应，只说给她放一个没有期限的长假，不管什么时候假期结束，她都可以随时回来。

意外之余，桔年再三感激，也顾不上听同事们的同情和问候，匆匆赶回医院。那时已快到中午，她赶不及做饭，又错过了医院的订餐，只得在附近找了个还算干净的快餐店，买了两个盒饭。

走至病房外，桔年已闻到一股浓郁的鸡汤味，还以为是隔壁病床小孩的外婆煲来的，推门进去，却看到三个人围坐在非明的床前。

桔年第一感觉只是讶异而已，还有谁会来看非明呢？然而数秒过后她才猛然反应过来，那不是三个“谁”，站着的小伙子不就是望年吗？谢茂华坐在床侧，桔年的母亲则一手捧着装汤的保温壶，一手用勺子把鸡汤往非明嘴里送。他们许久不见了，桔年又太过意外，以至于竟然不能在第一眼辨认出自己的血肉至亲。

她不知道父母和望年怎么得知了非明的病，又如何肯来，措手不及之下，只得呆呆地站在门口，不知作何反应。而谢茂华夫妇和望年也发觉了她的归来，一愣过后，都慢慢地站了起来，不约而同地看向她。

也许大家都发觉了，说出第一句话是多么难。

“姑姑，公公、婆婆和舅舅来看我了。”非明咽下嘴里的汤，怯怯地打破了四个大人的僵局。桔年从孩子脸上看到了受宠若惊的惶恐。非明只见过她的“公公”“婆婆”和“舅舅”一面而已，那已经是将近两年前的事，当时听说可以见到姑姑的家人，也就是她的家人，她多么欢喜雀跃。可那次见面却在她猜不透的原因下不欢而散。从此之后，非明再也没能从姑姑那里得知这些“家人”的消息。起初她问过几次，都被桔年顾左右而言他地搪塞了过去，后来也不再提了。桔年以为这么大的孩子会很快淡忘这些人这些事，没想到她一个个都还记得，就连眼里那种见到亲人的热切都跟过去如出一辙。

“爸、妈、望年……你们来了。”原来连称谓都已生疏。

谢茂华不说话，谢母放下手中的汤，双手在两侧的裤子上拭了拭，也显得有些局促，“听说孩子病了，我煲了个花旗参炖老鸡，补身体的。”

非明看着桔年说：“是啊，姑姑，婆婆的汤很好喝的。”

桔年悄悄把凉了的盒饭放到身后的桌子上，朝非明笑笑，“是吗？那非明要多喝一点……谢谢公公、婆婆还有舅舅了没有？”

“我忘了，谢谢公公……”

“不用了不用了，我们顺便来看看而已。”

“姑姑，公公说不用了。”

“非明，你应该请公公婆婆坐下啊。”

谢茂华夫妇闻言双双坐回原处，谢母摸了摸孩子的手，“这孩子很伶俐也很懂事，你姑姑把你教得不错。”

说话间，桔年用纸杯倒了水，沉默地递给三人。杯子送到谢茂华面前时，她微微低着头，不敢直视从小待她严厉的父亲。

谢茂华接过杯子，貌似也有些尴尬，清了清嗓子，犹豫了片刻，才对非明说：“非明，替公公谢谢你姑姑。”

非明的眼睛在几个大人身上徘徊，她不明白为什么近在咫尺的几个大人，却必须要靠她的转达才能交流。那已经埋藏了十一年的难以言述的情绪，还有二十九年化不开的疏离，小小年纪的她怎么可能懂得?

桔年接过母亲手里的汤，慢慢地继续喂着非明。她试过朝自己的三个亲人微笑，然而微笑过后，他们彼此间除了客套的“请坐”“谢谢”“不客气”之外，竟再也找不出别的对白。就在回来的公交车上，桔年还像做梦一般想，假如她是一个普通的女人，假如她身边有亲人帮一把手，也许今天不会那么无助。可是现在，她疏远已久的父母亲和弟弟凭空出现在身边，除了尴尬和不安，她却再也没有别的感觉。

桔年怕他们看出她端起汤时轻微的颤抖，连呼吸都小心翼翼的。她从来就没有在父母身边恣意任性过，一直都是个唯恐犯错的孩子。纵使当年那么竭尽全力地表现出乖巧和听话，到头来仍旧免不了沦落到让他们彻底失望，以至于她最亲的人在最无助的时候毅然放弃了她。她孤零零地活过这些年，内心深处早已经把自己当成了孤儿。

“姑姑，我再喝就要吐了。”不知不觉间，桔年喂了非明整整半壶鸡汤，非明在这异样的沉默中为难地开口。桔年如梦初醒般放下汤，用纸巾给非明擦了擦嘴角，说：“你靠着躺一下，点滴还有一瓶就挂完了。”

非明闭上眼睛，又睁开，“姑姑，公公、婆婆要走了吗？”

谢母笑着说：“你睡吧，婆婆跟你姑姑说说话。”言罢她低声对桔年示意，“你出来一下，我有几句话问你。”

谢望年留在非明身边，谢茂华夫妇和桔年一道走到了病房外。桔年刻意朝走廊尽头多走了几步，避开门口。

“爸、妈……”他们说过再也没有她这个女儿，所以桔年吐出这两个字总觉得惶恐。她一如平素紧张时在身后绞着一双手，“没想到你们会来……谢谢你们能来看非明。”

谢母叹了口气，“怎么得了这样的病？真不知道是造了什么孽。”

桔年听到“造孽”这个词，心里顿时一阵难过，低头沉默不语。

谢母见状扯了扯桔年的衣袖，压低了声音道：“我问你一件事，你跟韩述，就是韩院长家的儿子是怎么回事？”

桔年心想，果然是他。

“他找你们来的？”

“我问你跟他究竟是怎么回事？平白无故他怎么会为你的事那样上心？”

“那我应该感谢他的关心才对。”桔年喃喃地说。

谢母见她这副事不关己的模样，似乎有些急了，“你别装傻，我跟你爸眼睛还没瞎，他那副样子傻子都能看出是什么意思。我就纳闷了，过去你上学的时候，他时不时地打电话来，你还骗我说是来问作业，从小你就不说实话！”

“既然我说的都不是实话，那您说您看出了什么意思？”

“我只问你一句，里面躺着的那个孩子是不是你跟韩家的小儿子生的？”

母亲那么直截了当的质问让桔年刹那间满脸通红，只能一个劲地摇头，抖着声音否认：“不……不是……绝对不是！”

“不是你生的你会死活也要养着？跟他没关系他能心疼成那个样子？桔年，这么多年你还骗我？当着我和你爸的面，你敢说你跟他没有关系？”

桔年死死咬着嘴唇，说出来的话却斩钉截铁：“我和非明跟韩述没有半点关系。”

谢母脸上闪过一丝失望，跺脚道：“不是韩家的儿子，莫非……莫非是姓巫的那个短命的……”

“你不能这么说他！”桔年猛然打断母亲的话。谢母面对一向温暾的女儿骤然间的爆发，似乎也被吓住了，半晌说不出话来。桔年垂首片刻，还是忍不住掉了泪，她侧开脸去，语气中带着哀求：“妈，您别管了，这是我的事。”

“从小你就爱钻牛角尖，你看看你把自己弄成什么样了？过去的事咱们暂且不提，既然韩述现在对你还热乎着，你还犯什么浑？你自己是什么底细你不知道？妈也是做女人的，你不能一辈子这样过！”

一直不语的谢茂华也开口了：“要是他真对你……桔年啊桔年，你还想怎么样？我们也老了，管不了你了……”

桔年无声地流泪，她莫名地想起了高考放榜时铺满了家门口小巷的爆竹纸，满眼的红艳艳。那是记忆里唯一一次父母为了她而展现笑容，那时他们都还满头黑发，现在却两鬓染霜。她也想过要成为他们的骄傲，最终却成了他们最羞于示人的耻辱。不管过去什么是因什么是果，她没有成为一个好的孩子，到现在还让他们如此操心，但是有人操心的感觉何尝不是久违了？

“听我们一句吧，韩述论人才论身份，哪点配不上你？我不管那个孩子是不是你跟他生的，他对你有那份心，你还求什么？”

“妈，我跟他……”

“你就算不想着自己，也为你弟弟考虑考虑。望年现在给韩院长开车你知道吧？你弟弟读的书少，找这份工作不容易，这也是韩家记得咱们。最近你爸爸听说高院有一两个转正的指标，只要韩述肯帮忙，他们家韩院长……”

桔年疑惑地抬起头，看着她的亲生父母。

“望年给韩家开车？转正的指标？”她好像懂了。

她就这么看着他们，好像看着两个陌生人。其实也不是陌生，他们一直不都是这样吗？

望年……原来他们举家来看望生病的非明，费尽唇舌撮合她和韩述，也不过是为了望年。桔年刚才可怜巴巴生起的那点感动和温暖就这么一点点地冷却，死去，腐臭……

桔年想，人为什么会失望，不就是因为我们常怀有不切实际的希望吗？所以哀莫大于心“不死”。她在这一瞬间觉得，其实绝望有时也是件好事，至少以后不会再犯这个错了。

“韩家是正经人家，家教很严，你跟着韩述我们是放心的。”

桔年不哭了，噙着泪笑了一声，“爸，你真的认为韩家这样正经的人家会让他儿子找我这种人？”

谢茂华一时语塞。

谢母立刻接了过去，“那到底是以后的事情。只要你们感情好，他对你好……”

“那么就算他不娶我也没什么关系，只要能帮望年转正？”

掀开那层温情脉脉的外衣，话挑明了说，其实不过那么简单，就那么回事。都说天底下没有不爱孩子的父母，到了桔年这儿，不过是个谎言。

谢茂华夫妇都不再言语，这无声的默认让彼此都有些难堪。

桔年本想算了，就当他们没有来过，一切回到原点，又有什么不可以。她侧身避开他们，慢慢地走了几步，可是太多的东西哽在她喉间，她咽不下去。

她深深地吸了口气，转身，面无表情地对着谢茂华夫妇说：“对了，那孩子虽不是我生的，但你们不想知道十一年前出事那一晚我去了哪里，韩家那正经人家教出来的孩子又趁我喝醉，对我做过什么不光彩的事吗？”

时过境迁的丑闻犹如一个炸弹被引爆，她不该翻出来的，可即便是她这样一个善于说服自己的人也过不去这个坎。站在面前的人是她的亲生父母啊，他们怎么能这样对她，让她心中如何能一点都不怨？

谢茂华夫妇那么要面子，可桔年就是要看到他们撕下道貌岸然的那张脸，事到如今她还有什么可顾虑的？

谢茂华夫妇呆在那里，半晌，谢母看了看四周，才惊慌失措地问了一句："以前你为什么不说？"

为什么不说？桔年记起那天她跌跌撞撞地走出那间破败的旅馆，她不是没有想过扑在父母怀里痛哭一场，可是她知道他们会怎么说，他们会说苍蝇不叮无缝的蛋，如果你是个正经的女孩，他就不可能得逞；他们会说既然事情已经发生了，家丑不可外扬，否则没脸见人，既然韩家的公子看得上她，只要他们给个说法，这个也算她的福分。

她过去尚且想得明白，今天又怎么会这样糊涂？

这时，桔年看见了捧着鲜花前来探望的唐业。他远远地看见这不似愉快的一幕，正待避让，桔年却有如看到了救星，一路小跑奔到他身边，接过他手里的东西，拭了拭眼角，嫣然一笑，"你怎么来了？"

那天，非明好像睡了很长的一觉，她只知道，醒来后公公、婆婆和舅舅都已经离开，姑姑给她带来了同样有意思的唐叔叔。

韩述再过来已经是两天以后，他兴冲冲地带来了一套图案古怪的杯子，他、桔年和非明每人一个。

"纸杯有股怪味道。"他说。

见桔年没什么兴致，他又拿起打算给桔年的那个杯子递到她面前，笑道："我选了很久，你看，这杯子的图案多配你。"

桔年瞄了一眼那上面莫名其妙的卡通彩绘，说："我配不上它。"

韩述被一盆冷水浇过，只得放好杯子，半蹲在坐着的桔年膝前，抬头看着她。

这个姿势和距离让桔年感到了不自在，往后撤了撤。

“你家里人来过了？为这个不开心？”韩述问。

“真的是你。”桔年不知道该说什么好，“你到底跟他们说了什么？”

“我没说什么。真的！”韩述这才意识到事情的走向也许不如自己预期中那样，他有些不安，“我只是找到你弟弟和你爸妈，告诉他们非明病了。他们是你的家人，不求他们为你做什么，只要他们肯来看看，至少问一声：桔年，你过得好吗？这样过分吗？难道我做错了？”

桔年听了，很久都没有反应。韩述心里益发没底。

“你告诉我，他们是不是欺负你了？我实在看不惯他们，从小他们就对你不好。”

良久，桔年苦笑一声，“韩述，我过去曾经以为你是个蠢货……”

韩述笑了起来，也不由得有几分期待。

“那现在呢？”

“现在我才知道，你果然是。”

韩述脸上有些扛不住，悻悻地起身。

“你去找望年，就不怕你爸知道你的事？”小时候韩院长教训儿子时的“竹笋炒肉”是家属院里的家常便饭。

韩述揉了揉有些僵硬的脸，“反正也瞒不住，我也没想瞒，他们马上就会知道的。”

“为什么？”

“因为非明的病必须转院，我已经给她联系了第一人民医院，那里有治疗这方面病症最好的设备，还有全省最权威的脑科医生孙瑾龄，她是我妈。”

第六十四章

她的残缺就是我的残缺

64

星期四本不是韩述按惯例回家吃饭的日子，下班后他在办公室磨蹭了许久，好不容易下定决心出了门，到了父母住处的楼下，却不幸遇上因开会晚归的韩院长。

给韩院长开车的司机仍是谢望年，他下车给韩院长递包，末了锁好车离去。在这个过程中，韩述装作漫不经心地扫了他一眼，发现谢望年竟也在偷偷地打量自己。

视线与韩述对上，谢望年赶紧垂下头去，跟韩家父子俩道别。

韩述心想，自己以前怎么会觉得谢望年长得跟桔年有些神似，现在看来完全不像。这谢望年小小年纪，不知从哪学得既世故又油滑，一母同胞的姐弟俩，差别竟会如此之大。

谢望年走开后，韩院长才对韩述“哼”了一声，道：“终于肯回来了？你妈都快以为宝贝儿子失踪了。”

韩述笑着道：“我不是上星期才回来过吗？正赶上你去外地开会了。”他说着，眼尖地看到了妈妈的车已经停在那里，顿时松了口气。今天韩院长看上去心情不怎么样，万一谈崩了，妈妈就是他的救命稻草。

父子俩一起等电梯，韩述趁机狗腿地接过韩院长手中沉甸甸的公文包，“爸，我来拿。”

韩院长看看儿子，“溜须拍马倒精通了不少。”

韩述跟着他走进电梯，笑嘻嘻地说：“对别人我可不这样，对您那是孝顺。”

“就知道耍贫嘴。”韩院长嘴上虽然那么说，脸色却缓和了不少。

进了家门，韩母孙瑾龄迎了出来，看到儿子，又是意外又是高兴，“回来也不先打个电话，我好让阿姨多买些菜。儿子，跟你爸先看会儿电视，我看冰箱里还有什么好吃的。”

韩院长最见不得妻子对儿子的宝贝状，摇了摇头，“儿子都多大了，还当孩子似的，难怪他总是成熟不起来。”

孙瑾龄哪理会他，自顾自地指挥着保姆，两人一块进厨房给韩述张罗吃的去了。韩述随父亲坐到沙发上，边喝茶边看电视里的本地新闻播报。正好新闻播至全省政法工作年会的片段，一直有些忐忑的韩述乐了，指着电视笑道：“爸，那不是您吗？”

韩院长不置可否。

“您别说，镜头扫过，就我们家韩院长最帅。”

韩院长也禁不住笑了起来，“胡说八道，大家正儿八经地开会，谁理会帅不帅。说到开会的事，我在会后跟你们市检察院的欧检察长一块吃了饭，他也问到了你。二十年前小欧还在我手下工作过一段时间，你到市院的事，他也很欢迎。你啊，不知轻重，有你这样赖在原单位不肯到新部门报到的吗？”

说到工作韩述认真了些，他只说：“爸，您等着吧，我很快就会抓一票大的。”

韩院长松松领带，“年轻人，做事切记要谨慎、扎实。这次开会我也见到了林静，人家林静能比你大几岁，现在已经是城北院的一把手。你跟他关系还不错，别人的言谈行事你就不能学着点？”

“您表扬一个也犯不着贬低另一个啊，就像我喜欢喝柠檬茶，但也没说您的龙井苦是不是。何况做到林静那一步，也未必有多难。”

“你要不是我韩设文的儿子，再说难跟不难！”

韩述还想据理力争，他承认自己在事业上的顺利跟“韩设文的儿子”这一身份是分不开的，但这不能否定他自己的努力。但是他忍住了，他今天还有更重要的事，不能跟老头子闹翻。

饭桌上，孙瑾龄照旧频频往儿子碗里夹菜，韩述心里有事，嘴里的滋味也淡了。

“想什么呢，儿子。茶不思饭不想的。”孙瑾龄问。

韩述笑道：“就不许我有心事？”

“你还能想什么，尽是些乌七八糟的东西。”韩院长说。

“终身大事怎么能说是乌七八糟？”

韩述半开玩笑地说完，过了一会儿没听见父母搭腔，从饭碗里抬起头，才发现父母不约而同地放下了筷子看着自己，就连在厨房做收尾工作的老保姆也竖起了耳朵回过头来。看来他还是低估了这件事在老人心中的重要性。

“宝贝，你又找到女朋友了？”

韩述轻咳一声，说：“妈，能不能去掉那个‘又’字？”

“是谁啊？长什么样？”孙瑾龄问。

“还能是谁？是我喜欢的人呗。至于长什么样，就是长成我喜欢的那样。”

以前孙瑾龄也不是没这么问过，韩述的回答也总是千篇一律，可是那时他总说“那是跟我结婚的人，长得像您儿媳妇一样”，这次他说他“喜欢”！孙瑾龄与丈夫对望了一眼。

“真的？那你得把那女孩子带回来让我们瞧瞧。”

韩述连连摇头，“你们这副严阵以待的样子，我看了都怕，何况是她。”

“胡闹！”韩院长责备道，“我跟你妈什么时候过分干涉过你感情方面的事？不过是想让你正正经经找个身家清白的人。”

“我是正正经经的，可别人未必愿意跟我上门来。”

孙瑾龄一听便笑了，看着丈夫说：“想不到我们家小二也有啃不下来的骨头。”

韩院长却没有笑，一本正经地问儿子：“对方姓什么，现在从事什么工作？”

“妈，您看我爸这是政审呢。”韩述避开韩院长太过直接的问题，转而向妈妈求助。

“你爸那是关心你。”

韩述说：“我知道你们会问什么。她做什么工作、多少岁、家里是干什么的……可是这些都是虚的。为什么不问她善不善良，聪不聪明，我跟她在一起快不快乐？”

孙瑾龄顺着儿子，说道：“好，好！那你说她善不善良，聪不聪明，你们在一起快不快乐？”

韩述放下筷子答得斩钉截铁：“当然！”继而又补充了一句，“至少我觉得很快乐。”

“三分钟热度，只贪图眼前，那也是肤浅的快乐。”

孙瑾龄按住了丈夫的手，“你别总把咱们儿子想得那么不堪。韩述啊，你也别怪我们着急，你姐在国外生孩子，你爸嘴上不说，心里是遗憾的，要是你能早一天定下来，有个孩子……”

韩述漫不经心地接口，“有一天我真把孩子带到你们面前，你们可不许吓一跳。”

“你说什么？”

见父母俱是一愣，韩述才自悔失言。一番试探下来，他心里益发没底，看来还是得走迂回政策，先把固执的老头子放一边，说服妈妈再说。于是他嘻嘻一笑，“我是说，等你们退休了，我真把孩子扔给你们。妈，到时您没那么多手术，我爸也没那么多会议和应酬，天天给我带孩子，可不许说烦。”

他本是信口胡说，孙瑾龄也一笑而过，没想到刚又端起碗的韩院长闻言，重重地把筷子一放，“你也盘算着我退休，我退休对你有什么好处？”

韩院长莫名其妙的火气让韩述不知就里，见妈妈不语，他也不敢吭声，低头扒着饭。餐桌上顿时沉寂了下来，谁也没再说话。

等到韩院长放下筷子离桌，韩述才如蒙大赦，见妈妈和阿姨一块收拾好碗筷送进厨房，他赶紧跟了进去，找了个理由支开老保姆，自己抢着洗碗。

孙瑾龄打小宠爱儿子，韩述没做过什么家务，就连进厨房的次数都寥寥无几。见他有模有样地戴上了洗碗手套，孙瑾龄心知儿子有话要说，便也不急着出去，在一旁不紧不慢地切着水果，笑道：“这孩子今天是怎么了？让你爸看到，一定又会说你‘无事献殷勤，非奸即盗’。”

韩述心中正纳闷着，随即凑近孙瑾龄，小声问：“妈，我没说错什么吧？看老头子的模样像被人踩了尾巴似的，到底哪不对劲？”

孙瑾龄赶紧提醒道："你可别在你爸面前提'退休'两个字了。前一阵上面来了风声，打算让你爸这个年龄段的提前退居二线，让更年轻一些的干部顶上，你爸心里不痛快。你不是不知道，他一辈子要强，不肯服老。其实若不是真的老了，哪来那么多疑心，上头的文件还没正式下来，他的脾气倒先来了，稍不留心就触到他的痛处，以为别人都盼着他无权无势成'废人'的那一天。不只是你，连我都碰了几次冷脸。这男人和女人啊，真的不一样，我整天想着，要是我退了，就一心一意地伺候你们爷儿俩。你爸呢，越是到了临近退下来的时候，工作和应酬越是一天多过一天……"

正说着，客厅里隐约传来了韩院长接电话的声音，也不知道另一端是谁，只听见他严词厉句地呵斥。孙瑾龄朝着丈夫的方向努努嘴，低声对儿子说道："听见了吧，不知道谁又触了霉头，你可得小心点。"

韩述做出了哆嗦的样子，"怪不得别人说男人也有更年期，妈，还是您最好。"

孙瑾龄没好气地笑，"别给我戴高帽子。我当然好，但掏心掏肺也得看对谁。"

"爱吾子以及人之子。妈，前天我在电话里跟您说的那件事安排得怎么样了？"韩述打蛇随棍上。

"什么事？"孙瑾龄似乎想了想，才做出醒悟的样子，"哦，你说那个朋友家生病的孩子呀。我给你联系了，可是我们医院的床位实在太紧张，而且我手头上排的手术也多，恐怕不太好办。"

"妈，那孩子如果不能及时救治，她有可能会死的，她才十一岁！"韩述当即停下了双手的动作，"反正我不管，您得给她做手术！"

"儿子，妈不是不管，实在是管不过来。"

韩述一下急了，"医者父母心，您不能见死不救。"

孙瑾龄的脸稍稍冷了下来，"你回来吃饭，抢着洗碗就为了这个？既然你说医者父母心，那也该知道作为医生对待病人理应一视同仁。我不是没有见过病得可怜的孩子，但是可怜的孩子千千万万，我不是神仙，能救得过来吗？我说了我会尽量帮助她，但也得有个原则，难道别的患者就不是一条活生生的命？”

“别人是别人，现在是您亲儿子求您，能一样吗？”

“韩述，不是妈说你，帮朋友要有个限度！你也跟你那个朋友说，我看了病历，那孩子的手术就算我亲自来做，也未必有把握。有些时候人得接受现实。”

“如果她不是我的朋友，是我的亲人，也是您的亲人，您还会说这样的话吗？”

“但她不是。”

“谁说她不是？”韩述脱口而出，妈妈话里不祥的暗示让他益发不安。他早已想过对妈妈坦白一些事情，但是没有料到用的是这种方式。

孙瑾龄安静了数秒，才抬起头看着韩述，“我也看出来了，最近你和你爸一样不对劲。说吧，‘她’是谁？”

韩述一遍一遍地洗着那个早已光洁如新的碟子，他的焦虑就像洗碗槽里的清洁剂泡沫，越搅越浓，一些往事的片段如泡影逐个炸开，悄然惊心。

“妈，您还记得谢桔年吗？谢茂华的大女儿。她弟弟就是现在给我爸开车的谢望年，很久以前他们就住在我们楼下。”韩述迟疑地说。

“谢茂华的女儿？有点印象，记不太清了。”孙瑾龄淡淡地说。

“怎么会？您过去在我面前夸过她又乖又懂事的。”

“那是很久以前。”

“现在也一样。她就是我说的那个朋友，也是我喜……”

“我说昨天谢茂华怎么就能堂而皇之地找到你爸谈他儿子转正的事呢。”孙瑾龄忽然打断了韩述，嘴角有几分讥诮。

韩述一怔，辩白道："这事绝对跟桔年没关系。真的，她跟她父母太不一样了。"

"韩述！不管她怎么不一样，也不管以前我有没有夸过她，都不能代表我现在会对她认同，更不代表我会把她的孩子当作我们的亲人！"孙瑾龄看了一眼客厅，压低声音正色警告。

"是吗？可是如果她愿意，我会娶她的。真有这一天的话，您连我都不认吗？"韩述试着心平气和地跟妈妈说话，他不愿意让妈妈以为他在赌气。

"你别又一次犯浑，为了她自毁前程。"

"您说过不在乎我找个什么样的人，只要我喜欢。"

"我跟你爸是说过这样的话，我们对你未来的妻子、我们的儿媳妇没有什么要求，她可以没有家世，也不漂亮，甚至可以没有工作，没有学历，什么都没有，但是唯独有一点，她不能坐过牢，不能带着个来历不明的孩子。你知道这对于我们这样的家庭来说意味着什么吗？这是底线，你现在就是在挑战我和你爸的底线！"

孙瑾龄在韩述心中，一直是宠溺孩子的慈母，她仿佛可以包容韩述的一切，韩述从没有见过妈妈用这样痛心而严厉的语气对自己说话。他露出了疑惑的神情，然而这疑惑不是因为妈妈态度的转变，因为这早在他意料之中，他只是忽然觉得似乎有哪里不对。

妈妈之前说，她已经不记得旧时司机的女儿谢桔年了。的确，从桔年被送往她姑妈家起，韩院长和孙瑾龄再也没有提起过她，就连高三那一年韩述的噩梦发生后，也从来没有过，他们好像顺理成章地遗忘了这个女孩。

韩述曾经感到庆幸，他一直以为是干妈蔡一林和自己把事情隐瞒得很好，然而现在他不那么确定了，真的是这样吗？为什么他今天还来不及说起桔年当年发生的事，他那早已"不记得"桔年这个人的妈妈却一语道破桔年曾经坐过牢的事实？不但如此，她还知道桔年的孩子“来历不明”，在说起韩述“犯浑”的时候，她用的是“再一次”这个词。难道……难道当年的事情他们并非毫不知情，而是大家都心知肚明，只有他一个人藏在他透明的秘密里？

不能不说，这个猛然间的觉悟极度让韩述震惊，他有些不知所措地去脱滑溜溜的洗碗手套。

“妈，你们……你们是不是早知道……”韩述的声音带着颤意。

孙瑾龄带着难以言说的意味凝视着自己的儿子，最终叹了口气。

他猜对了，他们竟然一直都是知道的。知道他很长一段时间里暗恋着司机的女儿，知道他跟这女孩坐牢息息相关，甚至知道他曾经对桔年做过什么。然而这么多年来，面对他，面对他们年少荒唐铸下过大错的儿子，他们竟然能够死死守住这个秘密，若无其事地假装一切从未发生，直到如今韩述自己按捺不住亲口点破。韩述使劲晃了晃脑袋，这是他自以为了解的世界吗？

知子莫若母，仿佛是猜到了韩述心里的疑问，孙瑾龄抚着额头缓缓说道：“你以为蔡一林四处托人的事瞒得了你爸？不过是时间问题罢了，等到我们反应过来，事情都过去了，一切都成了定局。那时我跟你爸想了很久，好多个晚上都睡不着啊，你也太浑了，可是有什么办法，再提也于事无补，你还有很长的路要走。韩述，你毕竟是我们的儿子！”

“是，我是你们的儿子！”韩述双手覆在脸上，可那眼角的潮意依旧真切。他当然是他们的儿子，他和他的父母多么相似，他们爱得一样自私。他甚至不敢去想，假如当年他肯向父母坦白，假如他父母愿意出面，桔年的牢狱生涯是否会有转机，那答案让他惊恐不已。

“所以，谢望年给爸爸开车也不是巧合？”

“那样不是很好吗？韩述，妈本来不想说的，以为你长大了自己会变得懂事。你不要一而再再而三地让我和你爸失望！”孙瑾龄语重心长地说。

“可是，你们既然知道过去的事，就应该很清楚桔年没有做错过什么。”韩述依旧难以置信。

“还要我再说一次吗？就算我承认她像你说的那样是个好女孩，那又怎么样？已经发生过的事情是不可逆转的，她的过去也是既成事实。你靠近她，只会给自己惹上一身麻烦。你要找什么样的找不到，为什么偏偏一而再再而三地中她的邪？我记得你是个喜欢完美的人，补偿她可以有很多方式……”

“那就从救那个孩子开始。妈，算我求您了，她的孩子就是我的孩子！”

“不可能，你们的孩子……”

“什么？”

“没什么。”孙瑾龄继而用近似哀求的语气说道，“韩述你醒醒吧，尤其是现在。你爸已经够烦了，你别在这风口浪尖逼他发作，难道你嫌他的命太长了？这些事你对我说说就罢了，那个孩子的手术我再尽量安排，可是在你爸面前，这些事提都不要提！”

韩述点头，“好，我不提。可是迟早有一天他会知道的。”他顿了顿，含糊地笑了，“您刚才说我是个喜欢完美的人，大概是吧，这点我是跟爸爸学的。他那个结婚时用到现在的搪瓷水杯，也不知道摔了多少次，补了多少次，可他就是喜欢，怎么也不肯换，您知道为什么吗？因为那个杯子的每一道疤都是他亲手造成的。桔年对于我而言也一样，如果她不完美，每一个原因都跟我相关。她的残缺就是我的残缺。”

第六十五章

怎样才能有个家

65

桔年送走了来医院探望非明的老师和学生代表，心里也颇为无奈。大家都是好心前来，可是根本没能进入病房。因为非明从得知老师和班上的同学要来看自己这一消息后，就一直哭闹个没完，她以激烈的态度回绝了这次探访，桔年不得不一脸歉意地送客。

班上那个叫李特的小男孩离开的时候依依不舍，他扯着桔年的手一再地问："阿姨，我就看谢非明一眼行吗？等她睡着了再看也可以。"桔年知道，非明一直渴望被这个聪明又好看的男孩子关注，假如非明把自己当成白雪公主，那李特毫无疑问就是她的白马王子。然而，这个时候李特恰恰是非明最不愿意看到的人。

"老师和小朋友们陪着你说说话不好吗？说不定李特还可以给你补

课。”桔年过后对非明说道。

非明半靠在病床上极其缓慢地摇头。入院不到半个月，她瘦了整整一圈。尽管医院已全力治疗，但是她头痛和痉挛的次数却越来越频繁，随之而来的还有呕吐和全身的疲乏、虚弱。原本就不大的一张脸，消瘦得让人心惊，血色渐失的面庞上，醒目得只剩下一双大眼睛，而那眼睛里的稚嫩朝气也在病痛中慢慢消磨。

“姑姑，你真的相信我还能回到学校吗？”

非明说这话的时候脸上没有表情，也许难过的只是桔年而已。她那么努力地瞒，不过是想让孩子高兴一点，然而非明的敏感和早慧让这善意的谎言如风中的残破窗纸，轻易就破了。纵使她还不完全知晓自己的病因，但绝对已明白自己躺在医院不是个小小的意外。

令人费解的是，非明对老师和同学的探望极度抗拒，可是对于只探望过她一次的谢茂华夫妇和谢望年，却一再提及。

“公公、婆婆说了还会再来看我的，还有舅舅，为什么他们还不来？婆婆还会不会给我带她炖的鸡汤？”

桔年不知道如何作答，她可以说“公公、婆婆”和“舅舅”暂时没有时间，可非明耗在医院的日子不知道还有多长，她能骗多久？然而她又怎么能告诉非明，她帮不了小舅舅转正，所以公公、婆婆再也不会来了。似乎任何一种答案都会让非明更加难过。

桔年只能自己默默地给非明炖鸡汤。她明明记得她母亲的厨艺并不佳，可是不管她用了多少方法多少火候去炖汤，非明总是说喝在嘴里觉得淡了些，这孩子念念不忘的还是她“婆婆”的鸡汤。

“公公、婆婆你都没见过几次，难道平时朝夕相处的老师和同学都比不上他们？”有时候实在没有办法，桔年就这么问非明。

非明答得理所当然，她说：“姑姑，那怎么能一样？老师是老师，同学是同学，可公公、婆婆还有舅舅是我的亲人。”

“有区别吗？”

“当然有。朋友、同学、老师都会离开，可是亲人不会。”

桔年听完这句话，别开脸去，很久都不敢看着非明。

因为她太了解，只要是活着的人，都难保不会离开。

但这些都不能告诉非明。非明是个不一样的孩子，她太渴求爱和一个家，那种对亲情和团圆的期盼已近乎偏执。这又怎么能怪非明？父母、亲人这些天经地义的东西，她什么都没有。我们不都是疯狂地追求自己从来都没有得到过的东西吗？桔年甚至开始明白，非明留恋的不是婆婆鸡汤的味道，而是她想象中家的味道。桔年束手无策，竭尽全力给予非明一切，却唯独给不了非明渴望的这种家的味道，因为她品尝过的也是那么少。

这种无力感伴随非明病情的恶化益发深浓。直至有一次，非明在持续的低烧中迷迷糊糊地问起自己的名字，她说：“姑姑，‘非明’是不是说我是个来路不明，没有人要的孩子？是不是因为我不够好，所以爸爸妈妈和公公、婆婆都不要我？”

桔年用湿毛巾去擦拭非明的脸，一再地说：“怎么会，怎么会！只要你坚强点，他们一定会来的。”

非明说：“以前，我每天醒来的时候、做眼保健操的时候，就在想，会不会这一次我睁开眼睛，他们就出现在我面前了？可是我醒来过很多很多次，做了很多很多回眼保健操，睁开眼睛，什么都没有。我知道他们不会来了。姑姑，没有家的小孩会不会在另外一个世界也是一个人？我害怕一个人……”

饶是桔年已经看淡了许多许多的事，这个时候眼泪还是差一点涌了上来，可她不能在非明面前流泪。在非明陷入昏睡之后，她逃也似的离开病房，一个人躲在走廊的尽头，弯着腰大口大口地呼吸。不过是一个家，多微不足道的请求，那么多人急不可待地要摆脱家的束缚，有人偏偏就求而不得。她要怎样才能给非明一个家?

韩述似乎遇到了相当棘手的案子，这些日子忙得没日没夜的，他来看非明常常是赶在住院部夜晚门禁之前，有时非明都睡着了，他会静静地陪她们一会儿。每次离开，他都会在非明的床边放一个不一样的小玩具。

桔年太累了，好几回，她靠着床头柜迷迷糊糊的，都不知道韩述是什么时候离开的。只有一次，她感觉到韩述替自己盖上毯子后，他的手轻轻地覆盖在她的手上。桔年屏住呼吸，悄然等待着他的撤离，然而许久许久，久得她快要陷入另一场梦境，他的手还是小心翼翼的，没有抚摸，没有抓握，甚至一动也不敢动，就像飘浮在她手上的一片羽毛。直到桔年假装在小寐中略略移动身子，不动声色地抽出了自己的手，他仍默不作声地在她身边停留了一会儿。不久，桔年听到病房门微微吱呀地开合，脚步声才渐渐地远了。

唐业的办公地点距离医院颇近，所以他来得更容易一些。他在的时候，非明总是眨巴眨巴眼睛，看看唐叔叔，又看看姑姑，那老人精的样子，好像她什么都懂，其实她什么也不懂。

桔年一直思量着要把唐业垫付给医院的钱还给他。为了非明的病，她已经动用了韩述的银行卡，不管是不是出于本意，她和韩述之间着实有太多的纠葛。她和韩述，韩述和巫雨，巫雨和非明，到底谁欠谁的，怎么算也算不清了，这已经够复杂的，唐业不应该再搅进来。正好平凤还了桔年一些钱，加上自己手头上的一些零碎，她打算趁唐业来医院，把钱一道还给他。谁知道偏偏那几天，唐业都没有出现。

非明枕头边有一本《少年维特之烦恼》，是唐业送给她的。唐业每次来，都要给她念上一大段，非明等着故事的下文，于是也追着问："唐叔叔跟韩述叔叔一样要加班吗？他们又不是同事，为什么会忙到一块去了？"

过了许多天，桔年才接到唐业的电话。要不是来电显示上有对方的名字，桔年几乎辨不出那个沙哑的声音出自于唐业。

唐业在电话那边只是问候非明，寥寥几句话，他中途几次停下来咳嗽。桔年才想起他上次的重感冒一直都没有好彻底，病情缠绵反复，这会儿竟像是更严重了。她谢过了唐业的关心，也禁不住问了一句："你还好吧？"

唐业苦笑着说："也没什么大碍，怪只怪我自己在感冒初期没重视，现在严重起来，连续两天连班都上不了，请假在家休养，烧一直都没有退下去。"

桔年也爱莫能助，本想说一声让他好好休息，谁知道话刚到嘴边，就听到电话那边一声脆响，原来唐业边打电话边往嘴里塞药，晕晕沉沉之下，把水杯都摔破了。

桔年不由得添了几分担心，连忙追问他有没有被碎玻璃割伤，可对方很快就传来了断线的忙音，再打过去已是无人接听。

这些年，桔年也没有什么朋友，她信奉一个理念：人人独善其身，管好自己，大家能得到清净。可唐业是个好人，也是少数能让桔年安心泰然与之相处的对象，虽未深交，但一直对她和非明关照有加。他现在病成这个样子，桔年再置之不理，自己都觉得说不过去。下午两点刚过，非明照例打着点滴沉沉入睡，桔年拜托隔壁床小朋友的外婆替她照看一下非明，自己凭着记忆匆匆赶往唐业的住处。

公交车堵得厉害，桔年到达唐业家门口已是一小时后。她唯恐唐业出事，不敢耽搁，抬手就去按门铃。

几乎就在铃声响起的同时，门忽然朝内侧开了。桔年没料到会这么快，按铃的手都来不及收回。然而站在门后的年轻男人却不是唐业，桔年匆匆扫了他一眼，觉得有几分面熟，一时间也想不起在哪里见过。

她以为是唐业的朋友，心里一松，笑了笑正想说明来意，如果唐业没事，自己就可以赶回医院。没料到那男子却微眯着眼睛打量了她许久，脸色益发冷淡下来。他的眼神让桔年如芒在背，正不知作何反应，他却随手一推，让原本半掩的门洞开，桔年也看到了疲惫地靠坐在单人沙发上的唐业。

“原来是这样……”那男子推了推鼻梁上的玳瑁眼镜，笑容里有种说不出的味道，“好啊，唐业，你真有本事。”

眼前男子似曾相识的动作和漠然眼神，让桔年的记忆逐渐复苏。她想起来了，第一次遇上唐业的那个夜晚，她不是同样跟这个男子狭路相逢吗？她还记得他们在暗处纠缠撕扯的黑色影子，那种感觉让她尴尬，似乎自己又一次出现在不恰当的时间和地点，撞破了别人最深痛的隐秘。

唐业听闻门口的动静，从沙发上支起身子，看到桔年怯怯地立在门外的身影，眼里除了意外，也闪过一丝光彩。他仿佛没有听到那男子的话，站了起来，略带惊喜地说：“桔年，你怎么来了？”

“呃……电话忽然断了，我怕你出事就过来看看。没事就好，我先走了，你好好休息。”桔年匆匆说完，就要离开这个是非之地。

“等等。”她没料到唐业会起身挽留，毕竟她知道他们的那些事情，而唐业对此又非常在意，所以他那一刻的急切让她有些迷惑。

“桔年，你不用急着走的。”唐业说。

桔年似乎听到一声冷笑，觉得头皮有些发麻。她实在不愿意搅进别人的感情纠葛里，可唐业眼里的挽留又是那么恳切，她不知道自己能为他做些什么。

她没有作声，三个人的场面似乎陷入了僵局。隔着镜片，那男子眼里的愤怒、怀疑和居高临下的疏离依然让她强烈地不自在。桔年本以为对方会当场发作，可是他只是回头看了唐业一眼，淡淡地说了句：“你何必这样，我本来也是打算走的。”

其实这人有一张端正的面容和非常悦耳的磁性嗓音，即使是在他极度愤怒的时候，给人的感觉依然是说不出的妥帖，他仿佛是个天生的说服者，让人很难抗拒。然而唐业似乎对此免疫。

唐业说："离开之前麻烦把我家的钥匙留下。"

静下来的那一瞬间，桔年低下了头去。良久，她听到金属钥匙坠落在地板上清脆的一声，那人从她身畔擦过，一句话也没有说。

那人离开了。桔年迟疑地走进唐业的住处，从地上那串钥匙边上经过，她俯身将它捡了起来，搁在唐业的茶几上。这屋子跟她上次拜访时大相径庭，原有的整洁和舒适被一片狼藉取代，沙发附近还有一大片无人收拾的碎玻璃。

"谢谢你能来看我。"唐业试着站起来给桔年倒水，摇晃了一下，被桔年制止了。

"你坐着不要动，看医生了吗？"

唐业靠回沙发上，点了点头，"没想到小小的感冒会这么厉害。我躺躺就好了。"他闭上了眼睛，略微发白的一张脸上，益发显得眉目疏淡。

"小小的感冒也是会诱发肺炎的，你太不爱惜自己的身体了。"桔年说着走到唐业身边，伸手在他额头上试了试温度，还好不是太烫。

在触到唐业的那刻，桔年才察觉自己行为的突兀。她那么习惯而熟稔地抱怨他、照顾他，这种感觉熟悉而又遥远，好像已在记忆里重复了无数回。是她糊涂了，也许上一秒，她浑然忘了眼前的人究竟是谁。

她飞快地缩回了自己的手，在唐业睁开眼睛看着她时，讷讷地说："医生给你开药了吧，你吃过午饭了没有？"

唐业摇头，"没什么胃口。"

桔年叹了一声，低头去收拾那些一不小心就会扎伤人的碎玻璃，末了说道："我看看你这儿有什么能吃的。"

她走向厨房，昏昏沉沉的唐业忽然说了声：“对不起。”

桔年回头，“说什么胡话？”

唐业勉力一笑道：“我是说，你来了我很高兴。”

桔年从唐业的冰箱里找到几个鸡蛋，搅成蛋液隔水蒸起，又翻出小半碗米，正好煮粥。唐业蜷在沙发上，似是睡着了。

水刚烧开，陌生的门铃声把桔年吓了一跳。她想起了上次在唐业家遇到他姑婆一事，又疑心是刚才那人去而复返，心中暗暗叫苦。她明明记得唐业提过他家很少有外人来，然而以她的经历来看，事实并非如此。

门铃声在不厌其烦地重复，桔年不便贸贸然去开门，站在厨房门口轻轻叫了唐业几声。唐业好像很久都没有得到安稳的休息，竟在沙发上以一个并不舒坦的姿势沉沉入梦。

见他没有反应，桔年也没有办法，只得把手上的水在围裙上蹭了蹭，走到门边，踮起脚透过猫眼往外看了看。

只是这一眼，足以让她倒吸一口凉气，不由自主地连连退了两步。虽然明知道此时隔着门，自己看得见对方，但对方看不见自己，她却仍然感觉到薄薄的冷汗从背后渗了出来。

门外站着三个人，均是身着制服。那深蓝色的制服和他们胸前若隐若现的徽章桔年是熟悉的，她不止一次从下班后直接奔赴医院的韩述身上看到过。更可怕的是，那个站在最前面，一手按响门铃，一手摆弄着钥匙的人，不是韩述又是谁？

第六十六章

委屈的纸杯

66

门铃仍在响着，隔着门板，桔年似乎都可以想象得到韩述此时固执且带着点不耐的神情。她回头望了一眼，唐业竟还是恍若未觉。不一会儿，门铃声里便夹杂了规律而急促的敲门声，这声音同时击碎了她心存的几分侥幸。不知道出于什么原因，但他们坚信这屋子里是有人的。

电话响了会想着去接，门铃响了会想着去开，这似乎是人的一种本能，否则焦虑便油然而生。然而桔年都不愿往下设想，要是门打开的那一瞬，韩述看到里面站着的人是她会作何反应。她隐约听说过唐业最近的麻烦，韩述此番是为公务而来，对唐业来说必定不是什么好事，因此更害怕自己给唐业添上更多麻烦。无奈之下，桔年快步走到唐业身边，蹲下来摇晃他的手臂，压低声音叫醒了他。

唐业似是陷入了极深的睡眠，睁开眼睛好一会儿才明白了自己的处境。听桔年说门外有检察院的人，他看起来也不是特别吃惊，见桔年有几分惶恐之色，他强撑着站起来的时候甚至还安慰她道：“没事的，你别担心。”

桔年是真急了，说话又开始磕巴：“韩述……门口……”

唐业愣了愣便会意了，他听着越来越沉重的敲门声，试探着指着自己的卧室，对桔年说：“要不，你进里边躲一躲？”

桔年哑然，她几乎怀疑唐业烧煳了脑子，若韩述他们真的进屋搜查，又岂会放过卧室和书房？上一次在唐业家的经历已经足以让她肯定，那房间里没有藏身之处，跳窗更是痴心妄想。如果她在唐业的卧室里被韩述逮个正着，以韩述的脾气，还不得翻了天？

厨房的粥煮沸了，扑腾声传来，桔年心念一动，忙往厨房里走，进去之后顺势关上了门。她也不知道这样能藏多久，更想不通为什么自己每次出现在唐业的住处都必须考虑躲藏的问题。

厨房就在玄关一侧，隔着门，桔年听到唐业开门，然后一个陌生的男音略带讥诮地说了句：“原来你在里边啊，我们都快以为你潜逃了。”

唐业说：“对不起，我睡着了，让几位久等。有罪的人才会潜逃，我想我不需要。”

听着几人的脚步声，估计是进了屋子，大门又被关上了。有人对唐业宣读了搜查证的内容，桔年听出是韩述。他的声调平板而冷硬，不带一丝感情，而唐业并没有出声，似乎平静而沉默地接受了一切。

韩述对桔年说过他最近在查一个大案子，难道唐业也是涉案人员之一？看上去善良而谨慎的唐业真的与那些贪污受贿的黑幕相关？桔年熄了炉火，屏住声息半倚在料理台边。掀开了盖的锅里，那沸腾已渐渐平息，乳白的粥水不时涌起一两个气泡，提醒着她那看似平静下的暗涌。

脚步声渐渐从厨房附近散开，说话的声音也变得不那么分明。间或还可以听到嗓门大一些的那个检察官的询问，唐业和韩述的声音则是模糊的。桔年在厨房封闭而狭小的空间里等待，等待被发觉或是不被发觉，这些其实都由不得她决定。既然这样，着急有什么用？她这么想着，扑腾的一颗心也缓缓地归位了，她也不知道自己还要等多久，便无意识地拿起手边的勺子轻轻地搅拌着那一锅粥。

十来分钟后，貌似询问已告一段落，搜查的范围落在了玄关附近的一个杂物架上，有翻动物件的声音传来，还有搜查者偶尔的闲聊。桔年甚至还听见有人笑着问了句：“哎，待会儿下班去不去吃门口那家沸腾鱼？韩科长，你去不去？”

“我哪来那个闲工夫？”

“干革命也要讲个劳逸结合啊。”

“你知道什么，韩科现在是二十四孝好男人，加班到九点还要赶去跟心上人约会……”

韩述好像笑了一声，竟也没有否认，笑骂道：“还有你不知道的吗？”

他的声音就在门外，几个人还在继续闲聊，而桔年心里其实是清楚的，那些所谓的“约会”，大概都是用在了医院里。她的脸有些发烫，想必是被锅里的热气蒸腾所致。

他们聊了几句，又静下来做事。忽然间，那个大嗓门的检察官“咦”了一声，说道：“厨房检查了吗？”桔年顿时直起了身子僵在那里，不由自主地屏住了呼吸。

“好像没有。老胡你不是专擅长从旮旯里搜东西吗？你去瞧瞧。”另一个检察官说。

“那倒是，从马桶水箱里搜出现金的事我也遇到过不止一回，天知道厨房里藏着什么。”

“找不到现金，至少也给我找杯水喝。”

就在他们半开玩笑的调侃中，厨房的门把被转动了。明知避无可避，桔年还是抽了口气，一颗心提到了嗓子眼。

门终于被打开了，那个被称作“老胡”的检察官探进了半个身子。大概他在开启厨房门之前万万没有想到里面竟然有人，骤然与桔年四目相对，他竟然被吓了一跳，条件反射地退了一步，门又被关上了。

门外安静了几秒。

“老胡你见鬼了？”韩述诧异的声音传来。

让桔年更意外的是，一直保持沉默的唐业忽然开口了，他仿佛压抑着一丝恼怒，问：“我究竟还有没有一点隐私？”

桔年不知道他为什么会说这样的傻话，事情到了这个份上，难道他以为这样能够阻挡门外那些人的本分和好奇心？

果然，韩述冷笑了一声，一句话顶了回去，“法律当然保护守法公民的隐私，但不包括某些蛀虫。”

这一次用力推开门的是韩述。桔年就知道会这样。

现在，他站在门口，定定地看着里面的人，脸上一丁点表情也没有。桔年一时间也不知道如何应对，手里还拿着搅粥的勺子，愣愣地半举在空中。

过了一会儿，韩述抬手正了正自己的领带，然而过了一会儿他又觉得自己快喘不过气来了，又用力地将领带扯松了一些，然后才问道：“你在这儿干什么？”

他的声音是庄严肃穆的，可那双放哪儿都不对的手连带着泄露了眼里的仓皇，还好只有面朝他的桔年将这微弱的异样收入眼底。

究竟是谁把他们推到了这样莫名而尴尬的境地？

“我问你在这儿干什么？”

韩述把他的问题又重复了一遍。

桔年的眼睛看着自己的足尖，她不知道说什么才能让韩述不那么愤怒，虽然他看起来是那么义正词严，就像过去上学的时候，他执勤，她迟到，抓到了她，他愤怒，抓不到她，他更愤怒。

桔年小声地说："我在这里煮粥。"

她的确是在煮粥，空气中还荡漾着一股米香。韩述用了很长的时间去消化这个答案，与他一块来的老胡却先一步转向门口的唐业，问道："怎么回事啊？厨房还藏着个大活人，搞什么把戏？"

唐业看了桔年一眼，说："她是我的一个朋友，知道我病了，所以来探望我。"

"探望你很正常，但是关着门在厨房里面算怎么回事？"另外一个检察官跟老胡一样继续不知就里地盘问。

唐业眼帘微垂，兴许是因为他长长的睫毛，兴许是因为现在的身体状况，他眼底有淡淡的阴影，"我不希望她知道我的事，这个答案你们满意吗？"

"早知今日，何必当初？"老胡侧身从韩述身边走进厨房，把能检查的地方都检查了一遍，最后连桔年面前的那锅粥也没有放过，接过勺子，煞有介事地在里面搅了搅。

"家里什么都没发现，韩科长，你怎么看？"

韩述整理好自己的领带，回头看了唐业一眼，漫不经心地对自己的两个同事说："你们说要不要把嫌疑人带回院里审讯……老胡，你怎么看？"

那个叫老胡的检察官忙不迭点头，"没错，以我们现在手头上的证据，完全可以传讯他了。"

唐业的脸白了一下，身子难以察觉地微微一晃，单手扶住了玄关的墙壁。

“那么，请吧。”韩述转身背对桔年，客气地对唐业说。接着，他好似想起了什么，又笑了笑，“哦，我们应该让你跟你的‘朋友’道个别，毕竟下次见面也不知道是什么时候了。”

唐业张了张嘴似乎想说什么，却被一阵剧烈的咳嗽打断。半晌，他才平息了下来，脸涨得通红。

“让我去拿件外套，可以吗？”

“‘里面’凉，当然。”韩述做了个请便的手势。

唐业点头，往卧室的方向走了几步，他试图让自己的脚步更稳一些，然而还是徒劳，高烧和几天来的粒米未进让他脚步虚浮。

老胡已经收拾好自己的东西，打开了大门，另一个同事又开始跟他讨论着那家味道不错的沸腾鱼。

“那家店的鱼做得确实地道，价格也还行，就是辣。”

“你一说到辣，我就觉得喉咙快要冒火了。”

他们自顾自地说着，差点忽略了一个细声细气的声音。

“他还生着病呢。”

桔年知道自己底气不足，可是唐业现在这副样子，的确经不起折腾。她说完这句话，发觉三个穿着制服的人同时看向了自己，当然，也包括韩述。

桔年低下头去，可依旧没有死心，讷讷地又说了句：“对不起，可他现在真的病得很重。”

韩述一脸漠然地说：“你知道他做过什么吗？如果我是你，我会离他远一点。”

桔年想说，你本来就不是我。她想，自己也许是个底线很低的人，不管唐业做过什么，她只知道，唐业没有伤害过她，而且他确实病了。

但她不想去挑衅韩述的耐心，扭头找到自己之前烧开的水，翻出唐业家的纸杯，给他们各倒了一杯水。

第一杯她先端到了那个年轻一些、老嚷着口渴的检察官面前，小心翼翼地、近似卑微地说：“请喝水。”

只可惜对方年轻气盛，又看穿了她的企图，拒绝接受她的套近乎。“不用。”他一扬手，恰好手指拂到桔年的手腕，桔年的手一晃，纸杯里的水顿时泼洒出来，浇在了她的手背上，虽然水不是滚烫的，但那温度仍足以灼得皮肤发红。

“你没长眼睛啊！”韩述当时就吼了一声。

桔年的脸比手上的皮肤更红，一边赶紧说了声“对不起”，一边赶紧就去甩手上的水。

“我是跟你说话吗？”韩述气得一张白净的面皮也似被水烫过似的。

他不是说她，那说的自然就是手下不留神的同事。

那个小年轻估计刚从学校毕业不久，他原本也不是存心，只不过要在同事和求情的疑犯“家属”面前表明自己的立场，无奈动作过大，一时手误。他也没有想到这个意外会引来自己的顶头上司如此激烈的反应，一时间也下不了台，束手无策地站在那里。

老胡好歹多混了十几年，赶紧用手在壶上试了试水温，打着圆场说：“还好，还好，不是很烫。”

韩述竭力让自己的目光从桔年的手上移开，他刚才的反应几乎是本能，根本没有经过大脑，说出来之后就后悔了。他平素最要面子，重仪态，从不在同事，尤其是手下面前失态，于是清咳了两声，转而对那年轻人和缓地补了句，“小心点，你不是说口渴吗？”

“嘿嘿。”那年轻人尴尬地笑了一声，冲桔年说道，“对不起。”

“是我不小心。”桔年赶紧趁势把水重新倒满了递过去，这次非常顺利，尤其是老胡，刚接过就喝了一大口。

韩述是最后一个从桔年手里接过水杯的，两人的指尖在小小的纸杯交接时轻触。桔年看到了韩述伸出来的右手手背上有一条醒目的红痕，一直延伸到雪白的袖口里。

她露出一丝惊讶的神情。韩述接过水后飞快地将手一收，得闲的另一只手轻轻地扯了扯衣袖。

这时唐业挽了件外套，走回了几个人聚集的门口。

“好了。”说话的间隙，他仍单手握拳在嘴边，侧身断断续续地咳。

桔年眼神里的哀求意味不由得更盛了几分。她不是没有经历过审讯，所以更知道那过程的漫长和煎熬。

韩述用双手捧着手里的纸杯，她应该知道他有多讨厌纸杯的味道，但她不知道他更讨厌端着纸杯时的小心翼翼——轻了，杯子就会脱手，重了，它又变了形状，溢得一身狼藉，到底怎样做才对？

没想到这时候老胡开口说了句：“韩科长啊，依我看，他这副样子还是缓一缓为好。事情也不急在一时，反正他也跑不了。”

“是吗？”韩述若有所思，扫了唐业一眼，这才说道，“老胡说的也有道理，既然病得那么重，回去也问不出什么，今天先这样吧。假如你聪明的话，这段时间内不要想着离开本市。”

“他不会的。”桔年心中一宽，求证似的看了唐业一眼。唐业轻轻点头。

“我先去把车开过来，小曾我们先下去。哦，对了，韩科，你还有份文件在桌上别忘了。”

不等韩述收回放在唐业客厅桌上的文件，老胡和小曾已经下了楼。

“谢谢你，韩述。”唐业声音虚弱，但语气是由衷的。

“千万别。”韩述讥诮地笑了起来，“有些事你心知肚明就好，我不是放过了你。说实话，我还盼着将你绳之于法的那一天。还有，我既然能查到江源广利的叶秉文那笔钱是从你的海外账户转移的，那么找出以往的记录也不是难事，你做了什么你自己知道。我告诉你唐业，你吃不下这笔钱，也扛不住，如果你不肯交代你后面是谁，这个锅足以压死你。”

唐业说：“既然你们什么都能查到，那我承不承认、交不交代又有什么区别呢？”

韩述说：“也是，虽然你不说，但我还真是查到了一些非常有趣的事情，比如说你和广利的滕副总……”

唐业先前尚算平静的脸顿时变得铁青，胸口急剧地起伏着，但再也没有发出任何声音。

“你想知道吗？”韩述恶作剧似的微微俯身对一侧的桔年说。

桔年只能假装什么都没有听见。

“我送你吧，韩检察官。”桔年走出去，给韩述按了向下的电梯。

韩述没有拒绝，走在她的身后，顿了顿，又回头朝唐业补了句：“既然病得那么重，还不去休息？不用这么多人列队欢送我。”唐业无奈，将门缓缓掩上了。

电梯间只剩下韩述和桔年，红色的楼层数字跳跃着，眼看就要到达他们所在的楼层。韩述方才面对唐业的一丝丝得胜感觉也消失得无影无踪，而桔年则虔诚地等待着电梯的到来。

“粥熬好了？”

“嗯？”

韩述从鼻子里哼了一声，“粥要慢火熬才好，熬好了还得慢慢地品，然后再好好把锅洗干净……如果你还记得回医院，别忘了给非明带一碗。不是每个病人都有人肯费心给她熬粥的。”

“哦。”

这样“非暴力不合作”的态度显然不能让韩述满意，他不再掩饰脸上的不忿之色。

“你为什么总是跟这样的人搅和在一起！”韩述说完，又后悔失言，他实在不愿意让桔年由此想起了巫雨，脸上却又抹不开，嘟囔道，“非要跟我过不去！”

“谁跟谁过不去？”桔年幽幽地反问。

“我知道……你认为我针对他……”韩述朝唐业家门的方向仰了仰下巴，拉长了声音，语调有些怪异，“不过也不奇怪，我干妈也那么认为……我在你们心中就是这样小心眼的人。你就这么想吧，无所谓。”

桔年却看了他一眼，牛头不对马嘴地问了句：“你手怎么了？”

就这么简单的一句话，方才还强横着的韩述竟然眼睛都红了。他看着天花板，心想，真他妈没用，但是，的的确确，真他妈委屈！

“又被抽了？”桔年用的是问句，但心中答案已八九不离十。从小到大，除了韩院长，还有谁能在韩公子手上抽出这么一道伤？

韩述没有回答。其实从她看见自己手上伤痕的那一瞬开始，虽然自尊让他故意藏着遮着，可是他心中还是期盼着她能多看一眼，期盼着她能问一声。因为老头子下手很重，真的很痛。只有她明白，他才值得。

还好她没有全瞎！

“非明转院的事情已经办妥了，明天就转。我今晚还要加班，既然在这儿遇到你，医院那边我就不去了。”

电梯门终于在眼前敞开，韩述逃也似的冲进里面，他害怕多待一秒，自己会在桔年面前有更丢脸的表现。

电梯护送着韩述径直往下，出了大楼，老胡的车子已经在等，韩述这才发现自己手里竟然还端着那纸杯！经过垃圾桶时，他狠狠地把水杯朝里面一扔，深呼吸，再深呼吸，面色如常地朝车子走去。

第六十七章

掌纹是最多变数的特征

67

检察院白漆蓝字的车子消失在视线中，桔年收手，微微挑起一角的窗帘便垂了下来。

唐业将身子蜷在他那张单人沙发里，他的房子跟他的人一样，仿佛也有了种劫后余生的混乱。滕云离开后，四处已是一片狼藉，再经过韩述他们的一番搜索，就真的如同风暴过境一般。

现在，一切总算归于宁静。虽然大家都心知肚明，这宁静只是暂时的，可是喘口气的时间弥足珍贵。唐业也听到厚重的窗帘从她手中落下的轻微响动，忽然之间，他不知道自己该如何面对这个过于安静的女人。感激？感叹？或者他欠她一个解释，可他无从开口。他坠入一团乱麻般的局里，如何能从头说起？

这个时候桔年已经在客厅和厨房间走了个往返，她朝唐业走来，毫无障碍地越过角度倾斜的茶几，越过散落一地的书籍纸片，驻足在唐业的身边，微微俯身。

唐业以为她至少会问一句“为什么”，可她只是说：“粥熬好了，你喝一点吧。”

几分钟前，她刚刚目睹了检察官们对他家一番毫不留情的搜查，同样也是几分钟前，他看着她不得不与纠缠不清的那个人尴尬地打照面。在这一片混乱中，她有太多的话可以问，她有太多的事可以做，可她却像是在最安逸的午后，若无其事地端出了精心熬就的一碗粥。

唐业愣了一会儿，双手接过她递来的碗。粥已经有些凉了。

“桔年，谢谢你！要不是你，我真不知道……”唐业低声说道。

“不，你是知道的。”

唐业蓦然抬头看着立在他身畔的人，桔年背对着窗户的方向，他甚至一时间看不清她此时的表情，而她的声音一如既往地平淡，就像心平气和地陈述一个大家都清楚不过的事实。

“唐业，你知道我会来的，也许你还知道滕云会来，韩述会来……太多的巧合。这样的结果是你想要的吗？”

唐业一口气提了上来，就这么憋在胸口，他沉默。

“你还是顾及滕先生的，我想我能理解。可是以韩述的脾气……难道你就不怕让事情变得更糟？”

“桔年，你相信我，已经没有更糟的余地了。也许我迟早逃不过，至少现在还能换回一些时间。”

“你是需要时间，还是需要用时间安排那些钱？”桔年觉得自己不能理解，为什么连唐业这样的人竟然也会为了那些不该属于自己的钱铤而走险。

“你可以鄙视我，我也常常问自己，怎么就走到了今天。以前我看不起我那个跳楼的同事王国华，为了一点蝇头小利甘愿被人操控，后来我才知道，当你处在那个位置，但凡有一丝贪念，就有太多身不由己。王国华为的是他儿子的将来，而我比他更丑陋。”

“有人知道了你和滕云的事？”

唐业的手无意识地在沙发扶手上握紧又松开，最后他点了点头，“我痛恨那种见不得光的东西，可是我偏偏挣不开。最可笑的是，我曾天真地想过，只要我有了一笔钱，就可以跟他一起远走高飞。其实我要的并不多……一步错，步步错。”

“可你背上了全部的黑锅。”桔年说出这个意料中的结果，平静到有些悲哀。

“这个黑锅曾经是王国华背的，结果他从楼上跳了下去。王国华以为自己一死了之，这案子就此结束，他不用担心自己会牵扯更多的麻烦，他儿子在国外也有了保障。可是韩述他们不肯就此结案，越来越多的线索被他们掌握，那么势必还要有个人出来接替王国华背上剩余的罪。我早该想到有这一天，我们都算不上无辜，也都是活该，可是我希望滕云能够去他想去的地方，过他想要的生活。”

“你们约好的地方，只有他一个人去了，你觉得这样就是为他好？”桔年莫名地就想到了自己，想到了曾经在她身边的那个男孩，他也说过：“桔年，你应该有更好的生活。”结果他走了，她独自一个人，他永远不知道，她渴望的是什么样的生活。

唐业说：“桔年你明白吗？我跟滕云不可能一起走的，即使没有这些事，一样不可能。我曾经答应过他，是我太傻，我忘了我是再世俗懦弱不过的一个人，遇到挫折，会想要放弃，所以到不了终点，我已经累了。”

桔年忽然问：“你难道从来都没有想过，像韩述说的那样，吐出实情，让一切真相大白，让那些真正贪婪的人得到应有的惩罚？”

唐业低头笑了一声，“桔年，你有过螳臂当车的感觉吗？韩述迟早也会明白，那只不过是徒劳。”

桔年没有再说话，所有草芥自以为是的坚韧在强者面前其实不堪一击。更何况，冥冥之中不动声色等着看笑话的，还有真正强悍的命运。

许久，她才听到唐业说了一声：“对不起。”

桔年叹了口气，“粥彻底凉了，你真的不喝吗？”

唐业一声不吭地去喝那碗冷却了的白粥，喝到一半，不知想到了什么，他放下手中的碗，抓住了桔年的一只手，就像抓住溺水前的最后一根稻草，连声音中都带着几分自己都不确定的希冀。

他说：“桔年，如果，我说的是如果，我过得了这一劫，那么我们就在一起，就当重新活过一次。我们谁都不为，只为了我们自己好好地去生活。我会一辈子照顾你，给你和非明一个家。”

桔年怔了一下，满脸通红地闪躲。

唐业慢慢松开了她的手，像从一场梦境中醒转过来，苦笑了一下，颇有自我解嘲的意味，“其实你可以答应我的，就当安慰我，因为我躲得过的可能性实在太小。”

桔年在他的手撤离之前重新抓住他，翻过他的手掌，蹲下来看着他的掌心。

金星丘布满罗网，感情线中断，这是她再熟悉不过的掌纹暗示，她沉住气，再细细往下端详。唐业的手薄瘦而青筋浮现，命运线起自太阴丘，终于下方，且由许多小线组成，中途有支线。书上说，有这样掌纹的人一生起伏，命运最是变幻不定，好在生命线虽然颇有曲折，但尚算明朗深长。

桔年合上他的手，“我是个迷信的人，你的掌纹告诉我，你一定会逢凶化吉。”

“会吗？”唐业无奈地笑了，不置可否。

桔年说：“当然会，因为我等着你的‘如果’。”

转院通知果然很快就下来了，这是身体每况愈下的非明最后的机会。桔年不敢有一丝的拖延，办理好必要的手续，当日就带着非明转到了第一人民医院。

转院的过程非常顺利，非明入住第一人民医院的首日，该院的专家组就对她的病进行了会诊和系统全面的检查。因为知道非明一时半会儿出不了院，医院里还有一场持久战要打，桔年准备了不少东西，平凤也特意赶过来帮忙。

韩述走出电梯的时候，正好看到两个女人满头大汗地抬着一个大箱子从一侧的步行梯上来。

“请问你们知道电梯这个东西已经进入人类文明社会整整一百五十年了吗？”韩述手里还抱着自己从院里带出来准备拿回家的“作业”，百思不得其解地问。

平凤跟他没有打过交道，看了他一眼，没有作声。

桔年则是累得脸红扑扑地解释道：“上来的电梯有很多坐轮椅的病人，反正只是三楼，我想还是不要跟别人挤了。”

她说完，又跟平凤两人全力以赴地朝目标病房前进。

韩述气结，跟在她们后头走了两步，实在受不了了才提醒道：“嘿，麻烦假装一下你们知道这里还有个男人。”

他这么一说，前边走着的两个女人不得不放下手里的东西，停了下来。

桔年用手在额头上拭了一把，大冬天的，上面都是汗，她嘴里却还客气着，“不用了。”

韩述说：“我不想跟你这种太古时代的女人争论。”

桔年犹豫了一下，说道："太古时代没有女人，只有藻类和海绵。"

韩述死死地盯了她几秒，然后，他毅然挤开了她，手里的文件袋就那么不管不顾地往她身上一塞，"懒得跟你说，拿着。"

牛皮纸文件袋拍过去的方位正好是桔年的胸口，虽然隔着好几层衣物，猝不及防之下，还是让桔年一阵尴尬，一个迟疑，两手只抱住文件袋一角，那朝下的口子未封得严实，哗啦啦地散出来了好几页，她赶紧蹲下来捡。

韩述瞪着她，"再多看你几眼，我也快要跟你一样退化成藻类和海绵了。"

"那……如果我在二叠纪，你就在震旦纪。"

"什么意思？"

桔年抬起头来，用手比了一段很长的距离，小声说："同是藻类和海绵，也可以隔着几亿年。"

说话间，那些散落的纸张已收拾得差不多了，唯独有一页被始终没有掺和进来的平凤捡起，那上面贴着的是一张几个人的合照，奇怪的是，平凤看得很仔细。

韩述咳了一声，平凤才如梦初醒地将照片递还桔年手中。

"请问有什么问题吗？"韩述客套地问道。

"照片里的人是……"

"你认识照片里的某个人？"韩述不动声色地惊讶着。他眼尖，平凤这个人虽然以前没有见过，但他可以猜到几分来历。当着桔年的面，他是客气的，然而不管愿不愿意承认，照片里的人和看照片的人，着实不应该是一路的。

平凤勾起描画精细的红唇巧笑倩兮道："我怎么会认识？随便问问罢了。"

韩述倒也没有继续追问，他叮嘱桔年："我的东西可要拿好了。"俯身就去扛那个纸箱。

他起初没料到会有那么沉，刚施力的时候漫不经心，差点没扛起来，晃了一下才站稳，嘀咕了一句：“你把震旦纪的石头都运过来了？”

韩述扛着箱子好不容易才到了非明的新病房，几个人走进去，护士正在给非明打点滴。一段时间的住院治疗后，非明双手的手背布满了针眼，基本上已经没有静脉注射落针的地方，护士忙活了半天，最后从她左手内侧手腕将针扎了进去。

手腕内侧是人全身上下皮肤最是细腻的地方之一，桔年想象得到那么粗的一根针扎下去该有多疼，落针的时候她别开了头去，不忍再看，身上的每一寸肌肉每一个关节都绷得紧紧的。非明却一声都没吭，她躺在床上，看着护士的动作，仿佛被摆弄着的是别人的手，视线不经意扫到韩述，苍白的一张脸上才绽出了一个笑颜。疼痛也是一种会习惯的东西。

等到护士离开，韩述坐到非明身边，说：“韩述叔叔小时候最怕打针，一点也比不上非明坚强。好孩子，再忍耐一段时间，病好了韩述叔叔带你去好多好玩的地方。”

非明却说：“韩述叔叔，你看上去瘦了，跟我姑姑一样。”

话音落下，桔年那边有了轻微的动静，韩述回过头，桔年已经背对着他们在整理东西了。

韩述继续哄着非明，“那是因为韩述叔叔和姑姑担心非明啊。等你好了，我们也会胖起来的。”

他鼓着腮帮，想逗非明开心一点。

非明闭上了眼睛，呼吸急而浅，就在大家都以为她睡着了的时候，她喃喃地问了句：“姑姑、韩述叔叔，你们真的喜欢我吗？”

桔年没有转过头来，声调也有些奇怪，“这还用问吗？傻孩子。”

可非明还在问，问得不依不饶，“那你们为什么喜欢我呢？”

“因为你是最可爱的小女孩啊，我们怎么会不喜欢你？”韩述笑着说。

“姑姑呢？”

桔年回过头来，也试着挤出个笑容，“因为你是姑姑最亲的人啊。”

非明点了点头，桔年和韩述却不约而同地从那张被病魔折磨得无比消瘦的脸蛋上看到了失望，虽然非明再也没有说什么。他们毫不怀疑自己对这个女孩发自内心的喜爱，他们愿意摘下天上的星星让她开心，让她的病好起来，但他们同样也不知道，这孩子追寻的究竟是怎样的一个答案。

非明睡熟了，她陷入昏睡的时间越来越长。好多次，她睡得太久，手脚冰凉，这让一旁守候的桔年油然生出最可怕的念头。原本还顾虑重重的桔年开始无比渴盼一场手术。必须要有那么一场手术来为她留住非明，哪怕手术会留下遗憾，至少孩子还在身边，她再也没有什么可以失去了。

韩述看着长久地坐在非明身畔泥塑一样的桔年，仿佛她的生机也在随着非明一点点地减弱。他也想用言语来给桔年慰藉，可她是个心如明镜的人，太容易识穿他善意的谎言，然而给她一个拥抱，她更会退却。

“那天的粥味道怎么样？”他突兀地冒出这样一个问题。

“嗯？”

“我以为你会跟我一起离开。”

“他病了。韩述，其实那天的事我挺感激你的。”

“喊……”韩述不自在地嗤笑一声，平凤出去打开水了，单间的病房里只剩下他们和昏睡中的非明。末了，他惶惶然地问：“要是……要是我病了，你会给我煮一碗粥吗？”

“为什么连生病你也要掺和？”桔年理解不了公子哥的想法。

韩述悻悻的。他不是犯傻，而是真的有过这样的念头，有时候他发现自己竟然嫉妒巫雨的残缺。因为巫雨的病，桔年永远都在疼惜他，永远放不下他。非明得到桔年无微不至的照顾，他无话可说，然而就连唐业，也病恹恹地赢得了她的怜悯。他错在太健康，从小到大，最严重的病也不过是场重感冒。那天，桔年可怜兮兮地为唐业求情的样子，他还记得清清楚楚，虽然他一再告诉自己，那不过是同情——可同情他又何尝得到过？

“我们走后，你和唐业就继续喝粥？”这样的试探多么拙劣。

桔年看了他一眼，“嗯，我给他看了看手相。”

“那你也给我看看。”韩述顿时来劲了，死乞白赖地朝她摊开手。

“你不是彻底的唯物主义者吗？”桔年想当然地怀疑他的动机。

而韩述仍是眼巴巴地伸过手去。那是一双年轻男人的手，干净、白皙，指节修长，没有丑陋的茧子，刚才搬过重物的红色痕迹仍在上边，桔年还知道，此时她看不到的手背，还有被筷子抽过的伤。

“就给我看看吧，随便看看也行！”

桔年受不了，凑过去看了一眼，毫无意外的漂亮掌纹。韩述的掌心，成功线始于命运线，一路笔直修长地延伸，成就、财富和声望对于他来说并不是太难得到的东西。十字纹出现在无名指的下方，贵人提携，春风得意。命运线清晰，伴有副线，百事顺遂，偶尔小挫折也无伤大雅。智慧线横穿掌心，聪明但过于自负。

“你的掌纹很好，基本上都跟你的现状很吻合的。”桔年敷衍着说。

“掌纹也说我求而不得吗？”韩述咬了咬自己的下唇，厚着脸皮问道。

“不会啊，你看你的生命线，这是事事顺遂的象征。”

“那还是不准。”韩述有些怅然。

“都说了是看着玩的。”桔年见状正好推托，起身说：“我去看看平凤到哪去了。”

韩述哪里肯依，一把揪住她，“你根本没有仔细看。隔得那么远，你连我的手都没碰，未免太不专业了。”

桔年怕他闹，犹豫了一会儿，战战兢兢地捏起他的一丁点指尖，他揪着的另一只手才总算松了下来。

“看啊。我就想听唯心主义的诡辩。”

他说得理直气壮，手心却开始冒汗，她碰触到的那几毫米肌肤，火烧似的，也不知道谁在抖。

“呃，事业有小波折，总的来说还是顺利，你看你的成功线这里……”

“哎哎，看感情，看感情！”

“等一会儿，我看看啊，中指下怎么有等高线……”

“等高线怎么了？”

“同，同性恋。”

“胡说八道！”韩述一听顿时爹了，本该甩手而去，可毕竟舍不得。他按捺着，警告道，“看清楚一点，少说废话，谁是谁不是大家心里有数！”

“别抖啊，我看错了，那是结婚线。哎，你别抖了，一抖什么都看不清了。”

“抖又怎么了？”

“伸出手要是一直抖，书上说，说某方面……不及格。”

“什么不及格？”韩述一脸纳闷。

桔年很快地转移了话题，“感情线起点附近有不少支线，经历丰富。”

“你看主线不就行了！”

“主线有断续，喜怒无常，任性，波澜不断；智慧线跟感情线分得太开……”

她絮絮地说着，最后也不知道韩述听进去了没有，只觉得自己和他的手上全是汗，那些交缠的纹路渐渐地也模糊成一团。

也许他最后还是听腻了，翻过手来去抓她的，交接处太滑腻，堪堪抓住了食指和无名指的前两个指节，她就再也挣不脱了。

“痛快点，你直接说哪一条线是你！”

她抽了抽手，没有用，那些碎碎的头发又汗湿在脸上。

苏东坡写花蕊夫人“冰肌玉骨，自清凉无汗”，桔年却最是汗腺发达。许多年来，韩述再没有像此时离她那么近。他和她的指尖缠在一起，他不放。这让他想起很久以前的一个夜晚，他那么紧紧地贴着她的背，两人都是湿漉漉的，水洗过一般，他也是不放。那时他埋首在她的颈窝，潮热温暖的味道，事后他反复回避，反复想起，延绵成后来他心底描绘欲望的唯一具象，他每次情动的起端。

桔年的脸却由原先的通红转为煞白，那种黏稠的感觉在她记忆里如此不洁，让她几乎难以呼吸。

她说：“韩述，你先放开，手相本来就是最多变数的一种特征。”

他头昏脑热，哪里听得进去，手上收紧，整个人朝她缓缓靠近。直到病房的门被人克制地敲了三下。

第一人民医院脑外科主任孙瑾龄站在门口，提醒道：“谢非明的家属请到我办公室来一趟。”

第六十八章

疯狂的世界

68

桔年与韩院长的夫人、韩述的母亲孙瑾龄上一次打照面还得追溯到十几年前。其实孙瑾龄跟桔年的母亲年龄相仿，桔年还能模模糊糊地记起上小学前跟韩家同住一栋筒子楼的时光。她的妈妈做好了饭，满面尘灰烟火色地对着窗外抠蚂蚁洞发呆的女儿扯开嗓子喊："看饱了？饭都省了？"而下班晚了的孙医生则牵起跟一群男孩子打闹的儿子，笑语嫣然地问："宝贝，告诉妈妈你想吃点什么？"

印在桔年脑海里挥之不去的是孙医生漂亮的浅色连衣裙，裙裾飞扬，脚步轻盈。

韩述长得更像母亲，偏白皙的肤色、带笑的眼睛、尖尖的下巴，无处不像一个模子里刻出来的。

现在，桔年坐在第一人民医院脑外科主任的办公室里，看着那似曾相识的眉眼，等待对方的第一句话。

孙瑾龄似乎想过要更公事公办一些，不知为什么没有成功。她面前摆着非明从上一个医院带过来的病历资料，不过是几页纸，她翻了又翻。

最后她用了一个连自己也感到有些意外的开场白，“都说女大十八变，我都没法把你跟小时候的那个老谢家的丫头联系起来了。”

桔年说：“孙医生您没怎么变，还跟以前一样年轻。”

她不善于恭维别人，然而为了非明的病，她不能再给自己和身为韩述母亲的孙医生之间原本就微妙的关系增添任何不快。

孙瑾龄笑笑，说：“这是傻话，人怎么可能一直年轻？韩述都快三十岁了，还没少让我操心，我能不老吗？”

桔年沉默。

孙瑾龄打量着桔年，跟蔡一林检察长那种仿佛想要一眼将人看穿的眼神不同，孙瑾龄的端详是柔和的、母性的，甚至还带着点洞悉的怜悯和愧疚。

“桔年，我知道你吃了很多苦，有些事不应该降临在你身上的……”

这一次桔年却回答得很快，她说：“我很好，孙医生，但是我的小侄女病得很重，请您救救她。”孙瑾龄欲言又止的那一部分寓意她心领神会，但是不管对方了解也好，愧疚也好，怎么都不可能让她的过去重来一遍，现在她眼里只有非明。

孙瑾龄点了点头，视线落在病历的某一页上。

“这个孩子的病韩述跟我介绍过，我也仔细看了病历。”她双手交叠在桌上，注视着垂头不语的桔年，“作为医生，救死扶伤是我的分内事，何况是这样一个可怜的孩子……然而，同时作为一个母亲……桔年，我不知道说这样的话会不会让你心生反感，但你我都心知肚明，孩子能够在医院床位和手术安排如此紧张的情况下转院，这不仅因为我是个医生，更因为我是个无法拒绝儿子的母亲。”

“我知道。”

“你应该是个聪明的孩子，有些事我们既然注定绕不过去，那还不如坦诚一些，同样，有些话即使听起来不那么动听，但是这能让我们心里更明白，你说是吗？”

桔年还是没有出声，她知道对方并不需要她的回答。

“站在一个母亲的立场，我要说的是，我会尽我所能地去救那个孩子，不管她是你的什么人。但是，关于韩述，请你……”

“好！”

桔年脱口而出，她看到了孙瑾龄诧异的眼神。

害怕对方不肯相信，她再度诚恳无比地应承，仿佛唯恐这么划算的交易下一秒对方就会反悔。“好，我答应，我答应！求您了，孙医生，我只要非明能好起来……”

如果说孙瑾龄不感到意外，那肯定是骗人的。她一再问自己，这个让自己儿子神魂颠倒的女孩到底有什么过人之处，她究竟是太过单纯，还是城府太深？

“你就这么急着答应？我甚至还没有说出我想要你做什么。”

桔年把一缕头发划拨到耳后，犹豫地笑了笑，“不管您要说什么，但一定不会是希望我跟韩述天长地久百年好合吧？事情到了这个地步，还有什么是我不能答应的？况且对于韩述，也许我们想要的结果是一样的。”

孙瑾龄好像有些懂了，谢桔年之所以如此爽快，无关乎聪不聪明，只不过是因为她不在乎。自己那傻儿子，原来是剃头挑子一头热。

孙瑾龄一手将韩述带大，知道打小人人都护着他，让着他，他也许根本不知道什么叫作“得不到”。她宠爱儿子，有时也觉得或许宠坏了他，应该让他受受挫折，可是儿子如果摔得太厉害，她的心也跟着生疼，一个母亲就是这么矛盾。

桔年没有猜错，孙瑾龄打心眼里希望桔年离韩述远一点，虽然她知道错在韩述，而不是谢桔年。当孙瑾龄知悉韩述做过的荒唐事的那天晚上，她和丈夫一样彻夜难眠。她摸黑走进儿子的房间，差一点就想一个耳光扇醒他，问他为什么要那么做。可是当她的眼睛适应了房间的黑暗，她看到抱着枕头蜷成一团的儿子脸上未干的泪痕，那一刻她知道自己或许也是卑鄙的，但是她必须选择保护她的儿子。她没有办法在关系到儿子一生的问题上置身事外地高尚着，所以她用原本打算打醒孩子的手，为他掖了掖被角，事情已经发生，一个耳光能挽回什么？

后来孙瑾龄以不同的方式和理由给过谢家几笔钱，谢家没有想太多，感恩戴德地接受了，那种感恩戴德曾经让她感到无比羞耻，因为她汇往监狱的钱被一次次退了回来。后来，她和丈夫还是心照不宣地给谢家早早辍学没有工作的小儿子谋了个司机的职务。就连这次，即使她无法忍受谢家自以为抓到把柄的得势嘴脸，还是跟丈夫商量着，该怎样把那个转正的名额安排给谢望年。并非他们真的怕了谢茂华夫妇的要挟，那对贪婪的夫妻不过是跳梁小丑，只是她知道他们欠下了什么，还不完，但只要对方愿意给个机会，她仍愿意补偿——除了以韩述为代价。

叫她怎么能相信一个因韩述蒙冤入狱、失却一切美好的女孩仍然对韩述存有善意？韩述也愧疚，孙瑾龄知道，但不能用一辈子来还。这些她都跟韩述说得很清楚，然而韩述眼里的失望却一日甚过一日，他焦灼，他难耐，好像心肝都缺失了一般，魂也丢了。她的宝贝儿子，真的只是因为歉疚？还是因为他在乎，而别人丝毫不这么想。

有那么一瞬间，孙瑾龄也有些迷茫。她对桔年说："你答应得这么快，我那傻儿子呢，几天前却上蹿下跳地说他要娶你。我就差没求他了，我说，小祖宗，说话小声点……可他非把他老子也惊动了，说你的孩子就是他的孩子，我们不救那孩子不认你，就等着韩家断子绝孙。结果他老子脾气上来，果真给了他一顿好打。我知道病床上那孩子不是你的也不是他的，可他那么坚决，我真的以为你们……”

桔年说：“韩述是真心对待这孩子，但是我跟他之间从来就没有过可能。”

她已经不恨他了，但是也没有办法去爱他。他们就真的像二叠纪的藻类和震旦纪的海绵，中间隔着几亿年，存在却没有任何关联。她要给非明一个家，自己一个人做不到，好男人也不会选择她，所以那天她宁可应承唐业的“如果”。她理解唐业竭力想摆脱泥沼的绝望，就如她理解了“小和尚”毛毛虫的梦想，也许正因为这“如果”之渺茫，她愿意存有这样渺茫的希望。唐业的“如果”可能永远不会降临，这是一个梦，但假如真的有那一天，就如同她不知道歌名的那首歌所唱的，如果梦醒时还在一起，他们大概真的可以相依为命。

孙瑾龄叹了口气，“我不想说别人的不是，可是你跟你父母真的不一样。”她心里一软，伸出手去想要摸摸桔年瘦瘦的肩膀，不只她儿子，她都觉得我见犹怜。可桔年轻轻地闪开了。

孙瑾龄收回手，重新开口道：“我为什么总记得你小时候的模样？因为我们家刚搬来的时候，韩述才四岁，人生地不熟，幼儿园的小朋友他一个也不认识。没几天，老师说园里有个演出缺个小矮人，问他能不能顶上，他高兴坏了。那天我们给他拍了很多照片，其中有一张还是个乌龙来着，我们家韩述被一个小女孩拖着，脸红得像猴屁股。我们常用那张照片和他开玩笑，所以他特别不喜欢那张照片，小时候谁翻出来他跟谁急。他上高中那年，照片不知怎么就丢了，直到他上大学我给他收拾东西，才在枕头底下找到。韩述这孩子，毛病是不少，怪我，所以他爸说慈母多败儿。尽管他爸虽然动不动就抽他，但谁要说他儿子的不是，他就跟谁急。我们把他保护得太好了，以至于他心里还跟孩子似的，也许可恶，但绝不险恶，他心里藏着……”

“妈，您说什么呢！”韩述气急败坏地在门口处打断，也不知道他在那站了多久。他敲打着办公室门口的一块牌子，“您是医生还是家属楼下闲着晒太阳的老太婆啊。说病情，别扯那些没用的！”

他说话的当口，桔年已经局促地站了起来，孙瑾龄无奈地看着儿子笑笑，继而对桔年说：“关于非明的病情，我要等更详细的检查报告出来，然后我会第一时间通知你。”

“好，谢谢孙医生，谢谢了。”桔年给孙瑾龄匆匆鞠了个躬，就要离开，走至办公室门口，她不得不停了下来，因为面无表情的韩述堵了大半个门口，没有半点要让路的意思。

“借过。”桔年小声说。

韩述不知道为什么较着劲，黑面神似的，依旧一动不动。

“借过，谢谢。”桔年说了两遍之后，也放弃了说服他让路的念头。

孙瑾龄看不下去了，皱眉道：“你说你这孩子是干什么呀？”

“别管我的事行吗？”韩述嚷嚷道。

桔年只想离开，见韩述和一侧门框之间还留有些许缝隙，硬着头皮，试图侧身从那个缝隙挤出去。

她努力着不让身体跟韩述有接触，眼看就要成功，韩述不冷不热地冒出一句：“你是土拨鼠啊，钻什么狗洞啊？”

桔年成功脱身，心想他哪根筋不对，连损人都没了逻辑，低声回他：“土拨鼠哪会钻狗洞啊，再说这洞不是你亲手挖的吗？”

回到病房，平凤还在，正逢韩述回来拿他的东西，然后招呼也不打就走人了。

“这人到底是谁啊？”平凤不知道从哪儿弄了包瓜子，边嗑边问。见桔年闷闷地去看非明的吊瓶，又说道，“我一直看着呢，她没事。哦，我知道了，刚才那个人是不是……”

“行了！”桔年没让她说下去。

“法院还是检察院的？”

“怎么了？”

“大盖帽，两头翘，吃了原告吃被告。这种人我见得多了。”

“你见得多了？”桔年也隐约觉得这话不对。她心细，这时不由得联想起韩述文件散落时平凤看到照片时的异样。在确定韩述真的离开之后，小声地问出了她的疑惑：“你是不是认识照片上的人？”

平凤点头道：“认识其中一个，就是比较年轻的那个。”

桔年没仔细看照片，自然也不知道“比较年轻”的是谁。

平凤接着说：“长得是人模人样的，有钱人家的公子哥，姓什么不知道，反正听说他家里生意做得很大，最近还打算开个什么温泉山庄，也不知道是不是吹牛。”

“他是……你的客人？”

“可以说是，也不是。他替人给钱，自己倒有别的相好，我看他在那老肥羊面前也点头哈腰地卖着好，嘻嘻……”她神秘兮兮地附在桔年耳边说道，“这姓叶的公子哥带来的那老家伙年纪大了，多半脑子有点问题，其实也做不了什么事，我都不知道他干吗老来，还非让我穿那些莫名其妙的衣服，说些莫名其妙的话。嘿，反正花的也不是他的钱，咱们照收就是！”

桔年却越听越担心，韩述是做什么的她知道，他不会无缘无故地揣着别人的照片。她劝平凤道：“我看这事不太对劲。你啊，攒着点钱，趁早收手吧，那些人太复杂，我怕你惹祸上身。”

平凤咯咯地笑，“来找我的人，哪个不复杂啊？你就别操心我了，想想你自己吧。刚才那小白脸身上有不少油水吧，你就算不打算跟他怎么样，他送上门来，该拿的你也别心软，凭什么放过他！”

桔年也不跟平凤扯，随便聊了几句，平凤要赶去开工，她便送了出去。

平凤还是改不了留不住钱的毛病，刚嚷着闹饥荒，手上又添了个新包，看桔年视线落在了包上，她笑着把包甩过来问：“怎么样，好看吗？”

“好……好看。”

桔年愣了一下，因为她这时才看到平凤挂在背包上的一个草编小玩意儿。

“什么啊，这是？”

“兔子，草编的兔子，别人送的。”平凤看了桔年一眼，语气里忽然有些不确定的东西。

“手挺巧的啊。”桔年赞叹道。

“当然，他说这样的兔子是独一无二的，只有他会做。”平凤这才又兴致高了起来。

“朋友送的？”

“嗯，是啊。”

平凤走了，桔年返回病房的每一步却都难掩心惊。她再了解平凤不过了，平凤哪有什么朋友啊，除了那些客人，她认识的也不过是过去监狱里的一些牢友或同行。而她口中那个“独一无二”的兔子桔年也会编，因为那是“小和尚”教她的，入狱之前，她曾教会了当时仍是稚童的弟弟望年。

桔年觉得自己的身子一阵冷一阵热的，头也有些发昏。为望年，为平凤，还有平凤方才发自内心的笑容。怎么可能？望年才二十岁！这个世界太疯狂了。

她拖着迟钝的身子，浑浑噩噩地走，即将靠近非明的病房的时候，却一个激灵。

病房外，有人在静静张望，那张望是如此渴盼，但脚却不敢越雷池一步。

她还是来了。

陈洁洁后来出现过好几次，有时桔年在陪伴非明的时候不经意回头，会看到她匆匆而过的身影，有时是在住院部夜晚门禁时间到来之前，发现她独自坐在公共休息区的座椅上。桔年假装什么都没看见，陈洁洁出现，也未惊动她们分毫。她只是日复一日地来，来了却不知道能做什么，仿佛只是被一种模糊的本能驱使着，欲罢不能。

为了治疗和检查的需要，非明原本就脱落得差不多的头发在医生的要求下被全部剃光，桔年给非明织了顶别致的小红帽。那天，她把孩子的落发收集起来，倒进了医院的垃圾箱，回来后，听到了来自病房附近撕心裂肺的哭泣。

在医院的时间长了，很难不对那些哭泣、绝望、痛苦感到漠然，就连非明也一样，她甚至已经不害怕那些形如枯槁的病友在身边消失、死去，只是觉得失落而已，不知道自己什么时候也有那么一天。所以，纵然那哭泣声如此凄凉，非明喝着姑姑喂的粥，并没有感到意外，当然，也没有留意到姑姑时不时地失神。

桔年知道那哭声源自于谁。陈洁洁曾经是那么要强的一个人，然而，非明所剩无几的几缕落发轻易就压垮了她。那是她身上掉下来的一块肉，那是她曾经爱过的一个男孩留给她的唯一的纪念，她可以假装孩子并不存在，然而，当她得知她努力忽视的那个存在或许即将湮灭，如何能够不痛？更痛的是，她发现她再也不是十几年前那个恣意飞扬的女孩，可以为了自己所爱不顾一切远走高飞。她如今只是活在红尘中一个有丈夫有儿子有家庭的普通女人，有了太多的牵挂和羁绊。记忆里的疯狂青春，还有逝去的爱与伤永不复返。纵使痛哭一场，然而擦干泪，她依然没有相认的勇气。是的，今时今地，此情此景，她仍不敢越雷池一步。

终于有一回，韩述跟陈洁洁遇上了。

自从那天韩述打断了桔年和他妈妈的一场对话，心里始终憋着一口气，他还是常来看非明，却不怎么理会桔年。桔年自然不会主动去碰他的冷钉子，也并不为少了交流而感到有什么不妥。反倒是韩述，冷战是由他而起，但他还是时常选在桔年在场时出现，还频频地弄出些响动，那脸上分明写着“跟我说话，主动跟我说话”！如果来医院的时间正赶上饭点，他通常会顺道捎来吃的，明明除了自己的，还另买了两份，他偏跟非明说：“两份都是韩述叔叔买给你的，由你挑。”等到桔年当真到医院食堂打了饭回来，他又郁闷得不行。

他心中原就郁结不快，冷不丁遇上陈洁洁更是无名火起，兼之思及非明的可怜还有桔年这些年的艰难，也顾不上自己和陈洁洁以往私交尚算不错，迎头就是一句：“陈大小姐，不，周太太不在家享福，怎么就逛到这地方来了？啧啧，闲出病了也不该来看脑外科！”

陈洁洁并不打算跟他争，意外之余只说了一句：“韩述，这跟你没关系。”

“跟我没关系？”韩述好整以暇地笑了起来，“难道就跟你有关系？”

“我没有得罪过你，韩述。”陈洁洁眼睛都红了，“你也不是不知道我为什么来，她都病成这样了……”

“她都病成这样了，你又能怎么样？再说，‘她’是谁？我可不知道你为什么来，里面是你什么人，大声说出来听听，让我长长见识！”

“别以为我不知道你为什么针对我。韩述，你那点心思……你再想也没有用！”

两人都是要面子的，各自心里计较着，也不会放开嗓门争吵，可是他们忘了这个位置离病房着实太近，而长久卧床的人四肢都疲乏了，唯有听力变得异常敏锐。

戴着小红帽入睡的非明醒了，头疼折磨得她每一次睡眠都难以安稳。她迷迷糊糊地对桔年说："姑姑，我好像听见韩述叔叔跟谁在说话。"

桔年摸了摸她的脸。门外的针锋相对还在继续。

"真的，姑姑，我听见韩述叔叔的声音了，还有一个阿姨，他们在说什么？"

桔年其实早已听见了，只不过她龟缩在自己的壳里，拒绝理会那些于事无补的纷争。然而好不容易睡得好一些的非明一再被惊扰，终于让她忍无可忍。

她对非明说："乖，你先睡。韩述叔叔在跟护士阿姨说话呢，我出去看看。"

"这里根本不需要你。"

"你又有什么立场跟我说这些？"

同样愤怒无奈找不到宣泄口的两个人都没有意识到桔年是什么时候从病房里走出来的，等到他们有所发觉，她已经静静地站在一侧不知道有多久了。

走廊上冷得厉害，桔年身上随意地披着件针织外套，湖水一般的碧色，映衬着她无波无澜的一双眼睛，像冰冻已久却未凝结的深潭，像上古的玉，并不光润，却凝着苍寒的一抹翠。她一句话没有说，面红耳赤的韩述和陈洁洁竟在看到她的瞬间不约而同地停止了争执。

"走！"

桔年指着走廊尽头大门的方向对两人轻声地说。

他们都没有动。

"桔年……"

"求你们了，换个地方再吵，求你们了，走吧！"

她是几乎不会动怒的一个人，此刻苍白的脸上血色涌了上来。昨夜非明的癫痫再一次发作，几乎要了小命，桔年担心得一晚上都没睡，白天照例也得守着，惶惶然害怕下一次发病，心枯力竭，只求这两人马上从视线里消失。她本就不习惯待人强硬，一句话说出来，自己先有了泪光。

陈洁洁仰起头，不让泪水掉下来，一言不发地转身离去。

第六十九章

小树的梦

69

除夕的前一天，但凡可以出院的病人都走了，发病的人估计也忍着，什么都等到节后再说。护士们在值班室低声讨论着春节怎么过，医院里很安静，安静得像空旷的山谷，风走了，雨走了，只留孤零零的一棵小树，静悄悄地掉下一片叶子，没有人察觉。

非明就是这样一棵小树。她闭着眼睛，想象自己还会在一场春雪后抽枝发芽。她长啊长啊，越长越高，枝繁叶茂，最后与繁育她的那片森林相连，同样的枝丫同样的树叶，她也会开出一样美丽的花……她遗忘了浓重的消毒水气息，在一片绿色的馥郁中充满了归宿感地恬然睡去。

后来，非明做了一个古怪的梦，梦里有人在哭泣。她不记得在哪里听过这样的哭声，但这哭泣声是熟悉的，熟悉得仿佛天长地久一直存在，并且早于她记忆之前与生俱来。她努力睁开眼，先是看到一个轮廓，然后是一张脸，再是一个因压抑的哭泣而颤抖的剪影。

“我的孩子……”

“你是不是我妈妈？”也许因为知道是在梦中，而非明又做过太多相似的梦，所以她并没有太多的震惊和意外。跟以前无数次一样，妈妈又在梦境里找到了她，唯一不同的是，这一次妈妈的脸特别清晰，清晰得像某一个擦肩而过让她无比艳羡的漂亮阿姨；妈妈的眼泪也如此真实，她几乎以为它们真的打落在她挂着点滴的手背上。

“你认得我？你真的认得我？”

非明不知道“妈妈”为什么眼泪流得益发汹涌，她不是别人，是妈妈啊，非明当然认得她。

“妈妈，你不要哭，否则我也会掉眼泪的，我一掉眼泪，就醒了。我想你多陪我一会儿。”

妈妈的声音在抑制不住的痛哭中支离破碎，非明费了很大的劲才听出来她在一遍又一遍地追问：“非明，你恨不恨我，你恨不恨妈妈……”

非明摇摇头，喃喃地说：“恨过一分钟。我想我只是太想念你了……妈妈，你为什么不要我？”

妈妈的脸贴在非明的手背上，和着眼泪，湿而烫。非明有些畏惧这种过于强烈的触感，害怕下一秒梦就碎成了午后阳光下的泡影，啪的一声，无影无踪，连残片都没有，一如她无数次醒过来，睁开眼睛，没有爸爸，也没有妈妈。

为什么不要我？

非明只是习惯性地问出久藏于心中的疑惑，这是伴随她的成长而从未停息的追寻，其实她没有期待过会有答案。

可是她却听到了妈妈在长久哭泣后的回答。

“妈妈年轻时做过一件错事，不，也许是我这辈子做得最对的一件事……妈妈不是不要你，为了要你，妈妈发过一个毒誓。”

“什么毒誓？”

“毒誓就是妈妈只要能生下你，只要你活着，就再也不能来看你。”

“否则呢？”

“否则妈妈就会不得好死。非明，对不起，非明。”

妈妈说完了她的毒誓，她的眼睛里写着害怕和不安，非明一度以为妈妈是害怕毒誓应验，可是她隐约又觉得，似乎不是这样。妈妈的害怕里还有歉疚，因为姑姑说，一个人歉疚的时候，就会不敢看另一个人的眼睛。

非明想得头又开始有些疼，她轻轻地呻吟了几声，妈妈的手覆盖在她的小红帽上。小树闭上眼睛，她的枝丫终于和大树相连了。

非明说：“那你来看我了，你会死吗？妈妈，我不想让你死……”

妈妈的表情是那么痛，痛得非明觉得自己的心也要跟着碎了。她一只手紧紧地揪住床单，另一只手抓住了妈妈……她坠入了混沌的深渊，最后一丝意识消失之前，她还记得，妈妈的手是热的。

桔年从家里赶回来，拿来了非明非要穿的红色小棉袄。她们都心知肚明，这个春节，恐怕要在医院里度过了。除了节日里非明喜爱的红色衣服，征得护士的同意后，桔年还带来了几串红灯笼。但愿鲜艳的红能让她们暂时忘却医院的孤寒。

到了医院之后桔年才知道，就在她离开的下午时分，非明一度陷入了相当危险的状况，大脑甚至出现了短暂的缺氧，好在抢救及时，已经没有什么大碍了。

桔年在心里狠狠责备自己为那些红灯笼浪费了太多的时间，自是再也不肯离开非明半步。非明虽然身体状况明显不好，但兴致比以往每一天都高，她对姑姑说自己做了一个很好很好的梦，比以往每一次都好。桔年想，能够给她带来快乐的，即使是个梦，也实在太珍贵。

姑侄俩说了一会儿话，天色已经不早。医院部分员工已经放假，只余少数人在值班。桔年担心连开水都没了，早早地去准备。她提了两个热水壶走出去，正好听到值班的护士长对着一个女人问道：“你究竟是来看谁的啊？老在这儿坐着也不是个办法啊。我看你样子不太好，脸怎么了？有什么我能帮到你的吗？”

那女人没有吭声，桔年最不爱多管闲事，低头从一侧匆匆走过，走着走着，还是放慢了步子。

“桔年。”

就在她回头的那一瞬，她听见有人这样叫她。

护士长看到两人认识，也不再掺和，施施然走回值班室。

陈洁洁站在那里，医院的灯光把她原本就高挑的身影拉出很长的影子。在医院里打过那么多次照面，她第一次喊出了桔年的名字，桔年却觉得这时的陈洁洁仿佛丢了魂。

桔年心中生出几分恻然，她不禁想，那天她愤而让韩述和陈洁洁走人，他们当时都被镇住了，没有表示任何异议，然而她的愤怒真的站得住脚吗？韩述为非明做了什么自不待言，而陈洁洁是非明的血肉至亲，她可以不待见这两个人，却不能代替非明将他们拒之门外。

“你想看看孩子吗？”桔年幽幽地说，“其实，也不是不可以。誓言这东西是做不得准的，你应该也清楚。只不过非明这孩子，我……我只是害怕她失望。”

陈洁洁几步冲到桔年面前，把桔年吓了一大跳，连忙后退了几步，背抵住了走廊的墙壁，手上的热水壶跟水泥墙相撞，砰的一声。

在她回过神来之前，陈洁洁从包里掏出了一堆东西，不管不顾地往桔年并不得闲的手里塞。桔年无处闪躲，只得放下了热水壶。陈洁洁塞给她的东西里，有银行卡，有存折，有各种面额的现金，甚至还夹杂着手表和首饰。

“你这是干什么呀？”桔年接也不是，丢也不是，慌张地问。

此前失魂落魄的陈洁洁此刻脸上全是一种异乎寻常的狂热，一双眼睛亮得像黑暗里的烛火，语无伦次地说：“这是我眼下能拿出来的所有东西，所有的都在这里了！桔年，你收下，我现在只有这些。”

“别……”

“我会再去想办法的，我知道不够，但你先收下！”

离得那么近，一直没有正视陈洁洁的桔年这才看到她脸上的红肿瘀伤。桔年是个水晶心肝的人，顿时明白了几分，不由得也心惊。

“他打你了？”

陈洁洁露齿一笑，纵然牵动了面颊上斑驳的伤，那笑容依然娇艳动人。

“我也打他了。我的伤算什么，他的脸十天半个月只怕都不能见人，这就叫货真价实的撕破脸，呵呵！”她笑得很夸张，前仰后合。桔年没有笑，也不愿细看她眼角的泪水。

那样赏心悦目、天造地设的一对金童玉女。桔年承认自己诅咒过，失落过，但她想起了“小和尚”曾经看着这张娇美面庞时留恋而动情的目光，此时此刻，如果他也在默默看着这一幕，他的心会疼吗？陈洁洁是“小和尚”爱过的人，而“小和尚”，是桔年的所有。

陈洁洁在桔年的沉默中笑够了，笑累了，表情迷茫而恍惚，像一个迷路的孩子，而且她迷失得太远。即使如今有了方向，却再也回不了家了。

“桔年，你也梦见过他吗？”

桔年扭开头去，她拒绝谈论这个话题，心却跟着颤了。她自私地不肯说出来，她从不梦见他，因为他一直都在。

陈洁洁抬头去看天花板上的照明灯，直视着它，时间久了，光晕一圈一圈的，让人有种不真实的错觉。

“我知道你也忘不了他，所以你才替我这个不负责任的妈妈照顾非明……我却不想再梦见他了，我过得很好，我很幸福，是他不肯来找我的，他违背了我们的誓言。所以我一定要幸福，气死他，气死他！”她一直仰着头，桔年可以看到眼泪在她的腮边流淌，每一滴泪水在光线的照射下，晶莹到罪恶。

陈洁洁的笑声被喉间的呜咽吞没，“我都忘了，他早就死了。你亲眼看见的，他死在你身边，我看不见。他只叫我等着他，连道别的话都没有说。”

“够了。”桔年不想再听下去。

“他怪我了，怪我不负责任，所以要把非明带走。不行，他不能带走她。巫雨，我要这个孩子留下来，永远提醒我记得恨你。我一直等着你，但是你没来！”

她摇摇晃晃地蹲在地上，像孩子一样号啕大哭。青春宴席早已经散场了，剩下的残局该由谁来埋单？

桔年在哭声中走了神，她自己也不知道她的心飘到了哪里。最后只知道哭泣的陈洁洁一只手抓住了她的裤管。

“对不起，对不起，你可以看不起我，但是我要非明，我要带她走！”

桔年发出空洞的笑声，“带她走，去哪里？”她用只有自己和陈洁洁听得到的声音道，“医生下午刚告诉我，检查结果已经出来了，非明的肿瘤是恶性的，而且已经在扩散。现在你还要带她走吗？”

“你骗我！”陈洁洁呓语一般。

“我真希望我在骗你。”每一个字说出来，其实都是钝刀子割肉，不得安生。

陈洁洁怔了好一会儿，站起来之后，她擦干了眼泪，那种桔年熟悉的决绝又回来了，“我会再一次跟周子翼离婚，然后拿到我应得的。花光所有的钱我也要救她，我再也不会让非明离开我。桔年，我只求你，请你让我认回她。”

桔年没有说话，其实不光是她，陈洁洁应该也很清楚，作为一个母亲带走她的女儿，天经地义，没有人可以阻挡。但陈洁洁选择了哀求，想必她也明白，这错失的十一年是多么难以挽回。

她们惊动了不少人，护士长的头从值班室伸出来又缩了回去，桔年的视线穿过陈洁洁，落在了她身后的某个点。

她低声说：“让非明自己来做这个决定吧。”

陈洁洁也在这个时候回过头去，她看到了十几步之外，倚着病房门框的一个小小身影，还有鲜艳得让一切失色的小红帽。

第七十章

终归有个地方等待我们回家

70

等桔年回到病房的时候，非明已经好好地躺回了床上。桔年都已经忘记，非明有多久没有在无人帮助的情况下离开那张病床，况且她当时一只手还高高举着静脉注射的吊瓶，究竟要有多大的力量才能支撑着她日益虚弱的身体完成那几秒钟的张望？

现在，桔年坐在她身边，她把被单拉得老高，几乎覆盖了她鼻子以下的全部身体，小红帽的帽檐也拉了下来，遮住眼睛，俨然一副不看不听不说的姿态，手腕针头附近的胶管里，还有淡红色回血的痕迹。桔年心下全是怜惜，为什么一个小小的孩子要承受这样的苦？

桔年知道非明心中必然有所察觉，也许陈洁洁已经见过了孩子，事情到了这一幕，迟早是瞒不住的，与其欲盖弥彰，还不如让一切顺其自然。

于是桔年轻声对非明说道："你应该也听到了，外面那个阿姨就是你心里一直等着的那个人。你不是孤儿，你的亲生妈妈回来找你了。"

非明像跟床单融为一体般动也不动。

桔年心里也乱糟糟的，低着头胡乱地揪扯着床单上的一根线头。良久，她才又开口道："我是不是应该让你和你妈妈单独待一会儿？"

这一次她同样没有等到非明的任何回应，只是白色的被单下有了些许起伏。桔年伸出手去拨开了非明遮住眼睛的帽檐，果然，那孩子紧紧闭上的眼睛里早已溢出了泪水。桔年再也没说什么，她悄无声息地起身走了出去，把自己的位置让给了一直伫立在门外垂泪的陈洁洁。

一对母女，两端眼泪，她夹在中间又能怎么样呢？

桔年刻意想走远一些，给她们更多的空间，她们看不见她，才能更自在地流泪。无奈室外淅淅沥沥地下着雨，她便坐在一楼大厅的椅子上，茫然地看着外面被雨幕覆盖得灰暗朦胧的小天地。

过了一会儿，面朝大厅的电梯门敞开，韩述从里面快步走了出来。他眼睛红红的，面有戚然之色。桔年方才没有见到他，想必他是从孙瑾龄那里得知了非明的情况。

韩述也没有想到会在大厅里碰见桔年。平日里人来人往的住院部一楼，而今只坐了她一个人，那情景，就好像末班车都已开走了的车站，徒留下一个乘客，寂寞旅途，凄风苦雨，没有方向，没有位置，没有伴侣，更没有归途……

韩述慢慢走过来，坐在跟她间隔了一个位子的座椅上。他弯下腰，手肘支撑着大腿，手指插进发间。他信心满满地为非明争取到转院，没有想到等来的竟然是这样一个结果。

"我……"

"韩述，我能求你件事吗？"桔年依旧看着没完没了的雨幕，木然地开口。

“你说！”韩述顿时直起腰来，他不知道还能为她做什么，只知道但凡她肯说，没有什么他不愿意做，哪怕她要他立即消失。

桔年说：“求你不要安慰我。”

她不是不知好歹，也并非不近人情。言语的慰藉即使出自善意，其实，除了再一次提醒当事人是多么可悲之外，再无别的用处。该发生的还是会发生，该伤心的一样会伤心。有时候桔年甚至觉得悲伤是一种不可分担只会传染的东西，没有任何良方能将它遏制，唯一的解药只有接受而已。至少她就是这样一种人，如果她伤心，怎么都不会释怀，只会想通，只会习惯，然后把它当成一种常态，也就没有什么是过不去的了。

桔年知道韩述想让她别那么难过，但是，她也知道如果他再说下去，她会流泪，然后发现原来还有人跟自己一样难过，悲伤的感觉益发真切，痛苦只会叠加。她害怕在这样一个被凄冷冬雨填满的午后泪眼相对，哭过后散去，大家发现自己如此无能为力，那会让她感觉更加孤独。

韩述很长时间没有吭声，桔年可以想象他咬着牙的模样，他在试图忍耐。最后他说了一句：“是啊，反正横竖都是个‘不可能’，我又何必浪费唇舌，献无谓的殷勤？”

说话间他已经站了起来，看似随意地说：“非明的盒饭我照例多带了一个，待会儿护士长会拿给你们，你别以为我钱没地方花，明天就是除夕，医院吃饭的人少，今天食堂已经停了伙食，在外边也别想轻易买到吃的。”

他的车停在门口露天处，桔年看着他一路跑着冲进雨里，笔挺的黑色大衣，瞬间就湿得一塌糊涂，而他从电梯里走出来时手里拿着的伞还搁在她的脚边，雨伞没有全干，每一个褶皱都整理得服服帖帖。

桔年一直坐到陈洁洁从医院里离开，她回到病房，虚弱的非明、白色的背景、永远打不完的点滴，跟以往一样，没有任何的不同。非明倒是醒着，双眼茫然地看着天花板，不知道心里在想什么，也不知道不久之前她和她的亲生母亲有过怎么样的交流。

给她们送饭过来的不是护士长，而是值班的孙瑾龄。她把几个精致餐盒放在非明的床头柜上，一手插在白大褂的口袋里，一手掀开其中一个餐盒看了看，淡淡地说："我说是怎么回事呢，最近他天天回家吃饭，我不在家的时候，就在厨房守着家里的阿姨给他换着花样做，哈！"

桔年还猜不透孙医生最后那一声笑究竟是什么意思，也不打算往下想，只说了声"谢谢"。孙瑾龄出去后，她打开尚是温热的"快餐"，芦笋肉丝配培根鳕鱼卷，外加一盅山药煲小排，居然还有两杯新鲜的柠檬茶。非明什么都吃不下，勉强喝了桔年喂的一点汤。桔年也没什么胃口，但是看到眼前这番，还是每样都吃了一点，胃里充实的感觉才让她真实感到自己仍在人间，仍需要那点烟火气息。

收拾餐盒的时候，似乎忘却了语言功能的非明忽然对桔年说："姑姑，我要回家。"

不知道是因为对非明病情的考虑，还是缘于节日特有的氛围，或者还有孙瑾龄的默许，总之，桔年带孩子出院回家过年的请求意外地得到了院方的准许，只是要求病人如感不适，随时就诊，并且春节一过立即返院。

除夕一大早，是唐业开车来接桔年姑侄俩回的家。唐业的重感冒基本上痊愈了，可是一张脸上双眼深陷，容光黯淡，竟比病时更为憔悴。桔年简单问起他的近况，他只是说，检察院的人后来还找了他几次，照旧是无休无止地盘问。但是除了限制离开本地，他其余的行动尚未受到影响。

除夕是中国人一年一度的大日子，但是老天似乎存心跟人间的喜庆作对，天暗得像罩了一口大锅，雨一夜没停。到了早上，雨水开始夹着细细的雪粒打了下来，冰碴子和着潮湿的风扑面而至，刀割似的，这是不少旅居南国的北方人也忍受不了的附骨之寒。

非明从坐上唐业的车子开始，精神头明显好转。她靠在姑姑的身上，睁大眼睛朝车窗外张望，白得泛青的面孔上竟然泛起了淡淡的嫣红。车子经过火车站时，非明更是万分好奇地看着车站广场上的人头攒动。姑姑说，那么多的人冒着冷雨，冒着寒风，都是为了一个共同的理由——回家。

“我也可以回家了。”非明喃喃地说。

桔年摸着她滚烫的脸蛋连连点头，那个被全世界遗忘的破败院落，总归是个可以收纳她们身体乃至灵魂的所在。她跟非明一样，忽然无比渴望回到那个地方。

唐业帮她们安顿好，末了，他说：“桔年，今天是年三十，要不你和非明就去我家一块吃年夜饭吧。”

桔年犹豫了一会儿。

唐业接着说：“也没别人，我也是个离孤家寡人一步之遥的主儿。姑婆在家做饭，老人家怕孤独，她也让我叫上你们。”

桔年的顾虑其实也不是没有道理，唐业已经是她们少数可以亲近的人之一，自然没什么可见外的，但是一则非明重病在身，大过年的，传统一些的人家会觉得晦气，她不愿意给别人添麻烦；再说唐业的姑婆过去虽然待她不错，但是经历了跟蔡检察长那一次的接触，桔年相信自己的底子早就暴露在老人家面前了，唐业不介意，并不代表他姑婆也不介意。

“过年其实有什么意思，不就是图个热闹，让大家都感觉没那么寂寞吗？相信我，姑婆也知道非明身体不是太好，她很心疼你们。”

“那……蔡检察长呢？”桔年回头看了一眼，非明眼里分明也有期盼，她何尝不想给孩子一个温暖的节日，可她无法想象再跟蔡一林同桌用餐的画面，那只会让她食之无味。蔡一林膝下无人，丈夫又亡故了，除了唐业这个继子，她还能跟谁团聚去？

唐业笑道：“阿姨不跟我们吃年夜饭的，这种日子她都要陪他们检察院值班待命的同事一块过。她总是说，只要还有一个同事因为工作不能回家过年，她就要跟他们并肩作战到底。你别不信，我阿姨就是这么彻底的一个职业女性，没什么比她的工作更重要的事了。”

桔年想起蔡一林永远一丝不乱的发髻、挺直的脊背和利刃一般的眼神。当真有人能把工作看得比一切都重要吗？还是因为有些人除了工作，其实已经一无所有？不管怎么样，在得知蔡检察长不会出现在年夜饭的餐桌上之后，桔年确实心动了。

“姑姑，我们去吧。你现在也来不及准备什么好吃的了。”非明已经按捺不住，牵着桔年的衣袖可怜巴巴地央求。毕竟还是个孩子，有那么几秒钟，桔年甚至忘记了非明其实已经吃不下什么东西。

唐业佯装不快，“你再不答应就是跟我见外了。”

桔年拉着非明的手也笑了起来，“那我真的可以省不少事，做饭一直都不是我的强项。”

既然打定主意要跟唐业一块吃年夜饭，桔年便也用不着去张罗厨房里的那点事。非明躺回小床休息后，她和唐业聊了一阵，唐业的手机就响了。

唐业接电话没用多长时间，从飘雨的廊檐走回来后，他对桔年说：“姑婆年纪大了，老是到了派上用场的时候才知道忘记买最重要的东西。这不，饭都开始做了，才想起还有些必备的材料没买呢。这样吧，我回去看看她，你们先休息一会儿，中午我就过来接你们。”

桔年自然没有什么意见。送走了唐业，嚷嚷着不想睡的非明也慢慢睡着了，她便坐在正对着院子的窗口下，看着院子里满地被雨水泡开了的枯枝残叶。

“又一年了。”她对看不见的那个人说。

雨打屋檐的沙沙声在回答她。

每当她静静坐着的时候，时间流逝的速度是惊人的，所以桔年毫不意外十一年就这么眨眼间过去了。跟唐业约好的中午也来得很快，桔年叫醒了非明，换上她的小红袄，等着唐业过来。

将近一点钟的时候，她们等来了唐业的电话。

唐业在另一端心急如焚又不知如何是好，他说："我阿姨在城南院跟留守的同事包饺子时急性心肌炎发作了，现在已经在送往医院的途中，情况很不妙，阿姨身边没有什么人了，桔年，我……"

他还没有说完，桔年已经明白了，赶紧飞快地答应着："我们没事，你快去忙你的。病人要紧，你不用惦记着我们这边，一切等她好转了再说吧。"

非明换好了衣服，半靠在床头照着一面小镜子，见状有些困惑，忍不住问道："姑姑，唐叔叔什么时候接我们一块去过年啊？"

桔年走过去，俯下身将自己的额头轻轻抵着非明头上的小红帽，笑道："跟姑姑两人过节不也很好吗？姑姑这就买菜做饭去。"

第七十一章

一门之隔的世界

71

桔年手忙脚乱地把热腾腾的清蒸鱼从锅里端出来，烫得她直甩手，就在这时，她隐约听到了大门处传来的动静。已经是下午五点左右，按照本地的风俗，除夕年夜饭普遍吃得比较早。饭前照例是要放鞭炮，零落的噼啪声中，桔年用了很长的时间才断定那一阵阵叫门声并非出于幻听。

非明靠在床上看她喜爱的韩剧，迷迷糊糊的，手里还抓着遥控器，见桔年走过来，便揉着眼睛问："姑姑，晚饭好了？"

桔年一边朝院门走去，一边回答说："马上就好，我去看看是不是唐叔叔来了。"

她拿了把伞穿过门厅走至小院，铁门外果然有人，但并非是她意料中的唐业，而是一手抓握铁门缝隙，一手徒劳地遮挡细雨的韩述。

看见她的人之后，门外的韩述显然松了口气，“千呼万唤始出来啊！”

桔年却驻足不再近前，这个时候韩述的出现可以说是意外，也可以说不是意外。之所以说这么矛盾的话，因为自打两人重逢开始，他一直都是阴魂不散的。可今天日子特殊，他纵有一千个胆子，也不敢在一年一度团圆饭的时节抛下父母跑到她这里胡闹，更何况一天之前他刚在她面前负气而去。

韩述见她不动，顿时有些耐不住，没好气地抱怨道：“你吃了定身丸？快给我开门，我衣服都快湿透了。”

他说得如此理所当然，就像一个晚归的丈夫。桔年却轻易打破了这种让他满意的亲昵氛围，她撑着伞，雨水让他们的距离看起来更远一些。

“你来……有什么事？”她问得很是小心。

韩述顿足，“你非得隔着这个破铁门跟我说话吗？这也不是待客之道吧？”即使有一只手挡在头顶，但他的头发还是基本湿透，一缕缕地贴在额前，看起来很是狼狈。

桔年说：“今天不是待客的日子，大过年的，你来这儿干什么？别闹了，回去吧。”

韩述真急了，单手抓着铁门直晃，“你能不能让我进去再说？这雨浇在身上真不是开玩笑的。”他抹了一把脸上的雨水，指节苍白得泛青，想来真的是冷得厉害，话音刚落，还很应景地哆嗦了一下，侧身打了个喷嚏。

桔年犹豫了一会儿，恻隐之心似乎让她拒人于千里之外的态度有了一丝软化，她上前几步，与他一门之隔。

韩述刚生出的期待很快就熄灭了，他看见桔年伸出手，一度误以为她要将门打开，谁知她却是收了手里的伞，欲从铁门缝隙中塞过去给他，“伞拿着，你原先那把我放在了孙医生的办公室。我……我先进去了，你赶紧回家吃饭吧。”

韩述安静了一会儿，没有去接桔年递出来的雨伞，他隔着发间流淌下来的水滴和雨幕端详着她，好像刚刚才发觉，她这样与强硬绝缘的一个人，对他的拒绝之意却是如此坚定。他一度以为自己那么努力，已经离她近了些，更近了些……其实不然。就算此刻，不过是一步之遥，她的门从来就没有想过为他开启。她在门后的封闭世界里，他在门外，是远还是近，其实没有区别。

她不知道这个除夕他经历了什么，忙碌、疲惫、惊愕、愤怒、委屈……韩述觉得自己已经到了极限，全世界没有比他更倒霉的人了，全世界都跟他过不去。在那扇和她一样固执紧闭的铁门面前，所有的负面情绪忽然攀至顶峰，他退后一步，毫无风度可言地抬腿在铁门上狠狠踹了一脚，“我就这么招人厌！”

那可怜的铁门在他们上次争执的时候已经坏过一次，后来在财叔的帮忙下重新立了起来，也是个防君子不防小人的“豆腐渣工程”。韩述踢出泄愤的那一脚之后，铁门震了震，边缘的粉尘和着泥块呼啦啦地往下落，有一小块甚至打到了桔年的裤腿上。

桔年慌张地退后一步，好在铁门一息尚存，摇摇欲坠尚未倒下。她在这难以收拾的情境下竟然荒唐地生出一种可笑的感觉。怎么会有这么无赖的人，他明明正在做着让人讨厌的事，还在嘴上追问：我为什么会这么讨人厌。

她漠然地掉头回屋，心里却不得不惴惴不安地想，要是他发起疯来再补上一脚，铁门真的牺牲了，不知道还能不能再立起来。

然而韩述补上一脚的惨剧并没有发生，桔年走到屋檐下，才听到一个可怜兮兮的声音：“我被老头子赶出来了。”

“啊？”桔年一惊，愣愣地转身看他。在桔年一贯的印象里，韩述虽然无赖且不讲道理，但是他很少说谎。

韩述站在细雨中，垂头丧气的，可那别扭劲仍在。他踢着铁门边上掉下来的小水泥块，不情不愿地说道："我没地方去，行了吧。"

桔年犹有些不信，她早些时候听非明说过，韩述跟他父母并不是住在一起的，即使他真的跟韩院长闹了别扭，终归也不是没有容身之处。何况以他的本事，要找个收留他的去处实在不算一件困难的事。

韩述好像猜到她心里在想什么，继续说道："我知道你不信。可是我现在的住处还是老头子付的全款，记在他名下……我就想争口气，让他看看，我不是离了他就活不了。"

"何必呢？"桔年是没有得到过父母任何庇荫的人，所以她无法理解韩述这样的人苦苦想要证明的是什么。

"我没那么不要脸，你说不可能，我认了，也不想干什么，就想找个地方喘口气。"

屋檐下穿堂风掠过，桔年感到刺骨的凉意。韩述要面子，没有在雨中瑟缩发抖，可她知道他想必是冷透了。桔年沉默了，她不是铁石心肠，也不是非得看他受苦才能从中收获快慰。换作别的时候，别的地点，容他小坐也不是不可以，但这里不同。这是"小和尚"生活过的地方，收纳着她所有不愿示人的记忆，是她坚守的最后一方只属于她和"小和尚"的天地。她可以容忍唐业这样与回忆完全没有交集的人偶尔踏足，但是韩述不行，唯独他不行。她不要这仅有的一寸安静的角落也被他扰得天翻地覆。

她只顾着思前想后，不知道此处的动静已经引来了床上的非明，非明从姑姑的手臂旁钻出来，看到门外的人，又是惊又是喜，大叫一声"韩述叔叔"，眼看着就要扑过去开门。

桔年赶紧一把搂住非明，心中仍然后怕，这孩子连外套都没披，还想一头扎到雨水里，那会要了她的小命！

"姑姑，韩述叔叔来了，他淋雨了，会生病的！"非明被桔年拦在屋檐下，仍拼命探出头看着门外的韩述，心疼地朝桔年直嚷嚷。

桔年局促地回头，只见韩述一言不发地立在铁门外，他不再发火，也不再开口请求，浑身湿答答地看着她。这厢还在她怀里的非明也是睁大了眼睛，满是困惑。在这两双眼睛的前后夹击之下，不知道为什么，桔年感到孤立无援。

在非明再一次喊着“韩述叔叔”，试图挣脱桔年的桎梏要奔去开门之后，桔年稳住了这瘦得只剩一把骨头的孩子，用从来没有过的严厉目光瞪着非明，厉声喝道：“别闹，你知道他是谁吗？”

这孩子，她只念着韩述的好……她什么都不明白。

非明不敢动了，她虽有些小任性，但到底还是个听话的孩子。姑姑骤然冷下来的容颜和眼里让她看不懂的情绪让她觉得陌生而惊恐，她低下头，一双大眼睛泫然欲泣，老老实实地回答道：“他是韩述叔叔。”

在这样简单的一句回答面前，桔年的唇颤抖着，居然一句话都说不出来。是，她无言以对，门外的那个人，是非明喜爱、崇拜，甚至假想为父亲的韩述叔叔。她能怎么反驳？难道她要说，他是间接让你沦为孤儿的罪人，他是导致姑姑十一年孤独的祸端？

然而，事实真的是这样吗？

有时她觉得是的，有时，她又觉得不是。

十一年了，已经走到这一步，什么是因，什么是果，什么是真，什么是幻？

桔年脱下身上的外套，紧紧地裹在了非明身上。非明的眼泪流了下来，唐业的失约已经让她失望过一轮。对桔年来说，这一扇铁门把守住的小小院子是她最渴望的安宁，但对孩子来说，是与生俱来的孤寂。

“你站在这儿别动。”她害怕这孩子再不要命地往雨里跑，带着点警告意味地对非明说道。然后她一步步走到摇摇晃晃的铁门前，不去看韩述此时作何表情，低头掏出一把小钥匙，插进锈迹斑斑的锁孔里。

锁孔旋转，桔年听见那弹簧轻微地咔嚓一声，门开了。

韩述推门而入，一步踏在被雨水泡得绵软的枯叶上。这段时间以来，桔年忙于照顾非明，哪里顾得上收拾拂扫，水吱吱地从他鞋底边缘往上冒。桔年没有招呼他，先领着非明走进了屋里，他厚着脸皮尾随而入。以往他从没有机会得以进入这屋内，也素知她们日子过得清寒，心中虽有准备，但看到昏暗老旧的屋子里，除了必备的生活用具外几乎空无一物，再配上枯叶遍地的院落，有种说不出的破败寥落之感。他是个注重生活品质的人，吃穿用度无不讲究个精益求精，乍一看她们多年来过的竟是这样的日子，强烈的心理落差之下，如鲠在喉，说不出地酸楚艰涩。

韩述四处打量的空隙，桔年取了块干毛巾，默默地递给他。他心中难过，又恐她看穿，便管不住那张贱兮兮的嘴。只见他啧啧有声，边擦着湿漉漉的头发边说："我看你这院子里乱七八糟的东西要是都卖给收废品的家伙，换来的钱就足够让我现在提前退休，安享晚年了。"

桔年听罢，无限同情，"那恐怕你的晚年得很短才行。"

"英年早逝"的韩述很明智地在这个话题上打住了，因为他无法判断谢桔年这家伙是完全丧失了幽默感，还是在跟他讲一个冷得青出于蓝的笑话。

不知是什么缘故，老房子更容易令人感觉阴寒一些，屋里也没有暖气，韩述的手冷得半僵，好不容易擦得头发不再往下滴水，实在忍不住又打了一个喷嚏。非明这时哪里还肯躺回床上去休息，搬了张凳子紧紧地挨着她的韩述叔叔坐着。桔年见状，只得将非明平时用的一个小小的电取暖器拎了出来，放在两人的身畔，韩述赶紧拉着非明一块将手靠近取暖器烤着，好一会儿，才觉得周身的血液又开始循环起来，这时湿漉漉的衣服贴在肌肤上的不适感益发强烈。

他脱了外套，里面的薄毛衫和衬衣也被雨水濡湿了一大片。别人程门立雪，他是谢门立雨，目的似乎达到了，后果也很严重。也不枉费他疼了非明一场，小家伙见状，当即就哇哇地叫出来：“韩述叔叔，你这样是要生病的！”

韩述空抖着自己身上的衣服，咳了几声，适时地对桔年提出了一个看似合理的请求：“那个……我能不能借用一下你们的浴室洗……洗个澡？”

他态度实在谦卑，但桔年也实在是意外兼为难。在她看来，容许他踏入这个屋子已是她的底线，想不到他会继而提出这样的要求。

桔年讷讷地说：“你不是说坐坐，缓口气就走吗？”

韩述睁大眼睛，“我是这么说的，但是你看我一身都湿成这样了，天又冷，再不换下湿衣服非得感冒不可。我现在也没个人照顾，给我煮粥什么的，也许感冒就成了肺炎，肺炎就成了脑膜炎，到时别说缓口气，别断了气就算是好的了。”

说完他连“呸”两声，大过年的，他以前可不会说这样丧气的话，想必跟谢桔年对话多了，就会很自然地说一些莫名其妙的对白——不过，有效果就行！

桔年勉强一笑，“我这儿也没有给你换洗的衣服啊。”

“有的，姑姑，你忘了，你房间里……”

“非明！”

童言无忌，桔年蹙着眉打住了孩子的话。非明没有心眼，她只是想留住她的韩述叔叔，哪里知道一句话足以让姑姑满脸通红，尴尬莫名。

“那都是你斯年爸爸的旧衣服，韩述叔叔怎么能穿？”

韩述沉默地看了她们姑侄俩一眼，欣然站了起来，“这个不是问题，我车上有换洗衣服，只是借一借你们的地方。”

第七十二章

韩院长的儿子

72

韩述很快从停在门口的车子里取来了他的东西。桔年发现他说他有“换洗衣服”简直是太含蓄了。他拖进来一个几乎可以容纳非明的皮箱，岂止是换洗衣服，就算他说他带够了流落荒岛生存一个月所需的物资，桔年也会相信的。她开始认真思索，允许他进来，并且在他一步步提出的要求下退让，是不是一个很不明智的决定。

其实，韩述准备的东西是很齐全，不过这也不能简单地归咎于“狼子野心”。他本来就是那种出差在外、旅居酒店也会带上一条干净床单的男人，至今他仍无法明白为何唯独在面对谢桔年时审美如此特殊。

因为身上确实湿冷得厉害，更害怕桔年忽然推翻之前的默许，韩述没敢啰嗦，在非明的指点下很快闪进了这屋子里唯一的卫生间。

关上门，里面很窄，但是好在很干净。最普通的白色瓷砖，刷得都快掉了釉。其中一面墙上镶着面小小的镜子，韩述急不可待地除去让他无比难受的湿衣服，站在喷洒着热水的花洒下，一身的狼狈浊气荡然无存，满足得恨不能长歌当哭。

他用手指穿过湿漉漉的头发，在蒸汽氤氲中，透过眼前那面镜子看到半裸的自己，然后伸出手去拭镜子上的水汽，有种不真实的触觉。她的浴室，她的镜子，这镜子里也曾映照过她的影像……水太热了，韩述调凉了一些，身上还是烫，煮熟了的虾子似的红，还是一只特别傻的虾子。他没敢往下想，抓起一旁小架子上的浴液往身上胡乱地抹，不知名的牌子，香气清淡，她身上也是这样的味道。韩述觉得自己都魔怔了，手忙脚乱的，不知怎么就打翻了架子上的东西，那倾倒的瓶瓶罐罐滚落下来，惊动了外边的人——这卫生间原本就与厨房相邻，韩述听见桔年好像走过来几步，似乎也没好意思出声，又回到厨房里继续忙她没做完的活。

卫生间除了一扇薄薄的门，还有个小小的窗户，挂着淡青色的帘子，韩述不知道自己在里面待了多久，他隔着影影绰绰的帘子，听她在厨房里发出的响动，锅碗瓢盆的声音从未如此亲切。韩述忽然想起很遥远了的朱小北说过，太容易感叹是苍老的前兆，可他愿他就这么老了，白发苍苍地走出去，问一句："喂，饭好了没有？"

"姑姑，韩述叔叔洗了好久，怎么还没出来？他不会晕倒在里面了吧？"

这是非明的声音，韩述为她的推论感到汗颜，正想轻咳两声打消她的疑虑，忽然听到厨房里水龙头大开的水流声，然后花洒的水骤然变小，水温攀升，烫得韩述情不自禁地"哎哟"了一声。

"听见了吧，没晕！"桔年很自然地向非明陈述了一个事实。韩述顿时气结，连撞墙的心都有了。咬人的都是不会叫的狗，她对他还真是心狠手辣，毫不怜惜。

如此一来，韩述也不好意思再在里面待得更久，匆匆擦干自己，套上衣服，就跟非明一块在厨房外看着桔年做晚饭。

桔年正在煲着一锅汤，回过头看见韩述和非明并排坐着小板凳，心安理得等着开饭的模样，犹豫了一会儿，还是问道："你真的要在这儿吃年夜饭？"

韩述一副天地良心的表情，说："我的食量不算很大，也不挑食。"

"不是。"桔年在围裙上轻轻拭了拭手，低声道，"我是说今天这个日子，你爸妈……"

好不容易神清气爽的韩述眼里又闪过一丝阴霾，他竭力用听起来没有那么沉重的语调说："嘿！就是老头子翻脸了，这事说来话长……对了，我干妈病了你知道吗？"

桔年不语，韩述继续往下说："我今早上还加着班呢，拖着老胡、小曾他们几个，这案子办到现在，费了那么多工夫，大家心里都憋着一口气，非弄个水落石出不可。快中午的时候，广利的滕云给我打了个电话……"韩述说到这里，有些不确定地看了桔年一眼，"滕云是谁你知道吧？"

桔年含糊地"嗯"了一声。

韩述显然开始慎重了起来，他在掂量着组织句子，"他单独约我出去谈了一会儿，也提供了一些我们原先并不掌握的证据……我得说这些证据对我们来说很有意义。"

桔年专注地看着她的汤，韩述不能确定她有没有听进去，她既然对滕云这个名字有所知觉，那么在如此敏感的关系中，竟然连提问的打算都没有，这实在让他有些不能接受。

他试图观察她的表情，未果，于是又斟词酌句地说道："有时候我觉得自己不太能理解那种'规则外'的感情，不过滕云这个人让我很触动。

怎么说呢，这件事他本来可以不受牵连，但是他一心想着帮助唐业脱身，甚至，甚至很荒唐地提出愿意填补那个巨额亏空。”

“这是你干妈病倒的原因吗？”桔年出其不意地问道。

“嗯……其实我也不知道事情是怎么发生的，我干妈对唐业这个便宜儿子其实特别上心，但是她之前应该不知道唐业‘那方面’的事情……你别看着我，对天发誓，我什么都没有说！可这事捅到这个地步，纸包不住火，她知道也是早晚的事。见过滕云之后，我回院里跟老胡他们交换了一下意见，因为老妈催着我回去吃饭，我就先走了。干妈一贯都是陪留守的同事吃年夜饭的，这也不是第一回了……后来，我回了家，本来什么都好好的，除夕嘛，年年还不是一样过。可老头子偏喜欢问我工作上的事，我见他有兴趣，也想听听他的意见——跟滕云的谈话证实了我们之前的一个猜测，唐业跟王国华一样，身上不干净，但大部分还是代人受过，而他背后的人……”

韩述的手指在厨房的门框上反复画圈圈，桔年始终背对着他，说到这里，他也有些迷惑，“你难道不关心？”

桔年回头，“我在听的。”

“其实这事我本不该说。”韩述指尖的圈画得更没有章法了。他想说其实他没把桔年当外人，这话他说不出口，但他觉得桔年应该是知道的。正因为她与唐业日益亲厚，所以有些事情她得心里有数。

“你还记不记得之前有一次我到医院看你们，从文件袋里掉出了一张照片？”韩述问。

桔年心中一动，很自然地想起了平凤说她认识的照片里的“老公子哥”，还有“老公子哥”介绍的“老肥羊”……难道这跟韩述的案子也有所关联？

“呃，我记得，不过照片我没仔细看。”

“那上面有两个人，一个是广利的负责人叶秉文，一个是省建设厅副厅长邹一平，他们之间一直有着联系。过去我们就怀疑邹一平才是操纵王国华、唐业这些小喽啰，在后面拿大头的人，今天跟滕云的谈话进一步证实了我们的线索没有摸错，而且他愿意配合我们搜集证据。”

“建设厅副厅长？”桔年默念着这个陌生而遥远的官位。

“是啊，牵扯太大了，我心里其实也没个谱，所以跟老头子谈的时候，我就提到了这件事。”

“他不让你继续查下去？”

韩述沉沉点头，“其实我知道我们家老头子跟邹一平还算有点交情，过去还一块去钓过鱼什么的，但是他从来不是会因为那点交情就放弃立场的人。相反，我爸在政法这一行当干了半辈子，他最恨的就是以权谋私、拿黑钱的勾当，所以我才希望在正式上报之前听听他的意见。我完全没有想到他一味地质疑我的判断，认为我的消息来源本身就有问题，还指责我妄下结论。”

说到这里韩述显然有些激动，而且苦恼，看来这件事确实对他造成了极大的困扰。

“我知道我还没有确凿的证据，但是现在很多线索都指向他，我并不是没有根据地胡乱推测，而且我爸也没有能让我放弃对邹一平怀疑的理由。我知道从小到大在他眼里我都是一副不成气候的样子，我什么都不如他，我做什么他都觉得不对，再努力地证明给他看，他也是轻而易举地就否定了。他那双眼睛赤裸裸地写着，如果我韩述不是韩设文的儿子，根本什么都不是。其实我真的已经很努力了，生来就是他的儿子不是我的错！”

“你自己知道就行了。”

韩述顿了一顿，他不确定桔年是不是在安慰他，过了一会儿，他长吁了口气，继续往下说道：“所以我没有松口，就事论事地跟他论了几句，他就大发脾气，要我节后立刻到市检察院报到，不准有半天耽搁，而且手头上的案子不管进程如何都要放下……我说凭什么啊！他又不是我们检察院的头，有什么资格那么独裁地安排我的工作，难道还像小时候，他要我学什么，不管我喜不喜欢，都得让他老人家满意？他知道为了这个案子，我和老胡他们几个加了多少班，熬了多少夜？我绝对没有理由在案子有眉目的时候撒手。他说得轻巧，我当然不服，就跟他吵了起来，结果他把一些……一些旧账全翻了出来。”

桔年不傻，韩述不愿详说、一笔带过的“旧账”她猜得到是什么，想必跟她脱不了干系。她低下头去专注看汤的火候，什么都没说。

“那些家里的破事就不跟你多说了，反正就是吵，吵得天翻地覆谁都不得安宁。老头子大概也没想到我这次会那么坚持，看他那架势，要搁旧社会，恨不得把我当作逆子家法处置了。说到底，我也不明白，我是他生的，他怎么就不能给我留点余地！我妈就劝呗，边劝边哭，估计没谁家的春节过得跟我们老韩家一样凄惨了。到了最后，我妈让我给老头子认个错，低个头，先听他的话，这件事就那么算了。换作别的事，我可能真的就服软了，但这回不行。就眼前来说，我没觉得我有错！我没错干吗要认啊！是谁从小教训我凡事要坚持，我难得坚持一回，结果他给我个大嘴巴子！我偏就认死理了，看他能拿我怎么样！”

“接着他就把你赶出来了。”桔年为韩述的话做了一个言简意赅的结尾兼注释。

“对，赶出来就赶出来，难道我还真活不成了？”韩述冷笑着说。

桔年的汤煲好了，她端下来放在一边的案板上，近距离看着韩述。她未尝不知道韩述看起来浑身斩钉截铁、驷马难追的硬气，外加一副满不在乎的样子，其实骨子里都透着一股凄惶。他温室里长大的人，说到底对父母还是依恋的，这次做得那么绝，想必是出于无奈也下了决心，但怎么可能一点都不难过。最重要的是，也许他心里也明白，他嘴上说韩院长不能拿他怎么样，但如果韩院长真要让他离开城南院，他想留也是留不住的。他那么骄傲的一个人，只怕在这道坎面前，不得不做小伏低。桔年深知韩述的臭脾气，也觉得他活该栽跟头，可是这一次不知为了什么，竟然觉得他有那么一点点可怜。

韩述自觉还没有把事情说透，紧接着道："我跟我妈也说，这年夜饭是吃不成了，我再不走，非酿成家庭惨剧不可。我妈也没办法，同意我先出来避避，所以我就思量着到院里找老胡他们去。没想到半路上就接到电话，说我干妈出事了，好端端的急性心肌炎发作，差点……我赶紧去了医院，她还没醒过来，医生说暂时没有生命危险，但情况不妙。我守了她一阵子，院里的不少人都来了，唐业也在那儿。这种时候我跟他接触太多也不好。从医院里出来，我才发现没有地方去，孤魂野鬼似的，就飘到你这儿了。故事到此结束。"

"难道我会招魂大法？"桔年笑了笑。

韩述笑嘻嘻地说："说不定是勾魂大法。快说，你把我的魂藏哪儿了？"

他就这样，只要在她面前，桔年稍微给个脸，他一嘚瑟，那股轻佻的劲就上来了。见桔年直接漠视他，韩述便有些悻悻地跟着非明一块洗手，打算吃饭。

第七十三章

烟花里的三人自行车

73

菜陆续摆上了桌，桔年还在厨房里善后，听到铁门开合的声音，她探身去看，原来是韩述从院子外走了回来。

“我去车上拿了瓶酒，总不好在你这里白吃白喝。”韩述举高了手里的酒瓶解释道。

“不用了。”桔年拒绝。

“我姑姑从来都不喝酒。”非明补充道。她宁可韩述叔叔从车上拿回来的是一包零食。

“红酒而已，这可是我从老头子那里顺来的奥比昂酒庄干红。”韩述笑着说，“大过年的，桌上怎么能没有酒，你不喝，我……”

桔年脸色冷了下来，“把酒拿回去。”

韩述刚想开口，忽然想起了什么，顿时噤声。把酒放回去的途中，他懊恼得在脸上打了两下，暗骂自己糊涂。

幸而桔年没有再跟他计较。韩述起先还有些不安，在灶台边晃来晃去，没话找话说，借机察言观色。桔年嫌他碍事，将他和不时在厨房门口探头探脑的非明一道驱赶开去，让他们在外面等着，他这才笑嘻嘻地走开。

韩述和非明围桌而坐。虽说这应该是一年一度最看重的一顿饭，桔年也比往常花了心思，可是在韩述看来，他们的“宴席”真可谓简单得可以。一煲老鸡汤，酸甜排骨和炒蔬菜，另外就是一条清蒸鱼。

非明看着这简单的一桌菜，眼睛却放着光，她悄悄对韩述说：“我姑姑做的菜里最拿手的就是清蒸鱼了。”

非明的状态看上去要比在医院时好许多，举止神态之间虽然仍有病容，但至少不再病恹恹地卧床不起了。

韩述几乎一整天都没有进食，胃里空空如也，早已饿得发昏。桔年迟迟不入席，那热腾腾的菜香对他来说是种煎熬的诱惑。他听到自己肚子里隐约响起了“空城计”，暂时忘了自己不请自来的“客人”身份，一如在家里开饭前偷吃妈妈做的菜，偷偷夹了一筷子鱼肉放到嘴里，大言不惭地接着非明的话说：“我先尝尝她最拿手的菜做得怎么样。”

非明眨巴着眼睛看着韩述，认真地问：“好吃吗？”

说实话，桔年的厨艺实在马马虎虎，要换在平时，以韩述挑剔的味觉，最多也就值个六十分。就拿这条清蒸鱼来说，火候过了，味道也稍淡。不过以韩述现在的饥饿程度和感情因素考虑，他很大方地连连点头。

见他如此，非明也忍不住探出筷子，边吃边说：“本来我以为今天不用吃姑姑做的菜了，唐叔叔说过邀请我们跟他一块过年的，可惜他忽然有事不能陪我们了。”

韩述听着非明以同样亲昵的口吻谈论着唐业，心里有些不是滋味，脑子里一转，又狡诈地试图从孩子嘴里套话，问道："你姑姑跟你聊过唐业叔叔吗？"

非明剔着鱼刺，过了一会儿才想起点头，"聊过很多次啊。"

"聊什么？"韩述赶紧跟进。

"聊唐叔叔给我送的故事书，还有他给我讲的故事。"

"这样啊。"韩述不由得有些失望，也暗笑自己，孩子懂什么？

非明却在这个时候把头朝韩述探过去一些，神秘兮兮地说："有一次，姑姑还问我，假如有可能，我愿不愿意跟唐叔叔一块生活。"她似乎怕韩述不理解，又用两人才听得到的声音，补充解释道，"我猜姑姑是问我，她要不要嫁给唐叔叔。"

韩述心里炸开了锅，没想到桔年和唐业之间还会有这一出。他按捺着，也凑过头去，同样鬼鬼祟祟地追问非明："你是怎么回答的？"

非明故作老成地说："我跟姑姑说了，她要是跟唐业叔叔在一起了也好。等我病好了，长大了，我来跟韩述叔叔结婚。"

韩述缓缓直起身子，看着非明一副"感动吧，我一直站在你这边"的表情，什么话都说不出来，机械地夹了一块鱼肉放进嘴里，差点被鱼刺卡住。

"韩述叔叔，你没事吧？"

韩述笑得一副苦瓜相，"小姑奶奶，你可真能帮衬我。"

正窃窃私语间，桔年的脚步声渐近，招呼这边的一大一小道："准备一下可以吃饭了。非明，你把姑姑那盘鱼端哪儿去了？"

非明顿时傻了眼，哑然了数秒才有些慌张地对韩述说道："惨了，我刚才光顾着说话，都忘记了每年除夕姑姑要用鸡和鱼来拜神，拜过了之后才可以吃的。"

她和韩述不约而同地看向桌子中央的那条鲈鱼，在他俩刚才边吃边聊之下，小半边鱼腹都进了肚子。

非明飞快地放下自己的筷子，下意识地吐了吐舌头，不知道怎么办才好。

韩述一时间也吓住了，呆呆地嘀咕道：“这家伙怎么还那么迷信！”

不等他们想出对策，桔年已经走到桌边，张口结舌地看着那条残缺的鱼，然后是低头默然的两个家伙。

“我只吃了一点点。”非明怕姑姑生气，赶紧承认并且表明态度，言下之意，已经轻易地把刚才还是盟友的韩述给卖了。

韩述尴尬地挠了挠头，“我不知道还有这程序……要不你跟神仙说今年就不吃鱼了？”

非明绷不住，偷偷地笑出声来。

桔年没好气地白了这一大一小一眼，一言不发地拿过筷子将鱼翻了个身，将完好的那面朝上，然后面不改色地将那条鱼端至早已摆设在天井一侧的案前，双手合十，虔诚祭拜。

等她把鸡和鱼重新端回桌上，理应心虚的韩述和非明仍在笑个不停。

韩述说：“你拜的是哪一路的神仙，这不是对神仙赤裸裸的欺骗吗？”

桔年坐到非明身边，韩述这才发现她的唇角也是上扬的。她终于忍不住也笑了起来，自我辩护道：“心诚则灵。”

“吃饭吧。”桔年给非明装了一碗汤，见韩述老老实实坐在那里，她迟疑了一会儿，顺手也给他装了一碗，低声说，“我没预料到你来，饭菜潦草了些，你将就着吃吧。”

韩述受宠若惊，赶紧伸手去接，美滋滋地喝了两口汤，借着这良好得不可思议的势头，投桃报李地夹起最好的一块鱼肉，殷勤地往桔年碗里送。

他有些惴惴不安，怕自己再次热脸贴在冷屁股上，非明的目光也呈一条抛物线，一路跟随着筷子的轨迹，小心翼翼地察看桔年的反应。

桔年专注地吃饭，连头都没有抬，她沉默地吃下碗里的鱼，过了一会儿，才抬起头不好意思地笑了一下，“鱼蒸得太老了。”

韩述当即也笑了起来，非明跟着笑，谁都不愿意去深想，一条蒸得太老的鱼有什么值得高兴的。

天色渐渐地暗下去，屋子里老旧的日光灯时不时地忽闪一下，爆竹声还在远远近近地炸响。奇怪的是，本该嘈杂的声音，在这样的时刻里，却让人感觉莫名的安宁，很多很多的东西在这安宁里被悄无声息地抚平了，像风抚平岩石上的疮痍，像浪抚平沙滩上的脚印。

除夕之所以珍贵，无非是个团圆。韩述安静地享用他近三十年人生中最“潦草”的一顿年夜饭。夜色终于降临，他以往从不喜欢黑夜，那呼朋唤友、狂欢嬉戏带来的所有快乐欢腾恰如一阵风，短暂充盈后消失无踪，徒留一个空荡荡的缺口和让他心慌的回声，而现在，一颗心莫名地就被这安静的夜填满。

晚饭过后，韩述主动请缨去厨房洗碗。桔年没有跟他客气，两人一起收拾终归是快一些。等到一切整理停当，非明还不肯乖乖上床休息，歪在正对着院门的一张竹椅上，好在身上还盖着桔年给她准备的厚毯子。

桔年怕她着凉，走过去摸摸她的额头，却发现院子外的雨不知道什么时候已经停了，只有旧式的屋檐下还有滴滴答答的水滴打落下来，无声无息地没入夜色中的枯叶地里。空气中有种水汽、腐叶、泥土和爆竹硝烟味混合的湿润的味道。韩述走到一立一坐的姑侄俩身边，深深地吸了口这万家团圆的冬夜里、清冷庭院细雨初歇后特有的气息。

非明扭头看着韩述，突发奇想地说：“韩述叔叔，我好想再跟你打一场羽毛球。”

韩述本想说“好啊，我车上就有现成的球拍”，然而话已经到了嘴边，他才觉出桔年的沉默和非明一张稚气的脸上隐隐的怅然。他差点就忘了，以非明现在的身体状况，一顿晚饭坚持下来已经让她体力严重透支，遑论激烈的体力运动了。也许就连非明自己心里也再清楚不过，所以这样简单的一个要求，她只说“我想”，而不能说“我要”。因为她知道自己办不到。

韩述拼命地回忆，十一岁，或者是十二岁，这个年纪的自己在干什么。不光是他，所有童真年华的孩子都应该天经地义地享受飞扬洒脱的蓬勃，而非明，可怜的孩子，也许她只是不想眼睁睁地看着自己虚弱而无趣地度过这个夜晚，仅此而已，却不可得。

韩述向来也知道自己最善在言语上讨人欢喜，他想让非明高兴一点，然而绞尽脑汁，平日的巧舌如簧竟然不知丢去了哪里，他这才感到在生老病死的命运面前言语的无力。恰好这时，廊檐下的一辆自行车落入了他的视线，韩述眼睛一亮，兴致勃勃地对非明说道：“要不我们来骑自行车？”

非明脸上露出了一丝兴奋之色，小鸡啄米似的点头，“好啊好啊，我还不会骑。姑姑说要等到我上初中以后才放心让我骑自行车上学。”

韩述笑着走向那辆自行车，安慰道：“你姑姑胆子太小，以后我来教你，一点都不难。不过今天你乖乖地坐在后边就好，韩述叔叔载你去转一圈。”

说话间他已经把车推到了院子里，试了试脚踏板，却发觉车子各处都在发出奇怪的哐啷声，他不由得低头检查，原来这年代不明、疑似古董的自行车不但没有了坐垫，连车链子都断了，后轮瘪瘪的露出钢圈。韩述目瞪口呆地说：“谢桔年，你这是什么破车！”

桔年这才慢腾腾地走过去，绕着车转了一圈，无奈又无辜地摊开双手道：“我没说这是辆好车啊，闲置在这已经很久没有人骑它了。”

韩述不死心，继续摆弄了一会儿，终于承认自己回天乏力，更何况眼前没有任何修理工具，即使想让它勉强支撑一会儿也不太可能。他犹如被人当头浇了一盆冷水，越看这破车越一肚子火，气得直嘟囔：“这破铜烂铁早该扔了，留着还有半点价值吗？”

桔年讪讪地说：“不是还可以卖了它安度晚年吗？”

她避开韩述的气头，转头却看到一直不说话的非明有些失望的脸。

桔年想了想，又打起了精神，笑嘻嘻地对非明说：“真想骑自行车也不是不可以啊。”她侧着头，在院子里朝非明勾勾手，“过来过来，姑姑来骑车载你。”那辆破车明明还横倒在她脚边，非明一脸的莫名和茫然，但又经不起姑姑的一再邀约。

“过来啊，傻孩子，披着你的毯子，快来。”

非明半信半疑地披着毯子缓缓走至姑姑身边，韩述双手环抱胸前，冷眼看她玩什么把戏。

只见桔年双手扶着非明的肩，把她拥到自己身后站着，然后背对着非明，再把两只手伸出去，像是握住并不存在的自行车把手。

“坐好了，非明，车要动了！”

她说完双脚踏着步子慢慢地朝前走，非明傻傻地跟在她后面亦步亦趋。韩述呆了一会儿，才明白了过来，原来这家伙在用她假想中的自行车载着非明原地绕圈子。

这时候非明也反应过来了，捂着嘴直偷笑，毕竟小孩心性，又觉得有点好玩，在桔年像模像样的“拐弯啦，别掉下来啊……”的声音里，她也有模有样地“坐”在姑姑身后，一边笑一边说：“姑姑你骑慢点。”

她们是乐在其中了，殊不知这一大一小骑着虚拟自行车的样子在一旁的韩述看来，要多傻就有多傻。桔年还无比敬业地用右手按着“铃铛”从他身边绕过。

“丁零零，快让让，被自行车撞上也会受伤哦。”

他痛苦地半眯着眼睛揉着脑袋，嘴里嘀咕着：“天哪，让我去死吧。”

偏偏非明对这个超级无聊的游戏玩上了瘾，还无比入戏地微屈着膝，搂着桔年的腰，就好像她真的坐在自行车后面一样，还热情地朝韩述招呼：“韩述叔叔，你也来嘛，很好玩的。”

韩述无语，头摇得像拨浪鼓，他才不会加入这傻瓜的游戏。可非明却一再催着，“来嘛，韩述叔叔，我们一块骑。”

桔年笑道：“你韩述叔叔不会骑。”

“韩述叔叔，没事的，我姑姑会载你的。”非明不肯放弃，迫切地希望韩述加入进来。

“自行车”再次经过韩述身边，非明拉了韩述一把。韩述又好气又好笑，踩着车的桔年忙里偷闲回头看了他一眼，他伸手把她们“连人带车”地拦了下来。

骑车是个力气活，桔年的脸上泛着红，她微微喘着气抬头看韩述，等待他的奚落。果然，韩述一脸瞧不上的表情，说道：“傻透了。”

“哦。”桔年呆呆地应了一声。

“我是说你的姿势傻透了，有你这么骑自行车的吗？难怪车链子都骑断了。”他不自在地说着，咳了两声，决定用行动表示自己的鄙夷。

他挤进桔年和非明中间，想了想，又觉得太露骨了，便把非明挪到自己身前，让桔年在自己身后，嘴里还指派着：“你坐前边横梁，你呢，就坐在后面，我来骑车！”

另外两人从善如流，满满当当载着三个人的“自行车”就这么起程了。起初韩述还有些放不开，转了一圈越“骑”越顺，非明被他圈在身前，桔年“坐”在他的“车”后面。她的气息就在颈后，小孩子“咯咯”的笑声洒满院子。

夜凉如水，温柔的水。脚下的枯枝败叶还在三个人的脚下吱吱作响，世界尽头的荒僻院落，连路灯的光都那么遥远，没有人会经过，没有人会观望，当然，也没有人惊扰三个傻瓜的快乐。

“撞墙了撞墙了，韩述你得刹车。”

“你坐稳了，再靠近一点，要不摔下去可不怪我。”

“姑姑，有老鼠！”

“你快按铃。”

“丁零零，丁零零……”

“这车骑出去多远了？”

“北京刚过，快到东北了。”

“我要去美国。”

“你为什么不绕银河系转一周？”

……

伴随着一声尖锐的呼啸，片刻之后，天空中炸开了一朵绚烂的礼花，不知是邻家的哪个孩子，心急得等不到零时的到来。这个礼花仿佛一个开启的信号，不一会儿，各色焰火陆续从几个方向升空、绽放。夜沉沉的蓝黑色天空，一颗星星都没有，此刻却被人间的烟火照亮。

不知道三个人中谁先停下来的，他们站在院子里，抬起头，痴迷地看着夜空中的斑斓花朵。因这焰火太过美丽，没有人开口，唯恐言语的瞬间它就凋谢。震耳的轰鸣后，最绚烂的一朵几乎铺满他们头顶的半个天幕，最极致地怒放，然后如流星般散落。

也许因为长久仰着头，它看起来是那么近，近得让桔年朝虚空中伸出了手，那一刹那，就连韩述都错觉它会降落在她的手心。

末了，桔年收回的手聚拢了手指，韩述不知道她是否握住了什么。一场焰火的表演让天空比白昼更亮，然后又暗了下来，比夜更黑。

第七十四章

庄生晓梦迷蝴蝶

74

"骑车"在院子里绕了好几圈，非明已经累得不行。她之前一直想着要守岁度过零时，这会儿心有余而力不足，坐回她的小竹椅没有多久，就迷迷糊糊地睡了过去。

以她孱弱的体质久坐在有风处恐怕会着凉，韩述把她抱回了她的小床，桔年拿着毛毯跟在后面。从小非明在家里就有躺哪儿累了就睡哪儿的习惯，看电视，写作业，都能趴下去梦周公，假如中途被叫醒，就必然有一通哭闹脾气。更小一些的时候，桔年还能将睡着的她弄回房去，可随着非明的年纪和个子渐长，这个"苦差"桔年是越来越力不从心。看着韩述抱起非明那不费吹灰之力的模样，纵使桔年觉得她自己足以应付生活中的任何事，仍不得不承认，上帝给了女人一颗完整的心脏和独立的意志，却忘记了给她们一双有力的臂膀。

非明感觉身体又落回实处，半醒半梦地呓语道："骑车……再骑快点。"

她嘴角还残留着笑意。桔年用手轻抚她的头发，半是酸楚，半是欣慰地安抚道："好，好……"

韩述站在小床畔，低头看着这一幕，后悔刚才没带着非明多骑几圈。他这会儿才不管这"游戏"看起来是不是很蠢，只想要非明能开心起来，只要这死寂的小院能重新被笑声和生机填补，别的事有什么要紧？

非明翻了个身，桔年一手托着她的脖子将她轻轻抱起，韩述马上会意，俯身替非明调整好偏离的枕头。桔年抬头看了他一眼，眼里似有意外。韩述朝她笑笑，还徜徉在刚才那快乐融洽中的一颗心中仿佛有暖流冲刷而过。他想向她证明，他们并非两条平行线，他是可以和她想到一处的，也可以给她真切的陪伴，让她重新开怀起来——就像刚才在院子里"骑车"，就像现在。

"姑姑……"

"嗯？我在，快睡吧。"

非明的眼睛蒙眬地睁开，又缓缓闭上，"韩述叔叔也在，真好。"

韩述抢在桔年之前柔声应道："放心吧，韩述叔叔以后会一直都在。"

"那以后你也带我去竹林那边骑自行车。"非明的嘴角浮现了小酒窝，絮絮道，"就像姑姑以前和她最好的朋友那样……"

韩述隔了好一会儿，才勉强接了句："一言为定。"

非明心满意足地再度陷入梦里，呼吸渐渐趋于平稳。韩述的心却静不下来，孩子无心的呓语像一记耳光将他打醒。谢桔年有什么朋友，又有谁值得她念念不忘？他以为是他的迎合、他的努力焐暖了她，让她重新笑了起来，原来不是。就连方才那短暂的快乐也是一个死人的回忆赋予她的，与他何干？

桔年给非明掖好被子，悄悄起身，走了两步，才想起韩述一直杵在非明床边，直愣愣地也不知道发什么呆。她想招呼他一块出去，刚转身，冷不丁与跟在她后面的韩述相对，平白被吓了一跳。

韩述低声嘲笑：“怎么在你自己家里也像一只被狗追的兔子？”他说出来才觉得这话好像哪里不对，貌似把自己也兜进去了。不过他刚从先前的失落里挣扎出来，说服自己重新调整心态再接再厉，便懒得在这细枝末节上计较。

“谢谢啊。”两人走到外间，桔年忽然冒出这么一句。

“有什么好谢的，这孩子能有多重。”韩述满不在乎地说。

“没有……嗯……不止这个，非明她今晚很高兴，我很感激。”

韩述原想说：“说这些干吗？你留我吃饭我还没谢你呢。”但他忽然嗅出了桔年眉间话里显而易见的拘谨和客气，这让他陡然生出几分警惕。

韩述喜欢桔年笑，喜欢她生气时闷闷的无奈，喜欢她偶尔的莫名其妙，喜欢她冷言冷语气得他半死，喜欢她在他面前终于控制不住地流泪，甚至喜欢她偶尔恨他的样子。他承认自己有些自虐，可这让他觉得他不是别人，也让他和桔年都有血有肉地活在同一个人间。他最怕的是什么？怕她把自己困在回忆里，怕她看似原谅的漠然，还有就是眼前这般谨慎而生疏的客套，仿佛一句话、一个眼神，就可以山南水北地跟他划清所有的界限。

韩述刚压制住的挫败感再度冒头，犹如爬雪山过草地地跋涉长征，自以为已经千山万水，回过头才知道还在后院徘徊。

果然，她道过了谢，就开始拐弯抹角地展露冷酷的一面。她故意看了看墙上老旧的挂钟，说：“咦，这么晚了。对了，你是不是还要找个落脚的地方？”

韩述愤怒，她所在的角度甚至都不能看清那瘟钟的指针。他忍着气说道："我不是那么没眼色的人，用不着你赶我也会走。"

桔年低着头，韩述看到她因尴尬而涨红的耳根，但她并没有否定自己的意图。韩述沉默了一会儿，就愤愤然去找他那个巨无霸的行李箱。当他终于把箱子的拉杆拖在手里，桔年顿时松了口气的表情更让他气不打一处来，更甚的是，她还狗腿地说："我送你出去。"

这样的刺激之下，韩述索性也不跟她虚与委蛇，她的可恶助长了他耍无赖的底气。什么拉皮箱作势要走都是假的，老实说，今天进了这个院子，他压根就没有打算走出去。

韩述松开手，从刚才的铁骨铮铮到现在的厚颜，川剧变脸似的。

"我真没地方去了。"

桔年没想到韩述反悔如此之快，她早有预感他会演这一出，才先声夺人地摆出刚才那个架势，期待他心领神会自动离开。她是不可能收留他在这里过夜的，不管是出于任何一种考虑，于情于理都不应该。原本指望好面子的韩述受不得憋屈转身就走，没料到他赖起来，什么脸面都不顾了。

"韩述，我不是故意跟你过不去，你也别为难我好吗？"桔年克制地劝说道。

韩述也摆出讲道理的姿态，"你现在面前站着的是个无家可归的人，这个时候好的酒店早就客满了，年三十晚上你要我流落街头吗？"

"我很同情你，但我没办法，你住在这儿算怎么回事呢？"

韩述假装没听懂，她就差没说你流落街头是你的事，我管不着。韩述也知道要她做出留下他的让步很难，以她的性格，就算换作是现在跟她打得"火热"的唐业，想必也难以如愿。可韩述想，那又怎么样，他不是那个说句话都要思前想后的唐业，他的恬不知耻都是被她磨炼出来的。

"怎么没有办法？你只要收留我一段时间，不用多久，过完年我就出去想办法。就当发发慈悲，救救一个可怜的人。"

“上帝救自救者。”桔年木然地说。

韩述气不过，忍不住刻薄道：“难怪上帝也救不了你，因为你从来也不肯救救你自己，你以为你一个人老死在这活死人墓就很快乐了吗？你太需要一点人气了，真的，不光是你，还有这座房子。”他继而又宣告道，“反正我不走！”

桔年也有些恼了，他居然还一副拯救者的姿态。

“你这样有什么意思？”

“反正我不走！”韩述坐在自己的行李箱上，横竖就是这句话。他在赌她做不出实质上的驱赶行为。

果然，桔年无奈又冷淡地僵了一会儿，放弃了跟他纠缠，一声不吭地扭头进了里间，关上了门。她自知拿他没有办法，惹不起难道还躲不起，便索性缩进了自己的壳。

韩述顿时暗喜，以她这眼不见为净的态度，看来是成功了。他心情大好地把自己的行李重新归位，再想起中午被老头子驱赶出门的晦气，深觉古人的智慧了得，要不怎么说“福兮祸之所伏，祸兮福之所倚”。早在一天之前，他做梦也没敢想有朝一日还能跟她同住一个屋檐下。

他在空荡荡的客厅里转悠了一圈，那欣喜的劲还没来得及过去，一个很现实很客观的问题摆上眼前，那就是——他今晚睡哪儿啊？

桔年住的地方简单得一如苦行僧修行之所，这屋子只有两间房，分别被她和非明占据，所谓的客厅只是个四面墙围绕的“寒窑”，连张长沙发都没有，最舒适的位置莫过于非明之前坐过的那把竹躺椅。

韩述是那种打死也不睡地板的人，他确认找不到更好的栖身之地，只能锁定那张竹椅，被褥是不可能了，行李箱里常备的床单派上了用场。韩述将它铺在竹椅上，然后躺上去。非明可以整个窝在椅子上，以他的身高，两条腿只能搁在地上。他只脱了外套，用尚有余地的床单包裹住自己，外边再盖上厚外套，试图就这么入睡。谢桔年能这么放任他在外边自生自灭，不过是笃定他没有办法栖身。他偏要让她知道，他的办法多得很，大丈夫能屈能伸，何处不能安身立命。

话是这么说没错，当韩述在竹椅上度过了仅仅十五分钟，他就知道这一屈一伸是够难受的。韩述打小没吃过什么苦，读书时参加的唯一一次露营性质的夏令营，在郊外搭了个帐篷，他妈妈孙瑾龄还连夜跟司机一起把被褥送到了他身边。他嘴上抱怨妈妈多事，可晚上抱着自家的被褥，其舒适度与帐篷里的毛毯自是不可同日而语。桔年家的竹椅夏日还算清爽，在这样一个冬夜里却称得上苦寒，再加上薄薄的床单不但无法带来暖意，就连椅子上的竹节凸起都盖不住，硌得他难受。

“豌豆王子”说过了豪言壮语，结果在这竹椅上却是辗转难眠，只觉得身下没有一寸平坦的地方，双腿伸直也难受，蜷着更酸痛。比这更难以忍受的是老房子夜里的寒气，岂是一条床单和遮头露脚的外套可以遮挡的？人一静下来，刚有睡意，那寒气就像一条恶毒的蛇从脚心一直钻上来，直至五脏六腑。

韩述越缩越紧，他也折腾了一天，好不容易意识陷入混沌，就进入了一个介于梦和幻觉之间的状态。他好像在白茫茫的冰天雪地里迷了路，哈气成冰，血都快凝结了，不知道已经走了多久。最可怕的是这冰雪的世界不知道哪里是尽头，积雪中的脚印也被覆盖，走不出，又回不去。

终于，有人坐着雪橇降临在他身边，那冰雪女王不是桔年又是谁？韩述如见救星，连说：“救救我，我快冷死了。”

冰雪女王却说：“自作自受，你不该闯进我们的世界。”

韩述一阵疑惑，哪来的“我们”，这里明明只有他和她。

就在这时，韩述竭力不去想起的那张容颜浮现在眼前，那个脸色也和冰雪一样的白衣少年不知什么时候出现在谢桔年身边。他们相视而笑，双手相牵。

韩述如被狂风暴雪覆盖，打了个冷战惊醒过来，最后残留在脑海里的是桔年万古冰霜般的眼。他一骨碌爬起来，从行李箱里翻出所有能够避寒的物件，通通堆在身上，仍觉不够，又从门外的角落里拿回了那瓶红酒，三下两下拔了软木塞，仰头一口气灌了半瓶。可是没有用，他躺了回去，反而觉得更冷了，刚才那个梦让他透心凉。再次入睡成为奢望，他眼皮沉沉，意识模糊，人却醒着，每一次翻身那破竹椅就吱吱呀呀地响。鞭炮时不时地炸响，还有那墙上的老挂钟，嘀嘀嗒嗒，嘀嘀嗒嗒，催得人渐生心魔。

当最后一丝忍耐被耗尽，韩述一脚踹开身上披着盖着堆着的衣服坐了起来，双手捧着脑袋定了定神，咬咬牙，拖着酸麻得如同瘸了的一条腿去敲桔年的门。

韩述原本就心烦气躁，下手自然少了分寸，说是砸门也不为过，但他也万万没有想到桔年常年只跟非明生活在一块，这屋子也没别人，她房间的老旧门闩完全是个形式主义的玩意，脆弱得可以。他还没“敲”几下，门闩就发出一个古怪的声响，然后那门就开了条缝。

这声音想必是惊动了房里的桔年，她躺在床上原本就睡不安稳，这一响动吓得她立即翻坐起来，第一反应就是去拉床头的灯。

那灯的开关还保留着最初时的形态，靠线绳的拽动开启光源。桔年熟谙线绳的方向，即使在黑暗中也第一时间摸索到了它，谁知她原本就心中有事，又被吓了一跳，一个用力过猛，那开关线绳咔嚓应声而断。桔年手里抓着那半截绳子，心里暗暗叫苦，身体也不由自主地往后一缩。

天地良心，韩述的初衷只不过是想将门“敲”开之后，向桔年索要一套御寒的被褥，顺便声讨她几句，仅此而已。然而接下来的混乱状况都不在他的掌控之中，真是跳进黄河也洗不清。别说她，就连韩述都觉得自己像个半夜破门而入的暴徒。

房间里黑洞洞的，韩述过了一小会儿才适应了一些。

“你……你干什么？”桔年拽着那根绳子瑟缩的样子让他觉得有些好笑，仿佛真有什么意外发生的话，那绳子会成为她的救命稻草。

“我快冻死了！”韩述上前几步，没好气地说。

桔年这才从声音里确定这个逆光的黑影的确是韩述，然而这并不能让她的心安定一些。

“什么？”她抖着声音问，显然没有回过神来。

“再不给我一床被子、一个枕头，明天早上你就等着给我收尸吧。”韩述提醒道。

“被子？”这下她有些明白了，但是心思仍放在床头灯的开关上。她直起身子，伸出手去探那根绳子断在什么位置，为恢复房间的光亮做困兽之斗。狭小的空间，黑暗里与他同处一室让她本能地畏惧。她摸了许久，最后才不得不接受线绳已从连接处彻底断掉的现实。

“我家里没有多余的被子了，多出来的那套被褥被我带到了医院里……我已经说过你不能在这里过夜的，你进来干什么？”她磕磕绊绊地爬起来，试图下床。

她房间不大，韩述从门口迈进几步，事实上已到床尾。他看到她拥着的被子，顿时愤愤不平，他冷得都快死过去了，她却暖洋洋地在被子里睡大觉。他狠狠地拽了一把她的被角，半胡闹半赌气地说道：“那你把你的被子分一半给我。”

桔年正六神无主地下床，韩述这一拽无形中又绊了她一下，她跌坐在床上，细细地惊叫了一声。

她的惊慌失措是如此难以掩饰，这让仗着浑劲走到她床边的韩述终于感到了一丝尴尬。

他嘴里说：“我就是想要床被子，你慌什么。”

可他的手还是把唯一一床被子的一角死死揪在手里。

韩述是个成年人，所以他很快感受到这半源于他、半源于黑暗和混乱的暧昧气息，这气息如罂粟一般，和着他的心魔，一点点催开了要命的花朵，他觉得整个人现在才开始回温，血液在周身的脉络里奔腾，说不清是热还是麻。

他不知怎么就坐到了床沿，喉咙紧了紧，喃喃地问：“你就那么怕我？”

他甚至都没有意识到自己的一只手探了出去，在黑暗之中轻轻触碰她，指尖最先碰到的是她的头发，然后是她的脸。他清醒时想都不敢想，可他现在清醒吗？清醒的他能够触碰到她的脸？他甚至不知道刚才那一场冰天雪地的邂逅和眼前这一幕，哪一个是梦，哪一个是真，一如庄生晓梦迷蝴蝶。

第七十五章

活着的滋味

75

桔年绊在被子砌成的城堡里，用手撑着床板往后缩了缩，脸扭转到极限，去回避韩述的碰触。然后出其不意地，她挪向床沿的另一个方向，试图下床，好像逃脱了这张床，就能暂时从她的恐惧中生还。然而她的脚刚落地，整个人被韩述拽了回去。

桔年的脸重重撞在了他的胸口，额头、鼻尖生疼。他搂紧她，把她朝自己按得更近。

“你喝酒了？”桔年闻到了他的气息里和衬衣上的酒精味，颤声道，“别这样。韩述，别这样……”

她仿佛只记得这一句——别这样！她也有她的心魔，噩梦一般无边无界。

“怎么样？”韩述哑着声音问。他用掌心搓揉着她后脑勺的头发，下巴轻蹭她的头顶，另一只手无意识地紧紧箍着她的躯体。他知道自己现在就像最不堪的登徒子、无耻的臭流氓，可现在她就在他怀里，这不是梦，他能感受到胸膛处她呼吸的湿热，还有她头发磨蹭在肌肤上的真实触感。

桔年开始挣扎，韩述的钳制让她如困兽一般，做濒死前的努力。

“你发什么神经，啊？你再这样，我要喊了。”她喘着气警告道。

“好！”韩述答得很干脆。

零时已近，爆竹声逐渐喧天而起，桔年能活动的那只手撑在韩述胸前，竭力想要拉开两人之间的距离。她知道她的喊声注定被吞没在除夕夜狂欢的浪潮中，除了惊动睡着的小非明，她唤不来谁，可她绝对不希望非明目睹这一切。

韩述的理智飘到了半空，看着自己紧紧环抱着她。桔年的身体很热，这热度在熨烫他方才冻僵了的魂。他看不仔细她的脸，可是想必再不会如寒玉般端凝，更不会如冰封般深寒，她再不能置身事外地漠然看着他，再也不能说“韩述，这是我的事”。不管眼前这一幕是不是好事，至少是“韩述”和“谢桔年”之间的事。这感觉让韩述有种中毒般的快乐，虽然他正在撕裂好不容易覆在他们身上的温情的面纱。

许多年来，桔年是韩述心中的一道魔障，是他本能追寻的一道热源，可当他靠近时，体会到的一直是凉。

现在呢，她在颤抖，在推拒，在语无伦次地咒骂，一头一脑的汗，再也凉不下来了。

韩述低下头，用唇去轻触她额头上的汗珠。桔年像被烫伤了般哆嗦了一下，她忽然爆发的力度推得韩述往后一仰，单手撑在床上，一个圆形的小硬物硌在他的掌心。他信手抓起手下的“异物”，原来是一件衣服，硌着他的硬物想必是衣服上的纽扣。

“韩述，你是不是有病！”桔年急喘着，红着脸整理挣扎中被蹭得凌乱的上衣，不期然却看到了韩述手里的衣服，原本就混乱的脑子轰然炸开，想也没想就扑身去抢。

韩述正打算将衣服扔到一边，反扑过来的桔年让他吃了一惊。他本能地闪避，一手抱着她，一手拿开了手里的衣服。

那不像是她的衣服，更不是非明的。借着逐渐适应了黑暗的眼睛，韩述发现自己手里抓着的竟是一件浅色的旧衬衣——男人的衬衣。

“还给我！”桔年的声音隐隐带上了哭腔。

韩述扣紧了她，任她在自己身上扑腾着。“谁的？”他轻声问。他想起了吃饭前非明无意提及家里有男人的衣服可供换洗时，桔年红得快要滴出血来的脸。

桔年的胸口剧烈地起伏着，她根本不会去回答，一心只想夺回那件衣服，哪怕这让好不容易抽身的她重新栽入了韩述怀里，宽松的衣服领口泄露了肩头的春光也顾不上理会。

韩述在她的失控中得到了答案。

这是道单选题，从来答案就只有一个。

那就是巫雨。

她把衣服叠得整整齐齐地放置于床边，让它伴随自己入眠。也许那么多年来，这是支撑她心如止水地度过一个女人青春年华的唯一支点。

韩述说不出是震惊还是悲怜，难道这样，她就可以假装巫雨在身边？不，就算是巫雨活着的时候，他也未曾这样躺在桔年的身边，韩述比任何人都清楚这一点。她是个自欺欺人到了极点的可怜虫，然而他何尝不是？他活着，但他输给了一个死人，没有悬念。

太多的情绪找不到出口，所以韩述愤怒。

他咬着牙说："你忘了巫雨已经死了？"

"他没死，他一直在我身边！"桔年终于看向近在咫尺的韩述，眼神空洞而狂热。她也许斗不过韩述，但是她至少可以让他知道，他永远不能取代她的"小和尚"。

"他一直都在，只是我看不见。"

"放屁！"

韩述胡乱将衣服团了团，恨恨往床下一扔。桔年喉咙呜咽一声，探身去够，只差几厘米，衣服轻飘飘地落在了灰色的地板上。"他既然没死，你让他自己来捡！"

"韩述，你浑蛋！"桔年扭头盯着地上的衣服，她的魂好像也随着那件衣服坠落在尘埃里。

"我浑蛋，他什么都好，好到十一年了还阴魂不散。如果他在这里，那他现在在做什么？他大可以把你从我身边带走，他做得到吗？"

"闭嘴，你给我闭嘴，我求你了行吗！"她喊了一声。在韩述的印象里，桔年从未有过这样的歇斯底里。

"我偏不闭嘴，你不是在等着他附身、显灵、死而复生吗？"韩述气咻咻地对着看不见的地方叫嚣，"你来啊，巫雨，你不是在吗？她那么喜欢你，看着别人欺负她，你也无动于衷，你这样还算是个男人吗……"

满屋寂静，韩述冷笑道："谢桔年，这下你相信了？他死了，骨头都烂了。就连他活着的时候，心里想着的也不是你！"

桔年腾出手来，狠狠甩了韩述一巴掌。如果说刚才的桔年是痛苦而慌乱的，那现在她的眼里是一种在幻灭和绝望边缘的疯狂。她过去一直不肯说恨韩述，因为恨太沉重，可是这一秒，她恨死了他。他是她的劫难，连她的最后一个信念他都要打碎，搅得她无处安身。她执意要让韩述受伤，手落在他脸上，指甲也重重地划过了他大半张脸。骤然的疼痛让韩述的脸转向一侧，他用舌尖舔了舔嘴角的伤，似乎尝到了血腥味。

他们都安静了下来，周遭只剩下两个受伤的人沉重而急促的呼吸和心跳声。

韩述慢慢松开了环着桔年的手，捂住了自己的眼睛。他说：“有时候，我觉得你也死了。十一年前就和巫雨一起死在了烈士陵园。你自己想想，后来的你还像一个活着的人吗？不爱不恨，无欲无求，没有温度也没有心肝。你什么都不在乎，包括你自己在内。世间的事跟你也没什么关系，你存在的一切意义只为了一个死人。你和死鬼巫雨才是同类，爱着一个鬼魂的人他妈的是我！”他垂下手，喉咙像被哽住了一般，“桔年，对于你来说，我是个浑蛋。你可以不爱我。但是巫雨回不来了，我盼着你还能活过来。”

良久，他听到了桔年哭泣的声音，从抽泣至痛哭失声。

在此之前，韩述从来不知道一个人会有那么多的悲恸，会有那么多的眼泪。

他再次把她嵌进怀里，像他一直想做的那样，在触手可及的地方感受她真实的存在。桔年没有再挣扎，额头抵着他的胸口，剧烈的哭泣让她不可抑制地发抖。巫雨，你真的在吗？你真的像我以为的那样，在我看不见的地方陪伴着我吗？如果你在，求你给我最后的怜悯。

同样颤抖着的还有韩述的手，他轻抚着她的头发，一遍遍地重复道：“他死了，你还活着……”

……

桔年喝掉了韩述给她的半瓶“奥比昂”。韩述在她耳边说：“你还记得吗，活着的滋味。”

后来他们的呼吸都变得越来越混乱。

桔年如浪中的一叶孤舟，惶无所获，她唯一的回航是海市蜃楼。

并不禁燃烟花爆竹的郊外，震耳欲聋的声音此起彼伏，外面的天空一定璀璨满天，可是她看不见。室内连风都不肯光顾，空气是凝滞的，只有欲望的气息，窗帘也未曾轻轻掀动一个角落，除了韩述和自己的心跳喘息，桔年什么都听不见。

韩述赢了，他至少让桔年相信了一件事。

巫雨已经死了十一年。

即使他活着，也不会留在她身边。最后的一面，他是来告别的。巫雨对桔年构想过无数次塞北老家，梦想中的天堂，但当他决意放弃一切投奔那里而去，他想带走的并不是她。桔年在巫雨离开的若干年后曾经独自踏上过那段旅程，当她站在巫雨渴望而到达不了的那片平原上，感觉不到任何熟悉的气息，只觉得空旷而荒凉。

原来她一直都只有她自己。

她流尽了这晚的最后一滴眼泪。

韩述在感官上无比愉悦的一刻听到了桔年的低吟，她说："有没有容易点的活法？"

他摩挲着她的头发，还有她泪痕干涸了的脸。

"我陪着你。他死了，你还有我。"

然后，他听到她困惑的声音。

她问："你又是谁？"

他是谁？她脸色潮红，欲望却未抵达眼底，看着他的神情，像凝视一个陌生人。韩述如同被一盆雪水当头浇下。他是想过要一辈子对她好的人。前尘勾连今朝，他做到了吗？

所有的激情和欲望在这一刻湮灭如一阵青烟，韩述垮了下来，慢慢地伏在一身汗湿的桔年身上，动也不动，死去了一般。

桔年也没有动，他们长久维持着一个姿态，久得似乎足以腐化为尘。

累，很累。他们好像都睡着了，不知什么时候都又醒了过来。窗外的世界终于安静下来。

从激烈到沉寂，恍如隔世，天还没有亮。

韩述翻过身来，平躺在床上。

“你恨死我了吧。”他愣愣地，仿佛是对着天花板说话。

他以为这个问题桔年同样不会回答，没有想到，过了一会儿，桔年发出一个含糊至极的声音。

“嗯。”

“我也不知道是怎么了，魔怔了一样，管不住自己。现在说什么都没用，如果你真的那么恨我，明天你想怎么样都行，我什么都认。但是我只想你告诉我，在你心底，我究竟是谁？”

桔年悲哀地发现自己竟也在思索这个问题，他是谁？韩述对她而言算什么？可以死一百回的恶人，死皮赖脸的膏药，与她整个青春交集的浑蛋，左右了她命运的看客，破门而入闯进她尘封的世界把她从梦中打醒的暴徒？

他不是她的爱人，却也不是路人。

有时她宁愿把他等同于林恒贵，但是她又知道，他不是林恒贵。

桔年没有想过要去爱韩述，然而她所有的隐秘记忆都只与他相关。十一年前，他在她身边，青春尚如涩涩豆蔻，十一年后，老去的只是昨夜今朝，身边却还是他。她分辨不清究竟是他促成了她的绝望，还是她绝望时身边总是有他。命运的奥秘谁看得透？

“你是知道我对你那点心思的，从很早以前就开始了。我不知道该怎么对你才好，也做了很多到现在还后悔的事。我后悔拉不下脸跟你表白，后悔那一天跟着你去了烈士陵园，后悔出事后相信了我干妈……那时我真天真，以为她能把所有的事都打点好，然后我们就可以在一起。我后悔那时候我没胆子站出来为你做证，我做过不下一百次的梦来弥补这个缺憾，没有用，只能是梦了。最后悔的是因为羞愧，我连去看你都不敢，这十一年里什么都没做……但是唯独有一件事我不后悔，说出来你怎么想都行，可能我真的是个死不要脸的王八蛋，我唯独没有后悔过那个晚上，在那个小旅馆里，我跟你……我知道那不光彩，那是错的，可是我就是不后悔。”

桔年很难想起那一晚的细节，她忽然发现她跟韩述截然相反。她常常忆起天亮以后接踵而来的噩梦，多年后再一桩桩地为自己开解，唯独那一晚，她很少去想，甚至故意回避了，就好像记忆的胶片凭空断了一截。

“你说，如果那一晚，我把你送回家去，或者我们根本没有遇见，现在会是什么样子？”韩述问着可笑的问题。

她可能找到巫雨，真的杀了林恒贵，也可能避开这一劫，看着巫雨入狱，等他，或是最终遇到另一个男人，顺利地过一生。如果是无限可能的事，也是从无可能的事。

桔年说：“不知道。横竖都是一辈子。”

他们各自拥着被子的一角，躺在一片狼藉的床上，不知道这一幕该有多荒谬。她可以打他骂他赶他，反正做什么都好，而不是在这最不合时宜的时候，进行着他们自打相识以来最坦诚的一场对话。

也许他们都一样身心俱疲，疲惫到无力去承载任何激烈而戏剧化的情节。接着，他们继续荒谬地昏昏睡去。

最后一丝意识消失之前，韩述这个坚定不移的唯物主义者环视黑洞洞的房间，对着空洞的角落，在心中默念了一句：“对不起。”

第七十六章

破碎的“假如”

76

距离天亮只有一两个小时的那段时间里，韩述做着颠三倒四的梦，他甚至梦到了校园门口停着警笛长鸣的警车，他被正义凛然的公安干警拘捕归案，周围围满了看热闹的人，大家都鄙夷地指指点点，交头接耳议论的无非是他的下流和不要脸。有人当场晕倒了，那是他妈妈孙瑾龄，而韩院长双眼血红，要不是有人死命拦着他，他会当场冲上来亲手撕碎这个彻底让老韩家门风扫地的逆子。韩述在无数人的推搡中频频回头，他唯独看不到这个案件的受害者，连她的背影都没有，这让他既失落又惆怅。

直到清晨的光线惊扰了他锒铛入狱的心路历程，韩述才将眼睛睁开一线，用了十分之一秒让记忆复苏，搞清楚现在的状况，就立刻跳了起来。可惜还是迟了一步，他此时的姿势是堪堪吊在床的边缘，这一蹦而起的姿势让他整个人连滚带爬地摔到地上，还好缠着被子，并没有很痛。那张昨夜他都没有看清楚真容的老式木架子床上，空空如也。巫雨的衬衫也被收了起来。

尽管韩述一向崇尚自然醒，但他的生物钟很准，并不是个睡懒觉的人。反观桔年，他虽没有跟她共同生活的经历，但是以他相当长一段时间的尾随观察来看，只要不上早班没有特殊的事情，她通常是睡到日上三竿才睡眼惺忪地到财叔那里拿牛奶。上学的时候她也是不折不扣的迟到大王，不知道被他逮过多少回。没想到这一次他起床竟然落在了桔年后面，韩述顿时觉得被动至极。昨夜的情景在脑海里重现，他心慌脸热，赶紧套好衣服，将床单被子略作整理，硬着头皮走了出去。

非明还没有起床，大厅的那个破钟也证实了天色尚早。韩述心怀鬼胎地朝院门口探头望了望，没有梦里的警车和看热闹的群众。身后传来门吱呀的一声响，受害者头发湿漉漉地从水汽蒸腾的浴室走了出来，手里抱着一盆衣服。

韩述有些难堪，故技重施地咳了几声，试图引起桔年的注意。桔年置若罔闻，放下了盆里的衣服，找了条干毛巾擦着头发上的水，韩述又加重了咳声，结果一样。他终于确信她根本是故意不理会他，就算自己咳破了嗓子也是枉然。他心里没了底，想到昨晚上的难堪事，是死是活、要杀要剐，她好歹得给个话啊。

于是韩述磨磨蹭蹭地走到桔年身后，犹豫再三，没头没脑地冒出一句：“你看……这……怎么办？”说完之后，他又想打自己的嘴巴，这是男人在第二天早上该说的话吗？

桔年擦头发的手停了下来，并没有回头看他。不过是喘口气的工夫，韩述觉得自己都快憋死了。

“你走吧，以后别来了。”桔年的声音里听不出明显的感情起伏。

哦……她打算让这件事就这么过了，就好像没有发生。韩述竟有些失望。他犯贱地想，自己那么混账，没理由就那么算了，她怎么能一句话就了结了呢？也怪他自己，昨晚，在那件事发生之前，一切都是那么圆满而完美，他甚至可以感觉到自己离她更近了，谁知道后来邪灵附体似的闹了那一出……她这个态度已是仁慈，他就算再不知廉耻，也没有理由赖着不走了。

“能让我洗把脸再走吗？”韩述只能这么说。

桔年没有说话，他便去翻出了自己的洗漱用具，垂头丧气地走到天井的水龙头旁，刚在牙刷上慢腾腾地挤出一条形状完美的牙膏，他听到了院子外传来叫门的声音。

“桔年，你在家吧？”

来的人是唐业。

当然，桔年也听到了，她直起身子，下意识地拢了拢半干的头发，看起来也有些不知所措。

敲门声在继续着，桔年愣是没有动。

韩述猜她此时想必是打着掩耳盗铃假装不在的主意，便“好心”地问：“用我去开门吗？”

这句话果然有效，桔年转身拖住了他，脸上是可疑的绯色。

“你别动。”

她放下擦头发的毛巾，急急地应声出门。

唐业身上还穿着昨天接桔年和非明时穿的那套衣服，下巴上有泛青的胡楂，想来是在蔡检察长病床前守到现在，人是憔悴的，唯独一双眼睛仍然清明无比。

桔年开了门，她站在门口，伸手掠了掠耳边的头发，“早啊。”

唐业点头，笑了笑，“新年好。”

是啊，这是大年初一的清早。桔年如梦初醒地回了句：“新年好。”

她并没有请唐业进来的意思，也不知道他一大早离开需要照顾的继母来她这里所为何事，于是静静地等着他接下来要说的话。

唐业却没有直截了当地说出他的来意，他用一种若有所思的目光打量着桔年，忽然问道：“桔年，是不是发生了什么事？”

桔年仓促间又掠了掠头发，那半干的发梢扰得人心烦意乱。她想去摸自己的脸，之前照镜子没看得足够仔细，那上面该不会留下了什么形状可疑的痕迹……她想起来了，难怪唐业觉得不对劲，按照本地的习俗，是万万没有新年第一天早上洗头的道理。

偏偏就在这个时候，有人从屋里走了出来。

“喂，那个……我昨晚上擦头发的毛巾哪儿去了？”

桔年几乎是立即掉头，并不是她那么渴望看到韩述，而是她不知道如何面对唐业此刻的表情。

韩述一脸无辜地举着牙刷站在廊檐下，头发凌乱，衬衣的下摆也没有掖好，就差没在额头上写着“我刚起床”四个字。更让人受不了的是，他半边脸上有三道明显的抓痕，从颧骨直到嘴角。

为了应对桔年还没说出口的责难，他有些无奈地说：“我声明我不是故意打断你们，你忘了我的车就停在门口，他能不知道吗？”

他说完了理由，接下来的话是对唐业说的：“我干妈她好点了吗？”

桔年回过头，唐业的表情远比她想象中要平静，甚至可以说是漠然，还有几分疲倦——也许那只是彻夜守护病人的结果。他很礼貌地回答了韩述的问题。

“还是那样，没有生命危险，但一时半会儿是不可能恢复得跟正常人一样了。谢谢你的关心。”

“她也是我干妈啊，谢什么。我迟一些就会去看她。”韩述说完，指了指屋内，很自然地说，“要不进来聊？”

他回应了唐业同样的客气，仿佛工作上的矛盾和眼前的尴尬都暂时不存在。不只唐业，就连桔年也恍然觉得，他这么一开口，好像他才是这屋子的主人，其余的人都是不速之客。

“不用了，我说几句话就走。”唐业说道。

桔年却侧过身子说：“进来吧，外面冷。”

唐业没有动。这一幕气氛相当诡异，好似什么都错位了。

财叔家的鞭炮响了，这是传统的习俗，新年起床第一件事就是开门放鞭炮，取“开门红”之意。韩述忽然想起了什么似的一拍脑袋，问桔年：“你没买鞭炮吧，好兆头还是要有的，放放鞭炮去一去旧年的晦气。要不，我这就去财叔家买。”

他说着就回头去放他的牙刷，然后三步并作两步地往财叔家走。没有人对此表示异议，也许在场的人都为他暂时离开而松了口气。

韩述走远了，门口就剩了唐业和桔年。

“昨天我失约了，真不好意思。”唐业仍站在原地说道。

桔年想过要解释的，她本想告诉唐业，韩述被家里赶出来了，所以收留他在这过了一夜。这本是实情之一，但他并没有问，她主动提起这件事，反有欲盖弥彰的嫌疑。既然说不清，不如不说。

“别这么说，你的事比较重要。”她低着头，半干的头发垂了下来，更显得一张脸小得堪怜。

他既没有进来的意思，她邀请的意图也并不热烈，两个话都不多的人杵在门口沉默着。好不容易开口，却又撞在了一起。他们几乎是同时说出了下面的话。

“他对你还挺有恒心的。”

“你现在好吗？”

然后两人又好像都没有听见对方的话，俱是一怔。

唐业先笑了起来，他做出个如释重负的表情，“我就是想来看看你好不好，这就回医院去。”

桔年没有强留，浅浅地回了个笑脸，“你保重。”

韩述很快就从财叔店里买到了鞭炮，从他们站着的位置，可以看到他跟财叔笑着挥手说话。

“桔年，这一次看来我是躲不过了。对不起，我以为的那个‘假如’只能是个‘假如’，虽然我真的那样想过。我这半辈子都在做不切实际的事，半辈子都在犹豫不决，到头来恐怕什么都是空。”唐业忽然上前一步，他说得那么急，仿佛错过了眼前，他和她，也将不再会有时间。“我是那种非得到了哪儿都不能去的时候，才知道自己最想去哪里的男人，可惜什么都晚了……这个你拿着。”

桔年这才意识到唐业把他一直拿着的一本书塞到了她手里。那是本平装版的《西游记》，桔年第一次到唐业家时曾经翻看过的，当时尚是初识的他们就这本书还有过一次小小的较劲。

书很旧了，却是唐业最喜欢的。

“这个你留着。”他说。

桔年骨子里的敏感让她在接过书的时候本能地翻了翻，她很容易就打开了其中的某一页，里面夹着一张银行卡。

“这……”

买了鞭炮回来的韩述越来越近，唐业不容置疑地推回了桔年的手，也打断了她未来得及说出口的拒绝，“钱不多，但每一分都是干净的。我原先让一个朋友代为保管，这样才得以留了下来，以我背的罪名，恐怕倾家荡产也不足以抵还。我不知道有生之年还出不出得来，我阿姨的生活是没有问题的，所以那笔钱我分作两份，一份留给姑婆，一份给你。你留着，总有个用处。”

他说得由衷，仿佛早已想好打消她所有拒绝的理由。

“这不是施舍，桔年，如果你把我当朋友就什么都别说……我只是对你放心不下。”

唐业说这话时依旧淡淡的，既不忧愁也不烦恼，仿佛只是等着那个已然知晓的结局到来。这样的安排让桔年悲从心起。

她其实是想过对他托付一生的，如果她这一生必须要有个托付的话。也许不够深爱，但足够温暖。他们相互懂得，相互体谅，这已经足以相濡以沫到老。

想不到连一个未必成真的“如果”都碎得那么快。

桔年太了解监狱里的种种，不由得更对唐业的未来忧心忡忡。

为了化开那些看不见的愁绪，唐业自我解嘲地笑了起来，“刚来的时候看到韩述的车，我真有些傻在那里了。不过我又想，这也不是件坏事。”

“什么好事坏事，也说来让我听听。”韩述耳朵尖，尚在几米之外也听到了只字片语。

唐业朝他一笑，“我先走了。”

“不多聊一会儿？”韩述继续反客为主地扮糊涂，他也看到了桔年手里多出来的一本书，没话找话地问，“咦，你拿着什么东西？”

唐业代为解释道：“我顺便带过来的一本书。”

“大过年的就为送这本书？该不会是什么值钱的孤本吧。”韩述半真半假地说道。

唐业何尝不知道，现在他对于自己的一切财产都没有处理权，包括一本旧书。

桔年面无表情地将书往韩述跟前一递，问：“要没收吗？”

韩述果然讪讪地没敢去接，回道：“我什么都没看到。”

唐业对韩述说：“我有个不情之请，我屋里的书，假如没什么价值，与其到时成了废纸，不如……我想不如把它们都转赠桔年，这件事就拜托你了。”

韩述愣了愣，才说道：“在没有判决之前，说什么都言之过早。”

唐业也不在这个问题上纠缠，向桔年说了句：“真的要走了，代我向非明问好。”言罢便转身离开。

韩述拎着鞭炮，看着拿着本旧书沉默不语的桔年，澄清道：“我没赶他走啊。”他好像忘了，他其实才是那个将要被赶走的人。

“要不要叫非明起来看我放鞭炮？”韩述怕引线潮湿，满院子地找可以挂鞭炮的地方。

桔年正打算去看看非明怎么样了，她刚起床的时候去非明房间看过一次，那孩子睡得很熟。

刚走到廊檐下，桔年跟韩述同时听到有东西摔碎在地板上的脆响。

声音是从非明房间里传出来的！

韩述几乎是立即扔了鞭炮，跟桔年一块往非明房间里跑。

非明以一种奇怪的姿态趴在床上，落地摔碎的是她床头柜上的玻璃台灯。

桔年六神无主地把非明抱了起来，小心翼翼的，她那么恐惧，仿佛害怕非明也像玻璃一般，一不留神就碎了。

非明的脸很红，茫然地睁大眼睛，“姑姑，我的头有点疼。”

“没事，没事，我们马上去医院。”桔年用一种哀求的眼光看着韩述，她开始庆幸韩述还没有离开。

非明却摇着头说：“也不是很痛，我们等天亮再去吧，韩述叔叔走了吗？”

她只是很平常地说出这些话，完全没有意识到两个大人立即白透了的脸。

此时清晨八点已过，阴天，虽说不上阳光灿烂，但透过非明房间的窗户可以非常清楚地辨别，天早就亮了。而韩述现在就站在她的床头，只是没有说话。

桔年如坠寒窖，她抱着非明没有出声，悄然用牙齿咬紧了自己抖得厉害的唇瓣。

韩述缓缓地伸出手，在非明已然没有了焦距的眼睛前上下晃了晃。

“姑姑，韩述叔叔昨晚到底走了没有？他说了他没地方可去，你不要赶他走。”非明有些吃力地说。

桔年凄然地闭上了双眼，韩述的手颓然地垂了下来。

第七十七章

不问因由的爱

77

大年初一的早晨，非明被火速送回第一人民医院。韩述的车在挂满大红灯笼的街道上疾驰，身边的一切极速地在窗外擦过，幸而如此，他才用不着看清楚人们脸上的欢快喜悦。

桔年抱着非明坐在后排，一句话也不说，反倒是她怀里的非明在安慰两个无助的大人，她说："就是眼睛不怎么看得清，其实算不上很疼。"

怎么会不疼？非明看不见自己的脸，脸色青白，上面都是冷汗。只不过她经历过更疼的，痛楚在她看来已经是一种习惯。

抵达医院后，院方立即对非明进行了各项紧急的检查。这天住院部的病人少得可怜，几乎所有的医护人员都围着非明奔走忙碌，那样簇拥着，如临大敌，让在外等候的桔年一颗心慢慢沉了下去。

医生的报告出来得很快，结果也是意料之中。由于颅内的瘤体压迫视神经而导致的失明在临床上并不罕见，以非明急转直下的病情来看，这是迟早的事情，除了手术，再无别的办法。

孙瑾龄这天并不值班，但是接到通知后她也在第一时间赶到了医院。韩述一见她，就挤进了她的办公室，在既是大夫又是亲娘的孙瑾龄面前，他无心掩饰自己声音里若有若无的哭腔，一开口就是："妈，怎么办？你说怎么办？"

孙瑾龄脱了身上的白大褂，扫了一眼自己的儿子，"怎么办？胶质性脑瘤第四期，你知道有多棘手？实话跟你说，我干这一行这么多年，见过的病例也不少，这个病到了这一阶段，治愈率是非常之低……"

"低到什么程度？"韩述追根究底地问。

孙瑾龄坐下来，没有说话，韩述原来抱有的一线希望也在这沉默中被悄然摧毁了。他妈妈是个谨慎的人，如果她沉默，就意味着那个数字真的非常之低，乃至于她不愿意说出来让儿子难受。

"总有办法的，妈，总有办法的，她还那么小！"韩述坐在孙瑾龄身边，无助地央求。

孙瑾龄说："傻孩子，疾病对任何生命都一视同仁，它不会因为年幼或是年迈，可爱或是可恶，贫穷或是富有而区别对待。不管这孩子对你来说意味着什么，这就是现实。原本我希望等她身体调整到一个相对良好的状态再安排手术，尽可能减少手术风险，现在看起来是等不了啦。"

韩述心中依旧没底，追问："手术成功的概率是多少？"

孙瑾龄说："开颅手术必然是存在风险的，何况以她现在的状况，任何一个小的意外都可能带来可怕的后果。至于所谓的概率，不发生在她身上就是零，发生了就是百分之百。"

韩述没办法不去想非明天真灿烂的笑颜，她今早发病时还惦记着韩述叔叔无家可归的事。他越想就越觉得揪心似的疼，他妈妈客观而残酷的判断让他充满了无力感。

“我不能让她死在手术台上。妈，你告诉我更好的医生在哪里，国内不行就国外，我不能看着她死！”

孙瑾龄并没有因为儿子心烦意乱下对自己专业的质疑和否定而表现出恼怒，相反，她仍然温和地看着儿子，用最平静的语调说：“那她或许不会死在手术台上，而是死在路途中。”

韩述捂着脸弯下了腰。

“我刚才说的是最坏的结果。你也可以往好处想，在这种时候只能这样了。别为难自己，儿子。”孙瑾龄摸了摸儿子短短的头发。

“我当她是我亲生的女儿。”

孙瑾龄欲言又止，叹了一声：“你难过我知道，可你身边并不是只有这个孩子需要你关心。你去看了你干妈没有？还有你爸爸……昨天你离家后，晚饭他都没动筷子，一晚上胸闷气短。小二，我们都渐渐地老了，父子哪有隔夜仇，你爸那脾气，难道你要等他开口求你回来？”

“不是我要跟他闹别扭，他把话说得那么绝，你要我怎么办？”

“你就不能听他一次？他也不会害了你。去道个歉，服个软，有你姐姐的事在前，他不会当真为难你的。”

“这就是症结所在，爸爸平时怎么骂我、看不上我都没关系，但是这一回我没错，我不会放弃那个案子的，这是原则性的问题。妈，难道你要我明着道歉，阳奉阴违？”

“那个案子比你的家人还重要？”孙瑾龄有些心痛地看着儿子，在丈夫和儿子之间，她的确是两难。

韩述一脸的疲惫。

“这是两码事。我爸也一直是这么教我的，他说人一辈子总要有些值得相信和坚持的东西，如果连这都失去了，那未免太悲哀了。这是我第一次想好好去做一件事，我也只剩这点坚持了，别让我变得什么都不相信行吗？”

孙瑾龄不语，过了一会儿才问道：“你昨晚住哪儿……住她家？”

“满世界都是酒店，哪儿不能住人啊？”韩述干笑几声，可都说知子莫若母，他那点小心思哪里逃得过孙瑾龄的眼睛，更何况他还掩耳盗铃地试图捂住脸上如此明显的伤。

“脸上这是怎么回事，伤口处理过没有？”孙瑾龄岂能一点想法都没有，她这个儿子最看重“脸面”，小时候被他爸爸痛揍，一边挣扎还一边大喊：“打就打，不要打脸！”在他脸上下手，就等于老虎嘴里拔牙。可这回都被抓成这样了，哼都不敢哼一声，不用猜也知道是谁干的。而她这个宝贝儿子干了什么好事才让一个温暾暾的姑娘下这样的狠手，她都不愿意深想。

孙瑾龄啐道：“你这个没出息的！”

韩述果然面红耳赤地说不出话来。

孙瑾龄感叹道：“你们啊，姐弟俩加上你爸，都是一样的臭脾气，没一个让人省心。你不是孩子了，再做那些没分寸的事，小心毁了自己，到时连个哭的地方都没有。”

韩述从母亲的办公室里出来，回到病房去看非明和桔年。非明身上连着各种仪器和管子，但是状态已经稳定下来，正在和桔年低声说着话。韩述进去的时候正好听到她说：“看不见也有个好处，我就不用看到李特以后长满青春痘的样子了。姑姑你不是说过吗，小时候长得帅的男孩子，长大了之后多半会变得很丑很丑……”

她说的时候好像是无所谓，走近了才能看见，两腮上全是眼泪。韩述和桔年一样，宁愿看到她像刚入院的时候不管不顾地哭闹，她有权利任性和宣泄，总好过现在这个样子。她这样平静，倒让身旁看着的人心都碎了。

陪着坐了好一会儿，韩述想到三人一早什么都没吃，现在已到午后，便寻思着出去买点吃的。刚走到病房外，他不期然看到一个女人安安静静地坐在最近的一张椅子上，那是陈洁洁。

韩述不知道她来了多久，也不知道她为什么只是在门外坐着。陈洁洁看到他倒是没有任何意外，甚至还点了点头。

“你好，韩述。”

韩述此时也顾不上风度，堵在门口就冷冷地来了句：“好个鬼！你阴魂不散地来干什么？”

陈洁洁定定地说：“我来看我的女儿。”

韩述被她的态度激怒了，“你的女儿？少来了，你问问你自己配当妈吗？”

陈洁洁也站了起来，“用不用我给你看亲子鉴定？”

韩述叹为观止，“你跟我来这一套？你有什么权利在没有得到孩子监护人许可的情况下进行亲子鉴定？再说，凭一张纸你就想把孩子要回去，没这么容易！如果我是你我就会识趣些，要消失就消失得彻底，何必到这里来招人讨厌。”

陈洁洁也没有生气，仿佛对一切责难早已做好心理准备，况且她从来就是一个迈出去就不懂回头的人，也不在乎别人怎么看。她对韩述说：“你讨不讨厌我这一点都不重要，重要的是我要跟我女儿在一起。”

“你当她是小猫小狗，不要的时候就扔在一边，想起来了就看两眼？你没资格来看她。”韩述面露不屑。

陈洁洁一字一句地说：“我没说我只是来看她。我要认回我的女儿，以后都不会让她从我身边离开。”

她这样平和甚至是笃定地提出在韩述看来相当无耻的要求，简直是在挑战韩述的耐心极限。他离开病房门口几步，讥诮地笑笑，“让我猜猜，周家也快混不下去了，你已经到了试图认回私生女，再卖女儿谋生的地步了？要不就是你们家周公子肯戴着绿帽、收留一个拖油瓶？这么说起来，你们还真是天生一对。”

面对韩述的尖酸刻薄，陈洁洁只是捏紧了自己的包，“韩述，我感激你为非明做的一切，当然更感激桔年。所以我在门外等，我不想那么快打扰你们。但是我不知道非明的日子还有多少，我不能等太久。就算我欠桔年的，可是里面躺着的孩子是我生的，我们才是亲母女，这不是我亏欠了就可以抵消的。”

韩述不再跟她纠缠，撂下一句：“你要认回孩子，那就法庭上见。我告诉你，从我们这儿你占不到什么便宜。”

陈洁洁说：“韩述，你能代表桔年吗？或者说，你能代表非明？我今天来这里并不是一厢情愿的。非明需要妈妈，是她选择了我，她愿意以后跟我在一起，你懂吗？”

“你就信口雌黄吧，反正嘴长在你身上。非明会跟你走？我都替你脸红！”韩述当然不信。

他们在门外的争吵其实都落入了房间里的人耳中。非明不再流泪，她茫然地睁着眼睛，在一片模糊的世界里努力去分辨她生母的声音。用不着开口说一句话，桔年已然明白，因为她从非明的脸上看不到恨，只看到眷恋。

但是她仍然轻声地问了非明：“是真的吗？”

非明犹豫了一会儿，还是点头了。她喃喃地说：“姑姑，我舍不得你，但我不是孤儿，我想要妈妈。我跟妈妈说，我不能马上跟她走，因为我还要跟姑姑一块过年，如果我不在，姑姑一个人就太孤单了……我答应妈妈过完年就跟她在一起，现在我在医院里，但是假如可以出院，我不想再离开她。”

桔年怔怔地听完，点了点头。是她说的，要由孩子来做这个决定，她希望非明做自己想做的事，选择自己想要的生活。对于这个结局，她也早有预感。只不过刚刚过去的除夕，让她有了一种错觉，她们会平平静静地生活在那个小院子里，永远不分开。她一直跟非明说的，活着的人谈不上永远。她自己却忘了。

谁也没资格责怪非明，对于一个不知道还有多少时间的孩子来说，那剩余的每一分每一秒都太宝贵，宝贵到她舍不得拿来去恨生母当年的抛弃，她只想要爱，迫不及待、争分夺秒地去爱。

桔年起身走出门外，韩述和陈洁洁之间总是火药味十足的争执在见到她之后很自然地消停了下来。

“你说好不好笑，她以为什么都是她说了算。她一天都没有养过非明，居然想把非明带走！”韩述对桔年陈述着一件在他看来无比荒唐的事。

“她说的是真的，韩述。非明想跟她在一起。”

韩述没有想到这样的话会如此平静地从桔年嘴里说出来，为什么他反而成了最不能够接受这个事实的人？

桔年深吸了口气，转向陈洁洁，“孩子是你的，谁也带不走。但现在她病成这样，争这个有什么意义？凡事等她好转再说吧。”

陈洁洁面对韩述时是冷漠而倔强的，然而在桔年面前却忍不住眼眶微红，“谢谢你！不过从今天开始，我会来照顾非明。”

韩述难以置信地认清了这个现实，但他无法理解，继续质问：“非明要跟她，为什么啊？我不信一个没见过几面的亲妈会比养了她十一年的人还重要。”说着他瞥了一眼陈洁洁，“你究竟搞了什么鬼，跟孩子说过什么？”

桔年显然也需要一个答案，非明要跟陈洁洁走，她拦不住。但她很想知道在那个下午，陈洁洁和非明短暂的交谈究竟说了些什么，以至于非明立即就做了决定。

陈洁洁对桔年说：“我没有骗非明任何事。我甚至告诉她我错了，我抛弃过她。她听了我说的话之后，只问了我一个问题。”

“她问你为什么喜欢她？”这对于桔年来说并不难猜，同样的问题，非明问过她，也问过韩述。但是不管他们怎么回答，非明的眼里都只有怅然。

陈洁洁有些惊讶，但还是点了点头说：“没错，她就是这么问的。”

“那你是怎么回答的？”桔年忽然无比迫切地想听到陈洁洁的答案。

陈洁洁说：“我告诉她，我也不知道为什么喜欢她，也许根本就没有理由，只是因为她是我女儿。”

桔年哑然，又似乎有些明白了，大概这就是她比不上陈洁洁的地方。不管这些年里她怎么悉心照料，可是这么简单的一个问题，答案也显而易见，但她就是答不上来。因为她没法告诉非明——她喜欢非明，非明是她生命中的一部分，但所有的初衷都是因为这孩子身上有着巫雨的影子。

而非明要的却是不问因由的母爱。

孩子的心很简单，也比成人更容易感受到纯粹。

“你不能任着她欺负。”韩述为桔年愤愤不平。

桔年低头说：“我本来跟非明就没有任何血缘关系，现在她亲生妈妈出现了，我……我也算放下了一个担子，这对大家都好。”

她的声音平淡而漠然，也没有刻意压低声音回避病房里的非明。接着她又对陈洁洁说：“你进去看她吧，她一直在等你。待会儿医生会有些交代，你跟我一块去吧。”

“你……”韩述看着陈洁洁走进病房，却一点办法都没有，最后只能顿足，指着桔年道，“叫我怎么说你好呢？”

桔年叫住了不甘心放任陈洁洁轻易赢回孩子的韩述，“那就什么都别说。”

相视痛哭、依依不舍、拥抱述说、翻出旧账、流泪道歉、相互谴责……有什么意义，除了让所有的人看起来更可悲可怜，然而桔年已经受够了这些。更重要的是，这样艰难的过程仍旧只会指向一个结果，该走的还是会走，因为这是非明自己的选择。

第七十八章

他们终于一家团聚

78

桔年仍是非明的监护人，在正式的手续办下来之前，她征得陈洁洁的同意，在医生办公室里签下了非明的手术同意书。关于手术的风险和可能导致的后遗症，医生也向她们阐述得相当清楚。手术可能成功，也可能让非明的生命立刻终结。即便是手术顺利，她也可能会留下各种后遗症，失明或行动不便，甚至是瘫痪、智力受损。这些都是可能，只有一样可以确定，那就是不管怎么样，非明都不再是个健健康康的正常人。

陈洁洁说："我不管，她真的熬不过去，我陪她到最后一刻，就算她残疾或是成了植物人，只要有一口气，我都会守着她。"

她和桔年一样都经历过分离和死亡。爱着的人，哪怕他不再完整，只要他活着，只要还能摸到他的脸，终归是上天留有一丝余地，总好过天人永隔。

手术安排在六天以后。在非明的一再请求下，陈洁洁决定在初五那天把她带出医院，去她生父，也就是巫雨坟前看看。医院那边倒没有阻拦，因为谁都清楚，即使她去了也什么都看不见，但这很有可能是她最后一个心愿，也是最后一个机会。

陈洁洁并不知道巫雨葬在哪里，所以桔年必须要带路。非明视力受限自然行动不便，那条路并不好走，是故韩述也自告奋勇地同行。

其实，桔年除了刚出狱那一回，就再也没有到巫雨坟前去过。她一直拒绝相信巫雨死了，也不相信他就躺在一堆黄土之下，所以下意识地躲避着他的埋骨之地。这一次，也许韩述已经打破了她的幻想，也许是多了陈洁洁和非明，一路上她反倒坦然许多。

虽然许多年没来，那地方还是老样子。桔年的回忆一直绕过了这里，可是她发现自己仍然记得每一条小路的细节。

那天下着小雨，出行很不方便，必须要步行的距离不算太远，但是他们走了很久。

到了巫雨坟前，不出意料，那里已是荒草覆盖，不留心根本无从发觉那一堆乱草之下还有一个孤冢。站在那些枯草上，桔年把位置留给了陈洁洁母女，自己没有靠得太近。很奇怪的感觉，不管曾经多么熟悉亲密的人，他的坟墓一样陌生而冰冷。她甚至无从感叹，也无从悲伤，因为她心中的“小和尚”，从来就没有办法跟这里联系起来。

桔年扯着差不多跟她一样高的一棵树的叶子，默默等待在坟前絮絮低语的非明和陈洁洁。那棵树被雨水打湿了，叶子是青翠欲滴的颜色，这倒是当年和巫雨沿着小路上学时常见的。她记忆里的鲜活和眼前的荒凉有如云泥之别。

“不知道爸爸长什么样，还好，在我看得见的时候见过妈妈的样子。”

隔着好几步的距离，非明的声音隐约传来。桔年不想打扰那一家人一生一次的团聚，也就在这种时候她才发觉，在另一个小世界里，从头到尾她都是局外人。

陈洁洁一直试图用手拔除坟头上的野草和树枝，可那上面长着的小树树干都像手腕一般粗细，靠人力完全不是一时半会儿可以清除的。

韩述推着非明的轮椅，不知道为什么，最后离开时，桔年似乎看到他的嘴唇若有若无地动了动，不知道在自言自语着什么。

韩述推着非明从桔年身边经过时，眼里有掩不住的担忧和关切，他问道："你真的不用过去看看吗？"

陈洁洁还留在原地，她到底拔不动那棵坟头上的小树，可是当她终于放弃时，最后抚摸那小树的枝干却非常温柔，就像抚摸情人的身体。桔年看见了她手心被草叶割出来的伤口。

陈洁洁对着巫雨的荒坟说："我说过恨你一辈子的，可是没想到一辈子那么长。非明病了，要是你在天有灵庇佑着我们，让她好起来，你就再等等我们；要是孩子真的走了，你们就一块等等我。我们总有在一起的那天，这辈子不行了，下辈子我不准你再失约……"

桔年低下头去，松开手，那片叶子就掉了下来。

巫雨，就连下辈子，他也不是她的。

她用摇头回答了韩述的疑问。

回去的时候依旧细雨缠绵。非明淋不了雨，韩述用一把很大的伞遮挡着她，走得很快。桔年远远地跟在后面，过了一会儿，头顶的天空被覆盖，原来是陈洁洁撑着伞并肩走在她身边。

起初她们什么都没有说。直到看到韩述停在路口的车，陈洁洁才停了下来，说："桔年，对不起！那几年的牢，本应该是我去坐的。"

她撑着一把有着艳丽花朵的伞，光线透过薄薄的伞布，在两人身上留下了各异的阴影，空气中满是潮湿的味道。

“是，你说的没错。”

这是一个显而易见的事实，谁都没有必要虚伪。

“我只能道歉，因为用什么都不能弥补，所以我不求你原谅。”

“我问你一件事。”桔年看着陈洁洁，她们的身高差不多，所以眼睛是平视着的。

“这十一年里，你有没有过很快乐的时候？”

陈洁洁想了想，选择了诚实地点头。她曾经以为自己的心随着巫雨已经死了，可是正如她说的，一辈子太长，长到有很多东西可以悄无声息地填补进来。巫雨走后，她后来的日子并不是没有过幸福的时刻，她无法欺骗自己，也无法欺骗如镜子一般照见自己的桔年。

桔年听到这个答案，只颔首道：“那也好。”

总算有人是快乐过的。纵然陈洁洁如何愧疚道歉，都不可能挽回桔年失去的那几年。桔年不打算原谅陈洁洁，也不打算让别人觉得她有多善良，只不过既然已经失去了，那么能换回一点东西总是好的。就好像她丢失了生命中某个固定旅程的船票，她再也不能赶在那个钟点抵达，可是很多年之后，才被告知，有人曾靠这张捡到的船票因缘巧合去了要去的地方，她何必再去恨那个比自己幸运的人？

不是她，就是自己。桔年很早就知道，那是命运里的一个劫，她们都在这个劫里面，现在看来，至少有一个人是快乐过的，那几年回不了头，可总算没有彻底地虚掷。

陈洁洁低头良久，在流泪的瞬间微笑了起来。

就在韩述推着非明走到车边的时候，他们都看见一个抱着小孩的男人一直等在小路的尽头。他抱孩子的姿势并不熟练，不用走近，桔年也猜到他脸上一定还有未痊愈的伤痕。不知道他和韩述会不会因为彼此的脸而同病相怜?

桔年推开陈洁洁的伞，独自加快脚步走开。也许她和陈洁洁再也做不回朋友，可她宁愿那张丢了就再不属于自己的船票载着另外一个人走得更远。

陈洁洁在桔年身后急声说道："桔年，快乐没有那么难。当他在身边睡着的时候，就对自己说，假装他也死了，假装他再也不会醒过来，这么想着，结果发现自己居然也是难过的——原来这辈子不止一个人让自己那么难过，好在还有他在身边。到时你就会发现，真的，一辈子那么长，求一点点快乐和安慰并没有那么难。"

周子翼提出自己开车送陈洁洁和非明回医院，桔年没有反对，便与他们在路口分别。陈洁洁一家背对着他们，也许是为着之前的争吵，他们的样子很是别扭，过了一会儿，周子翼腾出一只手去拉陈洁洁，不料却被陈洁洁狠狠甩了一巴掌，他把脸偏过一边，随即也高高地扬起了自己的手，然而这只手落下的时候却很轻，轻得像在擦妻子脸上的泪。陈洁洁拿开他的手，探身去看他手里抱着的孩子，就势也轻轻地抱住了她的丈夫，两人的手再也没有松开。

非明坐在妈妈推着的轮椅上频频回头去看桔年。自从她和陈洁洁正式相认后，姑姑的态度一直都是淡淡的，非明以为姑姑会跟她一起掉眼泪，虽然那样她会难过，但是姑姑并没有这样。后来非明想，姑姑其实一直都是这样的，也对，她毕竟不是自己的妈妈，离开了也好，即使她才十一岁，也知道姑姑带着她，远比一个人过日子要艰难得多。

桔年看着周家的车越来越远，非明也离她越来越远，只剩她还在原地。

韩述在她身边开着玩笑，"你难过的话，我不介意把肩膀借给你哭。"

桔年真的就扭过头去，伏在离她最近的那个肩膀上流泪。

反倒是原本还笑着的那个人就此绷在那里，分毫也不敢再动。

韩述把桔年送回了家。除夕那一夜过后，他们之间很多头绪都没有来得及理清楚，结果非明就出了事。有些事错过了讨论的时机，当事人也不愿意再提，于是便不了了之。直至陈洁洁出现，他们从医院里回来，不管多不情愿，韩述最后还是收拾东西离开了桔年的小院。他到底还是有几分心虚发怵，不敢逼得太紧。人说兔子逼急了还咬人，桔年绝对是只闷声不吭但是急起来会咬得他一佛出窍二佛升天的兔子。家是不能回的，节日期间，也不好打扰朋友，所以韩述就找了个安逸的酒店暂且住下。

几日没到这儿来，桔年已经把院门口的枯枝败叶和鞭炮红纸通通清扫干净。韩述看到这收拾干净后更显空落落的院子，总觉得它比几天前更少了些什么。也许是因为非明也离开了，这原本就人气淡薄的地方更如同空城一般。

桔年没有招呼他，韩述自己找了水来喝，一杯凉水下肚，冷得胃都痉挛了。他本想找到屋主说，不带这么过日子的，大冷天的，好歹烧点热水，冷死别人也就罢了，当心自己也成了冰块。谁知放下杯子四顾，桔年已经不在客厅。

他在屋子的天井处找到了她。斜飞入檐的飘雨打湿了一个神龛上的香炉，从背后看，她正用手拨弄着香炉里的灰烬，然后找来火柴，重新点燃了一炷香。

韩述心里犯着嘀咕，都什么年代了，她还有这么多迷信的玩意，真让人不知道该说什么好。好像从很久以前开始，她就特别相信命运鬼神这一套。

他走到跟前，想看看桔年拜的究竟是哪一路神仙，是土地公公、灶王爷、观音菩萨，还是玉皇大帝？不但要初一、十五地供奉着，年夜饭也得他老人家过目后才轮到饿肚子的凡人，就连今天这种算不上特殊的日子，都还要香火伺候，说不定一年到头都是如此。究竟什么神仙能享受此等待遇。

他凑过头去研究了一会儿，发现这神龛有点古怪。在他这个无神论者仅有的经验里，既然供奉着什么，总要有点暗示，比如观音、佛祖像什么的，再不济也得有张画着神仙的画吧，可这里除了个香炉之外什么都没有。

韩述有些纳闷，不过联想到她之前拿着条吃了一半的鱼都可以“虔诚地”忽悠神灵，在其他地方偷工减料好像也不是什么奇怪的事。

他促狭地指着天偷偷问桔年：“那位老兄对你的鱼没有意见吧？”

他以为桔年会回他一句“举头三尺有神明”什么的，但桔年没有跟他计较，一反常态地从旁边取了三支香，递到韩述面前。

“干什么？”韩述做出个退避三舍的动作。

桔年说：“你也上炷香吧。”

她竟然用的都不是一个询问的语态，而是一个祈使句，仿佛在跟韩述说一件再自然不过的事情，可她明明知道韩述一直强调自己是坚定的唯物主义者。

韩述连连摆手，也有些狐疑，她供奉的到底是谁？是神，还是逝去了的人？他心里有些发毛，很自然地想到了巫雨，但是她从来都不肯承认巫雨已经死去，又怎么会天长日久地为他焚香祈祷？

他拒绝道：“我不习惯搞这一套，你自己玩就好，何必拉上我呢？”似乎怕她不快，他又补充，“我只会给我死去的亲人上香。”

桔年的手一直都没有撤回去，她已经听到了韩述说什么，却仍旧是没有情绪起伏的那句话：“上一炷吧。”

除了请他远离她的生活，桔年从未对韩述提出过要求。她站在香炉前看着他，韩述在这样的眼神下有些无措，最后还是服了软。他想，别说是点一炷香，就算刀山火海他也是会去的。不过是个形式而已，管他是什么鬼神，就当是让她高兴吧。于是韩述苦着脸照办了，接过香，桔年低头划着火柴。当他终于极不熟练地把香插在炉里的时候，桔年的注意力已不在他的身上，而是看着前方一个虚无的角落，她的眼睛里仿佛有一种在日久天长里已经平静下来的悲伤。

韩述试图阻止这种说不清道不明的情绪向自己蔓延，他拍着落在手背上的香灰说：“拜拜也好，反正我最近倒霉得很，什么都不顺利。我干妈的身体看来是回不了检察院了，这下唯一一个能帮我说话的人也没了，昨天我们的代理检察长无缘无故叫我出去喝茶，话说得漂亮，我也不糊涂。别人那是催着我往市院走呢，还暗示城南院这边我该让出位子来了，建设局的案子也会由其他同事接手。这算什么？春节长假都没过完，他甚至都还没走马上任，就这么心急火燎地让我滚蛋，他也不想想，这几年城南院拿得出手的业绩里有几个不是我啃下来的，我到底碍着谁了我？”

他说着自己的牢骚和郁闷，心里其实也是明白的，于是自我安慰道：“算了，也怪不了他，谁让我们家韩院长的手伸得长，迟早的事罢了。市院也没什么不好，嫡系，大把好差事等着，我犯不着干那吃力不讨好的活。活该累死老胡他们这些接手的家伙。”

他虽一再往好处说，可话里的不是滋味傻瓜都听得出来。没受过挫折的人，轻轻摔一下就会觉得很疼，何况他还对那个案子那么认真。

“对了。”他又看了桔年一眼，一副事不关己的模样说道，“唐业现在已经被拘留了，你知道吗？”

桔年果然一震，忧色在她脸上一闪而过。其实也不该意外的，唐业早有预感，她更是无能为力，只得郁郁地应了一声：“哦。”

韩述为自己撇清，“别以为是我整他啊。我干妈病得不是时候，没人在暗地里护着他了，合着是他倒霉。我这一走，老胡他们如果不接着查到底，王国华已经挂了，这个黑锅唐业那小子算是背得惨了。”

他的言外之意无异于提醒桔年，你就死了那条心吧。

桔年白了他一眼，没有理他，走开去忙着收拾一些非明常用的东西。韩述的话确实让她心烦意乱，唐业的遭遇还是让她感到些许难受和担忧。她匆匆地在房间里走进走出，没让自己闲下来，一方面忙碌可以让她不再去想一些不愉快的事情，另一方面也可以绕开韩述这只嗡嗡叫的苍蝇。

好在没过多久，来串门的平凤拯救了她。韩述见桔年有了客人，他也不好意思在桔年之外的人面前展示他的无聊和缠功，只得悻悻然离开。

第七十九章

平凤的归宿

79

平凤每年春节都会到桔年家串门，以往她算得上是桔年唯一的访客。只不过今年她来得晚一些，换作往常，大年初二、初三她准出现。

桔年见平凤带来了一大袋子山货，才知道她原来是回了乡下老家过年。这倒是稀罕事，平凤挣的钱虽然多半寄回了家里，可她不爱回老家，多少年春节都宁愿在外面漂着。桔年能体会那种感觉，没人不渴望家的温暖，可这种温暖经不起贫穷和隔阂的消磨。平凤的家人都知道她在外头是干什么的，他们需要她，却也鄙视她。平凤不愿意受那口气，既然这样，大家都眼不见为净。所以，平凤破天荒地回家过年倒让桔年有些惊讶。

“难得回去一趟，怎么不多住几天？”

“嘿，别说多住几天，多待一天我都要发疯。我都快忘了他们长什么模样，所以趁着过年人齐备回去看一眼，在脑子里留个印象，再怎么说这辈子都算一家人，以后不知道什么时候才见得着。”平凤说。

就算早知她和她家里的那些事，可喜庆的节气里忽然听到这么决绝的一番话，桔年总觉得好像有哪里不对。何况平凤的弟妹里还有几个同在这城市里上学或打工，无论如何也没到见不上面的地步。

她埋怨道：“别说得跟诀别似的，听得人心里瘆得慌。”

“被我吓着了？”平凤笑得前仰后合，她埋头翻拣带来的特产，无非是笋干、菜干之类的东西，桔年喜欢，她一直都记得。她把这些东西都推到桔年面前，说，“特意多带了些，不值什么钱，以后也难得再给你捎这些了。”

桔年再也忍不住了，轻轻按着平凤停不下来的手，正色道：“平凤，你说实话，是不是出了什么事？”

平凤停了下来，眨了眨眼睛。桔年看到了泪水，更是着急，“说啊，出什么事了？”

平凤的样子奇怪得很，她一边摇头，一边擦着眼角，可她并不是悲伤，好像流泪只不过是一种感叹，甚至带着几分喜悦。

“桔年，我听你的，以后不打算再做那一行了。我找到了一个愿意要我的男人，他要带我走，所以我准备跟着他离开这里。家里人不提也罢，能留下的钱我都给了他们，其他的我也没有什么可留恋的，就是舍不得你。”

桔年该为这个朋友高兴的，她一直希望平凤能过得好，现在平凤说找到了归宿，但桔年心中却茫然，不仅是因为平凤的告别太过突然，更因为一些未知的东西让她不安。

“我……我从来没有听你提过那个人。”

平凤的头低了下去。

桔年最不希望看到的那个答案慢慢浮出水面，变得清晰。

她放在平凤胳膊上的手不自觉地抓紧。

平凤说："我不知道该怎么跟你开口。"

"难道，你说的那个人真的是望年？"桔年抖着声音问，真希望自己猜错。

但是平凤垂着的头几乎难以察觉地点了点。

"你是聪明人，我知道瞒不过你。"

桔年慢慢收回了自己的手。她是已经察觉到平凤和望年之间有什么不对，但她一直没有说，是不想让好友难堪，也心存侥幸地希望事情未必是那样。然而事实却朝着一个她完全无法想象的方向发展。

平凤刚才说什么，望年要带她离开这座城市?

"平凤，我真的不懂。望年他还是个孩子，他小了我们整整八岁，更重要的是……"

平凤的眼睛也冷了下来，她"嘿嘿"一笑，"桔年，别人怎么想我不管，我以为你不会是个在意这些东西的俗人。其实你也不是真的不懂，你最介意的是我跟他的年龄差距吗？说到底还是因为我是出来卖的吧。你可以跟一个妓女做朋友，却不能忍受她嫁给你弟弟！"

"你这么想我也没办法。"桔年脸色煞白，她和平凤朋友一场，甚至可以说姐妹一场，也许她内心真如平凤一语道破的那么自私且阴暗，但是她实在是无法理解也无法接受，平凤和望年要远走高飞这个惊人而荒谬的事实。

平凤有些黯然，"我想过瞒着你就这么一走了之，但我做不出来，这对不起咱们之间的情分。"她直勾勾地看着桔年，就好像看见当年大家都缄默着的牢房里，为了护着她而受伤的桔年蜷在地板上，一身的血；别人都看不起她，同监室的犯人私下里把那些最烦琐的手工活都扔在她床上，只有桔年做完自己的那一份，一声不吭地再做她那一份，还有她为别人做的一份……这些年，她们也是互相扶持着一路走了过来。她终于找了个不嫌弃她、对她还算不错的小男人，可他偏偏就是谢望年。

“我不想再瞒你，我跟他认识快三年了，你还记得那时你带非明回你爸妈家过年，结果被他们骂了出来的事吗？我为你觉得不平，凭什么坐过牢就不是他们的女儿了？你爸妈老顽固就算了，谢望年他竟然也帮着欺负你。我气不过，背着你找他‘理论’了一次，我也没想到后来会成这样。他说他喜欢跟我在一起，我也不讨厌他，可我怎么好跟你说呢？认识他那会儿，我还没有出来单干，还在夜总会里混着。那时望年刚从技校里出来，我还介绍他去给夜总会老板崔敏行做了一阵司机，后来他另外攀了高枝，我也从夜总会出来了，可我跟他还一直有着联系。在巷子里撞倒我的那一回，他其实是偷偷开着领导的车来找我，他不知道你也在那里，那完全是一场意外，我只有装傻。本来也没打算跟他认真，我以为等他厌了我，这件事也就这么过了，大家玩玩，我也不吃亏。可是桔年，我没想到他对我是动真格的，他现在要我跟他走，我可能这辈子再也遇不上这样的傻小子了，我管不了那么多！”

平凤站了起来，“该说的我都说了，我也不指望你祝福，那些都是虚的，只有看得见的日子、数得了的钱和留得住的人才是真的。你谅不谅解都一样，我一辈子都当你是朋友，至于你当不当我是朋友，这都无所谓。我也记得我欠着你的，这辈子运气好的话再还你好了。话就说到这，我走了。”

她当真就要走，桔年一把拦住她，“平凤，望年他能带你去哪里，他除了开车还有什么本事？他年轻，可以冲动，但是你以后怎么办？”

平凤说：“不走是不可能的，以你爸妈的脾气，他们容不下我……也是，哪个父母愿意自己的儿子跟我这样的人在一起。不过你放心，我和望年不久前刚做成了一件大事，钱很快就要到手了，这笔钱也够我们过上一段时间。我不求什么富贵，只要一个对我好的人，日子安逸一些，不用再吃那碗皮肉饭，那就够了。”

平凤说这些的时候，因为桔年的关切，所以重新打起了几分精神，仿佛好的日子就在眼前，触手可及。

桔年却仍回不了神。她跟望年不亲近，可这个弟弟她知道的，从小被爸妈宠坏了，他能做得了什么大事？他有什么能力承担平凤这样一个女人倾尽所有的一生托付？桔年有一种不祥的预感，她害怕他们铤而走险，就像当年的“小和尚”……她太熟悉那种担惊受怕的感觉，于是只能央求道：“平凤，你冷静点，好歹说清楚，你们的钱从哪儿来的？我爸妈那点家底早没了，望年去哪里赚这样一笔大钱？还有，你们打算去什么地方？”

平凤的神情开始变得复杂，她回避着桔年的目光，“别问了，有些事知道得多了对你没什么好处。桔年，你保重。如果我和望年的事伤了你的心……”她顿住了，以桔年拦也拦不住的速度，左右开弓地用力甩了自己两个耳光，“对不住了。”

桔年呆在那里，眼看着几道清晰的指痕渐渐浮现在平凤素颜的面颊上，正如悲哀也这么浮在她心里。她是不希望平凤和望年在一起，但是有什么办法？要走的人，从来就留不住。

“你等等，别走，等我一会儿。”桔年跑回了房，很快又回到平凤身边，把一样东西塞在没反应过来的平凤手里。那是唐业给她的一张卡，里面有不大不小的一笔钱。唐业是不会收回他的心意的，所以桔年留下了，原本打算用在非明身上，可是现在非明回到了陈洁洁身边，而周子翼为了陈洁洁愿意接受非明，她的医疗和生活已经不是问题。周家为非明请了专职的看护，桔年甚至不用再日夜守在病房前，她节后就可以回布艺店上班，一个人的日子足够应付了。她用不上这笔钱，但平凤也许用得上。虽然平凤说她很快就会有一大笔钱进账，可平凤含糊其辞背后藏着的隐情，让桔年预感到事情也许没那么顺利。

“你拿着，不说去哪里也好，省得挂念。假如望年靠不住，你至少得有个防身的钱。拿着吧，就当给自己留条后路。”

平凤笑得像哭，“有你这么不相信自己亲弟弟的吗？再说你疯了？非明现在正是用钱的时候！”

桔年只得告诉平凤，非明跟回她生母了，她现在已经属于另外一个家庭，轮不到自己来管。

平凤捏紧了那张卡，她没有跟桔年推来推去。她知道，桔年从来不做表面的人情功夫。桔年把钱给她，就是认定了她比自己更需要。

“老是让我欠着你的，这样太没意思了。”平凤扭开脸去，不想让桔年看见她哭得一塌糊涂的样子，她用吊儿郎当的语气说道，“求你啦，总得给我个机会让我还你，让你也试试欠着我人情的滋味。”

“总会有机会的。”桔年便也试着去笑。

“那孩子找到了她亲妈也好。你别怪我说得不好听，留她在身边，你找个好男人都难，这事可没多少人愿意买一送一。桔年，你也找个人好好过日子吧，没有过不去的事，人生在世短短几十年，别苦了自己。”

桔年低头笑笑，什么也没说。

平凤捅了她一下，“别装，刚才那个谁不是才从你屋里一步三回头地走出去嘛。”

桔年说：“他过来逛逛罢了。”

“那他怎么不到别处逛啊？得了，我能看不出来？说到底就那么回事，你见过那发情的狗吗？脑子里没别的，只会在它看上的母狗身边晃荡——我不是骂人啊，我就想说人跟狗其实在这方面没区别，他都恨不得直接爬你身上去了。”

平凤口无遮拦，话说得辣俗，倒也直截了当，桔年窘得满脸通红，“说什么呢！”

“你劝我，那你也听我一句。桔年，人活着还是得现实点。”平凤说道理的样子很诡异，但她却说得由衷，“以前怎么样咱不管，我就认这个理。你看，他长得好，有钱，有好工作，最重要的是他肯围着你转。你的好我知道，你配得上这样的人，但别人不会这么想，说得坦白一些你别恼，在别人眼里你坐过牢，年纪也不小了，你再找不到这样的啦！”

桔年一笑，“你不是说过，要我找一个跟我的过去没有关系的人吗？”

“问题是你有这样的人吗？”

桔年想起如今身陷囹圄吉凶难卜的唐业，她得承认平凤说的没错，她没有这样一个人。

可为什么她身边必须要有一个人？

桔年不愿意再往这个问题里深究，便对平凤随口说道：“他现在自顾尚且不暇，来我这儿诉诉苦罢了。”

“他怎么了？对了，我记得以前那个冤大头对你也很有意思的样子，现在怎么人影也不见了？”平凤总算是想起了唐业。她要走了，留下她唯一的朋友，她只能帮助桔年扫描身边任何一个有可能的男人。

桔年苦笑道：“他更不会来了，他们两个说到底是一条绳子上的蚂蚱。”

“刚走的那个姓韩的，不是听说他老子是什么法院院长吗？家里面应该是挺有势力的吧，按理说没什么摆不平的事啊。”平凤低头用脚尖在地板上划着，然后她拉着桔年，索性又坐了下来，接着问，“你跟我说说，他们到底都怎么了？”

桔年没想到平凤会在这个问题上有兴趣刨根问底，不过平凤走了以后，大概再没有人肯为她的事不依不饶了。她并不愿意卷进韩述和唐业的案子中去，只是从他们两人的叙述中得知了这件事的大致始末。于是桔年叹了口气，坐回平凤身边，把自己所知道的简要地说了一遍，包括韩述调查建设局一案，唐业涉案，韩述疑心幕后另有主使，而且已经掌握了一些证据，却为此与他父亲起了争端，最后人被赶了出来。韩述郁郁不得志，案子丢了，工作必须变动，唐业也势必顶罪……桔年淡淡地说出自己所知的来龙去脉，尽可能地像一个旁观者，不带任何感情色彩。可这样并不精彩的叙述，平凤却听得异乎寻常地认真。

末了，平凤沉默了很久，才说道："这不公平，凭什么一个案子让你身边好不容易出现的两个不错的男人都搅得一身烂泥？其实本来没有那么糟的，偏偏韩述他老子插了一手，这事跟他也没什么关系，他何必上蹿下跳？我看他也不是什么好东西！"

"也别那么说，这些事牵扯得太复杂，我们这些看客怎么看得清里边的内情。"桔年说道。她想，还好韩述没有听见平凤信口骂他爸爸的那些话。她很清楚，韩述虽然对韩院长有诸多不满，但是心里还是非常崇敬这个父亲的，他那么聪明，却都从来不肯从阴暗的角度去揣测他父亲在这件事情上异样的表现，自然也绝不会允许任何人污蔑韩院长。

平凤声音抬高了八度，"怎么是看客？桔年，你糊涂啊！这事关乎你一辈子的幸福，你以为你还有多少机会？姓唐的在局子里是没指望了，姓韩的要真的在这件事上摔了跟头，还指不定以后会怎样呢。你说要是没有那个韩院长，不就什么事都没了？"

桔年好气又好笑地听着她说这些天真的话。头脑简单一根筋的平凤，偶尔极度市侩偶尔又极度感情用事的平凤，她唯一的朋友，如今也要走了。

两人又说了些姐妹间才有的傻话，各自颠来倒去地叮咛。最后桔年看着平凤离开，平凤跟望年，匪夷所思却坚信未来会幸福的一对，真的会幸福吗？

平凤走出桔年家的院门，反手替桔年把门掩上，隔着铁门，她咧嘴一笑，对桔年说道："人不可能一辈子不走运。桔年，你应该有个好的结果，我也是。你相信我，什么都会好的。"

桔年笑着点头，她当时并不知道，这是平凤对她说的最后一句话。

第八十章

潘多拉的盒子

80

春节长假一过，桔年就回布艺店上班了。日子仿佛又重新回到了原来的轨道上，除了她身边已经没有了非明。

正月初七那天，节日的氛围仍然很浓，但对于布艺店来说，却是个淡季，大多数客人会选择在春节前采买好家里的新物件，以图个万象更新的好兆头。桔年上的是白班，一整天都很清闲。

下班的时候，她照旧在布艺店附近的报刊亭买了一份当日的晚报，坐在公交车上一路看回家。报纸上花花绿绿的，大都是春节期间各大商家的活动广告，桔年看完了娱乐新闻又去翻社会新闻，角落里有个豆腐块大小的地方，刊登着一则跟春节的喜气洋洋毫不搭调的血案。说是一对男女在某出租屋里发生争执，最后该男子在女子腹部连捅三刀，女子当场死亡，男子企图逃逸，在案发数小时后被警方在车站抓获。在新闻的末行还注明，经警方证实，死亡的女子为性行业从业者，行凶男子的身份尚在调查之中。

桔年在晃晃荡荡的公交车上看完新闻，此类报道近年来层出不穷，那些处在社会边缘的人，命就像风中的烛火似的，指不定什么时候就熄灭了。人们看多了，也不怎么吸引眼球。桔年心想，平凤的决定也许是正确的，不管怎么样，脱离那个行当，找一个哪怕平庸的男人，至少有安定的一生。

平凤那天从桔年家里离开就再没了消息，她不是个婆婆妈妈的人，道过了别，不会欲走还留。不知道她和望年离开了没有，已经去到了哪里？桔年跟父母彻底断了联系，也无从打听。她想了两天，已经慢慢地接受平凤跟望年在一起的事实。一个不嫌弃她、对她好的男人，这就是平凤的所有要求。到了这个时候，桔年挂心更多的是平凤，反而不是望年。所谓的亲姐弟，其实只是她自以为。现在她只盼着望年对平凤好一些。

下车前，她把报纸折叠起来收进了包里，心里想着的是明天非明就要进手术室了。她昨天下班后去探望过非明一次，还是瘦，但是看得出来她真的是因为回到母亲身边而感到快乐和满足。陈洁洁不放心看护，整日守在医院里，连带着周子翼下班后都常常在医院里跟她们一块吃晚饭。桔年在非明病床边坐了一阵，见她一切都好，别人一家几口都在，她也不好待得太久。不过明天的手术关系重大，桔年是不能错过的，她特意跟同事调了班，以便可以在医院里守候手术结果。悲伤了太久，当这一天终于快要到来，她反倒没有那么忐忑。非明若能平安出来，那必然是谢天谢地，假如该来的迟早会来，那么，只希望那孩子不用受太多的苦。

经过财叔的小商店，财叔的老伴叫住了桔年，递给她一个 EMS 快件，说是一个多小时前送到的，见她不在，财叔就代收了。桔年谢过，把那蓝白色的硬纸信封拿在手里，她都忘了自己有多少年没有收到这玩意儿了。信封上没有寄件人地址，桔年本以为是斯年堂哥寄的，但是看了看邮戳，是本地的。

斯年堂哥要是回来，一定会在第一时间来看她们的，应该不是他。那……就是韩述，不知道他又在玩什么新把戏。这时财叔也从里屋走了出来，见到桔年就眯着眼睛直笑，嘴里还问道："小伙子今天没过来？他挠蚊子挠到毁容的脸好一些了没有？"

桔年以笑作答。韩述从之前的偷偷尾随到现在隔三岔五正大光明地出现在桔年家附近，大年初一清早还从桔年家跑出来买鞭炮，财叔他们都看在眼里，他早把桔年和韩述当成了一对。桔年解释过一遍，财叔哪里肯信，只当她是女孩子害羞罢了。

韩述今天的确有事，他不情不愿地到市院报了到，这是上班的第一天，虽然心中不满，但是他仍不忘下班后请本部门全体同事吃晚饭。人情交际搞好了，工作才会进展得更为顺利。

中午的时候，韩述特意打电话给桔年，跟她说起这件事，还说自己今天就不过来了。桔年觉得实在莫名，她本来也没让他过来，没什么事他老往这边跑什么？不来就罢了，居然还为这个专程打电话说明，仿佛真的有人跟他约好不见不散似的。她不出声，韩述就在电话那边抱怨新环境，一个劲地倒着苦水，桔年只能硬着头皮听他叨叨。这也是没有办法的事，假如挂了他的电话，没准他疯起来会往店里的座机打，更有甚者，应酬完了还会连夜跑过来问她是不是生他的气了。他出现得如此频繁，就连财叔都知道，他要是不来，那一准是有事了。

桔年开门回家。她不是个急性子，尽管对那个快件感到有些疑惑，也一直拿着，等到放好东西，坐在椅子上才慢条斯理地拆开。信封的里面还有个用透明胶带缠得严严实实的旧报纸包，桔年一一拆开，里面的东西才露出真容。

不是什么信件，甚至一张纸都没有，旧报纸里只有一沓相片，桔年只看了最上面一张，就再也没办法安之若素地坐在那里，照片里竟是一对男女以最不堪的姿态交缠在一起。

尽管桔年明知自己身边没有别人，但是乍然看到这样的东西，还是禁不住目瞪口呆、面红耳赤，那照片里的人究竟是谁?

前几张灯光昏暗，里面的人物姿势扭曲，照片的质量很一般，看得不是非常清楚，只能从家具摆设分辨出那是一间算不上豪华的酒店房间。桔年又拿过信封仔细看了看收件人，地址是她家没错，收件人也确实是谢桔年，可谁会给她寄这些东西，这跟她又有什么关系?

她一张张地往下翻，男人从头到尾是光着身子，女人却有几张还穿着类似学生装的衣服，最后桔年的视线终于停顿在某一张上，她看清了那女人的脸，竟然是平凤！只不过因为她头上扎着可笑而落伍的两个小辫，所以桔年在头几张仅有侧面的照片里竟没一眼把她认出来。

事关平凤，桔年再也坐不住，她站起来，飞速往后翻着。难道邮件是平凤寄来的?桔年早知道她之前一直做的是这个行当，但是她不会无缘无故把这种照片拍下来寄给朋友。那男人身材高大，但还是看得出有些老态了。桔年盯着他正面的样子看了很久，越看越熟悉，不禁背上直冒冷汗。

那张脸她甚至是熟悉的，有她时常见到的另一个人的影子，但是年纪要大上许多。尽管她拒绝相信，但是眼睛不会欺骗她，那真的是韩设文，韩述的父亲，省高级人民法院院长，望年的领导，小时候曾经住在谢家楼上的韩叔叔！

这个发现让桔年遍体生寒，甚至觉得胃里有几分不适。韩院长保养得很好，但是那张脸仍看得出是一个正逐渐步入老年的男人，这跟平凤那扎着两个小辫的素颜面孔形成了相当鲜明的对比，两个身体，一个苍老，一个妖娆，赤条条地纠缠不清。

桔年没跟韩院长说过几句话，只是凭幼时的记忆和韩述的描述隐约记得他那张严肃的面孔。他在桔年的印象里一直是个威严庄重，始终是一本正经的长辈，然而他趴在平凤身上的每一个姿态都是那么猥琐。桔年看完了所有的照片，又机械地把它们整理好，仔细封存回信封里。她不敢再看第二次，仿佛那是个潘多拉的盒子，里面藏着可以毁灭一切的魔鬼。

她现在总算明白了平凤嘴里的"老肥羊"是谁，只怕平凤也早知道他和韩述的关系，所以才一直没有说出来。以韩院长今时今日的身份和地位，他有什么得不到的东西？就算他舍弃家庭于不顾，贪图美色，有的是女人自愿投怀送抱，他怎么会选择在穷街陋巷拉客的平凤？平凤的打扮相当古怪，这必定是出于嫖客的古怪口味，韩院长压着平凤的样子，就好像他重新征服了属于他那个年代的青春。莫非他也深知自己的需求是如此丑陋，他那高雅贤淑的妻子不可能接受，正是受限于他的身份，他也不敢对离他更近的女人提出这种要求，所以他选择了一个跟他有着云泥之别的妓女，这样他才可以在对方身上为所欲为，这样他才觉得自己像是在另外一个世界那样安全？桔年只是想不通，作为平凤的情人，韩院长的司机谢望年，究竟在这一出丑陋的戏剧里扮演了什么样的角色？他是无奈地接受，还是乐于穿针引线？在巷子里撞车的那晚，望年开着一辆黑色奥迪，而平凤第一次喜滋滋地会过她的"老肥羊"，桔年不愿意往下想，否则她会为望年跟自己身上流着相同的血液而窒息。

桔年哆哆嗦嗦地摸出手机，立刻给平凤打电话，她要问清楚事情的缘由，假如照片真的是她寄出来的，她怎么会跟韩院长搅在一起，又为什么要让自己知情？

平凤的电话关机。她那个老旧的手机，电池早已出现了问题，用不了多久就会自动黑屏，打不通也不是头一回。桔年心慌气短地坐了下来，答案似乎已经在她心中呼之欲出。难怪那天平凤听说韩述的案子时一反常态地在意，因为她知道韩述父亲的丑事，并且手上已经有了这些照片。很可能这就是她和望年干的一件“大事”，他们串通起来偷拍下这些照片，用以要挟韩院长，或是卖给别有用心的人以图发一笔横财，然后就远走高飞。但平凤临走前知晓了唐业和韩述的那些事情，她用她简单至极的逻辑推断出一个理论，那就是假如韩院长倒了，没有人为难韩述，唐业或许也不用背黑锅，能够给予桔年幸福的两个男人会就此解脱……所以她在临走前把照片寄给了桔年一份，她希望就此能够帮到她唯一的朋友。

平凤是好意，但桔年却没有办法想得那么简单。那些人、那些事，就好像零碎的拼图，在她脑子里一块一块地拼凑，渐渐清晰。

韩院长干涉韩述的案子，可他未必跟建设局的案子直接相关，他的手伸不了那么长，让唐业背黑锅的人应该不会是他，否则以韩述逐渐深入的调查，不可能一点都没有察觉到。平凤不仅认识她的“老肥羊”，她还认识给“老肥羊”付钱的男人，这说明韩院长已经授人以柄，他不可能再像他的外表那样正义而干净。最有可能的是他跟案子后面的人有间接的联系，说不定他们是拿过同样一个人的贿赂，他害怕牵一发而动全身，迟早把自己牵连进去。本来他以为韩述小打小闹只是啃个皮毛，就放手让儿子去查，谁知道他一手教出来的儿子在这个案子上如此较真，要是真揪出了建设局后面的真正黑幕，城门失火，必然殃及池鱼，他慌了，所以才出面阻止韩述，甚至不惜父子反目。

平凤想得太天真，就算她侥幸扳倒了韩设文，唐业身后的人同样位高权重，这个黑锅唐业还是得背。至于韩述，倒是没有人再逼他放弃案子了，但是桔年愿意打赌，就算让韩述放弃一百个案子，他也不愿意看到他父亲不可告人的那一面。对韩述而言，这些照片足以摧毁他作为儿子对父亲的全部信仰。平凤真心实意地想要帮助桔年，但她也同时把一个烫手的山芋抛给了桔年。

接下来，桔年做饭、洗澡、睡觉，脑子里都是那些画面和各种各样的问题。平凤和望年的“大事”如果真的是靠这些照片谋利益，这两个傻瓜简直不知天高地厚，他们难道没有想过事情的后果会有多危险？另外，她自己该拿这些照片怎么办？给韩述？韩述会崩溃的，她再不待见韩述，也不愿意看到那一幕。一把火烧了？这些照片平凤和望年手上还有没有？他们会拿来干什么？勒索韩院长？卖给不怀好意的人？结果同样不堪设想。如果是这样，纸包不住火，假如韩述迟早会知情，他能早一天看到这些照片，是否在伤心之余能够趁早做打算，这样事情就不会朝更坏的方向发展？

桔年把照片压在枕头下，辗转难眠。她从来就是个嘴里说得少、心里七窍玲珑的人，但是想得越多就越不安。会不会像平凤那样心思简单的人反而更有福一些？

就这么到了半夜，她终于撑不住陷入梦境，好在睡得极浅极浅，所以手机响的第一声她就察觉了。桔年以为是平凤，赶紧抓过来接听，然而却是韩述。

“桔年，你出来一下，我在你家门口。”韩述的声音很镇定，也很怪异。她看了看时间，凌晨三点十五分。他以前虽无赖，但鲜有大半夜跑来吓人的。

“怎……怎么啦？”桔年一紧张就结巴。

韩述不肯在电话里说，只是让她出来。

“我有点事跟你说。”

那种不祥的预感在桔年心里像暴风雪一般铺天盖地而来，不会是连他也出事了吧？她都搞不懂心里乱成一堆的惶然究竟是为了线头中的哪一根，然而在下床的短暂瞬间她做出了一个决定。她应该把照片交给韩述，也许他会因此恨她，但她隐约觉得，那样是对的。

她从枕头下摸出那个信封，披件衣服就跑了出去。韩述果然就在门口，背对着她，看着黑乎乎的地方，不知道在想什么。他站立的时候背总是挺得笔直，但是这时却显得有些僵硬。

韩述听到了响动，立即转身。

桔年开门，“进来说。”

他沉默地点了点头，跟她进了屋子，两人都没有坐。

韩述吸了口气，似乎在想该怎么开口，桔年捏着那个信封，同样犹豫不决。

“我有件事要跟你说。”

他们差不多异口同声地说出这句话，彼此俱是一愣。

最后桔年先忍住了，“你先说。”

韩述一改往常在她面前没个正形的模样，他很严肃，严肃得让桔年心中的暴风雪开始凝结成冰锥。

“你说啊。”她压着心慌的感觉笑了一声，那笑声在这样的夜里，她自己听来都如此突兀。

“谢望年出事了，我刚得到消息，他杀了人，已经被警方拘捕。你爸妈都快疯了……”

“他杀了谁？”桔年的声音僵硬而空洞。

离得那么近，她甚至可以看到韩述因紧张而滑动的喉结。

他说：“你的朋友死了。”

桔年忽然想起晚报上的那则社会新闻。答案早就摆在她眼前，是她后知后觉。

平凤！

桔年那一瞬间仿佛从手里那个干干净净的蓝白色信封上看到了血，上面沾满了平凤的血！

信封从她手上毫无预兆地坠落，从开启过的边缘露出丑陋的端倪。

“你没事吧？桔年！”韩述扶着桔年的手臂，俯身去捡掉落在地的东西。

然后，他看到了那些照片。

第八十一章

我们还能相信什么

81

桔年后来忘了，韩述究竟用了多长的时间一张不落地看完了照片。

她只记得很久之后，他才问了一句：“谁给你的？”

桔年木然地回答：“死了的人。”

然后他们面对面地站着，谁都没有哭，谁都没有多余的表情。他们只是站着，像两个傻瓜，像残破的泥塑，像半夜里丢了魂的野鬼。

后来韩述离开了，他走出去的背影如困兽一般。

不，不是困兽，应该说是一头眼睁睁看着生养它的狼群在面前通通死去的小狼。

他们甚至无法开口安慰对方，一如打穿了的伤口，你两头得捂着，一松开，就是血溅五步，再也活不了了。

后来桔年才知道，自己那一晚的猜测竟然八九不离十。真真就是地摊文学里最爱写的那类法制故事，看的时候离奇，过后才发觉它的丑陋和血腥。

没几年就该退居二线的高院院长韩设文通过自己的小司机偶然结识了对他“仰慕”已久的成功的私营企业家叶先生和崔先生，两位企业家极尽拉拢之能事与位高权重的韩院长建立了“相当友好”的关系。换作几年前，疾恶如仇、自视清高的韩设文只怕一个好脸都不会给他们，他不缺钱，也不缺权，什么都不缺，无欲则刚。

可是那两人出现的时机非常之微妙，因为就在那个时候，韩设文忽然从内部的一纸文件和身边的种种迹象里惊觉一个事实——他老了，或者说，他即将老去。他不想拥有更多的名利和前程，但是他不能容忍自己老去，因为他习惯了自己位高权重的威严，习惯了力量和雄心。当他老去，当他退休，再没有围绕在他身边恭谨的人们，再没了一诺千金的分量，他会成为一个在自家阳台一边浇花一边怨天尤人的糟老头。他愿意付出一切换回他的青春，哪怕只是一种错觉。

最可怕的是，他在和自己一起躺了三十年的妻子身上发现，他渐渐地不行了。

叶秉文和崔敏行这种人，韩设文见过许多，他看不起他们，有点小钱，自以为手眼通天，出现在他身边的时候，却像两条哈巴狗。然而这个时候，两条阿谀奉承的哈巴狗如同肚子里的蛔虫一般惊人地窥探并满足了韩院长唯恐老去的心态。他得抓住些什么，否则就再也来不及了。于是他鄙夷着他们，却在享受他们的奉承，这让他感觉自己仍有用处，仍有力量。他开始收下那些钱，不只是这两个人的，还有别人的，他甚至不知道他留着那么多钱干什么。他的积蓄足够他安逸地养老，他的妻子、儿子、女儿这辈子都生活无忧，他只是需要那种拥有的感觉，疯狂地拥有。他站在权力的边缘，再不拥有他就永远失去了。

接着很自然地，姓叶的和姓崔的巧妙而善解人意地带来个女人。那是个肮脏的妓女，却也是个盛年的女人。一生清高的韩设文让那个妓女穿上朴素的衣服，扎着他年轻时代女孩子最爱的小辫。当他趴在这个妓女身上，他可以肆无忌惮地做自己想做的事，有一些瞬间，他终于感觉他重新征服了他早已不再的青春年华，那种快感是他的妻子孙瑾龄或是他熟知的任何一个优雅的女人所给不了的。他知道这无耻且危险，但他沉迷。

只是聪明如他却无法洞察的是，这个妓女跟他的小司机竟然是一对，那个叫谢望年的小伙子一脸憨厚地跑前跑后任劳任怨，却在背后打着他的小算盘。谢望年和妓女平凤联合起来，预谋已久地用房间里的摄像头拍下了韩设文的丑态，他们不打算勒索韩设文，不仅因为他们不敢，更因为他们有更好的渠道。这故事里的崔先生和叶先生愿意出很高的价格买下这些影像和照片，留着说不定有大用途，而那笔好处费足够这小两口远走高飞去享受一段好的生活。

一切罪恶在背地里悄然滋生、萌芽，长出黑色的触角。不料平凤在远走之前得知了桔年面对的僵局，她下定决心要帮桔年。她想，反正照片拍出来了，她也早对那“老肥羊”心生厌恶，只要顺便给桔年一份，就可以让那老家伙马上吃不了兜着走，这样老家伙就再也不能从中作梗了。

她偷偷寄出了照片，邮件前脚被带走，谢望年后脚就发现照片少了几张，那是他要用来卖大钱的，他等了那么久，就是为了干一票大的，一旦照片流传出去，韩设文倒了，崔敏行他们不是傻子，如何还肯出钱？他的大好计划都被平凤这个蠢女人毁于一旦。于是他们在她的出租屋里争吵厮打，他问她把照片给了谁，让她追回来，她不肯。平凤撒起泼来的时候也足够他受的，谢望年气红了眼。当他冷静下来时，他已经在那个他喜欢的妓女身上捅出了三个血洞……

这是一个低劣到让人欲哭无泪的故事，但是这个故事几乎把桔年身边所有的人都卷了进去。

韩述几乎砸烂了他父母家里所有可以砸烂的东西。妈妈伤心欲绝，被他叫作爸爸、一生敬重的那个人低头沉默。他指着自己父亲的鼻子，在一片废墟里怒吼："是谁跟我说要相信这个世界上有正义？是谁让我活着就要干净做人？是你！可你让我还能相信什么？我活到三十岁，半辈子都在追赶你，结果你是个不要脸的老王八！"

他的脸很快被甩了一个巴掌，嘴角都裂出了血，可一点都不疼。打他的人是他的妈妈孙瑾龄。

"你想要我去死？"孙瑾龄这么对她最宝贝的儿子说，"小二，算我求你了，把照片毁了。"

她恨她的丈夫，但她也恨不顾一切撕下那块遮羞布的儿子。

韩述在妈妈决堤的眼泪中离了家门。他是个不孝子，他的世界垮了，也让妈妈的世界垮了。可他没有办法，这苦水他咽不下去，一想到自己半生敬若神明的父亲在照片里的模样，想到照片背后的勾当，他就疯了。

就在同一天晚上，韩述在暂居的酒店里接到姐姐韩琳打来的国际长途。

想必韩琳已经得知了这件事情。

"你也来劝我毁了那些照片吗，姐？"韩述坐在地板上，靠着床沿醉醺醺地问姐姐。

韩琳的声音听起来遥远而模糊，"韩述，你会怎么做？"

韩述反问："如果是你呢？"

韩琳曾是国内顶尖法学院的高才生，韩设文引以为傲的女儿，但是她丢开了这些，去了遥远的异国。此刻，她在弟弟的这个问题面前沉默。

天亮以后，韩述匿名将那些照片寄给了上级纪检监察部门。他做这些的时候没有犹豫，然后他回到桔年的小院，卸下一脸的正义，趴在桔年的膝盖上哭得一塌糊涂。

“我什么都没有了，没了！”

他的家庭、他的父母、他的信仰、他的骄傲彻底毁于一旦，只剩身边这个静如寒潭的女人，可她也不属于他。

平凤的尸体，是桔年出面收殓的，她用最简单的方式掩埋了她的朋友。桔年站在平凤的墓碑前，好像还可以看到那张浑不吝的笑脸。

她说：“就让我帮你一次吧，桔年，我也就帮你这一回。”

就这一回，她说到做到，用了她的命。

后来，桔年找到了失去了唯一的儿子和依靠的父母。谢茂华夫妇仿佛一夜白头，他们哭干了眼泪，只会像两个疯子一样咒骂着那个害了儿子一生的杀千刀的贱女人。

他们都没有想到桔年会在这个时候来探望。

桔年说，要跟他们一块去看看望年。

这个提议给了这对老夫妇一个支撑下去的理由，他们不忘哀求道：“桔年，你去求求韩家的儿子。他喜欢你，望年就等于是他的小舅子，他会想到办法的。”

桔年只是苦笑，说：“先让我见见望年。”

他们用了仅有的钱去打点，终于三个人得以见上望年一面。

望年胡须凌乱，这让他稚气的脸添了几分沧桑。他竟像是长大了，以这样残酷的方式。

谢望年对老父母的涕泪和叮咛充耳不闻，从桔年进入他视线那刻开始，他就一直用战栗的目光看着这个有些陌生的亲姐姐。

隔着铁栏，桔年试探着用手去抚摸望年的头发，望年低下头流泪，“我不是故意的，姐。”

桔年柔声说：“我知道，我知道……”

然后她骤然揪紧了谢望年来不及理短的头发，从一侧衣兜里掏出了出门前就藏在那里的一把小刀。

她没头没脸地捅过去，就像谢望年捅在平凤身上一样。

桔年那么信命也认命的一个人，她见过太多事情，她太乖太柔顺，她总想，算了，就这样吧。可就连她也到了极限，凭什么弱势的人就要面对这样的命运？她拒绝接受。

她的第一刀划在了谢望年遮挡的手臂上，血溅到她的脸上。平凤，傻到了极致的平凤，那天她流了更多更多的血。第二刀还来不及落下，桔年就被两个看守的干警死死架住，被拖开的时候她如愿以偿地看到谢茂华夫妇惊呆了的脸。

桔年平静地诅咒着他们：“你女儿是个抢劫犯，儿子是杀人犯，你们都应该下地狱的。”

谢望年的哭号伴随着痛意响彻每个人的耳边，“我不想杀她的，我真的喜欢她，我当时昏了头……”

桔年以为自己会再一次坐牢的，对于她而言，里面的生活跟外边也许已没有什么分别。没有了平凤，也不会有人害得她在监狱里加班加点了。结果她在拘留所没有待多久，韩述就把她领了出去。

他们一道走出拘留所的大门，阴雨天气刚过去，阳光很刺眼。

韩述又恢复了那副笑嘻嘻的样子，“下次闯祸我就没本事捞你出来了。”

韩述的预感是对的，匿名信和照片递交上去之后就如同石沉大海般杳无音信。听说老胡他们即将结案，他几乎忘记了老胡是多么七窍玲珑的一个人精，而韩院长仍然是韩院长。

正月十三那天，韩述的同仁兼朋友林静叫他出去喝酒。他们过去经常混在一块，但是自从林静有了妻子和儿子，鲜少有工夫再陪伴他这样的孤家寡人。

说是喝酒，林静只喝了杯红的，反而是韩述五颜六色胡乱地喝。

喝到差不多的时候，林静劝韩述："行了，够了就行了。"

他像是说喝酒，又不是说喝酒。

半醒半醉的韩述趴在吧台上，仰起脸看着林静。

林静是少数清楚匿名信内幕的人，他说："何苦呢？没有几年他就退休了，他到底是你爸爸。"

韩述低声道："他也是个贪婪的无耻之徒。"

林静笑了笑，"这世界贪婪的人太多，韩述，我们只能做自己力所能及的事。"

韩述听明白了，连林静也在暗示他，他是对付不过老头子的，老头子过的桥比他走的路还要多，其实他自己也知道这是在螳臂当车。

"你相信吗？也是老头子从小教我的，我一直记得。他说人总得有些值得坚持的东西，这一辈子才不冤枉。我想了十几年，才觉得他就这句话特别有道理。"

林静笑着摇了摇头，"但如果这样的坚持毫无意义呢？我更喜欢有把握的事。"

林静永远比他圆融，这也许就是林静只比他略长几岁，仕途却大有可为的原因吧。他云淡风轻地劝着韩述，就像好心劝着一个跟家人赌气的朋友，但这样一个做事再谨慎周密的一个人，韩述也猜不到他代表的究竟是谁。

韩述咬了一会儿自己的下唇，最后低头失笑。他拍下自己的酒钱，拿着外套摇摇晃晃地走了出去。

次日，韩述正式提出辞去公职。

第八十二章

还没开始就已结束

82

从报到后只上了一周班的市院出来，韩述回头看了一眼高高的台阶尽头的庄严国徽和堪称巍峨的灰色门柱，然后他想起余生都要在病榻上度过的干妈蔡一林常提起的正义女神——她蒙眼、白袍，一手执剑，一手执天平，象征着道德无瑕、刚正理智、量裁公平，还将一条蛇缠在棒上，并把一条狗踩在脚下。蛇和狗分别代表着仇恨和感情，真正的正义必须舍弃这两样东西。然而，做起来谈何容易。

他执意要走，上头也没有坚持要留，剩下的只是手续问题罢了。同事们虽不解，但心里只怕都说，以他这样的公子哥，到哪儿去吃不开？只有韩述知道，他的一身轻也意味着一无所有。他曾经信仰的东西已然崩塌，这辈子能不能跟老头子相互谅解已不得而知，最重要的是，他也确信自己那样疯狂而大逆不道的行为只可能有一次，那毕竟是他从小爱着的父亲，即使已失崇敬，但是他将不再有勇气重复那样的“正义”。

车大灯出了点小故障，仍在4S店里检修，那是韩述唯一用自己的钱买下的大件东西，干妈赞助过一些，已经还了，他不剩下什么了。韩述索性步行去桔年住的地方，那是不短的一段距离，但是正好可以让他慢慢想清楚一些事。等到财叔的小商店在望的时候，天已经黑了下来，他看了看表，走了将近两个小时。这样偏僻的城市角落，远远谈不上华灯初上，稀落的几点灯光在大片的黑暗中摇摇欲坠，更显得温暖而珍贵，时不时地还可以听到几声狗叫。

韩述这一路上已经打定了主意，如果桔年又问“你来干什么”，他就把自己的悲惨和可怜淋漓尽致地展示出来给她看。他得告诉桔年，他失业了，什么都没有了。这也是实话。

但是如果桔年为此黯然，那也不好，韩述希望桔年有一点点可怜他，又不希望她太担心。那他就拿出一副无所谓的样子吧，就说，其实也没什么，对于我这种马斯洛的五重需求已经从上到下从里到外满足过好几回的人来说，这也是小事一桩。

要是桔年担忧他以后的生活怎么办？虽然这只是韩述自己的臆想，他也知道现实中存在的可能性微乎其微，但不能不防，他不能让桔年对他丧失信心。他还得让桔年知道，没到绝路呢，他尚有些小小的积蓄，律师执业资格证也考下来了，姐姐也明确表示站在他这一边，就算日子不再有往日那般逍遥，但应该也不至于挨饿。

诸如此类，他想了许多，他觉得这辈子自己心里都没有装得那么满。然而当桔年的小屋就在面前，一盆冷水就浇在了他头上——透过铁门，可以清楚地看见里面漆黑一片。她不在家，韩述失望了。

这一周桔年都应该是白班，她是不是到医院看非明去了？非明手术后至今未醒，韩述也听说了。他在犹豫是给她打电话还是直接到医院去找人的过程中忽然有了一个念头，于是立刻付诸行动。

他摇了摇锁好的铁门，脱下外套，三下两下地就攀着铁条爬了上去，也不去想自己衣冠楚楚的样子做个越墙小人有何不妥，更没考虑邻里或路人会不会将他误认为小偷蟊贼之类。既然已经疯狂了，那再彻底一些有何不可。就算是等，他也要在她的院子里等她回来。

好在韩述没有疏于锻炼，身手尚算灵活，那个铁门的高度没有给他造成太大的障碍，他更担心的是铁门承受不了他的重量轰然倒地，那桔年回来了又该烦他了。

韩述顺利地在院子里着陆，除了浅色的针织衫和双手沾染了铁锈之外，一切还好。他落地的时候很轻巧，没有惊动什么人。因为月亮已经出来，没有灯的小院近看起来并没有那么黑，落尽了叶子的枇杷树在月光中静悄悄的。韩述惊喜地发现桔年之前放在廊檐下的竹椅并没有及时搬进去，天助我也，他不客气地走过去半躺在竹椅上，遥遥望着被月亮晕染的云层，想象着她往日就这样独自坐在廊檐下的样子。

她的眼里会看见什么？

她的心里在想着什么？

然后他闭上眼睛，仿佛这样就可以感觉到她的气息。

就在他陷入自己营造的完美和谐氛围中的时候，惊人的事情出现了。韩述忽然听到吱呀一声，他背对着的木门竟然被打开了。他怎么也想不到屋里边竟然有人，顿时被吓了一大跳。

很显然，被吓住的人不是他一个，门里走出来的两个黑影更是因为竹椅上的动静而僵在那里。

“什么人？”

韩述忘了自己也是“非正常渠道”登门入内的一员，只疑心经济不景气之下这样破落的地方都招来了贼，于是便喝了那一声。然后他才发现来人很是熟悉，那被他吓得有些瑟缩的不是这屋子的正经主人又是谁？而待他看清她身边高高瘦瘦的身影，才发现那竟然是本应仍在拘留中的唐业。

他用双手撑着从竹椅上站起来，暗叫不妙。

韩述惊魂一定，指着唐业对桔年说："他怎么会在这里？谁放他出来的？"

桔年脸上有鲜见的慌张，她护着唐业往后退了一步，没错，她护着他。韩述暗暗地咬了咬牙，同时也可以确定一件事，唐业绝对不是被正当释放的。他发现在这种事关"正义"的当口，他仍然十分介意一个细节，那就是他们连灯都没开，黑灯瞎火孤男寡女的在里面干什么？

桔年是了解韩述的，所以她最先反应了过来，趁韩述还来不及有举动，推了一把唐业，"走！"

唐业手里拎着简单的行囊，这是潜逃。

"不行，他不能走！"韩述身子一动，就要阻拦。桔年拖住了他，"求你了，韩述！"

这不是她第一次求他，上一回，石榴树下的521级台阶断送了什么，他们都永世难忘。她两次主动拖着他的手时，眼神都如此哀怨，却还都不是为他。

恍然以为昨日重现的又岂止是韩述一人，桔年打了个冷战，为什么同样的戏码要一而再再而三地上演？曾经的巫雨，现在的唐业，他们都要在这种情境下仓皇而去，虽然他们临走前都不约而同地冒着危险执意要向她道别。

她送走了一个又一个，就好像她的半生都在赴一场又一场将散的宴席。

桔年只知道自己不能让"小和尚"的结局重演。她也许不是个善恶分明的好人，但她心中自有一套准则。

她整个抱住了蠢蠢欲动的韩述，对怔怔站着的唐业喊道："走啊，你不是要走吗？！"

唐业犹豫着，看了桔年和手足无措的韩述一眼。

"马上走！"

还是那句话，她比他更清醒。道别的话已经说完，再不走就来不及了。

他倒退着往门外走了几步。

韩述涨红着脸怒声对桔年说道："你明知道他是有罪的！"

桔年抬起头看着韩述，"你也明知道他留下来担的绝对不只是他应得的罪！"

是的，他知道。唐业走，有失公正，但是他留，难道就是公正？

唐业已经到了院门口，但他停了下来，以另外两人都没有想到的速度冲回他们身边，一把推开了在桔年的桎梏下完全丧失了防备的韩述。韩述趔趄地撞在了竹椅上，而唐业抓住了桔年骤然脱开的手。

"跟我走！"

他的手冰冷，但有狂热的力度。

桔年曾经多么渴望道别的那一天"小和尚"说出这句话，如果那时他说了，她会海角天涯地跟着他去。可是巫雨没有，他只是说再见，因为不远的地方有另一双手在等待着他。萧秋水和唐方终究是一场梦。

但唐业回头了，他拉着她的手说：跟我走！

"笑话！"韩述的震惊瞬间转为愤怒。

"你有脸带她走吗？你能给她什么？"他的样子像是要扑上去跟唐业拼命。

唐业说："我至少能比你对她更好。"

"你他妈放屁！"韩述口不择言，可是很快他发觉除了这个，他不知道如何反驳。他给过桔年什么？羞辱、强迫，冤屈，还有记忆的伤痛，更何况他现在跟唐业境况差不了多少，丧家之犬，一无所有。

他更看到，桔年梦游一般被唐业拖着退了几步，她没有挣开唐业的手。

韩述不再追过去，他冷笑一声，“你信不信？就算出了这个门，只要一个电话，很快，他哪里都去不了！”

桔年竟然说：“非要这样吗，韩述？”

韩述的手死死捏住了竹椅光润的扶手，“你真的会跟他走？”

桔年短暂而恍惚地笑了笑，“你会放过我吗？”

韩述一步步逼近，唐业拖着她，势必没有办法在他眼皮底下脱身，却也不肯独自离去。

当他终于靠近，唐业戒备地伸出手挡在桔年身前。

“你到底要干什么？”

韩述推开了唐业的手，“我再跟你说一次，这是我跟她之间的事。”

桔年近在咫尺，她不再往后退。

“你想要我放过你？”

“你会吗？”

韩述忽然诡谲地笑了起来，“那要看你能给我什么。你知道我想要什么。”

桔年的脸由红转白，她听得懂韩述的暗示，他离得那样近，近得她好像又能听到他极速的心跳声，就像那个夜里。

她按住了愤怒得就要豁出去的唐业。

“那样你就会放我们走？”

“药成碧海难奔”。那命运的签文是否预示的就是这个——她遇上了他，在每一个转折的路口。

“是。”

韩述分别捏着桔年的两边手臂，缓缓将她从唐业身边拖了过来。

唐业收紧了原本就拉着桔年的手，却被桔年挣开，她的手心仿佛失却了温度。

她被韩述半拖半拽地带进了屋子，当唐业的脸终于被隔绝在外，韩述俯身贴近了桔年，桔年则闭上了眼。然后，她感觉到一种颤抖而温热的触感降落在她的唇上。

她茫然地看着韩述。

韩述却像个孩子一样如愿以偿地笑了。

他说："我从来都没有吻过你。"

他跟她拥有过世界上最亲密的接触，肢体交缠，呼吸相闻。然而，他竟然从来没有吻过她的嘴。

"我吓唬你们的，其实我已经离职了。现在我什么都不是，这些事跟我完全没关系，只不过我不想让外面那个家伙知道我倒霉的样子。走吧，你们可以去任何想去的地方。"

韩述说着，为她重新打开门，正迎上有破门而入打算的唐业。

"我放过你了，但是我不知道别的人是不是也会放过你。"

他竟又施施然地躺回了那张竹椅，貌似闲适地闭上了眼睛，好像从一开始就是如此，什么都没有发生。

桔年的手又回到了唐业的掌心，她感觉到他带她走的决心。

跟他走，还等什么？她身无长物，她的小世界在她心里，除此之外，还有什么值得留恋？

未来如同只存在一瞬的时光隧道轰然打开，桔年回望这个载满过去的小院，她想抓住她的回忆，就如电影里周星驰的"今晚打老虎"在时光隧道前抓住了春天的手。可是带不走的毕竟带不走，她的记忆瞬间已是红颜白发。

她在唐业的牵引下终于朝不可知的未来奔去。

听着脚步声渐远，韩述仍然没有睁开眼睛，风拂着他的脸，这是他喜欢的天气。就好像同样有着徐徐清风的某天，初三毕业的他跟陈洁洁约着一块去打羽毛球。他们骑着自行车，被一对莽撞奔跑的同龄人撞翻在地，他爬起来，看着年少时的桔年拉着那个白衣男孩的手跑过他身边，然后她回头，露出最灿烂的笑脸。他目送他们消失在视线里，拍去了裤腿上的灰尘。

关于他们几个人的故事，韩述设想过无数次的结局，但是现在才发现，也许最好是停顿在这里。一切都来不及开始，一切都不会开始，当然也不会有结局的无奈和眼泪，没有人走上不归路，没有谁被伤了心。

这样也好。韩述在心中的那面镜子里看到了一如每个清晨醒来时那般无措的自己。他对他的镜子说：我很好，我会很好的。

说完这些，他没出息地掉了一滴眼泪。他想，就当它是欣慰的吧。

第八十三章

假装他死了

83

桔年跟着唐业上了一辆在暗处等待已久的车，一路疾驰，穿越整座城市，最后停在了一个人迹罕至的港口。

除了停靠在岸边唯一的那条乌油油的船上亮着盏渔灯，四周一片黑暗。然后，桔年看到除了他们和没有下车的司机，那岸边只有一个女人。

唐业在看到这个女人之后有短暂的踯躅，他没有说话，但是桔年可以从他那一瞬间的指尖感觉到他的心凉了下去。

那个一直背对着他们的女人闻声转过身来，打量着唐业，还有他一直牵着的桔年。她跟桔年年纪相仿，长发在脑后随意地绾了个髻。桔年的存在显然不在她的意料之内，但是她只是挑了挑眉。她长得并不美，却容易给人一种感觉，那就是无论怎样的变化，没有什么可以让她乱了阵脚。

“你来了，唐业。”这一声就如同月下久候的老友。

夜色中的波光倒影在唐业的眼中，桔年几乎以为他要落泪。她还没有看过这个内敛的男人掉过一滴眼泪。

“他没来？”唐业问道。

那女人点了点头，“他托我来送你，很抱歉，唐业……”

“他死了是吗？”唐业打断了那女人没说完的话。

“你都知道了？”

唐业别开脸，去看那海与天黑色的融汇点，他不想人看到他现在的模样，另外两人便只当他的失态是为了这一场前路难卜的逃亡。桔年不知道发生了什么，但她猜想，唐业嘴里的“他”莫非是那个戴着玳瑁眼镜的温和又冰冷的男人，而眼前这个女人，则是有能力让他得以脱身远走异国的策划者？

“我只知道如果他还活着，就一定会来。”

“滕云也说过一样的话，他说如果你没看到他，什么都用不着解释，你会知道他去了哪里。”那女人笑了起来，眼睛弯弯如同月牙一般，她看起来像一只微笑着的狐狸，温良无害，却通透洞悉。唐业意识到她的视线落在了他和桔年紧握的手上。

“如果他真的来了，你说他看到这一幕，会不会有些意外？”

唐业看似从骤然的悲恸失神中回到了眼前的现实，也许他并非完全没有意料到这样的结果。他对那个女人说：“向总，我有个不情之请……”

那女人意会，“你要带上她？”

她有一种让人信服的力量，让人可以在她面前安下心来，把自己交给她。

唐业点头。他信这个女人，一如他相信那个永远也来不了的旅伴。她会把他送到安全的地方。但他不能丢下桔年。

“她就是你的未婚妻？”

“是的。”

那女人还跟桔年点了点头，不疾不徐，好像眼前不是一场逃亡，而是朋友间闲散的话别。

“你们喜欢月亮吗？今天是十四，明天才是满月，但我更喜欢今天的，因为满月的下一天就是残缺，而十四的月亮却还可以等待明天。滕云就不同，他只爱十五的满月。”她的问题似乎不需要回答，她是一个自己能给自己答案的人。说完了这番话，她朝唐业莞尔一笑，“你知道的，这条船原本就有两个位子。走吧，一路顺风，我已经为你打点好，下了船，有人会带你去你要去的地方，哦，应该说‘你们’。别再回来了。”

唐业拉着桔年走向岸边。

“谢谢你，向总。”他由衷地说。

那女人说：“用不着谢，我不是为了你，我答应了滕云的事就一定会办到，他值得这些。我只不过在想，假如滕云知道他用命换来的远走高飞，结果却成全了你和你的未婚妻，他应该也会百感交集吧。”

她说完就上了唐业他们来时的那辆车。车没有立即开走，她像在等待船的起航。

船在浅水处轻轻晃荡，唐业先上了船，然后再回头去拉桔年。

桔年站在岸上没有动，她缓缓挣开了唐业的手。

“我是来送你的，唐业。”

月亮半隐进了云层里，开阔处的风很大，猎猎地吹动桔年的短发，也吹动了水面粼粼的波光。她的脸在半明半晦的月光中异常宁静。

唐业惊愕了，船夫走向缆绳，提醒道：“先生，船该出发了。”

“为什么？”唐业问桔年。

“我本来就不在你的计划里，你觉得我可怜，所以愿意带上我，谢谢你，唐业。但是应该跟你一起走的人不是我，虽然你等不来他，但那个位置也不是我的。”

唐业压抑着提到那个人时锥心一般的痛楚，“桔年，其实我也是真的喜欢你的。”

桔年说：“是，我知道，你喜欢我，因为我是个不错的人；但你爱他，哪怕他是个错的人……哪怕他不会回来了。他活着的时候，我们那个‘假如’是你自己骗自己的，现在他死了，就更没有可能了。”

唐业这样一个优柔而善良的男人，他本该跟自己真正爱着的人远走高飞，可他在离别的瞬间丢不下孤单的桔年，如今滕云死了，却更彻底断绝了他和桔年的任何可能，也断绝了任何幸福的可能。所以他甚至在对滕云的思念中也是带着恨意的，滕云用最决绝的方式要他一辈子记得他，“难道这边还有什么值得你留下来的？你跟我走，就算我们不在一起，但至少有全新的生活。”

船夫松开了缆绳，追问：“小姐，你真的不上来吗？”

桔年摇了摇头，松了绳的船仿佛下一秒就会漂得很远。

“唐业，对我来说哪里都是一样的。”

唐业站在船的最边缘，他没有放弃说服桔年。

桔年却在还能触到他的时候轻轻地拥抱了他，她感觉到唐业骤然收紧的手。然后她挣开，“去你想去的地方，别回头。再见就不说了，你保重，唐业，我很庆幸有你这样一个朋友。”

桔年回到她的小院，天已经蒙蒙亮了起来。

韩述还躺在那张竹椅上，他睡着了，一夜的露水润湿了他的衣服，他睡着的时候是那么无辜，脸上的伤结了淡褐色的痂。桔年搬来旁边的一张小矮凳坐在他的身边，从衣服口袋里翻出了昨天从医院回来时陈洁洁交给她的一幅水彩笔图画。

那是非明亲手画的，在进入手术室之前，她叮嘱妈妈一定要把画送给姑姑。手术已经结束了。陈洁洁说，非明也许再也不会醒过来了。

非明画得还是那么糟糕，桔年想笑，这孩子从来就没有绘画的天分。只能依稀看得出画里有四个人，两个女孩，两个男孩，女孩都扎着马尾，一个露齿，一个微笑，男孩里有一个头上光光的，另一个长着短发。

那张十二年前的旧照片，桔年把它送给了非明，这也许是唯一同时记录下她爸爸和妈妈的画面，而且，上面还有非明喜欢的姑姑和韩述叔叔，她最亲的人都在这张照片里。非明在失明前用自己的方式偷偷把它描绘了下来。跟照片里不一样的是，四个男孩女孩的手牵在了一起。在画的最下方，歪歪斜斜地写着原本在照片背面的几个字：许我向你看。

也许非明仍然无法理解那些陈年的往事和那五个字里的寓意，但这是她用她的方式对回忆所做的最美的构想。

廊檐上一滴露水打了下来，滴在韩述的脖子上，他抬起手来揉了揉痒痒的脖子，好像已经醒了过来。

桔年在他睁开眼睛之前说："别动。"

他真的就立刻僵在那里，一动也不动，手还搁在脖子上，只剩睫毛不听话，轻轻颤着。

"嘘……"桔年把一根手指竖在唇边，"假装你死了，别动，也别说话。"

要是换在以往，韩述早已跳起来"呸"她的乌鸦嘴，可是他没有，他乖乖地"死"了，"死"的姿势还有些奇怪，但是很安详，嘴角微微扬着。桔年想，难道这就是传说中的含笑九泉？

韩述保持那个姿势很久很久，直到身边再没了声息，他的脖子和手都酸痛得不行，于是违规地偷偷睁开眼睛瞄了一下，好在清晨的光线并不刺眼，害他装死了很久的那个人坐在矮凳上，头斜斜地靠着竹椅的一侧，也一样闭着眼睛。

“喂，喂。”韩述心里很是不平，他小心推着身边的人，“你也死了？”

她回答说：“别吵，我一晚上没睡。”

他又重新躺好，陪着她，等着她。

桔年小寐了一会儿，直起腰，转头问韩述：“你醒了？”

韩述说：“嗯，早该醒了。”

他们在一个晴朗的早晨傻乎乎地坐着，但有个人心情很好，很高兴。

“哎，我说你的枇杷树会不会结果啊？”高兴的人找了个无聊的话题问道。

“会啊。”桔年回答。树长大了，就会结果。只不过种树的人和摘果的人，却未必是同一个。

“韩述，你信命吗？”她迎着太阳升起的方向，微微眯着眼睛问。

韩述摇头，“我才不信。我这辈子只做过一次迷信的事。那天我骑着自行车，很倒霉地被两个冒失的家伙撞得摔了一跤，后来我就到附近一个乱七八糟的庙里求了支签。”

“签里说什么？”

“我怎么知道？”韩述说起来便有些愤愤不平，“庙里解签的人也莫名其妙，我求的那支签的签文被人从签板上撕走了。这世界上居然还有偷签的人！”

桔年笑着用脚去踢从墙外飘进来的一片叶子，同时不忘狠狠拍掉企图浑水摸鱼拉住她的那一只手，她偷偷摊开掌心，再一次看了看那命运的纹路。

韩述的肚子咕噜噜地响了，活着的人总会有这样那样的麻烦。

“走吧。”她跟着他走出了院子，回头锁上了门。

尾声

烈士陵园的拆迁计划已势在必行。动迁之前，韩述陪着桔年一道沿着那条熟悉的小路拾级而上。

桔年手里拿着一把在路边摘的野花，一边走，一边扯着那白色的单层花瓣。

韩述想到自己刚才郑重向她提起的一件事，心下有些狐疑，更担心她会用数单双那么可怕的方式来决定她的答案。

一路心神不定地走到台阶的尽头，站在那棵石榴树下，韩述想起树干的背面刻着的“hs&jn”，他至今也没有明白，刻下这些痕迹的人是不是她，里面的“hs&jn”是不是喻示着他们两人，他觉得是，但好像又不应该。所以索性不问，他发现自己的思维方式开始变得跟她相似，与其困惑，不如相信自己想要的那个答案。

但是他到底还是学不来她火烧眉毛也不着急的慢性子，假装看风景看了很久，还是忍不住咳了几声，“哎……我刚才跟你说的那件事，就是上来之前说的……到底怎么样啊……啧，是死是活给个痛快……你好歹吱一声啊……”

桔年说：“吱……”

在韩述发飙之前，她把所有的花瓣聚集在手里，然后摊开掌心。

他们站在高处，风很快把花瓣吹向了台阶之下，又是个他喜欢的好天气。

桔年说："我的答案？韩述，有个人跟我说过这么一句话，他说，世界上最无可奈何的东西有两样，一个是往事，一个是飞花雨。"她指着最后一片从手中随风飘飘荡荡而去的花瓣。

"你能追得回它们吗？"

韩述一愣，"怎么不早说？不准反悔啊！"他匆匆追着那些越来越远的花瓣而去，声音从台阶下传了回来，"只要你愿意，什么都可以。"

四周只剩下桔年的时候，她听到身后的石榴树在风中婆娑作响，回过头，穿着宽荡荡的白色衬衣的"小和尚"就站在树下，眉目疏淡，一如当年。

桔年说："我知道你总有一天会来看我的。你还是那个样子，巫雨，我却慢慢地老了。"

巫雨回以桔年粲然一笑，十二年来，他第一次看着她，睁开了眼睛。

桔年的腮边已满是眼泪。

她再一次与命运握手言和，不再去追问巫雨是否曾经爱过自己，不再追问他究竟属于谁。这棵从未结果的石榴树也将随着烈士陵园的迁徙而消失，"小和尚"再不会徘徊在树下，一如他渴望中的那样，他应该是自由的。

她的"小和尚"，他是巫山上的雨，汇入江河山川，幻化成云，最后，成了桔年心中的一滴眼泪。

番外一

她们都不是朱小北

一个人喜欢上另一个人可以有无数种可能。朱小北就是在这一刹那怦然心动，她也说不上是为了什么，如果非得有个理由，也许只是因为他那一刻的侧脸。

朱小北上中学的时候，有一次，男同学在周末红着脸登门造访，结果她的亲娘大人买菜回来正好撞上，想当然毫不留情地驱赶了那个可怜的男孩子，然后搬了张凳子坐在自家大门口，一边拍着大腿一边酣畅淋漓地教训女儿。她说："你这死丫头啊，才多大的年纪，居然就开始动那些乌七八糟的念头，还敢把那些臭小子往家里带，你这是存心想气死老娘。我劝你趁早死了那门心思，你休想早恋，好好读书才是正经。你看你王叔叔的女儿，名牌大学本科生，对门大妞她哥哥也读了硕士，你得给老娘争口气，要不然，生你还不如生块叉烧。”

朱小北家住在一楼，那天她妈妈悲壮的声音震撼了整个大院，过往的邻居、朋友、叔叔、伯伯对端着碗在一旁认真吃面的朱小北多少投以了同情的眼神。

其实他们大可不必如此，小北的心灵其实并没有受到多大的创伤。一方面，从小到大，她已经在她老妈的怒吼中把一颗小心脏锻炼得如金钟罩、铁布衫一般坚不可摧；另一方面，滚滚前进的历史洪流在若干年之后最终验证了一个真理，那就是，在这个偶然中的必然事件中，她老妈所受到的创伤要远远大于她本人。

十多年后，二十九岁零十一个月的博士后朱小北千里迢迢、兴高采烈地衣锦还乡，回家探望父母，她那可怜又可叹的妈再一次坐在门口的凳子上，拍着大腿一把鼻涕一把眼泪。

“你这死丫头啊，你已经多大年龄了，怎么能还不动成家立业的念头？我就没见过你把半个男朋友往家里带，你这是存心想气死老娘。你这一读书还有完没完？你休想拿那套独身的新潮玩意儿来糊弄我，找个男人结婚才是正经事，你看你王叔叔的外孙都已经会打酱油了，对门大妞去年都生儿子了，你得给老娘争气啊，要不然，生你还不如生块叉烧。”

朱小北灰溜溜地摸着鼻子站在门边，那些变老了、长大了的街坊邻居、新朋旧友再一次对她投以同情的目光。朱小北终于相信，在她老妈心里，她这块叉烧横竖是做定了，左右都不是人。但是，话又说回来，妈妈鬓边的白头发和眼里的着急难受是那么真切，到底还是因为关心女儿啊，这可是她的亲妈！

此情此景，用一句话来概括这个悲剧是再恰当不过的，那就是——“早知今日，何必当初。”如果妈妈知道，当年她拿着一把芹菜打走的那个男孩，是有史以来唯一一个到家里来找朱小北的异性，也是她那不争气的女儿“雪白雪白的心灵”里唯一一个曾经对其伸出了橄榄枝的对象，她会不会悔得当场呕血？

等妈妈发泄完毕，朱小北“嘿嘿”地笑着给老人家拍着背，说着风马牛不相及的笑话。老妈最后也埋怨得累了，戳着女儿的头叹道：“你说我怎么养出你这样的女儿？”

这个问题也只有她才会这么问，就连朱小北那个被欺压了几十年、早已温顺如绵羊的老爸都知道嘟囔出那句话：“有其母必有其女。”不明真相的群众或许会以为朱小北出生于市井陋巷，有一对典型的粗鄙的小市民父母，那就错了，大错特错！朱妈妈不止一次震撼的那个大院是沈阳某银行的职工宿舍区，她那给妻子端洗脚水的爸爸正是某分行的朱行长，而总有惊人之语的朱妈妈则刚刚从一个银行资深会计的光荣岗位上退休。朱爸爸温文尔雅，工作一丝不苟，朱妈妈业务了得，性格爽利，古道热肠，一张快嘴，无论在单位还是在大院，都是解决问题的一把好手，可是她唯独解决不了她即将三十岁的博士后女儿的终身大事，怎么能不以为是一大恨事呢？

朱小北除了从她老娘身上捡到了大大咧咧、风风火火的爽利脾气，从小也受知识渊博的父亲熏陶，养成了爱看书、逢看书必认真做摘抄笔记的好习惯，看个电视报上的节目简介她都能总结出若干感想，所以她身上总带着一个漂亮的小本子，上面人生哲理、生活常识、时事政治、花边新闻无所不包。这么多年来这本子也不知道更新换代了多少，在朱小北青春期的时候，嗅觉敏锐、耳聪目明的朱妈妈曾经试图把这小本本视为重点监控对象，以便了解女儿的心路历程，将她“步入歧途”的万分之一的可能扼杀于摇篮之中。可是朱小北对她的小本本从来就不遮不藏，它时常出现在餐桌上，或者床头，甚至客厅的任何一个角落，里面的内容实在太过纷繁，朱妈妈翻过好多页，发现内容尚算健康，偶尔有些朦胧的少女情怀，这对于从不爱穿裙子的女儿来说也未必是件坏事，可疑的东西是什么也没发现。

如果朱妈妈看得再仔细一些，研究得再透彻一点，也许她会注意到，有那么一段时间，朱小北的小本本里曾高密度地出现了一些诗句：

江南好，风景旧曾谙。日出江花红胜火，春来江水绿如蓝。能不忆江南?

兰烬落，屏上暗红蕉。闲梦江南梅熟日，夜船吹笛雨潇潇。人语驿边桥。

人人尽说江南好，游人只合江南老。春水碧于天，画船听雨眠。

……

这所有的千头万绪都指向一个词汇——江南。

那是很多人的梦里水乡，也是一个男孩子的名字。

朱小北初识江南，其实已算后知后觉。那时她高二，一天上学的路上，她的邻居也是同班同学的大妞屁颠颠地追上她，问：“小北，小北，你经常跟打篮球那帮人在一起，有没有见过那个新疆来的转学生，新疆啊，新疆来的！”

“新疆来的怎么了？看你那没出息的土样！”朱小北甩着书包用鄙视的目光看着自己的发小，大妞什么都好，就是花痴的脾气改不了。不过也不能彻底怪她，从小到大，她们都在身边那个小范围的圈子里生活、上学，念的是子弟学校，高中也在家附近的路段中学。同学不是这条街的，就是隔壁那条巷子来的，冷不丁冒出个新疆人，也难怪大妞跟一些同学一样大惊小怪。

鄙视归鄙视，那天放了学之后，朱小北照样兴致勃勃地跟着大妞去篮球馆参观那个新疆来的“转学生”。当大妞用颤抖的手指为她指明方向时，她深深地失望了。

后来江南问过她为什么会失望。

朱小北说，她原以为自己会看到一个阿凡提似的人，虽然不一定要骑着毛驴裹着头巾，但至少应该高眉深目，充满异域风情。但是没有，这个从新疆来的转学生长着一张跟汉人无异的脸。在当时的朱小北看来，他跟王叔叔的儿子、大妞的哥哥、篮球队的一帮猴子没有什么分别。更遗憾的是，他连名字都没有丝毫的异域风情。

他叫江南，江南的江，江南的南。

长得不突出，好歹也该有个“买买提”之类的名字吧。

当日，朱小北嘘了大妞一场，败兴而去。

高中的少男少女已经被荷尔蒙的春风催得情窦初开，不少同龄人心里都藏着掖着点“小秘密”。大妞也不例外，她偷偷热爱着同一栋楼王叔叔家的大儿子，但是一点也不专一，至少在王叔叔的大儿子外出求学的日子里，她今天盯上隔壁班的学习委员，明天又用眼睛享受着转学生江南，后天的注意力说不准会是小卖部的帅哥店员。朱小北的春心不是没有，但她不动。她这颗“雪白雪白”的心灵是要留着交给未来的有为青年的，而不是身边胡子都没长全的小屁孩。

平心而论，朱小北长得不赖，用朱妈妈的话来说，女儿遗传了她的俊目修眉，高挺鼻梁，兼之高挑身材，虽然不喜太女性化的打扮，可胸是胸，臀是臀，一点也不含糊。但是身边能让朱小北动心的男生确实半个都没有，她上高中以后身高就已经蹿过了一米七，这个年龄段能让她仰望的男生还真不多，而朱小北俯视的眼神可以摧毁任何一个少男的芳心。少数稍微入眼的，那都是她的好哥们儿。

第二次留意到江南是缘于班上篮球队的一场“更衣室”纠纷。那天放学后那帮跟她打球的男生久候不至，朱小北在球场里等得不耐烦，正要去催，此时大妞火速前来通风报信，据说是那帮人在更衣室里打起来了，怎么劝也劝不住。朱小北心中恼火那帮精力过剩的家伙，于是在一帮同学的簇拥下，一脚踹开了更衣室那脆弱如少女芳心的破门，严格地说，里面不叫“打架”，而是几个男孩子在欺负他们中的某个，而那个“某”指的就是从新疆来的转学生江南。

尽管朱小北也看不惯这个从大西北来的却如同大姑娘一般斯斯文文的男孩子，也不喜欢他因为个子高被老师强行塞进了班上的篮球队，但是这并不意味着她认同一帮人合伙欺负一个。这不叫本事，而是“丢份”。

朱小北鲜少打架，但是没人敢欺负朱小北，按她的说法，她是属于“气宗”那一流，纯以气势压敌。她破门而入之后，废话不多说一句，一个篮球朝人扎堆的地方砸了过去，顿时把里面的人都给镇住了。没有人再动手，这是当然的事，因为这地方是“更衣室”，而那些男生之所以挑选了这里来解决私人恩怨问题，最大的原因是这里是个“隐秘的地方”，女孩子绝对不会出现，更何况带着一群围观者挟风雷之势破门而入的女孩子。他们用于打架的手这个时候只有一个用途，那就是慌乱地遮掩着自己。江南就是在这种情况下得以脱身，当然，他的脱身是在他仓促地套上衣服之后。这样尴尬的情景使得他率先冲出更衣室并途经朱小北身旁的时候，那句感谢的话犹豫了很久，还是说不出口。

事后，朱小北才从“八卦电台”台长大妞那里得知，这场纠纷无非是一次争风吃醋的事。队里的一个男孩子喜欢隔壁班的漂亮女生，那女生却对江南颇有好感，本来就排外且对“小白脸”看不顺眼的队友们便找了个机会蜂拥而上，群起攻之，最后被朱小北“曝光”于众人之前。

朱小北对大妞吐着苦水：“我要是早知道为的是那些破事，我才不蹚那浑水，这江南也不是什么好东西，尽招蜂引蝶干无聊的事，活该挨揍。”

大妞却很久都没能从一群光溜溜的男同学的画面中回过神来。

其实朱小北的后悔也不是没有道理的，男生们的争端来得快去得也快，友谊的出现更是莫名其妙，朱小北还来不及反应过来，再到球场的时候，那群打篮球的男生已经在篮筐下跟江南混成了一团。

江南没有理会隔壁班的漂亮女生，这是大妞后来告诉朱小北的，但是江南开始对朱小北表露出好感和亲近之意，却用不着大妞多嘴，有眼睛的人都看出来了。

球场上流汗的时候，他抢下了她的篮板，却会对她微笑；运动结束后，他有时会给她递一瓶水；本该是她擦黑板的日子，他会主动走上去拿起黑板擦擦得干干净净；放学的时候他会抱着书跑到她和大妞的身边，说：“小北，我就住在你们家附近。”

朱小北自诩聪明，但是对这个变化却茫茫然不知所以，在她还浑浑噩噩的时候，她已经和大妞一块没出息地吃了人家整整两大袋的葡萄干。在搭讪中，她才知道新疆人不是都长得高眉深目，那里有许许多多跟她一样的汉族人，还有一个叫作“新疆兵团”的名词。神秘的喀纳斯有成群的牛羊、连绵不断的葡萄田，一望无际的向日葵在夕阳中轻摆，荒芜的大漠和戈壁中藏着生机勃勃的绿洲。她还知道在他父母工作调动前他生长的那个南疆城市盛产雪白的棉花，距离塔克拉玛干沙漠只有一步之遥，传说中的丝绸之路就在他们足下，美丽得像瓷娃娃一样的维族少女有一双梦一般的眼睛，还有羊肉串、烤狗鱼、红烧羊排、乌苏啤酒……

大妞在差点流下口水之后悄然消失，只剩朱小北一人常常在江南的描绘中傻傻地想象那个神奇的地方。

别人都在传，江南喜欢朱小北，他一直在朝朱小北靠拢，其狼子野心路人皆知，朱小北却觉得是无稽之谈。她和江南在一起的时间大多数是打球，篮球、乒乓球、羽毛球、排球……单独聊天的时候她想得更多的是美丽的南疆，无边的辽阔天地，还有不可思议的阿尔泰大尾羊——吃的是中草药，喝的是矿泉水，穿的是皮革服，睡的是绿地毯，走的是黄金道，住的是水晶屋，尿的是太太口服液，拉的是六味地黄丸——而不是这个外表看起来文弱的男孩。

可是大家都在那么说，越说就越起劲。江南和朱小北，多么不可思议的一对，但又是多么天经地义的一对。

渐渐地，每当他们俩出现在一起，旁边就会有人挤眉弄眼暧昧地笑，当他出现在她身边时，“识趣”的同学就会自动离开。这些乱七八糟的东西让朱小北头都晕了，好端端的多出些莫名的事让她心烦，所以她索性眼不见为净，体育场去得少了，回家的路上就只跟大妞大声地聊，江南插不进话去，只得无奈地走开。

朱小北以为这件事就这么过了，谁知道某个周末的下午，她在家百无聊赖地看《天是红河岸》，却听到有人在外面喊她的名字，她一头雾水地去开门，江南笑着站在外面，递给她一袋东西，“我爸原来的一个同事从那边捎过来的葡萄干，我知道你喜欢吃。”

从来还没有男生到家里来找过朱小北。小北出于正常人的礼貌刚将他请进屋来，她那刚出去买菜的老妈不知道是不是听到了风声，恰恰好赶回，唯恐女儿年少无知被人哄骗失身，用一把芹菜将一脸狼狈的江南狠狠赶走。

这次事件之后，朱小北才认真地去思考这个深奥的人生问题，江南真的喜欢她吗？但是他从来都没有提起过这方面的事啊。

她破天荒地不耻下问请教大妞，大妞也头一回以一种居高临下的情商优势回答朱小北：“他喜欢你，这不是明摆着的事吗？有眼睛的人都看得出来。”

朱小北没有想过早早地喜欢一个人，更没有想过这个人会是江南，她的兄弟朋友很多，心却还是个从来没有人进驻的角落。也就是从这个时候起，她才开始偷偷打量这个人，很奇怪大西北的风沙为什么没有把他的面孔变得粗糙。如同他的名字一样，江南有着最柔和的五官，明明是汉族人，头发却有一点自然卷，柔软的刘海半覆着明朗的双眼。

那段时间，朱爸爸买回了一个傻瓜相机，朱小北爱上了摄影，她拍下身边一切喜爱的或有趣的景致。某个课外活动的午后，江南独自站在篮球架旁的树下，怔怔地望着别处，不知道为了什么而出神。他的侧面有着完美的弧度，朱小北的相机留下了这个瞬间。

一个人喜欢上另一个人可以有无数种可能。朱小北就是在这一刹那怦然心动，她也说不上是为了什么，如果非得有个理由，也许只是因为他那一刻的侧脸。

高二下学期的全校男篮赛，朱小北所在的那个以彪悍出名的班级所向披靡，一路杀进了总决赛，性别的原因，不得不降格为观众的小北跟大妞一块在旁边呐喊助阵。两支球队实力相当，比分咬得很紧，最后几秒，江南一个三分球为本班奠定了胜局，身体却由于激烈的争夺而跟对方的一名球员发生冲撞。哨声吹响后，原本就为了冠军之战而打红了眼的两边，在这个导火索点燃后迅速扭打在一起，场面极度混乱。

“你说他这样从来不喜欢打架的人为什么偏偏老惹那么多事？”朱小北对大妞说道。她看着江南被对方三个以上的男生压倒在地，再也管不了那么多，拨开眼前的人就挤上“战场”，直奔江南，连推带骂地扯开那几个冲着他来的男生，把他从地上拽了起来。

这时裁判和老师都出现了，朱小北护着江南，朝对方怒目而视。朱小北在学校人缘极佳，且都是一个学校的球友，对方好几个男生她都熟识，其中个别甚至还是她的好朋友，他们不会对朱小北动手。但那个时候，就连大妞都几乎以为“气宗”高手朱小北会“破功”地给对方几脚。可是朱小北没有，她所有的刚性和悍劲在江南的眼皮底下通通使不出来，竟然彻底地化为无形。事实上，她现在已经开始后悔得想打自己几个大嘴巴子，初识的时候自己为什么要踢开更衣室的大门，而不能以一种更罗曼蒂克的方式翩然出现在他面前？就像琼瑶阿姨的小说一样，即使是撞在一起头碰头地捡地上的书这种老土的情节，她也可以接受。

她查看了一会儿江南身上的伤，甚至连对方球队队员已经预料到的那句“输了就打架，算什么男人”的怒吼也没有说出口，她按捺着说了句：“别打了行吗？”就拽着江南走出了球场。

她说别打了，真的就没人继续打下去了。不是因为朱小北的一句话多么有震撼力，而是那些了解她的人都在为她的表现而大跌眼镜，哪里还顾得上打架。

目睹这一切的大妞最后对这戏剧性的场面做出了画龙点睛而又让朱小北吐血的点评，她说：“我算是明白了，朱小北啊朱小北，原来你彪悍的外表里面藏着一颗温柔的少女心。”

大妞的话虽然有着让朱小北恨不得掐死她再自杀的肉麻，但是却一点也没错，朱小北那颗“温柔的少女心”让她没办法在江南面前动粗。

那时她也更深刻地发觉，她是真的喜欢上了江南。

那一天，炎炎的夏日似乎吹着春天的风。朱小北跟江南离开了人群，走到僻静处，平时侃起来话多得如黄河之水天上来的她，忽然什么都说不上来，浑身软绵绵的，没有力气。很久之后，她看着脸上有伤的男孩，才埋怨道：“你啊，真是没用。”

由于这场斗殴在恶化之前被及时遏制，老师只把它定位为男孩子在球场上的小冲突，教训了几句，并没有做出严厉的处理。晚上，恰逢周末，朱小北他们举班在小饭馆里为冠军庆祝。脸上伤口已做处理的江南既是球队伤员，又是得分的功臣，自然被一帮同学灌了不少啤酒。他酒量明显不行，几杯下肚已经满脸通红，最后跌跌撞撞地去了洗手间，很久都没有回来。

朱小北自然担心，便好几次打发关系好的男生去洗手间看看他有没有事。第一个男生回来说，没什么，他在里面吐得天翻地覆而已；第二个男生向朱小北汇报，是江南自己说在里面缓一缓再出来；第三个男生索性说江南已经不在洗手间，不知道去了哪儿。朱小北越听越着急，不由得大骂几个男生没出息，连个人都看不住。骂到最后，那些男生勾着朱小北的肩膀说："看你急的，别对我们横啊，有本事自己进去找去，不就是男洗手间吗？更危险的地方你也不是没闯过，有什么可怕的？"

朱小北遗传了朱妈妈千杯不醉的功力，但是她也见识过自己沾不得酒的老爸喝醉了之后的熊样。她是真的担心江南，他今天赢了，但是却没有太多的喜悦，眉宇间仿佛有了心事。

她当真就扫开那些男生搭在她身上的胳膊，走出包厢就要亲自去找，同学们都在后面起哄，嚷着"精诚所至，金石为开"，江南的心思看来没有白费，就连朱小北这百炼钢也最终成了绕指柔。

大妞在包厢门口处偷偷截住了朱小北，喝得两眼冒星星的她还不忘八卦的本能，摇摇晃晃地问："小北，你跟江南真的成了？"

"成个屁！"小北说道，"人家也没说过喜欢我啊。"

"你这不是脱裤子放屁的担忧吗？他当然喜欢你，旁观者清，全世界人都知道了。江南那脾气你还不清楚，关键时候跟个小娘儿们一样忸怩，他绝对是不好意思捅破那层窗户纸！"

"是吗？"朱小北仍保持着可贵的怀疑精神。

大妞拍着发育不良的胸脯，"你还不信我吗？这事我比你有经验多了。"

这话说的倒没错，据说在智力启蒙之前大妞就喜欢上了王叔叔家的大儿子。朱小北直到十七岁，心里才第一次住进了个江南。

“那我该怎么办？”她居然又请教起了大妞。

大妞理所当然地说：“他不捅破，那你就自己来呗，你不是也瞧上他了吗？别跟我装，这不过是谁先开口的问题，你还计较这个？”她继而一脸兴奋地怂恿着，“去吧，小北，主动跟他说，他不敢，你就先向他表白。”

酒虽不醉人，却可壮人胆。朱小北琢磨着大妞的话，似乎没有什么破绽，既然是水到渠成的事，他面皮薄，那让她来又何妨？

朱小北真的去了男洗手间，江南果然不在里面。她是在小饭店里某个放杂物的旮旯里找到他的，他靠着墙席地坐在角落里，不知道是清醒还是糊涂，至少在她也坐在身旁之后，他还知道睁开眼睛笑着叫了声：“小北。”

“不会喝你逞什么强啊？”朱小北闷声说。

江南嘿嘿地笑了两声。

“你特意出来找我？你真好，小北。”

不知道他有没有看见，铜墙铁壁的朱小北白皙的脸上一片通红。

“我当然好。”在他身边时的喜悦让她决定采纳大妞的意见。既然是迟早的事，那么总要有个人先说出来。

小北清了清嗓子，下一句她就会说：江南，其实我喜欢你。

可是江南早了她一秒钟。

他说：“今天你说我真没用，让我想起了我喜欢的那个维族女孩，她也说过这样的话。”

朱小北当时就惊出了一身冷汗，她张了张嘴，又闭上了，隐隐约约觉得自己逃过了一劫，心中却无丝毫喜悦。江南说完这句话，就继续歪在墙边半睡半醒，也许他不知道，身边有个人已被震得一佛出世，二佛升天。

一直在不远处静候佳音的大妞再一次出现在朱小北面前时，小北的第一个反应就是将她按在墙上，伸出自己的双手就往那死女人脖子上使劲地掐。大妞满脸憋红地从朱小北的魔爪下挣脱了出来，“哇哇”地叫着。

“发神经啊，不带这么庆祝的啊。”

刚才还似打了鸡血的小北顿时垂头丧气。她对大妞说：“差点就被你忽悠了，我忽然发现其实我一点也不喜欢江南。像我这样纯洁的人，还是应该一直雪白，永远雪白。”

大妞揉着脖子不屑一顾，最后还是好奇地问：“那江南他会不会特失望？”

小北勾着大妞回去继续跟同学喝酒，边走边摊着手，特深沉地说：“感情是不能勉强的。”

没错，感情不能勉强，朱小北写满了人生箴言的小本本里早就记录着这样的真理。后来她渐渐长大，见了越来越多的人，读了越来越多的书，可想起自己在江南身边的那一幕，仍然心有余悸。他那么主动地对她示好，也许只是因为在陌生的地方本能地靠近第一个对他好的人。朱小北懵懵懂懂一脚踏了进去，却拔不出来，然而比起破灭的梦想，她更喜欢将它深埋。从此小北倒霉地陷入了一场悠长的暗恋，暗恋着一个身边的人都认为明恋着她的男孩。

当所有的人都说他喜欢你，但唯独他没有说过，那也许就不是真的。

小北想，等到她快死了的那一天，只剩临终前的一口气时，她一定会对她的后人（如果她有后人的话）留下一句遗言：如果你年轻的时候爱过一个男孩，请千万千万不要主动说出来。

或许她还会将它刻在自己的墓志铭上。

江南酒醒之后，完全忘记了那天自己说过的话，朱小北跟他继续勾肩搭背地做着哥们儿，看起来跟其他的朋友没有任何分别。高考结束，小北考到了遥远的 G 市，而江南则重新以上大学为由回到了父母刻意带他离开的新疆。

一个叫小北，一个叫江南。难道注定是天南地北？

南下求学之后，小北听了妈妈的话，她念书，念书，再念书，从没有谈过恋爱，直至这“听话”成了朱妈妈心中最大的一块心病。

本科毕业，小北拒绝听从所有亲人朋友的劝阻，考上了新疆一所大学的硕士研究生，越过一望无垠的荒漠和草原之后，也见到了她心中的江南。

江南那时已经在他长大的那个南疆城市有了一份工作，他亲自去接的小北。在小北开学之前，他请了好些天的假，带着她走遍了他曾经描绘过的每一个地方。旅行结束前一天的晚上，他们去看月光下的戈壁滩。千万年不变的月光笼罩着茫茫的旷野，静美得像一场梦，有种不真实的虚幻，并肩说话的人便如同在梦境中呓语。

江南絮絮地说着他爱的那个女孩，说着他们的两小无猜、他们的甜蜜和无奈。他说那女孩也爱着他，如他一般坚贞，但是即使是当下，维族和汉族依旧鲜少通婚，先别说她的族人，就连江南的父母也是坚决不肯同意，他们希望他娶个门当户对，更主要的是信仰相当的女孩度过一生。

朱小北便问：“你们的感情是很让人羡慕，但是你爸妈的担忧也并不是没有道理。除了她，难道你就没有试过喜欢过别人，一点点也没有？”

她原本料定他这样看重感情的人会有一个她想象中的回答，然而江南却想了很久。

后来他说：“其实是有的，就算感情再坚贞，也免不了意料之外的动心。但是就像绿洲相对于草原，或者就像两年相对于二十年，很多人都只能选择后者。”

不用说，他也是那“很多人”中的一员。

也就是这个时候，朱小北才明白，对于当年她来不及说出口的一句话，对于她不远千里而来是为何而来，或许江南心里一直是明白的。

他曾经那么不懈地寻找绿洲，但是最终还是会回到他的草原；他在那两年里有过些许的心动，然而这跟二十年相比不过短短一瞬，又算得了什么？

她就是那个绿洲和两年里些许的心动。

朱小北拍拍江南的肩膀，潇洒地回到了位于乌鲁木齐的学校，也回到了她习惯的生活轨迹，每天混迹于各种实验室之间，再和新的朋友开着无伤大雅的玩笑，日子如风车一般转过。一年后，她接到了江南发给她的喜帖，他和他的维族姑娘终于不顾一切修成了正果，朱小北用去了自己大半年的补贴赶去道贺时，才发现他们的女儿已经满月。

那一次，小北才第一次见到了江南心爱的姑娘，她的名字叫坎曼尔。坎曼尔在维语里也代表着“月亮”，就连一向自视甚高的朱小北也不得不承认，她的脸就像月亮一样皎洁。真的一如江南所说，她长着梦一般的双眼。

新生儿的诞生让两边的家长再也无法阻止江南和坎曼尔的相恋，他们结合在了一起，这段排除万难的感情故事有了个美好的结局。但是，在他们正式结婚的欢庆篝火之夜，并没有太多道贺的客人，宴席早早散尽，除了怀抱婴儿的一对新人，就剩下孤零零的朱小北。

后来朱小北才知道他们为了在一起付出了多大的代价。江南父母那边暂且不提，坎曼尔的家人总算是不再阻挠，但这并不意味着他们从心底接受了江南。即使江南为了坎曼尔改变了自己，也还是不行。坎曼尔跟着江南一块生活之后，她的整个家族、所有的朋友都疏远了她，他们不再邀请她参加任何的活动或聚会。当他们打起手鼓，唱着自己的民歌时，这些跟坎曼尔再也无缘，她被她在乎的人们彻底地遗弃了，就像她从来没有出现过。她渐渐地发现自己身边除了已成为丈夫的江南和小小的孩子，再也没有了别人。

为了脱离这样尴尬的处境，婚后第二年，江南借工作调动的契机，带着妻儿到了相邻的一个城市生活。那里的汉人更多，可坎曼尔的汉语说得并不算好，加上家里没让她上太多的学，找不到合适的工作，便只能在家带孩子。江南工作越来越忙，两人的差别被不断放大，这样恩爱的两人也逐渐有了争执。坎曼尔如同独自站在一个绝望的孤岛上，她日渐消瘦。

当小本本也解决不了朱小北的困惑后，她曾经把这些秘密告诉过她最聪明的朋友阮阮。阮阮说，相对于坦途和崎岖，有些人也一样会选择后者，因为他们觉得需要披荆斩棘的才是真爱。

可真爱也会屈服于太多的坎坷。

朱小北考上博士的第二年，长久郁郁寡欢的坎曼尔死于胃癌。朱小北去探望过她，因为放心不下江南。昔日的皎洁明月在临终前形如枯槁，但是江南抱着孩子看着她时，那眼神一如看着她最美丽的样子。

坎曼尔临终前，拉着江南的手死死不肯放。她最喜欢叫江南“艾里甫阿卡”这个名字，“阿卡”在维语里是女子对爱人的昵称，而“艾里甫”则是她为江南起的维族名字。那时朱小北在新疆已三年有余，对这边的风土人情多少有了些了解。如果江南是艾里甫，那坎曼尔一定把自己当作了赛乃姆。他们的爱情故事在维族的传说和民谣中代代相传，就连刀郎都会唱：

从小和你青梅竹马相约在天山下，
我们本来是天底下最幸福的人啊！
赛乃姆你是花丛中最美的石榴花，
艾里甫我却是博格达上孤独的阿卡。
夜莺的歌声在每个夜晚都会陪伴她，
我的琴声却飘荡在遥远的博格达，

为了爱情我被放逐在天涯，

莫非今生和你厮守变成了神话。

……

小北记得，故事里的艾里莆和赛乃姆跋山涉水历尽艰辛，最终却没有收获幸福，现实中的江南和坎曼尔不也是如此？

坎曼尔死后，朱小北守了江南近半个月，照顾着他和孩子的衣食起居，直到始终没有掉下眼泪的江南对她说：“你走吧，小北。”

小北说：“你以为我愿意看你的死样子？可我不能让你真的就这么死在这里。”

江南抱着他的女儿摇了摇头，“我不会死的。小北，别为我耽误了自己，找个好人嫁了吧。”

都说孩子不能没有妈妈，他真的就听从家人的安排在一年后开始不断地相亲。朱小北不得不接受一个现实，即使她认真思考过冒着被老妈打死的危险去做后妈的可行性，然而事实上，江南考虑过很多素未谋面的女人，却从来没有考虑过她，即使她曾经是他的绿洲和两年的心动。

他说过：“小北，你太好了，所以我不能要。你一个年轻漂亮的女博士，完全没有必要留在一个丧偶的普通男人身边。我害怕你有一天会发现，其实我远没有你想象中的美好。”

她真希望有他说的那么一天，但是从来都没有过机会。他总说她好，可那么好的朱小北，他为什么不要？

拿到博士学位之后，朱小北如他所愿回到了G市，老妈的高压政策让她心惊肉跳，身边的朋友纷纷嫁为人妇，别说隔壁家的大妞早已如愿以偿嫁给了王叔叔家的儿子，就连郑微这样的都成了孩子的妈。小北开始努力地去找能让她嫁掉的“好人”。她有过结婚的好对象，后来又没了，也不过是一眨眼的事情。

与她那心有旁骛的检察官男友摊牌后，正值江南的女儿阿古依患了场重病，半是躲避这边的烂摊子，半是放心不下江南，朱小北再一次返回新疆，这次一待就是大半年的时间。她看着阿古依的病一点一点地痊愈，出院前不久，阿古依自作主张地把朱小北阿姨叫作了“妈妈”。

说起黄色笑话都面不改色的朱小北在这一声“妈妈”面前竟然满面通红，一旁的江南若有所思，竟然也没有制止。当年朱小北回 G 市之前，他一场又一场地相亲，也不过是为了让年幼的阿古依有个妈妈。他条件不差，即使丧偶又带着个孩子，也有不少女人愿意嫁给他，可是直到小北再次返回，他身边并没有多出一个女人。

出院回家的路上，阿古依睡着了，江南沉默了很久，终于说出了那句话：“小北，你愿不愿意做阿古依的妈妈？”

这样的暗示朱小北等了不下十年，她也以为自己会感动得流出热泪，但是她没有，仅是怔了怔之后，她给出了自己的回答。

“对不起，江南，我不愿意。”

她宁愿如郑微所言，等到白发苍苍那天，她和江南在老年大学里遇见，他们或许会佝偻着背一块打乒乓球，说不定那时的江南会爱上朱小北，那她一定会老妇聊发少年狂地嫁给他，而不是现在，点点头，去做阿古依的妈妈。

这一次告别了江南和阿古依，朱小北返回了东北，那里虽然有扯着耳朵骂她没出息的朱妈妈，可那也是能让她撒娇耍赖的亲娘啊。朱妈妈又急又跳脚地搂着掉眼泪的女儿，朱爸爸慌不迭地给女儿剥了颗糖。朱小北把那颗大白兔奶糖含在嘴里，还是她喜欢的味道。转念一想，其实有些事也没什么大不了。

回过神来之后，她天马行空地想起离开 G 市前，实验室里由她指导的一个小男生依依不舍地问："师姐，你什么时候回来啊？"

当时朱小北贼兮兮地占着那孩子的便宜，她搂着他的肩膀，做出个夸张的心痛表情，"怎么，你会想我？我们是没有可能的……"

那个才念大四的小孩竟然红着脸结结巴巴地追问了一句："为……为什么……"

想到这里，朱小北不由得有了仰天长笑的念头。怕什么，路还长着呢，多少唇红齿白的青春少年正等着她去染指。

几天后，她重新收拾行囊整装待发，郑微给她打来了电话，听说她和江南最近发生的事情之后，郑微更是着急得跳脚，"猪北，你笨死了，韩述那么好的一块到嘴肥肉你都能让他飞了，人家江南好不容易开了这个口，这不是你一直等着的吗？你到底要干什么？让你找个男人有那么难吗？"

朱小北"嘿嘿"地笑，其实这事说容易也不容易，说难也不难。

很多人都说，只要女人愿意将就，很多人都可以与之携手走过幸福的一生，生活本身就是一场又一场的妥协，许多人都是这样过来的。小北也知道，可是这跟她有什么关系，别人是别人，她们都不是朱小北。

番外二

心结

⊙

“你要把店转让出去？”桔年手里还攥着刚脱下的工作服马甲，面露愕然。

方灯说：“确切地来讲，我是想把店面转让给你。”

“我？”桔年知道自己重复老板讲话的样子一定呆到了极点，她局促地笑了笑，“这怎么可能。”

“为什么不可能？我不会再回来了，除了你，我不知道还有谁更适合做这里的下一个主人。”

桔年没有吭声。她在这家布艺店整整干了八年，从一个普通的店员到店长，早已经把这里当作了自己生活的一部分。然而她兢兢业业地工作，哪怕店里的大小事宜她甚至比身为老板的方灯更为清楚，都从未有过非分之想。她只知道自己需要这样一份收入，而当初因为背有前科四处找工作无门，走投无路的时候是方灯给了她机会，更给了她信任，这才使得她得以无风无浪地安然度过这些年。

现在连方灯都要走了。桔年不敢多嘴问她要去哪里。站在自己眼前的人是她的雇主和恩人，但对于对方的事她知之甚少，当然，从其他店员那里她并非没有听说过关于老板的一些捕风捉影的传闻，可这都跟她没有关系。她和方灯最长的一次谈话来自于到店里应聘的那天，当时，年轻得让桔年大感意外的女店主也是这样把她单独叫到店面一侧的小休息室里，问她是从哪里学到的缝纫技巧。桔年老老实实回答说是在监狱里，对方竟没有流露出惊讶和怀疑，而是露齿一笑，说自己是从孤儿院学到的这门手艺。

桔年从没有想过方灯会舍得下这个小店，因为她说过，她关于家的记忆早就模糊了，唯一清晰的只有一扇垂挂着厚重暗红色帘子的窗，她无数次在梦里奔跑着想要靠近那扇窗，掀开窗帘看看她眷恋的地方，然而每次都在手指触碰到窗帘的那一瞬间醒来。那暗红色帘子的窗口是她关于往事仅有的寄托，可惜现实中怎么挑选拼凑，都找不到和回忆中完全吻合的布料。方灯开玩笑说这就是她执意要开一家布艺店的原因。

莫非她已经找到了她的那扇窗?

桔年没有问出口，方灯那如猫一般狡黠的眼睛却仿佛已窥到她心中所想。

“或许是到了改变的时候。”方灯笑得很暧昧，语气里若有所指，“我们都一样。”

桔年不知道她刻意强调的那个“我们”暗指什么，前一阵韩述又厚着脸皮到店里来接她，当时距离下班的时间还有十来分钟，他大大咧咧地进到店里，还和与她一块当班的店员聊得不亦乐乎，逗得两个小姑娘娇笑连连，正好被临时到店里看看的方灯撞个正着，他还以为来的是个客人，笑嘻嘻地上前打算给对方介绍店里的货品，还大言不惭地说自己是店长。桔年当时都恨不得挖条地缝把他塞进去。

想到这里，她的脸心虚地泛红了。方灯都看在眼里，说道："你也该为将来打算，你不可能永远做一个布艺店里替人打工的店长。"

"恐怕我拿不出那么多钱。"桔年实话实说。她对这家店确实有感情，然而毕竟心有余而力不足。

方灯说："我对你开出的价码并不是天文数字。桔年，我给你考虑的时间，但是要快，我等不了太久。"

一路上，桔年都在想着方灯的话。桔年是个遵从于惯性的人，改变对于她而言并不是个令人愉悦的词汇，然而如果方灯要走，布艺店易主是必然的事，想要维持现状最理想的办法莫过于盘下这间店。她很难克制去想，要是她拥有了属于自己的小店会怎样，尤其是一间八年来她日复一日投入心血的小店。

方灯开出的价码低得超乎桔年的想象，她暗想，要是那些传闻都是真的，她的老板并不缺钱，所谓的转让金，更多像是一种托付的形式。但桔年也确实是囊中羞涩。因为抚养着非明，这些年她并没有攒下什么钱，最后一笔积蓄也用在了料理平凤的后事上。现在她仅有的财产莫过于几年前斯年堂哥转到她名下的那套房子——"小和尚"生于斯长于斯，困住了她所有思念和牵挂的房子。

她心里有事，又习惯性地低着头，走过家门口的小商店时，差点被财叔的大嗓门吓得左脚绊到右脚。

"我说桔年啊，你再不回来我可就要留你们家韩述吃饭了。"财叔的语气里暗含责怪，仿佛她是个不称职的妻子。

桔年抬起头，果然看到韩述从财叔小商店前围着的一圈人里闪了出来，不用说，"股神"又在向淳朴的"城中村"大叔大妈们传经布道了。

他们对于他的热爱要远甚于在此生活了多年却独来独往默默无闻的谢桔年。因此，桔年也不愿意和摇着蒲扇的财叔解释韩述是不是“她家的”的这个问题，这只会引来街坊们更多的调侃。

韩述与她并肩朝老房子走去，笑着说：“我饿死了！”

“可是我吃过了。”桔年没有骗他，她确实没预料到他会来。事实上，几年前他们刚有过一场争执，更确切地说，是他刚大发了一场脾气，差点又一次踢坏老屋的破铁门，那怒气汹汹的样子仿佛是铁了心要和她老死不相往来——至少她没想到他会出现得那么快。

“那你也得给我再做点吃的。”韩述理直气壮地说。

桔年的声音越来越小，“呃……我三天都没买菜了。”

与严苛地讲究生活品质的韩述不同，桔年素日里是怎么简单怎么过，以前非明在的时候，做饭那是没有办法的事，后来非明走了，韩述又赖在她那里好长一段时间，自己不动手也就罢了，嘴巴还极其挑剔，老缠着桔年变着花样给他做，然后一边吃一边大肆点评，闹得桔年焦头烂额、烦不胜烦。他不在的这些日子，她乐得轻松，下了班就在店旁的面馆解决用餐问题。

韩述的脸色明显变了变，桔年几乎以为他又要不高兴了。不管他在外面的样子多得体，骨子里还和从前一样孩子气，越是在熟悉的人面前越是易喜易怒，非要人哄着他顺着他，脾气来得快去得也快。没料到他竟也没有发作，只闷闷地踢着脚边的小石子，嘴里道：“哦，好像也没多饿。”

桔年想到那天他摔门而去、气得浑身发抖的样子，又见他眼前这般忍气吞声，不由得心一软，“好像家里还有方便面和鸡蛋，你要想吃的话……”

“你整天都吃些什么垃圾食品！”

“那算了……”

“什么算了，方便面要用开水煮了，把水滤掉，再放调料。鸡蛋要煎的，五成熟。对了，方便面什么牌子的？”

说着说着，他又兴致勃勃地说起了最近发现的一家很特别的越南菜馆，非要哪天带着她去尝一尝。

桔年笑着听他说，在铁门前摸索着钥匙。韩述看到摇摇欲坠的铁门，讪讪地搓了搓自己的脸，“我吃了饭再去财叔那找工具修修。”

桔年都想得出财叔的表情，年轻人就是精力过剩，要不老和那扇铁门过不去干什么。

进了屋子，桔年放下东西就到厨房给韩述煮面。他在等待的过程中就满屋子地瞎转，好像他离开了十年八载似的。

“啧啧，你看这里都漏水了，难怪角落里会长出青苔。”

“你不觉得房梁都长白蚁了吗？说不定睡梦中屋顶塌下来把人给埋了。”

“门口的树叶你能不能扫一扫？不知道的还以为这里住了个五保户。”

他说累了，找了张椅子坐下来，不期然听到老朽的竹椅发出诡异的咯吱声，他低声咒骂了一句，然后用刚好足以让桔年听到的声音“自言自语”道：“这个地方简直太好了，跟个历史博物馆差不多，到处都是文物，难怪你打死也不肯离开，还有犯贱的人要买票来参观。”

桔年按捺着，就好像什么都没听见。最近他们无论说什么最后都会回到这个话题，这也是之前他们争吵的导火索。她知道韩述不喜欢这个地方，而他之所以一再地去而复返，是因为他想要带她一起离开。

其实韩述在这老屋也住了为时不短的日子。他父亲韩院长以那种不光彩的方式退下来没多久就因心衰而离世了，就如同一棵枝繁叶茂的大树伤了根脉，在一夜之间枯竭。这对于韩述来说无异于当头闷棍。他口口声声说自己恨老头子，也看不起对方的为人，可这所有的不满都需要一个活着的韩院长来承载。韩设文的骤然离世击溃了韩述一切的正义凛然，不管他在世时做过什么，是个什么样的人，当噩耗传到韩述那里时，他失去的是父亲，从小对他严厉无比但却仅有他一个儿子的父亲。他甚至不敢在父亲的遗体前流泪，因为发病前几天妈妈给他打过一个电话让他回家，他明知道背后是老头子的意思，却固执地不肯去。而直到最后他也不知道是否自己的举报成了给父亲的致命一击。

那段时间他就躲在桔年的老房子里，哪儿也不肯去。桔年虽知道不该留他，却也狠不下心落井下石，两个人原本就说不清道不明的关系更加混乱。直到韩琳回国料理父亲的身后事，最后找到并带走了韩述。

桔年知道韩述和姐姐一贯亲密，她并不知道韩琳用什么方式开解了韩述，只知道他一定痛快地哭了一场。韩琳是个明朗而爽快的女子，韩述非要把桔年带到她的面前时，她没有多说什么，就像对待家人一样对待桔年，然而在离开的前一天，她单独对桔年说了一番话。

韩琳说，韩述对不起桔年，这一点谁也不能否认，但是站在亲人的立场，她恳求桔年看在韩述死心塌地的分上，要不就爱他，如果做不到的话就对他狠一点，让他彻底死心，权当放了他。

桔年当时面红耳赤，她知道自己的含糊和犹疑都被韩琳看在眼里，然而韩琳是对的。韩述用尽全力也追不回飞花雨，谁也改变不了往事，但是他们依然需要一个答案。

然而在她得出这个答案之前，送走了姐姐的韩述就急不可待地想要把桔年带离这个老房子，在他看来这里不仅不适宜居住，更重要的是无处不充满着巫雨和回忆的鬼魂，而这些正是他极力盼望桔年摆脱的东西，就连他妈妈都默许了桔年的存在，他等不及要和她有全新的生活。

桔年却没做好斩断与老房子所有牵连的准备。永远斑驳摇晃的旧铁门、漏雨的屋檐、落满枇杷树叶的破旧庭院，她仿佛半生都系于此。还有非明，她走得太早，小小的魂魄会不会仍记得这个曾收容了她的旧地，还有陪她在这里生活了八年的姑姑。

为此便有了那场激烈的争吵。桔年拒绝搬离老屋，而韩述咬牙问她是不是因为这是巫雨生活过的地方，她回以沉默。“那我算什么？我算什么？”韩述的质问声犹在耳畔。她就像院子里那棵枇杷树，不管一开始为什么栽种在院子里，重要的是它已生了根。

韩述消失的这几天，桔年不止一次想过韩琳的恳求。爱他，或是放了他。前者她不知道，但至少后者她是做得到的。

仿佛被她的沉默所感染，韩述竟也不再出声，想是不愿再挑起之前的不愉快，既然解不开一个死结，那他唯有绕过去。

可这样的安静毕竟让他不安。过了一会儿，韩述又找到了一个话由。

“烈士墓的拆迁后天就动工了，你知道吗？”

厨房里煎鸡蛋的滋滋声中，他好像听到桔年“嗯”了一声。

她的漠然处之让韩述有些意外，想了想，又觉得没什么好奇怪的，于是自我解嘲地喃喃道：“也对，他摔下来的地方还在不在有什么关系？反正在你心里他一直还活在这屋子里。”

他的声音并不大，几乎被锅铲声盖过了，过了一会儿，桔年关了火。

“你错了。他现在已经和非明在一块了。”桔年一本正经地把面条端到韩述面前，额头上都是亮晶晶的汗珠，“鸡蛋煎过头了，你将就着吃吧。”

“和非明在一块……你知道了？”韩述拿起筷子才反应过来，愣愣地看着桔年。

非明死后不久，陈洁洁将巫雨从荒山野草中的坟墓里迁出，和女儿葬在了一起。这事韩述一早就知情，但他在桔年面前守口如瓶，并再三嘱咐陈洁洁不要在桔年面前提起此事。

桔年坐到他身边，同样残破的椅子在她身下听话得很。

“你为什么不告诉我？”她问。

韩述没有回答。

他知道用这个可以刺伤桔年，让她知道巫雨死了也不是她的。然而在争吵的盛怒中他也没有把这件事说出来，因为他怕桔年太难过。

“上个清明我去看过他了，坟墓已经被迁走。我猜没人会对一个孤魂野鬼有兴趣，除了他的家人。其实这样也挺好的。”桔年低声道。

韩述吃了几口面条，他在事务所忙了半天，午饭都没吃上，实在是饿坏了，也没力气挑剔她的厨艺。他有些奇怪，桔年一向没有上坟的习惯。

“你真的觉得这样挺好？”他试探着透过面条热腾腾的雾气打量她的神色。

她还是一贯淡淡的表情，看不出悲喜。

“他要是还活着，也应该是和她们在一起的。”

韩述原本想说话，却被面条呛得狼狈不已。桔年无奈地给他拍背。

“你急什么，谁也不跟你抢。”

韩述好不容易停止了咳嗽，找回了自己的声音，急着又要开口。

“慢点。”桔年说。

“不是，我想说，你不想搬走也可以，但是得让我住进来。”他用瓮瓮的怪声调对桔年说，接着飞快地避开她的眼神，继续埋头吃面。

桔年一言不发地看着韩述，多么奇怪，这么多年，在她对于“小和尚”的所有幻想里，竟然从未有过如眼前一般的画面：她静静地，微笑着坐在他的面前，看他大口大口地吃自己亲手煮的一碗面。如此世俗且真实。

韩琳说，有时我们会发现为之付出了所有的信念竟然是一场谬误。

方灯则说，我已经记不起那扇窗的样子了，说不定它根本就不是我想象中的颜色。好在现在我还有一扇门。

“不行。”桔年回答韩述。

“为……为什么？”他重重地放下筷子，脸涨得通红，仿佛完全接受不了这样的答案。

桔年说："因为我要卖了这房子，好用来盘下现在工作的那家布艺店。"

"那你住在哪儿？"

韩述说完这句话，忽然觉得自己傻透了，然后他搓着自己的脸，就这么望着她笑了起来。

番外三

庄娴

⊙

庄娴是在大二那年迎新生座谈会上认识他的，那时他只是一个刚刚脱离高三苦海的大一新生。

庄娴平日里最怕人多的地方，院里系里的活动，能免则免，还不如在床上睡大觉。那晚她濒临感冒的边缘，头晕喉咙痛，可是同宿舍的姐妹郭荣荣怂恿她说，大二的女生就像开始发蔫的黄花菜，同级或高几级的男生那么长时间都没有伸出“橄榄枝”，估计是不用指望的，还不如去开垦新生那片“希望的田野”。

郭荣荣信誓旦旦地说，不去一定会后悔的。庄娴跟郭荣荣关系好，一向由着对方拿主意，于是也就傻乎乎地跟去了。至于那一晚，假如庄娴真的不去，服一粒感冒药，在九点钟爬上宿舍的架子床一觉睡到天亮，事后会不会后悔？这已经永远成为一桩悬案了。事实是，她去了，遇见了他，却着实后悔了好些年头。

法学院是这所学校的重点院系，每年招来的学生不少，热闹熙攘的座谈会现场，跟赶集似的。转悠了几圈之后，郭荣荣忽然使劲用手肘顶着庄娴，附在她耳边小声说道："哎哎，看啊，快看那边，黄衣服那个！"

其实那个时候庄娴已经看到了他。难道是怪他亮色的 T 恤在人群中太过吸引眼球？还是她身处的角落太容易跟他形成光与暗的对比？她很少会这样用视线细细去描绘一个异性的轮廓，这回是个意外。

周围的人群显得他个子高挑，皮肤被明黄色的 T 恤衬得更显白皙，黑黑的眉毛让他看上去并不阴柔，更重要的是，他有一双不笑尚且含情的眼睛，这和那略显矜持的嘴角构成了一种矛盾而奇妙的和谐。

他站在小范围人群的中心，与身边的人谈笑风生，应对自如，举手投足之间尽显自信，仿佛早已习惯成为人群中的焦点。假如不是他脸上飞扬的朝气，加上身边的郭荣荣都一再强调从来没有在学校里见过这号人物，庄娴几乎觉得有些拘谨的自己比他更像又傻又逊的大学新鲜人。

一晚上，学院活动中心亮如白昼，这让原本已有轻微感冒症状的庄娴头昏目眩，梦里颠来倒去都是高明度的黄色，像正午最耀眼的太阳；还有他细细擦拭双手的纸巾，皎洁的白。

都说眼睛是心灵的窗口，可是透过他的眼睛，还来不及看清里边的风景，凝视的人心中已悄然打开了门扉。

第二天，郭荣荣从外面给庄娴带回来了感冒药，也带回了他的名字。

他叫韩述。

关于韩述的一切，庄娴是在消息灵通的郭荣荣那里，以及自己在校园里偶然或"貌似偶然"的一次次擦肩而过中留下的印记一点一滴勾勒起来的。就像一幅油画，起初是寥寥的几笔速写，渐渐地有了层次和色彩，看起来栩栩如生，一如她心目中期待的样子。

庄娴是个害羞而内向的女孩子，她有一张漂亮的面孔，大眼睛，长发乌黑，活脱脱就是同龄男孩子梦中情人的形象。刚踏入这所大学的时候，追求的男生犹如过江之鲫，但是大多数在观望阶段或刚接触不久就宣告放弃了。其中最大的原因就是庄娴性格太过拘谨，她在不够熟悉的人面前说话总是结结巴巴，走在人多的地方总是不知道手脚该往哪儿放；她怯于跟人视线交流，不善表达内心的情绪。偶有欣赏她文静羞怯之美的男生，近距离相处一段时间后，常因太过乏味而放弃，久而久之，勇于挑战自我的男生也不容易出现了，庄娴“木头美人”的名声也冲出法学院，走向全校。就连郭荣荣也在跟别人的玩笑话中戏称自己的这个好友是“美则美矣，全无灵魂”。

庄娴羡慕同班、同宿舍的好友郭荣荣的能干和爽利，郭荣荣是班上的团支书、院学生干部、文学社骨干。她风风火火，敢做敢说，永远知道自己要走向哪里。庄娴知道自己永远也成不了郭荣荣那样的女孩，或许这也是她与郭荣荣如此亲密投缘的原因。尽管郭荣荣的一张利嘴不饶人，庄娴时常要吃点哑巴亏，可这并不妨碍两个女孩的友情。

政法大学的出色男孩子不在少数，然而韩述的风头依然不弱。他曾是不少女生宿舍熄灯后的谈资。他有没有女朋友？他对什么样的女孩感兴趣？他跟谁谁谁走得很近？某某系的某某某又对他大献殷勤？

女孩子的卧谈会不就是由一个又一个八卦而暧昧的话题构成的吗？任何一个地方，总有他这样的男孩子，扮演着那些话题里的主角。

韩述爱玩，这一点是众所周知的，他并不像其他出色的男孩子一般神秘。相反，他精力充沛，活力无限，似乎对一切新奇有趣的事物都充满着兴趣，爱热闹，也爱扎堆，入学不到一年，男男女女的朋友遍地都是。羽毛球社、篮球社、文学社、合唱团、计算机协会……他通通参加，大大小小的活动中都可以找到他的身影，在老师和同学中同样受欢迎。可是认识他的人多，特别交好的少；对于女孩子他也不刻意保持距离，别人对他好，他照单全收；有人约他出去玩，只要不是单独的一对出行，他很少拒绝。可越是这样他的感情生活越显得扑朔迷离，“有可能”的对象名单长长一串，可是坐实的一个也没有。

郭荣荣是少有的不把韩述放在眼里的女孩子，韩述加入文学社，作为副社长的郭荣荣当众给过他不少冷脸。新社员写的稿子里，她不止一次地挑出韩述的作品，念着念着，然后感叹上帝果然是公平的。

庄娴曾经偷偷问过郭荣荣，为什么特别不喜欢韩述。郭荣荣答道：“我最讨厌他这样自以为是白马王子的纨绔子弟，如果没有一个好家世和好皮相，他什么也不是。”她常常在庄娴面前毫不留情地嘲弄那些在韩述面前“故作娇羞”“毫无尊严”的“狂蜂浪蝶”，每当她们自以为成功却竹篮打水一场空的时候，她更是兴高采烈地大肆讥讽。

“就算真有王子，也不是每一个普通女孩都可以成为灰姑娘的，灰姑娘是什么，灰姑娘就是除了有个后妈这件事之外，其他方面统统圆满的女人。”这是郭荣荣经常挂在嘴边的一句话，不知道是有意还是无意，每当庄娴听到这句话，总觉得特别窘迫，她好像可以感觉到郭荣荣的这句话是说给她听的。

是啊，郭荣荣怎么可能看不出庄娴的那点小心思？庄娴自以为藏得很深，其实那些少女的心思都写在脸上呢。有关韩述的传闻，她听得那么入神，有时竟然不知不觉就满脸通红；当韩述在她身畔十米范围内出现的时候，她的紧张和兴奋是那么明显。她长得不错，可韩述身边的女孩子哪一个不漂亮？不消郭荣荣点破，庄娴也知道自己是痴人做梦。

可郭荣荣不放过她，一个院的学生，见面的机会不少，每当她们出现在某个有韩述的场合，庄娴已经够手足无措了，郭荣荣还要拼命用手肘顶她，憋着笑挤眉弄眼地暗示。

郭荣荣还会心照不宣地屡屡带回关于韩述的传闻——他是大法官的儿子；他父亲的相片被挂在历届优秀校友的荣誉展廊里；听说系主任跟他家关系密切；他的羽毛球打得很好；他和队友代表学校在某大学生辩论赛中得了名次；他是某某教授眼里唯一的关门弟子……尽管庄娴不关心这些，她看到的只是韩述似笑非笑的眼睛，羽毛球比赛候场时偶遇的沉默走神，还有欢快时总传达不到眼底的笑意，可她还是一次次在郭荣荣绘声绘色的叙述中面红耳赤。

有一次，文学社组织全体社员到郊外踏青烧烤，郭荣荣非拽着庄娴这个编外人员参加，从头到尾，庄娴都躲在人最少的角落里给大家烤东西吃，任凭郭荣荣如何鼓动她上去跟韩述打个招呼，她也是纹丝不动地缩着。原以为这样可以躲过，可韩述偏偏凑过来不计前嫌地跟郭荣荣打招呼。

他走过来站定在她们面前那一刻，庄娴就成了一个人形红番茄。郭荣荣和韩述在一旁说话，她绞着手指，一门心思地看着自己的脚尖。

“郭荣荣，你同学是不是不舒服？”韩述打完招呼竟也不急着走开。

郭荣荣大笑起来，不由分说抓着庄娴的手，对韩述说道：“对了，忘了给你介绍，这是我的好朋友庄娴，她可是你……”

那一刻，庄娴觉得自己会因紧张过度而窒息死去，真的，被他知道了，她也不想活了。

也许是出于自我保护的本能，她另一只先前还烤着鸡翅膀的手突然伸到她和韩述面前。

“我……我……我的翅……翅膀，给……给你……吃……”

很久之后，庄娴都没能从自己那时的“疯狂”举动中释怀，她手中的铁叉上还冒着热油的鸡翅膀险些捅到韩述的脸上，幸亏他闪避及时才逃过一劫，一旁的郭荣荣早就笑弯了腰……她当时恨不得咬掉自己的舌头，语无伦次得不知道说些什么，活该在他面前丢人现眼。

郭荣荣笑毕，大概也知道了玩笑的底线，接着之前的话头继续为韩述引荐，“我刚才还没说完呢，她可是你的……师姐啊。”

韩述一边笑，一边擦拭着刚才溅在自己衣服上的烧烤油，然后竟然也再自然不过地接过了庄娴手里的烧烤叉，嘻嘻一笑，“给我烤的吗？谢谢庄娴师姐……你的翅膀味道还不错。”

韩述不知道，就连郭荣荣也不知道，那一次他接过烧烤叉时留在庄娴指尖的温度，很久之后都还在触动着她。

这件事后，脾气就跟面团似的庄娴也跟郭荣荣生了好几天的闷气，她暗恼郭荣荣玩笑开得过了火。换作以往，受不得冷清的郭荣荣早就换着法子逗庄娴笑起来，可这一次，竟也像较着劲似的，两个好朋友冷战了不少日子，郭荣荣才主动开口邀庄娴陪她去学校的交谊舞会。

此时，庄娴已然消气。她就郭荣荣这么一个好友，冷战起来也怪孤单的，对方给了个台阶，再傻也知道顺势下来。换套裙子，她就跟着郭荣荣去了舞会。

黑黝黝的舞厅挤满人，庄娴和郭荣荣刚坐定，就留意到了舞池的中心，衣冠楚楚的韩述环抱着民商法学院的一个漂亮女孩在一支快三的曲子里如蝴蝶穿梭般满场起舞，金童玉女，配合得天衣无缝。

“那女的我认识，外号‘公共汽车’……”极低的可见度里，庄娴看到了郭荣荣勾起一边的嘴角，她也没心思去听，一心一意地随着他们的舞步。他们跳得真好看，庄娴想。

她甚至没有嫉妒，当她知道自己永远不会是光环里陪在他身畔的那个人，心中便只剩了心悦诚服的欣赏。

韩述和他的舞伴在舞步中游走，跳着跳着就转到了庄娴身边，庄娴怔怔的，也不知道是谁暗地里使了把劲，将她一推，她毫无防备，就这么跌跌撞撞地扑了过去，正撞上了韩述的舞伴，那女孩子停下来，惊叫了一声。

庄娴绕着舌头吞吞吐吐地道歉，可嘴巴不听使唤，身边吵吵嚷嚷的，都成了模糊的一团，听不清辨不明。然而，韩述松开他的舞伴，扶直了庄娴，竟然就着她的手，在未完的曲子中领着她跳了下去。

在宿舍的卫生间里，只有一个人的时候，庄娴曾不止一次偷偷哼着只有自己听得见的小调，张开手，与虚空中的另一半共舞，她本以为那只能是她一个人的梦。

忘了那一夜是怎么结束的，庄娴躺回了她的架子床，可是心还在舞池里，被他牵引着跳一曲圆舞，转啊，转啊，梦也在旋转中无边无际。

还是郭荣荣浇醒了庄娴的梦，她说："韩述这个人，就是太轻佻，你别走火入魔，听我的话，城堡里只有一个王子，想做灰姑娘的人却是千军万马过独木桥！"

庄娴心里想，她不要过桥，有过那场共舞的梦，也就足够了。

谁知道，一切才刚开始。

尽管郭荣荣一再点醒庄娴不要做灰姑娘的梦，可是如果有一天，王子提着一双正合码数的水晶鞋施施然走过来，你要不要穿？

很快，韩述找庄娴的电话在宿舍里时常响起，他的身影也不时出现在她宿舍楼下。别人都在风传韩述看上了法学院的"木头美人"。郭荣荣有时也一个人愣愣地自言自语："可能吗？"

庄娴不管可不可能，他是她的光源，她是无悔扑火的蛾，于是红着脸，期期艾艾地去赴一场场如梦之约，她照例是不善言辞，紧张起来浑浑噩噩，与他挥别后常想不起相处时的细节，而韩述注视她的眼神竟似比她更专注。

"我……我是不是看起来很傻？"庄娴怕这个梦醒得太早，唯恐自己的乏味让他打了退堂鼓。

可韩述却一再重复强调她的好，一遍一遍，语气郑重，仿佛要让她记住。你怎么可能傻，我可不会跟傻瓜考上同一个大学；你怎么可能比别人差，难道你从来不照镜子吗？他的话犹如催眠，说得多了，庄娴竟也慢慢让自己相信了一点，每天早上照他说的对着镜子念：我很好，我很好……人前人后，居然自信了不少。

“可是我很无趣，你跟我在一起会不会很烦？”这是庄娴最后一个疑虑。跟她以往对韩述的感性认识完全不同，韩述很少带着她去玩去闹，两人相处的大多数时间，他都很安静，也不介意庄娴话少。一块上自习的间隙，庄娴偶然抬起头，会发现身边的韩述支着下巴怔怔地看着她，碰上她的视线，眼睛却回避了。

韩述总说：“你这样就好。”下一句话却开始嬉皮笑脸，“有没有人说过，你不说话的时候沉静如海？”

当然没人这么说过。庄娴在他孩子似的贫嘴中，幸福如火中烧，这幸福让她暂时忘却了别人注视的眼神，也忘却了好友的冷脸规劝。

郭荣荣说，你就傻吧，他有这么好？没后悔药吃的时候，哭都来不及。

可是后悔药不都是事后才吃的吗？她要的是现在。

韩述上大二的那个情人节晚上，庄娴鼓起勇气送了他一条羊毛围巾——围巾是寒假里她缠着让妈妈教会的，手工拙劣，却是他喜爱的大红色。庄娴害怕郭荣荣笑话，一直把围巾藏着掖着，直到那天晚上才偷偷拿出来。

他们约好一起出去，庄娴到韩述的宿舍，等他慢慢收拾好自己。他这样一个急性子，在打理自己仪表时居然能耐心得一丝不苟。眼看宿舍四下无人，庄娴羞涩地把那条围巾手忙脚乱地系到韩述的脖子上。

“你喜欢吗？”庄娴低声问。

韩述没有马上说话，她不敢看他的表情，局促地低着头，特意修饰过的披泻下来的长发搔得脸有些痒，心里却像有成千上万的蚂蚁在爬。

等待他反应的瞬间，在庄娴看来无比漫长，她慌慌张张地别开脸四处打量，让自己看起来没有那么紧张。可视线却扫到了他整洁的书桌上，随意丢放着的一双褐色手套。

庄娴顿时就蒙了。这手套她怎能不认识，那手背处的花纹是她亲眼看着拆了又拆，一针一针地织出来的。

手套出自郭荣荣之手，上个学期末，考前紧张的复习时间，庄娴就看到郭荣荣经常缩在床上织着这双手套。郭荣荣也是生手，偏又生性好强，看不得一丝瑕疵，反复地拆了再织，虎口都被毛衣针磨起水泡了。庄娴在一旁看着，也就是那时生起了要给韩述也织点什么的念头，又不好意思开口让郭荣荣教她，这才拖到寒假才动工。

庄娴也曾问过郭荣荣是织给谁的，郭荣荣当时淡淡地说“爱给谁给谁呗”。那时她们小姐妹俩之间不知怎么回事，不似之前那般无话不说，庄娴也不好意思追问，她猜想这样的东西一定是送给最重要的人，可是，却万万没有想到，这个人竟然是郭荣荣嘴里最不以为然的“轻佻的纨绔子弟”。

韩述也注意到庄娴看着手套发呆，捡起那双手套，不由分说就往庄娴手上套。庄娴的眼睛一红，手微微往回撤了撤，韩述的手却抓得很紧。

“你喜欢吗？”他不回答她的问题，倒反过来问她同样的一句话。

“不……不……我是说，我喜欢，可……可是，别人……”庄娴心里乱得很，很久不在韩述面前出现的口吃又回来了。

韩述不让她的手往回躲，抓住了，只一声声追问：“那些你别管，我就问你喜欢吗？你不喜欢吗？说啊，说话啊！”

鬼使神差地，庄娴眼角流下一行泪水。她不是一个好的朋友，郭荣荣打着电筒织手套的情景在她眼前浮现，当时她竟从来没有留心地细想过……可是即使她知情又能如何，此刻比愧疚更强烈的是手心的温暖。

她低着头回应韩述的追问。

“喜欢。”

她可以感觉韩述的手徘徊在她的发间，连声音都是没有听过的迟疑和温存。

“你再说一次。”

庄娴做梦一般呢喃：“我真的喜欢。”

那个情人节的晚上，韩述抚摸着庄娴的长发，第一次吻了她。

也是从这时开始，庄娴仿佛看到心中的城堡大门真的朝她打开。她真的成了韩述的女朋友。

韩述其实是个很矛盾的人，他爱热闹，却找了个不善言辞的沉闷女友；他说喜欢庄娴的安静，然而当她柔顺如绵羊般守在他身畔时，他眼里常有一闪而过的失望；他没有在庄娴的旁敲侧击中承认过她是他从小到大最亲近的女孩，却在无意中透露，那个情人节，是他第一次亲吻女孩子的嘴；他是庄娴见过的最阳光的男孩，可是总有一些时候，看起来心事重重；他明明就在庄娴身边，可庄娴还是觉得太不真实；他不笑的时候眉梢眼角仿若桃花荡漾，笑的时候反倒淡了……幸而她习惯对想不通的事情抛诸脑后，很少追问，很少探究，这是她让自己安享快乐的一种方式。

关于这段感情，别人预言的闪电分手和韩述的移情别恋，都没有成为现实。很难相信韩述和庄娴就这么相安无事地相恋了两个年头。

在那段幸福的时光里，唯一让庄娴遗憾的是她和郭荣荣之间的友情的中止。而这一切的导火索是郭荣荣暗恋韩述一事在传出去之后，韩述被别人问起为什么看不上法学系大才女时，戏谑的一句话，他说：

“去年一滴相思泪，至今还未流到腮。”

郭荣荣各方面的条件都很好，人长得也不赖，偏偏脸长得稍长，嘴上虽不说，心里也颇为遗憾。韩述这引经据典的调侃话一传开，郭荣荣捂在被子里痛哭了整晚，次日就想尽一切办法搬离了庄娴所在的宿舍。当她走出那扇门时，庄娴也知道她们也许再也不是朋友了。她甚至没有办法开口去解释和规劝，每一种说法都像是胜利者的宣言。

对此，庄娴难免对韩述颇有埋怨。韩述却说，他早看不惯郭荣荣的自以为是和对庄娴的欺负，这回是故意让她下不了台，这样的朋友不要也罢。庄娴虽感遗憾，然而正身处热恋中的她，又能怎么办呢？

郭荣荣也不是好欺负的主，没过多久，她就在文学社刊物这块自留地里不指名道姓地对韩述进行一场口诛笔伐。她文章写得好，笔锋犀利，一时间，谁都知道《就怕流氓有文化》和《论登徒子的肤浅恋爱》中那个贪图表象，不重内涵的纨绔子弟正是韩公子。一番宣泄后，郭荣荣心里好受很多，从此更是挺胸抬头做人，对韩述和庄娴这一对情侣再不理会。

韩述读大三的那年长假，庄娴跟他一块到三亚旅行，同行的还有他的两个发小。这次旅行对庄娴来说意义非凡，这是韩述第一次把她带到了他的好朋友面前，这意味着他对她的进一步认可。庄娴竭力让自己不在他的朋友面前丢脸，可是韩述的两个朋友嘴上虽没说什么，一路上却反反复复、上上下下地打量过她很多回。这样的异样目光和他们私下里心照不宣的目光交流，全被并不敏感的庄娴看在眼里，而韩述似乎满不在乎，一路兴致高昂。

在三亚度过的第一个夜晚，几个人兴高采烈地跑到住处附近的沙滩大排档吃海鲜。庄娴中途去洗手间，找不到路，回头来打听，远远地看到那个叫方志和的男孩子从自己的背包里掏出了一件东西递给了韩述。韩述接过，只是草草地看了一眼，二话没说就顺手扔进了一旁的垃圾桶。

在海角天涯绮丽的落日余晖中，韩述说“今天高兴”，拉着周亮跟方志和喝了不少的酒。嬉闹间，周亮作势嚷着要灌庄娴一杯，韩述冷着脸拦下来，没等对方发话，他就闷声不吭地连喝了三杯。周亮与方志和面面相觑，没有再闹下去。

之后，韩述醉了，俯身在一侧的沙滩上吐得一塌糊涂。庄娴和另外两个男孩子一道半扶半抬地把他送回了房间。安顿完毕，周亮与方志和都借口要到海滩夜游，把庄娴和韩述单独留在了房间里。

此次出行由方志和负责找宾馆，但是黄金周期间，火爆的景区住宿紧张，大小酒店人满为患，他们找到的这间小宾馆并不理想，几个人中，最挑剔的莫过于韩述，可他竟然出奇地没有计较。

庄娴陪着沉睡中的韩述在房间里静静坐了很久。陌生的城市、陌生的地点、陌生的朋友，就连这身边熟悉的人也开始陌生。

他为什么高兴？他真的高兴吗？庄娴像是忽然发现，他高兴的时候心里想什么，难过的时候心里想什么，自己竟然浑然不知。

她也不知道自己是什么时候起迷迷糊糊地躺在他身边睡着的。一直到半夜，韩述翻身的动静惊醒了她。房间里的灯已经熄灭了，只有一扇面朝大海的窗敞开着，咸而潮湿的海风随着月光一道飘了进来。庄娴知道他醒了，可是谁也没有说话，渐渐地，两个人的呼吸都变得粗重起来。

在混乱和黑暗中，年轻的男孩和女孩，该发生的事就这么顺理成章地发生了。从头到尾，韩述都没有说过一句话，庄娴在紧张和甜蜜的无声伴奏中迎来了她第一次的疼痛，尽管没有她幻想中那么神奇和美妙，可她爱着身边这个男孩，这种承受显得如此圆满。她先前的一丝疑虑在身体的疲惫和心灵的满足中渐行渐远。

三亚的气候湿热，庄娴在激情中缓过神来，才发现自己一身是汗，虽然眼皮越来越沉，可是仍禁不住想要起来冲洗一番。韩述的呼吸变得安详而悠长，她猜他也许累了，又陷入了梦境，于是起身的动作自然小心翼翼。

可是她身躯微微一动，顿时觉得头皮一疼，才发觉发梢不知被压在了哪里，这时韩述的身体很快便贴了过来，紧紧抱着，像个孩子似的，头和脸都埋在了她微微弓起的背上。

这个出奇亲密而依赖的姿势让庄娴心里感觉既甜蜜又好笑。

“你……”她刚想开口说点什么。

“嘘……”韩述打断了她。

她一度以为他会有下一步的动作，然而他没有，就这么紧紧地拥着她，贴着她。夜很静，这样的依偎似乎让人坠入天长地久之中。

庄娴不敢动，可长时间保持这个姿势，让她开始觉得腰和脖子都酸疼。她也不知道过了多久，在半醒半梦之间，她听到了隐约的哭泣声。

起初她以为是自己的错觉，不由得吓了一跳，回过神来，才意识到压低的哭泣声，竟然来自于自始至终拥着她的韩述。

热闹活泼的韩述，在静谧的黑暗中，像个迷路的孩子一般拥着她哭泣。

“你骗我……”他说。

这是属于他们的第一个晚上，这是庄娴所记得的、韩述说过的唯一一句话。

次日，在方志和与周亮暧昧的笑容中，韩述恢复如常，对于那一晚的异样，在庄娴面前他也再没提起。

他嘴里反复呢喃的一句话，还有濡湿了她背部的眼泪，成了一个让庄娴震惊却费解的梦。那是她从不了解的韩述，又或者她从来都不了解韩述。

回到学校之后不久，已经大四的庄娴投入了找工作的洪流。忙起来的时候，见韩述的机会就少了，韩述也没有太主动地找她。谁也想不明白，持续而稳定的爱恋，怎么会在最亲密最激烈的交汇之后渐渐冷却了呢?

庄娴习惯了不往深处想，她只是发现了一个更显而易见的事实，最初的时候，她一天见不到韩述就心慌得厉害，后来慢慢习惯了，这个间隔期变成了三天……一周……两周……一个月……从什么时候开始，因韩述而变得自信的庄娴发现，即使没有韩述的陪伴，其实天还是一样蓝。

庄娴的成绩并不拔尖，她不像郭荣荣一样轻易考上了本院的研究生，找工作也不算太顺利。最后，总算在邻省的一个中小型城市里的法院谋到了一份书记员的差事。离开学校的那段时间，她一直在等待一件事，她知道，自己在等韩述开口说分开。

可是韩述没有。

直到韩述提出送她去火车站，他说的仍然是："其实你没有必要去外地，你留下来，我爸爸出面……还是可以找到不错的工作的……"

庄娴摇了摇头。

分手的建议是毕业将近一年之后，庄娴在一封电子邮件中提出来的。韩述只在邮件中回复了三个字："好，珍重。"

工作两年后，庄娴嫁给了工作单位里的一个同事。那男人很普通，也很体贴，庄娴也变得越来越开朗外向。这不是她第一次感受到幸福，可这份幸福却是脚踏实地的，而不是漫步在云端。

韩述也考上了本院的研究生。关于后来的他，还是从郭荣荣一点一滴的描绘中浮现在异地平静生活的庄娴心中——已经决裂多年的郭荣荣以老同学的身份参加了庄娴的婚礼，时过境迁，重归于好，两人的友谊虽不再如从前亲密，但经历了一段谁也没有得到的争夺，毕竟重拾了一份情谊。庄娴也开始明白，有些东西，淡一点，才能久一点。

郭荣荣提到韩述时仍旧充满不屑和敌意，然而她就在这不屑和敌意中乐此不疲地讨伐他——他做课题时走的后门，后来的女朋友长得怎么别扭，找工作时如何依靠的家庭关系……庄娴听着，有时觉得忍俊不禁，这个郭荣荣，这个韩述啊……

其实他们都没怎么变，也许变的只是她。当她平静地微笑着回想他们的时候，也许那些过去，才真的过去了。

她是一个“木头美人”，唤醒她的人是韩述，可如春风般呵护她开出花朵的是将要陪伴她一生的那个平凡的男人，虽然，那花朵也是平凡无奇的，可这才是触手可及的生活，再不会听到夜半时分那压抑至无声的哭泣。

再次见到韩述，是在一个本系统的内部交流会上，那时庄娴已经是一个五岁孩子的母亲，她和韩述的相逢意外而略带惊喜，一如老友，彼此夸张地相互吹捧。两人都感叹，两个人之间的距离并非天各一方，怎么那么多年都没见着？也就是这次重逢，让庄娴觉得眼前的韩述比曾经的任何一个时刻都要显得更真实、更可爱。

韩述还是喜欢开玩笑：“有件事我应该找你算账，说真的，我们在一起的时候，我家老头子未必有多赞成，可是听说分了手，他也不信我解释，非说我始乱终弃，不分青红皂白地把我揍了一顿。你见过活那么大年纪还被老头子揍的倒霉家伙吗？那就是我。说起来，明明是你对我始乱终弃。”

庄娴笑了好久，最后，仍是没有按捺住多年以来的好奇，多嘴地问了一句：“你介意告诉我，那个人骗了你什么吗？”那曾经是她心头的一根刺，现在只是一个女人的八卦。

韩述起初还笑着，渐渐地那笑也挂不住了。

“你还记着啊。”他有些尴尬。

“当然，任何一个女人都会记得。”庄娴笑道。

番外四

男孩最终总能遇见那个女孩

⊙

方志和第一次注意到谢桔年，是在高一的校园舞会上。

那一年，与他们学校结成“友好学校”的美国俄亥俄州某中学代表团来访，学校安排了各种欢迎仪式、交流活动以示重视。代表团返美前，校领导欣然接受了美方代表团师生的提议，共同举办一个校园舞会，好让此次跨国交流热烈圆满地落幕。

国内的中学本来是没有“舞会”这回事的，尤其是他们上学的那会儿。严防早恋还来不及，校方怎会蠢到给一群处在青春期荷尔蒙爆发的少男少女提供“酝酿奸情”的良机。有舞会自然就要有舞伴。负责接待任务的校领导按照一对一的比例，在高一、高二各班级中挑选了三十多个学生，标准是口语较好、形象尚佳、品行良好……方志和与韩述均在此列。

落选的周亮十分失落，他一向自诩对美国文化十分谙熟——途径当然是通过阅读大量的美版成人杂志，因此韩述的别扭在他眼里相当之可恨。市级三好学生、乖宝宝韩述同学声称要回家告诉他妈妈，让家长出面干预，避免他参加此类无聊至极的活动。这种反抗当然无疾而终，老师说了，他们是带着“任务”去的，旨在“加强中西文化交流，展现当代中国青少年的风采”。

舞会开始时大家都很拘谨，只有几个年轻的中方教师带头进入舞池，在欢快的美国学生堆里尴尬地扭着。角落里的方志和、韩述都收到了带队老师锋利的眼刀，过了一会儿，方志和直接被一双不耐烦的手推搡着进入了舞池中心。他余光里瞄到，韩述也趔趄了几步，来不及发作，就被一个健美的黑妞顺走了。

舞池里一时拥挤了起来，灯光终于识趣地昏暗了不少，小方同学胡乱地蹦跶了一阵，出了一身汗，渐渐地也放开了，谁管带队老师嘱咐的“文明交流，严肃活泼”，也没人在乎口语标准与否，音乐轰得耳膜嗡嗡作响，他只知道贴着自己的友校同学发育良好，香水味巨浓。

场面热烈起来之后，带队老师也不再死盯着每一个人不放。有些跳累了的同学在场边休息、聊天，有些直接进入了主动物色舞伴的阶段。方志和在完全没有酒精饮料的“酒水区”喝了几口冰水，不知第几次尿遁的韩述也回来了。

方志和出声招呼正低头整理袖口的韩述，想调侃他几句——尿频尿急，用不用回家让你妈给你补补肾？韩述闻声看过来，没走几步就定住了脚。教工活动室老土的球形灯光束扫过韩述的脸，方志和发现，他的好哥们眉头紧蹙着，眼睛里却有光，绿光。

韩述神情古怪地定住了几秒，然后穿过舞池，走到另一侧的场边。那边一溜椅子上，坐着他们避之唯恐不及的带队老师，还有一个他们的女同学。

那个女同学脸生得很，方志和确定自己在“舞男舞女”小分队集结的时候没有见过她。但是方志和留意到她的存在，不是因为韩述，也不是因为她身上仍穿着校服，而是她自从出现在场边，就一直在嗑瓜子。

瓜子和矿泉水一样都是舞会上免费提供的，然而有光荣任务在身的“当代青少年”没谁顾得上这些。这位女同学的瓜子嗑得慢条斯理，嗑得怡然自得。她看上去有些羞涩，却并不慌张，似乎心不在焉，又似正旁观得津津有味，不时心虚地瞄一眼正和美方教师聊天的带队老师，嗑瓜子的动作倒一直没有停过。

韩述的步子在女同学的目光与他对上时有过片刻迟疑，但他还是站到了她面前。方志和也悄悄往那边挪了几步，他亲眼看到韩述短暂地环顾四周，礼貌而僵硬地朝女同学伸出了手，又亲眼看到女同学受到了惊吓一般，然后……她表情纠结地把剥好的一把瓜子仁放在了韩述的掌心。

回家的路上，韩述话很少。他们并肩坐在公交车最后一排。方志和知道这个时候韩述一定不希望身边还杵着一个人，可他着实舍不得错过韩述脸上的精彩表情。韩述该庆幸看到这一幕的人是他，换了周亮在场，早把刚才那一段演绎成单口相声，至少他一直憋着没有笑出声来。

“有什么好笑的？”韩述烦躁地搓了搓脸，说，“我只是同情她一个人坐在角落里才……老师说了，我们是带着任务来的，她凭什么那么悠闲！”

他没解释之前方志和还将信将疑，毕竟他可是韩述啊！可这一解释完，方志和就彻底地悟了。

方志和只是没想到，他悟得比韩述更早。所有的人都看在眼里，多么浅显的一个事实，韩述这傻子竟用了许多年才彻底弄明白。

从女同学手里剥夺来的那把瓜子仁，直到下车，韩述始终攥在手心。

事后方志和跟周亮曾经深入地讨论过一个话题：韩述最后到底有没有吃掉那把瓜子仁？

周亮倾向于“没有”。还是那句话，他可是韩述！他是连大美女陈洁洁陪在身边都常捂着鼻子，嫌弃她指甲油很臭的韩述。他做不出那种事！

方志和问：“那你以前相信韩述会傻了吧唧地去邀请别人跳舞吗？”

周亮脂肪一颤，没有反驳。

那时他们已经知道，那个嗑瓜子的女同学是代替闹肚子的同桌被临时捉到舞会现场凑数的，她叫谢桔年。过年时的一盆桔子——方志和对这个名字有这样奇怪的联想，是因为后来每到春节，韩述会去花市买一盆年桔摆放在家里，他说金灿灿的，热闹喜庆。

方志和背地里认为谢桔年本尊和热闹喜庆并不搭界。那次舞会之前，方志和从来没有留意过她，连号称对本校女生过目不忘的周亮也没有。但他们一致承认，细看之下，她长得还成。那她是怎么成功地让自己在人群中销声匿迹的呢？大概谢桔年是那种肥皂剧里女三号的长相。通常女一号或端庄或楚楚可怜，女二号明艳跋扈，女三号呢，多半是女主角的亲友或男主角的妹妹，总是青涩而模糊的，像安分的绿叶，夏夜的小星……

那么第二个问题来了，韩述又是怎么分花拂柳，拨云避月地盯上她的呢？

韩述根本不承认自己盯上了谢桔年，虽然他有时早餐都顾不上吃，主动揽过他最不耐烦的校纪值勤，就为了在校门口蹲守，看她那天有没有迟到。

爱动脑筋的小方同学只能自己分析揣摩。那时他刚看过塞林格的《破碎故事之心》，里面有这么一句话：“有两种女人可称为‘致命的女人’。有种致命的女人是通杀型的，也有种致命的女人不是通杀型的。”

谢桔年只能属于后者。

方志和曾把《破碎故事之心》推荐给和他从小学开始一路同班的两个好哥们，因为在他看来，这个精彩的短篇小说囊括了“当男孩遇上女孩”这类庸俗故事的各种可能性。可惜只换来周亮和韩述的一致白眼。他俩对小方同学的小文青调性并不感兴趣。周亮始终很专一，只爱看美版的色情杂志，日版的口味再清奇他都看不上。至于韩述，这类作品并不在他的“世界名著之林”清单里。

韩述不太看闲书，说起来，他连成人杂志都很少看——太庸俗。初二时周亮硬塞给他几本“限量版好物”，他在周亮家的阁楼学习了一下午，才恍然大悟：啊，原来生孩子还需要这些步骤……

方志和深以为奇地问乖宝宝：“你以前是怎么以为的？”

韩述回答：“我姐说跟练气功差不多，男人一运功，说‘嘿’……她总是编瞎话骗我。”

一旁的方志和、周亮早已笑得滚在地板上。方志和笑着笑着，爬起来朝周亮隔空一掌，大喝：“嘿！”周亮娇羞地应了一声“咻”，捧着肚子娇羞地依偎着方志和，说：“我肚子里有了你的孩子。”

韩述满脸涨红，讪讪辩解道：“我根本没相信我姐的瞎话，只是没往深处想！”

这件事以韩述书包里背着几本周亮的“私藏”回家恶补而告终。一周后，他又把那几本杂志完好无损还给了周亮，谁也不知道他有没有通过学习获得“进步”。

整个高中阶段，韩述都在奋发图强，一则为了向韩院长证明自己，二则为了赶超成绩名次永远在他之前的谢桔年，闲书更顾不上看了。他连《笑傲江湖》都没有看过。

那次全校大扫除，他们三个人在操场扫落叶，谢桔年匆匆经过，似乎在追赶什么人。方志和朝周亮挤了挤眼睛，周亮会意，假装嬉戏，将扫帚朝谢桔年的方向掷去，然后用手肘捅了捅光知道看着人发呆的韩述，示意他抓住机会跑过去捡。谁料周亮用力过猛，飞过去的扫帚正中谢桔年后脑勺，她低声呼痛，茫然又沮丧地看过来。

韩述当时正抬手要捶周亮，方志和拉住了他，提醒他一件更要紧的事：“她好像哭了。”

周亮这厮怕事，往后缩了缩，叫道：“韩述，那是你的扫帚……”

“你刚才到底用了多大的劲？”韩述顾不上发火，看着前方叨叨地问周亮。等他回过神来，包括谢桔年在内，大家都认为愣在那里的他才是闯祸的家伙。

谢桔年被老师送去了医务室，他们三个也被拎了过去。“肇事者”韩述在伤员跟前接受老师的批评教育，徘徊在医务室门口的周亮一脸紧张。

“韩述不会把你供出来的，你放心！”方志和对周亮耳语道。

他还真没有说错。韩述被勒令向谢桔年赔礼道歉，老师甚至吓唬他要叫家长并赔偿医药费，饶是这样，他一脸委屈不忿，却半句都没有替自己澄清。

周亮夸韩述讲义气，够朋友。方志和嗤笑两声。他心里知道，韩述才不是为了替周亮这只长肉不长脑的家伙背黑锅。

那天放学，韩述破天荒地拉方志和去了学校后门的租书店，用方志和的包月卡借了一本《笑傲江湖》，因为谢桔年说他用扫帚练习“辟邪剑法”。韩述觉得“辟邪剑法”这个名字挺威风，可小方同学提醒，那是谢桔年在骂他——“欲练神功，必先自宫”。为了事事不落谢桔年下风，韩述认为有必要了解一下她的知识结构。

《笑傲江湖》足有厚厚的四大册，洋洋洒洒近百万字，韩述课余时间“啃”了两天的书，终于按捺不住，主动寻求剧透。他问小方同学：“小师妹最后到底跟谁好了？”

“她嫁给了林平之。”这可不像是过去的韩述会关注的问题，然而方志和还是慷慨地给出了答案，

韩述挑了挑眉，颇是欣慰。

方志和提醒：“他自宫了！”

“洞房前还是洞房后？”

“……”

“管他呢，这充分说明青梅竹马毫无意义。小师妹喜欢的是小林子！”

韩述做完结案陈词，安心去背他的单词。方志和到底看不下去，再一次提醒：“他最后下场很惨！”

韩述好像什么都没听见。

从此方志和对韩述的解析从原本的“开窍了”变为“没救了”。

只有胸大无脑的周亮才会多此一举去问韩述：“喂，你真的喜欢三班的谢桔年？”

面对这种问题，韩述只会轻蔑地回答说：“庸俗！”

他的否认如此坚决而笃定，当初方志和以为这只是出于韩述一贯的面薄嘴硬。可是许多年以后，太多的风波动荡过去，韩述忽然中了邪似的再次介入谢桔年的生活。他提出与方志和换车开，以便在暗处跟随谢桔年出入。方志和忍无可忍地问：“你还喜欢她？”

韩述却依然摇头，只不过那时的他更加茫然。

原来他是真的没想明白，只是凭借着本能向她看去。

韩述这个人吧，用陈洁洁的话说，就是脚下的路太顺了，犯贱！她说她自己也一样，不过她喜欢另辟蹊径，韩述喜欢自己跟自己兜圈子玩。比如他总说自己受够了身边扎堆的法律从业者，将来打死也不要干这一行，始终拒绝接受家里的安排。可后来高考填志愿的时候，他们家韩院长在妻子的苦劝下气呼呼地撒手不管了，韩述自己倒主动去报了法学，一路念到

硕士毕业，眼巴巴地考进检察系统任劳任怨。

成年后的方志和回想起来，韩述自负聪明，其实他是诸多朋友里最天真的一个。他真正是温室里的花朵，被呵护太过，情感方面尤其晚熟。他所有的挣扎都只是源于一种孩童式的别扭，他表现出来的眼高于顶，什么都看不上，只是因为他还不懂。他的感情充沛而稚拙，早萌却晚熟。

偏偏他遇上的是谢桔年。

关于谢桔年，她给方志和留下至深印象的瞬间都与韩述无关。

高一时方志和在学校后门的租书店借过一本盗版的《麦田守望者》，纸质粗陋，字体极小，内容却实惠。《麦田守望者》全文之后还收录了塞林格另外一部短篇集《九故事》以及几个零散的短篇。其中一页被人折叠了起来，细看有几行文字下还有指甲划过的细痕——“爱你是我唯一重要的事。我从来没有不开心过，也从来没有开心过。我和纽约成千上万的年轻人并无区别，都只是活着罢了……”

这是方志和第一次读到《破碎故事之心》，那些痕迹使得他对于这个故事印象尤为深刻。

在那间小租书店里，盗版的《麦田守望者》并非热门读物。方志和是第二个借出这本书的人，他还书时看到过前一位借书人的签名，依稀是个女孩的名字。陪韩述去借《笑傲江湖》那一回，方志和趁韩述低头拍打书上的积灰，特地又去翻看了店主的出借记录本。他没有记错，那手漂亮流畅的行书确实清晰地写着三个字——“谢桔年”。

他对这个长着肥皂剧女三号模样的女同学有了更深的好奇。韩述一门心思地想着她，她想着的又是谁？

答案是在高三那年全市中学生羽毛球大赛八进四的现场揭晓的。韩述宁可错过奥数竞赛也要参加那次比赛，为此闹得家里鸡飞狗跳，结果眼睁睁看着他的对手谢桔年当众拉着男搭档的手弃赛而去。方志和也在现场观赛，韩述当时那表情，浑然让人分不出被弃的是比赛还是他本人。

以方志和对韩述的了解，他断然是咽不下那口气的。果然，谢桔年走后，场上乱成一团，韩述愣怔了片刻，扔开敷脸的冰袋就要去追。

方志和怕事情闹得更大，劝他算了。韩述却说："我妈怀疑巫……那家伙很可能有发病的前兆。我，我去看看，免得她应付不来，回头又赖到我身上。"

他被球击中的半张脸还肿胀着，说话时有种不自然的强硬。一物降一物，恐怕韩述自己也没意识到，他已身在这条生物链的最底端。方志和主动陪韩述去找人，他是 G 大的教师子弟，熟悉地形环境。

在图书馆附近的那片灌木丛后，方志和看到了谢桔年和那个男孩。他拨开半人高的灌木枝叶，谢桔年静静坐在草地上，腿上枕着昏睡过去的男孩。悲伤和安详，满足和绝望，方志和从未想过这样矛盾的情绪原来是可以并存的。

兴许方志和总与韩述同出同进，所以过往谢桔年对他也是能避则避。他的出现像撞破了某种无形的结界，令她有几分慌张。

方志和迟疑道："韩述在找你，其实，他不是……"

"嘘……"谢桔年食指抵在唇边，怯怯的，似有哀求。

他又看了一眼那个面色苍白的男孩，什么都没说，默默地退出了灌木丛。

往前走了一段，从另一个方向跑过来的韩述一头热汗地问："瞧见人了吗？"

方志和对他的好哥们摇了摇头。

那次比赛，韩述和陈洁洁最终取得了全市混双亚军的名次，谢桔年和她的搭档只得到第八名。颁奖礼那天，方志和给他们四个人拍了一张合照。谢桔年本想推辞，韩述也口是心非说不拍不拍。结果照片冲洗出来，韩述请他吃了一顿好的。方志和知道，那可能是韩述和谢桔年唯一的一张合影，尽管他们俩之间隔着旁人。

谢桔年的那张照片是方志和亲自拿给她本人的。下了晚自习，方志和在校门口叫住了谢桔年。她接过照片，借着路灯看了好一会儿，才抬起头，不好意思地问："哦，谢谢，我该给你多少钱？"

"免费的，看在照片里的人都那么养眼的分上。"方志和笑道。

她又说了一次"谢谢"，由衷而诚挚。

当时方志和并没有想到，那竟也是谢桔年和巫雨唯一的合影。他只记得自己不断驱赶飞蛾的手，和她路灯下微笑的脸，这让他想起了幼时某次全家驱车旅行，黄昏时途经的一个无名湖泊，湖水碧凝，再喧闹绚烂的赤霞都不能惊扰它分毫。

他那时就想，有着那样笑容的女孩配得上一个干净的人生，哪怕不如女一号团圆、女二号轰烈。

谁能料到会是那般不堪的收场！

谢桔年被判入狱那天，方志和没去旁听。他无能为力，可他深知谢桔年是无辜的。出事的那天晚上，她和韩述在一起。

夜场的优惠券是陈洁洁给的，去"放松心情"却出自方志和的提议，很快得到了周亮的积极响应。方志和、韩述都领了录取通知书，如愿考上了心仪的学校和专业。韩述高考成绩相当理想，韩院长也挑不出什么错，睁一只眼闭一只眼地放任他跟朋友出去庆祝一下。

他们坐在KK酒吧的高脚凳上，故作老练地点了酒。韩述喝得很少，三个人里，只有他是第一次出现在这种场合，他不肯露怯，口口声声说酒吧也不过如此，闹哄哄吵得人头疼。方志和最先发现了在人群中无头苍蝇般东张西望的谢桔年，他看了韩述一眼，想过去打个招呼，刚一动就被韩述按住了肩膀。

“干吗去？你管她呢！”

方志和并不清楚韩述和谢桔年最近又怎么了。韩述说是不想再搭理她，酒却喝得急了。

“哎，你们说，那个像嗑了药一样的家伙在跟谢桔年嘀咕什么？”方志和又扭头看了看，这句话说完，他感到肩上的手松懈了力道。

对于灌醉谢桔年这件事，后来方志和始终耿耿于怀。周亮是个没主意的，韩述拉不下那个脸，如果不是他带头推波助澜，谢桔年不会喝醉，也许之后的悲剧也不会发生。

他和韩述一样，很快就想通了谢桔年出现在这种地方的理由。她不该为了那样一个苍白羸弱的小子混乱失魂。那时他多愚蠢，想着帮韩述一把，成全了韩述，或许也是成全了谢桔年。大家都喝了点酒，韩述不会放任她不管，送她回家的路上，凭借那一点醉意，或许他们能挑破那层窗户纸。

周亮喝趴了，方志和吃力地扛着他老兄庞大的身躯走出酒吧，正好看到几十米开外，韩述半抱着谢桔年上了出租车。

凌晨时分，方志和给韩述打过电话，他得跟韩述通通气，韩述妈妈来过电话查岗，问儿子是不是睡在他家。方志和答应替韩述兜着，便慌称韩述喝多了，睡得很沉。奇怪的是，韩述的手机被接通过一次，很快就挂断了，方志和隐约听到一些诡异的动静，再打过去收到了对方关机的提示。

再一次打通韩述的电话已是第二天清晨。熟悉的声音传来，方志和稍稍松了口气。他问韩述，昨晚到底在哪个网吧通宵？有没有把谢桔年送回家？韩述沉默了片刻，说：“她没回家。”

方志和似乎听懂了，似乎又没有，他不敢相信韩述会那样胆大包天。

“你……你们？”

“我会好好对她！不……我要娶她，一定的！”韩述的语调急促而迫切，带着几分疲惫，却又前所未有地亢奋。

方志和依然没有回过神来，也许韩述也没有。他们当时还那么年轻，年轻到嘴里说出的“娶”字就和“一生一世”一样，因为遥远而毫无分量。

“小方，你懂得多，你说我该怎么做？我想让她高兴。要不我送她点什么吧，她会喜欢什么……算了算了，以后再说这个。水开了，她还在等我！”

她并没有等他。

在方志和的记忆中，谢桔年总是那么羞涩友好，不吵不闹，你可以无视她，甚至伤害她，但永远接近不了。

方志和和韩述打过一架，就在谢桔年入狱的那一天。他们去了一个朋友的生日聚会，玩得没心没肺，直到深夜两人结伴回家，方志和喝了点酒，韩述没有。

“我看不起你，韩述……这对她公平吗？我帮了你，我也是个浑蛋！”

“这跟你有个屁关系！”

他们扭打在一条被胡乱停放的车辆和垃圾桶填满了的小巷，毫无章法地开始，不知所谓地结束。

“你说她现在在干什么，是不是在咒我去死？”韩述咧嘴一笑，他鼻子流血了，胡乱地用手一抹，伤不重，只是血糊在脸颊上让人心惊，“不对，她不会想着我的。”

方志和没空听他胡言乱语，摇晃着走去巷口拦车，依稀听到韩述在身后对他絮絮地说：“我想到要送她什么了，小方。她穿六码鞋……可是她现在哪里都去不了！”

三个月后，一直没有联络过的韩述主动找到了方志和。他说：“再帮我一次。”

韩述托方志和带给谢桔年的东西不多，一张照片、钱，还有一个沾上了脏污的鞋盒。方志和的表姐在昌平女子监狱工作，据说还是个分监区小领导。

“我也可以让我表姐替你安排，如果你想自己……”方志和心有余悸，不欲掺和。多姿多彩的大学生活好不容易让他清空了一些不愉快的记忆。

“不了，我没脸见她。”韩述低头，语气却平静。

方志和跟表姐打了招呼，表姐说：“谢桔年啊……她是你同学？她不接受探视，但东西我可以想办法替你转交。”

方志和找了个周末把东西送到表姐工作的地方。他心存了一丝侥幸，或许他人到了那里，谢桔年会同意见他一面。

到了事先约定的地方，方志和给表姐打电话。表姐却告诉他出事了，谢桔年昨晚急病发作，现在正在监狱医院抢救。

方志和吓了一跳，忙问谢桔年得了什么病。表姐只说她病得不轻，对于病因则含糊其辞，让他不要管了，先回去再说。

这太不对劲了。谢桔年只是看上去弱不经风而已，据方志和所知，她羽毛球打得不输韩述，体能上佳。进入的时候还是个健康齐活的人，怎么刚三个月就患上了严重的疾病？

他一再追问谢桔年的病因、病情，表姐见他如此关切，电话那头语气也变得古怪而审慎，竟开始盘问起他和谢桔年的关系。“你们是高中同学……只是普通同学？”

方志和反复强调自己和谢桔年之间只存在纯洁的同学情谊，只不过谢桔年在学习上给予过他帮助。他恳求表姐想想办法，疏通一下，让他去看一眼她到底怎么样了。他愿意接下来每个周末都给表姐家上六年级的儿子补课。

方志和赶到监狱医院，表姐到底没让他见到谢桔年。现在不只是她，谢桔年的管教和其他几个分监区领导都在，实在没有办法通融。方志和只得按表姐说的，把带来的东西暂寄在医院的门卫岗就回学校去。表姐许诺，只要谢桔年脱离危险，会第一时间打电话告诉他。

他在门卫岗登记完毕，正好有车停在哨岗外，三人匆匆下车，其中一个穿着狱警制服，一个穿着白大褂，第三个人却是方志和认识的，她是韩述的妈妈孙瑾龄。

孙瑾龄并没有发现儿子的同学，她那张端庄姣好、与韩述极其神似的脸上布满了焦虑，狱警和门岗交接时，她不时地与身边的白大褂低语交流，很快三人得以入内。

晚上，方志和与表姐通电话才得知，桔年不但没有清醒过来，病情还一度到了十分危重的地步，幸亏从市医院请来了权威专家才暂时抢救了过来，接下来的状况还不好说。

“表姐，你跟我说实话，她到底得了什么病？”

表姐给他的答案是——“肺结核”。

肺结核是封闭的监区常见疾病，这个方志和过去听表姐提过。然而这次表姐说的绝非实情。普通的肺结核何至于神神秘秘，让分监区领导都如临大敌，竟还能从市医院特地请来权威专家。韩述的妈妈又为什么会出现在那里？方志和记得很清楚，孙阿姨是脑外科医生。

表姐让方志和不要再过问这件事，也不许向旁人提起。两个多月之后，她才告诉方志和，谢桔年基本上已无大碍，在里面表现良好。表姐还答应了会额外多关照她。

“小小年纪，怪可怜的。”她叹了口气，再不肯多说。

方志和去找过韩述，试探了几句，发现韩述对桔年的病和他妈妈去监狱医院一事毫不知情。

鞋子和钱很快被退了回来，韩述请小方同学喝酒，接过东西就随手撂在一边。他再也没有提过谢桔年，好像这个人从未在他的经历里存在过。他是大学里新晋的风云人物，爱慕者甚众，眼里又有了神采，活得比以前热闹多了，听说还交了“新”女朋友——也是从那时开始，韩述多了个奇怪的嗜好，每开始或结束一段恋情他都会特意知会小方同学，好像一遍一遍地宣告：你看，我很好，真的很好……

方志和也鬼使神差地把谢桔年的事咽回肚子里。大学期间，他陆续申请过对她的探视，她一次也没有接受。

谢桔年那场突如其来的急病在方志和心中始终是桩悬案。当时他做过的最坏揣测是桔年在狱中自残。直到十三年后，周亮的媳妇生二胎时出了点意外，鬼门关兜了一圈，幸亏找到临近退休的妇产科老主任出手才保得母子平安。方志和与韩述前去探望，正好老主任也在。周亮送走了“恩人”，一个劲地吹嘘：“这位可是全省知名的妇产科圣手，早就不在临床一线了，要不是我们家面子足……”

韩述俯身看周亮怀抱着皱巴巴的小家伙，想要逗弄又不知如何下手，眼里竟有几分艳羡。方志和摸着下巴想，这位妇产科圣手啊……其实他许久以前也曾有缘谋面，在一个初秋的下午，监狱医院门口，

十三年后的韩述与谢桔年已经生活在一起。韩院长去世后，韩述赖在谢桔年那里住了一个月有余，谢桔年念在他丧父之痛，没有下狠心驱赶。紧接着她为了盘下工作了七八年的那间布艺店，终于卖掉了曾属于巫雨的小院，也没有依韩述所愿住进他的公寓，而是在布艺店附近租了一套房子。不知韩述用了什么法子也搬了进去，从此再不肯挪窝。

自从韩述不再拧巴，坦诚他多年苦恋一人，明明暗暗几度周转最终得以留在那个人身边，方志和真心抱持祝福态度。只是那两人的关系，说是执子之手，中间总隔了一段“死生契阔”；硬拗成破镜重圆，他们当年也不曾花前月下。

“反正就是这样了。”韩述看来心满意足。他以往眼高于顶，处处爱标榜自己与“凡俗人等”不一样，如今最盼望的却是能成就一段平庸世俗

的男女关系，和张三李四家并无不同。

可张三李四的烟火人生是疲惫而稳定的，像一根耐用的旧皮筋，韩述的“幸福”是绷紧的弓弦。他脾气大，性子别扭，和谢桔年相处的过程中，动辄火冒三丈，气急而去，须臾又能哄好自己，乖乖地“原谅”她的轻忽。

不管他是否承认，他对谢桔年的爱里还带着怕，更卑微那个人总是难以安定。

连他姐姐韩琳都嘲笑他看似得偿所愿，整日喜滋滋，不过是“非法同居”关系。韩述迅速反驳，说韩琳久居海外，对国情一窍不通，早在2001年最高法院颁布的《婚姻法》司法解释中，已经明确将“非法同居”之中的“非法”二字取消。可身为法律从业者，他心知肚明，事实婚姻同样不具备合法身份。小方同学也知道，韩述的戒指买了不下半年，完美主义者偷偷去专柜换了两轮被蹭旧的绒布盒子，戒指依旧揣在随身的包里，怕被婉拒，现状难保。

方志和怂恿韩述，心横天下无难事。只要他坚持，再辅以巧舌如簧，谢桔年多半不会抗拒。反正她也没有更加想嫁的人，做“同妻”尚可接受，何况是朝昔相处的大活人。韩述却迟疑着不肯踏出那一步，即使他也和小方想到了一处。还是不甘心啊，他怕的也包括她的不抗拒，怕做那个“没有选择的选择”。

就这样，韩述几乎每隔几个月就要闹腾一回：不满足于现状——纠结于谢桔年对自己的感情——往死里作，试图求证——因接近真相而痛苦——焦躁失望大发雷霆——后悔之前反应过度——想方设法寻求和解……他的苦闷和希冀如“野火烧不尽，春风吹又生”的小草，周而复始地枯荣，偏偏深根于斯，不可迁移。

每每韩述怨愤难平，方志和就负责倾听他的吐槽，而这倾诉到最后又会变成他的自我开解，偶尔还有秀恩爱的嫌疑。方志和脾气不错，可有时也会受不了这“大姨妈”似的周期性摧残，讥笑道：“别一副情窦初开的嘴脸，明明你才是我们当中恋爱经历最丰富的那位！”韩述讪讪地去搓他的脸颊，说：“以前是顺势而为……现在？当然要扼住命运的喉咙。”

鉴于方志和尚无固定女友，有妻有子的周亮常常沦为韩述“世俗幸福”的参照物。

周亮炫耀爱妻给自己洗手做羹汤，韩述点点头，说：“嗯，桔年也给我做过饭。下面条当然也算！”

周亮喝多了，抱怨老婆给自己买的内裤裤头又紧了。韩述放下杯子思索许久，“我的枕套是她亲手做的。”

……

周亮打小除了对成人杂志的造诣之外，事事不如韩述和小方，如今婚姻顺遂，自觉压他二人一头，眼见韩述连这方面都要跟自己一争长短，心中自然不乐意了，面子也抛到一边，梗着头轻蔑地问：“韩述，我儿子都两个了，你怎么不说谢桔年也肯给你生孩子哪？”

话题至此终结。

方志和拉开两个年龄加起来过了花甲之年的幼稚鬼。周亮自认戳中了韩述的命门，有种夹杂了胜利感的歉疚。他和小方一起偷偷打量韩述的脸色，韩述的懊恼在脸上一闪而过，慢慢地……若有所思。

他私下问方志和：“如果有了孩子，她的心思会不会逐渐归拢在我和她之间？我也能踏实些。”

韩述问出这些话时显然经过了思量，绝非头脑发热的念头。他从前就跟方志和感叹，若非明是他和桔年的亲生骨肉该有多好，那样的话他们之间就会多了一条永远斩不断的纽带。那是韩述心中的一桩憾事。周亮的无心之语点醒了他，只要人还在，何愁不能创造新的机会。

方志和心里咯噔一声，不知该如何应对，拍拍韩述的肩膀，说：“年轻人，慢慢来。”

至于韩述回去之后如何努力，方志和不得而知。作为旁人可以观测到的结论是——谢桔年并没有怀孕。周亮小儿子的百日宴上，与韩述同来的谢桔年在远处和陈洁洁寒暄，依然笑容清淡，身形窈窕。周亮把韩述拉到一旁，挤眉弄眼道：“没成？韩述，你是不是不行啊？”

韩述恼羞成怒，“去你的，我肯定比你行！”

周亮朝迎宾台旁他们一家四口的全家福弹了个响指，“说白了也就那么回事，不是种子的问题，就是土地贫瘠……”

“庸俗！一喝多就满嘴喷粪，别以为今天是好日子，我就不敢揍你。”韩述咬牙骂道。

“跟他计较什么，玩笑话罢了。”方志和揽着韩述肩膀将他带离。韩述回头看一眼桔年，迎上他的视线，她微微笑一笑。

“跟陈洁洁有什么好聊的，还聊那么久！”韩述嘟囔，抹去了脸上残存的恼意。在背对着她的方位坐下，他才给自己倒了杯酒。

方志和捂着韩述的酒杯，打着哈哈：“今天你喝了不少，封山育林，不宜多喝。”

韩述嗤笑一声，仰头一干而尽，“封什么山？不多喝两杯，我连她的嘴都不敢主动凑上去亲。”

操碎了心的小方同学托着下巴沉吟许久，散席前，他去车上取了一张盘，偷偷塞给韩述，眨眼道：“这是我那个研究小组做心理实验用的素材……好东西，回去跟她一起看，有助情趣！”

韩述将信将疑地接过，在桔年走过来之前迅速把东西塞进包里。

次日，天刚黑下来，方志和约了人吃饭，走到餐厅门口，手机在兜里嗡嗡大作，一接通，韩述压低了也难掩恼火的声音立刻传来：“狗屁‘好东西’，涮我玩是吧！我班都不加了，赶回家好说歹说哄着她跟我一起看

‘电影’。十大经典恐怖片，你就给我看这个！”

方志和咳嗽两声，温和道：“观看恐怖片时，由于精神高度紧张，体内各种激素也会分泌得更为旺盛，心跳加速、面红耳赤、神经亢奋，这和动情热恋时的状态是极其相似的，也有助于压力和情感的释放嘛……她要是害怕，也是你的好机会。”

“废话少说，把我那套独角兽高达还给我！”韩述还想再骂，谢桔年的声音隐约传来，他应道：“哎，听见了……我上个厕所……当然要继续看！”

方志和忍着笑推门步入餐厅，有个和蔼的声音从背后传来：“小方？”

……

第二天，方志和在学校工作到很晚，他没有开车，上了地铁，百无聊赖中给韩述发了个信息，问他恐怖片是否收到了预期的效果。

韩述没有回复。方志和靠在椅背上，又想起了昨晚的一段插曲。他在餐厅遇见了韩述的妈妈孙瑾龄，她是与医院的科室同事一道来聚餐的，两人简单打了个招呼。巧的是用餐结束后，方志和在地下停车场又碰见了与同事挥别的孙瑾龄。

韩院长的葬礼之后，方志和头一回与孙阿姨打照面，她清减了些许，仪态端庄如故，眼神明朗。

因为方志和与韩述一直走得很近，孙瑾龄看他也很是亲切，驻足闲聊了会儿家常。她微笑着说起了宝贝儿子，“韩述那小子，我想跟他吃顿饭都得提前约时间。让他有空就和桔年回家，我好给他们煲汤，他也推托说忙，不知道忙些什么。”

孙瑾龄的抱怨里并无怨怼，只有长辈的慈爱和关切。她比韩院长豁达，早已接受了儿子离不了谢桔年这个事实。然而丈夫离世后，儿女均不在身边，虽然事业忙碌，到了这个年纪，静下来难免孤独。

不知是不是停车场稀薄的空气让他发昏，方志和捏了捏车钥匙，笑着说了句："阿姨，让他们忙去吧。我可是听说韩述有心要个孩子，等有了孩子，您身边也会热闹起来。"

孙瑾龄一愣，脸上全无寻常母亲听闻此事的热切，反倒隐隐有几分惆怅，她失神笑笑，"急不来，孩子这事要看缘分。我们家不讲究这些，有没有孩子，我都希望他和桔年好好过，别再动不动闹小孩子脾……"

"您觉得他们和孩子有缘分吗？"

这话未免有些突兀了，心思通透的孙瑾龄蓦然抬眼看了看儿子的好友，一言不发，嘴角的笑意有些僵硬。

方志和吁了口气，说到这个份上，索性继续，"韩述一直很想和桔年有个孩子，有时候，希望越大，失望越大。真相和善意的隐瞒哪个才是朋友的本分，我很矛盾。"

"你……知道？"

方志和眼前仿佛出现了表姐向他描绘过的那一摊血迹……认出那个妇产科权威的当晚，方志和去了表姐家。他直言自己已经猜到了谢桔年当年的病因，求证的不过是事发的原因和经过。表姐已调离昌平女子监狱多年，短暂地犹豫过后，便对方志和说出了事情的经过。表姐说，每个犯人在入狱前都要经历非常严苛的入监体检，这样的意外本来不可能发生，这也是监区必须将此事盖过去的原因。大概是因为谢桔年当时年纪太轻，孩子月份也小，总之谁都没有想到会出现这种疏漏，她自己也完全没有意识到异样。至于她恢复后的身体状态，表姐也说不清，毕竟当时伤得不轻。

"那时候，我在监狱医院门口见过您……和妇产科的陈主任。"面对孙瑾龄的试探，方志和直截了当地说道。

手机振动了一下，屏幕亮起，地铁上的方志和回过神来。韩述回复了信息，他说："只看了两部，没多大意思。"

紧接着第二条信息也跳了出来。

“不过我害怕的时候，她没有推开我……模型就不用还了。”

方志和笑出声来，他靠在座椅上，仰着头，又想起了昨晚孙瑾龄的话。

“韩述知道了又能怎么样呢？除了让他更加难过，什么都不能挽回。重要的是眼下。他对谢桔年的感情已经不需要再加上这么重的筹码……小方，他是有知情的权利，可决定要不要告诉他真相的那个人，不该是我们。”

也许她说的对。

方志和给韩述回道：“保存体力，再接再厉！”

过了很久，手机再度传来动静。

韩述说：“我后悔了。幸亏没有孩子，要不她眼里就彻底没我了！”

到站后，方志和竖起了大衣的领口。他走出车站，想象着韩述在输入那行文字时，一脸的不忿，眼神却柔软带笑。

《破碎故事之心》里最为人津津乐道的莫过于那一段：“有人认为爱是性，是婚姻，是清晨六点的吻，是一堆孩子，也许真是这样的，莱斯特小姐。但你知道我怎么想吗？我觉得爱是想触碰又收回手。”

冬夜里的空气湿漉漉地缠绵在鼻息间，方志和把手机放进衣兜，最后一次放任自己尽情地在脑海里勾勒那个和他出借过同一本书，笑容像落日下的湖泊一般的年轻女孩。

假如没有韩述在前，兴许他也是会动心的吧。

可是在故事还来不及发生的时候，他和她已从不同的车站下了车，然后就永远不可能再有然后。而一个完整的故事里，男孩和女孩的命运必然要紧密交织，所以韩述最终成为那个男主角，尽管他和谢桔年的人生轨迹一度偏离太远，但最终仍指向交汇与扭结。是了，在那些注定的故事里，男孩最终总能遇见那个女孩。